o clone de cristo

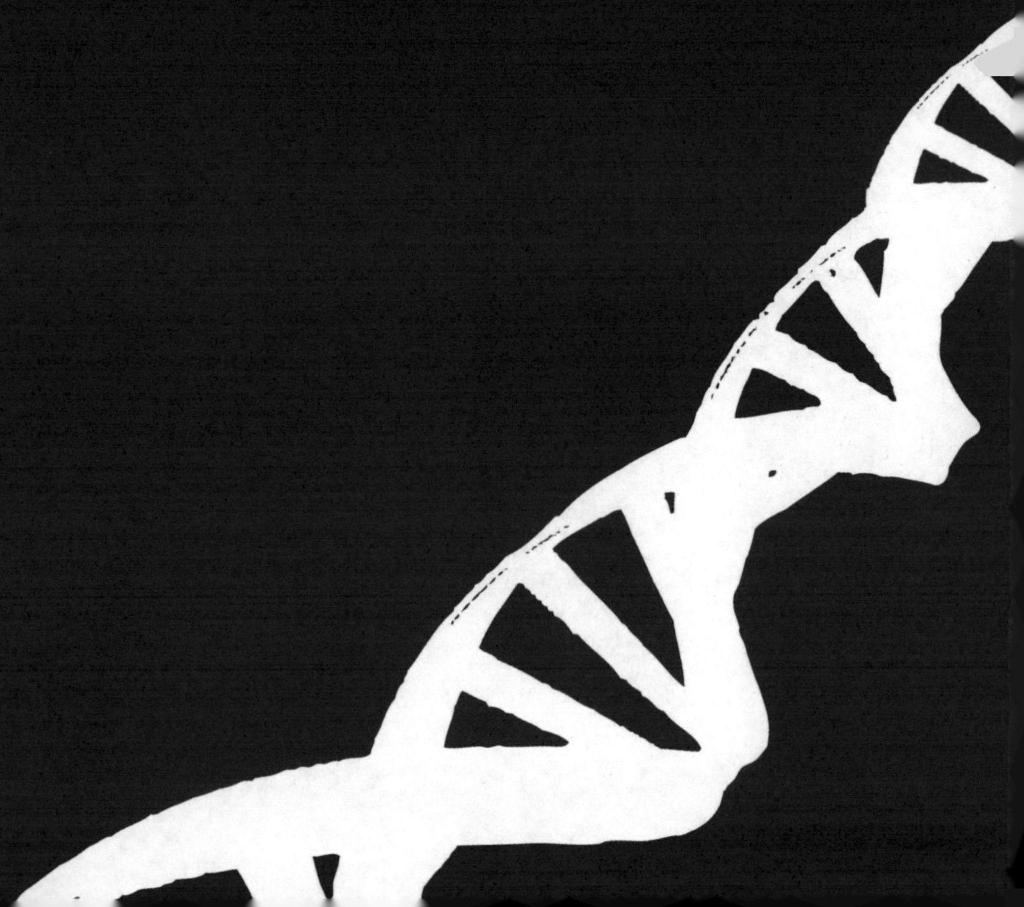

Essa imagem no Santo Sudário, vista com desdém ou veneração ao longo de séculos por milhões de pessoas, nunca deixou de emocionar Felix. A primeira fotografia, de 1898, era como o negativo de um retrato. A imagem conseguia ser distinguida mesmo a olho nu. A opinião médica concordava: o pano de aproximadamente 4 metros havia, outrora, envolvido um cadáver. Um homem morrera e fora enrolado nele, rodeado por plantas e flores, sua imagem tão nítida quanto a dele.

o clone de cristo

j. r. lankford

Tradução de Laura Vilaça

SAÍDA DE EMERGÊNCIA
livros para fugir da rotina

SAÍDA DE EMERGÊNCIA
livros para fugir da rotina

TÍTULO: *O Clone de Cristo*
AUTORIA: *J. R. Lankford*
EDITOR: *Luís Corte Real*
Esta edição © 2014 Edições Saída de Emergência
Título original The Jesus Thief *© 2003 J. R. Lankford. Publicado originalmente nos E.U.A. por Great Read Books 2003.*

TRADUÇÃO: *Laura Vilaça*
ADAPTAÇÃO: *Vanessa Silva e Renato Razzino*
REVISÃO DA TRADUÇÃO: *Renato Razzino*
PREPARAÇÃO DE TEXTO: *Carol Chiovatto*
REVISÃO: *Tomaz Adour, Vanessa Silva, Anne Magalhães e Luis Américo Costa*
COMPOSIÇÃO: *Saída de Emergência, em caracteres Minion, corpo 12*
DESIGN DA CAPA: *Saída de Emergência*
ILUSTRAÇÃO DA CAPA: *Saída de Emergência*
IMPRESSÃO E ACABAMENTO: *RR Donnelley*

CIP-BRASIL. CATALOGAÇÃO NA PUBLICAÇÃO
SINDICATO NACIONAL DOS EDITORES DE LIVROS, RJ

L277c Lankford, J. R.
O clone de Cristo / J. R. Lankford [tradução de Laura Vilaça]; Rio de Janeiro: Saída de Emergência, 2014.
384 p.; 16 x 23 cm.

Tradução de: The Jesus thief
ISBN 978-85-67296-08-1

1. Ficção americana. I. Vilaça, Laura. II. Título.

13-07080 CDD: 813
CDU: 821.111(73)-3

Rua Luiz Câmara, 443
Suplementar: Rua Felizardo Fortes, 420 – Ramos
21031-160 – Rio de Janeiro – RJ
Tel.: (21) 2538-4100
www.sdebrasil.com.br

Sumário

Prefácio da autora
Exclusivo para a edição brasileira

Para mim, escrever romances é um sonho que se tornou realidade. Mas meu trabalho internacional anterior também tinha sido. Eu já não era mais nenhuma menina de 11 anos suspirando com as lindas palavras da grande escritora francesa Colette. Vinte e quatro anos depois, eu estava trabalhando como engenheira eletricista em Paris, no mesmo bairro em que ela nasceu. Depois de ler os romances de Pearl S. Buck sobre a China, agora eu estava em Pequim, diante do trono imperial na Cidade Proibida.

Fui criada entre irmãos, e só ganhei uma irmã mais tarde. Viajar pelo mundo com um bando de homens (como no caso do meu trabalho) era, portanto, algo natural para mim. Um de meus irmãos, em especial, influenciou bastante a minha vida. Na infância, eu passava horas debaixo do piano, com minha boneca, ouvindo-o tocar, desde escalas simples até concertos, cantos gregorianos e árias de óperas. Cantávamos a duas vozes. Ele queria ser sacerdote. Eu queria conhecer Deus. John era inteligente e tinha uma memória quase fotográfica. Mais tarde, em minhas viagens, descobri que eu tinha um coração fotográfico. Ainda não havia encontrado Deus, mas de alguma forma conseguia ver quem as pessoas eram, sentir o que elas faziam. Com um guia de conversação Berlitz nas mãos, nada me impedia de falar com todo mundo. Um dia, mesmo sem o guia, consegui me comunicar, com muito esforço, devido a meu parco vocabulário — apontando, fazendo gestos, sorrindo, agitando as mãos —, numa zona rural francesa em que ninguém falava inglês. Eu costumava ficar num restaurante de uma aldeia nos Alpes, sem querer ir embora. Meu desejo era ficar ali para sempre, olhando para aquele lago maravilhoso. Puxava conversa nos trens com pessoas da região, desejando que o trem nunca chegasse à estação. Estava completamente apaixonada pelo mundo. Queria explorar cada lugar, olhar cada rosto. Sinto-me assim até hoje.

Um dia, doze anos depois, meu marido, Frank, me disse que não se importaria se eu passasse mais tempo no campo. *Você não disse que queria escrever livros?*, perguntou-me. Sim, eu tinha dito isso.

Larguei meu trabalho, voltei para casa e passei um ano sonhando. Será que minha ídola, Colette, faria isso? Claro que não. Estabeleci um prazo e cumpri o compromisso, escrevendo primeiro um livro e depois outro, que acabaram servindo apenas como exercício. Meu editor sugeriu que eu matasse alguém na história, porque talvez vendesse mais. Escrevi, então, um romance policial. Os elogios dos leitores me ajudaram a manter minha motivação. Qual seria o próximo passo?

Numa noite de inverno, em 1999, li a notícia de que haviam encontrado sangue humano no Sudário de Turim. O que me chocou foi que o sangue era AB — raro no Ocidente, mas comum no Oriente Médio. É incrível que um cientista, sem a permissão do Vaticano, tenha realizado um teste de DNA no sangue! A ciência e a religião não eram as duas fascinações da minha vida? Imediatamente o título e o conceito para *O Clone de Cristo* me vieram à mente. Como ainda não havia encontrado Deus pessoalmente, talvez pudesse encontrá-lo num romance.

A ovelha Dolly havia sido clonada dois anos antes, mas a ideia muito mais complexa e polêmica de clonar um ser humano era coisa de ficção científica na época. Sabendo que, mais cedo ou mais tarde, essa ideia se tornaria realidade, decidi escrever um livro de suspense que explorasse o assunto, apresentando, ao mesmo tempo, personagens que revelassem aquilo de que os seres humanos são feitos — não apenas corpo, mente e espírito, mas também glória. Eu queria mostrar o que enfrentaríamos no dia em que a clonagem humana se tornasse realidade.

Esse dia chegou.

Este ano, os cientistas anunciaram o avanço tão esperado: eles conseguiram clonar embriões humanos que sobreviveram por cinco dias. Durante esse curto período de tempo, as células-tronco podem ser extraídas para uso médico... ou implantadas no útero de uma mulher para fins de gravidez.

Em suma, a ficção científica de *O Clone de Cristo* está rapidamente virando um fato científico.

Como autora, é emocionante ter escrito uma aventura capaz de preparar os leitores do mundo inteiro para o nascimento de uma era em que a clonagem humana se tornou possível.

Por razões pessoais, esta edição é uma realização especial. Anos atrás, meu finado irmão, John, cantou em São Paulo numa produção da Metropolitan Opera. Ele ficaria maravilhado se soubesse que *O Clone de Cristo* foi publicado no Brasil, um país que ele tanto amava.

J. R. Lankford

Nota da autora

Em 1988, uma equipe de cientistas retirou amostras do Sudário de Turim, que mede aproximadamente 4,3 metros por 1 metro e é um pano de linho antigo, feito manualmente, e que pretensamente teria servido de mortalha a Cristo. As amostras foram sujeitas a testes de rádio carbono em laboratórios do Arizona, de Oxford e Zurique. Todos esses testes laboratoriais dataram o Sudário de linho entre 1260-1390 d.C.

Parecia que a mortalha mais famosa do mundo era, apesar de tudo, uma das muitas falsificações de relíquias cristãs fabricadas na Europa por volta dessa época — poucas das quais estiveram alguma vez perto de Jerusalém, menos ainda do corpo crucificado de Jesus Cristo.

Céticos, dois estudiosos do Sudário declararam posteriormente: "Acreditamos que o Sudário foi remendado... com materiais do século XVI."

Estaria a datação por carbono, realizada em parte no remendo e em parte no Sudário, distorcendo os resultados?

O registro histórico poderia, de fato, sugerir que pedaços retirados das bordas — talvez no tempo do reinado de Carlos IV da Boêmia — tivessem sido mais tarde substituídos ou remendados, misturando fios do primeiro e do décimo sexto séculos nos cantos de onde as amostras para os testes de rádio carbono haviam sido retiradas. Um renomado especialista da área têxtil examinou a amostra e disse: "Não resta dúvida de que há material diferente em cada lado. É, definitivamente, um remendo."

Em 2002, análises químicas comprovaram que esses especialistas tinham razão.

A autenticidade do Sudário tornou-se mais plausível, mas, até o momento, seus Protetores Pontificais ainda não puderam rejubilar-se, tendo recentemente removido todos os remendos do Pano Sagrado.

A não ser que a Igreja autorize e aprove novos testes, os fiéis terão de confiar nos resultados da investigação científica previamente realizada. O Projeto de Investigação do Sudário de Turim, feito em 1978, dizia em seu relatório final: "Podemos concluir por ora que a imagem do Sudário é a de uma autêntica figura humana, um homem flagelado e crucificado. Não é o produto de um artista. As marcas de sangue são compostas de hemoglobina e, além disso, o teste de soro albumina foi positivo. A imagem continua um mistério."

Enquanto isso, uma parte do quebra-cabeça parece ter sido solucionada. Dois cientistas altamente conceituados, associados às Universidades de Jerusalém e da Carolina do Norte, estudaram amostras de pólen retiradas do Sudário e concluíram que sua origem era a de uma planta que cresce em Israel, no Jordão e no Sinai, e em nenhuma outra parte do planeta.

Para aqueles que amo…

Capítulo 1

Quarta-feira, de tarde, 12 de janeiro — Turim, Itália

Ao longo da maior parte dos seus 42 anos, o Dr. Felix Rossi desejou estar aqui na Capella Della Sacra Sindone, a capela no topo das escadas do Duomo, a catedral renascentista de Turim, quando os sacerdotes abrissem o tabernáculo. Isso ocorrera apenas seis vezes no século XX e raramente na presença de alguém a não ser os sacerdotes. Ele desejou estar sob a famosa cúpula envidraçada de Guarini, enquanto o sol lançava deslumbrantes caleidoscópios de brilho sobre os portões de ferro do tabernáculo. O dia havia finalmente chegado.

Atônito, aguardava com o padre Bartolo. Sob seus pés o mármore negro; cercando-os, uma balaustrada de mármore branco com anjos nas extremidades. Espalhadas por toda a catedral, seu criador, Guarini, colocara estátuas de anjos. Há mais de quatrocentos anos que ali estavam, soprando trompetes, tocando harpas, voando de asas abertas, pairando em uma vigília congelada, enquanto guardam o artefato mais famoso da Cristandade. A luz do sol fez brilhar o par de querubins de ouro sobre os portões e os dois arcanjos que se inclinavam em seus bastões, como se para olhar apenas para ele. Na luz brilhante, Felix Rossi mal podia ver, mas não foi capaz de desviar o olhar. Esse momento ficaria em sua memória até a hora de sua morte.

Ninguém falou enquanto os dois sacerdotes subiam até o altar para abrir os portões de ferro do tabernáculo e retirar o cofre de prata. Em 1509, Margarida da Áustria o encomendara com esse propósito específico, sob a condição de que fosse rezada uma missa diária em seu nome. O cofre tinha um 1,5 metro de comprimento, por 1 metro de largura, estava incrustado com joias, atado com uma fita vermelha e selado com cera vermelha.

Dentro dele estava o Sudário de Turim.

Com vagar e cuidado, eles o entregaram a Felix, que nessa ocasião representava a Ciência, e ao padre Bartolo, que representava a Fé. Uma aliança frequentemente difícil, mas não hoje. Felix havia calmamente reunido a equipe de peritos que aguardava para examinar o Santo Sudário, que já fora submetido previamente a duas investigações científicas, uma em 1978 e outra em 1988. A sua seria a terceira.

Através de uma nova Custódia Pontifical do Sudário, a Igreja o escolhera, apesar das objeções de um bispo acerca da aparência de Felix, que, segundo ele, chamava muito a atenção das mulheres mais jovens. O custódio levou em consideração seu duplo doutoramento pela Universidade de Harvard — em medicina e microbiologia —, sua abordagem objetiva e científica, e o fato de que ele era católico, devoto e filantrópico em relação à Igreja. A opinião do bispo foi rejeitada. Felix pediu apenas discrição em relação ao seu trabalho com o Sudário, apesar de ser o grande empreendimento de sua vida.

Mas, com seus sonhos prestes a se tornarem realidade, tirou os olhos do cofre de prata e sentiu a frieza da sala de mármore, sentiu o cheiro sufocante do resíduo de séculos de incenso queimado, sua fumaça erguendo-se na catedral para ajudar a ascensão das orações dos fiéis.

Nessa cerimônia, o cardeal usava um barrete vermelho na cabeça, vestia uma sotaina vermelha e, por cima, uma sobrepeliz branca até os joelhos. Ergueu ao alto um crucifixo de prata e disse: *In nomine Patris, et Filii, et Spiritus Sancti Amen.* Persignou-se, então. Os outros fizeram o mesmo. Felix foi lento ao movimentar sua mão e o fez mecanicamente, esperando que ninguém tivesse reparado. Em seguida, oito sacerdotes com batinas pretas e sobrepelizes brancas alinharam-se em duas filas por trás do cardeal.

Fazendo sinal para o velho Bartolo, Felix baixou sua extremidade do cofre para carregar a maior parte do peso. Ele e Bartolo desceram os dois degraus da balaustrada e contornaram o altar, seguindo os sacerdotes. Até 1865 essa tinha sido a catedral dos duques de Saboia — que se tornaram a família real italiana — e uma passagem para a ala ocidental do palácio continuava a existir. Era ali, na sacristia, que os cientistas iriam trabalhar.

Os flashes das máquinas fotográficas dispararam quando eles entraram no longo e dourado corredor. As fotografias não iriam aparecer na imprensa, porque estes eram fotógrafos da Igreja que faziam um registro para os cientistas e os sacerdotes. Uma mulher, que se encontrava entre eles, corou quando o seu olhar cruzou com o de Felix e, sem hesitar, ele inclinou a cabeça e deixou seus cabelos negros deslizarem sobre os olhos para não a ver — como se tivesse feito voto de castidade, assim como os sacerdotes. Não queria que nada o desviasse da dignidade da procissão, ainda que Felix soubesse que algo já o fizera.

Aparentemente, tudo estava conforme o planejado: ele, na sua bata branca de laboratório; o padre Bartolo, de preto; o silêncio quebrado apenas pelo comedido movimento dos seus passos e o ranger das máquinas fotográficas. Pela solenidade dos poucos observadores de confiança que se encontravam no local, o cofre poderia conter um homem que tivesse morrido ontem, e não uma imagem em uma antiga peça de linho.

Eles entraram na sacristia e as conversas cessaram.

Felix e o padre Bartolo colocaram o cofre numa longa mesa de madeira. Depois, Felix foi juntar-se à sua equipe de cientistas, todos de batas brancas e luvas cirúrgicas. Quando ele se aproximou, afastaram-se com deferência dando-lhe lugar. Era o superior deles na ciência, inabalável em sua fé.

Nenhum deles podia suspeitar que ele era judeu.

Até duas horas antes, o próprio Felix não sabia. A palavra ressoava-lhe na cabeça — seu som, seu significado — e fazia com que todo o resto perdesse o brilho.

Assistiu aos sacerdotes cortarem a fita carmim, abrirem o cofre e removerem o que parecia ser uma coberta de tafetá vermelho. Quando a desenrolaram, sentiu-se um cheiro levemente desagradável. Quando retirado, o tafetá revelou o Santo Sudário de Turim, o seu linho da cor de chá com leite.

Por um momento, ninguém se moveu.

Os cientistas, os observadores que se encontravam junto às paredes, os sacerdotes dispersos pela sala, as irmãs clarissas descalças, que haviam costurado o forro especial do Sudário e agora iam removê-lo, ficaram todos imobilizados perante esse Linho Sagrado, no qual tão poucos haviam posto diretamente os olhos.

Felix não prestou atenção à oração silenciosa que era pronunciada:

> Ó, Santo Rosto do meu Bom Salvador,
> Pelo teu caridoso amor
> E doloroso sofrimento
> De Nossa Senhora que por ti olhou
> Na tua cruel Paixão,
> Permite-nos partilhar este
> Intenso sofrimento e amor

Para que seja feita a divina vontade
De Deus Todo-Poderoso.

Em sua mente, ele estava de volta à sua suíte no Turim Palace Hotel, duas horas antes. Sua irmã, Frances, telefonava de Nova York para lhe dizer que Enea, sua tia e última familiar viva, tinha morrido de uma doença prolongada. Antes de morrer, tinha dado a Frances uma chave e uma caixa fechada cheia de cartas — uma dirigida a ele, com a letra de seu pai. Vacilando no italiano, Frances leu algumas ao telefone — as cartas eram dirigidas a seus pais, de familiares e parentes da Itália de quem nunca tinham ouvido falar, e havia respostas nunca enviadas, escritas pela sua mãe em italiano. Ouviu várias vezes as palavras *ebreo* — hebreu em italiano —, Nazi e sinagoga. Felix começava a ficar confuso, ouvindo descrições de velhos passaportes com as fotos de seus pais, mas os passaportes continham um sobrenome que não lhe era familiar: Fubini. Por fim, Frances disse o óbvio em alto e bom som: os seus pais deixaram a Itália para escapar dos nazistas durante a guerra por serem judeus. Por que teriam ocultado esse fato? Eles eram oriundos dessa mesma cidade, de Turim.

À medida que os cientistas começavam a trabalhar à sua volta, desembalando seus instrumentos esterilizados, Felix reparou que seu amigo, padre Bartolo, permanecera na extremidade da mesa. Era um padre simpático e frágil que já deveria estar na cama descansando. Na parte da manhã, Felix o examinara em seus aposentos e recomendara que permanecesse lá, mas sabia que apenas a morte afastaria Bartolo desse momento. As crenças do padre eram simples: Jesus, o filho de Deus, deitara-se sob esse Sudário. O olhar de Bartolo estava sempre cravado na verdade de sua luz interior, a não ser que alguma coisa captasse o seu interesse. Então os seus olhos focalizavam e acompanhavam. No momento, estavam fixos em Felix. Max também vigiava. Era um cientista judeu que Felix escolhera para a equipe e, dadas as suas credenciais, a Igreja rapidamente o aprovou. Max vivia em Turim e havia levado Felix para sua casa na noite anterior para partilhar do alegre momento em que sua família escolheria o nome de sua filha recém-nascida, numa cerimônia comovente cheia de música, poesia, velas e orações hebraicas.

Felix sentiu-se constrangido sob seus olhares, como se, por meio deles, dois Deuses rivalizassem por ele. Quem era ele agora, senão um homem para quem a paixão de Cristo havia sido o símbolo que conduzira sua vida?

Felix Rossi, de coração dolorido, afastou-se da parede com tapeçarias junto à qual se encontrava. Aproximou-se da mesa de madeira e preparou-se para olhar para baixo em direção à imagem do rosto que amava.

Capítulo 2

Mesma quarta-feira, de manhã — Nova York

Quando o vento soprou, o chapéu Graham Smith soltou-se da cabeça de Maggie Johnson e saiu voando pela calçada vazia da Quinta Avenida. Ela sentiu vontade de morrer. Para comprá-lo, foram necessários seis meses de poupança e mais três de espera. Graham Smith fazia chapéus para a realeza e para as aristocratas usarem nas corridas de Ascot. Ele fazia chapéus para a rainha. Agora, fizera um para Maggie Johnson, do Harlem, Nova York. Naquele momento, o vento o levava avenida abaixo.

Apesar do espetáculo que sabia estar dando, Maggie arrancou seus sapatos brancos de inverno — tingidos, para condizer com a seda do chapéu. Correu atrás dele como uma campeã de atletismo, receosa de que voasse para o outro lado da rua e entrasse no Central Park. Felizmente, o chapéu parou sob o toldo que saía da entrada do edifício do Dr. Rossi para a calçada. O carpete vermelho atrasara seu percurso. Maggie o apanhou, deixou cair seus sapatos e calçou-os novamente enquanto inspecionava o chapéu. Parecia em bom estado. Colocou-o cuidadosamente na cabeça, uma mão enluvada segurando na larga aba, a outra colocando as penas de avestruz no lugar.

Sam, o porteiro, surgiu com seu longo casaco verde e chapéu, olhando-a de cima a baixo, com suas faces coradas de irlandês, mostrando um sorriso ligeiramente zombeteiro. Abriu a pesada porta, puxando pela maçaneta de cobre.

— Maggie, minha garota — disse com ar de provocação —, com esse lindo chapéu você deve estar a caminho das corridas, acompanhada pela rainha. Onde o encontrou?

Furiosa e envergonhada porque ele provavelmente a viu correr calçada abaixo, passou apressada por ele. A sua mão deslizou pelo corrimão de cobre enquanto descia as escadas de mármore atapetadas, depois atravessou o átrio até os elevadores. À sua esquerda estava um velho mural de um palácio italiano qualquer. Mostrava gente rica caçando com os seus cães. À sua frente estavam espelhos do chão ao teto. Agitando uma mão para se refrescar, ajeitou seu vestido branco de inverno e certificou-se de que o chapéu estava direito, lembrando-se de não exagerar por causa das câmeras de segurança. Tinha ouvido dizer que até mesmo os inquilinos se esqueciam delas, o que às vezes motivava risadas dos motoristas das limusines e dos guardas que se encontravam nos fundos do edifício. Mas agradava-lhe ver como as penas de avestruz flutuavam sobre o seu cabelo curto à medida que andava, e como o branco complementava a sua pele castanho-siena — não cor de café com leite ou de café expresso, como designavam os livros sempre que se referiam à cor negra. Já havia comparado a cor de seu braço com escalas de cor e descobrira o nome do tom de sua pele. Maggie sabia que não era nenhuma beldade, exceto talvez pelos seus olhos, mas naquele momento parecia ser mais jovem do que indicavam seus 35 anos. Claro que não tinha se vestido assim para vir até aqui. Mas só quando já estava no metrô, a caminho da igreja, é que se lembrou de que não tinha limpado o laboratório do Dr. Rossi. Quando ele estava fora, tinha que limpar apenas às quartas-feiras, mas a semana tinha passado correndo.

— Confesse — disse Sam, seguindo-a. — Esse chapéu vem de Londres, não vem?

Maggie esperava que Sam estivesse em sua hora de descanso e que ela pudesse entrar sem que o chapéu fosse visto por ninguém que lhe pudesse perguntar onde o tinha comprado e por quê. Ignorando-o, apertou o botão do elevador, enquanto procurava as chaves em sua bolsa, mas sentindo-se vitoriosa. No que dizia respeito a chapéus, nada podia superar um Graham Smith. Maggie lia a *Vogue*, portanto sabia.

Ele esticou o braço e tocou em uma das penas, e ela o fuzilou com o olhar. Se não tivesse os ombros tão largos, Sam poderia ter sido dublê de alguém em um filme. O seu nariz não era reto o suficiente para que ele fosse o ator principal e tinha umas cicatrizes em volta do pescoço que pareciam ser resultado de brigas. Ela achava que ele daria um perfeito lutador de luta livre irlandês. Ele usava o seu cabelo castanho-escuro raspado e espetado em todas as direções, como os jovens.

Sam falava francês e italiano. Dizia que havia aprendido quando era jovem e trabalhava na marinha mercante, e Maggie acreditava nele. Uma vez já o escutara casualmente praguejar durante uma tempestade. Era o tipo de homem que provavelmente deixava as mulheres mais ingênuas derretidas com seu sorriso safado.

— Sam Duffy, tire suas falanges do meu chapéu! — disparou Maggie, orgulhosa por ter se lembrado do termo clínico para os dedos. Não se surpreendeu ao divisar os contornos da arma no coldre por baixo do casaco comprido do porteiro, considerando que os nove inquilinos eram podres de ricos e cada um deles ocupava um andar inteiro — e dado que John Lennon tinha morrido do outro lado do parque. Considerando tudo, Sam não era um porteiro normal. Os inquilinos gostavam de tê-lo por perto. Ela também, na maioria das vezes, mas não agora.

— *Pardonne-moi, madame* — disse Sam, retirando a mão. — Mas tem que ser originário da Inglaterra. Nunca vi nenhum chapéu assim em outro lugar.

— É desse mesmíssimo lugar, Sam, muito obrigada. E eu não quero ouvir nenhuma de suas gracinhas. Está bem?

— Eu? Gracinhas? Perante tal *chapeau*? Dê uma voltinha. Deixe-me ver melhor. Mas, afinal, por que você está tão bem-vestida?

O olhar pasmo de Maggie dirigiu-se até os candelabros na abóbada em sinal de irritação. Romanos 5:2-4 dizia "a tribulação trouxe a paciência e a paciência, a experiência; e a experiência, a esperança". Sam a estava ajudando a aprender a ser paciente, tirando-a do sério. Decidiu ser firme:

— Sam, eu não tenho tempo para brincadeiras. Estou com pressa!

Ao ver uma ligeira expressão magoada nos olhos dele, decidiu dizer um pouco mais:

— A minha igreja tem uma celebração importante hoje e eu tenho que estar lá.

Ele pareceu surpreendido.

— Já para a igreja, então! Limpe amanhã. Não vai fazer diferença. O doutor nem sequer está aqui e eu não vi a irmã dele aqui esta semana. Além disso, você não pode trabalhar vestida dessa maneira. — Ele indagou: — Você viu que suas meias estão desfiadas?

Maggie suspirou, abriu sua grande bolsa e mostrou uma pequena embalagem com meias-calças.

— Estou vendo — disse ele.

O elevador soou por trás deles e ela entrou.

— Sam, eu sou paga para limpar o laboratório às quartas-feiras, quando ele não está, bem-vestida ou não. Se Deus quiser, é na quarta-feira que vou limpar. — E apertou o botão para o oitavo andar no painel do elevador.

Ele abanou a cabeça como se ela fosse um caso perdido.

Maggie saiu para o átrio em frente ao apartamento do Dr. Rossi. No vão, de cada lado da porta dupla, estavam dois vasos antigos com detalhes em azul e amarelo, que o Dr. Rossi dizia serem de Deruta, na Itália. Deu a volta na fechadura e entrou. Quando ligou o interruptor, a luz iluminou o teto arqueado do corredor, pinturas suavemente iluminadas, um piso de madeira em forma de parquê e um elegante tapete persa. No meio do corredor, num cubículo, estava pendurado um pesado crucifixo do século XVII feito de prata maciça, o mais belo que ela já tinha visto. Por baixo, envolvido em veludo vermelho, estava um *prie dieu*[1] de ébano, no qual o Dr. Rossi e a irmã costumavam se ajoelhar e rezar. Maggie sentia sempre que estava num palácio cada vez que atravessava esse corredor. Passou por cômodos à sua esquerda e direita e, por julgar ter ouvido um barulho, parou no terraço.

— Olá? Tem alguém aqui?

Era o único cômodo de onde, por vezes, ouvia sons da cobertura, que ficava logo acima e era ocupada por um tal Sr. Brown.

Não que ela fosse uma fofoqueira, é claro. Apenas ficava curiosa, como qualquer outra pessoa ficaria se visse o que ela já tinha visto ao longo dos anos em que trabalhava lá, quando ia ao porão despejar o lixo. Maggie descobrira que, se subisse em uma das caixas de metal do equipamento, podia, por uma fenda na parede, ver entre a zona coletiva das garagens e a dele. Tinha visto não menos do que dois presidentes dos Estados Unidos — o atual e um anterior — dois árabes de Rolex e trajes típicos, um juiz da Corte Suprema, senadores, congressistas e um indivíduo com aspecto de chinês, a maioria deles de chapéu na mão e sorriso largo, dando apertos de mão de despedida ao saírem do elevador privado do Sr. Brown, entrando em suas limusines e saindo pela garagem particular. Sem fanfarra. Nada na imprensa a respeito de suas visitas. Não lhe parecia justo ver tanta gente importante chegando, sempre em segredo, e um de cada vez. Já tinha tentado tirar informações de Sam, mas, no que se referia aos locatários, ele era uma esfinge viva.

Maggie entrou no terraço e atravessou um pequeno corredor resultante da instalação de uma estufa para as flores da Srta. Rossi. Ela tinha orquídeas-artemísia raras, importadas da Ásia, que estavam florindo numa cor raiada de branco rosado. Maggie passou por elas e dirigiu-se ao canto oposto do terraço, onde se encontrava uma mobília em ferro forjado. Dali conseguia ver a cobertura, ou o canto do seu terraço em tijolo. Retirou o

[1] Um genuflexório. (N. do E.)

chapéu e fingiu que estava desfrutando a vista verdejante do Central Park. Maggie ficou animada quando vislumbrou o topo de um chapéu vermelho. Ou era uma mulher muito alta, pensou, ou um daqueles figurões da Igreja Católica.

Não conseguindo ouvir mais nada, regressou ao corredor e dirigiu-se ao laboratório do Dr. Rossi, que se encontrava num dos extremos, pegando a chave para abrir a porta metálica.

Já lá dentro, tirou o chapéu e o colocou em uma longa mesa situada abaixo de uma réplica emoldurada do Sudário de Turim. O Dr. Rossi a comprara com 17 anos, durante uma peregrinação a Roma. Frances disse que ele encontrara a Scala Santa, os 28 degraus de mármore de Tiro retirados do quartel-general de Pôncio Pilatos na Palestina. Jesus provavelmente os percorrera no dia em que foi condenado. O Dr. Rossi os subiu de joelhos, assim como os outros fiéis, parando em cada um para dizer sua oração específica. Nessa altura, trouxera com ele essa réplica do Sudário e dissera a seu pai que queria tornar-se um sacerdote, mas o pai não quis ouvi-lo. Discutiram por dias seguidos, enquanto sua mãe e Frances choravam. No fim, o pai saiu triunfante, mas o Dr. Rossi mandara pendurar o Sudário e passou a viver como um sacerdote mesmo assim.

Para Maggie, parecia indecente exibir daquela maneira o corpo trucidado de Jesus, mas limitou-se a murmurar "Perdoai-nos, Senhor" como sempre fazia quando olhava para cima. Descalçou as luvas brancas e vestiu o jaleco branco de manga comprida. Como precaução, pôs luvas cirúrgicas de látex. A única coisa que precisava fazer era limpar o pó. Na ausência dele, não haveria líquido derramado ou tubos de ensaio partidos, nem resíduos biológicos.

Com rapidez, limpou as superfícies pretas já familiares: as frentes dos armários de vidro e prateleiras de aço inoxidável, o refrigerador branco do laboratório, a cabine de fluxo laminar, os microscópios reluzentes de vários tipos, as suas balanças e os medidores e pilhas de tubos de ensaio — tudo do melhor e do mais recente para as suas pesquisas. Conhecia quase todo o material que ele usava, pois o seu primeiro trabalho em Nova York tinha sido no Hospital do Harlem. Uma vez, ele teve um laboratório no Hospital Monte Sinai, mas, quando lhe foi recusado mais espaço para um projeto controverso, abandonou aquele e instalou um ali mesmo no edifício. Seu advogado deve ter molhado muitas mãos para conseguir as autorizações. Deve ter pago uma importância desmesurada para transferir as instalações do velho consultório do pai para aquele local.

Estava limpando o pó da escrivaninha quando um caderno caiu. Ressaltou no chão e fez um estalido ao abrir-se, como se estivesse fechado à chave. Abaixou-se para apanhá-lo e ficou espantada quando viu o seu nome escrito no que parecia ser uma lista. Maggie aproximou a folha e depois fechou o livro bruscamente.

— Vejam só, estou bisbilhotando — disse em voz alta.

A palavra *Diário* estava escrita na capa. Já tinha visto aquele caderno no laboratório, ou outros iguais àquele, de tempos em tempos.

Maggie o colocou sobre a mesa e acabou de limpar o pó. Viu as horas, deu uma olhadela em seu chapéu Graham Smith, e sentou-se à escrivaninha.

— Perdoai-me, Senhor, pelo que vou fazer — disse ela.

Abriu o diário na página com o seu nome e leu:

9. Dispensar Maggie antes de prosseguir.

Capítulo 3

Turim, Itália

Essa imagem no Santo Sudário, vista com desdém ou veneração ao longo de séculos por milhões de pessoas, nunca deixou de emocionar Felix. A primeira fotografia, de 1898, era como o negativo de um retrato. A imagem conseguia ser distinguida mesmo a olho nu. A opinião médica concordava: o pano de aproximadamente 4 metros havia, outrora, enrolado um cadáver.

Dobrado transversalmente ao meio, o pano tinha sido disposto sobre a cabeça do cadáver de modo que metade cobrisse a parte de trás do corpo. A metade que Felix contemplava cobrira a parte da frente. Um homem morrera e fora enrolado nele, rodeado por plantas e flores, sua imagem tão nítida quanto a dele.

Morreu no primeiro século da crucificação romana ou em um assassinato que a pretendeu simular, produzindo, assim, uma falsa relíquia. Como um falsificador medieval saberia contradizer os conhecimentos de seu tempo acerca da crucificação ao colocar nos pulsos, e não nas palmas das mãos, as chagas feitas pelos pregos, não havia sido explicado por aqueles que consideravam o Sudário uma falsificação. Só recentemente é que arqueólogos ficaram sabendo que a crucificação pregando os pulsos era a prática romana.

Cada vez que alguma informação científica era fornecida, surgiam controvérsias, mas os fiéis não vacilavam e Felix também não. O seu intelecto mantinha-se objetivo por causa do seu trabalho, mas os seus sentimentos não.

Como podia ser?

Aqui se deitara um homem medindo aproximadamente 1,80 metro de altura, com longos cabelos caindo sobre os ombros. Usava barba bifurcada, bigode e tinha uma trança atrás. Pesava aproximadamente 66 quilos. O seu corpo estava bem nutrido e não tinha quaisquer anormalidades, exceto as que lhe tinham sido infligidas antes de morrer.

Felix conhecia cada uma delas de cor.

Uma lesão na testa que lhe causou sangramento, cuja forte mancha era visível no lado esquerdo da magra face semítica. Múltiplas manchas de sangue no cabelo irrompendo do escalpo, uma mancha escorrendo para a sobrancelha e a orelha direitas, outras se estendendo para trás do escalpo cobrindo a área occipital. A pálpebra direita rasgada e a face inchada, como se tivesse apanhado com uma clava. Estriamentos na face esquerda, como os cortes feitos por uma queda de cabeça. O osso do nariz desalinhado, como se tivesse sido partido. Respingos de sangue pelo rosto, formando coágulos na pálpebra esquerda, na narina esquerda e nos lábios de cima e de baixo. Os coágulos tinham uma aparência normal, córpusculos vermelhos concentrados nas pontas e dentro de uma pequena e clara zona sérica. No ombro direito, uma área enorme com a pele arrancada. Contusões múltiplas em ambos os joelhos, múltiplos cortes numa patela sugerindo tropeções consecutivos. O pulso esquerdo posicionado sobre o direito apresentava uma ferida grande que teria danificado as ramificações do nervo mediano provocando causalgia — a dor mais profunda que se pode sentir. Devido a esses ferimentos, marcas de escorrimentos horizontais pelos braços abaixo. Na parte traseira, uma marca ensanguentada de uma perfuração no pé direito e uma marca menos escura no pé esquerdo, feitas no peito dos pés. Por baixo de todos esses ferimentos, pela frente e por trás, desde os ombros às panturrilhas, pequenas marcas em forma de haltere provocadas por açoitamento, indicando o uso simultâneo de dois chicotes guarnecidos com várias correias. Talvez umas 120 chicotadas.

Possivelmente mais. Entre a quinta e a sexta costela, uma perfuração ovoide do lado direito do tórax, acompanhada por um fluxo de sangue descendente até o fundo das costas. Esta última poderia ter sido fatal se tivesse acontecido quando o homem ainda estava vivo.

A morte ocorreu enquanto os braços estavam esticados, como era evidente pelo fluxo do sangue. O *rigor mortis* congelou os pés naquela posição e enrijeceu o corpo, o que significava que ele fora baixado entre quatro a vinte e quatro horas após a morte. A opinião médica diferia quanto às luxações no ombro e no cotovelo esquerdos. Segundo alguns, quem quer que o enrolara teria quebrado seus braços para que as mãos pudessem ser dobradas sobre a bacia.

Só a teimosia poderia impedir um observador de ver a realidade. O registro do sofrimento de um ser vivente. Como a imagem tridimensional tinha sido impressa no pano, ninguém sabia. Uns diziam que por uma lenta ação bacteriana do sangue e dos fluidos venosos. Outros diziam que por energias associadas à ressurreição. Para Felix, o *como* era menos importante do que o fato de sua existência — o pólen e as plantas de Jerusalém, a sua perfeição anatômica e os joelhos arqueados para além do conhecimento ou da maestria dos artistas desse tempo.

Felix estremeceu perante a imagem. Por um momento, pensou que ia ter um acesso de choro. Quem poderia ser senão o Senhor? Quem senão Jesus? Os romanos tinham crucificado muita gente, mas teriam todas as vítimas usado uma coroa de espinhos? Uma lança teria trespassado seu tórax no lado direito conforme mencionado na Bíblia? Desde os tempos de infância, Felix desejava vivamente desfazer esse crime — embora a vítima o fosse por vontade própria —, purificar o seu bem-aventurado sangue, salvar esse cordeiro levado do Templo para a matança.

Desde que tinha nove anos e viu pela primeira vez essa face, sofria para desfazer esse crime.

Sentiu uma mão em seu ombro e olhou para cima. Era o padre Bartolo. Olhando dentro dos olhos do velho sacerdote, cheios de compaixão, Felix soube o que ele sentia — algo de que ele sentia-se incapaz, algo que ele sabia ser pecado —, ele, que praticava a tolerância. Eram os restos de um ódio absorvido há muito tempo durante a escola dominical, onde ensinavam às crianças cristãs que os judeus haviam assassinado Cristo. Ele não era assim ingênuo, como qualquer católico. O Concílio Vaticano II determinara, em 1965: "O que aconteceu em sua paixão não pode ser atribuído, sem distinção, a todos os judeus que então viviam, nem aos judeus de hoje." A moderna escola bíblica tinha ido mais longe e desaprovava qualquer base de culpabilidade. No entanto, aqui estava aquele sentimento — ele não queria ter parentesco com eles. Esse sentimento o confundia e o envergonhava. Em desespero, tentou deixá-lo de lado. Por que seus pais mentiram? Como limpar a culpa redobrada que sentia por ser judeu e por envergonhar-se disso?

— *Siete malato, Dottore Rossi*[2]? — perguntou Bartolo.

Uma certeza surgiu. Como judeu tinha uma razão ainda mais forte para levar o seu plano adiante.

— *No, padre, sto bene.*[3]

Dominaria sua nova identidade e realizaria o que sonhara e para o que se preparara — repetindo para si próprio, a cada passo, que nunca na verdade o levaria adiante por ser irrealista, uma blasfêmia. Projetara protocolos e praticara continuamente em seu laboratório apenas pelo desafio. Buscara estar aqui apenas para observar e analisar o Sudário. Mantivera sua participação fora do conhecimento da imprensa apenas para proteger sua carreira. A ciência do Sudário era, para alguns, uma ciência estranha.

Agora, sentia-se compelido a realizar o seu sonho — como se Deus, Ele próprio, tivesse aberto a caixa em Nova York e revelado as cartas que Frances lera.

Se levasse o plano até o fim, poderia deixar Turim no dia seguinte, em vez de esperar até o fim da semana. Podia dar a desculpa da morte de um familiar, entregar a investigação ao seu substituto, apanhar o limitado, e de preço exorbitante, Concorde, de Paris para Nova York, e estar na manhã seguinte com Frances.

A sua agitação aumentava com as possibilidades. Receoso da descoberta e igualmente temeroso do sucesso, Felix baixou a cabeça para evitar o olhar fixo de Bartolo e começou o seu trabalho. Parou quando as irmãs clarissas chegaram ao local onde se encontrava, para descosturarem o forro do Sudário, conhecido como o Pano da Holanda. Então ele e o padre Bartolo desdobraram o Sudário por completo. Enquanto outros trabalhavam à sua volta, Felix posicionou o seu microscópio com cuidado aqui e ali, sua respiração mais pesada do que o normal, as palmas das suas mãos molhadas por baixo das luvas cirúrgicas. O microscópio tinha uma função que ninguém

---

[2] "Sente-se mal, Dr. Rossi?", em italiano. (N. do E.)

[3] "Não, padre, estou bem", em italiano. (N. do E.)

naquela sala dourada, além dele próprio, conhecia. Ele o projetara com esse dia em mente — dizendo para si próprio que nunca iria usá-lo.

Felix esperou pelo momento que tinha imaginado mil vezes, pensando se de fato levaria a cabo seu intento. Sua oportunidade surgiu quando o padre Bartolo se afastou da mesa para sentar-se.

Olhando através da lente ocular, Felix colocou o microscópio sobre a maior mancha de sangue, a que tinha escorrido quando o soldado romano usou a sua lança para perfurar o tórax. Ajustou a ampliação até que os fios manchados de sangue sobressaíssem.

Felix puxou uma alavanca; seu coração batia acelerado. Uma lâmina muito fina, com um gancho na ponta, apareceu. Conteve a respiração. Cortou dois dos fios mais escuros, depois deslocou-o três centímetros e voltou a cortar. Levantou a cabeça, limpou os olhos na manga da camisa e viu que o padre Bartolo falava com um dos outros sacerdotes. Felix debruçou-se sobre o microscópio. Quando a lâmina foi recolhida, os pedaços de fio vieram junto, transportando centenas de células sanguíneas que, Felix tinha a certeza, continham o DNA do Filho de Deus.

Arfando, levantou o precioso fruto do seu roubo.

Os judeus não tinham matado Cristo.

Mas, se Deus quisesse, um judeu iria trazê-lo de volta ao mundo.

Capítulo 4

Quinta Avenida, Nova York

Três vezes Maggie leu a linha que dizia que o Dr. Rossi planejava dispensá-la. Dispensá-la para quê? Ele não podia querer dizer que ia despedi-la.

Sentiu que essas palavras tinham lhe arrancado o coração.

Durante cinco anos, o Dr. Rossi tinha mostrado, ou fingido, preocupação genuína com ela. No começo, tinha feito a limpeza do seu laboratório em meio período; mais tarde, os Rossi a contrataram em tempo integral para tomar conta de toda a casa. Ultimamente, devido às aulas que ele tinha lhe arranjado para que ela pudesse progredir na vida, tinha voltado a ter apenas o laboratório e alguns outros trabalhos soltos em outros locais. Como ele podia demiti-la, sabendo que ela ainda dependia dele?

— Maggie, você está aí?

Era a irmã do Dr. Rossi, Frances. Antes de Maggie ter conseguido pousar o caderno, Frances já estava no laboratório, os olhos ligeiramente inchados, como se tivesse chorado ou não tivesse dormido.

Frances olhou fixamente para o diário nas mãos de Maggie.

— Isso é seu — disse ela de uma maneira delicada demais — ou pertence ao Dr. Rossi?

Envergonhada, Maggie o colocou na escrivaninha.

— É do Dr. Rossi, mas...

— E você estava lendo?

Frances, quando não gostava do que via, fazia uma cara extremamente fechada, o que se tornava ainda mais visível quando estava com seu cabelo castanho liso penteado para trás, como era o caso. Ela vestia um de seus chiques e elegantes conjuntos Doncaster. Não que Maggie tivesse o hábito de mexericar em seus armários. Mas, neste momento, ela parecia chique e ultrajada.

— Não era minha intenção ler. Ele se abriu. Eu vi o meu nome... — Maggie levantou-se da escrivaninha, nervosa. — Senhorita Rossi, por que ele vai me demitir? O que foi que eu fiz?

O olhar cortante de Frances caiu sobre o caderno.

— Despedi-la? — Dirigiu-se à escrivaninha e o apanhou. — Isso é ridículo! Onde é que você leu isso?

Maggie ficou ao seu lado folheando as páginas e, quando enfim encontrou, apontou.

— Aqui. Vê? Diz: "Dispensar Maggie antes de prosseguir."

Frances sentou-se, estudou a página e riu secamente.

— Projeto do Genoma Humano? Clonagem por Transferência de Núcleo Celular? Oh, Flix — disse ela, chamando o irmão pelo apelido —, qual é o seu devaneio desta vez? — Fechou o livro com um barulho. — Ele não tem a intenção de dispensar você. Tem feito isso a vida inteira.

— Feito o quê?

Frances olhou para cima.

— Ele está sempre ocupado com alguma coisa esquisita: desafios, projetos impossíveis. — Ela batia com a ponta dos dedos no diário. — Por vezes os finaliza, mas, na maioria dos casos, não. São uma obsessão enquanto duram, mas não passam de jogos mentais. Ele faz listas. Esta é sobre clonagem.

— Clonagem? Clonar quem?

— Ninguém, é claro.

— Quer dizer, clonar uma pessoa?

— Apenas em tese, Maggie.

Maggie olhou para o caderno que se encontrava por baixo da mão de Frances.

— Mas não podemos ver para ter certeza?

Frances franziu as sobrancelhas.

— É claro que não! — Depois bateu levemente na mão de Maggie. — Os homens brilhantes são, por vezes, um pouco estranhos. É apenas algo que o intriga. Eu posso mostrar a você centenas de listas como esta, com coisas que ele nunca fez nem nunca teve intenção, nem remota, de fazer. Ele gosta de tentar realizar o impossível em sua mente, apenas isso.

— Mas por que ele teria que me despedir?

Frances olhou para Maggie com ar severo.

— Talvez porque a clonagem seja controversa e ele pensou que você leria o diário.

Na verdade, Maggie estava muito interessada em fazê-lo: ler mais para ver se Frances tinha razão. Queria saber se ia precisar de seguro-desemprego.

Frances olhou para cima, para a réplica do Sudário, e moveu o pescoço como se tivesse sido esvaziada de energia.

Outra vez Maggie notou os olhos dela inchados.

— Senhorita Rossi, o que houve?

— Nada. Bem... — Frances olhou na direção da porta. — Eu e a Adeline temos ficado na casa da minha tia Enea. Maggie, ela faleceu ontem à noite.

Pela primeira vez desde que Maggie a conhecia, pareceu que Frances ia começar a chorar. Como que por impulso, Maggie inclinou-se e abraçou-a, dando-lhe tapinhas nos ombros. Frances e o Dr. Rossi eram dois nova-iorquinos maduros, solteiros e ricos, a quem o dinheiro não deixava envelhecer — com exceção de ele estar o mais longe possível de ser um playboy e de, para ela, a família significar tudo. Ela ficava com a tia Enea três a quatro noites por semana. Os namorados ocasionais que mantinham Frances até altas horas da noite em festas não teriam grandes chances com ela, a não ser que o Dr. Rossi casasse. Maggie sabia que ela nunca forçaria seu irmão a viver sozinho.

— Posso ajudar em alguma coisa? Qualquer coisa que seja?

Frances endireitou-se.

— Não, nada. Eu pensei que, após a sua morte, eu e Flix ficaríamos sozinhos, e você sabe quanto eu temi isso... não ter qualquer família a não ser nós dois.

Maggie podia imaginar o quanto ela estava transtornada, pois nunca chamava o Dr. Rossi de *Flix* na frente dela.

— Hoje tivemos uma surpresa fantástica, mas penso que o Dr. Rossi...

— Não me diga que encontraram familiares!

Frances parecia um pouco animada.

— Sim, creio que sim, mas... Bem, ele ficou perturbado.

— Por quê? Eles são criminosos ou algo parecido?

— Não, tenho certeza de que não são, mas...

— Então isso é ótimo, Senhorita Rossi.

Frances levantou-se.

— Veremos. Não comente nada do que eu disse. Eu e ele temos que conversar. Apenas dei um pulo aqui para pôr algo no cofre. — Ouviram um barulho no corredor e Frances disse: — Adeline, estamos aqui.

Maggie olhava fixamente para o diário. Ela se ruborizou quando Frances o pegou e acenou com ele.

— Acho melhor pôr isto no cofre também. Que coisa feia, Maggie!

Adeline apareceu à porta, sorrindo e acenando satisfeita para Maggie. Era amiga de Frances desde a Faculdade Sarah Lawrence. Ela, Frances e o Dr. Rossi formavam um trio desde os tempos de estudantes. Mas o Dr. Rossi só tinha começado a namorar Adeline há cerca de um ano, como se de repente uma venda tivesse caído dos seus olhos. Se as coisas continuassem bem entre eles, Frances poderia apaixonar-se e ter vida própria.

Maggie ainda não entendia por que o Dr. Rossi tinha levado tanto tempo para reparar em Adeline. Ela era a mulher mais bonita que Maggie já tinha visto pessoalmente. Tinha uma aparência frágil, como se nunca tivesse acumulado qualquer gordura em seu corpo, nem nunca fosse acumular. Possuía cabelo louro natural, maçãs do rosto e queixo grandes, e olhos acinzentados, profundos. Maggie tinha se preparado para não gostar de Adeline quando se conheceram, mas algo no espírito de Adeline fazia com que gostassem dela de imediato. Todos queriam estar à sua volta.

Ela entrou, buscando um abraço.

— Maggie, há semanas que não a vejo. Como você tem passado?

Maggie abraçou Adeline.

— Bem, e você?

Adeline a segurava próxima ao corpo.

— Ótima! Mas diga — perguntou, com um olhar maroto, ao mesmo tempo que olhava para o chapéu colocado sobre a mesa como uma ave —, é seu? Onde foi que o encontrou?

Maggie sentiu-se mal. Por que ela tinha comentado sobre chapéus com metade da população da Quinta Avenida? Nesse momento, desejava não ter feito isso e queria especialmente que não o tivessem visto.

— Sim, é meu.

Adeline balançou a cabeça em direção ao chapéu.

— Que lindo, Maggie! Coloque-o para nós vermos, por favor!

Maggie achou que Adeline estava tentando animar Frances. Não podia recusar e, quando pôs o chapéu, viu a satisfação no rosto de Adeline; as duas davam pequenas risadas como meninas de escola.

— Ficou divino, Maggie. Divino mesmo — disse Adeline.

— É bom mesmo — soltou Maggie abruptamente. — É um Graham Smith.

Maggie as viu trocar um olhar de surpresa. Ela tinha cometido um grande erro.

Frances aproximou-se.

— Um Graham Smith? Que chique! Maggie, um Graham Smith ainda por cima! Você o comprou? Com que finalidade?

Por instantes, Maggie desejou ser mentirosa.

— Lembram-se da Sharmina?

— A sua amiga da igreja?

— Sim. — Maggie contou a história: — Eu e Sharmina travamos uma guerra de chapéus que já se estende por quinze anos e ela tem se gabado perante toda a congregação de um chapéu novo que encomendou. Convidamos, com todas as honras, um orador que chega hoje da Califórnia e cuja mulher tem uma loja de chapéus muito fina. Percebem? A igreja está promovendo o maior concurso de chapéus que já houve e ela será a juíza, e Sharmina diz que vai ganhar... — Fez uma pausa, sentindo-se ridícula.

Frances tirou o chapéu da cabeça de Maggie, colocou-o em sua própria cabeça por um momento e pavoneou-se com ele, fazendo palhaçadas.

— Não fique preocupada, Maggie. Hoje a Sharmina não vai ganhar nada. — E dirigiu-se a Adeline para colocar o chapéu nela.

Por dentro, Maggie sentiu-se engrandecer.

— Não, Frances! — disse Adeline, mas Frances já estava colocando-o na cabeça de Adeline.

— Pronto. Que chapéu! Vire-se, Adeline, deixe-nos ver.

Enquanto Adeline se virava, Maggie deixou de respirar. Havia comprado e pago pelo chapéu, havia um recibo que provava que era seu, mas ele pertencia a Adeline.

Adeline retirou o chapéu e voltou a colocá-lo em Maggie, olhando-a nos olhos. Maggie sentiu algo que poderia chamar de afinidade, se fossem mais parecidas.

— Hoje a vitória será sua — disse Adeline, caminhando de volta ao corredor.

Frances pegou as mãos de Maggie, que ainda estava surpresa mas vibrando de emoção.

— Quando a Sharmina vir você usando este chapéu, vai desmaiar. Estou dizendo: desmaiar!

Como Maggie não respondeu, Frances olhou para o rosto dela.

— Está bem, diga-me a verdade…

— Eu digo sempre a verdade, Senhorita Rossi.

— Bem… — Frances apertou os lábios e levantou as sobrancelhas, olhando para o chapéu.

Maggie sentiu-se tão embaraçada que não conseguia falar. Embora Frances fosse considerada abastada – ela tinha orquídeas, um Jaguar S e um garanhão preto andaluz chamado King –, em todo o resto tentava ser parcimoniosa, dizendo que se recusava a *gastar somas astronômicas em qualquer coisa*. O que ela pensaria da extravagância de Maggie?

Frances tocou-lhe na mão emitindo sons de censura.

— Diga-me se estou indo longe demais, mas você gostaria de voltar a trabalhar aqui todos os dias novamente?

Maggie pensou nos guisados de atum que andava comendo todos os dias há seis meses.

— Está bem — disse calmamente —, mas o Dr. Rossi já me paga como se fizesse isso.

— Isso é apenas pelo trabalho leve no laboratório. Você faria o resto novamente, também?

— Sim, com certeza.

— Ótimo. Farei com que lhe pague mais. Organize seu horário no curso de auxiliar de enfermagem e me informe amanhã. Pode começar imediatamente. — Frances encaminhou-se para a porta. — Divirta-se hoje, Maggie. Você merece. E amanhã conte-me tudo.

— Vai sair?

— Sim — Frances parou à porta. — Adeline e eu vamos para a funerária, depois pensei em seguir para Landing e passar a noite na cabana. Quero sair da cidade por uma noite.

Maggie acenou com a cabeça. Os Rossi chamavam de cabana a residência que possuíam do outro lado do rio Hudson, em Cliffs Landing, mas na realidade era duas ou três vezes maior do que os lares de muitas famílias.

Quando Frances saiu, Maggie ficou por um longo período olhando para a porta que tinha se fechado. Depois se dirigiu à sala de estudo do Dr. Rossi, tirou as luvas de látex e o jaleco. Enrolou as suas meias rasgadas para baixo, tirou-as e calçou um par novo, por pernas que eram mais finas e quadris mais largos do que ela gostaria, retirou o seu estojo de pó compacto e, num ritual que não era mais deliberado, retocou a pouca maquiagem que estava usando: um toque de iluminador ao longo do centro do nariz para afastar a atenção de suas largas narinas; um truque similar foi aplicado na boca um pouco generosa: um *gloss* castanho nas bordas e uma pincelada de cor na parte de dentro. Limpar o excesso, retocar uma ou duas vezes e estava pronta. Nos olhos — de cor castanha média com laivos cor de azeitona — não pôs nada, agradecendo por Deus ter lhe dado uma dádiva.

Esperou para sair até ter certeza de que Frances e Adeline já tinham ido embora, então foi apagando as luzes enquanto caminhava ao longo do corredor suntuoso dos Rossi, passando pela sala de estar onde se encontravam o cofre e o diário que ela não conseguira ler para descobrir se ia ser demitida. Trancou a porta da frente e apertou o botão do elevador.

Levou mais tempo para chegar do que era habitual.

Quando as portas se abriram, ela descobriu o motivo. Apenas por uns instantes, e pela primeira vez, Maggie estava cara a cara com o Sr. Brown, cujo elevador particular devia ter explodido ou algo parecido para ele estar usando o deles. Ele era o homem que vivia na cobertura e que nunca descia à sua garagem particular para cumprimentar os seus convidados VIPs, pois Maggie já teria colocado os olhos nele antes. As poucas vezes que tinha conseguido vê-lo de relance, ele usava um largo chapéu Fedora, e ela não enxergara seu rosto.

Ficar frente a frente com ele a paralisou. A sua cabeça era desproporcional, dando a impressão de um ídolo em vez de um homem — cabelo grosso em volta do rosto enquadrando-o como uma aura de platina, sobressaindo um nariz comprido e um queixo voluntarioso. Tinha mãos largas e cinzeladas com polegares proeminentes sugerindo um agarrar firme. Usava roupas que um simples olhar revelava não haver nada mais caro.

O mordomo dele tinha se posicionado de maneira a impedir que ela o visse, logo após as portas terem começado a se abrir. Mas Maggie tinha vislumbrado o suficiente para chegar a três conclusões. Tinha facilidade em se lembrar de fisionomias e nunca tinha visto o rosto dele na *Vogue* ou na *Town & Country* ou na *W* ou em qualquer jornal. O seu nome não devia nem ser algo tão vulgar como Brown. Mas, fosse qual fosse o seu nome verdadeiro, ele claramente menosprezava todo mundo e, naquele momento, a ela em especial.

— Espere. Por favor — ordenou o mordomo com frieza, apertando o botão.

O pedido a irritou, mas ela acenou com a cabeça, olhando por trás dele para o que conseguia vislumbrar do Sr. Brown. Quando as portas se fecharam, percebeu que estava segurando a respiração. Momentos mais tarde o elevador voltou e ela entrou, evitando olhar para o seu reflexo nos espelhos. Tinha reparado em sua rusticidade ao ver Adeline com seu chapéu Graham Smith; foi lembrada por Frances de que o chapéu era caro demais para ela; sentiu-se humilhada por ter sido apanhada vivendo acima do seu nível; e, agora, a sua insignificância era confirmada no olhar do Sr. Brown.

Maggie tapou os olhos, para evitar que Sam, o porteiro, reparasse que tinha chorado.

Capítulo 5

Quinta-feira de manhã

Felix sentiu o Concorde lento na preparação para a aterrissagem no aeroporto JFK. Fizera a reserva tarde e só conseguira um lugar atrás, em vez de na parte da frente, que era mais calma. Muito em breve os passageiros sentiriam um estremecimento quando o Concorde aterrissasse como um cisne esquisito — nariz para cima, asas estendidas contra o vento, de modo a parar seu voo solitário, e pés com rodas para tocar o solo que se aproximava. No entanto, ele preferia as aterrissagens às decolagens — subir dois mil pés por minuto a uma velocidade de 180 nós pregava-os aos pequenos assentos assim como os astronautas nos foguetes. Depois, o ruído surdo e prolongado quando os dispositivos de pós-combustão entravam em ignição para propulsioná-los para Mach 1, depois para Mach 2, para o alto, por cima das nuvens e para o espaço escuro, espaço purpúreo, a curvatura da Terra visível pelas janelas.

Para seu alívio, ainda não tinha reconhecido ninguém até o momento nesse voo. Os passageiros do Concorde formavam um clube relativamente pequeno: aqueles que não só tinham os nove mil dólares para o bilhete, mas também tinham pressa ou queriam atravessar os céus como deuses. Felix não se encontrava em nenhuma dessas categorias.

Tentou ler, mas os seus olhos caíam constantemente sobre a pasta que trouxera consigo ao avião, para que os pedaços de fio não fossem sujeitos a temperaturas extremas. Tentou dormir, mas quando fechava os olhos tinha uma visão que o transtornava — um rapaz com um *yarmulke* corria chorando pelo Central Park, enquanto um grupo de rapazes o perseguia gritando: "Judeu, judeu, mostre-nos os seus chifres!" Essa imagem o perseguira durante toda a vida, mas nunca teve coragem de perguntar se ela era real. Teria acontecido? Era ele o perseguido ou o perseguidor? Agora Enea tinha morrido e ela era a última pessoa que talvez pudesse saber.

Pegou o formulário de declaração de direitos alfandegários, ainda em branco, em profundo conflito. Em seus devaneios, não imaginara essa parte. A honestidade o obrigava a escrever: dois pedaços de fio ensopados de sangue seco do Sudário de Turim. No entanto, isso resultaria em sua prisão imediata. Importar objetos culturais roubados era um crime federal.

Quando, no hotel, retirou os dois pedaços de fio do seu microscópio e os selou numa placa de cultura esterilizada, pensou que já podia descansar. Só nessa altura se lembrou da alfândega. Sabia que o risco de os passageiros do Concorde serem revistados era remoto. O que o formulário alfandegário fazia era lembrá-lo de que estava pecando. Mal queria acreditar que, na realidade, tinha roubado pedaços de fio do Sudário e, no entanto, embora minimamente, tinha estragado o que sabia ser o maior tesouro da Cristandade.

O formulário tremia em suas mãos enquanto o nariz do avião se levantava num ângulo elevado e os motores roncavam na descida. A vista que tinha através da minúscula janela estava encoberta pelas asas em formato de delta, mas sentiu as rodas tocarem o chão — três horas e quarenta e cinco minutos após a decolagem. Quase simultaneamente, o nariz afundou, deixando seu estômago desnivelado. Em sua opinião, a primeira classe de um Boeing 747 batia o Concorde em tudo.

Enquanto o avião se dirigia para um dos portões, preencheu o formulário com seu nome, número de passaporte e seu endereço na Quinta Avenida. Depois, vendo que não tinha outra opção senão mentir, marcou o quadrado que mencionava *Nada a Declarar*, sentindo uma vergonha profunda.

Alguns minutos depois de o avião ter aterrisado, quase todos os passageiros tinham desembarcado. Felix teve que se inclinar, pois o lustroso teto do avião era baixo demais para quem tivesse mais do que 1,80 metro de altura. Com a sua habitual atenção, o pessoal de bordo da Air France devolvia os casacos e chapéus que tinham sido entregues na sala do Concorde, em Paris. Na sala da Imigração, Felix e outros passageiros, frequentes em voos transatlânticos, contornaram as linhas e dirigiram-se às máquinas azuis do INSPASS. Inseriu o seu cartão de identificação e colocou sua mão no leitor para a identificação da palma.

Quando chegou à área alfandegária, as malas já estavam saindo do avião. Retirou a sua bagagem, assim como os outros noventa e nove passageiros. Aproximou-se do funcionário da alfândega, que tinha um ar extremamente amigável e estava insistindo para que um homem de cabelos brancos, que usava um terno feito manualmente por Kiton de Nápoles, abrisse as suas malas Seeger de pele de carneiro para ele inspecionar. Não importava que aquelas malas tivessem custado três mil dólares. Felix sabia, porque tinha um conjunto similar e meia dúzia de ternos Kiton.

Estava pensando em mudar de fila quando o funcionário olhou para ele. Felix sorriu e não se mexeu enquanto o suor começava a umedecer sua camisa de seda por baixo dos braços. Aparentemente, enquanto ele e o homem com a bagagem Seeger estavam encolhidos nos assentos do Concorde, os escritórios da alfândega do JFK tinham enlouquecido por completo e decidido examinar os ricos.

Olhou à sua volta, preocupado, e viu um rosto ligeiramente familiar, que o tranquilizou sem motivos. Enquanto tentava se lembrar — queixo comprido, boca fina e cabelo ondulado, cor de bronze —, o homem abandonou a fila onde se encontrava e dirigiu-se a ele.

— É o Dr. Rossi, não é? — disse, estendendo a mão.

— Sou — disse Felix, estendendo a sua e tentando recordar-se de onde conhecia o homem. Parecia ter quase quarenta anos e tinha um sotaque britânico.

— Jerome Newton, do jornal *The Times.*

— É claro — disse Felix, lembrando-se. Newton era um dos poucos aristocratas ingleses que trabalhavam. Ele era especialista em escolher um assunto e destacar as pessoas de renome. Já havia incluído Felix em um artigo intitulado "Os Novos Geneticistas". Escrevera também outro, chamado "Cientistas do Sudário", em meados dos anos 1980. O nervosismo de Felix aumentou.

— É bom vê-lo de novo — conseguiu dizer Felix, tentando ficar de olho no que estava se passando com o homem de cabelos brancos.

— Um prazer, de verdade. Está de volta, então? — perguntou Newton.

Felix forçou um sorriso.

— Sim, estou. E você?

— Venho sobretudo para assistir à Feira de Arte e Antiguidades, em Palm Beach.

— Vai acontecer de novo? — Felix havia assistido à primeira e tinha ficado admirado com a variedade de objetos à venda num único local. Tinha sido lá que ele comprara o crucifixo de prata que estava dependurado sobre o *prie dieu* no corredor.

— Sim. Extraordinário que eles tenham atraído os principais negociantes mundiais pelo terceiro ano consecutivo. Vou escrever sobre outro grupo: "Os Negociantes de Arte de Palm Beach". Pensei em me perder por Nova York por quinze dias.

Newton fixava flagrantemente o formulário da declaração alfandegária que Felix se esquecera de estar segurando.

— Esteve em Turim? — perguntou Newton.

Felix baixou a mão com o formulário que o denunciava e tentou soar descontraído:

— Sim. Uma cidade lindíssima.

Sem constrangimentos, Newton perguntou:

— Você, por acaso, não esteve no Duomo, esteve?

— No Duomo?

— Creio que há algo sendo feito com o Sudário, mas a imprensa não está tendo acesso.

Felix engoliu em seco, lembrando-se de que não havia motivo nenhum para Newton suspeitar dele. Publicamente, Felix nunca estivera associado a qualquer trabalho relativo ao Sudário.

— Isso é verdade?

— Algo se passa lá, aposto. Liguei para dois cientistas do Sudário para fazer atualizações de rotina e, para meu espanto, estão ambos em Turim durante toda a semana, sem possibilidade de contato.

— Duvido que desse alguma notícia de interesse. Sobre o Sudário nada muda. Os fiéis acreditam; os céticos, não. Os cientistas argumentam sobre "fatos".

Jerome soltou um riso abafado e olhou pasmado para o princípio da fila.

— Olhe para aquilo.

O funcionário alfandegário tinha esvaziado a primeira mala do homem de cabelos brancos e estava começando a segunda. Felix sentiu pena do homem, que, apesar de tudo, conseguia manter a dignidade enquanto suas cuecas dobradas estavam sendo expostas.

— Você acha que eles têm intenção de revistar todos por completo? Deve ter a ver com aquele roubo de arte em Paris, ontem — disse Newton. — Espero que as minhas cuecas limpas estejam por cima.

Felix sabia que Newton devia estar enganado, mas olhou de relance para o funcionário e depois para sua mala no chão. A placa de cultura estava num compartimento reforçado junto ao microscópio.

Jerome olhou para a mala no chão e riu.

— Meu rapaz, se tem contrabando aí dentro, você está em maus lençóis.

Felix acalmou-se, olhou para Jerome, mas não disse uma palavra.

— Desculpe, Dr. Rossi, foi apenas uma piada de mau gosto. — Ele olhou para o começo da fila.

Acenando com a cabeça, Felix fez o mesmo.

O funcionário estava ajudando o homem de cabelos brancos a refazer a mala. Fez um gesto para a próxima pessoa da fila, uma mulher vestida com roupas escuras comuns. O seu cabelo comprido e liso o fez lembrar Gloria Steinem, nos anos 1970. Ela dirigiu-se para a cabine, entregou o passaporte e o formulário alfandegário, e depois Felix a ouviu dizer:

— Você tem intenção de revistar os meus pertences?

O funcionário leu o seu formulário com atenção e, a seguir, para surpresa de Felix, disse, com a pronúncia de Nova York:

— Sim, faça o favor de abrir a sua mala.

A mulher assim fez, os lábios apertados, mostrando a sua indignação. Jerome inclinou-se para a frente.

— Parece que estamos prestes a ser apanhados.

— Parece que sim — disse Felix, tentando disfarçar o medo em sua voz e pensando que, na verdade, tinha dois problemas. O primeiro, conseguir passar pelo funcionário. O segundo, assegurar-se de que Jerome não veria ou suspeitaria do conteúdo da placa de cultura. Jerome podia fazer perguntas a respeito dos pedaços de fio. Como jornalista, tinha meios para investigar e motivos para noticiar a sua descoberta.

Imaginou o título que Jerome daria e pela primeira vez teve noção da absoluta insanidade do seu ato. Se sua placa de Petri fosse descoberta, seria obviamente inspecionada para que tivessem certeza de que não continha nenhuma substância perigosa. Se dissesse a verdade sobre o seu trabalho, o funcionário talvez juntasse as peças. A sua detenção podia ocorrer em minutos. Amanhã o seu nome podia estar nos jornais, sua reputação e carreira destruídas.

O seu pensamento voou para o dia anterior. De manhã, fora ele próprio um homem cheio de fé e dignidade, cujas ações resultavam de pensamento profundo e refletido — embora sua imaginação não seguisse o mesmo caminho. Considerava a duplicidade indigna de si mesmo, nunca tinha pensado em levar o seu plano adiante. Era ponderado; o plano não era. Apenas um telefonema e tinha ficado transtornado.

— É a sua vez, Dr. Rossi — disse Jerome. Rossi olhou para cima, sobressaltado, enquanto o funcionário lhe fazia sinal.

— Muito obrigado — disse para Jerome, que o analisava com curiosidade. Felix abaixou-se e pegou a pasta, sua maleta de viagem e a mala com os ternos. Silenciosamente, entregou-se nas mãos de Jesus, pronto para aceitar o seu destino.

— Olá — disse ele ao funcionário, um homem de cabelo escuro e cara quadrada que o olhava nada impressionado.

— Olá — disse o agente, pegando o passaporte e a declaração que ele lhe entregou. Olhou para a bagagem e leu a declaração.

— Qual foi o motivo da sua viagem? — perguntou.

— Negócios — respondeu Felix.

— De que espécie?

— Eu sou microbiologista.

— O que foi fazer na Itália?

Felix sentiu-se entorpecido enquanto falava:

— Estive na Catedral de Turim fazendo parte de uma equipe de cientistas.

O homem olhou para cima.

— Não é lá que o Sudário está?

Felix pestanejou.

— Sim.

— O senhor ainda não o viu pessoalmente, viu? — A face do homem mostrava o deslumbramento que Felix já tinha visto em todos os peregrinos do Sudário.

— Sim, já o vi.

O funcionário pousou os documentos de Felix.

— Acha que é verdadeiro?

— Em minha opinião, é a mortalha de Jesus Cristo.

Por um momento, mantiveram-se silenciosos, depois o funcionário pegou o formulário de Felix.

— Dr. Rossi, o senhor passou por Paris?

— Apenas para mudar para este voo.

— Qual destas malas estava com você?

Num gesto lento, Felix apontou para a pasta.

— Apenas esta.

— Há alguma coisa dentro dela que o senhor não tenha levado daqui para o exterior?

Felix fez uma pausa, incapaz de mentir completamente.

— Apenas um pequeno item relacionado ao meu trabalho.

— Mostre-me — disse o funcionário.

Felix abriu a pasta e abriu o bolso reforçado que continha a placa de cultura. Receoso, apontou-a.

— Apenas isto.

O homem pôs a mão lá dentro e retirou a caixa.

— O que é isto? Uma placa de Petri? — levantou-a contra a luz e olhou fixamente.

Enquanto Felix rezava silenciosamente, ouviu uma mulher gritar:

— Como se atreve!? — Ouviu uma pancada e olhou para ver o funcionário da alfândega na fila seguinte deixar cair um sutiã para dentro de uma mala e esfregar o rosto. A dona da mala tinha lhe dado um tapa. Com a face rosada, o funcionário levantou o braço, fazendo sinal ao policial da alfândega para indicar que não precisava de ajuda.

O funcionário que atendia Felix riu, enquanto repunha a placa de Petri dentro da pasta. Perguntou a Felix:

— Mais alguma coisa?

— Não, nada mais.

O funcionário carimbou o formulário alfandegário de Felix e devolveu o passaporte, dando uma olhadela final à caixa como se pressentisse a santidade dos pedaços de fio.

— Próximo — disse o funcionário, enquanto Felix olhava para cima.

Com gratidão, Felix fechou sua pasta, tendo abandonado todos os planos que programara para os pedaços de fio. Não só não faria uso deles como iria contatar o padre Bartolo, confessar o roubo e devolvê-los à Igreja, à qual pertenciam. Virou-se para se despedir de Jerome Newton, quando chegou à conclusão de que ele devia ter visto a placa.

O jornalista não olhou para Felix. Estava ocupado escrevendo algo num pequeno bloco de anotações que depois colocou no bolso da camisa.

Capítulo 6

Quinta-feira de manhã — Quinta Avenida

Sam Duffy despiu seu sobretudo de inverno e saiu para a rua para desfrutar do ar quente de janeiro, incomum para a estação, que varria a Quinta Avenida. Seu período do dia favorito para estar de serviço na portaria era de manhã cedo, especialmente quando o tempo estava assim. De dentro dos apartamentos multimilionários e casas da avenida e imediações, as pessoas saíam com roupas esportivas e sapatos de jogging, atravessando a rua com seus cães. Misturavam-se com corretores da bolsa, vagabundos e entregadores, que lhes traziam seus diamantes da Cartier. Respiravam todos o mesmo ar, as mesmas árvores, os mesmos lagos, a mesma relva, no maior patrimônio da cidade: o Central Park.

Gostava do parque mesmo quando o tempo os mantinha dentro de casa. Ficava lá fora sozinho em tempestades de neve, nevoeiros densos ou chuvas torrenciais, tal como fizera em sua juventude, trabalhando como vigia em navios mercantes, apreciando a inocência bravia do tempo e do mar e pensando que nunca o abandonaria.

Tinha entrado para a marinha mercante como marujo logo após a faculdade, querendo experimentar essa vida antes que os novos navios computadorizados de transporte de contêineres a alterassem completamente, como fizeram desde então. Enquanto seguia a sua carreira de marinheiro, tinha aproveitado religiosamente todos os momentos livres nos portos para recolher e ler os jornais locais, passear pelas cidades e falar com os habitantes, ir a julgamentos públicos, sobretudo fazer amizade com policiais locais e ouvir as suas histórias. Aprendera bastante sobre o modo como o mundo funcionava, o que lhe tinha sido bastante proveitoso desde então.

Compreendia tanto os ricos quanto os pobres, os fracos e os poderosos, conseguia funcionar em ambos os mundos, mas o seu pai tinha sido porteiro. Sam nunca perdera o seu amor por pessoas simples e trabalho honesto.

Na Quinta Avenida, à luz do amanhecer, podia imaginar que a vida ainda era boa e as pessoas, inocentes — incluindo ele próprio.

Seu celular tocou.

Era um dos cinco motoristas da frota de limusines que o prédio possuía e que era comum aos nove inquilinos, com exceção de um. Nunca tiveram necessidade de mais carros. Com as suas várias casas e retiros de férias, um terço do edifício não residia ali, mas sim em ranchos na Argentina, *villas* na Toscana, chalés na Suíça, casas na cidade de Londres, ou iates ancorados na Grande Barreira de Coral.

— Sam, estou do outro lado do Central Park. Dentro de dois a cinco minutos estarei aí em frente com o Dr. Rossi.

— Entendido — respondeu Sam, e desligou.

Dirigiu-se para a entrada coberta do prédio e, assim que a limusine do Dr. Rossi chegou, abriu a porta. Um homem alto e elegante, na casa dos quarenta anos, surgiu. De tronco e ombros largos, tinha uma mecha de cabelo preto que mantinha bem cuidada, sem dúvida para evitar ter ainda mais semelhanças com lorde Byron do que já tinha. Sam quase conseguia imaginá-lo de colete.

— Olá, Sam. É bom estar de volta.

— É bom tê-lo de volta, Dr. Rossi.

Sam reparou numa mulher que passava de táxi contemplando o Dr. Rossi. Ele tinha o carisma típico dos ídolos adolescentes. Ele e a irmã, se quisessem, conseguiriam estar no topo da classe A dos nova-iorquinos. Convidados com muita frequência, raramente apareciam. Ele era um homem devoto e de poucos interesses — o sacristão isolado que devia ter sido padre. A irmã e a amiga também eram reservadas.

— Tem alguém em casa? — perguntou Rossi.

Sam teria se oferecido para carregar a pasta, mas ele a prendeu debaixo do braço enquanto se dirigiam para a porta.

— Não, senhor. Sua irmã está fora. Maggie, creio eu, virá mais tarde.

— Não em uma quinta-feira. Elas não sabem que voltei.

Sam ouvira Frances falar com a sua amiga Adeline na entrada. Sabia tudo sobre o novo horário de Maggie e sobre o concurso de chapéus que participaria com Sharmina na igreja.

— É melhor eu deixar o assunto para as senhoras explicarem.

Sam segurou a porta enquanto Felix entrava. Quando o motorista da limusine entrou na garagem dos inquilinos, a quietude da manhã de Sam foi restabelecida. Ficou novamente sozinho em frente às portas da rua, mas agora o sol estava alto, a maioria dos praticantes de jogging e os seus cães já tinham abandonado o parque e a avenida estava cheia de carros.

Lançou um olhar através da rua congestionada em direção a um tranquilo e velho salgueiro, seus longos e oscilantes galhos ainda suportando as folhas secas. O vento ondeava os seus ramos como se fossem velas de barco retalhadas.

Quando um táxi amarelo saiu da fila de trânsito e parou, ele atravessou o carpete vermelho por baixo do toldo até a borda da calçada e abriu a porta analisando quem seria. Um estranho de queixo comprido e cabelo cor de bronze saiu, dizendo:

— Bom dia. Seria este o endereço do Dr. Rossi?

— Qual é o seu nome?

— Eu me chamo Jerome Newton. Gostaria de falar com ele.

Sam sorriu.

— Ele está à sua espera, senhor?

O homem pediu ao motorista de táxi que esperasse e fechou a porta do carro.

— Bem, não exatamente, mas pensei em arriscar e ver se o encontrava em casa.

— Vou ligar para o apartamento dele, senhor — disse Sam.

Já dentro do vestíbulo, pegou o telefone e ligou para o apartamento do Dr. Rossi. Sabia que ele estava lá, mas ninguém atendeu.

Sam desligou.

— Desculpe, mas não obtive resposta.

O homem ficou perplexo.

— Se quiser esperar, eu poderei tentar novamente dentro de alguns minutos.

— Sim, eu espero. Obrigado.

Cinco minutos depois, Sam tentou novamente a ligação. Dessa vez, Rossi atendeu.

— Um senhor de nome Newton deseja vê-lo, senhor.

Sam ouviu a voz de Rossi ficar agitada:

— Newton, um indivíduo de cabelo cor de bronze?

— Sim.

— É apenas um jornalista. Não o mande subir.

— Com certeza, senhor. Direi que não está disponível.

Quando Sam lhe deu a notícia, o jornalista pareceu surpreendido:

— Disse o meu nome?

— Sim, disse.

Um jornalista inesperado atrás de assuntos desconhecidos era de profundo interesse para Sam.

— O senhor é jornalista?

O homem fez uma pausa, olhando.

— Sim, sou.

Sam expôs um sorriso astuto.

— Diga-me o que procura e talvez eu possa ajudá-lo.

O homem sorriu e disse:

— Ótimo! — Meteu a mão dentro do bolso e tirou uma nota de cem dólares. — É esta a tarifa praticada?

Sam soltou um riso abafado.

— Depende das suas necessidades.

— Um aviso quando ele estiver prestes a deixar o edifício, para que eu possa chegar para dar uma palavrinha com ele. O senhor saberá quando ele solicitar a limusine, não é?

— Isso é querer muito. Eu lhe digo uma coisa. Duplique a importância e me dê alguma indicação sobre o que deseja, para eu ter certeza de que não é nenhum maluco, e talvez consigamos fazer um acordo.

O jornalista sorriu, puxou outros cem dólares e entregou a Sam.

— Eu trabalho para o *The Times* de Londres. O Dr. Rossi trouxe algo interessante de Turim. Eu voei com ele no Concorde e tive um vislumbre disso na sua pasta, mas não sei do que se trata. Arranje-me uma maneira de eu conseguir falar com ele e será isso que perguntarei. Também valeria muito mais se eu conseguisse saber quais serão os seus passos nos próximos dias. Aonde ele vai, quem o visita.

Sam devolveu o dinheiro ao jornalista. Curvou-se e reabriu a porta do táxi dizendo:

— E se eu lhe der 200 dólares para retirar o seu táxi da entrada para que eu possa cumprir as minhas funções?

O homem ficou abismado, depois furioso. Entrou no táxi e seguiu viagem. Sam entrou para informar Rossi das intenções do jornalista. Depois iria observar as atividades de Rossi mais de perto, no caso de ele tornar-se interessante para o verdadeiro patrão de Sam, que não era a Associação de Condôminos.

A empregada curiosa dos Rossi, os inquilinos, os guardas e motoristas ficariam surpreendidos se soubessem o que Sam sabia: que esse edifício e todos os outros do quarteirão pertenciam, na realidade, ao homem que vivia na cobertura. Assim como uma dúzia de cidades e vilas prósperas ao longo de ambas as costas dos Estados Unidos, um punhado de negócios nos ramos da química, da eletrônica, da mineração e dos bancos, e ainda alguns políticos.

Após três anos no mar, Sam havia sido detetive particular em Los Angeles, mas, nos últimos quinze anos, trabalhara para apenas um homem. Fora ideia de Sam vir para cá como porteiro para servir melhor a seu único patrão: o Sr. Brown.

Capítulo 7

Quinta-feira de manhã — Apartamento dos Rossi

Assim que o elevador parou no seu andar, Felix saiu e prostrou-se contra a parede, exaurido, tentando aliviar a tensão na privacidade de seu próprio saguão de entrada. Sabendo que em breve o motorista lhe traria a bagagem, Felix abriu a porta dupla, levou a sua pasta para dentro, retirou dela a placa de cultura e dirigiu-se devagar para o *prie dieu* instalado no seu espaço côncavo no corredor. Ajoelhou-se na almofada de veludo escarlate, com a placa de Petri na mão, e olhou para cima, para o crucifixo do século XVII.

Baixou a cabeça para pedir perdão, mas não lhe ocorreu nenhuma oração. Em vez disso, pensou na carta do seu pai. Que explicação ela poderia conter? Levantou-se e entrou na sala de estar que os seus pais decoraram com arte e móveis italianos, alguns de estilo renascentista. Outros eram imitações fabulosas de 1920. Sobre o tecido branco transparente das janelas da sala, que mediam 3,70 metros, estavam penduradas cortinas de veludo cinzento presas por pendões com borlas. O chão tinha ladrilhos de terracota do século XVIII. Eles diziam que a sala trazia lembranças da Itália. Felix gostava porque parecia uma igreja.

Numa tentativa de modernizá-la, Frances colocara um tapete cinza escuro no chão e substituíra os sofás formais e cadeiras de costas retas por sofás acolchoados em vermelho, dourado e preto; também colocara poltronas de tom único que combinavam. Isso tornou a sala mais aconchegante, embora menos inspiradora.

Um Modigliani original estava pendurado em uma das paredes — uma das suas raras paisagens com árvores alongadas. Uma cópia de um dos seus retratos de colo de cisne, este de sua cunhada Paulette Jourdain, estava pendurada sobre a lareira. Atrás dela estava o cofre.

Felix afastou o quadro e digitou a combinação. Quando o abriu, ficou surpreso ao ver o seu último diário lá dentro. De mais interesse era uma caixa em madeira talhada que não estava lá antes. Era trabalhada e folheada em nogueira com campânulas esculpidas na tampa, do mesmo estilo que a escrivaninha veneziana no quarto de hóspedes. Frances a deixara para ele.

Apesar de o dia estar ameno, colocou lenha na lareira e a acendeu. Embora fossem apenas 10h30, ele, que raramente bebia, serviu-se de conhaque antes de se sentar num dos sofás.

Não foi preciso procurar muito para encontrar a carta na caixa. Numa escrita larga e desbotada, o envelope dizia: "Para meu filho, Felix". Estava datada de setembro de 1981, um ano antes de seus pais morrerem em um acidente de carro, quando regressavam da formatura de Frances.

Ao olhar para a letra de seu pai, seus sentimentos voltaram a ficar em turbilhão.

Meu querido filho,

Não sei se você lerá esta carta muito depois da minha morte ou apenas algumas horas depois, se será Mamãe ou a Tia Enea que a entregará a você. Se a encontrar acidentalmente e eu ainda estiver vivo, por favor, espere para lê-la apenas quando eu já tiver morrido. Prefiro não ter que falar nesses assuntos outra vez, mas você tem o direito de conhecê-los.

Deixo a seu critério como e quando contar à sua irmã. Agora começo o conto que gostaria de não ter que contar:

Eu e sua mãe nascemos e fomos criados na Itália, como você sabe. No entanto, como já deve saber a essa altura, tenho mentido sobre certos pormenores. Não viemos de uma pequena cidade, destruída em bombardeios na Segunda Guerra Mundial. Viemos da bela Turim e de uma enorme casa situada numa encosta do rio Pó, logo acima da Igreja da Gran Madre di Dio. Talvez os seus portões de ferro preto ainda estejam lá. Nela moraram cinco gerações da nossa família. Mas o nosso nome não era Rossi. Era Fubini. Não éramos católicos, mas judeus. Em anexo estão os nomes de todos os parentes que deixamos para trás — não muitos. Se desejar contatá-los, dirija-se primeiro ao meu irmão, Simone, se ele ainda estiver vivo.

Meu tão querido Felix, não estou envergonhado por ter mentido, mas meu coração está partido pela dor que você deve estar sentindo por isso.

Felix parou a leitura e olhou para cima, para a cópia do quadro de Modigliani sobre a lareira, e para o original na parede oposta. Teve vontade de retirar o quadro da mulher com pescoço de cisne, o que, de repente, lembrou-o de si mesmo: o falso cristão, sentado embaixo do falso Modigliani. Recomeçou a ler a carta:

Tentarei explicar da melhor forma possível.

Em primeiro lugar, você deve sentir orgulho de sua família verdadeira. Os Fubini eram bons cidadãos da Itália. Ajudamos a construir escolas e hospitais para os pobres. O negócio da família, no ramo segurador, ainda existe, Assicurazione Di Fubinis. *Em sua rua larga, os turineses, aos domingos antes da guerra, passeavam de carruagem. Embora não tenha mais falado com o seu tio Simone por quase quarenta anos, ele continua a enviar a minha quarta parte dos lucros dos negócios para a nossa conta bancária.*

Por que eu o abandonei, abandonei a Itália, abandonei a nossa fé? Os judeus já estavam na Itália quando chegaram os romanos. Os Fubinis estão em Turim há séculos.

Ninguém previa Auschwitz.

Nós, italianos, damos valor ao amore, la famiglia, *desprezamos* la brutta figura, *que mostra uma cara feia ao mundo. Damos valor à honra e ao respeito, mas não damos muita importância à maioria das regras. Você mesmo comentou, após a sua primeira visita a Turim, que, nas ruas da Itália, um semáforo vermelho é apenas uma sugestão. A Itália teve muitos ocupantes estrangeiros e cada um com regras diferentes. Quebrá-las tornou-se um passatempo nacional. Essas são as pessoas a quem Hitler tentou impor o seu antissemitismo, pessoas que entram quando existe um sinal que diz "Não entrar".*

Em 1938, quando eles impuseram as Leis Raciais, eu e sua mãe éramos jovens apaixonados. As nossas famílias desejavam o nosso casamento e em 1942 nos casamos, mas o casamento não foi como tínhamos planejado.

Nessa altura, os nossos amigos cristãos temiam ser vistos entrando na Grande Sinagoga de Turim. Fizeram visitas particulares com as suas bênçãos e seus presentes.

Devido à generosidade dessas pessoas, a maioria dos judeus de Turim ajustou-se às restrições com poucas reclamações, pensando que elas acabariam com o passar do tempo. No entanto, eu sou um homem supersticioso, como você sabe. Tinha amigos pela Europa — antigos colegas de universidade, antigos pacientes. Ouvi murmúrios que outros não ouviram. Para mim, era bastante sério que eu fosse impedido por lei de tratar de doentes que recorriam à minha ajuda. Alguns vinham e gracejavam. Diziam: "Não estou aqui para vê-lo como seu paciente, estou aqui apenas como seu amigo. Enquanto estou aqui, importa-se de dar uma olhada no meu ombro? Não posso lhe pagar, uma vez que é proibido. Apenas perderei algum dinheiro na sua mão."

É assim que a maioria dos italianos é. Não só ignoravam Mussolini e Hitler como continuavam fazendo o que para eles era correto. Sim, alguns cooperaram, alguns nos traíram. A maioria não o fez. Eu não temia o povo da Itália. Eu temia o seu governo.

Aqui, Felix, chego à parte mais dolorosa, mas deixe-me adiá-la um pouco mais. Deixe-me falar da nossa alegria.

Dê uma olhada em um envelope castanho que deixei e você verá uma fotografia. Uma linda e jovem mulher e um homem também jovem, não completamente sem atrativos, estão em frente a uma casa de campo pequena, de cor amarela, com um caramanchão de rosas sobre as suas cabeças. Olham fixamente um para o outro, mas — apesar do brilho do sol, dos pássaros, do soberbo lago do outro lado, apesar das rosas — eles apenas tinham olhos um para o outro.

Felix franziu as sobrancelhas. Nunca houve fotografias. O seu pai dissera que tudo se perdera durante o bombardeio. Felix procurou dentro do envelope e encontrou a fotografia. Reconheceu os seus pais imediatamente, tão jovens que era difícil imaginá-los com idade para casar. Seu pai usava um *yarmulke*, a sua mãe, um lenço de renda. Estavam em frente a uma casa de campo de estilo antigo, de tijolo e estuque, situada perto da costa. Era uma fotografia em preto e branco, mas ele imaginou o estuque pintado de amarelo como o seu pai descrevera. A casa tinha janelas em arco, um telhado inclinado e uma pequena sacada suportada por duas colunas em espiral. Felix sentiu-se afastado do casal, desligado das suas vidas, dessas pessoas cujo passado estivera escondido dentro de uma caixa. O telefone começou a tocar. Esperou que parasse e retomou a leitura da carta:

Nessa fotografia, meu filho, você pode ver a origem da sua boa aparência. Seus cílios negros e compridos, seus cabelos fortes e lisos e sua pele clara são da sua mãe. A sua irmã é mais parecida comigo: bonita, talvez, mas de pele mais escura e de estrutura menos frágil.

A fotografia foi tirada durante a nossa lua de mel, no lago Maggiore, nessa villa, *a dois quilômetros de Arona. A casa foi uma oferta da família dela e da minha. Não averiguei se ainda existe, ou se alguma coisa da nossa antiga vida existe. Se já não existir, a perda é muito pequena, comparada com o que se sofreu nessa guerra. No entanto, não tenho interesse em saber se uma bomba ou um tanque destruiu esse lugar maravilhoso onde eu e a sua mãe vivemos, pela primeira vez, como marido e mulher.*

Nessa propriedade existia uma pequena casa no lago. A sua mãe adorava a sua ampla varanda que se estendia sobre a água. Durante um ano muito feliz, com frequência dormíamos ao ar livre nessa varanda, ou à noite fazíamos fogueiras na praia, ou velejávamos no nosso barco sob as estrelas. Quando voltei à minha profissão de clínico, em Turim, ela me pediu para ficar na villa *e eu, ao menor pretexto, lá estava... Com mais frequência o exercício clandestino da minha profissão ia diminuindo. Ela não apreciava a cidade, queria viver perto do lago onde se tornou uma exímia nadadora e marinheira. Foi ela quem plantou as rosas, com esperanças de que a* villa *se transformasse no nosso lar.*

Junto a essas rosas, junto a esse lago, ela ficou grávida do meu filho.

Felix parou e releu, sem compreender. Ele era o único filho de seu pai, nascido em Nova York. Seus pais tiveram filhos apenas tardiamente, pois a sua mãe não conseguia engravidar, ou assim diziam. Teria isso sido outra mentira? Rapidamente retomou a leitura, com seu estômago tenso de medo:

Havia outro motivo pelo qual eu permitia que sua mãe ficasse em Arona. Em segredo, eu estivera fazendo planos. Em meio a protestos do meu pai, eu andava enviando para fora do país, para bancos suíços, a minha herança e a de sua mãe. Eram pequenas quantias, comparadas aos dias de hoje, mas consideráveis para o ano de 1938 — o suficiente para qualquer contratempo. Por várias vezes, visitamos amigos em Domodossola. A sua mãe desconhecia que eles eram antifascistas disfarçados. Por diversas vezes nos dirigimos à fronteira suíça, fazendo amizade com um guarda específico. Secretamente, eu lhe dava dinheiro me preparando para um dia mais tarde.

Depois aguardava, esperando que a Itália que eu amava, a Itália que tinha acolhido judeus durante a Inquisição, nos protegesse. Assim aconteceu até 8 de setembro de 1943. Todos os italianos conhecem essa data. O governo de Mussolini tinha caído. As tropas alemãs invadiram a Itália e ocuparam o nosso país.

Nesse mesmo dia, começou o cerco ao nosso povo. Eu e a sua mãe estávamos na casa no lago com a minha irmã, sua tia Enea, quando ouvimos o telefone tocar na villa *logo acima. Eu o ignorei, porque estávamos tendo um pequeno desentendimento. A sua mãe estava grávida de sete meses, mas queria velejar. Eu não permiti e ela estava irritada. Enea estava sentada na varanda da casa do lago, tentando nos acalmar. O telefone continuava a tocar. Parou. Depois começou a tocar novamente, parou e voltou a tocar.*

Finalmente, fomos à villa*. Enquanto sua mãe e Enea esperavam perto das rosas, eu entrei. O nosso padeiro local estava ao telefone. Não chamou o meu nome nem me cumprimentou. Apenas disse: "Leve o chapéu."*

Era um sinal.

Muitos dos amigos dos judeus usavam-no quando o perigo estava por perto. Chamavam pelo telefone e diziam: "Leve o chapéu."

Desliguei imediatamente, peguei a carteira com o nosso dinheiro e os documentos de viagem, desci até o local onde estavam a sua mãe e sua tia e as coloquei no nosso carro. Viajamos sem parar até Domodossola, que estava cheia de tropas alemãs, mas aguardamos na floresta até o cair da noite e batemos na janela do padre. Ele nos colocou numa carroça de feno e nos mandou para o maravilhoso vale de Vigezzo, onde os declives se tornavam montes e os montes se tornavam montanhas, com os seus picos cobertos por nuvens. Chegamos a uma pequena cidade chamada Re, a poucos quilômetros da fronteira com a Suíça, e ficamos na estalagem local.

No meio da noite chegaram os alemães.

E aqui chegamos à parte terrível.

Felix levantou-se, com a carta tremendo em sua mão. Pousou-a e começou a dar voltas pela sala, imaginando a sua mãe, conforme a tinha visto pela última vez — muito mais velha do que na fotografia, mas, para ele, linda. Eles estavam na Sarah Lawrence. Ela tinha abraçado Frances, que usava seu vestido de formatura, depois tinha se aproximado dele e bagunçado seu cabelo, um intenso olhar de orgulho em seu rosto. Pegou nas mãos de ambos e disse:

— Cuidem sempre um do outro.

Uma hora depois, o acidente de automóvel matou seu pai e ela.

Regressou ao sofá, engoliu outro gole de conhaque, e pegou novamente a carta:

Os nossos amigos italianos encontravam-se deitados, assim como nós. Não tiveram possibilidade de chegar aos seus carros para nos levar, conforme o combinado. Não tiveram possibilidade de nos guiar através do vale nem das montanhas até à fronteira ou às cabanas dos Alpes. Eu, sua mãe e sua tia Enea corremos na direção da pequena estação de trem em nossas roupas de dormir. Ficamos escondidos num barraco de madeira, do outro lado da ferrovia.

Nessa noite, findava o verão. A chuva vinha batida pelo vento através do vale, seguida por uma ventania fria e úmida. Enquanto os alemães nos procuravam, abandonamos o abrigo e corremos por um prado e então seguimos a ferrovia. A pé, naquela vastidão, a ferrovia era o nosso único guia.

Meu filho, nada senão o meu amor por você me faria revisitar essa noite, pois tenho que rever as duas mulheres que eu amava cheias de frio, de medo, tropeçando — a sua mãe grávida do nosso primeiro filho. Vejo a minha irmã tremer, vejo as lágrimas no rosto da sua mãe, vejo as pedras e os trilhos cortarem os seus pés, vejo o terror nos seus olhos.

Os alemães viajavam nos trens nessa noite. Examinavam a linha. Por duas vezes escapamos em cima da hora.

A apenas alguns quilômetros da fronteira suíça, a ferrovia cruza o topo de uma colina. De cada lado, erguem-se pilares para sustentar os trilhos. Atravessamos por esses pilares temendo que a vinda de um trem nos atirasse para a morte, pois não havia onde nos segurarmos. Atingimos a colina e a sua pequena clareira, com a sua mãe em trabalho de parto. Ali nasceu o seu irmão mais velho, cedo demais, e eu não tinha nada para ajudá-lo a sobreviver. Ele viveu apenas por alguns momentos, no entanto pareceu-me ter lutado durante horas para salvar sua vida. Embaixo da árvore mais alta da clareira o enterramos. A sua mãe sangrava tanto que eu pensei que ela morreria. Carreguei-a em meus braços através da outra parte dos pilares, o vento gelado em nossos rostos, o som do rio nos nossos ouvidos enquanto corria veloz pelas rochas salientes por baixo de nós. Meio mortos de frio, chegamos à fronteira, onde o guarda, meu conhecido, nos deixou passar.

Desde essa noite até hoje, deixamos de ser judeus.

Eu lhe imploro que compreenda. Se isso aconteceu na Itália que eu tanto amei e que nos amava, pode acontecer em qualquer outro lugar. E me recusei a sujeitar a sua mãe e meus futuros filhos a perigos tão facilmente evitáveis.

Apenas isto lhe direi sobre os nossos problemas desde essa altura. Obrigado aos bons italianos que amam a família e a honra, e tão veementemente desprezam as regras de outros povos. Noventa por cento dos judeus italianos sobreviveram. Os seus vizinhos os esconderam e os ajudaram. Não obstante, sete milhões foram deportados para campos de concentração alemães. A maioria não voltou. Algumas centenas mais foram assassinados na Itália. Alguns afogados nos nossos maravilhosos lagos, incluindo aquele que eu e a sua mãe tanto amamos.

Espero que já seja um homem de idade quando ler esta carta, pois a idade o ajudará a compreender.

Se agi incorretamente ao guardar este segredo, que Deus em sua misericórdia castigue apenas a mim, abençoando você, meu adorado filho, sua irmã e sua mãe. A verdade é que amo vocês mais do que a qualquer religião, do que a qualquer Deus, do que a minha própria vida. Por vocês, arriscaria a indignação dos céus e faria tudo de novo.

Felix pousou a carta e olhou com sofrimento para o Modigliani falso. Apenas então se lembrou de que Modigliani era judeu. Durante quase dois mil anos, o mundo fez dos judeus bodes expiatórios pela morte de Cristo: o Holocausto, a Inquisição, os *pogroms*. Talvez isso nunca tenha fim.

Bebeu o resto do seu conhaque e dirigiu-se para um dos cantos da sala, onde se encontrava uma Bíblia aberta sobre um suporte esculpido. Felix fechou a Bíblia, fechou os olhos e depois abriu o livro ao acaso. Quando olhou, deparou com Êxodo 2:5 e 2:6:

5 Então a filha do Faraó desceu para se banhar no rio, e as suas aias andavam pelas margens do rio; viu um cesto entre as canas e mandou uma aia buscá-lo.
6 Quando o abriu, viu uma criança chorando baixinho. Teve compaixão dele e disse: — Este é um dos filhos dos Hebreus.

Felix prendeu a respiração. Era a história de Moisés. Tal como Felix,

Moisés tinha sido criado como um gentio[4], mas estava provado ter sido vontade de Deus. Como resultado de ter sido criado na família do Faraó, Moisés tivera acesso ao conhecimento para libertar seu povo.

Felix pegou a placa de Petri que continha os pedaços de fio que agora possuía, como resultado de ter crescido acreditando em Cristo. Dirigiu-se ao seu laboratório, com toda a sua culpa, vergonha e confusão já ultrapassadas.

Inocentes continuariam a pagar pela morte de Jesus Cristo, a não ser que Deus tivesse dado a Felix os meios de reverter essa situação de uma vez por todas.

Capítulo 8

Apartamento dos Rossi

A sua primeira tarefa foi guardar os pedaços de fio de modo apropriado.

Na pequena sala de preparação vestiu às pressas seu jaleco, lavou as mãos e colocou luvas de cirurgia. Entrou em seu laboratório branco, preto e cromado, recheado de equipamentos, todos colocados nos seus devidos lugares, com todas as superfícies brilhando, fossem de azulejo, esmalte ou metal. Trabalho de Maggie. Ele iria sentir sua falta, mas, a partir de agora, ele mesmo teria que limpar tudo. Abriu a placa por baixo da luminária cromada e o seu coração voltou a bater forte enquanto, com pequenas pinças esterilizadas, transferia os pedaços de fio para um recipiente que continha uma grelha e pequenos buracos na tampa. O que iria ele ver quando examinasse o sangue de Cristo, com dois mil anos?

Teria que ser paciente e, antes de tudo, finalizar os preparativos. Abriu uma incubadora e colocou a placa arejada num prato giratório que se encontrava livre. Depois digitou certos números no teclado. Em breve a incubadora simularia o ambiente encontrado dentro da urna de prata de uma igreja de pedra durante o mês de janeiro no norte da Itália.

---

[4] Modo de se referir a pessoas que não são de família judaica ou que não professam tal religião. (N. do E.)

Quando o telefone tocou, encarou-o ansiosamente, não desejando qualquer interferência. Vendo que a chamada era da portaria, retirou as luvas e respondeu. Era Sam, o porteiro, dizendo que Jerome Newton estava lá embaixo. Felix ficou tão surpreso que demorou algum tempo para processar a informação. Newton teria vindo para quê? O que será que ele pensou ter visto? Com esforço consciente, Felix pôs freio ao impulso de entrar em pânico. Sabia que para atingir os seus objetivos, teria que evitar distrações e manter-se calmo. Pediu a Sam que mandasse Newton embora.

Sentou-se na escrivaninha e abriu o diário que Frances tinha colocado no cofre, perguntando-se por que ela o teria feito. Sabia que ela estava em Cliffs Landing. Para ter tempo de proteger os pedaços de fio e fazer o planejamento necessário, ele não lhe dissera que voltaria para casa.

Começou a rever seu plano.

> *13 de janeiro*
> *Hoje começo de verdade o que antes tinha apenas especulado. Aparentemente não é difícil:*
>
> *1. Extrair sangue dos pedaços de fio;*
> *2. Isolar células com o nucleico intacto;*
> *3. Fazer a cultura das células numa placa;*
> *4. Submeter as células de cultura ao estado totipotente;*
> *5. Extrair óvulos não fertilizados de um doador;*
> *6. Esvaziar o núcleo dos óvulos;*
> *7. Substituir cada núcleo por uma célula de cultura do Sudário para a produção de óvulos fertilizados;*
> *8. Desenvolver os óvulos fertilizados numa cultura apta para o estágio de cinco dias de blastocisto;*
> *9. Transferir um blastocisto para o útero de uma doadora.*

Com exceção do ponto 1, esse fora o sistema usado para clonar a ovelha Dolly. Os pontos 1, 3, 4 e 8 eram procedimentos que qualquer microbiologista poderia levar a cabo. O ponto 5 era acontecimento diário em qualquer laboratório de fertilização *in vitro*, e Felix tinha dado consultoria em dois em Nova York. Um de seus doutorados era em Microbiologia, e o outro, em Obstetrícia. Conseguiria fazê-lo de olhos vendados.

A transferência de núcleos, como eram chamados os pontos 6 e 7, requeria perícia. Em segredo, Felix tinha praticado a micromanipulação em milhares de óvulos de ratos, porcos e ovelhas. Em todos os estágios, cada espécie provou-se suscetível de danos em formas diversificadas, mas Felix tinha se concentrado nesse assunto durante os últimos três anos. Enquanto o resto da ciência de clonagem encontrava dificuldades, produzindo apenas um ou dois embriões saudáveis em centenas de experiências, Felix tinha aumentado a sua margem de sucesso para 50%. De cada duas espécies, uma sobrevivia até a fase importante dos cinco dias de blastocisto.

Quando uma empresa privada anunciara precipitadamente que tinha clonado o primeiro embrião humano, Felix riu. Um embrião era, por definição, um óvulo fertilizado que foi implantado num útero, ou que ao menos poderia ser. Esses óvulos teriam se dividido uma ou duas vezes e depois morrido. Ainda não tinham sido viáveis. Outros dois cientistas de clonagem humana anunciaram que tinham gravidezes em curso, mas ele tinha as suas dúvidas. Felix, muito à frente do resto da ciência de clonagem e de suas técnicas, tinha resistido ao fascínio da fama — não por causa do Sudário, disse para si próprio, mas para poder continuar o seu trabalho em paz. Os seus resultados estavam apenas nos registros que fazia e em nenhum outro lugar. Mas Felix sabia que um dia a Transferência de Núcleos (TN) seria tão rotineira, que estudantes do ensino secundário — quando não estivessem dissecando rãs — estariam fazendo isso em óvulos de cães e gatos.

Mesmo assim, ainda não tinha feito nenhuma tentativa para clonar um embrião humano e já era tempo de se decidir se deveria fazer. Seria fácil arranjar óvulos destinados à destruição em qualquer clínica de fertilização *in vitro*. Ele podia enucleá-los, introduzir células do seu próprio corpo e destruí-las quando atingissem a fase de blastocisto. Não tinha dúvidas de que iria funcionar. Teria apenas que confessar que destruiria um pré-embrião, algo que a Igreja Católica considerava um pecado.

Cientificamente, Felix tinha dificuldade em acreditar que a vida começava na concepção. Concordava com os bioéticos de que não podia existir vida antes do décimo quinto dia. Essa é a altura em que o embrião forma o precursor para a sua coluna vertebral e o sistema nervoso, ao qual se chama *linha primitiva*. Sem ela, não poderia ser senciente. Ironicamente, os seus pais, no judaísmo, teriam resolvido esse dilema ético, porque tanto os judeus como os muçulmanos acreditam que a vida só começa no quadragésimo dia do embrião. Sim, preocupava-o que pré-embriões fossem destruídos no decurso da clonagem humana, mas, quando a altura chegasse, Felix sabia que seguiria a ciência, faria e rezaria.

Para ele o ponto 2 era o grande obstáculo.

Neste caso, o DNA era muito antigo e podia estar muito deteriorado. Mas Felix tinha duas razões para estar esperançoso. O próprio linho do Sudário — um polímero de glicose — pode ter servido de protetor do DNA, estabilizando-o por centenas de anos. Se assim fosse, a sua preocupação seria a morte das células, cuja definição estava aberta a debate. Até que ponto uma lesão celular reversível se torna irreversível, tornando a cultura da célula impossível? A sua razão maior de esperança, embora menos científica, era de que, se a ressurreição realmente aconteceu enquanto Jesus tinha o Sudário, as mesmas energias que restauraram o corpo à vida podem ter preservado o sangue e o plasma no Sudário.

Mesmo assim, os outros obstáculos eram significativos. De uma maneira concebível, uma TN humana poderia apresentar problemas que ele não encontrara em outros mamíferos, embora estivesse confiante na sua habilidade para dominá-los. Os criadores da Dolly também tinham sido forçados a usar vários blastocistos para produzir um único com viabilidade para implantação no útero. E fizeram inúmeras implantações uterinas para produzirem cinco com vida. Destas, apenas um clone de ovelha sobreviveu.

Iria precisar de muito trabalho e sorte para melhorar suas chances, mas Felix era cautelosamente otimista. Refinar novas técnicas genéticas era tanto arte quanto ciência e ele tinha capacidade para isso.

Releu a sua lista e quando chegou à sua última anotação — Transferir um blastocisto para o útero de uma doadora —, Felix fez uma pausa, pousou o lápis e colocou a cabeça entre as mãos. Enquanto isso era apenas um exercício teórico, não se atentara ao fato de que uma doadora de útero significava uma mulher — algo completamente diferente e com vastas complicações a mais do que uma ovelha doadora.

Levantou-se e começou a andar de um lado para outro. Clones precisavam de mães, como todo mundo. Para que Jesus pudesse renascer, tinha que arranjar uma Maria atual.

Sentou-se e recomeçou. Em uma nova página, lenta e cuidadosamente, listou cada passo-chave até chegar ao nascimento.

Trabalhou durante três horas e depois desse tempo percebeu que não se encontrava sozinho. Alguém estava no apartamento. Frances, presumiu. Despiu seu jaleco e o pendurou novamente na sala de preparação, desapontado por não ter mais tempo sozinho. Já no salão de entrada, fechou à chave o laboratório e chamou:

— Frances?

A voz dela veio da cozinha.

— Estamos aqui.

Quando ele entrou, Frances e Adeline estavam no balcão central usando aventais. Maggie estava perto da pia, colocando a louça na máquina de lavar. Desde os anos 1980 que não via Frances de avental. Quando os seus pais morreram, Frances mudou-se para Boston durante o último ano dele em Harvard, e Adeline tinha se juntado a eles com frequência durante os fins de semana. Por vezes ela e Frances cozinhavam. Mas, depois de ele ter se formado e terem voltado para casa, tinham as suas refeições fornecidas normalmente pela Fabulous Food, com sua cozinha que fazia frente à dos melhores restaurantes. Ocasionalmente, Maggie fazia o café da manhã se ele a segurasse até tarde e ela dormisse em sua casa. Frances e Adeline decerto estavam aprontando alguma.

— Flix, por que não telefonou dizendo que vinha? — perguntou Frances enquanto ambas se dirigiam a ele e se aninhavam em seus braços. — É difícil acreditar que tia Enea já não se encontra entre nós — lamentou.

Acariciando-a, ele respondeu:

— Eu sei, eu sei.

Abraçou as duas e sentiu o aroma muito leve do cabelo louro de Adeline, concluindo que no seu coração elas significavam quase o mesmo para ele — irmãs amadas, com a exceção de que Adeline seria sua mulher quando ele pedisse.

Frances levantou a cabeça.

— Encontrou a carta?

Para Felix, a pergunta dela foi o arauto de mudanças, de alterações imprevistas, precisamente no momento em que ele não podia lidar com elas.

— Sim — disse —, mas peço um favor. Vamos pôr de lado a discussão desse assunto por um tempo.

— Mas...

Ele insistiu.

— Por favor, Fran.

— Bem, está bem. Mas eu estou fazendo os preparativos para o funeral. É na segunda-feira e Enea tinha alguns desejos especiais, Flix.

Felix sentou-se à mesa, voltando a sua atenção para um prato de *zucchini* que estava marinando em molho.

— Trate do assunto como achar melhor — disse ele. — Sei que tomará as decisões corretas. Me informe apenas o local e a hora. — Retirou uma fatia de *zucchini* e colocou na boca. — Delicioso!

Frances e Adeline trocaram um olhar furtivo e voltaram para o balcão.

Ele sabia como Frances iria reagir. O que ele não fizesse, ela não faria. O que a magoava, o magoava. Adeline tinha presenciado a conspiração privada que existia entre eles e há muito que já havia entrado no jogo.

— Olá, Dr. Rossi — disse Maggie enquanto fechava a máquina de lavar louças. Ela tinha aquela expressão desinteressada que ele sabia ser um disfarce para a sua curiosidade. — Como foi a sua viagem de volta, senhor?

Felix lembrou-se da lista que tinha elaborado sobre os assuntos a tratar, no caso de tentar clonar Cristo, sendo um deles o de demitir Maggie. Se ela pressentisse algum segredo, sabia que iria bisbilhotar.

— Foi apenas rápida — disse ele, pesaroso com a decisão de dispensar Maggie. Iria fazer as coisas de tal forma que ela não fosse financeiramente prejudicada, mas não podia mantê-la ali enquanto estivesse fazendo esse trabalho. Frances respeitaria a sua privacidade se ele pedisse. Maggie não o faria. Poderia não revelar os seus segredos, mas nesse caso ele não podia arriscar.

— Tudo no laboratório está muito bem arrumado, Maggie, muito obrigado por isso, e pela centésima vez não me trate por "senhor". Agora, por que elas puseram você na cozinha?

Frances respondeu:

— Eu pedi para ela tomar conta do apartamento todo novamente, Flix. Já combinamos tudo.

— É? — disse Felix. Essa era a diferença de viver numa casa cheia de mulheres. Com frequência juntavam-se e modificavam tudo. No entanto, essa poderia ser a saída para o problema dele.

— Bem, então nesse caso Maggie pode deixar o laboratório. Não podemos matar você de trabalho. Além disso, tem os seus estudos.

Maggie ficou surpresa, mas fez um aceno com a cabeça.

Mudaria a fechadura no dia seguinte e, depois, durante uma semana, iria observá-la para ver se ela mostrava curiosidade sobre o que estava se passando no laboratório. Ele gostava de Maggie e sabia que Frances também gostava. Se pudesse mantê-la, assim faria.

— Flix — disse Frances —, sabe o que isso me faz lembrar?

Ele olhou à volta, fazendo que sim com a cabeça. Antes de os pais deles morrerem, com frequência, toda a família se juntava na cozinha, o pai dele lendo ou trabalhando nas fichas dos clientes, Frances podando plantas em cima da mesa da cozinha ou tocando piano na sala ao lado, enquanto a sua mãe preparava algo tão delicioso que parecia de mentira.

Raramente alguém além deles estivera ali. Raramente alguém telefonava, além dos pacientes do seu pai. Para proteger o segredo da família, seus pais se resguardaram e viveram uma vida insular, como se os dois fossem sua própria nação independente. Ele e Frances absorveram essa pouca comunicabilidade dos pais. Não sabia como Adeline e Maggie tinham conseguido transpor essa situação.

Pousou o seu garfo.

— Também me lembra dos velhos tempos. Pois bem, mocinhas, alguém vai me dizer o que está se passando?

Frances levantou um livro de cima do balcão e ele ficou espantado pelo seu título: *Cucina Ebraica*. Haviam descoberto ainda ontem que os seus pais eram judeus, mas Frances já estava abraçando essa herança.

— Entrei numa livraria e lá estava ele — disse. — Cozinha hebraico-italiana. Tal e qual como a mamãe e o papai devem ter tido quando eram jovens.

Felix olhou para Adeline.

— Você já sabe?

Ela se dirigiu a ele, sorrindo, e beijou seu rosto.

— Quando vi uma das cartas, a Frances me contou. Pelo visto, estou apaixonada por um judeu cristão.

Felix não estava preparado para isso. Embora entendesse seu pai, uma forte sensação de afastamento voltou. Não estava habituado a ser considerado diferente da mulher com quem pretendia se casar. Levantou-se da mesa bruscamente.

— Não posso analisar essa situação agora. Prometo que dentro de alguns dias falaremos no assunto.

Frances tirou o avental, olhando para ele com um olhar de irmã, que indicava que ela sabia o melhor a se fazer.

— Venha, Flix, vamos dar uma volta no parque. — Era um pedido que ele nunca tinha recusado e o código usado por eles quando algo era urgente.

De modo suspeito, os sons de coisas sendo cortadas continuaram. Esse passeio já tinha sido planejado. Sam deve ter dito a elas que ele já se encontrava em casa. Felix tinha que pôr os seus planos em ação antes de ser ultrapassado pelos acontecimentos. Não podia haver mais escrúpulos. Precisava contar algumas mentiras necessárias.

— Peço desculpas se fui desagradável — disse enquanto abotoavam os casacos no elevador. — A propósito, encontrei no voo um conhecido que vai ficar na área de Nova York por um tempo. Pensei em hospedá-lo em nossa casa em Cliffs Landing, mas não consigo encontrar a minha chave.

Você tem a sua? — Ficou surpreso com a facilidade com que enganava sua própria irmã, mas, mesmo sem Maggie no laboratório, não poderia trabalhar em casa por muito mais tempo. Tinha necessidade de total privacidade. Cliffs Landing era perfeito, mas não diria nada a Frances até que a gravidez fosse definitiva. No que lhe dizia respeito, ela faria tudo para dissuadi-lo, menos colocar fogo em seu laboratório, mas se soubesse quando fosse tarde demais seria leal. Depois do nascimento, daria conhecimento ao mundo.

— Com certeza. Quem é? — perguntou, abrindo a carteira e procurando as chaves.

— Alguém relacionado com o projeto do Sudário; você não o conhece.

Ela tirou uma chave da argola e lhe entregou.

— Avise-me assim que eu puder voltar lá.

— Obrigado. Farei isso.

Quando chegaram à entrada, ela disse:

— Sam quer falar com você por algum motivo. — Mas na portaria estava um substituto em vez de Sam.

Saíram do edifício para a rua. Em vez de atravessarem para o Central Park, Frances deu o braço ao irmão e começou a descer a Quinta Avenida.

— Aonde vamos? — perguntou ele.

— Já vai ver.

Felix perscrutava as caras das mulheres com quem cruzavam na avenida pouco movimentada, tentando adivinhar quais eram mães, ou tinham qualidades para ser. A sua prática em Obstetrícia e Ginecologia havia sido curta. Teria ele aprendido o suficiente para saber escolher a melhor mãe para Cristo? No parque, do outro lado da avenida, viu duas amazonas falando uma com a outra. As cabeças dos cavalos estavam juntas. Possivelmente mãe e filha. Reparou que a mais velha escutava a mais nova com uma expressão que denotava mais emoção do que interesse. Podia sentir o amor dela.

De repente, Frances parou e o encarou.

— Flix — disse —, o que encontramos dentro da caixa da Enea não é só seu. Também me pertence. Temos que falar sobre esse assunto, pois vai afetar nós dois. Eu já sinto que está perturbado, e, para ser honesta, isso me assusta um pouco.

Felix olhou para ela com atenção.

— Você nunca teve medo de nada. Nunca.

Ela correu a mão sobre a alça de sua bolsa sem dizer nada, e Felix apreciou os jardins de inverno muito bem tratados, emoldurados por cercas de ferro forjado ao longo da ampla calçada. Desejava que a sua vida também estivesse assim tão ordenada.

— Eu acho que estou com medo — disse.

— Ah, então é verdade? — Colocou o seu braço sobre os ombros da irmã e começou a andar para trás em círculos até que ela começou a rir. Era algo que ele fazia com frequência quando eles eram mais jovens.

— Tudo bem, pare com isso! Pare! — E riu para ele. — Quero mostrar a você uma coisa no número 92.

— O que é?

— Venha e veja. Promete?

— Prometo — disse ele, tentando recordar-se do que havia no número 92. No caminho, viu uma mulher jovem de patins, a seu lado uma criança num carrinho de bebê. Tentou ver a cara da mãe, mas era a cara de Frances que via. Ela tinha tomado conta dele desde a morte dos pais. Perguntou a si mesmo se ela não poderia ser a sua Maria, mas não conseguia se imaginar examinando-a, muito menos a engravidando, mesmo que artificialmente.

Entretanto, viu o que havia no número 92: o Museu Judaico. Frances sabia que ele gostava muito de museus, e deve ter pensado que uma visita a esse o ajudaria. Seguiu a irmã com relutância, ao longo da Mansão Warburg esculpida em gótico francês, as janelas com sua pedra calcária convertida em ostentação. Uma tinha uma menorá em prata. Outra tinha os dizeres "Cultura e Continuidade: A Viagem Judaica". Num letreiro coberto de vidro, num dos cantos, um pôster exibia uma famosa pintura de duas mulheres, uma em um vestido de noite preto, a outra em um vestido branco. O pintor era John Singer Sargent, que Felix não sabia ser judeu.

Seguiu Frances pela larga escadaria de três degraus, através de portas de vidro com molduras ornamentadas em madeira trabalhada. Enquanto ela comprava os ingressos, ele esperava entre uma multidão de crianças de escola e seus professores, incerto dos seus sentimentos. Reparou que os professores pareciam conscienciosos, mas não imbuídos do espírito da sua responsabilidade como a mãe que montava a cavalo. De repente, o óbvio despertou nele: tinha que procurar a mãe do seu clone entre as mulheres que amavam a Deus. Tinha que procurar dentro da Igreja.

Entraram no museu. A primeira sala era o testemunho das realizações dos judeus na Alemanha antes da guerra. Estranhamente, Felix achou uma evidência terrível de como os judeus alemães tinham sido proscritos, como se tivessem necessidade de provar que eram seres humanos. Por que eles não tinham realizações iguais às das outras pessoas? Seguiu Frances enquanto esta lhe dava algumas indicações.

De repente, viu algo que lhe chamou a atenção no fim da segunda sala. Era um pequeno quadro intitulado *Mulher à escrivaninha*[5], de Lesser Ury, que tinha falecido em 1931. Ela estava sentada numa cadeira, com as suas longas saias e blusa branca, absorta em sua carta, com sol brilhando do lado de fora, mas sem entrar pela janela, o assento da cadeira de um belo azul, o tapete sob os seus pés de um vermelho quente. Muitas vezes ao pousar o seu jornal de domingo, vira Frances da mesma forma, escrevendo para suas colegas de universidade sentada à velha escrivaninha do pai. As semelhanças eram surpreendentes. Ficou ali parado admirando o quadro, esperando que não fosse uma peça inestimável de arte judaica, mas que estivesse à venda para que o pudesse comprar e dar a Frances em seu aniversário.

Levantou o olhar, mas ela já tinha dobrado o corredor e apreciava outro quadro. Felix ficou admirado por ver o nome de Lesser Ury ao lado. Como ele poderia ter pintado esse e o outro também? O quadro era imenso: 1,5m x 1m. Nele, um homem esquelético rastejava ao longo de uma montanha rochosa em azul-escuro, coberto apenas por um pano vermelho que o envolvia da cintura até os tornozelos. Na sua aparência cadavérica, e nas linhas escavadas de seu rosto, estava implícito que não havia diferença entre o homem e a rocha. A montanha o abraçava como se não fosse de pedra. Ury tinha pintado o sofrimento humano num mundo frio, inflexível. Felix achou que tinha reconhecido o vermelho no manto lúgubre do homem. Não era o mesmo vermelho do tapete do quadro da mulher? Voltou para confirmar. Era. Aqui o vermelho era luxo; ali, privação. O azul da sua cadeira era elegância, mas desolação nas rochas. Um quadro sobre o lar e o amor; o outro, o advento do Holocausto. Ury tinha usado as mesmas cores para contrastar ternura e os resultados do ódio, e o efeito era devastador. Felix não queria que esses dois quadros representassem o seu passado como o faziam: a sua vida familiar em Nova York e o que tinha acontecido aos seus pais durante a guerra.

Fez um sinal para Frances indicando que ia sair, e escapou para a entrada, cheia de crianças que não eram amadas por seus professores, pensava ele, pois, se fosse o contrário, como eles podiam atirá-las para esse abismo de emoções?

---

[5] Tradução livre de *Frau am Schreibtisch*, título original do quadro de 1898. (N. do E.)

Frances o alcançou já na rua e o segurou pelo braço.

— Flix, você não pode evitar isso. Não compreende? O funeral é na segunda-feira. Sabe que temos um tio, irmão do papai, vivo, na Itália? É irmão da Enea. Já pensou nisso? Eu entrei em contato com ele...

— Não, você não fez isso.

— Pelo amor de Deus, foi a irmã dele que morreu! Ficou tão contente por eu ter entrado em contato. Você devia ter ouvido. Todos eles choraram. Ele vem para o funeral e também...

Sentiu-se cercado, invadido. Com uma casa cheia de familiares, o tempo não lhe pertenceria. Se os ignorasse e se mantivesse no laboratório, atrairia as atenções, suscitaria perguntas. Podia esperar até que eles fossem embora, mas tinha uma necessidade imperiosa que não podia atrasar.

— Lamento muito, mas eles não podem ficar na nossa casa! Coloque-os num hotel. Vá vê-los sempre que quiser. Mas não os traga para casa. Papai nunca os recebeu lá, lembra-se? É preciso conversar sobre certos assuntos antes de tomar atitudes como essa. Acredite em mim, essa não é a hora certa para abrirmos nossas vidas para estranhos!

Ele a deixou e, com passos apressados, voltou ao apartamento e dirigiu-se para o terraço, tentando acalmar sua mente para poder trabalhar. Olhou para baixo, para o Central Park, certamente a maior vantagem de morar na Museum Mile, a parte da Quinta Avenida que o beirava a leste. O parque tinha sido o pátio de recreio da sua juventude. Conhecia todos os cantos, todos os pequenos lagos, pedras, estátuas e canteiros. Quantas vezes não ficara ali vendo Frances montar King, o seu andaluz, e Adeline montar o seu árabe, Moonless? Por um momento, Felix desejou a felicidade que tinha tido naquela época.

Sentiu braços envolvendo-o por trás, e voltou-se para abraçar Adeline.

— Felix, peço desculpas se disse algo que não devia. Não reparei o quanto você estava perturbado. Mas não tem importância — disse —, realmente não tem. Quero dizer, há algumas coisas na vida que têm importância. Se uma pessoa é honesta ou não. Se magoa ou ajuda os outros. Ser cristão ou judeu não tem. Pura e simplesmente não tem.

Felix olhou para ela.

— Se realmente achasse que não tem importância — disse ele beijando sua testa —, estaria tão empenhada em me convencer?

— Querido, estou apenas tentando desfazer os nós em que você está atado. É óbvio que algo não está bem. Onde está Frances?

— Está vindo.

— E Maggie não sabe o que fazer.

Felix sentiu-se embaraçado por ter uma testemunha de seu tumulto íntimo, mesmo que fosse Maggie. Sentiu-se confuso perante a aceitação imediata de sua herança por Adeline quando ele próprio estava com dificuldades em aceitá-la. Ela parecia um anjo em sua beleza pálida. Seu relacionamento refletia as suas crenças religiosas, pois tinham feito amor apenas uma vez. Ele tinha desejado inúmeras vezes que tivessem respeitado o pacto de casamento e tivessem esperado. Embora, nos tempos atuais, poucos o fizessem. Mas, numa bela noite, nessa mesma sala, ele e ela sucumbiram. Desde então, formaram um casal. Ele tinha planejado pedir Adeline em casamento no primeiro aniversário de seu primeiro encontro oficial, sugerindo que dispensassem o noivado e fizessem de imediato uma cerimônia na igreja. Tinham sido feitos um para o outro. Em vez de fazerem sexo, passavam horas discutindo sobre Deus. A paixão de Felix era por Jesus Cristo, e a dela, por sua mensagem de clemência. Quando criança, ela havia considerado entrar para um convento. Ele quisera ser padre.

Quando não estavam cavalgando, ela e Frances passavam o seu tempo em obras de caridade, por vezes peculiares. Adeline é que as encontrava. Andava sempre à procura de maneiras de ajudar as pessoas, fazer o bem maior com seu dinheiro e seu tempo, e dava ambos sem restrições. De todas as santas, a sua favorita era Santa Colete, uma jovem francesa que, tendo ficado órfã aos 17 anos, deu toda a sua herança aos pobres e tornou-se freira, tendo vivido reclusa até que Deus lhe revelou o seu destino. Fundou dezessete novos conventos, motivada por suas visões da Paixão de Cristo. Dizia-se que ela profetizou sua morte em pormenores.

Adeline apertou suas mãos com confiança.

— Felix, quão forte é a sua fé em Deus?

Ele tocou o cabelo de Adeline.

— Você sabe a resposta.

— Então não questione. Acredite que Deus tem razões para a maneira como está revelando a sua vida.

Felix olhou fixamente para ela. Conhecia as razões, lembrando-se da passagem que tinha acabado de ler sobre Moisés, lembrando-se dos seus apontamentos e em como não poderia progredir sem uma mulher, alguém merecedora de ser a mãe do Filho de Deus. Alguém de profunda fé. Alguém destemida. Alguém o mais próxima de se parecer com um anjo como poderiam as mulheres humanas. Ela estava diante dele.

Poderia ele pedir? Diria ela que sim? Seria esse o destino que Deus queria para a mulher que ele tinha imaginado ter um dia um filho seu nos braços?

Felix afastou-se dela e dirigiu-se para as orquídeas que Frances adorava plantar. Daí podia ver como o sol que estava se pondo banhava Adeline de luz, e imaginou-a grávida de um filho abençoado, com ele e Frances ao seu lado. Fariam isso juntos, os três, com a ligação que tinham desde os bancos de escola.

Dirigiu-se a Adeline e abraçou-a no que sentia ser uma despedida à vida que tinha planejado para ambos. Encostou a sua face à dela.

— Vamos sair esta noite, Adeline — sussurrou em seu ouvido. — Preciso ficar sozinho com você.

Capítulo 9

Quinta-feira à tarde — Quinta Avenida

Sam tentara falar com o Dr. Rossi a propósito do jornalista, mas ele não atendera o telefone. Quando Frances Rossi chegou com Adeline Hamilton, ele tinha lhe enviado uma mensagem por meio delas, mas tudo indicava que tinham se esquecido de repassar. Possivelmente algo estava se passando, considerando que os Rossi acabavam de chegar e sua tia havia morrido.

Telefonou pedindo para que o cobrissem na portaria, entrou no edifício e desceu as escadas para o vestíbulo subterrâneo, pegando um atalho pelo salão de festas, que era iluminado por candelabros, para a área que todos chamavam de *O Quartel*. Este era composto por um apartamento para o técnico de manutenção do edifício, uma sala comunal para os motoristas, o porteiro e os seguranças, e um apartamento muito maior para Sam, que supervisionava todos. Seu apartamento já tinha sido o antigo consultório do Dr. Rossi sênior, pai de Felix Rossi. Agora as salas espaçosas eram de Sam — estas e tudo n'*O Quartel*, pago pela Associação de Condôminos.

Olhou para a sala comunal. O segurança olhava de modo alternado para os monitores da frente, dos fundos e do vestíbulo da entrada, enquanto ouvia um programa de entrevistas que os motoristas de serviço estavam vendo. Por trás, num dos cubículos de dormir, um terceiro motorista roncava. Outros dois estavam fora do horário de serviço.

— Rapazes — disse Sam —, podem apagar da escala esse horário agendado para buscar o Dr. Rossi; ele já está aqui há horas.

— Certo, Sam — respondeu um deles.

Sam seguiu corredor abaixo e destrancou a porta que dava para a garagem privada do Sr. Brown. A escala do Sr. Brown nunca estava no quadro. Não estava escrita em parte alguma. Desceu as escadas para uma marquise feita de madeira que tinha por baixo um carpete vermelho que se estendia até a entrada do elevador privativo do Sr. Brown. Na parede mais afastada encontrava-se a coleção de carros do Sr. Brown: um Porsche branco, no qual Brown só tinha saído uma vez; dois Lincoln pretos, que ele usava na cidade para passar despercebido como apenas mais um dos ricos de Nova York, nas poucas ocasiões em que saía; e um Rolls Seraph prateado, que nunca tinha usado. Sam tinha ouvido dizer que, na noite em que Rolls descobriu o Seraph nas terras altas da Escócia, todos usavam os seus *tartans*, tocavam gaita de foles e bebiam Old Pulteney *single malt*. Para um homem como Brown não era nada de especial. Ele já tinha dito uma vez a Sam que tinha pouco interesse por eles.

Sam pôs seu chapéu e esperou debaixo da marquise polida. Passados uns momentos, ouviu uma buzina, apertou o botão para acionar o portão da garagem e o outro do interfone.

O mordomo atendeu. Sam disse:

— Ele chegou.

O portão da garagem abriu e entrou uma limusine preta. Parou sob a marquise e Sam abriu a porta de trás.

— Bom dia, Sr. Secretário.

Ele segurou a porta para o secretário de Estado dos Estados Unidos, enquanto o motorista abria o bagageiro e retirava uma mala de viagem própria para passar a noite.

Sam segurou a mala de viagem e seguiu o secretário pelo carpete vermelho até o elevador. Quando chegou, entraram os dois.

— Como foi o seu voo até aqui, Sr. Secretário?

Ele suspirou.

— Não tem importância.

Sam sabia que a mulher do secretário falecera num estranho acidente de automóvel no ano anterior. Embora em público ele transpirasse confiança, em particular ainda parecia um homem vencido.

O secretário olhou para o envelope marrom que ele tinha nas mãos.

— O Brown nunca consegue atingir você, Sam?

Em vez de responder, Sam mudou de assunto, falando do tempo magnífico que fazia, até o elevador chegar à cobertura, no nono andar. Quando as portas se abriram, ali estava o Sr. Brown.

A postura do Sr. Brown mexia com Sam assim como com todo mundo. Ele tinha lido que J. P. Morgan tinha o mesmo efeito nas pessoas: seus olhos mostravam um brilho tão intenso que se tinha a sensação de estar em frente à luz de um trem que se aproximava. Embora ele normalmente usasse calças cinza e uma camisa simples sem gravata, e o luxo que o rodeava tivesse uma proporção de bom gosto, quem visse Brown comportava-se como se ele fosse Deus.

O secretário baixou a cabeça enquanto lhe apertava a mão. O mordomo apareceu e pegou a mala de viagem do secretário, enquanto Brown dizia:

— Sam, espere, tenho uma tarefa para você.

— Sim, senhor. — Enquanto Sam voltava para a entrada, ouviu Brown perguntar:

— Desta vez você trouxe o projeto do cessar-fogo?

— Sim, sim, claro — respondeu o secretário. Sua voz soara tensa.

Sam fazia o possível para não pensar por que algumas das visitas de Brown sentiam-se tão intimidadas.

Sentou-se numa cadeira confortável no saguão de entrada do Sr. Brown, cantarolando baixinho "Too-ra-loo-ra-loo-ral". Enquanto cantarolava, viu o mordomo voltar, entrar no elevador e descer, depois viu os números subirem de 7 para 8 e para 9. As portas se abriram. O mordomo saiu e atrás dele veio uma mulher que já tivera oportunidade de ver uma ou duas vezes, com o cabelo cor de avelã caindo sobre um casaco de pele preto — ou uma falsificação muito boa. Um olhar à sua forma de andar lhe disse que ela era dançarina — uma entre os milhares aspirando pela fama em Nova York, e não era a única que tinha visto ali. Seu musical era sem dúvida financiado, e seu fabuloso casaco, fornecido — pelo Sr. Brown. Sam a inspecionou enquanto passava. O Secretário de Estado ia ter algum entretenimento naquela noite. Sam sentiu inveja dele.

Momentos depois, o mordomo voltou a aparecer e encaminhou Sam para a biblioteca. Era ali que o Sr. Brown gostava de receber os convidados especiais e aqueles que trabalhavam para ele. Sam desconfiava que todos os outros cômodos da casa, exceto o quarto do Sr. Brown, tinham aparelhos de escuta ou câmeras. Ele sabia que o quarto de hóspedes principal tinha.

Quando a mulher tirasse o casaco de pele e dançasse sobre o corpo feliz do secretário, Brown teria o registro, em caso de necessidade.

Sam sentou-se num sofá de couro claro, pensando no posto de vigilância vulgar que tinha em Los Angeles, em seus tempos de detetive particular que o tinham trazido até ali. Fora contratado por uma abastada mãe de família para seguir o marido e obter provas de adultério que pudesse usar em tribunal. O marido, àquela altura, andava animado com duas jovens atrizes que viviam juntas e que por acaso gostavam tanto de homens quanto uma da outra. Na noite em que Sam os encontrara, estavam os três na cama das jovens se divertindo. O que Sam não sabia era que a mulher o tinha seguido, com a intenção de varrer marido e amante da face da Terra.

Enquanto Sam tirava fotografias, a mulher apontou uma pistola para eles. O primeiro tiro atingira o ombro esquerdo do marido. Sam conseguira segurá-la antes do segundo e tirara a arma dela. Sem escândalos, levara o marido ao médico, a mulher ao terapeuta, e aconselhara as duas jovens a saírem do local sem deixar endereço de destino.

Durante um ano Sam teve um fluxo de casos estranhos, difíceis mas lucrativos, tendo satisfeito os clientes em todos eles. Um dia recebeu pelo correio um cheque com uma soma importante, uma passagem para Nova York e um pedido para se apresentar numa entrevista, onde descobriu que teria apenas um cliente durante o ano inteiro: um tal Sr. Brown, cuja irmã rebelde era uma das duas jovens. Aparentemente, ela tinha informado o irmão, que, por sua vez, tinha posto Sam à prova anonimamente, e ele, pelo visto, passara naqueles testes. A partir dessa época, foi colocado na folha de pagamento dos seguranças de Brown, onde já estava havia onze anos. Fazia vários tipos de trabalhos interessantes, normalmente honestos, mas por vezes pouco limpos, por um salário que satisfaria um pequeno príncipe.

Uma voz trovejou do corredor:

— Sam, aí está você!

Brown entrou e sentou-se na cadeira de espaldar alto ao lado de um computador que dava supostamente acesso a sites secretos do governo. Mapas antigos e modernos estavam pendurados na parede por detrás dele. Sem quaisquer preliminares, Brown arremessou para cima da mesa que estava em frente a Sam um envelope fechado e grosso.

— Isso é para o nosso amigo do consulado. Você é esperado lá, dentro de uma hora em ponto.

— Sim, senhor — respondeu, nada surpreso com o destino do envelope. Dois países africanos tinham recentemente começado uma nova guerra perto das fronteiras, e os Estados Unidos eram intermediários no cessar-fogo. Brown estava sem dúvida adiantando informações dos termos propostos ao seu preferido.

Sam enfiou o envelope no bolso interno do casaco enquanto Brown olhava cético à sua volta: cinco filas de prateleiras, cada uma devidamente identificada com o nome de um continente e dos países que ali existiam, ou de um período da história.

— Você devia ler mais — disse-lhe Brown, como se estivesse pensando em algo que não estivesse contido em nenhum livro.

Sam ergueu-se, dirigiu-se a uma prateleira e viu a *Historia Naturalis,* de Plínio, o Velho; a *História de Alexandre,* de Quinto Cúrcio Rufo; e as *Vidas,* de Plutarco. Noutra, estavam *Tao-te-ching,* de Lao Tsé; *A Arte da Guerra,* de Sun Tzu; um volume de poemas de Li Po; e os relatos de Ssu-ma Ch'ien. Da Índia, havia o *Ramayana*, os *Vedas*, e os *Mahayana Sutras*. Naturalmente que a *Bíblia*, a *Torá*, o *Corão* também lá estavam. Associada a todo o resto que sabia sobre Brown, aquela biblioteca, onde era possível pesquisar o pensamento, a arte, a religião e a história de todas as sociedades conhecidas, mostrara a Sam que um capitão digno de ser servido estava ao leme. Repetidas vezes tinha visto Brown prever o futuro instruído pelo passado, e corrigir aquilo de que não gostava antes que acontecesse.

— O que você pensa do mundo, Sam?

— Eu? — Sam selecionou *O Príncipe,* de Maquiavel. Nunca o tinha lido, porque achava que já sabia o que ele aconselhava. — Bem, primeiro vi o mundo como marinheiro, como sabe. Para ser sincero, não me pareceu diferente de um navio mercante: homens vivendo e trabalhando em espaços minúsculos, sem qualquer possibilidade de desistência, e navegando em mares perigosos. Sem um capitão, uma hierarquia e um número correto de regras, a pressão faria com que os homens do mar se destruíssem uns aos outros antes de o barco chegar ao porto.

— Você pensa que o mesmo pode se aplicar a outros casos na vida?

— Sim.

Brown manteve-se na mesma posição, mostrando sua versão de um sorriso de *pai benevolente,* que consistia numa menos penetrante intimidação. Sam gostava e admirava Brown, mas a uma distância conveniente.

— Tudo em ordem no edifício? — perguntou Brown.

— Um jornalista veio à procura do Dr. Rossi hoje de manhã cedo. — O sorriso de Brown acabou de imediato.

— Um jornalista? Sobre o quê?

— Algo sobre o trabalho dele, penso eu.

— Descubra e me informe. — Depois olhou para a porta, o que queria dizer que não tinha mais tempo e que Sam deveria se retirar.

Sam tomou o elevador para baixo e, pela porta da frente, que estava aberta, viu Frances Rossi e sua amiga Adeline esperando como estátuas pela limusine. Vão às compras, presumiu. Parou para admirá-las, paralisado, como era habitual, pela imobilidade que elas partilhavam com a maioria das senhoras do edifício. Era como se alguém tivesse dito às mulheres da alta sociedade que, se possível, não deveriam se mover. Frances não parecia talhada para aquela restrição. De vez em quando se comportava como seu cavalo, King, e na realidade usava os músculos em público. No entanto, tinha reparado que Adeline, por outro lado, dominava a inércia. Não se movia durante longos períodos, depois algo mexia com ela: um som, uma palavra. Derretia-se como o gelo e adotava outra posição que expressava sua mudança de estado de espírito. Depois, por um longo período, gelo novamente.

Mais de uma vez, ele fantasiava, apenas vendo como aquelas mulheres se moviam.

Lembrou-se de ter deixado o celular na casa do Sr. Brown e voltou atrás para buscá-lo. Ficou descontente quando, ao descer, sentiu que o elevador tinha reduzido a velocidade ao chegar ao oitavo andar. Tinha apanhado o elevador geral sem pensar.

Quando as portas começaram a se abrir, teve uma visão momentânea de Maggie, a empregada dos Rossi, espiando flagrantemente quem vinha da cobertura. Sorriu e escondeu-se rapidamente no canto do elevador de maneira que ela não o visse de imediato.

— Está cheia de curiosidade, não é, Maggie, minha garota? — disse ele.

Ela saltou ao som da sua voz e tropeçou ao entrar no elevador. Sam a segurou antes que ela caísse. Ele ficava sempre alegre quando via Maggie, os olhos grandes quase sempre fascinados com algo que não era de sua conta. Nunca espalhava fofocas, tanto quanto fosse do seu conhecimento, mas queria sempre estar a par de todos os acontecimentos. Maggie sentiu-se uma inútil em seus braços, olhando para cima, para ele, parecendo envergonhada, a mão sobre o coração. Ele sorriu, vendo como ela se sentia orgulhosa em usar aquele chapéu — tal qual uma rainha africana. Passou-lhe pela mente beijá-la, mas, de repente, ficou pensando em como aquele pensamento lhe tinha ocorrido.

— Você está tentando me matar de susto? — disse ela, enquanto se desenvencilhava dele e as portas se fechavam.

— Como se eu fosse capaz disso — respondeu Sam, ainda sorrindo. Pensava quanto dinheiro ela não teria gasto naquele chapéu. Sua mãe tinha sido assim. Depois de o pai morrer, ela passara fome para ele ter roupa nova para usar na escola fina onde tinha conseguido matriculá-lo. Desde então, tinha pavor de ver uma mulher pobre e boa empobrecer-se por roupas para sentir-se com alguma importância. Maggie era uma dessas boas mulheres.

Baixando a voz, ela disse:

— Em todo caso, andava à sua procura.

— De verdade? — Ele ainda tinha cinquenta minutos para chegar ao consulado, que ficava apenas a vinte minutos. Apertou o botão de parar do elevador e tentou parecer sério, inspecionando o rosto simples mas honesto de Maggie, e gostando do que via. Ela disse:

— Ouvi dizer que você queria falar com o Dr. Rossi e achei que me podia dizer qual era o assunto e assim não o incomodava.

Sam sorriu. Tinha imaginado como teria uma conversa particular com ela sobre aquele mesmo assunto. Tinha quase decidido convidá-la para sua casa, embora nunca ninguém do edifício tivesse entrado lá — apenas suas visitas femininas, que usavam a entrada privativa diretamente da rua e não tinham acesso ao vestíbulo de entrada. Agora o problema estava resolvido.

— Então é isso? Foi o Rossi que mandou você?

— Não propriamente.

— Quer dizer de maneira nenhuma?

— Sam Duffy, já há problemas suficientes naquela casa sem que você inclua mais algum. O que você quer do Dr. Rossi? — disse, parecendo exasperada.

Sam admirou sua capacidade de proteção. Havia mais lealdade do que instinto de servidão em sua reação, embora Maggie conseguisse fazer uma imitação de cinco estrelas quando queria parecer servil. Pelo menos ele esperava que fosse imitação. A ideia de que ela poderia sentir-se inferior aos outros o preocupava quando pensava nisso. Encostou-se ao anteparo de bronze.

— Antes de eu responder, não quer ao menos me cumprimentar, moça?

— Eu não sou nenhuma menina. — Fez uma pausa como que arrependida de ter sido rude. — Olá, Sam — disse, mostrando um sorriso artificial.

Isso o atormentou um pouco, pois gostava de Maggie e há anos que tentava ser seu amigo. Via o coração generoso por baixo de sua tenacidade e isso fazia com que quisesse protegê-la, embora soubesse que ali ela não corria perigo. Na realidade, não a culpava por ela não corresponder. Como podia ela saber que a sua experiência como homem do mar tivera como efeito que raça, religião, tendência sexual e outras não tivessem para ele nenhum significado? Nos pequenos recintos dos navios mercantes, em pleno mar, a harmonia entre a tripulação era o bem maior. O pior mal era algo que pudesse destruí-la. Se já não se fosse tolerante por natureza, como marinheiro aprendia-se a ser. Mas Maggie não tinha nada a ver com as suas amizades irlandesas, portanto resolveu provocá-la:

— Olá, Maggie, tenho uma confissão a fazer.

Ela o olhou, interessada.

— Eu ouvi casualmente Frances Rossi e a sua amiga Adeline conversarem sobre um concurso de chapéus na sua igreja envolvendo Sharmina. Como foi?

Com um gesto que dizia ter corrido de um jeito "mais ou menos", Maggie mostrou-se aborrecida e deu de ombros, mas ele suspeitava que o chapéu tinha sido um sucesso.

— É apenas um chapéu. Apenas uma tolice.

— Tolice? — Nem queria acreditar em Maggie, cuja mania por chapéus era bem conhecida, descrevendo seu estimado objeto como uma tolice.

— O seu Graham Smith? Sim, também ouvi isso. Maggie, você deve estar com febre. Diga-me o que disse a Sharmina, ou ela ficou sem palavras?

Maggie olhou para o teto como se estivesse decidida a satisfazer uma criança.

— Se quer saber, eu entrei e sentei no meu lugar habitual — na nave, terceira fileira. Creio que as pessoas repararam. Algumas disseram "lindo" ou algo parecido. Cinco minutos antes de a cerimônia religiosa começar, entrou Sharmina olhando fixamente para o meu chapéu, toda a igreja olhando para ela. Ela não chegou a dizer uma palavra. A seguir, apenas soube que tinha ido embora para casa, ou assim me disseram, e perdeu o concurso. Eu ganhei, mas não posso dizer que a derrotei, uma vez que ela não estava lá. Satisfeito?

Sam riu.

— Que covarde! Esqueceu de Nosso Senhor, não foi? Você acertou em cheio e ela desistiu logo de cara.

— Se acertei em cheio? Você joga dardos, Sam Duffy? — Maggie olhou para ele, surpresa.

Ele pôs as mãos nos quadris.

— Melhor do que qualquer irlandês em Nova York. E você?

— Eu jogo. E muito bem, se quer mesmo saber.

Ele riu.

— Pois então vamos ver se o dinheiro consegue cobrir a boca, mulher! — Olhou para o relógio. — Hoje à noite, às 18 horas, eu vou levar você ao Molly Malone. A McSorley's é por minha conta.

Maggie olhou-o espantada, como se ele tivesse enlouquecido.

— Pedi algo pecaminoso, foi? Está bem, não se preocupe, casamos primeiro e jogamos dardos depois. O que acha?

Maggie revirou os olhos.

— Acha que vou com você a um bar qualquer, Sam? Se quer jogar dardos, pode me acompanhar à sala de jogos da nossa igreja, é o que pode fazer. Vamos voltar à nossa conversa, antes que alguém chame o elevador? — disse ela, sem qualquer contentamento visível, o que desapontou Sam. Ele teria adorado jogar um jogo de dardos com Maggie e tinha desejado que ela ganhasse o concurso do chapéu.

— Sem dardos, sem casamento? É uma mulher difícil, Maggie. — Olhou para os olhos cor de azeitona, pensando se ela saberia que eles eram maravilhosos. Depois, limpando a garganta, disse: — Está bem, diga-me então por que um jornalista ficou interessado de repente no trabalho do seu Dr. Rossi?

Ela suspirou.

— É só isso? Há muita gente interessada no trabalho dele. Não lê os jornais? E você queria falar com ele para aborrecê-lo com isso?

Ele inclinou-se um pouco para a frente.

— Não exatamente. Por que alguém tentaria me subornar para saber o que Rossi trouxe de Turim?

— Subornar? — Ela ficou chocada e um pouco animada.

— Sim. Um jornalista tentou me subornar. Queria saber o que é que Rossi tinha na mala de viagem. O que acha disso, Maggie?

Ela se encostou no anteparo em frente a ele e balançou a cabeça.

— Isso é um mistério. Que eu saiba, apenas uma coisa mudou. É algo de cunho pessoal, nada que eu possa contar. No entanto, não vejo qual seria o interesse de um jornalista nisso.

Sam fitou-a cuidadosamente. Outra das coisas que apreciava em Maggie era que, se não pudesse dizer a verdade, não dizia nada.

— Apenas pessoal? — disse ele. — Nunca se sabe. Hoje em dia eles publicam qualquer coisa.

Maggie assentiu com a cabeça, ainda olhando para o nada; então pareceu ter se lembrado do motivo de sua missão:

— Sam, você me faria um favor? Não diga ao Rossi nada sobre isso hoje, está bem? Dê ao homem a oportunidade de se acomodar novamente em casa, para falar com a irmã e a noiva.

— Noiva? Estão realmente noivos? — Sam chegou à conclusão de que essa revelação podia fazer com que ganhasse algumas apostas com os motoristas das limusines, se estivesse querendo, mas não estava.

Maggie fitou-o como se ele fosse um canalha.

— Bem, eles ainda não estão oficialmente noivos, mas todos sabem que irão se casar. A propósito, o que estava fazendo lá em cima, na casa do Sr. Brown?

— Os assuntos dos Rossi são privados, mas não os dos outros condôminos, é?

— Está bem, está bem — disse ela, e virou-se para as portas do elevador numa atitude de indiferença.

Com relutância, Sam soltou o botão, desejando poder continuar a discutir com a franca e leal Maggie, em vez de ter que voltar para o mundo malandro.

— Apenas a entrega de um envelope, Maggie curiosa — disse ele.

Capítulo 10

Quinta-feira à noite — Apartamento dos Rossi

Felix andava lentamente de um lado para outro nas sombras de seu laboratório escuro. Já vestido para jantar, tinha posto o terno preto de sarja de lã, de que Adeline tanto gostava, e uma bela gravata de Stefano Ricci por baixo do jaleco, touca e máscara. Sabia que Adeline esperava no quarto de hóspedes que tinha se tornado seu quarto naquela casa. Frances, que ficara muito satisfeita quando soube que eles iam sair, disse-lhe que Adeline ia usar um vestido novo, enfeitado com fitas pretas, e ele tinha se vestido para combinar.

No laboratório, apenas uma lâmpada estava acesa e incidia na causa de seu atraso: ele tinha preparado os pedaços de fio do Sudário de Turim.

Sem conseguir resistir, extraíra o sangue usando uma solução muito pouco concentrada e os mais lentos parâmetros de centrifugação, e tinha uma amostra já pronta em seu microscópio Atomic Force. Apenas tinha que se dirigir para lá e dar uma pequena olhada. Depois disso saberia se o projeto teria qualquer possibilidade de sucesso.

Poderia ver células intactas contendo o código genético completo em um elemento do DNA de hélice dupla, os seus dois lados juntos por aproximadamente três bilhões de pares de bases, como uma escada em espiral e seus degraus. Precisava de glóbulos brancos, porque os vermelhos não têm núcleo e, sendo assim, não têm DNA. Ou poderia ver muitos elementos de DNA fragmentado faltando algumas centenas de pares de bases aqui, outras centenas ali. Ele esperava qualquer dessas alternativas. O que não queria de maneira nenhuma ver, o que anularia imediatamente o seu projeto, era um DNA tão degradado que apenas alguns fragmentos de centenas de pares de bases em sua extensão tivessem sobrado.

Felix permanecia na sombra.

Por que não podia parar de olhar? Por que não andava um metro e meio e olhava?

Sentiu-se impotente e temeroso, dedilhando através do jaleco os botões característicos do terno Brioni. Trocaria o terno com muita satisfação por uma boa célula. Se o DNA estivesse muito degradado, nem todo o seu dinheiro conseguiria recuperá-lo. Seu plano e seu sonho terminariam. Não, seu coração iria partir-se se não conseguisse o DNA.

Dirigiu-se para a porta, respirou fundo e foi direto ao microscópio, observando pelas lentes a imagem ser ampliada alguns milhões de vezes. A princípio, não conseguia focar a visão, tão consciente estava de sua religiosidade. Felix fechou os olhos e então voltou a olhar. Observou amplas células, bactérias e fungos, e entre eles fragmentos de glóbulos vermelhos menores, reconhecíveis por seu formato bicôncavo. Não viu um único glóbulo branco, fragmentado ou intacto.

Ficou apavorado e programou o microscópio para busca automática de modo que atingisse a amostra em sua totalidade. Não viu quaisquer células de DNA utilizáveis.

Ouviu um zunido e dirigiu-se para o interfone perto da porta.

— Sim?

— Flix, a Adeline pediu para avisar que está quase pronta.

— Está bem. Só mais um minuto.

A busca havia terminado sem encontrar nada. Talvez a solução estivesse separada demais e ele não estivesse vendo uma parte significativa. Pegou o tubo de ensaio que continha o resto da solução e a despejou em uma placa de Petri larga e esterilizada, que cobriu e colocou no suporte especial de vácuo do microscópio. Podia observar enquanto a placa estava sendo analisada. Tinha a impressão de estar observando há anos, não vendo nada de aproveitável; seu coração desfalecia, e ele sentia-se ridículo por ter alimentado tantas esperanças. De repente, um largo grupo de neutrófilos apareceu focado, muitos aparentemente intactos. Era um tipo específico de leucócitos, presentes no pus em grandes quantidades.

— Meu Deus — murmurou levando a mão à boca, compreendendo que aquelas células deviam ter se acumulado nas chagas de Cristo.

Lutando contra as lágrimas, Felix murmurou uma oração:

— Pai Eterno, ofereço as chagas de Nosso Senhor Jesus Cristo para sarar as feridas das nossas almas. Amém. — Depois se sentou e recostou-se na cadeira do laboratório e, aliviado, respirou fundo.

Ouviu novamente o zunido, e depois:

— Flix, o que está fazendo? Vai perder a sua reserva do jantar, pelo amor de Deus!

Rejubilando de alegria, dirigiu-se com rapidez para o interfone e respondeu:

— Vou já, querida irmã!

Cuidadosamente, removeu a placa de Petri e, segurando-a com muito cuidado, colocou-a na incubadora nas condições ambientais que a manteriam exatamente como estava até ele voltar.

Abriu a porta do laboratório e lá estava Frances, vestindo um cafetã, preparada para passar uma noite em casa e calçada com suas pantufas preferidas Dipinti.

— Por que você está tão feliz? — perguntou.

Ele beijou seu rosto.

— Nada, nada. E peço desculpas pelo que fiz no museu há pouco.

— Acho bom mesmo. — As sobrancelhas dela ergueram-se num cômico olhar magoado.

— Você não existe. Não, você é maravilhosa. Falamos amanhã de manhã.

Então Adeline apareceu na sala, deslumbrante, em seu vestido sem mangas com três tiras finíssimas em cada ombro. O cabelo estava preso, com pequenas mechas caindo pelo pescoço. Trazia fios de diamantes pendurados das orelhas e um anel grande de ônix e diamantes. Ela sorriu quando Felix pegou seu braço.

Frances os inspecionou com uma expressão de aprovação no rosto.

— Vocês dois têm alguma ideia do bonito casal que formam?

— Não, mas você vai nos dizer — disse ele.

— Parecem estrelas de cinema — disse Frances sorrindo. — Eu devia desprezar os dois!

Adeline riu.

— Bem, então, Jane simplezinha — disse brincando com ela, pois achava Frances igualmente bonita —, deixe-nos sair para que os nossos fãs possam nos adorar. — Fez um carinho em seu queixo enquanto passava por ela.

Quando desceram, Sam já tinha a limusine à espera. Felix levou Adeline até lá.

— Só um segundo — disse, voltando até à porta de entrada com Sam.

— Queria falar comigo sobre alguma coisa? — perguntou Felix.

Sam olhou na direção de Adeline.

— Nada que mereça fazer uma senhora esperar. Vai estar aqui amanhã?

— Sim, vou.

— Então eu o procuro. Aproveite a noite, Dr. Rossi.

Felix fez um aceno com a cabeça e voltou para a limusine, não se importando que o frio de janeiro tivesse voltado e que estivesse tremendo, porque não tinha posto nenhum casaco, apenas um cachecol. Adeline tinha se enrolado na sua quente *shahtoosh* ou "xale em anel", uma preciosa peça de vestuário que ele tinha comprado para ela no Nepal pela astronomicamente justificável importância de 15 mil dólares. Na época, não sabia que o antílope tibetano, de cuja barba era retirado o pelo para fazer a peça, estava sendo morto às manadas por caçadores furtivos para contrabandearem o pelo para o Nepal. Quando leu que Zhaba Doujie, o maior protetor dos antílopes em perigo, tinha sido assassinado, sentiu-se extremamente mal e fez uma doação à família de Doujie e ao grupo defensor. Adeline nada sabia a respeito. Ela nunca tinha perguntado e ele nunca tinha dito o preço real do xale. Para ela, era apenas uma *pashmina* especialmente elegante.

— *One if by land, Two if by sea* — disse ele ao motorista.

— Sim, Dr. Rossi — respondeu o motorista e arrancou para a avenida, em direção ao sul, para o Village.

Adeline inclinou-se e beijou seu rosto.

— Muito obrigada — disse.

— Por quê?

— Por tudo. Por me levar para sair hoje à noite, por ser você, por este xale. — Encostou-se nele e pôs uma das mãos nas dele.

Tão depressa como tinha decidido o que lhe pedir naquela noite, ele agora pensou se não estava ficando louco. Ela o amava. Ele a amava. Devia pedir a outra pessoa.

— Sabe, estive rezando antes de sairmos — disse ela numa voz calma.

— Esteve?

— Sim, achei que era importante entregar-me, entregar-nos nas mãos de Deus. Para reiterar em oração que a vida que quero para mim, e para nós, é a vida que Deus desejou que vivêssemos.

Achou a conversa dela extraordinária, como se ela estivesse lendo seus pensamentos. Apertou-lhe a mão, confirmando, e olhou em frente para a noite brilhante de Nova York.

À sua volta, cintilavam as luzes dianteiras e traseiras dos táxis, limusines e carros. À sua direita, via passar as luzes das luminárias do parque. A luz dos postes de iluminação pública, que faziam um arco sobre a avenida, e as dos carros, luziam. Embaixo, na avenida que descia em frente a eles, as luzes dos arranha-céus faziam com que parecessem grades brilhantes. O olhar de Felix capturou o sinal ainda distante sobre o edifício 666, na Quinta Avenida, entre a 52 e a 53. Os imensos três números seis com lâmpadas de neon vermelhas tinham transformado o endereço infame num anúncio publicitário. Secretamente, Felix sempre detestara ter de ver aqueles números quando tinha que descer sua própria avenida — a marca do Anticristo, o testemunho da besta.

Aquela noite parecia um milagre ameaçador. Como que confirmando, o motorista resmungou alto ao olhar pelo retrovisor.

— O que se passa? — perguntou Felix.

— O carro de trás tem vindo encostado em nós há aproximadamente três quarteirões. Não consigo ver a placa. Provavelmente um motorista de Nova Jersey.

Felix voltou-se imaginando o diabo no volante atrás dele. Vendo que nada daquilo era real, agarrou a mão de Adeline e recordou os milagres das coincidências que já tinham acontecido: a investigação de clonagem que tinha feito sem imaginar que mais tarde iria possivelmente necessitar dela, a ligação decisiva de Frances que sem demora o fizera usar os únicos momentos em que teria acesso ao Sudário, o funcionário da alfândega no aeroporto e, contra todas as casualidades, a impressionante aglomeração de neutrófilos que tinha acabado de observar no microscópio. Talvez não tão dramático como quando Deus transformara o cajado de Moisés em uma cobra, mas mesmo assim inconcebível.

Quando viraram na direção de uma rua sossegada do West Village, Felix imaginou que seu destino podia estar ali à sua espera. Tinha escolhido aquele restaurante porque tanto Adeline quanto ele gostavam muito. Originalmente tinham sido as cavalariças e o local das carruagens pertencentes à casa de Aaron Burr. Adquirido e aberto pelo extravagante Armand J. Braiger havia quase trinta anos, *One if by land, Two if by sea* havia se mantido ao longo dos anos sempre delicioso, fazendo com que eles acabassem por voltar lá inúmeras vezes, embora outros restaurantes da moda abrissem e fechassem. Suas paredes brancas com as letras de seu nome, também brancas, em alto-relevo, e as janelas simples eram fáceis de passar despercebidas a quem não as conhecesse. Por dentro, tudo era elegante, com um bom ambiente e muita simpatia.

Abriu a porta preta esmaltada para Adeline enquanto entravam para uma sala muito acolhedora com um bar. À direita, embutidas nas paredes de tijolo, havia duas lareiras forradas de madeira e com grelhas de bronze. Perto das janelas de vidros quadriculados, um pianista tocava num piano de cauda.

Passaram pelas lareiras, pelos sofás de espaldar alto forrados com tecido de riscas e aproximaram-se do balcão do *maître*, que veio na direção deles para cumprimentá-los.

— Dr. Rossi, madame. Bem-vindos. Temos a mesa habitual de vocês. As que se encontram em volta esta noite vão estar vazias. — Piscou o olho sub-repticiamente a Felix, que lhe tinha pedido toda a privacidade que ele pudesse arranjar.

Felix ia logo atrás de Adeline, que seguia o *maître* pelo salão principal do restaurante. Ali, quase toda a parte original do piso superior tinha sido eliminada para proporcionar tetos altos. No andar de cima, tinham sido colocadas balaustradas em frente às salas restantes. Os clientes de cima podiam ver os de baixo, e os de baixo, os de cima. Nunca tinha se sentado nesses locais. Eram destinados a pessoas que desejavam ser vistas. Ele não tinha essa intenção. Quando os olhares não os seguiam, sentia-se aliviado.

Passaram por arte popular americana pendurada num painel de carvalho incrustado na parede de tijolo; uma janela com o vidro pintado de vermelho e azul; arranjos florais altos e espetaculares; e mesas antigas brancas, seus cristais e prataria brilhando à luz das velas. Pararam num local com vista para os jardins, ao lado de portas envidraçadas com cortinados brancos pregueados. O *maître* puxou a cadeira para Adeline e depois acendeu a única vela, colocada num suporte de estanho. Na toalha de damasco, uma informação que lhe tinha sido dada certa vez por Adeline, tudo era autêntico: as pratas, a porcelana fina, os botões de rosa num vaso de prata. A mesa por trás deles encontrava-se vazia, assim como a da frente e a lateral. Enquanto se sentava, Felix passou sorrateiramente para a mão do *maître* uma nota de cem dólares.

O *maître* deixou-os com o menu: preço fixo, como a maioria dos restaurantes daquela categoria em Nova York. Podiam jantar pela modesta quantia de cinquenta e nove dólares cada um pelo prato principal, entradas e sobremesas à escolha. No ilustre River Cafe seriam setenta dólares cada; no fabuloso Daniel, oitenta e cinco. Nenhum deles, no entanto, lhes dava o isolamento de que necessitava naquela noite. Vinho e coquetéis eram à parte, como a salada de lagosta, a costeleta de vitela, ou o suflê para sobremesa. Ele nunca pagava as contas diretamente. Eram-lhe enviadas mensalmente.

— Querido, tem linguado assado esta noite — disse Adeline. — Quero isso e um suflê de limão.

— O que quer comer de entrada? — perguntou ele.

— Você me conhece; se houver sopa de cogumelos, eu como sempre. — Seus olhos acinzentados brilhavam à luz da vela, distraindo-o do discurso que estava treinando mentalmente.

Ele pousou o menu.

— Eu vou comer o mesmo.

Fez o pedido ao garçom e selecionou um vinho, ouvindo o som de uma cadeira deslizando. Quando se virou, viu que um homem tinha ocupado uma mesa na fila seguinte. Estava sentado de costas para eles. Felix achou que estava afastado o bastante para não ouvir a conversa.

— Adeline? — disse ele, puxando a sua cadeira para mais perto dela e baixando a voz.

Ela também se aproximou mais dele, dizendo:

— Sim, querido?

— Quero falar com você sobre algo importante.

Ela sorriu e olhou-o atentamente.

— Preciso avisar que de início pode parecer estranho.

Ela olhou para ele perplexa.

— Estranho?

— Sim, muito. No entanto, espero que faça sentido quando terminar.

— O que é? Sabe que pode me dizer o que quer que seja.

— Primeiro , você rezaria comigo?

— Com certeza.

Fizeram o sinal da cruz e baixaram a cabeça, e, quando Felix começou, numa voz sussurrante, Adeline o seguiu:

— Eu, Felix...

— Eu, Adeline...

— Entrego-me e consagro ao Sagrado Coração de Nosso Senhor Jesus Cristo a minha vida, as minhas ações, dores e sofrimentos, para que não esteja disposto a fazer uso de qualquer parte do meu ser a não ser para honrar, amar e glorificar o Sagrado Coração. Este é meu propósito imutável, especialmente para ser completamente Seu e fazer todas as coisas por amor a Ele, e ao mesmo tempo renunciar com todas as minhas forças a tudo o que O desagradar.

Felix parou impulsivamente, estendeu as mãos sobre a mesa e pegou nas dela. Com cuidado, metodicamente, ele começou a explicar o sucedido. Principiou com a ligação de Frances para Turim.

Embora olhasse para Adeline enquanto falava, havia momentos em que não conseguia ver seu rosto. Via o Sudário, o sangue, que se tornou o sangue de sua mãe, viu imagens de feridas, que se tornaram o corpo do seu irmão recém-nascido. Por duas vezes parou, por não conseguir prosseguir.

Adeline estava tão atenta que parecia memorizar as palavras dele. Encorajado, contou-lhe a história completa, inclusive o que tinha se passado naquela noite. Quando parou, notou que tinham as mãos tão apertadas como se, ao soltá-las, pudessem cair.

Ele a viu engolir em seco, o espanto retratado em seu rosto. Tinha guardado a parte relacionada a ela para o fim.

Beijou suas mãos e sussurrou:

— Quem será a minha Maria, senão você?

— O quê? — ela murmurou a palavra como se fosse uma prece.

— Você será a mãe, Adeline?

Ela abriu a boca, mas nada disse. Duas gotas brilhantes escorreram-lhe pelo rosto. Ela estava chorando.

— Não chore — pediu ele, pois não tinha previsto aquela reação e não sabia qual era seu significado.

Suas lágrimas começaram a correr com abundância e deu um soluço forte. Ela tentou soltar as mãos das dele, mas Felix agora estava tão receoso que não as largou.

— Não chore, não chore — disse ele, com a voz aumentando ao som dos soluços incontroláveis, como os de uma criança. Ele saltou da cadeira, ainda com as mãos dele nas dela, chegando à conclusão, tarde demais, do terrível erro que tinha cometido. Com ela entre os seus braços e a sua cabeça em seu peito, a sua caríssima *shahtoosh* caída aos pés, de repente ali estava o *maître* dizendo algo a Felix que ele não compreendeu. Mas as portas envidraçadas que davam para a varanda abriram-se e eles saíram, sozinhos, com o jardim à frente, sendo observados por outros clientes como se fossem atores num filme.

— Adeline, Adeline — repetia ele. Tentou levantar o rosto do seu peito, mas parecia que ela ainda o escondia mais, enterrando-o contra o casaco do terno dele, o seu tronco se levantando e baixando num esforço inútil para parar com os soluços.

Capítulo 11

Apartamento dos Rossi

Quando Maggie viu o livro de culinária que a Senhorita Rossi comprara, dizendo que fora às compras sozinha com Adeline, e as duas colocaram os aventais, falaram sobre cartas secretas e começaram a cortar legumes, percebeu que as coisas na casa dos Rossi tinham mudado. Habitualmente era Maggie quem ia de limusine à feira do baixo Harlem, para comprar salmão defumado, caviar, pão e outros itens. No entanto, quando o Dr. Rossi dissera que não tinha necessidade dela no laboratório e Adeline declarara estar apaixonada por um judeu, Maggie ponderou seriamente se devia passar a noite lá. Talvez não tivesse emprego pela manhã, considerando a rapidez com que as coisas haviam se alterado.

Imaginou o longo trajeto para sua casa. Descer a Quinta Avenida, esperar na Rua 96 o ônibus que se dirigia para o oeste da cidade — já que a leste do Central Park, oeste da Lexington e norte da Rua 63, local onde vivia a maioria dos ricos, não havia metrô. Ir até o fim da linha. Um mundo diferente. A apenas vinte e nove minutos de distância. Andar um quarteirão, seguir por um túnel em forma de arco coberto por grafites para um pátio interior com árvores esguias e arbustos. Talvez tivesse de passar por alguns traficantes de drogas. Subir as escadas escuras, entrar num apartamento imenso com teto tão alto como o do apartamento do Dr. Rossi. Seu edifício tinha sido um modelo para outros como o Dakota, mas eles, ao contrário, não tinham caído aos pedaços.

Outra opção era descer duas estações antes, na Rua 135, onde estava o mosaico colorido de Black Manhattan. Martin Luther King, Marcus Garvey e Satchmo tocando o seu trompete. Andar para sul, passando o Hospital do Harlem e o Centro Cultural Schomburg, descer a Rua 131 e virar à direita numa rua cheia de igrejas, a maioria pintada de uma cor acastanhada. Menos a dela, que era de pedra e tinha uma grande cruz de neon, visível à noite, quando era mais provável o pecado acontecer.

Fora em sua igreja que ouvira falar no Dr. Rossi pela primeira vez e que ele andava à procura de uma empregada com experiência laboratorial. Maggie fez tudo para que o pastor da igreja lhe arranjasse uma entrevista, recorrendo aos seus biscoitos favoritos e a um pote do doce de *cranberries*, que ele tanto adorava, para persuadi-lo.

Quando foi pela primeira vez ao apartamento dos Rossi, mal pôde acreditar naquele lugar — ou no lindo quarto por trás da cozinha que eles logo disseram ser seu sempre que quisesse. Maggie não tinha passado muitas noites lá, pois queria que soubessem que tinha um lar. Essa noite havia uma razão para ficar, e acreditava que Deus ajudava quem se ajudasse.

Quando o Dr. Rossi saiu para jantar, notou a expressão radiante em seu rosto. Ele nunca conseguia escondê-la: significava que algo emocionante tinha acontecido em seu trabalho. Agora tinha chegado o momento de Maggie saber por que ele subitamente a pusera de lado.

Perambulou pela casa, limpando o pó invisível e aguardando a chegada da encomenda da Senhorita Rossi no Balducci. Quando chegou, colocou tudo numa das lindas travessas pintadas à mão que eles possuíam e levou-a para a sala de estar, onde a Senhorita Rossi se encontrava perto da lareira, relendo um monte de cartas antigas já desbotadas, com os pés em pantufas apoiados na mesa de centro. Maggie presumiu que fossem aquelas as cartas dos parentes judeus de que a Senhorita Rossi e Adeline tinham falado longe dos ouvidos do Dr. Rossi.

— Aqui está. Não está uma beleza? — disse Maggie ao pousar a travessa.

Frances baixou a carta, dizendo:

— Nunca consigo resistir. — Pegou com as pontas dos dedos um rolo de caranguejo com nata e queijo. Mordeu enquanto suspirava. — Ah, devia ser proibido!

— Deseja mais alguma coisa, Senhorita Rossi?

— Não, Maggie. E não quero que fique aqui de noite só para me paparicar dessa maneira. É bem-vinda se ficar, mas não quero fazer de você minha escrava. — Frances calou-se de repente, horrorizada com o que acabara de falar.

— Não tem importância — disse Maggie sorrindo. — Eu sei que não sou escrava. Já fomos. — Ela virou as palmas das mãos para cima. — Hoje em dia somos apenas minoria.

— Não quero acreditar que eu disse uma coisa dessas.

— Não se preocupe com isso. Mas, já que mencionou o assunto, como se sente?

— Como me sinto o quê?

— Sendo uma minoria. Sente alguma diferença?

Frances olhou para cima em direção a um quadro, pensativa.

— Não sinto diferença nenhuma. De qualquer maneira, isso não me preocupa nem um pouco. Eu me sinto eu mesma.

— Eu também. — Maggie piscou para ela. — Agora já conhece o nosso segredo.

Frances riu e, pegando um pires da bandeja, disse:

— Pegue um rolo de camarão, Maggie. Sente-se aqui comigo um pouco para conversar. Com certeza preciso de alguns conselhos.

Maggie disse:

— Hum... Daqui a pouco. Tenho um trabalho para fazer antes de descansar.

— Oh. Sente-se — disse Frances. — E ponha os pés para cima. Não é crime nenhum.

— Daqui a pouco, daqui a pouco. Eu volto já. — Maggie saiu apressada da sala e ficou à escuta até ouvir apenas o barulho do fogo na lareira e das páginas sendo viradas. Depois saiu da cozinha na ponta dos pés e andou pelo tapete persa do corredor rumo ao laboratório.

À porta, tirou a chave do bolso. O Dr. Rossi ainda não lhe tinha pedido para devolvê-la. Prendendo a respiração com medo, apertou o botão do interfone do laboratório procurando algo no bolso do seu avental para o manter pressionado; encontrou um clipe e fez dele calço para segurar o botão do interfone. Dessa forma saberia quando alguém se dirigisse para o corredor. Só então abriu o mínimo possível a porta com a chave e fechou-a logo atrás de si. Acendeu uma pequena luminária e correu para a escrivaninha. Não conseguiu encontrar nenhum registro.

Abriu a gaveta do meio, onde vira o patrão colocá-los com frequência. Encontrou ali apenas registros com datas antigas. Abriu as gavetas laterais, mas não achou nada com data recente. Será que o Dr. Rossi sabia que ela havia bisbilhotado e os escondera?

Quando se levantou para procurar no resto do laboratório, parou bastante surpreendida ao ouvir que o Dr. Rossi e Adeline tinham voltado tão cedo. Ele pedia em voz alta que ela ficasse e Adeline recusava, também em voz alta. Maggie nem queria acreditar no que estava ouvindo. Entretanto, Adeline começou a acusá-lo de mentir quando disse que a limusine não podia levá-la diretamente para casa. Disse que não queria esperar mais. Ia descer e pedir ao Sam que lhe arranjasse um táxi, mas aparentemente o Dr. Rossi estava bloqueando a saída. Depois ouviu Frances no corredor perguntando o que tinha acontecido. Adeline gritou dizendo que não tinha acontecido nada.

Maggie estava tão em pânico quanto Adeline parecia estar. Ali estava ela, presa no laboratório do Dr. Rossi embora ele tivesse dito que não a queria lá. Torcia as mãos enquanto ouvia pelo interfone. Deviam ter baixado as vozes, pois a única coisa que conseguia ouvir eram murmúrios. De repente, o Dr. Rossi gritou para a irmã:

— Deixe-nos a sós! — E Maggie ouviu a Senhorita Rossi sair para um lado qualquer e bater com a porta. Isso ela ouviu muito bem.

Entretanto, Adeline devia ter se sentado no chão do corredor, pois Maggie a ouvia chorar, mas de um ponto mais distante. E o Dr. Rossi implorando e pedindo desculpas — provavelmente de joelhos, imaginou Maggie.

O que ele teria feito? Nunca, durante os cinco anos em que trabalhava lá, houvera uma cena como essa. Sabia que havia homens que não conseguiam passar vinte e quatro horas sem causar problemas, mas o Dr. Rossi não pertencia a esse grupo.

Maggie escutava e rezava para que ele não viesse para o laboratório.

— Não era minha intenção magoá-la. Não tinha ideia de que você tinha esses sentimentos — dizia ele. Adeline desabou em lágrimas e ele suplicava para que não chorasse.

Ela se lamentava:

— Eu sou uma mulher, uma mulher de carne e osso!

— Eu sei.

— Não, não sabe. Você não sabe nada a meu respeito!

Maggie pensava no que poderia ter acontecido.

— É claro que sei — disse o Dr. Rossi, como que tentando dialogar com Adeline, que respondeu num tom apaziguador, embora Maggie não acreditasse nisso. E Maggie tinha razão, porque de repente Adeline disse:

— Eu não concordo! E me recuso a transportar um... um... clone! Eu quero transportar um filho nosso! Quero que nos casemos e que você me engravide com um filho seu! Seu, Felix! Não amo você apenas desde que fizemos amor. Amo você desde os tempos de escola. Desde essa época tive esperança de que deixasse de viver como um monge. Você não é padre, Felix! Sei que queria ser, mas não é.

A sala ficou em silêncio, provavelmente porque o Dr. Rossi estava em estado de choque. Maggie certamente estava. Nunca teria adivinhado que Adeline o amava há tanto tempo, mas Maggie estava mais preocupada com a menção do clone — o que o diário dele dizia era que seria dispensada.

Maggie abandonou a porta e com rapidez moveu-se pelo laboratório remexendo em todas as superfícies, todos os armários, todas as gavetas, sem encontrar nada.

— Jesus, se é sua intenção que eu saiba o que se passa para que possa ajudar e talvez manter o meu emprego, fará com que o encontre, não fará?

Já quase desistia quando viu algo em cima de um monitor que ficava montado na parede em um dos cantos da sala. Esticou-se. Era o diário. Pedindo desculpas por ter falado rudemente com o Senhor, agarrou-o e correu para a porta, tentando ouvir se alguém se dirigia para lá. O corredor estava em silêncio, o que a preocupou.

Incapaz de resistir, abriu a porta de metal o suficiente para ver que Adeline e o Dr. Rossi se beijavam em frente à porta do quarto dele. Na realidade, Adeline é que estava beijando e o Dr. Rossi tentava afastá-la.

— Não podemos — disse ele —, temos que esperar. Você terá o nosso filho, Adeline, prometo, mas não pode ser agora. Eu tenho que fazer isso. Eu tenho. Espero que compreenda.

Respirando forte, Adeline afastou-se dele. Maggie fechou a porta e começou a examinar os registros enquanto ia ouvindo.

— Está falando sério? — disse Adeline. — Em vez de me amar, quer salvar os judeus? — E começou novamente a chorar, mas o Dr. Rossi, em vez de consolar a moça, falou com voz tensa:

— Agora que sei o que se passou com meus pais, sei por que cada judeu com quem cruzei tem sido um barômetro ambulante, cuidadosamente medindo a temperatura do mundo não judeu, sabendo que pode se tornar venenoso para ele. Não se pode ter certeza de estar seguro para sempre, aqui ou em outro lugar qualquer. Pode significar discriminação. O que estou dizendo? Pode significar perseguição. Pode significar tortura. Pode significar sangue. Pode significar morte. Pode significar...

Maggie ouviu um estalo, depois o silêncio. Teria ele dado um tapa nela? Não, ele não faria isso. Devia ter sido Adeline quem o fizera. Maggie também lhe teria dado uma bofetada. Ele estava começando a ficar histérico.

Maggie encontrou as novas páginas do diário e, enquanto as examinava, ouviu novamente a voz da Senhorita Rossi no salão. Parecia deprimida, como se tivesse perdido um sonho.

— Posso fazer uma sugestão?

Maggie ouviu profundos suspiros.

— Flix, Adeline. Não quero me intrometer, mas, seja qual for o problema, tenho certeza de que amanhã será diferente. Talvez fosse melhor irmos todos nos deitar.

Devem ter se dirigido todos no sentido da porta da frente, pois Maggie não conseguira ouvi-los bem. Todos falavam em tom civilizado. Ouviu a porta da frente fechar-se e o Dr. Rossi dizer boa-noite à irmã.

Maggie estava pensando onde poderia se esconder se ele viesse para o laboratório.

Pôs-se à escuta durante algum tempo e, tendo deixado de ouvir o que quer que fosse, levou os registros para a escrivaninha dele e sentou-se. Ele tinha começado outra lista com os procedimentos a serem efetuados passo a passo, seguidos de páginas com detalhes, mas Maggie não conseguia compreender todos os procedimentos nem os termos científicos. Ele tinha escrito sobre óvulos de doadoras e úteros de doadoras — não de animais como a ovelha Dolly, ao menos não de acordo com o que Adeline tinha mencionado. O que Maggie não compreendia era a menção que ele fazia aos fios. Que fios? Por que estavam eles cheios de sangue?

Maggie abriu o volumoso dicionário médico sobre a escrivaninha e procurou praticamente todas as palavras, tropeçando pelas páginas do registro sobre fertilização *in vitro* e DNA. Estaria ele tentando clonar um ser humano com genes diferentes daqueles que Deus lhe tinha dado?

Leu os apontamentos sobre gestação, que listavam o que ele tinha que fazer em períodos diferentes. Maggie procurou no dicionário e descobriu que era gravidez, conforme tinha pensado. Havia notas até o nono mês. Ela voltou para trás e releu o primeiro parágrafo sobre os fios; depois, levantando o olhar, deu com a réplica do Sudário.

Ele fora para Turim.

— Ó Senhor, ó Senhor! — murmurou Maggie, horrorizada. Releu os apontamentos em tudo que fazia referência a fios. De onde eles tinham vindo?

Gradualmente, sua memória começou a recordar e a juntar pequenas conversas que tinha escutado. O jornalista que Sam mencionara, curioso em saber o que o Dr. Rossi tinha trazido de Turim. As lágrimas de Adeline. O que o Dr. Rossi tinha dito sobre os judeus. Pensou no quão próximo ele era da Igreja, tendo amigos padres e um que estava em Turim. O quanto ele acreditava no Sudário.

Não podia ser.

Maggie olhou para cima para a réplica do Sudário.

Não podia ser.

Voltou a pôr os registros na gaveta central da escrivaninha, apagou as luzes e, depois de ter escutado à porta, escapou para o corredor e retirou o clipe do interfone. Trancou a porta do laboratório e entrou na sala de estar vazia, apagou o fogo da lareira, endireitou as almofadas do sofá e pegou a travessa pintada. Na cozinha, que praticamente nunca era usada, colocou o pires da Senhorita Rossi na lava-louças Fisher & Paykel, feita sob medida na Austrália, lavou à mão o copo de vinho de cristal e guardou o vinho e os rolos de caranguejo.

Depois se dirigiu para o quarto que lhe tinham destinado. Tinha um banheiro próprio. Tinha papel de parede com um estampado marrom-avermelhado e uma cama lindíssima de verga entrançada, com várias almofadas com franzidos. Maggie ajoelhou-se no tapete, apertou as mãos uma na outra, esticou os seus braços escuros sobre o edredom rosa e marrom.

— Jesus — rezou ela —, olhe pelo Dr. Rossi. Ele é um pouco louco, mas é um bom homem. Embale-o nos Seus braços, como tem feito comigo. Dê-lhe sabedoria. Ajude-o a fazer a sua vontade. Afaste-o de Satanás. Guie-o se ele estiver no caminho errado. Se não estiver... — Baixou a cabeça; tinham-lhe faltado as palavras, citações da Bíblia passavam-lhe pela mente sem parar. Sentiu-se tonta e assustada. — Se ele não estiver no caminho errado — murmurou ela —, se ele estiver fazendo a Sua vontade — fez uma pausa, as suas mãos tremiam —, dê-lhe a graça, dê-lhe a Sua proteção. Através dos Seus olhos, deixe-o encontrar a graça divina.

Capítulo 12

Sexta-feira de manhã — O Quartel

Sam pousou o jornal. Durante a noite houvera um massacre na África. Acabara de ler a notícia no *The New York Times*. Envolvia os dois países que recentemente entraram em guerra. O agressor fora o lado para quem ele havia levado a minuta do cessar-fogo, a pedido do Sr. Brown. Aparentemente não tinham gostado dos termos.

Saiu de seu apartamento e atravessou o corredor dirigindo-se para a sala comunal d'O Quartel, desejando não ter visto as fotografias das duas crianças mortas. Do ponto de vista de Sam, quando duas crianças tinham as cabeças abertas por facões, as tropas já deviam estar a caminho, mas acostumou-se ao fato de pensar mais como europeu do que como americano.

— Ei, como estão vocês? — perguntou ao guarda de serviço e aos dois motoristas sonolentos que tinham os pés em cima da mesa.

Resmungaram qualquer resposta. Ainda era cedo.

Pegou uma xícara e encheu com café. Quando acabou de encher, a África já saíra de seu pensamento. Observou o quadro de escalas para se certificar de que tudo estava em ordem e depois começou a planejar seu dia de folga: uma viagem estado acima para ver um homem a respeito de uma moto que há mais de vinte anos desejava, e, se conseguisse chegar a tempo, uma noite nas docas de Jersey.

Era um péssimo hábito que tinha desde os tempos de marinheiro. A única companhia feminina que muitos homens do mar tinham era a das prostitutas que iam ao encontro dos navios mercantes em cada porto. Sam adorava todo tipo de mulher, e conseguia conquistar qualquer mulher solteira que quisesse, com exceção das da alta sociedade. Ele era um tipo irlandês, nova-iorquino, musculoso demais para elas. Mas não tinha esquecido seus primeiros amores, as genuínas prostitutas dos marinheiros. Perigosíssimas. Sam passava a maioria de suas noites de folga com os seus amigos num bar que se chamava Molly Malone, mas, desde que abandonara a marinha mercante dos Estados Unidos já fazia dezoito anos, não conseguia ficar mais do que seis meses sem uma visita excitante e carnal às docas — mesmo que estivesse às voltas com alguma mulher. Já haviam se passado sete meses e Sam estava impaciente.

Ao longo dos anos presenciara o fechamento dos portos de Nova York, vira o velho cais do Brooklyn desmoronar mesmo junto da BQE — Brooklyn-Queens Expressway —, até que apenas um único bar de marinheiros ficou de pé, parecendo mais um fantasma, enquanto a área à sua volta ia ficando deserta. Quando finalmente fechou, passou a frequentar a região de Jersey, alimentando memórias dos bares da Avenida Atlantic, por onde os policiais passavam quase todas as noites. Desejava passear num convés inclinado como se ainda tivesse pernas para o mar, ou pelo menos passear junto à água e jogar conversa fora com marinheiros nos poucos bares que ainda existiam em terra. Agora os marujos eram quase todos estrangeiros, porque a maioria dos navios navegava sob a bandeira de outros países com tarifas mais reduzidas. Para se comunicar, o francês e o italiano que sabia eram suficientes. Depois arranjaria uma dama de qualidade que estivesse preparada para um homem que não tinha mulher há semanas.

O pensamento era tão tentador que até considerou pôr de lado a sua viagem ao norte do estado, para ter certeza de que conseguiria ir às docas. Depois, pensando melhor, achou que já esperara tempo suficiente para possuir uma T140D Triumph Bonneville Special 1979. Em qualquer caso, ela lhe daria um prazer mais duradouro.

Dirigiu-se para o vestíbulo e olhou ao redor, como se estivesse inspecionando sua própria casa antes de sair. Começou por olhar para cima das escadas em direção à porta e viu as lindas pernas de uma bailarina. Quando olhou para ela, reconheceu a mulher que na véspera tinha visitado o secretário de Estado na casa do Sr. Brown. Ela hoje trajava um casaco de peles diferente, cinzento, e era tão bonita que Sam invejou ainda mais o secretário de Estado.

— Bom dia — disse ele.

A moça parou quando chegou perto dele.

— Você é o Sam, não é?

Ele deu um largo sorriso, os pés movendo-se em direção a ela sem qualquer controle.

— Como sabe o meu nome?

— Ouvi o mordomo falar ontem.

— Eu estava com o uniforme de porteiro. Estou surpreso que tenha me reconhecido.

Ela riu.

— É óbvio que faz mais do que guardar portas. Estou certa?

Estendeu a mão como se Sam lhe devesse dar o braço. E ele o fez.

Acompanhou-a até o vestíbulo.

— Talvez pense assim porque faz mais do que dançar, estou certo?

Ela deixou cair o queixo e arregalou os seus grandes olhos cor de avelã, insinuando que ele sabia a resposta.

— Quer que avise ao Sr. Brown que chegou? — perguntou ele.

— Não — ela disse enquanto se sentava num banco de mármore almofadado. — Eu vim um pouco cedo. Faça-me companhia.

Sam olhou para cima para os monitores do vestíbulo. Sabia que os rapazes estavam assistindo a ele e à mulher, torcendo e fazendo apostas sobre o que iria se passar. Esperava não desapontá-los.

Ela bateu de leve com a mão na almofada fazendo-lhe sinal para se sentar, o que ele fez.

— Gosta disso? — perguntou ele.

Ela o olhou.

— Normalmente. Ontem não. Sabe, ele é um filho da mãe.

— Quem? — perguntou preocupado.

Ela olhou para baixo para o carpete de cor creme.

— Sabe a quem me refiro.

— Peço desculpas. Ele ainda está lá em cima?

— Com certeza — disse, cruzando uma das suas belas pernas sobre a outra. — Ele está irritado por eu estar viva e a mulher dele não.

Sam inclinou-se, pousando os antebraços nas coxas.

— Não volte lá — disse baixando a voz.

Ela deu uma palmadinha na mão de Sam.

— Não. Tenho que ir. O aluguel, você sabe.

Ele gostou do que viu no rosto dela. Era esperta, simpática e sabia tudo sobre os homens; provavelmente gostava de transar e gostava muito de dinheiro. Com certeza era seu tipo.

— De quanto precisa? — perguntou.

Ela lhe devolveu um olhar de compaixão.

— Cinco mil dólares.

Sam assobiou.

— Deve ser muito boa.

— Foi o preço que estipulei para voltar aqui. Acredite, devia ter sido mais alto.

Sam não queria ouvir falar nisso, assim como não queria ter visto aquelas duas crianças mortas no jornal. Ele sabia o que os homens podiam fazer às mulheres, o que o mundo podia fazer às pessoas, e por vezes ele era parte disso. Não podia ajudá-la. A moto estava rapidamente voltando a ser sua prioridade.

Levantou-se para sair, mas ela pegou em sua mão e disse:

— Sam, ninguém disse que Sua Alteza tinha que ser o primeiro.

— Sério?

Sorriram um para o outro, os olhos dela com um pouco de malícia e um pouco de vingança.

Ele sabia que os rapazes lá atrás tinham ficado de boca aberta quando agarrou a mão dela, mas Sam já tinha deixado de se preocupar. Guiou-a pelo cotovelo através do salão em direção à cozinha vazia, que não tinha câmeras de segurança, uma vez que ali não havia nada para roubar, apenas uma porta de entrada e saída. Antes que a porta se fechasse atrás deles, Sam tirou o casaco dela e quase caiu de costas. Ela estava nua, com exceção dos sapatos de salto e umas ligas finas e transparentes que seguravam as meias de seda — um tipo de sedução que nunca saía de moda. Ele mirou os dois motivos por que ela não tinha continuado como dançarina, e que tinham feito sucesso com o secretário de Estado. Seus seios eram espantosos: grandes, eretos e perfeitamente moldados. Não tinham aparência de ser falsos. Não tinha visto peitos assim em nenhuma das Rockettes. E, se ela dançasse num musical, a música não seria ouvida.

Ele pôs as mãos em volta deles, os polegares nos mamilos redondinhos, e pressionou o corpo contra o dela. Após quinze vigorosos minutos, Sam dobrou-se, tremendo sobre o balcão, as pernas dela à volta da sua cintura, sua cara entre os seios dela. Ela não gozou, mas ele com certeza sim. Sam já não iria às docas de Jersey à noite.

Quando o celular tocou, ele não mexeu o corpo enquanto o tirava do bolso da jaqueta. Queria ficar assim um pouco mais.

— Sim?

Era o seu substituto da portaria.

— Viu alguém entrar à procura do Sr. Brown? — Seu substituto não disfarçou a diversão na voz.

— Sim, sim.

— Bem, estão à espera dela lá em cima. Você a leva lá?

Sam suspirou e passou a sua língua em volta do mamilo dela.

— Sim, eu a levo lá em cima.

Ele quase se excitou novamente, lembrando-se do momento selvagem quando ela quase tinha gozado — parecia que estava se controlando. Ele não tinha conseguido se conter, e sentiu-se bem demais. Desligando o telefone, pôs os dedos entre as coxas dela, mas ela se afastou.

— Isso eu tenho que dar a ele.

Sam compreendeu. Uma mulher que conseguia ter orgasmo num ato sexual normal era tremendamente excitante. Chupar seus peitos, acariciar as partes, enfiar lá dentro e trepar, e sem fingimento ela gozaria em cima de seu pau latejante. As melhores prostitutas faziam. Por isso custavam mais caro. Era uma das coisas nelas em que ele era viciado. As fingidoras podiam não ser más, podiam ser meigas, mas Sam e homens como o secretário de Estado queriam algo verdadeiro.

Passados alguns momentos, já estavam no vestíbulo. Sam tinha se vestido, delirante, enquanto ela se dirigiu rapidamente para o banheiro. Quando as portas do elevador se fecharam, ele tentou por as mãos por baixo do casaco dela, mas ela o afastou, sorrindo e mostrando-lhe a língua.

— Vamos repetir isso outra vez?

— De verdade? Espero que sim.

Beijaram-se até o elevador desacelerar. Quando as portas se abriram, ali estava o Sr. Brown olhando-os fixamente, com o mordomo por trás dele.

— Já vi que a encontrou — disse ele enquanto pegava o braço da mulher.

Só então Sam se lembrou de que não sabia o nome dela ou onde vivia. Nada, exceto que ela podia muito bem ser a melhor transa de Nova York.

Ele viu enquanto o Sr. Brown a passava para o mordomo, que a examinou da cabeça aos pés, arrumou seu cabelo, abriu e fechou o casaco e a encaminhou para o apartamento.

Sam nada podia fazer. Quando ela já não estava à vista, sua atenção voltou-se para o Sr. Brown. Eles nunca tinham tido uma discussão, por isso ele não sabia como Brown reagiria. Como sempre, o homem parecia uma visão terrena de Deus Todo-Poderoso, olhando para baixo, para alguém insignificante, com quem ele tinha decidido ser razoavelmente generoso.

— Qual é a história do Rossi com o jornalista? — perguntou Brown.

Sam olhou para Brown calmamente, embora estivesse um pouco assustado.

— Ainda estou trabalhando nisso. A empregada não sabe de nada.

— Trate disso, Sam. Eu não quero ficar cego a nada que aconteça neste edifício.

Sam fez um aceno com a cabeça e entrou no elevador.

— Mais uma coisa — disse Brown.

— Sim?

— Não transe com os criados.

Sam gelou.

Após um momento, Brown inclinou-se para dentro do elevador e apertou o botão do vestíbulo para Sam.

Capítulo 13

Sexta-feira de manhã — Apartamento dos Rossi

Felix parou à porta da cozinha, como que assustado pelo cheiro raro de carne frita, pois não tinha certeza do que isso significava. Era Maggie cozinhando ou Frances ainda estava em campanha? Pior ainda, sua irmã sabia que ele e Adeline tinham brigado na noite anterior, embora ele duvidasse de que Adeline diria a Frances o motivo. Pela primeira vez viu a inconveniência de estar apaixonado pela melhor amiga de Frances. Tinha que estar sempre em boas relações com ambas para manter a paz em sua casa.

Respirou fundo e entrou na cozinha.

Frances estava ao fogão, com seu novo avental. Ela olhou para cima e disse:

— Não se preocupe. Fique tranquilo. Não farei perguntas.

Ela levantou duas gordas linguiças com uma espátula e colocou-as num prato onde já estava uma porção de ovos mexidos com uma aparência ótima.

— Se quiser me contar, Flix, tudo bem; se não quiser, bem também. — Colocou o prato em cima da mesa, ao lado de guardanapos de pano azuis que ele nunca tinha visto. — Não escutei escondida e não perguntarei nada a Adeline sobre o que se passou, e não deixarei que ela me conte, se você preferir que eu não o faça. É a gente, Flix — apontou com um dedo para o peito dela e com o outro para ele num gesto cômico. — Quero que saiba disso.

Felix abraçou-a.

— Eu sei que sou a melhor irmã na face da Terra. Sente-se e coma.

— Só um pedaço. Tenho muito que fazer. — Olhou duvidoso para um punhado de alguma coisa que estava ao lado dos ovos. — Esta é outra receita judaica?

— Linguiça, maçãs? — Ela pousou a espátula na pia. — Flix, você está começando a soar ridíc...

O toque de um telefone interrompeu-os.

— Eu atendo! — gritou Maggie do seu quarto ao lado da cozinha.

Eles olharam um para o outro.

— Acha que ela nos ouviu? — perguntou o Dr. Rossi.

Frances encolheu os ombros.

— Neste momento Maggie é a única pessoa sensata por aqui.

Pôs café numa xícara e entregou a Felix, enquanto ele baixava a cabeça para fazer uma oração:

— Abençoai-nos, Senhor, por esta dádiva que vamos receber por Cristo Nosso Senhor. Amém.

Ele deu uma mordida na linguiça enquanto Frances ia dizendo:

— Quando o assunto for você e Adeline, não vou interferir. O que precisamos discutir, Flix, quer você esteja preparado ou não, é o funeral de Enea.

Felix pousou o garfo, sabendo perfeitamente o que ela queria dizer.

— Nós não vamos ter estranhos aqui.

Frances olhou-o intensamente.

— O nosso tio e a nossa prima não são estranhos. Estamos acolhendo familiares em nossa casa. E eu não sou a Enea, lembre-se disso. Ela pode ter deixado o papai mandar nela por ser seu irmão, mas eu não sou ela e você não é o papai.

— Não, não sou, mas vou honrar os seus desejos. Ele queria que fosse eu a tratar desse assunto. Por que então dirigiu a carta a mim e não a nós dois?

— Também é a minha vida.

Os instintos dele ainda lhe diziam para evitar atrasos, especialmente quando tinha de encontrar uma mãe substituta. Calmamente, Felix disse:

— Eles não podem ficar aqui, Fran, desculpe.

— É essa a sua posição final?

— Por ora? Sim, é.

— Agora é o único momento que conta! — Frances tirou o avental, atirou-o para o lixo e saiu da cozinha.

Ele olhou para baixo, para o prato, pensando no que Moisés fizera com a irmã quando fora à montanha buscar as tábuas e quando separara as águas.

Pegou novamente o garfo, mas subitamente Frances regressou, tirou o prato da sua frente e atirou a comida para dentro da pia. Sem olhar para ele, voltou a sair que nem um furacão.

— Dr. Rossi?

Ele levantou o olhar e ali estava Maggie, contemplando-o com simpatia. O motivo ele não conseguia imaginar. Devia ter soado como um ogro, mas tinha que pôr toda a sua atenção nos fios, não em entreter uma casa cheia de familiares.

— Dr. Rossi?

Felix tinha se esquecido de que ela estava ali.

— Maggie, espero que não tenhamos incomodado você ontem à noite ou esta manhã. Estamos tendo problemas, problemas familiares. Em breve estarão resolvidos.

Ela olhou para ele com uma expressão estranha em seu rosto.

— O que você quer, Maggie?

— Oh! O Sam está ao telefone. O porteiro. Ele diz que pode ser urgente, portanto provavelmente é. Quer vir aqui em cima.

Felix tentou imaginar qual seria a emergência que poderia fazer com que o porteiro viesse até sua casa pela primeira vez desde que viviam naquele edifício. Em sua paranoia, pensou nos fios, depois pôs a ideia de lado.

— Irei recebê-lo no terraço.

No caminho passou pelo quarto de Frances, viu que ela estava se perfumando e pensou se ela iria se encontrar com algum amigo. Desde que tinha acabado o namoro com o colega de faculdade depois da morte dos pais, ela nunca mais lhe confiou nada e ele também nunca perguntou sobre os homens que por vezes vinham buscá-la e a mantinham fora de casa toda a noite. Ela parecia infeliz e ele sentia-se pesaroso por tê-la incomodado.

— Vai sair? — perguntou.

Ela se virou e não respondeu.

Do terraço ouviu a porta da frente bater e soube que tinha sido Frances que saíra. Mais uma vez se sentiu constrangido. Já devia estar no laboratório. Olhou para baixo, em direção ao parque, e viu uma mulher loura cavalgando na trilha ao norte da Represa. De repente desapareceu por baixo dos galhos da London Plane, um plátano que era a árvore mais antiga que existia no parque, depois voltou a aparecer. Por um momento pensou ser Adeline, mas chegou à conclusão de que não era.

— Dr. Rossi, o Sam está aqui.

Ele se virou e viu Maggie acompanhando Sam, que passava pelas orquídeas.

— Olá, Sam, entre. Gostaria de uma xícara de café?

Sam lançou um olhar a Maggie.

— Não quero causar qualquer incômodo.

— Não é incômodo nenhum — disse Maggie enquanto se afastava.

Felix sentou na cadeira almofadada de ferro forjado e apontou a Sam uma idêntica. O sol entrava como se quisesse limpar a confusão do dia.

— Disse que era urgente, Sam?

— Pode ser.

Felix ouvia enquanto Sam lhe descrevia o seu pior medo. O jornalista que tinha estado lá queria saber o que ele tinha trazido de Turim e quem ele iria receber nos dias seguintes. Isso significava que Jerome Newton estava tentando construir uma história.

— Inacreditável — disse Felix em voz alta.

— O que devo dizer se ele voltar, senhor?

— Bem...

— Se me disser o que ele procura, eu podia tentar guiá-lo em outra direção e talvez até evitar que outros jornalistas sigam seu rastro. Eu sei que não deseja a imprensa aqui no edifício. Nenhum dos condôminos quer.

Felix concentrou-se atentamente em Sam, que tinha uma expressão inocente demais para quem tinha acabado de fazer uma ameaça tão pouco velada. Qualquer um que chamasse a atenção da imprensa para cá por tempo demais seria convidado a abandonar o edifício. Os condôminos queriam privacidade.

Entretanto, Maggie chegou com o café. Em vez de entregá-lo a Sam, falou com aspereza:

— Sam, o Dr. Rossi está ocupado! Se ele tem algo para lhe dizer, estou certa de que o fará. Agora pode voltar para baixo.

Obviamente, Sam foi apanhado de surpresa. Ele, alto e robusto, ficou ali de boca aberta olhando espantado para a pequena Maggie.

Incomodado com a interferência dela, Felix disse:

— Maggie, isso foi desnecessário!

Sam, que tinha mostrado um ar aparentemente irritado, mudou de repente:

— Oh, Dr. Rossi, não se aborreça com a Maggie. A culpa foi minha. Ela tem razão. Provavelmente eu não devia estar tomando o seu tempo.

— Obrigado, mas eu teria preferido que a Maggie não...

Maggie ignorou Felix. Virou-se para Sam e disse:

— Não, não devia tomar o tempo do Dr. Rossi, que está ocupado. Agora vá, Sam, obrigada por ter vindo.

— Maggie, já chega! Agradeceria se você não... — começou Felix.

Sam o interrompeu:

— Não fale com ela dessa maneira.

Quando as sobrancelhas de Felix e de Maggie se ergueram, Sam voltou a pedir desculpas dirigindo-se para a porta:

— Peço desculpas, Dr. Rossi, eu me esqueci das minhas atribuições. Como lhe disse, a culpa é minha, não dela. Não se aborreça com a Maggie. Ela apenas está preocupada com você. Eu vou me retirar. Não devia ter aparecido dessa maneira.

Enquanto Sam se dirigia para a porta, ela o seguiu até à entrada, com a xícara do café na mão. Felix também a seguiu, confuso com o que estava acontecendo.

Maggie olhou para trás e apontou na direção da sala de estar.

— Adeline está aí para falar com o senhor, Dr. Rossi.

Felix não sabia por que ela tivera essa reação, mas estava grato por isso. Desde a sua vinda de Turim que ocorrências imprevistas se avolumavam, enquanto o mais precioso sangue na Terra estava ali, exposto numa solução química em seu laboratório, esperando por ele.

— Obrigado, Maggie — disse, dirigindo-se para a sala de estar, sem conseguir adivinhar qual seria o estado de espírito de Adeline naquela manhã.

Ela estava com seu traje de montaria: botas, calças de equitação de cor creme tão claras como seu cabelo, um casaco de caça azul-marinho, camisa branca, o quepe na mão. No fim das contas, era Adeline que tinha visto no parque. Sentiu-se desconfortável por não tê-la reconhecido.

— O que fez ao Moonless? — perguntou ele. Ela deixava o seu cavalo árabe preto do outro lado do parque, na Rua 89 Oeste, na Academia de Equitação Claremont, junto a King, o cavalo andaluz de Frances.

— Montei com um dos cavaleiros da academia e ele levou o Moonless.

— Entendo. — Felix sentou-se em frente a ela, um pé em cima da mesa de centro, esperando que ela começasse a conversa. Ele não sabia o que dizer, a não ser pedir desculpas mais uma vez.

Em vez de dizer qualquer palavra, ela esticou o pé e com a ponta da bota tocou em seu sapato.

Ele sorriu.

— Acho que para você nunca mais vou parecer um ser normal.

Adeline respondeu:

— Provavelmente não. — Mas sorriu, e Felix sentiu-se feliz. Sentiu-se incomodado ao saber o que ela sentira por ele durante todos esses anos, que ela sonhara em ter um filho seu crescendo dentro dela, desejara-o e ele não sabia. Ele pensava que eram idênticos. Sentiu-se um cego imaginando o que mais não teria visto.

— Descansou ontem à noite? — perguntou ele.

— Não, na realidade não dormi. E você?

— Não.

Ela retirou umas páginas dobradas de dentro do casaco e as colocou na mesa.

— Decidi me informar e por isso busquei na internet.

Ele pegou as folhas de papel.

— Diz que a clonagem humana vai ser proibida neste país, Felix.

— Bem, ainda não foi. — Olhou para ela, sério. — Em Michigan foi proibida. Em Nova York, não. A ONU aprovou uma resolução de que devia ser proibida, mas aqui nos Estados Unidos ainda não foi.

— Mas o presidente...

— Clinton deu cinco anos de moratória na consolidação de fundos federais para o estudo científico da clonagem. Só isso. Não às pesquisas privadas. Bush nomeou um grupo de trabalho com essa incumbência. Clonagem reprodutiva não foi declarada ilegal. Poderá vir a ser, mas no presente momento o Congresso ainda está debatendo o assunto.

— Aparentemente, depois de o primeiro embrião humano ter sido clonado...

— Isso foi uma farsa — disse Felix com desdém. — Eram pré-embriões que morreram quase a seguir. Não tinham se subdividido mais do que duas vezes e não estavam nem remotamente em estado de maturidade. Não podiam ter sido implantados. Não tinham qualquer viabilidade.

— No entanto, o Congresso é contra a clonagem reprodutiva de modo esmagador. Apenas a clonagem terapêutica está em debate. Alguns médicos pensam que, se um doente for clonado e as células-tronco do embrião forem recolhidas, elas podem ser usadas para produzir novos tecidos e órgãos que o corpo do paciente não rejeitará. Está certo?

— Sim.

— Estão até debatendo a questão moral de criar vida simplesmente para destruí-la e salvar o doador do DNA.

— Não estarei destruindo vida — disse ele, tomando a decisão de não mencionar os múltiplos pré-embriões que teria que criar para que as suas possibilidades fossem aumentadas. Adeline não era cientista. Não se preocuparia quando fosse formada a *linha primitiva*. Para ela a vida começava na concepção.

— Felix, por que você pensa que o clone seria, de algum modo, Cristo? As pessoas são mais do que os seus genes.

— Adeline, metade desses genes específicos veio de Deus. Talvez até todos. Talvez a Virgem Maria tenha sido portadora do primeiro clone. De fato, já há muito tempo que penso nisso. O que podem os genes de Deus produzir senão Deus?

Ela fitou-o fixamente.

— Querido, você tem que ter em mente que a Academia Pontifícia para a Vida vai tomar uma posição contra a clonagem humana. Talvez até já tenha feito isso.

Ele revirou os olhos.

— É óbvio que tomará. Mas eu sou um cientista e nisso discordo do papa. Se pudesse, o Vaticano proibiria a maioria das contribuições da microbiologia para a reprodução humana. É contra o controle da natalidade. No entanto, sem ele, a mulher comum teria um filho por ano. A Igreja fecha os olhos à necessidade de alimentar e vestir essas crianças que quer que nasçam. Ignora as mortes maternas que ocorrem quando os corpos das mulheres estão saturados com nascimentos sucessivos. Como poderia Deus desejar mais crianças com fome e com menos mães? Nisso, Adeline, a nossa Igreja tem falhado conosco. Tem nos forçado a pensar por nós próprios. Eu o faço. Espero que você também.

— E sobre os defeitos de nascimento? Todas as experiências de clonagem que obtiveram sucesso produziram como primeiros resultados animais horrivelmente deformados. Se…

— Adeline, o meu trabalho não é negligente. Eu tenho estudado esse problema. Eu sinto que sei como evitar.

— Meu Deus, Felix! Não está sequer um pouco receoso de provocar o Armagedom? O Apocalipse? Pois é isso o que supostamente se seguirá a uma Segunda Vinda, lembre-se disso!

Felix contemplou-a, desiludido.

— Os estudiosos da Bíblia mais esclarecidos rejeitam os dizeres apocalípticos atribuídos a Jesus, assim como eu. Pensei que você também. Você inclusive frequentou o Seminário de Jesus, leu tudo sobre o assunto. Foram provavelmente os discípulos que disseram isso, não ele.

— Provavelmente sim, Felix. Sim! Isso, no entanto, não é o mesmo que ter certeza, é? E os direitos da pessoa que vai ser clonada?

Ele olhou para o lado. Esse assunto ele estava evitando.

Adeline limpou a garganta.

— Encontrei este artigo na *Revisão da lei do Texas*. Parece ser uma apreciação justa e honesta, põe em causa todos os prós e contras. Diz que, se a clonagem humana for autorizada, o acordo entre as partes será crucial.

— Sim, eu sei disso tudo.

— Felix. — Ela colocou a bota no chão para poder se inclinar para a frente e olhá-lo nos olhos. — Todos parecem concordar que, mesmo que a clonagem reprodutiva seja autorizada, é fundamental haver o consentimento legal do doador do DNA, para não haver clonagem de pessoas sem autorização. Com algumas exceções, o que certamente vão deixar fora da lei será a clonagem dos mortos, uma vez que estes não podem dar o seu consentimento! Talvez autorizassem clonar uma criança, mas certamente apenas com a autorização dos pais.

Felix levantou-se e dirigiu-se à janela. Colocou-se entre os cortinados acinzentados e olhou para o sol matinal, filtrado por entre as persianas. Ficou ali por um bom tempo, esperando que Deus falasse ao vazio de seu coração. Seus sentimentos estavam no limbo. Eticamente, ela tinha razão. Mas seria a ética humana uma limitação ao trabalho de Deus na Terra? Deus certamente o impediria se não quisesse que Jesus renascesse.

— Há um jornalista xeretando — disse ele.

— Um jornalista?

— Alguém que conheço. Ele estava por perto quando passei pela alfândega. Trabalha para o *The Times* de Londres.

— Um jornal londrino, não! São piores do que os nossos. Eles caçam as pessoas.

— É verdade.

— Felix, você tem que parar! Por favor. Diga-me que vai parar!

Teve a impressão de que o pedido dela seria o último. Enquanto voltava a pensar em Jerome Newton, imaginou o rosto do jornalista e o seu cabelo alourado. Depois se lembrou do que Adeline tinha sofrido no restaurante na noite anterior. Sabia que a culpa tinha sido toda sua, mas ainda se sentia irritado ao pensar que seu desgosto tinha servido de entretenimento aos presentes. As duas imagens vinham juntas. Adeline soluçando. O cabelo alourado de Jerome Newton. Felix o tinha visto novamente na noite anterior. No restaurante. Uma fila atrás. O homem que se sentara atrás deles tinha sido Jerome Newton. Como?

Felix recordou-se.

Quando estavam perto do número 666 da Quinta Avenida, enquanto olhava para o seu sinistro sinal vermelho de neon, o motorista dissera: "*O carro de trás tem vindo encostado em nós há aproximadamente três quarteirões.*" Teria Newton ficado à espera escondido e depois os seguido? Mesmo assim estava suficientemente afastado para não ter ouvido nada, não estava? Ou será que tinha ouvido algo?

— Não, Adeline, mesmo que a clonagem humana seja proibida amanhã, eu não vou parar. Jesus não era humano como você e eu. Ele era divino. Peço desculpas. Espero que um dia ou me perdoe, ou me compreenda. Eu não posso parar. Agora tenho que me apressar.

Adeline sussurrou:

— Compreende que não me sinta obrigada a manter o seu segredo?

Felix estudou seu rosto magoado.

— Imploro a você que o faça.

A face de Adeline esvaziou-se: seus maravilhosos olhos cinzentos apagados e seu espírito gentil que tanto amava tinham desaparecido para onde ele não conseguia acompanhar.

Capítulo 14

Sexta-feira de manhã — Turim, Itália

Era uma manhã fria em Turim. O padre Bartolo puxou para cima a gola do seu casaco e levantou-se, cheio de dores nos joelhos ossudos.

Na noite anterior o cofre de prata fora colocado novamente detrás dos portões de ferro no tabernáculo de mármore preto do altar. Os cientistas ainda iam ficar mais alguns dias em conferência, mas a vida no Duomo prosseguia enquanto a Igreja aguardava o resultado dos novos testes. Mais fotografias, mais amostras de pólen, mais outros testes que não danificassem o Sudário. Os resultados estavam previstos para dali a um ano. Ele sabia que nada resolveriam.

Todas as manhãs se dirigia à Capella Della Sacra Sindone, situada no topo das escadas do Duomo. Vinha rezar por baixo do Santo Sudário e pedir a Deus que desvendasse seu segredo. Gostaria de saber a verdade — tanto se importava que fosse de um cientista ou de uma revelação divina.

Gostaria de saber antes de morrer. Teria Jesus, o Salvador, realmente deitado por baixo daquele pano? Era essa imagem a d'Ele? Eram essas as chagas, as feridas, esse era o Seu sangue? No dia em que Bartolo morresse, seria a face do Sudário aquela que veria — sempre vivo, coroado em glória, mãos estendidas em amor?

Todas as manhãs Bartolo chorava naquele local, rodeado pelos anjos de Guarini, desejando que fossem verdadeiros. Almejava estar no lugar deles, ali com Jesus. Então não mais teria que dar a extrema-unção à cabeceira de nenhuma criança, nem acalentar pais e mães, porque palavras não os tocavam. Nunca mais teria que se ajoelhar e rezar com um prisioneiro, vendo suas lágrimas, já tardias para o salvarem, rolando rosto abaixo. Acima de tudo, não teria mais que encarar as dúvidas dos que não acreditavam. Se ao menos os convencesse de que Deus estava vivo, que Ele nos tinha feito à Sua imagem, que andávamos com as Suas pernas, que nos Seus braços cairíamos. D'Ele era a asa que encaminhava a subida dos mortos.

Por este último motivo, mais do que pelos outros, o padre Bartolo rezava para que o Santo Sudário fosse autêntico. Desejava que os cientistas provassem que era a mortalha de Cristo. A princípio tinha ficado surpreendido com a hesitação deles, com as cautelas. Depois tinha ficado profundamente desapontado. Finalmente, os mais corajosos tomaram uma iniciativa e provaram que as datações de radiocarbono poderiam estar incorretas. Depois a própria Igreja reagira com hesitação e cautela, recusando-se a autorizar a equipe do Dr. Felix Rossi a cortar mais amostras do Sudário. Naquele dia sua desilusão tinha sido tão profunda que o padre Bartolo ficara retido na cama, sem ouvir nenhuma confissão, nem fazer orações, nem rezar missas.

Vagarosamente, desceu as escadas de mármore preto e saiu da capela. Embaixo, no Duomo, desceu a nave central da cruz latina, fez a genuflexão ao fundo e molhou os dedos na água benta antes de sair.

Na Piazza Castello, esperou por um rapaz que se aproximava de bicicleta.

— *Buongiorno, padre. Come sta*? — gritou o rapaz enquanto atirava a Bartolo uma cópia do jornal *The Times* de Londres.

— *Buongiorno! Bene, grazie!* — respondeu Bartolo olhando para o céu maravilhoso. — *Che bella giornata*!

— *Si, si. Ciao. Ciao.*

— *Ciao!*[6]— Bartolo acenou, colocou o jornal debaixo do braço e olhou

---

[6] O diálogo em português: "Bom dia, padre. Como vai?"; "Bom dia! Bem, obrigado! Que belo dia!"; "Sim, sim. Tchau, tchau."; "Tchau." (N. do E.)

em direção aos montes brancos de neve dos pré-Alpes. Depois foi tomar o bom café da manhã preparado pelas freiras clarissas descalças.

Capítulo 15

Sexta-feira de manhã — Laboratório de Felix

Quando Felix abriu a porta do laboratório, no fim do corredor, já passava das dez da manhã. Adeline tinha ficado, tentando dissuadi-lo, até alguns momentos antes.

Fechou a porta atrás de si, olhou para a réplica do Sudário na parede e para o caríssimo equipamento que o rodeava. Seria apenas uma coincidência o Monte Sinai ter lhe recusado espaço para todos os seus projetos, forçando-o a equipar o seu próprio laboratório?

Pôs-se a pensar no que tinha perdido nas últimas quarenta e oito horas. O amor de Adeline. A confiança de sua irmã. A chefia do grupo que tinha reunido em Turim. A paz de espírito.

A ideia do sofrimento não o preocupava, pois Cristo também sofrera. O que o preocupava era o medo de que poderia falhar. Jesus não falhara.

Disse as palavras que lhe vieram à mente:

— E embora eu atravesse o vale da sombra da morte, não terei nenhum receio, pois tu estás comigo.

Alguém bateu à porta. Ele apertou no botão do interfone.

— Sim?

— Sou eu, Maggie, Dr. Rossi.

— Maggie, eu já…

— Tenho uma coisa para você.

Felix abriu a porta e ali estava ela segurando uma travessa com o café da manhã. Isso o fez chegar à conclusão de que estava morrendo de fome. Seguiu Maggie para a cozinha e comeu apressadamente, enquanto ela andava para cima e para baixo, limpando todas a superfícies. Agradeceu com sinceridade e dirigiu-se apressado de volta ao laboratório.

Na sala de preparação, vestiu um jaleco limpo, pôs a máscara e uma touca para o cabelo, lavou as mãos, dirigiu-se para a incubadora e abriu-a. Lá estava a solução tal e qual ele a tinha deixado.

Seus pensamentos estavam em desordem, tal era a ansiedade de começar. A partir do momento em que extraísse e fizesse a cultura das células sanguíneas, teria apenas uma janela de tempo. As células não podiam ficar em cultura eternamente. Tudo tinha que estar preparado antes de ele iniciar. Tinha que encomendar equipamento para a sua casa de Cliffs Landing, que seria o local onde trabalharia com a futura mãe.

Fechou a incubadora, tirou as luvas e sentou-se à escrivaninha, pensando que não tinha uma mãe para o clone e chegando à conclusão de que essa talvez fosse a parte mais difícil. Sabia bem que Adeline não mudaria de ideia, embora tivesse esperanças de que pudesse acontecer. Sua ideia seguinte foi a igreja. Ele e Frances iam à missa na Igreja de St. Thomas More. Conhecia várias mulheres jovens em sua paróquia — ou, pensando bem, elas é que pareciam conhecê-lo. Havia uma que lhe parecia ser especificamente adequada, mas no momento não conseguia lembrar-se do nome dela. Se fosse a todas as atividades da igreja durante uma semana, talvez a visse ou encontrasse alguma outra. Talvez surgisse algo. Senão teria que analisar com o seu advogado a hipótese de arranjar uma barriga de aluguel. Pelo menos sabia que existiam. Decidiu que iria conseguir o cronograma de atividades da igreja e planejar a sua vida de acordo com ele.

Entretanto, se o DNA do Sudário não fosse perfeito, poderia levar semanas ajustando-o sem qualquer garantia de sucesso. Sem um DNA utilizável, todo o resto deixava de ter qualquer propósito.

Abriu a gaveta do meio e retirou o diário; algo o incomodava. Olhou para a agenda, para as canetas, para as agendas telefônicas, os catálogos, o telefone, sentindo que algo estava errado, mas não conseguia enxergar o quê. Talvez seu sistema nervoso estivesse sobrecarregado. Talvez estivesse começando a sentir os efeitos da diferença de fuso horário.

Dirigiu-se para a bancada e encheu um copo com água, lembrando-se do acidente que sofrera aos nove anos. Depois de ter sido atropelado por um carro, tinha ficado inconsciente durante dias, mas acordou com a impressão de estar bebendo água por um canudo. Soube depois que sua mãe, acreditando que a água curava todos os males, tinha ficado ao lado da sua cama tentando fazê-lo sorver água por um canudo. Em momentos de doença ou estresse, ainda hoje o fazia. Voltou para a escrivaninha com o estômago cheio de água, com a fé no DNA renovada e a determinação de deixar de perder tempo.

Primeiro, marcar uma visita a um laboratório de fertilização *in vitro* para obter óvulos destinados a serem destruídos, mas, se não tivesse tempo, podia pular esse passo. Não sentiu necessidade de praticar. Tinha certeza de que conseguiria criar um embrião viável se tivesse um bom DNA. Telefonou para a igreja pedindo o cronograma da semana. Reviu catálogos e o equipamento de que necessitaria. Telefonou para a empresa que tinha instalado seu laboratório e o consultório médico de seu pai e certificou-se de que eles estariam preparados para levar o pedido a Cliffs Landing assim que ele solicitasse. Telefonou para o seu advogado para que arranjasse as autorizações necessárias.

Tudo isso levou menos de meia hora. Tinha uma hora antes da missa das 12h15, depois haveria outra às 17h30. Ele iria às duas.

Felix colocou a máscara cirúrgica, preparando-se para começar a separar as células sanguíneas inteiras dos fragmentos de células, usando destilação fracionada, um método que as selecionava por densidade e tamanho. Levaria quarenta e cinco minutos para que os gradientes necessários fossem formados. Acabaria a tempo da missa do meio-dia.

Novamente uma batida na porta do laboratório.

Dirigiu-se para o interfone, tomando a decisão de pôr uma placa de "Favor não incomodar".

— Quem é?

— Sou eu, Maggie.

— Maggie, já disse que estou ocupado. A não ser que seja urgente, falarei com você mais tarde.

— Dr. Rossi, por favor, deixe-me entrar.

— É urgente ou não?

— Por favor!

Abriu a porta de repente. Ali estava Maggie, parecendo preocupada e indecisa, de luvas calçadas como se pretendesse fazer a limpeza. Baixou a sua máscara.

— Maggie, pelo amor de Deus, já pedi para não me incomodar! Qual é o problema?

Ela torceu as mãos.

— Eu...

— O que é? O que é? Estou muito ocupado.

Ela fechou os olhos com força, começando a tremer subitamente.

— Eu sei o que está fazendo.

— O quê? — disse ele, não entendendo o que ela queria dizer.

— Eu sei que está tentando clonar Jesus — sussurrou ela.

Felix a puxou para dentro do laboratório, lamentando que não a tivesse despedido na véspera.

— E o que faz você pensar uma coisa dessas?

Maggie respirava profundamente, com as duas mãos sobre o coração.

— Eu sou uma bisbilhoteira. Não consigo evitar.

— Uma bisbilhoteira? — Nesse momento, compreendeu o significado do seu pressentimento de algo não estar como habitual quando se sentou à escrivaninha. Tinha deixado o seu diário do lado de fora na noite anterior, não dentro da gaveta. Alguém tinha mexido. Ele deu um tapa no próprio rosto e resmungou:

— Maggie, Maggie, não faça isso. Por favor!

— Dr. Rossi, está tudo bem — disse torcendo novamente as mãos. — Mais ninguém sabe. Apenas o senhor, eu e Adeline. Ela pode não ter ajudado, mas aposto que não dirá nada. E eu consigo guardar segredo nesta vida e na outra, se for preciso.

— Está enganada sobre isso, Maggie!

Ela continuou numa voz rápida e entrecortada, como se não o tivesse ouvido:

— E que tipo de problemas esse jornalista pode causar, exceto fazer papel de bobo? O que ele pode dizer? Ele, na realidade, não sabe de nada. Não tem um tico de prova. Não é verdade que eles ainda precisam de um mínimo de prova para darem alguma notícia? A única coisa que tem que fazer é não dar nenhuma. Ele deve saber que você pode processá-lo se mencionar o seu nome. Quanto ao Sam, deixe-o comigo. Eu faço com que ele não meta o nariz onde não é chamado.

Felix abanou a cabeça.

— Maggie, eu não estou entendendo. Por que você entrou no meu laboratório para ler o meu diário? Por que está aqui agora?

Ela se aproximou dele com lágrimas saltando dos olhos. Felix sentiu que enlouqueceria se mais uma mulher chorasse na sua presença.

— Sou eu a escolhida.

— O quê?

— Deixe que seja eu. Eu sei que posso fazer.

Felix ficou de boca aberta, em estado de choque. Examinou a mulher que tinha à sua frente como se a estivesse vendo pela primeira vez. A sua pele era bem escura — um moreno queimado —, o cabelo, curto. Os seus traços fisionômicos eram bastante simples, pelo menos para o padrão de beleza anglo-saxônico. Seu tipo físico era de qualquer tribo africana cujo sangue corresse por suas veias — braços fortes, pernas finas, coxas largas, ancas antropoides, um largo traseiro. O único sinal extraordinário nela eram os seus olhos castanhos, nesse momento implorantes.

— Mesmo que eu fingisse saber do que está falando... — começou ele por dizer, mas o olhar dela o fez parar. Tinha lido o seu diário; ele não podia mentir. Enquanto Maggie entrelaçava os seus braços finos, ele imaginava que idade teria a moça, depois pôs a ideia de lado.

— O senhor pensa que Deus é tolo ou algo parecido? — continuou ela, engolindo ar. — Pensa que Ele não tinha um desígnio quando permitiu que eu visse tudo isso, só por eu ser como sou?

Felix olhou na direção da porta desejando ter a capacidade de transpô-la por artes mágicas, mas não havia escapatória.

— O que é que você é, Maggie?

— Eu sou a escolhida.

Ele apoiou o queixo nas mãos e fechou os olhos.

— Eu sou a escolhida, porque não me importo com o que possa me acontecer. Não me importo que o senhor faça uma besteira e me transmita alguma doença. Não me importo com o que as pessoas possam dizer. Não me importo. Assinarei qualquer documento que queira para lhe provar...

Ele se irritou.

— Pare com isso. Eu quero que pare com isso!

— Por quê? Porque sou negra? — Dirigiu-se para a escrivaninha dele e pegou um dos seus diários. Eles continham todas as suas anotações, descobertas, conjecturas. Continham seus receios e desejos folha após folha. Se ela os tinha lido, sabia de fatos que nem Frances sabia, mesmo o que havia acontecido quando ele tinha nove anos.

— Pode não fazer diferença quem seja a mulher. O senhor mesmo escreveu isso aqui. — As lágrimas inundavam seu rosto e ele sentiu pena dela. Era uma mulher suplicando por um filho, nada diferente do que Adeline tinha sido na noite anterior. — Talvez ninguém tenha que se preocupar se ele tiver o cabelo estranho como o meu, se tudo de que ele necessita é o que se espera de uma mãe: saúde, amor, força. E isso tudo eu tenho, Dr. Rossi.

— Ouça, Maggie, eu... na realidade, não estou fazendo isso, estou apenas...

— Peço desculpas, mas o senhor está mentindo, Dr. Rossi.

Ele riu, embora em seu coração sentisse pesar.

— Não tem ideia do que está pedindo. Mesmo que eu estivesse fazendo o que você diz, ninguém acreditaria...

— Que uma irmã está carregando Jesus? Ninguém do seu povo, o senhor quer dizer. O meu povo não terá nenhum problema com isso, admitindo que isso possa acontecer, em primeiro lugar. Dr. Rossi, tenho tentado pensar como Jesus. Quem Ele escolheria? Adeline é linda e boa. Não há dúvidas sobre isso. Mas iria Jesus escolhê-la para mãe? É tão rica como o pecado. Não tem preocupação nenhuma no mundo a não ser a de saber o que o senhor faz. De fato, ela tem tudo. Mas a primeira mãe de Jesus não era assim. Não escolheria Ele alguém como Maria? Uma mulher que é marginalizada como eram os judeus naquele tempo? Aqui, os judeus não são tratados assim. São os negros que este país espezinha. — E apontou para ela própria.

— É provável que Maria fosse da casa de Davi e, portanto, não propriamente uma marginalizada.

— Refere-se a Lucas 1:32? Isso é apenas uma suposição. Em Lucas 1:47-48, ela própria disse: "Meu espírito exulta de alegria em Deus, meu Salvador, porque Ele olhou para sua pobre serva". Eu também sou de condição humilde, Dr. Rossi!

Ao ouvir Maggie, viu a imagem de ex-maridos ou ex-amantes aparecendo, exigindo dinheiro. Imediatamente, sentiu-se culpado por esse pensamento.

Ela fez pressão usando a vantagem que pensava ter:

— Neste momento, o senhor *num* tem mais ninguém. Ninguém.

O Dr. Rossi não gostava quando ela começava a falar "num".

Ao ver que ele não ia responder, Maggie foi devagar em sua direção, retirando as luvas de plástico. Para ele, o gesto parecia simbólico, pois as luvas de plástico protegiam-na de contatos acidentais com quaisquer materiais perigosos enquanto fazia a limpeza. Durante todo esse tempo, ela sustentou seu olhar, então esticou o braço e pegou na mão dele, pondo-a em seu rosto.

— O senhor é abençoado e eu também. Fomos escolhidos, não vê isso?

De repente, admitiu que certa intimidade tinha surgido entre eles. Eram restos da graça divina que Deus tinha deixado no mundo. Felix sentira isso a vida inteira. Até a noite anterior, pensava que Adeline também.

Maggie já não chorava. Seu rosto não demonstrava qualquer receio.

— Não me importo se eu morrer, Dr. Rossi. Se Jesus quer vir ao mundo, deixe-O vir através de mim.

Capítulo 16

Sexta-feira à tarde — Apartamento do Sam

Quando Sam saiu do apartamento dos Rossi, a alta estima que tinha por Maggie havia aumentado. A moça obviamente ouvira a conversa entre ele e Rossi no terraço. Teria adorado desafiá-la numa troca de palavras, mas nunca poria em risco o emprego dela apenas para sentir sua bunda irlandesa ser chutada porta afora. Rossi, um homem rico, habituado a ter tudo da maneira como queria, poderia não ter consciência de que não deveria despedir a sua vociferante empregada, mas sim dar-lhe um aumento. Rossi era inteligente no sentido intelectual, mas provavelmente estúpido no que se referia a assuntos da vida real.

Maggie não era. Sam não podia dar-se ao luxo de deixá-la aumentar suas suspeitas. Teria que tomar o caminho que tentara evitar.

Novamente a aquisição de uma T140D Bonneville Special 1979 teria que esperar. Hoje não iria viajar. Voltou para o seu apartamento, dirigiu-se para a cozinha e abriu uma pequena porta do armário. Retirou uma tampa plástica de rosquear de baixo de uma prateleira, deixando à mostra um buraco de fechadura escondido no qual ele colocou uma chave especial. Uma porta abriu-se com prateleiras e tudo. Ele entrou e acendeu a luz.

Monitores, como os que existiam na sala do pessoal, encontravam-se alinhados numa escrivaninha, cheios de pó. Não eram ligados às áreas públicas nem usados pelos guardas do prédio. Estavam ligados a câmeras ocultas em pequenos orifícios. Havia um amplificador multicanal, ligado a pequenos microfones escondidos, embora ele não tivesse certeza de que todos estavam funcionando. Mais ninguém além de Brown sabia que aquela sala existia e ninguém, a não ser Sam, tinha acesso a ela.

Quando o Sr. Brown adquirira o edifício, dez anos antes, tinha encomendado novos detectores de fumaça eletrônicos que foram instalados em quase todas as salas de todos os apartamentos, em todos os andares, exceto no dele, para ocultar o que ele estava efetivamente fazendo. Câmeras e aparelhos de escuta existiam por quase todo lado, tão escondidos que seria preciso desmontar toda a instalação elétrica para descobri-los. Sam tinha supervisionado a instalação e preparado aquela sala secreta para monitorá-los. Não era a primeira vez que tinha feito uma instalação de vigilância num edifício.

Quando era apenas um rapaz, colocara aparelhos de escuta por toda a sua casa, tendo se concentrado no quarto da irmã mais velha. Instalara fios que vinham do porão e alto-falantes, dizendo à família serem para um sistema de som — o que era verdade. Não mencionara que os alto-falantes também tinham a função de microfones. Ouvindo a irmã e as amigas dela, Sam soube a verdade sobre elas. Falavam de amor durante o tempo todo, sem se darem conta de que os rapazes que achavam "dos sonhos" apenas sonhavam em baixar as calças delas. Após algum tempo sentiu-se envergonhado e, três meses após ter colocado os grampos, retirou todos.

Agora o sentimento de vergonha voltara. Brown não sabia que ele tinha usado esse aparato apenas uma vez. Pensava que Sam espiava os condôminos com frequência, mas Sam não o fazia. Quando precisava de informações sobre pessoas inocentes, ele as conseguia de maneira menos desonesta. Desde que tinha se posto a escutar a irmã e as amigas tinha deixado de ser *voyeur*.

Sentou-se à escrivaninha da sua vigilância secreta, limpando o pó e imaginando o que Maggie diria se pudesse vê-lo. Sua bisbilhotice não tinha qualquer importância comparada com a que ele estava fazendo naquele momento. O Sr. Brown podia viver numa mansão particular, com grandes portões como os das casas que possuía em Malta e no Caribe, ou numa das muitas casas que tinha espalhadas naquela área da cidade. No entanto, escondia-se à vista de todos — entre gente rica comum, num edifício normal de uma conhecida rua de Nova York — porque tinha possibilidade de saber tudo o que faziam os condôminos. A única deslealdade de Sam para com Brown era não fazer o uso devido da sala.

Sam ligou o monitor do apartamento de Rossi, limpou o pó da tela e vistoriou todas as salas. Rossi não estava nem no terraço, nem na biblioteca, nem na sala de estar, sala de jantar, cozinha, despensa, quarto da Maggie, quarto da irmã, quarto dele ou no quarto de hóspedes. Devia estar no laboratório, o único lugar além do apartamento de Sam e da cozinha do salão que não tinha vigilância secreta, porque tinham de ser inspecionados pela prefeitura. Mudou a visão para a câmera do corredor e começou a gargalhar. Maggie atravessava-o na ponta dos pés. Parou na última porta e encostou a orelha nela.

Não tinha escapado à atenção de Sam que desde que Rossi tinha chegado ela não voltara para casa. Só isso já lhe dava indícios de que algo estava acontecendo.

O celular tocou. Era o mordomo de Brown dizendo que o queriam na cobertura.

— Sim, já vou — disse ele.

Quando saiu do elevador e entrou no vestíbulo da casa de Brown, olhou em volta para ver se encontrava algum vestígio da dançarina. Queria ter pedido aos rapazes lá de baixo para darem uma olhada, mas sabia que, se Brown perguntasse alguma coisa, eles não deixariam de dizer. Faziam sempre o que ele queria. Brown tinha deixado claro ao pessoal do edifício que não apreciava a palavra não, a não ser que fosse ele próprio a pronunciá-la.

— Por aqui — disse o mordomo, mostrando-se irritado com Sam, provavelmente por causa da dançarina, o presente de Brown ao secretário de Estado. O mordomo era um perfeccionista, o que para Brown devia ter superado o fato de ele ser um chato.

Brown estava ao lado de uma das estantes da biblioteca, um livro aberto numa das suas grandes mãos, a outra descansando prudentemente no seu cabelo platinado.

— Entre, Sam. Já leu Ésquilo?

Sam balançou a cabeça e sentou-se, reconhecendo que o modo filosófico de Brown significava que ele queria que algo grande começasse, acabasse ou fosse alterado. Porque era importante, ele iria preparar a introdução com seus conhecimentos dos tempos antigos. Sam sentia-se como se estivesse à espera de um profeta falar.

— Ésquilo foi o primeiro autor de tragédias gregas. Uma das suas tragédias mais famosas chama-se *Prometeu acorrentado*. Conhece a história de Prometeu?

— Aprendi isso na escola, mas não me recordo.

— No mito grego, ele era o titã que roubou o fogo escondido do Olimpo e o deu ao homem como uma dádiva. Zeus, rei dos deuses, ficou contrariado. Castigou Prometeu prendendo-o com correntes a uma rocha onde uma águia todos os dias se banqueteava com a renovação constante do seu fígado. Foi-lhe dito: "E cada hora trará o seu peso de angústia/ Para gastar o seu coração; porque ainda por nascer/ Está aquele que te libertará da dor./ Este é o peso por amar a humanidade./ Pois, sendo um deus, desafiaste o rancor dos deuses,/ Preferindo, excedendo as honras, os homens."

Os olhos de Brown estreitaram-se divertidos.

— Roubar dos deuses conduz a uma penalidade arrepiante.

Sam quase estremeceu ao pensar na dançarina. Depois relaxou. Brown não usava mão pesada desnecessariamente.

Brown guardou o livro e pegou outro.

— Lamentavelmente, os clássicos gregos e romanos perderam-se para o Ocidente depois de o Império Romano ter caído. Tem alguma ideia de quem os preservou, Sam?

— Na verdade, não.

— O povo semita. Os árabes e os judeus. A Europa cristã raramente aceita o fato de que devem a Renascença, que significou o fim da Idade Média, aos árabes e judeus. Sem eles, os poetas ingleses como Percy Shelley não teriam sido os classicistas que foram. Shelley fez uma nova distribuição dos papéis da última peça de Ésquilo, *Prometeu libertado*, num grande poema dele com o mesmo nome. Nele, Prometeu e a humanidade triunfam sobre os deuses.

> "Já passamos as cavernas geladas das Eras,
> E as ondas encrespadas e negras dos Homens,
> E o oceano sereno da Juventude, sorrindo para trair:
> Para além dos golfos vítreos nós fugimos
> Da Infância de pessoas úmbreas,
> Através da Morte e do Nascimento, para um dia mais sublime."

Sam olhou-o fixamente. Aonde aquilo iria chegar era um mistério.

Brown dirigiu-se à sua escrivaninha, pegou uma parte de um jornal que estava dobrada e atirou-a para cima da mesa perto da cadeira onde Sam se encontrava, dizendo:

— Através da Morte e do Nascimento, para um dia mais sublime.

Sam pegou o jornal e leu o parágrafo assinalado no *Times* de Londres:

Clonagem na América

Quer ser a mãe de Júlio César? E de Mozart? Buda? Vá para a América. De acordo com fontes de informação sempre confiáveis, um distinto cientista que vive do outro lado do lago iludiu a si mesmo pensando que tem o DNA autêntico talvez da figura mais influente de toda a história e — não estou brincando — pretende fazer a sua clonagem. Vamos lá, América. Finjam uma vez só que são um país civilizado. Interditem a clonagem humana reprodutiva e apoiem a clonagem terapêutica como o resto de nós. Nós, britânicos, não estamos entusiasmados em fazer novamente George Washington. Vocês teriam prazer em brincar outra vez com Al Capone?

...

Sam olhou para cima, para o Sr. Brown, e pareceu ver um temor verdadeiro em seus olhos.

— O *Times* normalmente não se engana, mesmo quando é indulgente com o típico sarcasmo inglês.

— Sim, eu sei.

— Alguém está tentando roubar o fogo do Olimpo, tentando derrubar Zeus do seu trono? Tentando dar ao homem o que uma vez pertenceu a Deus? Se for verdade, descubra quem.

Não era preciso dizer a Sam que por uns tempos tinha que deixar de brincar de porteiro e passar a ser detetive particular, usando os recursos de uma das suas corporações de fachada, como era necessário. Exatamente o que Brown faria com a informação, Sam não sabia e nunca perguntaria. O Sr. Brown era o capitão, e era bom nisso. Ele decidia para onde dirigir o navio. Sam apenas tinha que seguir o rumo, e nisso também era bom.

— Considere o assunto tratado.

Brown atirou outro envelope selado.

— Novamente para o nosso amigo do consulado.

Sam o colocou no bolso.

— Sim, senhor.

— Como ela era?

— Quem? — perguntou Sam, atordoado.

— A garota. Como ela era?

Sam arfou e olhou noutra direção.

— Muito boa. Talvez a melhor.

— O que disse ela sobre o secretário?

Ele olhou para Brown e concluiu que a pergunta era séria.

— Ela disse que ele era um filho da mãe.

Brown pegou novamente o livro.

— Garota esperta. Sabe, invejei e abominei o pai de Percy Shelley. Ter um talento tão grande ao seu cuidado e depois esmagá-lo por causa de estupidez e moralidades imerecidas. Se tivesse tido um pai melhor, Shelley não teria ido navegar durante uma tempestade e não teria morrido.

— Foi isso o que ele fez?

— Sim. Ele escreveu: "Há mulheres pretensiosas a clamar.../ As suas virtudes, e a perseguir/ As suas irmãs mais sensíveis para essa ruína,/ Sem as quais — o que seria castidade?"

— Eu também tenho uma predileção por prostitutas — disse Sam.

— Shelley morreu na tarde de 8 de julho de 1822. Tinha 29 anos. Apenas 29. Seu pai foi o responsável. Ele era um mau navegante. Isso é o que acontece quando os planos de navegação são ruins, Sam.

Brown levantou os olhos e fitou diretamente os de Sam, algo que raramente fazia. Sua mensagem era clara. A dançarina era uma das muitas coisas no mundo sob sua orientação.

Sam levantou-se.

— Se isso for tudo, vou me retirar.

— É tudo. — Brown voltou para a sua leitura dos poemas de Percy Shelley.

Sozinho no elevador, Sam começou a assobiar *Too-ra-loo-ra-loo-ral* para si mesmo, pensando nos estupendos quinze minutos que tivera com a dançarina e que nunca mais se repetiriam.

Quando Sam saiu, os olhos de Brown caíram nas linhas que ele menos apreciava no *Alastor* de Shelley:

> Mãe deste mundo incomensurável!
> ...Já fiz a minha cama
> Em ossários e caixões, onde a morte sinistra
> Guarda os registros dos troféus que te ganhou,
> Desejando silenciar estes interrogatórios obstinados
> De ti e dos teus, forçando algum fantasma solitário,
> Teu mensageiro, a contar a história
> Daquilo que somos.

Ele resfolegou desdenhosamente.

— Bem, morte sinistra, se está registrando os troféus que já ganhei, o inferno deve estar ficando sem tinta.

Fechando o livro das obras completas de Shelley, colocou-o novamente na prateleira de onde o havia retirado, destinada aos românticos ingleses. Brown não se lembrava de em toda a sua vida ter sentido medo, por isso não tinha nada que pudesse comparar com o profundo sentimento de pavor que teve de disfarçar enquanto falava com Sam.

Pensou em sua dançarina de cabelo cor de avelã e desejou sua companhia, o que o surpreendeu. Não era um homem com fraqueza por mulheres. Tranquilo, sentou-se, tamborilou com os dedos num dos monitores e observou-a enquanto ela entretinha o congressista Dunlop no quarto de hóspedes. Não havia contato físico. Ao contrário do secretário de Estado, o congressista era casado. Ele queria poder dizer à mulher que não tinha transado com outra. Ela tinha que ficar por cima dele, nua, divertindo-se enquanto um Dunlop completamente vestido a observava, fazendo o mesmo. Hoje Brown tinha passado por cima desse acordo.

Quando Dunlop estava quase atingindo o cume do desejo, a dançarina fez o que lhe tinha sido indicado e desceu o corpo para cima do dele. Dunlop não resistiu. Não conseguiria. Era fraco. Brown agora tinha um vídeo do acontecimento, e que era surpreendentemente longo apesar do fato de Dunlop ter parado para chorar. Sua dançarina era pungente no seu interesse, mas inflexível. Boa garota.

O vídeo provavelmente nunca seria visto. Dunlop continuaria a ser mimado e adulado, mas Brown faria com que ele tivesse a nítida sensação de haver uma ameaça velada. Brown poderia muito em breve precisar de Dunlop.

Desligou o monitor e abriu uma gaveta que continha a origem do seu mal-estar. Uma pasta. Forrada com couro. Em letras douradas: *Previsões de morte*. Um nome inventado pela astróloga que as tinha escrito a pedido de seu pai, há trinta anos, e tinha se protegido com o aviso de que nem sempre estavam corretas. Tinha sentido menosprezo pela complacência de seu pai em se submeter à mente de outrem, mas o pai tinha dito que o conhecimento da morte era tão vital como o conhecimento da vida para aqueles que seriam poderosos. Por esse mesmo motivo, desde tempos imemoriais, príncipes e reis consultavam as estrelas.

Brown dissera ao pai que não acreditava em religiões, menos ainda em superstições. O sucesso de seu pai pertencia só a ele, não às estrelas. Companhias que se fundiam, políticos que anunciavam as suas candidaturas apenas quando um astrólogo o indicava.

Previsões de morte eram, obviamente, ridículas.

A astróloga tinha dito que Urano, portador de acontecimentos elétricos repentinos, regia a 8ª casa de seu pai, a da morte. Na sua 9ª casa, correspondente a estrangeiros e países estrangeiros, havia um signo de água. Ele iria se afogar num país estrangeiro. Brown tinha escarnecido dessa profecia até o iate de seu pai ter sido atingido por um raio e haver afundado ao lado da costa de Malta durante uma das raras trovoadas que ocorriam no Mediterrâneo.

A astróloga tinha também feito uma descrição da personalidade de Brown:

Com o Sol e Marte em Leão na quarta casa do lar: você é um Rei que audaciosamente reinará na privacidade do seu castelo. Com todos os planetas, exceto dois abaixo do horizonte, as suas atividades serão desconhecidas do mundo.

Isso era obviamente correto, assim como o eram outras conclusões da astróloga: *Terá sentimentos de bem-estar muito próximos de ternura por aqueles que trabalham para você, como se fossem extensões de si próprio. Sentirá necessidade de ser justo com eles e de ser útil ao mundo. Uma ameaça da segurança nacional será sentida como pessoal. Ajudará o país mais do que uma vez.* Ele o fizera.

Os seus sentimentos, instintos e fatores de decisão funcionam numa harmonia automática. Capta todas as percepções no nível pessoal e tem uma mente rápida e imaginativa. Seus pensamentos são penetrantes, profundos, corajosos. Procura controlar consequências, mas não por receio, uma vez que experimenta paz interior, clareza de mente e objetivos.

Tudo isso era verdade.

Você gosta de possuir coisas belas, e formar laços com os demais não é algo que ocorre de modo natural. Também verdade.

O aspecto mais forte e prodigioso de seu mapa astral é a conjunção exata de Júpiter/Saturno a 90º graus do seu Sol. Isso o torna cauteloso, conservador, desdenhoso de excessos, almejando preservar uma herança material substancial. Em certo sentido, neste mundo, atrevo-me a dizer que você quer ser o único Deus. Nisso, até certo ponto, será bem-sucedido.

Incrível.

Era um homem moderno, racional, mas tinha sido com esforço que procurara ignorar a sua *Previsão de morte,* dada a exatidão desta parte, além da morte de seu pai. Brown tinha sem dúvida modelado a sua maneira de ser pelo Deus da Bíblia. Criou um reinado privado pelo prazer de fazê-lo, tendo o cuidado de negar aos outros o acesso ao seu poder. Quando as rédeas tinham que ser puxadas, ele as puxava. Não havia hierarquia que pudesse ser desviada de seu controle. Aqueles que executavam suas ordens eram seus discípulos pessoais — privilegiados, acarinhados e muito bem pagos. Com raras exceções — o mordomo, Sam, a sua dançarina — só conheciam a ele, não uns aos outros. Mesmo esses três tinham um contato mínimo até Sam ter se entretido na cozinha do salão. Sua dançarina tinha dado a informação em resposta à simples pergunta, confirmando sua confiança nela. Boa menina.

Brown controlava todos pela gratidão que eles lhe tinham e o respeito que intencionalmente lhes inspirava. Como o Deus da Bíblia, ele quase não dava golpes — e nunca em terra americana, a não ser que fosse inevitável. As pessoas lembravam-se dos golpes, ressentiam-se e rebelavam-se. As intervenções mais severas de Brown ou eram de uma aparência natural, ou como atos de Deus.

Em todas as coisas, praticava o que seu pai tinha apelidado de "o meritório mínimo". Tal como a astróloga tinha previsto.

Brown olhou para a sua *Previsão de morte*.

Sem receio aparente de ser considerada uma louca, a astróloga tinha afirmado o seguinte: *A estrela de Belém tinha acabado de aparecer no horizonte quando você nasceu. É a conjugação de Júpiter/Saturno no seu mapa. Os sábios do Oriente consideravam no seu tempo o símbolo do nascimento de um Rei. Aconteceu em Peixes, associado aos judeus. Na hora do seu nascimento, a conjunção estava se repetindo — como acontece a cada vinte anos. No entanto, para você é no signo de Touro, que rege a sua 8ª casa, a da morte, e a 12ª casa, a dos fatos ocultos, incluindo assassinatos.*

É provável que esteja do lado de fora, em terra seca, pelas mãos de um assassino digno de respeito que será motivado pelo nascimento, ou renascimento, de um Rei. Estranhamente, uma vez que a 12ª casa é a casa natural de Peixes, o sinal dos judeus pode — literal ou figurativamente — ser o mesmo Rei que os sábios buscavam.

Brown, nessa altura, estava perto dos seus 30 anos. Tinha rido e dito ao seu pai que teria cuidado com uma Segunda Vinda, e ignorara sua *Previsão de morte* até o pai ter se afogado.

Agora isso.

Fechou a pasta e guardou-a juntamente com o artigo do *The Times*, "Clonagem na América". Dizia que a pessoa a ser clonada seria possivelmente a figura mais influente de toda a história. Brown sabia quem era. Saberia o *The Times*?

Capítulo 17

Segunda-feira à tarde — Igreja de St. Thomas More, Nova York

Um pequeno mar de corpos vestidos de preto, coroados aqui e ali por elegantes chapéus, movia-se graciosamente passando pelos portões de ferro forjado, subindo as escadas de granito e atravessando as portas em forma de arco feitas de mogno da Igreja de St. Thomas More. Sua localização, perto da Museum Mile, entre a Park Avenue e a Madison, significava que seus paroquianos eram a elite dos católicos de Nova York.

Do lado de dentro, a igreja assemelhava-se a eles.

Por cima do altar, uma só janela com um vitral requintado, um singelo crucifixo entalhado, o altar de grande simplicidade, bancos de madeira maciça, tacos de madeira encerados como piso, poucas estátuas e santos esculpidos em madeira, arranjos florais lindíssimos e um pequeno órgão com um som muito bom. Nada era extravagante nem ostentoso. Tudo bastante simples, com muito bom gosto, muito elegante e, em qualidade, caro como o pecado.

Até o momento, Frances Rossi ainda não tinha sentido a sensação de pertencimento. Estava sentada na fila da frente ao lado de um tio e de uma prima que conhecera apenas na véspera. Felix, sabendo de sua raiva glacial, sentou-se na outra extremidade ao lado de Maggie. Atrás deles estava Adeline, com quem Frances, até o momento, não falara, assim como não a vira nos três dias anteriores.

De início, Frances tinha ficado entusiasmadíssima ao saber de seu legado escondido e da perspectiva de familiares não revelados, porque lhe oferecia o tipo de experiência familiar que sempre desejara. Mais. Mais pessoas parecidas com eles, que falavam e pensavam como eles. Mais para pertencerem àquele círculo íntimo de pessoas em quem se pode confiar, no qual ela só tinha visto serem admitidas duas estranhas durante toda a sua vida, e uma delas era Adeline. A outra era Maggie, a empregada, embora Felix nem sempre parecesse compreender isso. Mesmo esta não tinha sido admitida intencionalmente. Maggie tinha aparecido de uma maneira espontânea e Frances tinha ficado satisfeita. Na privacidade da família Rossi, por vezes, havia solidão.

Aqueles últimos três dias haviam sido os mais solitários de todos. Logo agora que ela havia encontrado uma família maior com a qual tinha sonhado — mas que desconhecia existir —, Frances tinha de alguma maneira perdido a pequena família que sempre tivera. Nos últimos três dias, Adeline alegou ter compromissos já marcados, e Felix havia se tornado invisível. Ficava fechado em seu laboratório. Em vez de manter Maggie do lado de fora, como ele tinha dito, ela estava lá fechada com ele. Maggie só aparecera no domingo para ir à sua igreja batista e em casa para mudar de roupa. De resto, apenas saía para dormir ou para encomendar comida para eles. Parecia ocupada, mas tinha um ar infeliz. O pó acumulava-se em todos os cômodos.

Um dia, quando Frances bateu à porta e exigiu uma explicação, foi Maggie, e não Felix, quem respondeu:

— O Dr. Rossi está muito ocupado, Senhorita Rossi. Ele sabe que quer ajudá-lo. Eu mesma desejaria poder ajudar mais, também, mas ele não deixa. Não pense que ele não gosta de você, porque ele gosta muito.

A indignação de ter sido a empregada — não interessava que fosse Maggie — a explicar-lhe secretamente a ausência do seu irmão foi tão inesperadamente humilhante que Frances não se aproximara mais do laboratório.

Anteriormente, ele só ia à missa aos domingos. Agora Felix ia duas vezes por dia, dizendo apenas um "Olá, vou à missa" enquanto saía. Uma vez o seguiu e viu Felix ir atrás das mulheres fora da igreja como se estivesse caçando num bar. Foi quando telefonou a Adeline pela primeira vez, mas sem resultados.

Naquela manhã tinha feito o mesmo, ali ao lado da urna de Enea, falando em segredo durante uns bons vinte minutos com Sylvia Canady, que vivia na própria Park Avenue, na altura da Dalton School. Foi naquela escola que, na infância, ela e Felix haviam estudado segundo o Método Dalton, de Helen Parkhurst, que enfatizava o controle da própria vida.

O pior de tudo para Frances fora ter estado sozinha no aeroporto quando o seu tio Simone Fubini e a filha dele, a prima Letizia, chegaram aos Estados Unidos para o funeral de Enea. Felix devia estar ali ao seu lado para cumprimentar o homem que tanto se parecia com seu pai; alto, magro, com ombros quadrados, mãos expressivas, olhar compassivo e intensamente profundo num rosto redondo e pequeno, quase de duende. Ele chorou ao abraçá-la. A prima Letizia — que sabia um pouco de inglês — traduzia as suas palavras entrecortadas pela alegria, depois também chorava e a abraçava. Olhar para Letizia era o mesmo que olhar para a cara de uma irmã. O mesmo cabelo castanho-avermelhado. O nariz dos Rossi.

Quando chegaram à porta de um hotel, fez-se silêncio — um bom hotel, mas não a casa onde viviam a sobrinha e o sobrinho do tio Simone. Frances tinha reparado no brilho súbito de dor no olhar do tio. Isso lhe dera uma alusão velada a provações fora do alcance de seu entendimento e fizera com que sentisse vergonha de ter um irmão que se recusava a abraçar aquele tio.

Tinham acabado de se conhecer. Na escadaria da igreja, Felix reconheceu seu tio Simone sem qualquer apresentação, ou porque ele se parecia tanto com o pai, ou por causa da *kipah* que ele usava. Aparentemente sentindo-se obrigado, dirigiu-se ao tio e disse:

— Eu sou Felix. Sinto muito por sua irmã. Nós a amávamos.

Agora Enea estava perante eles deitada em seu caixão. Ela nunca ficaria sabendo o quão desagradável Felix tinha sido com seus familiares. O rosário favorito de seu pai estava nas mãos dela. Enea tinha vivido como católica e tinha pedido um funeral católico. Comprometida uma vez, comprometida para sempre. Os Rossi eram assim.

Frances também tinha se comprometido. Tinha que aliviar a dor do tio Simone, ajudá-lo com isso. Felix ignorava a sua decisão e Frances sentia-se feliz por isso. Em sua opinião, ele precisava de um choque. Planejou tudo com o pároco, que já tinha organizado um vasto número de conferências católico-judaicas, tentando sanar dois mil anos de desconfiança entre as duas fés. O pároco fora solidário com seu pedido. Frances também lhe pedira para falar com Felix, e ouvira ser melhor deixar Felix dirigir-se a ele.

Tio Simone deu-lhe um tapinha na mão quando a cerimônia estava quase terminando, e o pároco anunciou:

— Teremos uma cerimônia especial em honra daqueles que nos deram o prazer de vir de longe juntar-se a nós.

Então o tio Simone levantou-se e dirigiu-se para a frente. Colocou um manto de orações, que chamou *tallit*, em volta do pescoço e ficou ao lado do caixão da irmã. Um rabino aproximou-se, fez uma saudação e rasgou o lado direito da camisa de Simone.

Frances deu uma olhada em Felix, que a fitou fixamente com um ar confuso e magoado. Benfeito para ele.

Atrás, estavam homens com *yarmulke* e *tallit,* pois a cerimônia em questão não podia ser realizada sem um *minyan* — dez homens adultos, judeus. Ela os tinha solicitado à sinagoga da Park Avenue e havia ficado admirada por eles terem aceitado tão prontamente rezar, mesmo numa igreja católica, quando lhes contou a história de Enea, Simone e sua filha. O fato de a sinagoga e a igreja já terem efetuado várias cerimônias de casamento com diferentes fés ajudara. Em Nova York, isso acontecia o tempo todo.

O tio Simone tinha solicitado o privilégio de recitar uma antiga oração fúnebre judaica dedicada às pessoas que estão de luto, o *kadish*, como era seu dever em última homenagem à irmã que ele tinha perdido há tanto tempo.

Com uma voz profunda e ressoante, o tio Simone cantou em hebraico enquanto a prima Letizia sussurrava a tradução, que já devia ter praticado antes:

— Glorificado e santificado seja o nome de Deus através do mundo, que Ele criou de acordo com a Sua vontade.

A beleza do canto ecoando pela igreja fez brotar lágrimas dos olhos de

Frances. No silêncio, a voz do tio Simone falhou. Ele limpou as lágrimas sem se sentir envergonhado e continuou:

— Que Ele instaure o Seu reinado durante sua vida e durante os seus dias, e durante a vida inteira da Casa de Israel, o mais depressa possível; e digam: Amém.

Os do *minyan* responderam:

— Que o Seu glorioso nome seja abençoado para sempre e para toda a eternidade.

De repente, Frances ansiou por sua herança perdida. Através das suas lágrimas, viu surpresa em muitos rostos, mas não se importou. Ouviu os murmúrios e o ranger dos bancos enquanto os fiéis se viravam, ouviu os sussurros à sua volta quando chegaram à conclusão de que, se aquele homem judeu era irmão de sua tia, então Frances e Felix também eram judeus, pelo menos parcialmente. Cabeças voltaram-se na direção dos dois, mas Felix não olhara para eles. Manteve os seus olhos fixos em Frances enquanto ouvia a voz reverente do tio Simone e a sua oração antiga.

Quando terminou, tio Simone regressou ao seu lugar, e os fiéis ajoelharam-se para rezar. Frances deitou um olhar de triunfo em direção ao seu irmão, com a expectativa de ver um sinal de raiva em seu rosto. Em vez disso, ele e Maggie rezavam como se a perda de Enea os tivesse despedaçado totalmente, e que só pela graça de Deus é que eles algum dia poderiam voltar a se recuperar.

Frances tomou uma decisão. Quando o funeral terminasse, voltaria para casa, bateria à porta que ficava ao fim do corredor, daria socos, gritaria, atearia fogo. Entraria naquele maldito laboratório, custasse o que custasse.

Capítulo 18

Igreja de St. Thomas More

Maggie encontrava-se do lado de fora da Igreja de St. Thomas More despedindo-se dos familiares dos Rossi vindos da Itália. Gostaria de não ter usado seu chapéu Graham Smith no funeral, mas o fizera por respeito a Enea Rossi Evans, pois era o melhor chapéu que tinha. Entretanto, ninguém vestia nada que não fosse preto. Ternos, vestidos, sapatos, meias de homem, meias de mulher, carteiras, luvas, casacos e chapéus. Metade dos homens até estava de camisas pretas. De certa maneira, não deixava de ser engraçado. Todos os brancos se vestiam inteiramente de preto e ela, negra, era a única usando branco. Teve vontade de tirar o chapéu, mas receou que ele fosse esmagado pela multidão se não o mantivesse na cabeça.

— O prazer é nosso — disse a prima deles, Letizia, no pior inglês que já ouvira. Maggie ia responder quando viu o Dr. Rossi sair apressado.

— Com licença.

Ela correu atrás dele e disse baixinho:

— Dr. Rossi, volte para o lado de sua irmã e fale com seus familiares como é seu dever! Não vai ao cemitério?

Ele parou.

— Enea sabia que eu a amava pela maneira como a tratava enquanto estava viva. Além do mais, ela não está naquele caixão e já me despedi. Eu vou embora e você também devia fazer o mesmo! Temos trabalho a fazer, lembra?

— Hum! — fez ela. — Quer dizer que o senhor tem trabalho para fazer. Eu só tenho que tomar notas, fazer ligações e limpar. Estou feliz por ajudar, mas...

— Aqui não, por favor, Maggie. Vamos embora.

Maggie viu Felix seguir em direção à Quinta Avenida enquanto Sylvia Canady olhava para o cientista bem-nascido e elegante, que lhe havia perguntado sua opinião sobre a maternidade com barrigas de aluguel e se era algo em que ela já pensara alguma vez em fazer. Maggie ouvira a conversa. Alcançou o patrão e caminhou a seu lado, olhando na direção do Central Park, na calçada oposta, com ansiedade.

— Dr. Rossi, não podemos dar uma volta no parque por uns minutos antes de nos fecharmos no laboratório? O senhor está se sobrecarregando mais do que o faraó sobrecarregou os hebreus. E a mim, também.

Ele olhou irritado para ela, mas em seguida, suspirando, disse:

— Só por um minuto.

Atravessaram a rua e andaram até chegar à Rua 96.

— Sabe o nome deste portão? — perguntou ele ao se aproximarem de uma das entradas do parque, rodeada por muros de pedra cinzenta.

— Não, qual é?

— Portão dos Lenhadores. O parque tem dezoito portões, todos com nomes. O que fica ao norte da nossa casa na Rua 102 é o Portão das Garotas.

Do lado oposto, na parte oeste do Central Park, está o Portão dos Rapazes, que dá para a Rua 100.

— É mesmo? — perguntou, fitando o Dr. Rossi, enquanto os olhos dele pareciam focar o passado. — Quais são os outros portões, Dr. Rossi?

— Portão dos Inventores, Portão dos Comerciantes, Portão das Mulheres. Há também o Portão dos Estrangeiros, que fica do outro lado do parque, na Rua 106.

— Um parque que dá as boas-vindas a estranhos é muito simpático.

— Era o lugar onde eu e Frances brincávamos. Patinávamos aqui no Wollman Rink, no inverno, com Nova York à nossa volta, e, de vez em quando, ainda o fazemos. Andávamos em nossos barcos a vela quando o tempo estava mais quente. — Deu uma gargalhada. — Às vezes, nós nos esgueirávamos para o zoológico só para provar que conseguíamos, ou espreitávamos os clientes que se sentavam na parte de fora da Tavern on the Green. Costumávamos andar como os egípcios quando brincávamos no Obelisco de Cleópatra, atrás do Metropolitan Museum. Fingíamos que os hieróglifos nas estelas de pedra eram nossos nomes escritos. Nomes cristãos. — Fez uma pausa. — Agora eu conheço um homem judeu chamado Felix e uma mulher judia chamada Frances.

Maggie tentou imaginar o que seria crescer na Quinta Avenida. Já trabalhava lá há tanto tempo que quase conseguia. Que contraste com a sua própria vida em Macon, Geórgia, e depois no Harlem. Se tivesse nascido aqui, também teria continuado aqui, como eles.

Felix guiou Maggie rumo à East Drive até chegarem ao caminho que circundava os campos de futebol de North Meadow. A noroeste da Represa, aproximaram-se de uma árvore enorme.

— É a London Plane — disse ele —, uma figueira híbrida, que dizem ser a árvore mais antiga do parque.

Caminharam por baixo dela; o Dr. Rossi olhava para cima, na direção dos galhos altos e acinzentados. Maggie mirava-o, imaginando o que ele estaria sofrendo. Tentou imaginar-se na mesma situação — rezando a Jesus desde que era criança e depois ficar sabendo ser descendente do povo que pensava que Jesus era apenas um rabino. Ela se sentiria traída.

— Estamos quase lá — disse ele. — Estamos quase lá. Só mais um dia, eu acho. Depois terei as culturas de que preciso. Quando chegar a hora, irei transferir as células de cultura para o estado totipotente.

— Você não sente nada estranho, tendo todas aquelas cópias de células de Cristo numa placa?

Ele olhou para baixo, para suas mãos.

— Às vezes, sim. Mas ainda não estão vivas. Ainda não.

— Você está reconsiderando, como prometeu?

A resposta de Felix ao pedido apaixonado dela tinha sido apenas aquela: que iria pensar em deixá-la ser a mãe de Cristo. Enquanto isso, ela ajudaria no trabalho e — acima de tudo — não falaria a ninguém sobre o assunto; nem agora, nem nunca, a não ser que ele autorizasse. Maggie tinha se oferecido para jurar sobre a Bíblia que assim faria.

— Sim, estou pensando nisso, Maggie. A propósito, nunca perguntei: ainda não há marido nem namorado a ser consultado?

— Não e não.

— Está bem, mas não fique esperançosa demais.

Maggie baixou a cabeça.

— Não vejo razão por que…

Felix se encostou no tronco da velha árvore.

— DNA mitocondrial, esse é o porquê. Em um mundo perfeito, você não deveria ser a mãe.

— O que é isso? — disse alarmada.

Ele fez uma forma oval com os indicadores e os polegares.

— Imagine um ovo. Tem uma gema e, em volta, uma clara?

— Sim.

— Imagine que esse é o óvulo de uma mulher. O que vou fazer é retirar a gema, ou o núcleo. É aí que se concentram noventa e nove por cento do DNA, nesse núcleo. Vou recolocar um núcleo com uma célula sanguínea do Sudário, que eu tratei de maneira a se comportar como um núcleo novo.

— Não me diga — disse Maggie, triste, já adivinhando aonde ele queria chegar. — O outro um por cento de DNA não está na gema. Está na clara do ovo.

Felix sorriu para ela, mostrando-se impressionado.

— Sim, um por cento do DNA está na parte branca, o citoplasma. Só pode vir da mulher que contribui com o óvulo. Por isso é tecnicamente impossível clonar integralmente um homem adulto a partir das próprias células. Para clonar um homem é preciso começar com um óvulo de uma familiar, porque contém o DNA mitocondrial da família na parte branca, o citoplasma. É transmitido de mãe para filha e assim por diante. O homem não o transmite, porque não tem óvulos.

— Sim, isso eu sei, mas…

— Não é minha intenção ofender, Maggie, mas o fato é que Jesus não tinha um DNA mitocondrial africano. A ciência ainda não sabe exatamente como isso afeta o DNA nuclear. Pode até não ter importância nenhuma, mas... — Começou a andar na direção do Portão dos Lenhadores, com Maggie correndo atrás dele.

— Então por que o senhor estava perguntando às mulheres da sua igreja, como Sylvia Canady? Por que perguntou a Adeline? Jesus também não era irlandês e certamente não era inglês como são os genes de Adeline.

— Eu não estava pensando quando falei com Adeline. Quanto a Sylvia, lembrei que uma das mulheres que frequenta a igreja descendia de uma família de conversos, mas não lembrava quem, por isso tive de falar com várias. É a Sylvia Canady. O pai é católico irlandês, mas a família da mãe é de conversos, judeus espanhóis convertidos ao catolicismo para não morrerem durante a Inquisição.

— Oh!

— A mitocôndria dela é provavelmente semítica.

— Bem, se não tivesse sido tão maldoso com seus familiares, talvez pudesse pedir à sua prima.

— Uma mulher que vive num país distante e que não fala inglês? Pelo menos a Sylvia está aqui.

— Bem, o que ela disse sobre ser uma barriga de aluguel?

— Antes ou depois de rir de mim e perguntar se eu estava doente?

Maggie deu-lhe um tapinha no ombro.

— Isso não deve ter muita importância, não é? Se é apenas um por cento. Além disso, Jesus deve ter tido um pouco de negros n'Ele. Muitos árabes são escuros e são semitas. Não foi na África que começou a humanidade e depois se espalhou pelo Oriente Médio? Sabe que a Bíblia diz que Ele tinha cabelo como lã?

— Jesus não tinha cabelo encaracolado!

Maggie pôs-se diante dele.

— Quer que eu mostre onde isso é mencionado na Bíblia?

Ele franziu as sobrancelhas.

— Revelação 1:14 diz cabelo branco como lã, não cabelo como lã.

Maggie sentiu que seus olhos começavam a se encher de água. Sussurrou:

— Não está apenas com receio de ele ser feio como eu?

Notou que Felix não lhe respondia porque tinha deixado de ouvi-la.

— Maria era uma mulher semita — disse ele. — Está bem, vou tentar. Vou à sinagoga da Park Avenue.

— Ah, certo — disse ela fungando. — Vai encontrar uma mulher judia riquíssima que queria ser a mãe de Jesus. Dr. Rossi, estou começando a acreditar que o senhor na realidade nunca leu a Bíblia.

— Por que não? — disse ele. — Eu sou judeu! Segundo eles dizem, se sua mãe for judia, você é judeu. Minha mãe era judia. Dá até para pensar que eles descobriram o DNA mitocondrial. Eu pediria a Frances se ela não fosse minha irmã e se eu não tivesse certeza de que ela me mandaria para a cadeia.

— Dr. Rossi, eu sei que o senhor ainda está confuso com tudo isso, mas, acredite em mim, o senhor não é um judeu como os da Bíblia. Os judeus foram espalhados por todos os cantos da Terra. Eu não tenho muita instrução, mas sei ler, e passo todo o meu tempo livre lendo tudo que se relacione com Deus e com a Bíblia.

Felix parecia incrédulo.

— Quando não está lendo a *Vogue*, você quer dizer.

— Está bem, quando não estou lendo a *Vogue*. O senhor sabe que encontraram o gene de Cohen em todas as espécies de povos, mesmo numa tribo africana? Os judeus misturaram-se com outras raças, da mesma maneira que os africanos fizeram aqui. Os nossos genes estão espalhados por esta Terra toda em pessoas que se parecem comigo e em outras que pensam que são brancas. Também os judeus. Até eu posso ter uma parte judia; o senhor, no entanto, é um pouco mais. E daí? O que interessa é que qualquer um pode ser. Se alguém clama que é só dessa ou daquela raça, eu digo: ponha-os debaixo de um dos seus microscópios, e há uma grande probabilidade de serem misturados. Eu sei. Eu leio sobre isso. A sua mãe era uma mulher católica, Dr. Rossi, o senhor não é judeu se não quiser ser.

Felix fitava Maggie como se ela tivesse dito algo indecifrável.

A pedido dela andaram pelo parque um pouco mais antes de voltarem ao edifício. Mais uma vez, Sam não estava à vista. Maggie já não o via desde que o pusera para fora do terraço na sexta-feira, e já era segunda. O substituto estava à porta. Enquanto o Dr. Rossi entrava, ela disse:

— E se é só um por cento...

— Shh — disse ele, pondo um dedo sobre os lábios.

Na entrada, à espera do elevador, estava Frances com o tio Simone e a prima Letizia.

Capítulo 19

Segunda-feira à tarde — Apartamento dos Rossi

Mal o tio Simone e a prima Letizia receberam as xícaras de café, Felix já pedia as devidas desculpas para se retirar e ir se enfiar no laboratório. Maggie ficou olhando-o, desejando urgentemente segui-lo.

Frances olhava furiosa, sentada em um dos novos sofás de cores vermelha, preta e dourada.

— Maggie, se você tem que ir com o Dr. Rossi, vá.

— Senhorita Rossi, é só porque...

— Vá — disse ela. Seus lábios encontravam-se comprimidos e extremamente finos, a expressão com uma fúria tão intensa que Maggie nem se atreveu a se mexer.

— Vá, já disse! — repetiu Frances secamente, fazendo com que Maggie saltasse.

O tio Simone estava sentado num banco baixo, que tinha solicitado. Virou-se para Letizia e disse algo em seu ouvido quando ela se abaixou. Ela se levantou e disse:

— Bem, nós vamos embora agora.

— Não! — disse Frances, em tom categórico, pondo-se de pé num pulo, com um dedo apontando para o carpete cinza escuro. — Não! Fiquem aí!

Letizia sentou-se com um olhar confuso.

Maggie ficou assustada quando Frances a pegou por um braço e a levou em direção ao corredor, dizendo ao tio e à prima:

— Por favor, fiquem!

Uma vez fora da sala, Frances disse:

— Se quer trabalhar aqui por mais um minuto sequer, Maggie Johnson, faça precisamente o que eu digo. Entendeu?

Maggie compreendia. O palco estava montado. Não havia possibilidade de parar Frances agora. Maggie seguiu-a até o fim do corredor.

— Peça-lhe para abrir a porta! — exigiu Frances baixinho.

Maggie respirou fundo, expirou e bateu à porta dizendo:

— Dr. Rossi, sou eu, Maggie.

Passado um momento, ele abriu a porta e Frances entrou abruptamente, Maggie seguindo-a, com as mãos no rosto enquanto pedia desculpas.

Maggie ficou à porta e viu como Frances e o Dr. Rossi tomavam posições, encostados em paredes opostas, como se estivessem à espera do toque de uma sineta para começar o combate.

Foi Frances quem falou primeiro:

— Há cerca de uma semana que vejo você se comportando como um babaca. Acabou! Primeiro, você vai me dizer o que vocês dois andam aprontando. Sei que tem algo a ver com a Adeline. Sei que foi por isso que ela desapareceu. Só isso já me dá indícios de que anda fazendo algo errado. Depois, Felix... — Frances virou o braço em direção à porta — vai voltar à sala de estar e tratar aquelas pessoas como nossos familiares! Querem que tomemos parte do *shivah* com eles!

— E como é que se faz isso, exatamente?

— Na realidade, já vimos parte disso. Maggie teve que cobrir todos os espelhos; tivemos que lavar as mãos quando voltamos; e o tio Simone tem que se sentar num banco baixo. Querem ovos cozidos. É... — Frances balançou os braços. — Não sei o que mais, mas vou fazer. Penso que a seguir provavelmente teremos todos que cozinhar. Sabe muito bem que os judeus têm uma maneira muito peculiar de luto, por isso você também vai tomar parte nisso. Odeie-os se quiser, mas você não vai maltratá-los de propósito. Não tolerarei isso nem mais um segundo!

Pela maneira como irmão e irmã se entreolhavam, Maggie constatou que aquela era a briga mais grave que já haviam tido.

— E como planeja me obrigar a cumprir essas exigências? — disse ele.

O telefone tocou, mas todos ignoraram.

Com voz calma, Frances disse:

— Sairei desta casa se não fizer isso.

De repente, a aparência lastimável do Dr. Rossi tornou-se realmente lastimável, como a de um pequeno garoto abandonado, mas respondeu:

— Está bem. A decisão é sua. — Frances sentiu-se como se ele lhe tivesse dado uma bofetada.

— Posso dizer uma coisa? — perguntou Maggie, com uma mão sobre o coração, porque a tensão e a tristeza a estavam incomodando. Como não responderam, ela continuou, falando mais alto: — Senhorita Rossi, não está correto a senhora intrometer-se no trabalho do Dr. Rossi. Dr. Rossi, o senhor não está agindo corretamente ao maltratar os seus familiares. Jesus faria isso? — Maggie piscou e engoliu em seco, sentindo que ia sufocar ao falar daquele modo com os Rossi.

Nenhum deles respondeu. O Dr. Rossi apenas fez um sinal para que

Maggie atendesse o telefone, o que ela fez. Era Adeline e parecia preocupada.

Maggie ouviu e depois transmitiu:

— Adeline diz que deviam ligar a TV imediatamente. Disse para ligarem já.

Ele respondeu:

— Não tenho nenhuma aqui dentro. Que canal?

— CNN.

— Obrigada, Senhorita Hamilton — Maggie disse e desligou. Apressou-se a seguir o Dr. Rossi e Frances, que saíram do laboratório em direção ao quarto dele, na porta seguinte do outro lado do corredor. Ele pegou o controle remoto da TV e sentou-se na cama ao lado de Frances, enquanto Maggie ficou na porta olhando para dentro. Um debate com o título *Clonagem nos Estados Unidos* estava sendo transmitido.

— Oh, não, oh, não — sussurrou Maggie.

O Dr. Rossi disse, chocado:

— É aquela raivosa de cabelos ruivos.

Dos presentes no programa, era aquela com quem ele menos simpatizava. Via de regra, ela opunha-se a tudo o que ele apoiava.

— A pergunta é — dizia a mulher, fazendo gestos no ar com as suas mãos ossudas, mas bem tratadas, mostrando os dentes salientes num esgar — como nós sabemos se é verdade? O jornalista não quer nomear o cientista nem identificar a figura histórica que ele supostamente tem intuito de clonar. Com esses dados…

Outro jornalista tentou interromper, mas a raivosa de cabelos ruivos não deixou:

— …com esses dados, com esses dados! — continuou —, é muito cedo para o coração dilacerado de seus salvadores do mundo começarem a pedir intervenção governamental, e ainda, por outro lado, estrangular outra indústria mesmo antes de ela se estabelecer.

O opositor conseguiu dizer:

— Que indústria? A indústria de copiar pessoas?

A mulher ruiva parecia prestes a explodir e lançou um contra-ataque:

— Sabe muito bem que há estudos científicos sérios sendo editados, feitos por pessoas credenciadas. Não me refiro à clonagem reprodutiva. Não me refiro a duplicar uma pessoa. Eu me refiro à clonagem terapêutica. Se eu tiver uma doença, me tirarem uma célula com a finalidade de obter células-tronco para me tratar, tudo bem, o que há de errado nisso?

O que quero dizer é que aqui não há esperma, portanto não é um embrião normal. O que existe é um óvulo esvaziado e a célula de alguém, certo? Uma célula da pele ou de qualquer outro lugar. Não são embriões *verdadeiros*, pelo amor de Deus. Agora, esse cientista, se ele realmente existe, precisa ter sua cabeça examinada, pois querer dar vida a uma pessoa já morta...

O apresentador resolveu fazer um intervalo para publicidade enquanto a mulher ruiva rosnava e Frances olhava espantada para o seu irmão como se não o conhecesse.

— Por que Adeline achou que isso podia interessar você, Felix?

O Dr. Rossi ainda estava olhando fixamente para a tela.

— Felix? — disse Frances. — Por que é que ela pensa...

Uma notícia de última hora interrompeu a publicidade:

— A CNN acaba de saber que o jornalista do *The Times* de Londres, Jerome Newton, que escreveu o artigo sobre clonagem nos Estados Unidos, acaba de ser processado judicialmente nas cortes inglesas por ter alegado que sua fonte de informação são documentos roubados de...

O Dr. Rossi desligou a televisão e olhou para Maggie, que, antes de ele ter aberto a boca, já sabia o que diria. Naquele momento ela já estava agradecendo a Deus.

— Maggie, provavelmente já não temos muito tempo. Se ainda quer, vamos começar. Pode ser agora ou nunca.

Frances olhava para um e para outro, com a boca tremendo.

— Fazer o quê? Do que vocês estão falando?

O irmão a enfrentou:

— Eu roubei DNA do Sudário de Turim. Tenho uma oportunidade de clonar Jesus Cristo. Maggie ofereceu-se para ser a portadora do bebê, para ser a mãe. Eu e ela temos a intenção de trazer Cristo de volta.

Maggie dirigiu-se para uma cadeira e sentou-se, sussurrando:

— Obrigada, Senhor.

Frances balançou a cabeça lentamente como se quisesse expulsar o que tinha acabado de ouvir.

— O quê? O quê? O que é que está dizendo? Não pode querer dizer...

Ele se dirigiu a uma janela e ficou olhando para o dia lá fora.

— Não vou deixar que você me impeça de fazer isso, Frances.

Maggie compreendia sua nova postura. Por mais doloroso que fosse o caminho, por mais solitário que fosse, ela sentia o mesmo, pois sua decisão também já estava tomada.

— Felix, Flix! — Frances estava perto da histeria. — Diga que não pretende fazer isso.

— Pretendo.

— Você está sendo um idiota, um idiota! Meu Deus, você não percebe que isso tudo pode ser apenas uma história, Felix? Apenas uma história! Nem todas as palavras da Bíblia são verdadeiras. Pelo amor de Deus! Talvez algumas sejam. Talvez até a maioria. Mas outras não são. Como você as distingue? Como é que sabe se o Jesus verdadeiro foi realmente crucificado? Ou até que ficou sob uma mortalha? As pessoas acreditam nisso, mas ainda não foi provado como um fato histórico. E o budismo? E o islamismo? Até o judaísmo? Como sabemos qual é a religião que está baseada em fatos? Eu tenho crenças, tal como você. Provas são outra coisa. Não foi sequer provado que a crucificação aconteceu, Felix. Pode ser que seja uma história, pelo amor de Deus, apenas uma história!

Ele se virou para ela.

— Não, não é. Nos *Anais* do historiador romano Tácito existe uma sentença...

— Uma sentença? — insistiu ela. — Você estava lá? Eu estava lá? Não! Ninguém mais leva tão a sério as histórias da Bíblia, Felix. Ninguém. Você não tem como saber de quem é o DNA que você tem. Pode ser de qualquer um. De um padre, de um peregrino, de uma freira, até de um criminoso.

— Não se preocupe, Senhorita Rossi — disse Maggie. — Deus tem estado comigo todos os dias da minha vida. Guiou todos os passos que dei. Ele não vai permitir que o Dr. Rossi ponha dentro de mim nenhum criminoso. Se for um criminoso, algo vai dar errado. Se tudo correr bem, a criança é Jesus. É nisso que acredito.

O Dr. Rossi olhou para Maggie com admiração, mas os olhos de Frances mostravam um medo selvagem.

— Vocês dois são... são... desmiolados! — gritou ela. — Quantas pessoas ainda vão à igreja como vocês dois?

— Isso é verdade — disse Maggie. — Todos os domingos na minha igreja o pregador sobe ao púlpito e fala na maior parte para mulheres e crianças, e muito poucas. Com dificuldade se encontra um homem. Sabe por quê? Porque as religiões não mudam. Já somos seis bilhões de pessoas e o papa continua dizendo aos católicos para continuarem a se reproduzir. As pessoas têm bom senso. Pensam. Os judeus ainda debatem sobre comer costeletas de porco ou brincar no *Halloween*. E da mesma forma segue a moral cristã. Quero dizer, alguém realmente acha que um Deus onipotente, onisciente e todo feito de amor está preocupado com o *Halloween*?

Felix pareceu confuso.

— Maggie, então por que está fazendo isso?

— Porque eu penso que precisamos que Ele regresse. As religiões têm se mantido inalteráveis, mas os fiéis não. As pessoas têm evoluído, Dr. Rossi, acredite: esse é o plano de Deus. Foi Ele que nos fez pensadores, Ele que nos fez curiosos. Ponha um bebê de fraldas sozinho dentro de um quarto com uma caixa e ele vai engatinhar para a caixa para ver o que ela contém.

— Sim, tem razão — disse ele sorrindo para ela. — Continue pregando, Maggie.

— Por isso é que eu penso que Jesus há mais de dois mil anos não tinha como objetivo que nos mantivéssemos inalteráveis. Nem foi Ele que começou o cristianismo. Quem quer que seja que se dê ao trabalho de querer saber, apreenderá que foi Paulo que começou, e ele nunca conheceu Jesus Cristo! Até a Bíblia aparecer passaram-se trezentos anos. Quando isso aconteceu, jogaram fora os evangelhos mais antigos e muito da verdade, se querem saber a minha opinião.

— Que evangelhos? — perguntou Frances.

— O evangelho segundo Tomé, por exemplo. Eu o li. É o mais antigo de todos. Eu estudei tudo sobre aqueles rolos de pergaminho no mar Morto e os Evangelhos Gnósticos. De acordo com Tomé, Jesus disse "O reino do Pai está espalhado pela Terra e os homens não o veem". Assim que li isso, eu senti dentro de mim que Jesus tinha mesmo dito essas palavras. Mas olhe para as coisas horrorosas que fizemos e ainda fazemos em nome d'Ele. É por isso que quero ajudá-Lo a voltar, para Ele ver o que se passa e atualizar-nos. Algo para continuar nos próximos dois mil anos. Se eu, Dr. Rossi, conseguir fazer, todos os problemas que possa vir a ter com esse procedimento não serão nenhum fardo para mim. Nada de melhor poderia fazer com a minha vida.

— Simples assim? — resmungou Frances. — Eles clonaram uma ovelha, vamos clonar o Pastor?

— Então não acredita no que a Bíblia diz sobre uma Segunda Vinda? — perguntou Felix a Maggie.

— Não sei e gostaria de saber. Mas não consigo imaginar Jesus gentilmente atirando pobres almas para um lago de chamas só porque criaram alguma desordem em vida. Todos nós fazemos besteiras, é o mais preciso que consigo dizer. Não conseguiria jogar todos num lago em chamas, não interessa o que tivessem feito, e acho que Jesus tem pelo menos que ser tão tolerante quanto eu.

Felix aproximou-se dela e pegou na sua mão.

— Temos que nos deslocar para Cliffs Landing. Eu vou telefonar para ter certeza de que tudo está preparado. Vamos fazer as malas e saímos amanhã. Ninguém a não ser Adeline sabe que temos uma casa lá. Nela, podemos confiar. Ela não vai dizer a ninguém, e você também não, Frances, está bem? — Ele olhou para ela esperançoso.

Frances pressionava o punho contra a boca como se fosse gritar de medo.

— Felix, você precisa desacelerar. Temos que discutir isto. Você não pode clonar um morto. Deve haver ética; deve haver leis. Poderá haver... perigo para o clone! Quer um Cristo paralítico? Você não está raciocinando!

— Já tive grande parte dessa conversa com Adeline — disse ele.

Frances respondeu imediatamente:

— Mas comigo não!

Maggie sentou-se ao lado dela.

— Senhorita Rossi, está tudo bem. Tem que acreditar em mim. Agora eu sei o que Maria sentiu. Ser uma simples e pobre mulher, e alguém dizer a ela que daria vida ao Filho de Deus. Eu sei por que Maria não se importou. Ela podia ajudar a enviar a mensagem de que todos somos especiais para Ele. Mesmo as mulheres que não têm um chapéu Graham Smith. Eu fui uma tola. O que me interessa é que Deus tem estado a meu lado durante toda a minha vida, o que significa que Ele está ao lado do seu irmão, ou então eu não estaria aqui. Não se preocupe.

— Sim, não se preocupe — disse ele, olhando para Maggie como se ela tivesse dito algo misterioso. Depois olhou fixamente para a irmã. — Oh, mas, Maggie!... Esquecemos! Frances é uma mulher semita. Ela se assemelha mais. Frances, não gosto da ideia de ser o seu obstetra, mas ouça-me antes de dizer que não, eu...

O coração de Maggie deu um salto.

— Você está louco! — disse Frances baixinho, afastando-se.

Vendo a reação dela e lembrando-se de que tinha sido pela mesma razão que tinha perdido Adeline, disse:

— Não, está bem, então. Maggie quer fazer, então ela deve fazer. Não se preocupe conosco, Frances. Nós entraremos em contato com você todos os dias.

Frances retirou o punho da boca e Maggie pensou que ela ia desatar a chorar.

— Seus idiotas! — disse Frances, elevando a voz. — O que posso dizer para impedi-los?

Felix virou-se para ela violentamente:

— Nada!

Maggie conseguia ouvir suas respirações enquanto fixavam o olhar um no outro, enfrentando a perda de um laço que tinham guardado como um tesouro durante toda a vida.

Felix voltou-se e pegou o braço de Maggie, então ouviram Frances dizer:

— Pensa que eu vou deixar você ir para lá e fazer uma coisa tão estúpida, tão estupidamente irracional sozinho?

O Dr. Rossi correu para Frances, abraçou-a e Maggie chegou à conclusão de que ele tinha sempre desejado a ajuda da irmã.

Ouviram a porta da frente bater.

— Oh, não — disse Frances baixinho.

Quando saíram correndo para o vestíbulo, o tio Simone e a prima Letizia já desciam pelo elevador.

Capítulo 20

Terça-feira ao meio-dia — Alameda Henry Hudson, Nova York

Sam tinha pegado um voo cedo no aeroporto de Heathrow, em Londres, e aterrissara em Newark às 11h10 da manhã, satisfeito por ter escapado do trânsito matinal de Nova York. No táxi, vindo do aeroporto, sentiu-se satisfeito com o que realizara. Uma chamada telefônica, uma visita, uma mala cheia de dinheiro, e um caso estava agora pendente nas Royal Courts of Justice, registrado por um estagiário de advocacia, de ética flexível, da prestigiosa firma Thames Walk Chambers.

O queixoso? Dr. Abrams, um antigo e respeitado cientista que recentemente era encontrado com mais facilidade no seu pub habitual do que no seu laboratório. O acusado? Jerome Newton.

Sam riu.

Não teve dificuldade em saber que Newton era um empregado fútil, membro da classe alta, tentando lutar contra o aborrecimento, mais decorativo do que estimado. Não exatamente nobre. Não exatamente valorizado por seu jornal. A acusação contra ele? Roubo com arrombamento. Roubo de documentos confidenciais nos quais Newton tinha baseado o seu artigo "Clonagem na América".

Jerome Newton nada tinha roubado, era claro, mas, para se defender, ele teria que revelar a sua fonte verdadeira e, no processo, o nome do cientista americano em questão. Newton, que estava em Nova York, tinha debandado às pressas para Londres quando o caso fora apresentado. Sam estava confiante de que um julgamento caríssimo na High Court não seria atrativo para ele, comparado com o sussurrar de um nome ao ouvido de um advogado estagiário da firma Thames Walk Chambers.

A qualquer momento, de um dia qualquer, Sam esperava uma chamada telefônica.

Relaxou no táxi e pôs-se a apreciar a paisagem. Dentro de pouco tempo estariam passando por seu segundo parque preferido na cidade, o Riverside. Na Boat Basin da Rua 79, passeava com frequência ao longo da água e do cheiro de ar salgado, mas seu local preferido era o Monumento aos Soldados e aos Marinheiros no topo da colina na Rua 89. Subia a trilha para alcançá-lo. Depois, na base das colunas de mármore branco, apreciava a esplêndida vista do encantador parque, do rio Hudson e, na outra margem, da parte da cidade de Nova Jersey que ficava de frente para o rio. Naquele local, no ano anterior, uma mulher que pensava que ele bebera demais havia tentado enganá-lo. Ela não conseguiu o que queria, mas Sam, sim.

— Ah! Trânsito — disse o motorista paquistanês ao chegarem a um semáforo.

Sam olhou para o céu e viu um pedaço de nuvem, e, como seu corpo estava cansado devido à diferença do fuso horário, cochilou. Acordou quando o táxi chegou à Rua 96 Transversal, que atravessava de leste a oeste o Central Park. Esfregando os olhos, procurou a carteira no momento em que estavam chegando ao edifício na Quinta Avenida. Uma SUV estava em frente — obviamente nova, pois tinha ainda a autorização temporária de dez dias colocada no vidro de trás. Quando se aproximaram, Sam viu que era um Range Rover. Gostaria de saber quem ia lá dentro, mas pelos vidros de trás não conseguiu ver. Ele avançou e o táxi parou no local que acabara de ficar livre. Um dos rapazes do edifício apareceu no vestíbulo enquanto Sam estava saindo do táxi.

— Olá, Sam, como foi a sua viagem? — perguntou ele.

— Foi boa. Tudo bem no edifício?

— Sim.

— Quem é que estava no Rover? — perguntou Sam enquanto se dirigia à sua própria entrada alguns passos à frente.

— O Range Rover? Não sei. Acabo de entrar de serviço. Tem que perguntar...

— Está bem, está bem. — Sam perguntaria ao substituto mais tarde.

Abriu a porta de seu apartamento e entrou, pousou a mala e tirou o casaco. Pegou o *New York Times* e folheou-o. Lá estava outra vez o inimigo do país, para o qual entregara os envelopes, e mais fotografias de crianças africanas com as cabeças abertas por facões. Só que daquela vez não eram só duas. Parecia que alguém tinha fertilizado um campo inteiro com os seus corpos. Sam leu o artigo e sentiu-se mal. Onde diabos estavam os bons? Por que não estavam a cavalo correndo para salvá-los? Onde estavam os homens com os malditos chapéus brancos?

Capítulo 21

Terça-feira à tarde — Alameda Henry Hudson, Nova York

Maggie não esperava que se tornar mãe do Filho de Deus a faria rica.

Estava sentada na parte de trás do novo Range Rover dos Rossi, que Frances dizia ser cinza Niágara com estofamento de couro Lightstone, mas que para Maggie era castanho, sendo o carro apenas cor de carvão. Até então o Dr. Rossi afirmava não ter necessidade de um carro. Mas, uma vez que iam ficar fora nove meses, aquele Range Rover aparecera.

Mesmo na parte de trás, os assentos eram confortáveis, e o carro parecia sólido. Era como viajar numa mistura de limusine com tanque.

No bagageiro atrás dela estavam quatro caixas de material do laboratório do Dr. Rossi e várias malas de viagem, incluindo as maletas Seeger dele e as Glaser da Senhorita Rossi, feitas de couro e por encomenda. Uma mala de tecido continha as poucas coisas que Maggie tinha no apartamento deles. Não voltara para casa a fim de buscar o que quer que fosse; não tinha periquito nem gato, nem familiares a quem tivesse de dar satisfações. O Dr. Rossi tinha dito que a ajudaria a arranjar uma desculpa para dar a sua amiga Sharmina. Depois a sentara em frente a Frances e lhe dissera que havia consultado o advogado da família que os assistia ainda antes da morte dos pais. Para começar, Felix lhe entregara dois cartões de crédito, disse que seu salário seria dobrado e que o advogado depositaria cinquenta mil dólares em sua conta-corrente assim que ela engravidasse. Depois, o notário redigiria dois documentos. Um era a promessa de Rossi de coadotar. O outro dava a Maggie uma pensão vitalícia se ela desse à luz dentro de quinze meses.

Estava rica.

O Dr. Rossi pensava que estava tudo arranjado, mas Maggie sabia que não. Ele tinha mencionado uma última condição inquietante: ela tinha que estar com uma saúde excelente. O laboratório do apartamento não tinha o equipamento necessário para que ele a examinasse, portanto o faria quando estivessem em Landing.

Enquanto o Range Rover seguia para o norte pela Alameda do rio Hudson, Maggie estava tendo uma conversa silenciosa com Deus sobre sua pressão arterial. De vez em quando subia, talvez por não ter parado de comer frituras, conforme o médico recomendara.

Maggie pediu um milagre enquanto olhava para o rio. Se Deus mantivesse sua pressão baixa para o exame, ela prometia não mais comer costeletas de porco fritas, peito de frango frito, nem espiga de milho frita. Até colocaria de lado os biscoitos fritos.

Passaram pela Rua 125 e oficialmente chegaram ao Harlem. Não tardaria e a vista do rio passaria a ser obscurecida pelo Parque Riverbank State, que tinha sido construído em cima de um lixão. Quando os residentes do Harlem reclamaram, a prefeitura o revestiu com concreto, pintou e pôs em cima um campo de basquetebol. Agora o lixão disfarçado de local de recreação a fez ter consciência do que estava deixando para trás. Não tinha mais que cruzar com traficantes de drogas no caminho para casa. Não tinha mais que poupar para comprar um chapéu bonito. A única coisa de que iria sentir falta no Harlem seria de Sharmina, de sua igreja e da maneira como todo mundo se cumprimentava nas ruas — mesmo os perigosos traficantes de drogas. Maggie achava que um dia seu bebê iria salvá-los, e sentiu-se feliz.

Viraram em direção à ponte George Washington e aproximaram-se dos majestosos rochedos da costa de Jersey. Correndo ao longo do rio, os penhascos tinham dado o nome à Palisades Parkway. Seguiram a estrada ladeada de árvores em direção ao norte para a divisa entre Nova York e Nova Jersey, depois da qual atravessariam para entrar no estado de Nova York novamente. Porta a porta, levaram menos de trinta minutos.

O Dr. Rossi olhou à direita para o rio e disse:

— Os índios chamavam o Hudson de *Shatemuc*. Significa "o rio que corre em duas direções" ou "o rio que tem dois caminhos". Ele tem duas marés altas e duas marés baixas, uma subindo e uma descendo. Em cada uma delas, a corrente muda de direção.

Maggie viu um veado passar como um raio entre os carros, uma mancha castanha e branca. Desapareceu na floresta do lado oposto. Sua jornada poderia ser arriscada, tal como a do veado. Como o *Shatemuc*, ela estava mudando de direção, e tinha esperanças de não voltar ao curso normal. Da próxima vez que cruzasse o rio, queria estar segurando seu bebê nos braços.

Fechou os olhos e rezou até sentir o Rover diminuir de velocidade para entrar na estrada em direção a Cliffs Landing. Os Rossi normalmente traziam-na durante os fins de semana que passavam ali para ela fazer a limpeza e cozinhar. Lembrando-se de algo, aproximou-se da janela do lado direito e olhou para a placa que sabia estar ali. Dizia "Skunk Hollow" e trazia datas celebrando uma pequena vila de pessoas de cor e brancos que tinha crescido naquele local fazia cem anos. Houvera uma igreja, que tinha um pastor de cor, tio Billy Thompson. Maggie decidiu que encontraria as ruínas de Skunk Hollow nos passeios que provavelmente iria ter que fazer quando estivesse grávida — presumindo que passasse nos exames clínicos a serem realizados pelo Dr. Rossi.

Como de costume quando chegavam perto da igreja presbiteriana, ele reduziu a velocidade. O pastor encontrava-se no relvado que havia em frente à igreja e Frances acenou. A igreja ficava no meio de Cliffs Landing. Tal como em Skunk Hollow, há cem anos, era o centro da vida na vila. Quando as pessoas tinham de se reunir, era normalmente naquele edifício branco com uma torre de campanário e dizeres anunciando que todos eram bem-vindos. Não era a sua igreja na Rua 131, mas uma boa substituta.

Passaram por ela e viraram à direita onde a rua se dividia em três direções, e fizeram curvas passando por buracos inesperados e caminhos seguros entre paredes de pedra velhas. A maioria das ruas ou acabava no Hudson, ou continuava serra acima. Olhando rapidamente por entre as árvores, viam-se as casas rústicas de Cliffs Landing, algumas delas mansões.

Logo entraram na Lawford Lane, viraram à esquerda por um caminho sombrio de cascalho com árvores deformadas e pararam ao lado do que parecia um muro baixo de pedra. Na realidade, era uma das paredes laterais da casa, cuja maior extensão descia a encosta. Um caminho de pedras redondas ligava aquela parte à da frente. Uma porta abriu-se e o caseiro apareceu. O Dr. Rossi havia telefonado antes de saírem.

— Enfim chegaram — disse o homem de idade. Pôs um boné de lona na cabeça e começou a abotoar o seu casaco do mesmo material.

— Olá, George — disse o Dr. Rossi. — Está tudo em ordem?

— Sim! Já aqueci e preparei a casa. Entregaram e instalaram tudo. A limpeza acabou de manhã. Precisam de ajuda com a bagagem?

— Não, acho que não — disse o Dr. Rossi.

George passou ao lado do Range Rover, inclinando o chapéu para Frances e Maggie. Eles não ofereceram carona porque ele não aceitaria. George gostava de andar.

— Obrigado, George. Dê uma passada aqui quando tiver oportunidade — disse o Dr. Rossi.

George respondeu:

— Muito obrigado, acredite que vou — mas não iria. Era apenas um jeito de falar que as pessoas de Landing tinham. Os residentes mais antigos de vez em quando convidavam uns aos outros para suas casas, mas ninguém era rude o bastante para aparecer sem avisar.

Carregaram as malas para o saguão. De um lado havia uma parede de pedra e do outro, uma de madeira, e um candeeiro de ferro preso ao teto por uma corrente. Felix voltou para buscar as caixas, enquanto Maggie e Frances atravessavam o saguão e viravam à esquerda. Desceram dois degraus de madeira encerada que davam para a sala de estar. Quem nunca havia estado ali pensaria ter voltado novamente para a rua na floresta. O pé direito tinha cinco metros e a parede do fundo da sala de estar era de vidro duplo.

A sala em si era imensa. No fundo havia um piano de meia cauda ao lado de degraus que davam em uma biblioteca aberta e, próxima, uma lareira redonda cuja chaminé subia até o teto. Naquele lado via-se um bar de madeira de teca, que condizia com o teto do mesmo material. Havia alguns grupos de poltronas e sofás colocados ao acaso.

Nada se comparava à vista.

Troncos de árvores grossos e finos, cobertos de musgo e hera, formavam uma continuação da floresta e do céu que, não importava quantas vezes Maggie visse, tiravam-lhe o fôlego. As árvores cresciam penhasco abaixo até a beira do rio. Por trás dos penhascos, passava o Hudson. Ela não conseguia imaginar quanto aquela casa teria custado. Contentava-se em poder visitá-la ao longo dos anos. Agora seria o seu lar.

— Não vão conseguir nos encontrar aqui? — perguntou ela.

— É claro que não! Bem, não sem muito trabalho — respondeu Frances. — A casa, para todos os efeitos, ainda está no nome da Enea, embora a família a usasse. Nunca convidamos ninguém para cá, não que em Nova York o façamos. Portanto, a menos que você tenha falado a alguém sobre ela...

— Eu? A senhorita me disse para eu não falar e eu não falei.

— Bem, então ninguém sabe que ela existe. E por que alguém nos procuraria? Se aquele jornalista soubesse realmente de algo, acho que já teria dito. Ele não o fez. Mais ninguém sabe que Felix tem algo a ver com o Sudário ou que o Sudário tem algo a ver com a clonagem. Você pode ajudar o Felix a ser um cientista maluco em completa privacidade.

Maggie achou melhor não responder.

Enquanto traziam a bagagem do saguão para o corredor, passaram pela sala de jantar e por uma porta de vidro que dava para um magnífico terraço de pedra, que na primavera e no verão servia de sala de estar externa dos Rossi. Colocaram as malas na suíte principal *art déco,* ocupada por Frances, que tinha um banheiro luxuoso e outra vista fabulosa. Deixaram as malas de Felix em um aposento menor, decorado com couro bem tratado em tons de preto e marrom.

O quarto de Maggie ficava no andar de baixo, que ela descobriu ter sido transformado. Uma das salas onde ficavam os bilhares e as mesas de pingue-pongue havia se tornado um consultório de obstetrícia, com exceção de uma área com uma cortina que ficava do lado esquerdo. Ao fundo, isolado por paredes de vidro, havia uma versão menor do laboratório do Dr. Rossi.

Felix convidou-as a entrar e abriu uma porta contígua.

— Aqui é o seu quarto, Maggie.

Ali estava a cama de ferro pintada de branco, em que Maggie sempre dormia quando ia lá. Uma cadeira de balanço branca e um pequeno sofá com motivos florais haviam sido colocados no aposento. Numa das paredes havia coisas novas: um aparelho de som, uma televisão, objetos decorativos e livros sobre gravidez e parto, uma mesa branca e cadeiras. O quarto tinha outras três saídas. Uma dava para a lavanderia por baixo das escadas. Outra abria com portas francesas para um jardim de seixos brancos, com as paredes cheias de hera e um aquário de peixes aquecido no centro.

— Isto é meu? — disse Maggie.

Felix assentiu, sentindo-se deslocado num local envolvido por artigos femininos. Abriu a terceira porta e segurou-a para ela passar.

Maggie passou por ele e entrou num quarto de criança azul-claro com um berço branco que tinha por cima anjos pendurados que se moviam, de cima para baixo, com asas translúcidas.

O porão era agora uma única suíte com cômodos interligados. Tudo pronto. Tudo novo. Num dos quartos, ele faria o bebê, no outro a criança nasceria. Nos outros quartos, Maggie e seu precioso filho dormiriam.

— Está lindo, Flix — disse Frances. — Como conseguiu fazer isso?

— Tive um decorador e uma equipe trabalhando aqui durante cinco dias praticamente sem interrupção.

Ele saiu e, passados alguns momentos, entrou com uma bata listrada de hospital e a entregou a Maggie.

— Nós estaremos no laboratório. Quando acabar, vá até lá.

Seria agora.

Olhando para o lago de peixes no seu novo jardim, Maggie recuperou a coragem enquanto se despia. Dirigiu-se para o banheiro, escovou os dentes e tomou um banho para fazer o exame. Já vestida com a bata, ajoelhou-se, demorando-se a rezar, e pediu ao Senhor para que a sua pressão estivesse baixa.

Capítulo 22

Terça-feira à tarde — Cliffs Landing

Felix retirou instrumentos esterilizados da sua autoclave, enquanto Frances, numa bata branca de laboratório, se mantinha à porta da sala de obstetrícia com os braços cruzados. Até aquele momento tinha se recusado a entrar.

— Sabe, eu de fato estive no consultório de um ginecologista e obstetra recentemente — disse ela. — Há quanto tempo você não vai a um?

Felix respirou fundo. Como de costume, Frances tinha chegado ao cerne da questão. Há anos ele não acompanhava nenhuma gravidez, mas fora designado com frequência como consultor. Seu doutorado em Medicina com especialização em Obstetrícia e Ginecologia complementou o trabalho de doutorado em Genética Molecular. Fizera residência no Monte Sinai e depois investigação clínica na Universidade de Nova York, pertencendo aos quadros clínicos de ambos. Durante algum tempo, praticou um pouco sua especialidade de Obstetrícia e Ginecologia no consultório do pai. Considerando bem as coisas, sua preparação era a de um obstetra de nível superior, perito em fertilização *in vitro*, e com uma média não muito alta no atendimento de pacientes. Teria de se aperfeiçoar em algumas coisas, mas sentia-se competente para avançar.

— Não estou exatamente desinformado. Vem me dar uma ajuda?

— Eu não sou enfermeira, Flix — disse olhando para o outro lado.

— Tudo o que precisa fazer é dar atenção à Maggie. Acalmá-la, passar segurança, fazer companhia. Avisar se notar algo preocupante. Eu também estarei atento, é claro. Daqui a uns tempos pode ir passear com ela a pé. Pode verificar se ela toma as vitaminas.

Frances fungou e olhou em volta.

— É muito bom que o Vaticano não possa ver isto. Qual é a informação que eles têm sobre o seu afastamento do trabalho sobre o Sudário?

— A morte de Enea.

— Que bonito.

Felix baixou a cabeça.

— Eu não falei nada. Bartolo achou que eu estava muito perturbado para chefiar o grupo. Outro tomou o meu lugar, mas eu entro em contato o suficiente para não levantar suspeitas.

— Flix, por que diabos você está tão confiante de que isso vai funcionar? Já produziu algum embrião humano antes e não me disse?

— Embriões de ratos, carneiros, porcos. Um embrião de macaco.

— Devo ficar impressionada?

Felix sabia que não podia demonstrar qualquer dúvida.

— Sim. Deixei-os crescer antes de destruí-los. Testei. Estavam sãos. Eu posso fazer isso. Você me ajuda?

— Vou pensar no assunto. — E virou-se para sair dali.

— Frances, preciso de você aqui quando a examinar, principalmente da primeira vez. Vai ser bastante embaraçoso.

— Como disse, Flix...

— Sim, não é enfermeira, mas é mulher. Deve haver pelo menos outra mulher aqui. — Felix pegou um bloco de notas, aproximou-se de Frances e o colocou em suas mãos. — Pode tomar nota da história clínica dela. Faça as perguntas e tome nota das respostas.

Frances olhou para o bloco de notas.

— Quer que eu faça todas essas perguntas antes de você a examinar?

— Não, não. Vamos ser informais. Temos tempo.

Ela não assentiu nem saiu. Ficou na porta, batendo com o bloco de notas no joelho. Eles costumavam ficar juntos e ajudar-se mutuamente. O que ele não fizesse, ela não faria. O que a magoava também o magoava. Sempre fora assim, por isso Felix contava com isso.

Ele trabalhara nas células por uma semana, fazendo-as desenvolverem-se em diferentes processos, examinando-as, experimentando-as e tomando notas. O DNA estava pronto.

— Vou desenvolver um regime diário de exercícios e uma dieta, é claro — disse. — Mas isso é para depois. Por ora, apenas quero que você fique aqui para os exames, pois assim ela vai se sentir mais confortável.

Frances continuou onde estava.

Felix passeou pelo quarto, enumerando os materiais, ligando e desligando equipamentos, e de vez em quando olhava de soslaio para a irmã. Ao lado da autoclave, havia um núcleo neonatal — que, se necessário, podia fazer as funções de uma incubadora —, um aparelho de ECG, um aparelho de ultrassom portátil, desfibriladores, oxigênio e tudo que lembrou fazer parte de uma sala de parto. Por trás de uma porta com uma janela de vidro muito grosso, fora instalado o equipamento básico de radiologia.

Alguns instrumentos esterilizados encontravam-se numa bandeja móvel, cobertos por um pano igualmente esterilizado. Logo que Maggie aparecesse poderiam começar.

Parou ao passar em frente à porta das instalações de Maggie.

— Por que você acha que ela está demorando tanto?

— Receio. Vergonha, pensando melhor. Eu teria.

— Talvez você pudesse ir...

Frances bateu com o bloco de notas contra a ombreira da porta.

— De modo algum! Maggie tem o direito de pensar tão lentamente quanto quiser, até mesmo de mudar de ideia. Até o último segundo, compreende?

Felix assentiu, nervoso.

— Sim, até o último segundo. Mas o que acha...

Ouviram a maçaneta do quarto de Maggie girar. A porta se abriu e ali estava ela, usando a bata — tremendo a olhos vistos.

— Oh, Maggie! — Frances correu para ela. — Você não é obrigada a fazer isso, está bem?

— Estou um pouco assustada, admito. — Olhou para Felix. — Para onde quer que eu vá?

— Não tenha medo, Maggie — disse ele, pegando sua mão. — Serei o mais cuidadoso possível.

— Está bem. Onde quer que eu fique?

— Venha. Primeiro vamos ver seu peso e sua altura. — Ele e Frances a encaminharam para a balança e Maggie subiu nela.

— Se eu tiver um grama a mais que sessenta e um quilos, não me diga nada.

Felix correu os pesos pelo braço da balança.

— Cinquenta e nove quilos e meio, o que acha?

— Não acho que esteja mal.

Com alívio, ele viu Frances tomar nota do peso.

Levantou o registrador de altura e pediu a ela que se virasse.

— Um metro e setenta, precisamente.

Maggie desceu e perguntou:

— Agora para onde?

Ele apontou para as cortinas de riscas amarelas e brancas. Uma cama de parto de um tom amarelo pálido ficava atrás. Tinha a cabeceira de madeira e anteparos laterais que podiam ser baixados quando se fizessem desnecessários, suportes de fixação removíveis, estrutura flexível para ser baixada ou erguida. O colchão seccionado poderia ser completamente deitado ou reclinado para servir de cadeira, sendo a parte da frente descida para o nascimento do bebê. No momento, estava na posição de cadeira.

— Pensei em usá-la como a nossa mesa de exames. Assim, quando chegar a hora, você já terá se acostumado...

Maggie sentou-se nela com desenvoltura. Frances pôs-se a seu lado com o bloco de notas a postos.

Ele colocou o medidor da pressão arterial no braço dela e reparou que Maggie tinha começado novamente a tremer.

— Vamos tirar a temperatura e a pressão. Depois tomamos nota do seu histórico clínico.

Frances perguntou:

— Quer que segure a sua outra mão?

— Obrigada, Senhorita Rossi.

— Agora relaxe — disse Felix. Colocou um termômetro digital na boca de Maggie e voltou a lavar as mãos na torneira da bancada e a colocar as suas luvas cirúrgicas, sabendo que tinha que mostrar confiança e autoridade de médico para que ela sentisse segurança.

Sentou-se num banco móvel em frente à cama e sorriu.

— Tente relaxar, tudo vai correr bem.

Frances abaixou-se e sussurrou em seu ouvido:

— Quando começo com a história clínica dela?

Maggie disse:

— Não comecem a cochichar antes de começar. O que está havendo?

— Nada — disse ele. Olhou para o monitor da pressão arterial e notou que seu pulso estava a 86, a pressão, 138 por 90, próxima da primeira fase de hipertensão, mas sabia que qualquer exame físico deixava os pacientes agitados.

— Tente não ficar nervosa. Esta é a parte fácil.

— Para dizer a verdade, estou surpresa de não ter desmaiado. Acho que é por isso que a minha pressão arterial está alta. Ignore-a, Dr. Rossi, ela vai baixar.

Frances disse:

— Felix, vamos esperar.

— Não! Por favor. — Maggie estava triste. — Vamos pelo menos acabar esta parte. Sim, estou nervosa, mas olhem. — Ela fechou os olhos e fez alguns ciclos de respiração lenta.

Felix reparou que sua pressão diastólica baixara um pouco.

— Ótimo, vou primeiro retirar sangue e começar por uma análise hematológica. Depois, se nos der uma amostra de urina, podemos já começar a fazer a análise. Está bem?

— Por quê? O que está procurando? — perguntou Maggie.

— O usual. Doenças...

— Não tenho nenhuma.

— Ótimo. Qualquer coisa no seu sistema como...

— Eu não tomo nenhum medicamento, nem uso drogas, Dr. Rossi.

— Bem, talvez algum contraceptivo. Temos que ver que tipo e...

— Não. Eu não tomo contraceptivos.

— Bem, certamente...

— O médico me deu, mas por que eu vou tomar? Não tenho homem.

— Ouça-me, Maggie. Tenho que fazer análises do sangue e da urina. Examinaremos o seu coração, os pulmões e a sua tireoide. Faremos um exame neurológico e um pélvico. Faremos um exame cervical e outras culturas.

Temos que fazer o exame de tuberculose e, dado o nosso propósito, o de HIV. É tudo rotina.

Maggie apertou as mãos como se estivesse implorando.

— Estou dizendo, eu não estou doente. Não tenho nenhuma doença. Nem uma sequer! Nunca fiz nenhuma operação. Não há nada na minha corrente sanguínea que não tenha sido Deus que colocou. — Olhou para o monitor da pressão arterial. — Vê? Tudo isso está me deixando nervosa. Não podemos pular alguns procedimentos?

Felix pegou sua mão.

— Maggie, algumas doenças não demonstram sintomas óbvios e podem prejudicar você e o bebê.

Ela parecia séria.

— Ah.

— Relaxe. Como disse antes, esta é a parte mais fácil.

Ela se mostrou muito amedrontada e perguntou:

— Qual é a parte difícil?

Em tom claramente neutro, ele disse:

— Vou ter que extrair os óvulos, lembra-se?

— Ah, é verdade. Como?

— Normalmente, uma mulher produz um óvulo por mês. Vamos fazer com que o seu corpo produza vários óvulos de uma só vez. É um procedimento que leva cerca de três semanas. Eu aplicarei injeções em você. Vamos monitorar a resposta do seu corpo com exames sanguíneos e ultrassons. Quando estiver concluído, darei uma última injeção para amadurecer os óvulos. Então, exatamente trinta e sete horas depois, vou extraí-los.

— Vou estar acordada quando isso acontecer?

— Tenho um amigo aqui em Landing que é anestesista. Podemos pedir que venha aplicar um sedativo intravenoso ou epidural.

— É seguro trazer mais alguém?

— Então, esse é o problema. Vamos pensar mais nesse assunto enquanto formos evoluindo.

— Como vai retirar os óvulos de dentro de mim?

— Passo uma agulha através da sua vagina até os folículos e retiro os óvulos. O ultrassom vai me guiar. Na verdade, não é arriscado, apenas um pouco complicado. Hoje vamos fazer apenas um exame normal.

— Só mais uma coisa — disse Maggie quando ele pegou uma seringa para tirar sangue. — Quanto tempo depois de tirar os óvulos o senhor vai poder... sabe, me dar o bebê?

— Não vai ser de imediato. Cinco dias, se algumas das células do Sudário se fundirem com os seus óvulos e formarem embriões. Pode ser que sim. Pode ser que não. Há a possibilidade de termos que fazer nova coleta de óvulos. É por isso que precisamos começar.

Maggie parecia triste.

— Não sabia que ia ser tão difícil.

A obrigação de Felix como médico era dizer a verdade que ele estava evitando. Agora falava tanto para si próprio quanto para ela:

— Não posso afirmar que irá funcionar. Há uma possibilidade, mas a chance é de cinquenta por cento. Na realidade, até um pouco menos se considerarmos que o embrião tem que ser implantado. Isso nem sempre acontece. — Ele respirou fundo. — Mas, sem exibicionismo, posso dizer que não há ninguém que consiga dar melhores probabilidades. Se um clone puder ser produzido a partir desse DNA, eu produzirei. Mas você... *nós* temos que ser realistas. Mesmo o meu melhor pode não ser suficiente. Pode não haver criança, Maggie. Temos que nos preparar para essa eventualidade.

Ele já havia visto vários rostos de mulheres infelizes ao saberem que, apesar de tudo, não estavam grávidas, mas nada como a expressão devastada de Maggie. Isso o fez recordar do outro perigo que ainda não mencionara.

— Maggie, ainda há outra coisa.

Ela olhou para cima.

— O quê?

— Teoricamente, o processo de clonagem pode produzir um feto defeituoso que não sobreviverá ou que sobreviverá com uma deformidade, talvez uma deformidade terrível. No entanto, tenho confiança no meu...

— Shh — disse Maggie, e fechou os olhos, como se estivesse rezando. Felix também rezou. Ele sabia o que estava fazendo, mas havia uma possibilidade de as coisas correrem muito mal.

Maggie abriu os olhos e sorriu.

— Não se preocupe, Dr. Rossi. Se viver, meu bebê não será deformado. Sinto isso em meu coração.

Frances olhava para eles com espanto. Abraçou Maggie e depois Felix.

— Vocês são dois sonhadores. Maggie, você pensa que é Maria. E, Flix, você pensa que é o Arcanjo Gabriel. Se as possibilidades são tão remotas, por que arriscar tanto?

Maggie olhou para Felix.

— Não disse que precisava de uma amostra de urina?

— Disse.

— Onde está o recipiente?

Quando ela voltou com a amostra, Frances pegou-a, resignada. No entanto, ele conhecia bem a irmã. Enquanto estivesse ajudando-os, não tentaria fazê-los mudar de ideia.

Maggie voltou a sentar calmamente na cama de parto para ele tirar sangue de suas veias grossas e sadias; em seguida se manteve quieta enquanto ele fazia a auscultação e o ECG. Ainda estava tão nervosa que tremia vez por outra, especialmente quando ele olhava para sua pressão arterial.

Frances ia fazendo as perguntas do formulário. De repente corou, parou e olhou para o irmão. Sua face tinha um apelo envergonhado quando chegou à seção sobre o ciclo menstrual de Maggie, abortos espontâneos, abortos e bebês nascidos vivos. Felix assentiu fazendo sinal de que, no momento, podia pular essas perguntas. Pediria aquela informação a Maggie quando estivessem os dois a sós. Enquanto trabalhava, notou o quanto Maggie estava sendo cuidadosa nas respostas que dava quando Frances perguntou sobre sua história familiar de hipertensão. Em vez de dar as respostas de "Sim" ou "Não", vagueou com frases muito extensas, que o fizeram suspeitar terem o objetivo de esconder a verdade. Decidiu que iria controlar sua pressão arterial durante um dia inteiro. Numa gravidez, a hipertensão podia ameaçar mãe e filho.

Por enquanto, Felix fazia os procedimentos sem pressa, usando um domínio sutil. Verificou os olhos de Maggie, procurando especialmente hemorragias da retina. Verificou ouvidos, boca, apalpou as glândulas e nódulos do pescoço e depois viu os reflexos deixando que ela se habituasse ao seu toque. Auscultou o coração e os pulmões. Tirou os doze eletrodos do ECG e não encontrou nenhuma evidência de qualquer enfermidade, nem de ritmo cardíaco ou de qualquer distúrbio. Os aspectos mais íntimos foram deixados por último.

Primeiro examinou o abdômen para ver se os seus órgãos internos estavam nos locais apropriados e eram de tamanho normal. Não sentiu nenhum inchaço ou deslocamento. Ela fixou os seus olhos no teto quando ele lhe apalpou os seios para verificar se havia nódulos e comprimiu os mamilos para ver se saía algum fluido. Quando ele levantou os suportes de fixação para fazer o exame pélvico, o momento foi ainda mais estranho do que imaginara. Dado seu relacionamento com Maggie, fazer o exame pélvico era a última coisa que queria. E Frances parecia querer se enfiar no chão.

Maggie cortou a tensão deslizando as nádegas até o fim da mesa sem ter recebido qualquer instrução, levantou a perna direita e colocou-a no suporte direito, fazendo o mesmo com a perna esquerda no suporte esquerdo, e fechou os olhos. Ele ficaria mais à vontade quando esses exames passassem a ser rotina e nenhum deles sentisse vergonha.

Fez um sinal a Frances, que, por sua vez, se aproximou de Maggie perguntando se ela sentia algum desconforto.

— Eu estou bem, Senhorita Rossi. Pode prosseguir, Dr. Rossi.

Ele ligou uma lâmpada e pediu a Maggie para levantar a bata. Felix sentou-se para, em primeiro lugar, examinar a pélvis, procurando sinais de patologia: erupções, crescimentos anormais, qualquer má-formação. Com muito cuidado, separou os lábios, procurando qualquer lesão ou excrescências. Franziu a testa e aplicou gel em uma das luvas, inseriu um dedo cerca de dois centímetros e meio e parou. Chocado, retirou a mão num movimento seco e brusco. Levantou-se e olhou para ela, desorientado, tirando as luvas.

— O que é? O que há de errado? — ouviu Maggie perguntar.

— Felix, qual é o problema? — perguntou Frances.

Ele não conseguia responder ou dizer o que quer que fosse, apenas olhar fixamente. Felix saiu, subindo os degraus dois a dois, as vozes delas e as perguntas não respondidas desaparecendo — sem pensar, pois não conseguia apenas repreender-se por ser tão estúpido.

Quando chegou ao topo das escadas ouviu:

— Felix? — E ali estava Adeline na sala de estar, com o *shahtoosh* do Nepal em volta dos ombros. Devia ter chegado enquanto estavam lá embaixo no laboratório. — Felix, eu telefonei, mas você já tinha saído. Parti do princípio que viriam todos para cá. Eu... queria me despedir, porque vou deixar o país por uns tempos.

Ele a encarou.

— Mas, antes disso, queria verificar se por acaso haveria algo que eu pudesse dizer... queria perguntar se...

Adeline se aproximou de Felix, que ficou preocupado quando viu o olhar dela cheio de esperança. Ela sentia-se obrigada a fazer nova tentativa para impedi-lo.

— Felix, o que está acontecendo? Você está com um ar muito preocupado.

Não conseguia falar com ela. Não conseguia falar.

Ouviu Maggie e Frances se aproximarem e sentiu-se preso em um mundo de mulheres, um lugar onde nenhum homem deveria entrar sem armadura — ou elas despedaçariam seu autocontrole. Isso era o que acontecia agora enquanto estava entre aquelas mulheres. Deixou-se escorregar parede abaixo até sentar-se no chão. Durante toda a sua vida fugira delas, pois eram a carne que afastava a sua mente de Deus. Tinha estudado o poder e o mistério de seus corpos, mas nunca entenderia seus corações. Nem Frances, que fazia sexo o tempo todo mas nunca se apaixonava. Nem Adeline, que tinha estado secretamente apaixonada por ele durante anos. Adeline não podia saber, enquanto se dirigia para lá, que ele estava examinando Maggie. Estava envergonhado pela emoção que elas o faziam sentir e sem capacidade para pensar ou olhá-las nos olhos.

— Felix!

Frances o abraçou e passou a mão por seu cabelo como se ele fosse um garotinho, enquanto Adeline parecia paralisada e Maggie mantinha-se quieta, com receio do que ele poderia dizer. Alheia a tudo, menos ao desejo de carregar Cristo dentro de si.

— Felix, você está assustando todas nós — disse Frances, enquanto o acariciava como sua mãe o fizera quando pensara que ele iria morrer, há muitos anos. Sua mãe ficara ao lado de sua cama no hospital, durante os dias depois do acidente que sofrera aos nove anos, tentando fazê-lo beber água por um canudo. Seu corpo estava lá. Mas o espírito raramente se encontrava. Estivera em outro lugar.

Estivera com o homem cujo rosto via no Sudário.

Por isso soube que era Jesus. Reconhecera seu rosto no pano.

— Peço perdão, Dr. Rossi — disse Maggie, com uma voz tão trágica que o magoou. — Eu não sabia que havia algo errado. Eu não sabia, Dr. Rossi. Juro que não sabia.

Silenciosamente, Felix levantou-se balançando a cabeça.

— Quando foi a última vez que você teve relações sexuais, Maggie?

Ela parecia mortificada quando gaguejou:

— Eu... Eu...

Felix dirigiu-se a ela e a envolveu em seus braços.

— Você não consegue responder? Não consegue porque está tão virgem como no dia em que nasceu. — Ele levantou o rosto dela. — Você foi sempre a minha Maria. Por que não me disse, Maggie? Por que não me disse?

Capítulo 23

Terça-feira à noite — Thames Walk Chambers, Londres

Por baixo dos tetos curvados do escritório de Londres da Thames Walk Chambers, Jerome Newton achou o intervalo para tomar o chá da tarde pouco convidativo. Fora trazido até ali por uma mulher toda aprumada, de cabelos brancos, que o impelira a comer alguns biscoitos cobertos de chocolate, sob a desculpa de que ela mesma os fizera. Olhando para fora pelos painéis triangulares das janelas medievais, mexeu o chá, que tinha dois torrões de açúcar em vez de um, conforme pedira.

Jerome encontrava-se no escritório do primeiro andar de Walter Finsbury, o estagiário de advocacia que usava peruca e apresentara queixa contra ele nas Royal Courts of Justice. Finsbury solicitara aquela reunião particular e viera às pressas de Old Bailey, onde um antigo cliente estava sendo julgado criminalmente, e não pela primeira vez.

Hodges, o advogado de Jerome, que se encontrava à sua direita, estava quase se engasgando com o biscoito caseiro coberto de chocolate.

— Bem, então — começou Finsbury de trás de sua antiquíssima mesa de madeira, enquanto fazia um estranho ruído ao beber o último gole do chá. — Certamente podemos chegar a um acordo com facilidade?

— Com certeza — disse Hodges. — Para que conste, o meu cliente, Jerome Newton, reivindica não ter roubado nada do seu cliente, o Dr. Abrams, não é?

Finsbury respondeu:

— Humm. Mas isso não é o que Abrams diz, é?

— Balela! — respondeu Newton secamente enquanto cruzava as pernas. — Abrams é um bêbado imbecil que não trabalha há anos. Ele não teria informação sobre clonagem humana mesmo que isso estivesse acontecendo em sua própria varanda. Aposto minha vida em como ele nunca teve documentos que eu ou outra pessoa qualquer pudesse querer roubar. Podemos chegar a um acordo quando retirar o processo.

— Retirar a queixa? — disse Finsbury. — Meu cliente, o muito distinto Dr. Abrams, faria com que eu fosse expulso da Ordem dos Advogados antes disso.

— Então, qual é a razão deste encontro? — perguntou Hodges, engolindo o último pedaço de biscoito.

Finsbury inclinou-se para a frente.

— Tenho conhecimento de que a sua reputação jornalística está em jogo, Sr. Newton.

Jerome, que também tinha conhecimento do fato, olhou para Finsbury franzindo o cenho. O fato de o *The Times* quase tê-lo despedido no ano anterior — por ter publicado duas vezes histórias com detalhes plausíveis, mas pouco exatos — era a única razão que o trouxera ali. Mais um episódio tão próximo daquele último e apenas jornalecos comprariam seus artigos — e a um preço irrisório.

Finsbury continuou:

— Por isso, persuadi o Dr. Abrams a evitar imitações. Ele está convencido de que o senhor forçou a entrada de sua propriedade e copiou seus valiosos documentos, mais para o caso de haver mais do que um louco nos Estados Unidos tentando clonar os falecidos importantes. Bem… acho que estão entendendo o meu ponto de vista.

Hodges deu um riso abafado. Como advogado da família Newton, ele aconselharia seu cliente a defender-se energicamente da queixa, mas isto parecia mais uma piada.

— Aonde quer chegar precisamente? — perguntou a Finsbury.

— Precisamente a isto: diga-me a quem o artigo de Newton se referia. Mostre-me as anotações que provam isso. Se o cientista americano do meu cliente e o cientista americano do seu cliente não forem a mesma pessoa, nós evidentemente retiraremos a queixa e, em consideração pelo erro cometido, cobriremos as despesas.

Jerome Newton deu uma gargalhada e em seguida falou com ironia:

— Seu maldito réptil dos pântanos! Pensa que não reconheço um trapaceiro quando o vejo? O que você quer é informação, nem mais nem menos. Foi outro jornal que o contratou, tentando roubar a minha história. Não vou lhe dizer absolutamente nada!

Hodges inclinou-se para sussurrar ao ouvido de Jerome:

— Não vamos recorrer aos insultos. — Deu tapinhas no ombro de Jerome e depois se virou para Finsbury: — Vamos fazer o seguinte: você nos dá primeiro o nome do seu clonador. Faça-nos acreditar que Abrams acredita mesmo que foi lesado. Nós assinaremos um acordo de confidencialidade adiantado e, assim, Abrams evita o risco de nós divulgarmos quaisquer segredos que ele acredite ter.

Finsbury resfolegou:

— Isso comprometeria o caso que o Dr. Abrams tem contra o senhor, não é verdade? Asseguro-lhes que nenhum outro jornal está envolvido. Eu assino o seu acordo de confidencialidade, se quiserem, mas têm que primeiro dizer o nome do cientista americano e mostrar suas anotações, senão vamos para julgamento.

Hodges pôs-se em pé.

— Preciso de um momento para consultar o Sr. Newton.

— Com certeza — disse Finsbury.

Saíram do escritório de Finsbury, passaram pela mesa de um assistente e foram para um pátio pavimentado com pedras, onde Dickens possivelmente teria passeado, e viraram à esquerda caminhando ao longo do Tâmisa. Uma lancha passava em direção à ponte Waterloo, onde ao entardecer os turistas se reuniam para apreciar a famosa vista — a leste da cúpula dourada da Catedral de Saint Paul, a oeste dos baluartes de Westminster.

— Esta não seria a primeira vez que alguém estaria usando os tribunais para coerção — disse Hodges. — Quão vital é manter o seu segredo?

Jerome Newton espreguiçou-se e bocejou, tentando esconder a irritação. Precisava que Hodges acreditasse nele.

— Eu respeito o homem em questão, embora ache que o que ele está fazendo é pura loucura. E... — Jerome olhou para o outro lado da margem, para o complexo de South Bank Centre cheio de galerias, jardins, cafés e lojas. — Há uma possibilidade, ínfima, mas mesmo assim apenas uma possibilidade, de ele, no fim, vir a ser bem-sucedido. Se isso acontecer, eu terei a história do século. Uma história incrível que vai mudar a própria História.

— E você não vai me dar sequer uma pista sobre quem está sendo clonado ou por quem?

Jerome deu uma piscadela para ele.

— Nem a sombra de uma, meu rapaz.

— Mas me diga como obteve a informação, se não a roubou dos arquivos de Abrams.

Jerome sorriu.

— Eu tenho um talento oculto, Hodges. Está na presença de um dos melhores perseguidores do mundo.

— Estou? E qual é o segredo?

— *Passé*... meu velho. No mínimo dois telefones celulares, dois motoristas, dois carros, às vezes três. Funciona muito bem. Acrescente um aparelho de audição quase invisível, um microfone em forma de caneta e... *voilà*! Informação. Posso dizer que a obtive de uma maneira honesta e fiz o meu dever divulgando. Dei à humanidade uma possibilidade de se defender antes de as figuras históricas começarem a repovoar o mundo. Talvez o DNA de Gengis Khan e de Tutankamon não tenha sobrevivido, mas e se alguém tentar fazer a réplica de Napoleão, Stalin, Abraham Lincoln ou Edgar Allan Poe?

— As pessoas são mais do que seus genes.

— Quanto mais? Você gostaria de ter de volta o marquês de Sade? No entanto, eu não vou tão longe para impedir o homem, publicando seu nome ou arriscando uma fuga de informação.

Hodges observava-o atentamente.

— Muito nobre de sua parte.

— Sim, e prático também — disse Jerome. — A razão por que minha família tem se mantido suficientemente rica para tê-lo em tempo integral, Hodges, é que nunca ignoramos a possibilidade de fazer uma nova fortuna. Se o meu cientista for bem-sucedido, estarei em condições de ganhar milhões. Gostaria de ser o meu representante nas negociações?

— Negociações?

— Certamente o cientista vai procurar um acordo formal quando eu me oferecer para não divulgar de imediato seu nome.

— Em troca de...?

— Em troca de acesso exclusivo à situação, agora e no futuro. Entrevistas e filmagens à medida que o processo for se desenvolvendo, tudo para publicação após o fato ter sido consumado. Em troca do acesso exclusivo continuado à criança durante a fase do seu crescimento. — Ele riu e fez um gesto para além do Tâmisa, a sua brisa trazendo um cheiro de curry. — Hodges, vão querer exibir as fotografias no Royal Festival Hall. Com certeza o pessoal da mídia vai chover com baldes de dinheiro a quem der a informação do primeiro clone de um ser humano já morto, complementado com o vídeo do nascimento, principalmente quando só o nome do homem clonado for, por si só, manchete em todo o mundo. Certamente haverá um livro, não... *vários* publicados. Os que *eu* tenho intenção de escrever.

— De verdade?

— Hodges, o fato é que eu estou jogando uma quantia substancial contra o fato de ser arrastado num julgamento, que no fim das contas ganharei porque sou inocente. Finsbury está numa campanha de pesca, isso posso afirmar; ou aquele bêbado do Abrams cometeu um erro. De qualquer maneira, preciso que os mantenha afastados durante o maior tempo possível.

Hodges apertou as mãos atrás das costas e viu a lancha ainda em direção à ponte Waterloo.

— Neste caso, Jerome, recomendo à sua família que lutemos. O que diz de entrarmos e sugerirmos ao Finsbury um lugar para enfiar a sua peruca de estagiário de advocacia?

Capítulo 24

Terça-feira, à noite — Cliffs Landing

Maggie apagou as luzes para ver o luar refletido no lago dos peixes, na parede de pedra e nas árvores. Até agora tinha passado o tempo assistindo a *Mistery*, da PBS, na TV. Já tinha visto essa série há cerca de um ano, mas não conseguia entender a pronúncia inglesa. Só que as histórias eram tão boas que ela continuou a assistir até que conseguiu começar a entender os atores que interpretavam Poirot e Sherlock Holmes tão bem como entendia Columbus.

No entanto, naquela noite não conseguia prestar atenção no programa. Tinha pensado no que se passara durante a tarde quando o Dr. Rossi descobriu que ela ainda era virgem — uma situação que não era exatamente culpa sua. Há catorze anos, quando atingiu os 21 anos sem ter ainda sido tocada, Maggie com certeza tentara mudar isso. Toda vez algum imprevisto acontecia.

Na primeira tentativa, o homem teve uma dor muscular tão grande que Maggie teve que levá-lo para o hospital. O segundo, quando soube que ela era virgem, desistiu dizendo que suas intenções não eram as melhores, portanto não tinha o direito de deflorá-la. Maggie argumentara com ele, dizendo que ele *tinha* esse direito, mas sem sucesso. O seu terceiro e possível pretendente estacionou o carro num local isolado, tirou o seu sutiã e estava tentando fazer o mesmo com a sua calcinha quando a mulher, que Maggie desconhecia existir, apareceu.

Foi assim até Maggie desistir, porque as tentativas frustradas estavam começando a magoá-la. Além disso, nos dias em que a vida a lembrava de que não era uma pessoa com muita instrução, não era ambiciosa, e sabia que quando andasse pela rua não faria ninguém olhá-la, sua virgindade começou a animá-la. Nos dias de hoje era uma situação especial, com certeza. Chegou à conclusão de que ou o Senhor a estava protegendo de um mal desconhecido, ou tinha qualquer outra coisa em mente. Quando leu o diário do Dr. Rossi, finalmente soube o que a esperava.

No seu íntimo, sempre tinha se sentido especial, até abençoada, mas o mundo exterior não parecia concordar.

No entanto, isso já havia se alterado.

Depois do exame, Frances parecia confusa. Durante algum tempo era como se a empregada fosse ela, cuidando de Maggie. Mas não durou muito tempo; logo Frances voltou a ser ela mesma. O Dr. Rossi, no entanto, ficou durante algum tempo olhando para Maggie como se ela fosse uma espécie de alucinação. Apenas Adeline continuou igual. Disse que amava todos, mas que os achava loucos em prosseguir sabendo que a mídia estava em seu encalço. Mais cedo ou mais tarde, seriam encontrados, mesmo em Cliffs Landing, e, uma vez que não conseguia dissuadi-los, não iria ficar assistindo à confusão. Ia para a Europa sem saber por quanto tempo. Letizia a convidara a visitá-la e ela provavelmente iria passar uns tempos por lá. Maggie suspeitou que Frances estivesse por trás daquela visita — enviando Adeline como sua emissária até que ela própria pudesse ir.

Adeline de repente tirou seu *shahtoosh* e o ofereceu a Maggie.

— É um xale muito precioso — disse ela, contemplando o Dr. Rossi com um olhar astuto. — Fique com ele, Maggie, deixe que aqueça você durante esta situação toda.

O Dr. Rossi não tentou dissuadir Adeline. De certa maneira, parecia satisfeito que ela se ausentasse. Tinha sugerido a Maggie que escrevesse alguns cartões-postais endereçados à sua amiga Sharmina, depois pediu a Adeline para enviá-los pelo correio periodicamente durante sua viagem. A moça pareceu relutante, mas Felix a beijou na testa quando ela saiu e voltou para perto de Maggie, exclamando como a virgindade dela era um sinal de Deus.

Realmente ela era virgem. Muito envergonhada para dizer, tinha presumido que ele descobriria. De outra maneira, como poderia ser a mãe de Cristo?

Após algum tempo, o Dr. Rossi parecia ter se recomposto. Acabou o exame e colocou um monitor no pulso de Maggie para continuamente transmitir para o laboratório sua pressão arterial. No início ela havia ficado aterrorizada, mas, depois de concluir que nada podia fazer, tentou relaxar, sabendo que estaria nas mãos de Deus. Quando Maggie subiu para jantar os grelhados e cozidos que Frances conseguira cozinhar, o Dr. Rossi não a acompanhou.

Maggie levantou-se de seu sofá florido e dirigiu-se ao quarto de criança para tentar ver se conseguia ouvi-lo no laboratório, que ficava do outro lado da parede. Não conseguiu ouvir nada e já estava ficando tarde. Talvez ele tivesse se esquecido de que ela aguardava. Voltou aos seus aposentos e abriu a porta para a área de obstetrícia, depois virou à esquerda e olhou para dentro do laboratório.

O Dr. Rossi estava sentado num banco, em frente a um aparelho de medição, com a cabeça virada para baixo, na direção de um monitor que fazia uns gráficos com duas linhas ondulantes. De início, pensou que ele tivesse adormecido, mas de repente ele levantou a cabeça, o cabelo preto nos olhos, e Maggie imaginou por que Deus dera um cabelo tão bonito a um homem. Os cabelos macios e escuros caíam sobre seu rosto, parecendo a barba que os garotos deixavam crescer para parecerem homens.

Maggie estava satisfeita por não sentir atração por homens tão bonitos. Se ele se parecesse com Sam, talvez ela tivesse problemas, especialmente com ele mexendo em suas partes íntimas.

Bateu à porta de vidro.

— Dr. Rossi?

Felix olhou na direção de Maggie como se ela fosse uma miragem. Sentir-se especial era ótimo para sua saúde, mas ela ficaria feliz quando ele voltasse ao normal. O cientista se levantou, desligou o computador, dirigiu-se para a porta e, ao sair, desligou as luzes do laboratório.

— Então? — disse ela. — Fui aprovada?

— Os exames ainda não estão completos, mas quero falar sobre um assunto.

Maggie não gostou de ouvir aquilo.

— Então entre e vamos nos sentar.

Felix a seguiu para os aposentos dela e sentou-se no sofá, e não sorria como ela esperava que fizesse.

Ela sentou-se na cadeira de balanço perto das portas francesas. A princípio, ninguém falou, mas Maggie não conseguia aguentar a ansiedade.

— Dr. Rossi, por favor, tenha pena dos meus nervos. O que há?

Ele se curvou, pondo os cotovelos nos joelhos.

— A boa notícia é que não precisa de medicamentos de supressão preliminares, por isso podemos diminuir entre sete a dez dias no planejamento.

— E as más notícias?

Ele fez uma careta.

— Você tem a pressão sanguínea no limite. Está no nível alto da pressão normal, bem perto do nível um da hipertensão.

— Não me faça isso agora, Jesus — ela murmurou para si mesma. Virou-se para o Dr. Rossi e disse: — Normal alta ainda é normal, não é?

— Não para grávidas. Aquelas com hipertensão crônica subjacente têm um risco dez vezes maior de desenvolver Hipertensão Induzida pela Gravidez. Em condições normais, há entre seis e oito por cento de possibilidade de isso acontecer. Nas mulheres hipertensas, a possibilidade é entre sessenta e oitenta por cento.

— O que é que isso significa?

— A HIG é a causa principal da morte fetal ou materna.

Ela olhou para fora, na direção das paredes de pedra banhadas pelo luar.

— Há alguma coisa que o senhor possa fazer?

Ele levantou-se e ficou ao seu lado.

— Sim, mas, se eu usar algum medicamento contra a hipertensão, posso pôr o bebê em risco. Maggie, você tem apenas 35 anos. Não está acima do peso. Você diz que não há antecedentes familiares. Faz exercício? O que você costuma comer?

Ela contou sobre as costeletas de porco fritas e sobre os biscoitos fritos e de como detestava fazer exercício.

— Uma alteração na sua dieta e alguns exercícios podem ajudar. Sabemos que isso baixa a pressão arterial em cerca de nove milímetros ou mais.

Maggie levantou-se e pôs as mãos na lapela do jaleco de laboratório dele.

— Eu vou fazer, Dr. Rossi! Eu juro! Eu prometo! Vou andar todos os dias.

— Terá que ser no mínimo trinta minutos, de preferência mais.

— Farei.

— Tem que cortar o sal. Nada de frituras. Nada de bebidas alcoólicas ou café. Muitas frutas e muitos vegetais. Deite-se se a sua pressão subir um pouco que seja.

— Farei, farei.

— Se tomar vitaminas e comer alho, bastante alho, e beber chá de menta, pode ser que ajude. As investigações médicas estão chegando à conclusão de que esses remédios antigos podem ser poderosos. Esses em particular não prejudicam, por isso não há motivos para não experimentar.

— Prometo que farei tudo isso!

Felix voltou a sentar-se no sofá, com os cotovelos nos joelhos, a cabeça baixa com o cabelo caindo de modo a esconder seu rosto.

— Eu sou médico. O meu juramento diz "Primeiro, não cause nenhum dano". Pode ainda haver algum risco.

Maggie não queria ser ignorada noventa e nove por cento do tempo. Não queria desistir de trazer Jesus de volta. O mundo precisava dele. Ela precisava dele. O seu coração dizia que isso tinha que acontecer.

— Já lhe disse que não tenho medo de morrer, desde que o bebê viva. O meu coração deseja isso. Neste momento é tudo o que me preocupa. Não há pessoas que morrem por terem o coração partido? Não pode sentar aí e me dizer que há alguma gravidez sem riscos, porque eu sei que não há. Mande imprimir os contratos, Dr. Rossi, para eu assinar. Disse que o seu advogado lhe mandava tudo por e-mail, não disse? Levante-se. Vá buscar os papéis. A Senhorita Rossi pode testemunhar as nossas assinaturas, não pode?

— Não sei. Supostamente devemos lê-los primeiro e enviá-los novamente para o meu notário. Ele pode querer consultar um advogado da parte dele também. Penso que haverá algo mais a fazer, não apenas as assinaturas. Terão no mínimo que ser autenticadas.

— Bem, mas não vai doer, certo? Podemos assinar esses agora e mais tarde assinar outros também, se o seu advogado julgar necessário, e eu não tenho necessidade de consultar mais ninguém.

Ele baixou a cabeça.

— Não confiamos um no outro, Dr. Rossi? Não é isso o importante? Eu estou pronta para começar, mesmo sem qualquer contrato assinado, mas, se o seu advogado disser que estamos agindo de modo errado, então podemos resolver isso mais tarde.

Ele não se moveu, nem olhou para ela.

— Pelo amor de Deus, Dr. Rossi. E se alguém nos encontra e tenta nos impedir antes mesmo de começarmos? Quantas vezes, durante as nossas vidas, pensa que vamos ter outra oportunidade para clonar Cristo?

Ele semicerrou os olhos, levantou-se e foi buscar dois documentos e uma caneta.

— Este é um acordo de barriga de aluguel. Diz que você conhece a fonte do DNA. Este é sobre a pensão vitalícia, a minha promessa de adotar e ter guarda compartilhada com você. — Dirigiu-se ao interfone e chamou Frances. Minutos depois ela entrou olhando ansiosa para ambos.

— Os exames foram bem? — perguntou ela. — Vocês vão em frente?

— Está tudo bem, Senhorita Rossi.

Felix entregou os documentos a Maggie, que os agarrou como se fossem a sua salvação. Ela os assinou de imediato. Depois ele assinou e, por último, Frances. Entregou uma cópia a Maggie, levou as outras com ele e voltou com uma bandeja e usando luvas.

— Esta é a primeira injeção.

Preocupada, Frances apertou as mãos.

— Está começando agora?

— Sim, sim — disse Maggie olhando para a bandeja. — Isto é só para me preparar. Não se preocupe, Senhorita Rossi.

— Mas eu não sabia que já tinham os resultados de todos os exames. E se algum tiver alguma complicação?

— Os contratos dizem que podemos desistir até que eu esteja grávida, não é, Dr. Rossi?

— Sim — disse ele. — Isto é um hormônio que se chama gonadotrofina. Não tem efeitos colaterais, porque se apresenta naturalmente no corpo humano. A dose que estou injetando em você vai provocar a produção de até quinze óvulos. Se tivermos sorte, serão mais. No momento em que estiver pronta para a colheita dos óvulos, entre oito e catorze dias a partir de agora, terei uma solução para o controle da sua pressão sanguínea. Podemos começar agora e tomar a decisão final nessa altura.

— Pressão sanguínea? — disse Frances. — Que pressão sanguínea?

Os olhos de Maggie estavam direcionados para a bandeja.

— Está tudo bem, Senhorita Rossi.

Ele pousou a bandeja, inseriu a agulha no frasco, levantou-o e encheu a seringa. Depois pousou o frasco e persignou-se.

— Deveríamos rezar primeiro.

— Rezar? — disse Maggie, perdendo a paciência. — Não acha que o que estamos fazendo é a maior oração que poderíamos fazer?

— Abençoe-nos, Pai — disse ele. — Venha, sente-se no sofá, Maggie, preciso do seu quadril.

Frances balançou a cabeça e abandonou a sala.

Enquanto se sentava, Maggie baixou as calças do pijama para que ele pudesse esfregar o seu quadril. Ela sentiu a agulha, sentiu o líquido hormonal invadir a sua carne. Depois ele colocou uma bandagem no local e tudo passou. Felix pegou a bandeja e saiu. Pouco depois voltou. Sentou-se no sofá, pegou o controle remoto da TV. Passava os últimos minutos do programa de Hercule Poirot.

— Vou ficar um pouco com você — disse ele.

Maggie assentiu e dirigiu-se para o banheiro, na sua mente a expressão poeticamente resignada dele, como um astronauta perdido flutuando indefeso através do espaço. Tocou o local dolorido no seu quadril com gratidão, pensando no que poderia dizer quando voltasse à sala para fazer o Dr. Rossi feliz.

Capítulo 25

Terça-feira à noite — Apartamento de Sam

Sam tinha perdido a luta para se manter acordado. Adormeceu no sofá e teve um pesadelo surrealista em que alguém tinha clonado a ponte da Torre de Londres. As réplicas estavam espalhadas pelo mundo inteiro, as pontes estavam caindo. Cada vez que uma caía num rio, dúzias de crianças africanas se afogavam. Quando o celular tocou, Sam acordou com um sobressalto. Respirando com dificuldade, atendeu.

— Ele está pronto para receber você — disse o mordomo de Brown.

Sam jogou água no rosto, escovou os cabelos e deu um jeito em sua roupa. Dirigiu-se para o elevador de Brown, olhando para as horas — só 20h30, 1h30 da manhã no horário de Londres. Desejava que Finsbury estivesse dormindo o sono dos que se encontravam em sérios apuros. Era um mistério como ele conseguira perder a queda de braço com Jerome Newton de que Sam o incumbira.

Newton estava na corda bamba com sua carreira de jornalista. Nada mais do que tinha lhe pertencia — nem o dinheiro, porque não era o herdeiro, nem o título, nem a sua posição social. Estes lhe vinham através de um tio, o duque. Tudo o que ele realmente possuía era seu emprego. Uma fonte lhe tinha confidenciado: "Um jovem Winston Churchill enviando crônicas da África do Sul sobre a Guerra dos Boers." Eis como ele via a si próprio. O entusiasmo em simular que tudo aquilo era verdadeiro fora a razão para ficar numa espécie de *liberdade condicional* com o *The Times*. Apenas um sopro que tornasse possível chegar à origem de uma história e Jerome Newton já devia ter desistido. Por que é que ainda não o tinha feito?

Isso preocupava Sam, tal como aquelas fotografias sobre as crianças africanas mortas. Isso o incomodava e não sabia por quê. O desaparecimento súbito dos Rossi também o preocupava. Soube por meio do seu substituto que eram eles que estavam no Range Rover — Felix Rossi, Frances Rossi e Maggie. Para onde tinham ido e por quê, ninguém sabia. Da sala de vigilância escondida, Sam tinha revistado o apartamento deles no meio do dia e o encontrara completamente às escuras, como se tivessem fechado as persianas e cortinas para uma longa ausência. Lembrou-se que os Rossi tinham um iate ancorado na Espanha. Talvez tivessem ido até lá.

Saiu do elevador e ali estava o mordomo pronto para guiá-lo até a biblioteca. Quando Sam chegou, o Sr. Brown já se encontrava lá. Para variar.

— Sua viagem foi bem-sucedida? — perguntou Brown quando Sam apareceu.

Sam colocou-se perante a escrivaninha.

— Ainda não.

— Sente-se e me diga por quê. — Brown dirigiu-se para o sofá.

Sam sentou-se e explicou o que tinha acontecido passado até aquele momento. Brown assentiu sem dizer nada, sinal de que confiava em Sam para arranjar uma maneira de dominar a situação. Quando terminaram, Brown abriu uma gaveta da escrivaninha e atirou a Sam outro envelope.

— Para o nosso amigo do consulado, amanhã de manhã, Sam.

Como sempre fazia, Sam colocou o envelope no bolso. Sem planejar, perguntou:

— Não que me preocupe, mas por que o senhor acha que eles estão matando as crianças? — Fez o possível para não parecer preocupado.

Brown olhou para ele.

— É uma pergunta séria?

— Acho que sim.

— Por que quer saber? — Brown estava avaliando-o.

Sam tinha esperança de que a sua resposta faria Brown falar.

— Por nenhuma razão especial. Para tentar entender como trabalha a mente africana, eu acho.

— Não viajou para aqueles lados quando andava na marinha?

— Algumas vezes. Não muitas.

— A mente deles não é diferente da dos sérvios que mataram crianças durante quatro dias nos mercados da Bósnia.

— Essa eu também não entendi.

— Verdade? É o medo. O medo faz com que qualquer um faça algo de incompreensível para sobreviver. Uma pessoa assustada é facilmente controlável. Só os destemidos são livres e, como sabemos, são raros.

— De que os africanos têm medo?

— Do mesmo que nós nas duas últimas guerras mundiais: uns dos outros. Nas cinquenta e quatro nações africanas há centenas de grupos étnicos que não se entendem. O colonialismo quebrou os seus controles internos. Essa é uma das consequências.

— Bem, se continuarem assim, não haverá mais muitas crianças para matar.

Brown assentiu.

— Não tenha pena deles. As espécies se extinguem e as raças também. Já não há fenícios, etruscos ou minoicos. Eles e suas culturas sucumbiram à natureza, a eles mesmos, ou a raças mais agressivas. Seus genes contribuíram para a evolução humana, mas já não são identificáveis.

— Acha que os africanos estão se extinguindo?

— Sim, ao final. — Brown levantou-se. — Por enquanto acho que a quantidade deles vai baixar drasticamente.

Sam estava estupefato.

— O que o faz dizer isso?

— Drogas e violência nos bairros em que eles moram por aqui, já pobres. Na África, o HIV e as guerras, mesmo nos países mais vitimados pela AIDS. Em 1994, em cem dias, os hutus em Ruanda mataram oitocentos mil tutsis, numa tentativa de erradicar o gene tutsi da Terra.

— Hitler também tentou, mas não conseguiu aniquilar os judeus.

— A África está experimentando não só um holocausto, mas um apocalipse de guerra, pobreza e doenças. Na próxima década, quarenta milhões de crianças africanas ficarão órfãs por causa da AIDS, embora não por muito tempo, pois a maioria também está infectada. É como ver os últimos dinossauros começarem a rastejar para seus buracos a fim de morrer, um processo que nesse caso talvez demore menos tempo.

Sam olhou para o homem que considerava seu capitão, imaginando o que o teria tornado tão frio.

Brown acompanhou Sam até a porta.

Sam saiu, pensando nas crianças que tinha visto no jornal com as cabeças cortadas e abertas, sem ter gostado do terrível prognóstico de Brown. Se fosse verdade, não parecia correto que Brown visse algo assim tão claramente e ninguém estivesse fazendo nada. Desejava falar com alguém e gostaria que Maggie estivesse por perto, embora não tivesse certeza se ela confiava nele o suficiente para discutir guerra e AIDS na África. Se ela soubesse o que o Sr. Brown tinha acabado de descrever, ficou pensando, o que a moça diria disso. Mais que tudo, imaginou onde ela poderia estar. Desejava ter acionado o sistema de gravação para registrar o que tinha se passado no apartamento dos Rossi antes de terem partido.

Sam voltou a seu apartamento e, pela vigésima vez, leu o artigo "Clonagem na América" do jornal *The Times*. Pensava por que é que a história, se verdadeira, tinha emergido num jornal londrino e não nos Estados Unidos no *The Inquirer* ou num semelhante.

Sam pousou o jornal, lembrando-se repentinamente de um jornalista com sotaque inglês perguntando pelo Dr. Rossi há cerca de uma semana. Agora, Rossi tinha desaparecido.

Uma coincidência?

Pegou o celular, apertou um botão e discou o código da Inglaterra e o da cidade de Londres, seguido do número da casa de Walter Finsbury — não o preocupava que lá fossem duas da manhã. Quando Finsbury atendeu sonolento e se lamentou sobre as horas, Sam resmungou dizendo-lhe que era melhor ele acordar, sair da cama, procurar uma fotografia de Jerome Newton e enviá-la imediatamente para o fax do seu apartamento de Nova York.

Sam desligou o telefone e lembrou-se do que Brown lhe tinha dito sobre as pessoas que eram controladas pelo medo. Sam há muito pensava o mesmo. Por isso tentava não ficar receoso quando pensava em Maggie saindo no Range Rover com o Dr. Rossi, um cientista americano que, se Sam estivesse certo, tinha o conhecimento necessário para poder fazer um clone.

Capítulo 26

Quarta-feira de manhã — Voo da Virgin Atlantic,
Londres para Newark, Nova Jersey

Enquanto voava do aeroporto de Heathrow para o aeroporto de Newark, Jerome Newton mantinha o olhar na cortina vermelha da cabine, que estava fechada. Se ela se abrisse, alguém na classe executiva poderia vê-lo, embora fosse improvável que conhecesse alguém. Mesmo assim, não queria ser visto por pessoas que pensariam o que ele uma vez pensou quando olhou para um passageiro que se sentava atrás da primeira classe: *É uma pena que você seja pobre.*

Por indicação de Hodges, a família tinha concordado em pagar a defesa de Jerome e suas despesas nos Estados Unidos, desde que fossem menores. Tinha sido impedido de viajar de Concorde, de viajar na primeira classe e na classe executiva, mais barata, da Virgin Atlantic também. Jerome sentia-se humilhado por estar sentado num lugar da classe econômica da Virgin Atlantic — ainda mais porque não gostava de Richard Branson, o fundador da companhia aérea. Ele era o P. T. Barnum da Inglaterra, influente demais para ser ignorado. Jerome estivera entre os poucos que foram convidados para o voo inaugural da Virgin, mas deplorava a tática circense de Branson e invejava seu valor financeiro — livre de família e créditos. E o homem normalmente sorria demais.

Numa pequena tela de TV nas costas do assento cinzento à sua frente, viu um rapaz que precisava ser barbeado, andando de skate. Era a repetição de uma comédia da TV, *Spaced.* Alguém tinha feito uma fortuna pondo uma garota que pensava demais e um rapaz que não pensava em nada, juntos num apartamento no norte de Londres. Jerome recostou-se e fechou os olhos, esperando que o digno Dr. Felix Rossi planejasse superar Richard Branson no quesito "ultraje".

Jerome tinha esperança de que Rossi tivesse visto o artigo no *The Times*, ou tivesse ouvido falar do assunto no noticiário, e estivesse nesse momento clonando freneticamente o DNA do Sudário de Turim. Se assim fosse, Jerome apenas tinha que dizer que sabia sobre o que estava ocorrendo e oferecer uma proposta.

Telefonaria para Rossi assim que o avião aterrissasse, depois tomaria um táxi diretamente para a Museum Mile.

Quarta-feira à tarde — Apartamento de Sam

Sam olhava seus punhos fechados enquanto a fotografia de Jerome Newton aparecia em seu fax. Embora tivesse ligado mais duas vezes para Finsbury por causa da fotografia, só por volta das 13h30 é que tinha sido possível localizar uma. Agora ali estava ela. Sam reconheceu imediatamente, assim que apareceu o queixo comprido, e a linha reta que formava a boca de Jerome Newton. A seguir vieram os olhos e o cabelo ondulado. Não havia dúvida de que era ele. Não podia ser uma coincidência que o jornalista, que tinha escrito o artigo "Clonagem na América" sobre um cientista americano, estivesse tentando espionar Rossi há uns dias. Sam tinha entrado na internet e procurado artigos de revistas científicas para se certificar de que eram os microbiologistas que faziam clonagens. Rossi era microbiologista.

O aparelho desligou-se e Sam pegou o fax. Fora a Londres; pagara um maço de notas para saber o que já sabia. No entanto, sem Newton nunca teria feito a descoberta. Havia microbiologistas às dúzias. É claro que Brown não se preocupava com as despesas. Ele apenas queria uma resposta. Quem era o cientista americano clonando um morto?

Embora Sam estivesse certo de que já tinha a resposta, hesitou, mas apenas por um segundo. Durante três anos no mar nunca tinha desobedecido a uma ordem, nem durante os onze anos a serviço de Brown. Brown era o capitão. Ele saberia o que fazer. Dobrou a fotografia de Newton e dirigiu-se para os elevadores. Digitou o código do nono andar, seu estômago com uma sensação estranha. Sentiu a suave velocidade do luxuoso elevador e fixou sua expressão preocupada nos espelhos. Passou o quarto andar, o quinto, sentindo-se cada vez mais desconfortável à medida que o elevador ia subindo. No sétimo andar Sam pressionou com a força do seu polegar o botão de *Parar* e fechou os olhos, imaginando Maggie no Range Rover dos Rossi. Sam tinha pedido detalhes ao substituto do porteiro, que revelou que Rossi lhe pareceu preocupado quando saíram; Frances parecia estar furiosa, mas a empregada dos Rossi estava particularmente feliz.

Por quê?

Perplexo, Sam olhou para os comandos do elevador, pensando no que estaria errado com ele. Nunca até então tinha demorado tanto a cumprir uma ordem de Brown. No entanto, só conseguia pensar em Maggie. Sentia-se solitário enquanto imaginava onde é que ela poderia estar. Imaginou-a com seu chapéu Graham Smith, irritada por ele aborrecê-la. Imaginou-a acompanhando-o para fora do terraço dos Rossi, de avental, viu-a metendo o nariz em tudo o que se passava nas salas. Nos cinco anos em que a conhecia, Maggie o fizera recordar que ainda havia gente boa neste mundo. No elevador, tinha ficado tão vulnerável quando ele a abraçou.

Sam cancelou o código do nono andar.

Voltou ao apartamento e à sala de vigilância escondida por trás do armário da cozinha. A casa dos Rossi ainda estava completamente escura em todos os aposentos. Onde estariam eles?

Não era famoso por tomar iniciativas, porque, em sua opinião, já havia muitos a fazê-lo e nada bem. Sam oferecia aquilo que faltava no mundo: um homem que se calava e fazia entregas. Se não fosse por sua preocupação com Maggie, naquele momento estaria entregando Rossi a Brown.

Abandonou a sala de vigilância. Podia ser que Maggie apenas tivesse ido para cozinhar e fazer a limpeza. Procurou o número de telefone de um amigo, que tinha acesso ao nome dos passageiros nos voos. Sam ligou para ele. Enquanto esperava, conectou-se com serviços que tinham os registros de propriedades e bens particulares e, por um pagamento de certa importância, os tornavam acessíveis através da internet.

O seu celular tocou.

— O indivíduo que você estava procurando chegou — disse o seu substituto na portaria.

— Estou a caminho.

Sam dirigiu-se para a entrada e encontrou Jerome Newton sentado num dos bancos estofados. A última vez que Sam tinha se sentado ali tinha sido antes dos seus quinze minutos com a dançarina.

Focou sua mente em assuntos mais importantes.

Quando viu Sam, Newton levantou-se.

— Olá, lembra-se de mim?

— Com certeza. O que procura agora?

Sam observou Newton expressar arrependimento no rosto.

— Gostaria de pedir desculpas pelo nosso último encontro. Você evidentemente é um homem ético.

— Não tem importância. O que posso fazer por você?

— Estou telefonando para o Dr. Rossi há mais de uma hora, e me pergunto se alguém sabe quando ele volta.

Sam coçou o queixo.

— Não será em breve.

— Verdade? Pode ligar para ele?

— Você disse que Rossi tinha algo de interessante em sua pasta. O que era?

— Por que quer saber?

Ele levantou as sobrancelhas sem se comprometer e reparou que Newton estava achando que ele era estúpido demais para ser uma ameaça.

— Pode ligar para ele por mim? — perguntou Newton.

Sam assumiu um ar de quem estava disposto a cooperar.

— Ele tinha apenas fios de um pano muito antigo. Satisfeito agora?

Apesar disso, Sam piscou o olho.

— Não posso telefonar por você, mas sei onde ele está.

— Onde? — perguntou Newton, que parecia sentir dor, tamanha sua ansiedade.

— Esquiando no Colorado — disse Sam mantendo a face impenetrável. — Ele alugou uma cabana, sem telefone.

Newton suspirou.

— Sabe quando ele vai voltar?

— Daqui a dois meses.

Newton ficou desesperado.

— Tanto tempo? Meu amigo, eu sei que não quer me ajudar, mas é urgente que eu entre em contato com ele. Sério, você...

Sam inclinou-se para a frente.

— Por acaso ainda tem aqueles quatrocentos dólares? Eu fiz uma pequena aposta que não consigo cobrir e...

Newton puxou imediatamente a carteira. Pegou quinhentos dólares e colocou-os nas mãos de Sam, juntamente com um bloco de notas.

Sam tentou parecer um novato mergulhando no pecado, mas sentiu vontade de rir. Nem em um milhão de anos Newton iria saber que lhe causara problemas legais.

— Ninguém pode saber que eu lhe disse isso, certo?

— Certamente. Eu sou jornalista. Fontes anônimas.

Sam anotou o endereço da cabana de um velho amigo perto de uma serra — muito acima de uma montanha no Colorado.

Newton pegou o bloco, dizendo:

— Bem, esperemos que ele não congele até a morte. Nem eu, já que toquei no assunto.

Sam deu-lhe um tapinha nas costas.

— Se for o caso, eu vou ao seu funeral.

Enquanto Newton se afastava, Sam olhava-o, incrédulo. O único pano antigo do qual ele tinha ouvido falar em Turim era o Sudário, supostamente a mortalha de Jesus. Haveria algo nele que um fanático pudesse clonar? Algo que faria alguém com perspicácia, mas profundamente religioso e de coração aberto como Maggie, de repente perder o bom senso que tinha?

Capítulo 27

4h45 da tarde. Palisades Parkway

Em um Lincoln Town Car, pego emprestado da frota, Sam atravessou a divisa do estado de Nova Jersey novamente para o de Nova York e parou na primeira bomba de gasolina, nas Palisades. Era numa ilha no centro que o tráfego para norte e para sul dividiam. Comprou um mapa do Rockland County e o abriu na parte de trás do carro. Levou algum tempo para localizar Cliffs Landing. Já tinha ficado para trás há alguns quilômetros.

Soubera que os Rossi não tinham pegado nenhum voo naquele dia e, a princípio, não encontrara sequer uma pista de uma segunda casa. Estava quase desistindo e esperando por uma pista do cartão de crédito quando lembrou que os Rossi tinham uma tia que falecera. Ligou para a Igreja de St. Thomas More e soube seu nome: Enea Evans. Um pouco mais de trabalho de investigação, telefonando para o escritório do Registro de Imóveis de Rockland County. Sim, aí soube que Enea Evans era dona de uma propriedade de 16 hectares localizada em Cliffs Landing, na Lawford Lane, nº 200. Antes de partir tinha colocado o coldre, suspenso por uma correia presa ao ombro, sob a sua jaqueta de couro. Uma das coisas que tinha aprendido como investigador particular era que nunca se devia aproximar do desconhecido sem estar armado.

Sam fechou o mapa e dirigiu-se para o sul, chegou ao desvio, virou na direção indicada e se perdeu. Não havia praticamente nenhuma placa em Cliffs Landing e os poucos nomes que conseguiu ver não vinham mencionados no mapa. Não havia lojas, postos de gasolina, nenhuma espécie de edifício público, apenas uma igreja com as portas fechadas e nenhum carro na área de estacionamento.

Todo o resto eram casas particulares. Algumas tinham custado a alguém um braço, uma perna e uma parte do torso. As outras eram de um tamanho modesto. Sam suspeitou que os proprietários dessas e os seus antepassados já viviam ali há muito tempo e provavelmente não venderiam suas propriedades com facilidade.

O que mais o surpreendeu sobre o local foi o isolamento. Ruas onde cabia apenas um carro e que faziam curvas e mais curvas. Árvores cobertas de musgo com galhos e troncos encarquilhados que pareciam tão velhas quanto o país. Nada em Cliffs Landing dava boas-vindas ao visitante. Nada dizia: *Vocês vão todos voltar, estão ouvindo*? O que Landing dizia era *Fiquem fora daqui, ninguém é bem-vindo; se estiver perdido, volte e vá embora*. Passou por uma propriedade imensa que tinha cercas por todos os lados e uma placa bem visível que avisava sobre os cães perigosos. A maioria parecia não dar importância a cercas. A falta de placas nas ruas e os números pouco visíveis das casas, as ruas estreitas sem calçadas, as velhas árvores, sinistras, o próprio ar de Cliffs Landing as protegia. Viver ali era, provavelmente, delicioso. Visitar, não.

O Town Car de Sam deslocava-se pesadamente às voltas, para trás e para a frente, até que inesperadamente reparou numa placa que dizia: Lawford Lane.

Seguiu e ficou pensando como conseguiria encontrar o número 200 da Lawford Lane entre aquelas árvores e casas ocultas.

Escurecia. Estava rígido de vir sentado no carro. Sentia-se fraco e precisava beber algo. Desistindo, resolveu ir até o final da Lawford Lane e estacionou na relva ao lado de um muro. Abandonou a rua e viu uma floresta frondosa. O lugar perfeito para se aliviar. Não entendia por que a maioria das pessoas adorava urinar do lado de fora — talvez algum instinto latente sobre a marcação do seu território. Depois, virou-se na direção do Hudson, calculando que devia estar ao fundo da encosta por entre aquelas árvores. O terreno se inclinava cada vez mais. Ouviu o som de água corrente. Bem a tempo, tinha lembrado por que o Parkway se chamava Palisades.

Sam parou a apenas meio metro de um penhasco que teria sem dúvida uns noventa metros de altura. Com facilidade encontrou a cachoeira que tinha ouvido. A água da cascata caía como um lençol no leito abaixo e corria em direção ao Hudson — o tipo de local que a garotada de Cliffs Landing devia conhecer e visitar.

Teria ficado ali descansando, apreciando a cachoeira e as luzes que começavam a aparecer ao longo do rio, se não tivesse que descobrir se Maggie estava ali e por quê.

Sabendo que a casa devia estar perto, dirigiu-se para norte do penhasco, até que viu um muro de pedra através das árvores, muito simétrico para ser natural. Através dos seus binóculos, verificou que era uma daquelas casas de pedra, madeira e vidro que sempre o tinham maravilhado. Assobiou baixinho. Nada de artificial à vista. Era o tipo de local que os amantes da natureza construíam, desde que tivessem muito dinheiro. Sam duvidava que algum plástico tivesse passado por aquelas portas. Provavelmente a pasta de dentes, uma embalagem de suco de laranja, mas pouco mais que isso.

O local era soberbo, o tipo de lugar que os Rossi possuiriam. Mas por que as pessoas que construíam casas com paredes de vidro não se preocupavam com os que podiam olhar lá para dentro? Sam aproximou-se lentamente e viu o que devia ser a sala de estar. Lá se encontrava uma mulher. Ela pegou uma revista, folheou-a e saiu. Assemelhava-se a Frances Rossi, mas tinha de ter certeza.

Circundou a casa pela esquerda e chegou a um local que provavelmente se tratava de um jardim. Hera subia pela parede próxima. Sam achou que era suficientemente grossa para escondê-lo, abaixou-se e espreitou no lado de dentro um lago de peixes rodeado por seixos brancos.

Portas francesas abriam para o jardim. Mesmo com os binóculos, tinha dificuldade em ver a parte interna da casa. Uma mulher estava sentada na sombra, sozinha, vendo TV. Primeiro não conseguiu saber quem era. Esperou, para poder confirmar se aquele era o local certo e se conseguia ver o que se passava. Então saberia o que dizer quando batesse à porta da frente.

Viu uma figura na porta. Um homem. Quando ele acendeu a luz, Sam viu Felix Rossi.

— Você os encontrou, Duffy — disse Sam baixinho, parabenizando-se. Felix vestia jaleco e luvas cirúrgicas e transportava uma bandeja coberta. Reconheceu Maggie no sofá com motivos florais. Ela usava pantufas, pijama e um roupão. O que Rossi estaria fazendo? Que direito tinha ele de entrar no quarto dela daquela maneira?

Começando a ficar irritado, viu Rossi pousar a bandeja e colocar-lhe um termômetro na boca. Depois olhou para algo que estava preso ao pulso dela. Talvez Maggie tivesse apenas apanhado um resfriado ou uma gripe.

Tal dedução foi afastada pelo que se passou a seguir. Rossi sentou-se ao lado dela. Maggie tirou o roupão. Ele descobriu a bandeja, pegou uma seringa e a encheu. Depois Maggie baixou as calças do pijama, levantou a parte de cima e ficou com a nádega exposta. Ele a esfregou e aplicou uma injeção, e depois colocou um curativo no local. O que quer que estivessem fazendo, Rossi a tratava muito descontraidamente, como se ela não fosse uma pessoa.

Enquanto Maggie endireitava as roupas, Rossi pousou a seringa e baixou a cabeça como se seu coração fosse partir-se.

Sam ficou observando, enraivecido, enquanto Maggie o consolava. Pela atitude de ambos, ele podia verificar que Rossi não estava comendo Maggie.

Mas isso Sam saberia compreender e perdoar. A empregada, para Felix, não era mais do que uma cobaia. Em vez de estar preocupado com ela, ele estava chorando como um fracote.

Sam tentou conter-se. Que diabo estava fazendo ali, de qualquer maneira, escondendo-se na hera? Mas não conseguia tirar os olhos dos dois. Onde estava a força moral que era natural de Maggie? Ela nunca deixaria que ninguém lhe impusesse o que quer que fosse, ele incluído. Portanto, o que significaria isso?

Mesmo assim, não era da conta dele. Maggie era crescida e podia tomar suas próprias decisões. Mas era uma mulher e Sam era um homem. Ela não podia saber o que ele estava fazendo, nem que só há duas espécies de homens: aqueles que faziam o seu melhor para proteger, ou pelo menos para não magoar os indefesos, e os nojentos e depravados filhos da mãe, que eram um perigo para todos aqueles que conheciam. Sempre que Sam tinha navegado aparecia a bordo um covarde desses, que achava que sabia tudo e, muitas vezes, quase afundavam o barco. Era claro que Rossi era um desses.

Se algo acontecesse a Maggie por trabalhar para esse idiota, Sam iria sentir-se responsável, como se tivesse que proteger a moça e ajudá-la a ser mais forte.

Maggie parecia estar implorando a Rossi. Pôs-se de joelhos e tentou fazer com que ele levantasse a cabeça.

Sam não conseguiu ver mais nada. O sangue fervia como quando era jovem nas docas e nos bares dos marinheiros — por causa de uma mulher, de uma aposta, ou mesmo de uma palavra torta, exceto que desta vez não estava bêbado e Maggie era sua amiga. Pulou do muro para o chão, correu pelos seixos brancos e bateu nas malditas portas francesas.

Capítulo 28

Quarta-feira à noite — Cliffs Landing

Maggie gritou de susto ao ouvir a súbita batida nas portas francesas e ficou de pé. O Dr. Rossi afastou-se dela, gritando:

— Quem é? Afaste-se dessa porta!

Maggie correu para apagar as luzes, sem conseguir acreditar no que estava vendo.

— É o Sam, Dr. Rossi! Sam, o porteiro!

— O quê? — Ele se dirigiu às portas francesas e as abriu. — Mas que diabos...

Sam entrou, agarrou Rossi pelo colarinho e o jogou no chão, enquanto Maggie gritava:

— Sam! Pare! Socorro! Socorro!

Ouviu-se um estrondo de passos descendo as escadas e Frances apareceu à porta, gritando:

— Pare! Não! Socorro!

Sam tinha levantado o punho, mas os gritos o fizeram parar por alguns instantes, o que foi suficiente para Maggie se atirar contra ele antes que pudesse voltar a atacar, enquanto Frances, ainda gritando, foi até seu irmão e o ajudou a sair dali.

— Sam! Sam! — Maggie gritou até que ele perdeu o olhar desvairado.

— Tudo bem, tudo bem — disse ele. — Já parei. Peço desculpas. Já parei. Tudo bem? Tudo bem?

Frances estava aterrorizada.

— Mas você é Sam Duffy, o porteiro!

— Sim — disse Sam, parecendo encurralado, enquanto abraçava Maggie e a puxava para si, envolvendo o pescoço dela com um dos braços.

— O que faz aqui? — gritou Frances. — Eu não consigo acreditar nisto.

Sam explodiu:

— Sério, boneca? Mas pode acreditar que o seu irmão está usando Maggie como cobaia, nisso você consegue acreditar!

— Não se atreva a me chamar de *boneca*, seu...

O Dr. Rossi pôs-se de pé.

— O que você acha...

— Não, o que *você* acha, seu...

Decidida, Maggie esticou-se e tapou a boca de Sam. Ele a olhou fixamente, surpreso, e, com muito carinho, retirou a mão dela, grunhindo:

— Tudo bem, tudo bem.

Os dois homens entreolharam-se fixamente. Entretanto, o Dr. Rossi, com os olhos ainda em Sam, esfregou o ombro como se estivesse doendo e disse:

— O que você era? Jogador de rugby?

Sam o ignorou.

— Maggie, você está bem?

— Depois de quase ter morrido de um ataque cardíaco, quer dizer? Sim, estou bem. Sério. Estou bem. Mas que diabos você está fazendo aqui, Sam?

— Essa é uma excelente pergunta, Maggie — disse o Dr. Rossi.

— Sim, excelente — concordou Frances.

Maggie estava admirada com o súbito aparecimento de Sam.

— Vamos lá, Sr. Duffy — começou o Dr. Rossi. — Dê uma boa razão para eu não chamar a polícia.

— Faça o que quiser, mas me trate por Sam, porque eu não estou com disposição de chamar você de Dr. Rossi.

— Que diferença pensa que isso faz? Sam, já chegou à conclusão que, se tivesse batido na porta da frente mostrando a sua preocupação pela Maggie, teríamos falado com você com a mesma presteza?

— Sim, eu pensei nisso. Acabou saindo dos meus planos quando vi você injetar algo nela como em um rato!

O Dr. Rossi olhou para fora, para o jardim dos seixos.

— Ah, compreendo. Talvez possa nos dizer por que você estava ali, em primeiro lugar? — disse, obviamente para tentar controlar-se.

— Para perguntar a você por que arrastou Maggie para isso.

O Dr. Rossi ficou roxo.

— Como você poderia saber o que *isto* é?

— Eu sei. Como, não interessa. Eu tenho evitado que aquele repórter descubra a sua localização. O tal que escreveu o artigo "Clonagem na América." Ele anda à sua procura.

Rossi ficou estupefato.

— Quer dizer que ele voltou ao edifício?

— Sim.

— O que disse a ele?

— Disse que estava no Colorado. Ele foi à sua procura.

O Dr. Rossi e Frances deram uma gargalhada de surpresa, embora a dela parecesse nervosa.

— Voltemos à Maggie — disse Sam.

— Aparentemente não reparou que estou sentada aqui ao seu lado, Sam — disse Maggie. — Por mim, posso dizer que estou ótima.

— Maggie, sem ofensa, mas quero ouvir dele. Por que ela está envolvida, Felix?

— Só para que conste, Sam, se não se importa, seja explícito sobre o que pensa que estou fazendo.

— Tentando clonar o maldito Cristo?

O Dr. Rossi levantou as mãos, espantado.

— Toda Nova York já sabe?

— Ainda não.

— Entendo. — O Dr. Rossi suspirou como se estivesse tomando uma decisão. — Sam, você é religioso?

— Vou à missa todo Natal e na Páscoa.

— Mas acredita em Deus?

— Creio que sim. Acho que nunca o vi.

O Dr. Rossi colocou as mãos nos bolsos, agitou umas chaves e disse:

— Eu já.

Maggie ouviu Sam balbuciar:

— Oh, Jesus!

— Sim. — O Dr. Rossi virou-se para ele. — Isso foi o que vi quando garoto, tão nítido como estou vendo você. Jesus Cristo. Eu estava contando isso a Maggie quando você apareceu. Tive um acidente de automóvel e ele estava lá. Até hoje me lembro do rosto dele. Na vez seguinte em que o vi, estava olhando para o Sudário de Turim.

A sala ficou em silêncio. Sam não olhava para o Dr. Rossi. Frances disse:

— Nem todo mundo compreenderá essa história, Felix.

— Eu entendo — disse Sam. — Você acredita...

— Eu não acredito. Eu sei.

Sam disse, resmungando:

— Você tem direito às suas convicções. Não é isso que eu questiono. São as da Maggie...

Ela deu um soco no ombro de Sam.

— Sam, não seja cabeça-dura! Ninguém me faz fazer o que eu não quero. Eu pedi para ser a escolhida. Não, eu supliquei. Não foi, Dr. Rossi, Senhorita Rossi? Eu supliquei! De joelhos, eu supliquei para assinar o contrato e...

— Contrato? — disse Sam.

Maggie baixou os olhos por um instante.

— Sim, bem... Eu acho que o advogado ficou um pouco irritado por termos começado tão depressa e acho que a Senhorita Rossi não podia testemunhar, no fim das contas. Por isso foram feitas novas cópias para reconhecer as nossas assinaturas hoje. Portanto, está oficializado. — Maggie não mencionou que ainda não o tinha lido. Ela acreditava em Deus e no Dr. Rossi, não nas palavras de um advogado.

Sam fechou os punhos.

— Nenhum contrato nesta Terra pode obrigar você a...

— Não *obrigar*, Sam — disse ela. — Apenas menciona o que acordamos. É o que eu quero.

— No começo, disse a ela que não — continuou o Dr. Rossi —, mas só porque não me lembrava como Deus age de maneiras misteriosas. Eu não sabia que Maggie era... — Felix parou.

Quando ele e Frances olharam para Maggie, o orgulho que ela tinha de sua virgindade desapareceu. Sam pensaria que ela era virtuosa ou que nenhum homem a tinha desejado?

— Maggie era o quê? — perguntou Sam.

— Não devo ser eu a dizer isso. — Felix deslocou-se até as portas francesas e ficou olhando para a noite lá fora.

— O quê? — insistiu Sam.

— Oh, Sam! — disse Maggie e cobriu os olhos. — Você não tem nada a ver com isso!

Ele olhou-a intensamente.

— Maggie era o quê?

Chegando à conclusão que tinha de fazer Sam compreender, ela murmurou:

— Era apta para ter o filho de Deus. Entende?

— O quê? — disse Sam.

— Apta, Sam. Apta!

— Apta? O que isso quer dizer?

Maggie gritou:

— Eu sou virgem, entende?

Ela olhou com medo para Sam enquanto ele se levantava, balançando a cabeça como que incapacitado de falar. Pôs a mão no casaco e, brandindo uma pistola, empurrou o Dr. Rossi contra a parede e encostou a arma com força na garganta dele. Sam gritou:

— Seu filho da puta! Seu puto! Que tipo de merda doentia é essa?

Maggie e Frances saltaram dos seus assentos, gritando. Tentaram afastar Sam, mas ele não se mexia. Maggie gritou:

— Sam, pare! Pare com isso! Você não pode atacar o Dr. Rossi com uma arma.

— Não posso?

Sam deslizou a arma para o bolso e esmurrou o queixo de Rossi enquanto Frances e Maggie gritavam. Levantou-o pelo colarinho, sangue pingando do lábio, e voltou a encostar a pistola contra a sua garganta.

— Pelo amor de Deus, Maggie, pelo amor de Deus! — dizia Sam explodindo. — Não acredito que os deixe fazer isso e ainda os trate por *Dr. Rossi* e *Senhorita Rossi*!

Rapidamente, Maggie disse:

— Dr. Rossi, importa-se que o trate por Felix?

— Não — disse ele com voz rouca.

Com os olhos no irmão, Frances disse:

— Pode me chamar de Frances também, sempre que quiser.

— Obrigada, Frances. Viu, Sam? Já não os trato mais assim.

Se não estivesse tão assustada, Maggie teria ficado aliviada. Ela concordou com Sam que devia tratá-los pelos nomes próprios, mas não sabia como abordar o assunto. Ela não tinha pensado em pôr uma arma na cabeça de Felix.

Por alguns momentos, ninguém falou, como se tivessem chegado à beira de algum lugar de onde todos tinham de saltar. Ali na penumbra, perto do sofá com motivos florais, pensando se Sam iria arrebentar os miolos de Felix, Maggie teve uma revelação. Sam Duffy a amava.

Talvez nunca ninguém a tivesse amado, mas Sam, sim. Olhando-o, Maggie duvidava que ele próprio soubesse. Não era branca, nem bela, nem sensual. Não era o tipo de mulher que imaginava que Sam amaria, mas ele a amava.

Capítulo 29

Era como se estivessem todos pensando com uma só cabeça. Sam precisava refrear seu mau temperamento. Teria de fazer isso voluntariamente. Eles estavam esperando.

Sam revirou a boca como que tentando não xingar. Baixou a arma e a colocou em cima da mesa. Sua promessa de se comportar ficou devidamente clara.

Com o braço em volta dos ombros do irmão, Frances disse com voz trêmula:

— Se servir de alguma coisa, eu concordo com você, Sam. Acho que esta é uma ideia terrível, uma tragédia, e já tentei dissuadi-los da melhor maneira que pude desde o início.

Sam assentiu.

— Então você tem bom senso, Frances.

Felix limpou o sangue da sua boca.

— Você me deve uma explicação sobre como descobriu o que sabe! Apesar de tudo, é de meu interesse.

— Se, e quando, você tiver necessidade de saber, eu direi. Eu apenas vim buscar a Maggie. — Virou-se para ela e disse: — Arrume as suas coisas. Vamos embora.

— Eu vou embora, é?

— Isto pode ficar perigoso. Você tem que sair daqui. Faça as malas.

— O que você está escondendo? — perguntou Felix.

Sam não respondeu. Maggie disse:

— Responda, Sam Duffy, ou não ouvirei mais nada do que você disser.

Sam olhou para o sofá com os motivos florais, sentindo que Maggie não acreditava no rosto indiferente que ele mostrava.

— Bom senso — disse ele. — Isto pode ser perigoso.

— Você não é apenas um porteiro — Frances comentou. — Você não está nem perto de ser apenas um porteiro, não é?

Sam resfolegou.

— Apenas...? Sim e não.

Felix mantinha distância de Sam. Eles eram aproximadamente da mesma altura, mas Sam tinha, com certeza, uns vinte e cinco quilos a mais — de músculos.

— O que isso significa?

Sam sentou-se e os outros fizeram o mesmo.

— Quer dizer que vocês deviam acreditar em mim quando digo que há um perigo potencial aqui. Devia desistir desse seu projeto de clonagem. Só pode pôr em risco a saúde de Maggie. Já disse isso a ela?

— Eu sei tudo o que preciso saber — disse ela, não gostando da insinuação de que não tinha opinião própria.

— Quanto a você, Felix — continuou Sam —, acho que estou vendo: quer ser o primeiro cientista a clonar alguém que já não pertença a este mundo, mas logo um clone de Cristo? Não será motivo de piada? Mais cedo ou mais tarde a imprensa saberá quem é e o que está fazendo. Vão descobrir antes de os nove meses chegarem.

— Posso saber como me encontrou?

— Usando métodos que qualquer advogado ou detetive particular pode usar, e um pouco de bom senso.

— Entendo.

— É isso o que você é na verdade? — disse Frances. — Um detetive particular?

Sam ignorou-a e respondeu a Felix:

— Não, não entende. A imprensa vai encontrá-lo, e outros também. Pessoas que não se preocupam com uma Segunda Vinda, porque nunca se preocuparam com a Primeira. Pessoas que fizeram questão de quebrar todos os Dez Mandamentos.

— Entendo.

— Não sabe dizer mais nada? — disse Sam. — Eu digo que não está vendo *nada*.

— Por que está tão certo?

— Tem alguma arma na casa?

— Não.

— Tem algum sistema de segurança instalado?

— Não.

— Já verificou o local para ver se há escutas?

— Não.

Sam abanou a cabeça, levantou-se, foi até à porta e voltou.

— Vocês não têm ideia do que vai acontecer a vocês, têm?

— O que você acha que vai acontecer, Sam?

— Vocês estão numa casa de vidro na floresta. Se nada mais acontecer, um dia, ao saírem do chuveiro, vão ter os *paparazzi* dentro dos seus quartos, tirando fotografias das suas bundas nuas. E isso é apenas o começo. — Sam fez um movimento com o braço. — Ouçam, todos os lunáticos num raio de mil quilômetros, droga, de *qualquer* parte do mundo, virão aos saltos, aos pulos, mancando e rastejando, para darem uma olhada em *La Nueva Virgen Maria*, com a esperança de serem curados. — Virando-se para Maggie, disse: — Está preparada para isso, minha garota?

— Se Deus assim desejar, estou.

— Ouçam, não conseguem imaginar o que os fanáticos religiosos farão? — Sam resmungou. — Haverá mais atiradores emboscados nesta floresta do que os ativistas dos direitos civis de 1950 alguma vez imaginaram em todos os seus pesadelos. Pensam que a polícia de Cliffs Landing está preparada para isso? Este local vai estar *entulhado*. Haverá pessoas vendendo bonecas parecidas com a Maggie, crucifixos e cachorros quentes; pessoas que vão querer um pouco do seu filho, qualquer coisa em que ele possa ter tocado, um cacho de cabelo, e outro, e outro. Meu Deus! *Essa* é a ameaça.

— Bem, vamos pôr um sistema de segurança...

— Você precisa de uma arma.

Felix apontou para a mesa.

— Essa é a primeira e última arma que vai entrar nesta casa.

— Ouça, Rossi, se a Maggie ficar aqui, e eu espero que não fique, mas, se ficar, você vai ter que lidar comigo. Pode querer atirar-se de um desfiladeiro, mas eu não vou deixar que ela vá atrás de você.

Maggie não acreditava no que estava ouvindo. A princípio, Felix pareceu irritado, mas depois estreitou os olhos, pensativo.

— Nesse caso, quem sabe possa nos ajudar. Precisamos de três semanas aqui. No máximo um mês. Depois podemos ir para qualquer outro lugar, embora eu preferisse ficar aqui. Você não conhece esta cidade. Eu conheço.

Maggie agarrou a mão de Sam.

— Oh, Sam, ajude-nos. Pode nos dar de três a quatro semanas?

— Eu cubro as despesas e pago o que você pedir — avançou Felix.

— Não prometo que farei isso, mas para que você quer um mês, Rossi?

— É o tempo em que saberemos se haverá uma criança.

— Essa preocupação é sua, a minha é a Maggie. Gostaria de falar com ela a sós.

— Com certeza, Sam — disse Frances imediatamente. Enquanto Felix mirava Maggie com olhar de súplica, Frances o arrastou literalmente para fora da sala, fechando a porta atrás deles.

Maggie sentou-se em uma ponta do sofá e, batendo com a mão no assento ao seu lado, disse:

— Sente-se ao meu lado.

— Quando uma mulher me diz isso, normalmente tenho problemas.

— Oh, sim, você está com problemas, Sam Duffy. Mas sente-se mesmo assim.

Ele tirou o casaco e o coldre da arma do ombro, olhando em volta como se ainda não tivesse reparado na sala. Maggie pensou que ele poderia ser um lutador. Imaginou Sam em calções justos verdes, trevos tatuados nos bíceps, e pensou como os ossos do pobre Felix não tinham se quebrado.

Ele olhou na direção da porta como que para ter certeza de que estava fechada, depois se sentou onde lhe foi indicado, pondo um joelho na poltrona e virando-se para ela.

— Maggie, minha garota, como eu posso tirar você daqui? Você é muito sensível para isso. Você não pertence a este lugar. — Apontou com o polegar em direção à porta pela qual Felix e Frances tinham saído. — Isto vai virar um pandemônio.

Maggie sentiu seus olhos lacrimejarem.

— Você nem me conhece, Sam.

— Você está enganada. — Deu-lhe um tapinha na mão. — Eu conheço, porque eu conheço as pessoas. Todo tipo de pessoas. Há cinco anos que tento ser seu amigo.

Ela retirou a mão.

— Vá embora, Sam.

— Não é isso que eu quero dizer, embora seja homem. Sexo é algo que nunca recuso, mas não é disso que estou falando. O que eu quero dizer é que gosto de você, Maggie. Gosto mesmo. Há dias em que penso que você é a melhor coisa que existe naquele edifício. Você não sabe o que se passa lá.

Ela olhou-o, sua suspeita confirmando-se pela última frase que ele tinha acabado de dizer. Ela não sabia o que se passava no edifício, mas Sam sabia? Como? Não havia nada de estranho ou escandaloso acontecendo nos primeiros oito andares, ou ela saberia.

— Está falando do Sr. Brown, não está, Sam Duffy? Então presumo que não seja um porteiro de verdade, como a Frances disse. É por isso que anda armado? É para ele que você trabalha, na verdade?

Ela viu novamente sua expressão evasiva.

— Oh, você não tem que esconder isso de mim. Nada sai da minha boca a não ser que eu queira. É daí que vem todo esse perigo? Tem algo a ver com o Brown?

Sam estendeu os dedos e abriu-os com frustração.

— Maggie, o perigo está bem debaixo do seu nariz. Quando foi a última vez que Felix fez um parto? Eu li a biografia dele na internet. Você não pode pôr a sua vida nas mãos dele!

— Estou satisfeita com ele. E não perca tempo dizendo que não posso ter certeza da origem do DNA ou coisas do tipo. Não quero ouvir isso. — Virou o rosto para o outro lado.

Sam segurou seu queixo e virou a face de Maggie novamente para si, mas não falou absolutamente nada. Ela suspirou e disse:

— Eu acho que tenho que contar o suficiente para que você possa entender.

Ele assentiu, a preocupação estampada no olhar. Maggie olhou para a noite lá fora, sem conseguir enxergar o jardim dos seixos no escuro, mas vendo uma noite diferente, de vinte anos antes. Ela via a multidão que tinha se aglomerado em volta da casa dos seus pais, gritando que os Johnson deviam deixar a cidade. Para ele, poderia parecer uma invenção, uma telenovela; mas por tê-la procurado, por ter entrado de repente e ameaçado arrebentar a cabeça de Felix, Sam tinha ganhado sua confiança.

— Eu nasci em Macon, na Geórgia. Já disse isso a você?

Ele balançou a cabeça.

— Bem, nasci lá. Está pronto para uma história piegas?

— O que aconteceu?

— Nós éramos fazendeiros. Meu pai tinha mil hectares de terra, todos honestos, até que tivemos três anos seguidos de seca. Como todos os outros fizeram, ele pediu um empréstimo ao banco para ir se mantendo, mas a terra do meu pai era muito fértil. Sabe o que aconteceu?

— Não houve empréstimo.

— Não houve empréstimo. Execução hipotecária. Nós fomos para o norte, como muitos outros fizeram, com pouco mais do que nossas roupas no corpo. Um homem habituado a cultivar a sua própria terra recolhia o lixo dos outros. Isso o matou em menos de três anos. Minha mãe durou mais um.

— Que idade você tinha?

— Quinze.

Ele esticou as pernas e reclinou-se para trás, como se tivesse sido atropelado.

— E você ficou sozinha em Nova York?

— Sim, consegue imaginar como isso foi difícil?

— Como as pessoas conseguem sobreviver a tragédias como essa? Os irlandeses também as sofreram.

— Eu posso dizer como consegui.

— Como foi?

— Pela graça de Deus. Com a ajuda da minha amiga Sharmina, e da igreja batista da Rua 131.

Sam assentiu.

— O que está tentando me dizer, Maggie?

— Que você não consegue imaginar os problemas que já enfrentei. Por isso, agradeço a você, Sam Duffy, agradeço, mas não preciso que tomem conta de mim. Não sou uma coisa pequena e frágil.

— Como quer que eu deixe você aqui, sabendo o que vai fazer?

— Eu prometi a minha vida a Deus. Foi Ele quem me ajudou antes. Ele também vai fazer isso agora.

— Então é assim? É por isso que ainda é virgem? É por isso que quer ajudar Felix Rossi?

Depois de ter mantido o olhar nele por um tempo, ela baixou a cabeça. Nunca tinha sido mentirosa e não ia começar agora, especialmente para um homem que tinha vindo com o intuito de ajudá-la.

— É isso que digo a mim mesma. Há dias em que acredito que é assim. Há um nome para aquilo que eu sou, sabe qual é?

— Qual?

Seus olhos ficaram marejados.

— Sou apenas uma solteirona, Sam.

Ele balançou a cabeça.

— É verdade. Sou uma solteirona e, além disso, uma solteirona feia.

— Maggie, você tem apenas trinta e qualquer coisa, não é verdade?

— Trinta e cinco.

— Você não é velha. Você não é feia. Alguma vez já olhou para os seus olhos?

— Se meus olhos pudessem andar sozinhos, sim, alguém podia dizer que não sou tão ruim. Mas, no caso, estão ligados a todo o resto: meu rosto comum, meu cabelo curto, as pernas magrinhas, o traseiro grande e... Há espelhos por onde quer que eu vá, Sam, e não sou cega. Ninguém vai me confundir com Adeline, por exemplo.

— Adeline que vá para o inferno.

— Muitos homens desceriam até lá por causa dela, disso pode ter certeza. Lembra-se do meu chapéu Graham Smith? Quando ela o colocou, eu vi como o chapéu foi feito para ser usado!

— Então foi isso que levou você a fazer isso. Maggie, não diga essas coisas! Não se dilacere. Você não é o que diz ser.

— Você não me conhece, eu já disse.

— Acha que não? Lembra-se de eu ter contado que fui marinheiro?

Ela olhou-o.

— Sim.

Ele mostrou uma cicatriz no pescoço.

— Foi uma prostituta em Taiwan que fez isso.

— Oh! — exclamou Maggie, tentando não parecer escandalizada.

— Se tem alguma coisa de que entendo, é de mulheres. Outra coisa de que também entendo bastante bem é da maioria dos homens. Agora, eu? Eu sou metade cafajeste, como você sempre disse. Gosto de sexo bruto, Maggie. Não resisto a uma prostituta perigosa. — Ele riu. — De fato, encontrei recentemente a minha versão feminina. Provavelmente não voltarei a vê-la, mas ela é uma gata selvagem, tal como eu. Tenho outro mau hábito. Não consigo me afastar das bebedeiras e das brigas nas docas. Pelo menos duas vezes por ano tenho que ir lá.

Maggie sentiu-se magoada ao imaginar a versão feminina dele.

— Bem, acho que, se quisesse, você poderia pelo menos tentar se afastar, Sam.

— Estou dizendo que conheço as pessoas pelo avesso, das entranhas às aparências, e, às vezes, não há diferenças. Maggie Clarissa Johnson...

Ela sorriu.

— Não se esqueceu do meu segundo nome?

— Eu sei quem você é.

Ela fitou-o, desconfiada.

— Quem sou eu?

— É tão forte como aquela prostituta de Taiwan, mas ela não tinha o seu bom coração. Ela não era sábia, você é. Você tem mil vezes mais coragem. Só naquele apartamento, você bate a Adeline várias vezes. Você tem uma beleza muito própria. Você nota tudo o que se passa ao seu redor. Você me faz rir de mim mesmo... Você é... Eu vou mostrar quem você é realmente.

Sam Duffy deixou de tagarelar e agarrou Maggie tão repentinamente que ela não teve tempo de se mexer. Pôs uma mão em seu rosto e a beijou. No começo, os olhos dela ficaram muito abertos, em estado de choque. Depois os fechou e desfrutou o primeiro contato da boca de um homem nos últimos catorze anos. Estava espantada. Aquilo passou por ela como uma tempestade e fez com que sentisse um fluxo de paixão por entre as coxas. Sam Duffy a amava, e, embora ele não fosse exatamente o herói com quem ela sempre sonhara, mas que nunca havia aparecido, ele estava ocupado fingindo ser ele.

Ela o beijou. Mesmo quando pensava que precisava respirar, beijava-o. Divertiu-se com o arranhar na barba dele, pois era tão diferente de sua pele macia. Ela se inebriava com o cheiro dele — a pele dele, sua loção pós-barba, a jaqueta de couro e seu suor, a floresta e o muro que ele tinha subido. Parecia-lhe o melhor aroma da Terra. Sentia os músculos de seu peito, ombros, braços — levantou a mão para ver a mão dele, maior, cobrindo-a. Durante todo o beijo, Maggie sentia cada movimento de seus lábios, que a comprimiam e acariciavam, sua língua como um bastão de fogo líquido. Ela sentiu a ereção dele contra o seu corpo e a tocou — fechou os olhos para sentir a beleza de sua forma. Sentiu as mãos dele aquecendo sua carne em movimentos ondulantes. Maggie recebeu o prazer dessas sensações e as guardou na memória do seu corpo. Abriu os olhos e olhou com amor, com adoração, para o homem que ela sabia que seria sempre o seu melhor amigo.

— Sam Duffy — disse ela baixinho.

Ele resmungou com o rosto encostado ao seu cabelo e puxou-a mais para si.

— Sam Duffy...

— Maggie — ele murmurou, e pôs uma mão na sua roupa de baixo.

— Sam, agora você tem que parar.

— Não. — E puxou-a ainda mais.

Ela mexeu em seus cabelos e disse:

— Sam, eu não lhe pertenço, você tem que me largar.

Ele mirou-a com um ar assustado e beijou-a. Olhou em seus olhos e voltou a beijá-la.

Maggie não correspondeu como tinha feito de início. Não podia. Estava sendo agarrada por outras mãos.

Capítulo 30

Quinta-feira no meio da tarde — Ponte George Washington

O carro de Sam passou rapidamente pela ponte George Washington em direção a Nova York, e sua única mágoa era Maggie não estar com ele. Ela não tinha mudado de ideia e ele não tinha grandes esperanças de que o fizesse. Tudo o que Maggie fizera fora deixá-lo em péssimo estado.

Sam mentiu um pouco. Não tinha lhe passado seriamente pela cabeça que ela poderia ser boa de acariciar. Quando ela baixou a guarda, ele a beijou por impulso — apenas porque gostava muito dela. Se ela soubesse disso, provavelmente iria odiá-lo, mas havia coisas piores do que se preocupar com o que alguém sentia.

Também pensou que tudo aquilo estaria terminado se ela não fosse mais virgem. Não esperava que ter Maggie nos braços fosse tão bom. Ela não era um alarme de incêndio como a sua dançarina, mas estava ali cem por cento com seu homem — abraçando, beijando, tocando nos locais certos, da maneira certa. Deus, como tinha sido difícil parar.

Por que ela tinha se colocado numa gaiola — nunca tendo um homem na vida inteira? Por que ela se achava feia? Na verdade, não era uma beleza clássica, nem perto disso. Mas Maggie tinha uma aparência muito agradável. Pelo menos para ele. Normalmente, quando as mulheres não gostavam delas mesmas, alguma coisa lhes tinha acontecido. Sam imaginava o que poderia ter sido. Não tinha sido estuprada.

Ele honrara seus desejos e se contivera durante o resto da noite, embora tivessem ficado acordados conversando durante horas. De manhã, ele perguntou novamente se ela tinha intenção de continuar com o esquema de Rossi. Maggie confirmou.

Então Sam resolveu fazer algo: verificou se o local estava grampeado. Fez com que Felix comprasse o melhor sistema de segurança. Já haviam começado a instalar antes de ele ter vindo embora. Encomendou um produto para ser colocado nos vidros, para dificultar a visão de fora para dentro. Disse a Rossi para ser rápido a tratar do testamento, de modo a tirar a casa do nome da tia e colocá-la em nome de outra pessoa — no da Maggie, por exemplo, pois ela poderia estar arriscando a vida por ele.

Rossi o fitara com uma expressão estranha. Na próxima visita, Sam investigaria o que aquele olhar queria dizer.

Frances Rossi seria um problema menor, e já considerava o fato naquele momento. Ela adorava o irmão, mas detestava o que ele estava fazendo. Suas ações não seriam previsíveis. Durante a maior parte da discussão, ela tinha demonstrado que queria ver Sam morto, mas ele tinha a impressão que era o gênero de ódio que facilmente se transformaria em desejo. Naquela manhã, até conseguira que Sam a visse num robe e numa camisola finíssimos e transparentes. Provavelmente não o fizera conscientemente. Os hormônios estavam no ar. Rossi tinha duas mulheres cativas que deviam estar nos braços de seus homens.

Quando se cruzaram de manhã, os olhos de Frances tinham se colocado na parte da frente das calças dele como raios X, e então ela desaparecera bruscamente, agindo como se o odiasse novamente. Estava maravilhosa naquelas roupas, fazendo-o desejar que uma mulher rapidamente aparecesse de boa vontade em sua cama.

A vida de Sam se tornara complicada.

Enquanto regressava, passando pela parkway, não olhou para a água ao longe no horizonte nem olhou para o Riverside Park como habitualmente fazia. Sam pensou em Brown, que esperava uma resposta. Pensou no perigo em que Maggie se metera.

Entrou na garagem antes das três da tarde. Pela primeira vez em onze anos, Sam sabia que ia mentir ao Sr. Brown. Normalmente, as intenções de Brown eram benignas e esclarecedoras. Sam tinha certeza. Mas isso não impedia que um espectador ocasional fosse reduzido a pó.

Deixou as chaves na garagem dos carros e entrou n'*O Quartel*. A sala estava cheia. Parecia que todos estavam de serviço, embora assistissem a Tiger Woods alinhar um *putt* impossível, os olhos parecendo lasers. Tiger colocou-se em posição, posicionou a bola e eles berraram de satisfação.

— O que vocês todos estão fazendo aqui? — perguntou Sam, encostando-se à porta.

— Noite de abertura da Feira de Antiguidades de Inverno — disse um deles.

— Oh, é verdade.

A Feira de Antiguidades de Inverno iria ocorrer no Arsenal do 7º Regimento, que ocupava um quarteirão entre a Rua 66 e a 67, na Park Avenue. Os motoristas e as limusines tinham mais movimento em noites de gala de caridade como aquela, porque a maioria dos inquilinos que estivessem na cidade iria assistir.

Sam gostava do edifício grande de tijolo vermelho. O assoalho era o original, do século XIX, desenhado por Tiffany e Stanford White, mas as infiltrações de água causaram enormes estragos e várias salas se encontravam fechadas. Naquela noite, ninguém veria essas fendas. O ponto de convergência seria o Drill Room, o maior salão da cidade, com abertura no interior, e também o mais antigo de todo o país com aquilo a que chamavam *cobertura em balão*. Em favor da East Side Settlement House, pagariam dois mil dólares por cabeça para entrar. Ele achava que não deviam ficar apenas por ali, mas manter o edifício também era dispendioso. Dava pena ver as paredes com infiltrações e o estuque ou caindo, ou já no chão, em quartos verdadeiramente únicos. Isso é que era herança.

Deu uma olhada no horário de escala das limusines e depois subiu à cobertura, pensando que o nome dos Rossi se encontraria ali na lista do evento se estivessem onde deveriam, e não tentando trazer Jesus de volta.

O Sr. Brown dessa vez levou algum tempo para aparecer, por isso Sam esperou na biblioteca, entre as estantes. Brown gostava que as visitas dessem uma olhada em seus livros. Ele começaria a conversa por aquilo em que elas tivessem mostrado interesse.

Sam encontrou uma seção inteira com uma legenda na qual estava escrito "Africana" e leu as lombadas dos livros. *Things Fall Apart,* de Chinua Achebe, *The Lost Cities of Africa,* de Davidson, e trabalhos de famosos escritores africanos e afro-americanos de quem Sam tomara conhecimento quando estudava. Os livros faziam com que sentisse mais confiança em relação aos envelopes secretos que tinha entregado no consulado, embora não lesse jornais fazia dois dias. Na outra prateleira "Africana", havia livros que detalhavam os problemas sociais dos negros no país e no exterior. Um em particular chamou a sua atenção, *The Bottom Rung: African American Family Life on Southern Farms,* quando se lembrou da história de Maggie. Memorizou o título e o autor, sabendo que não seria prudente revelar seu interesse a Brown.

Estava sentado no seu lugar habitual no sofá quando o Sr. Brown apareceu.

— Olá, Sam. Muitos acontecimentos. Como vai o seu projeto?

Sam sabia mentir convincentemente, mas Brown sabia obter a verdade.

— Eu diria que há noventa por cento de probabilidade de não ser mais do que o exagero de um jornalista. No pior dos casos, é do estilo *levante a bandeira e veja quem faz a continência*... Esse tipo de gente. Provavelmente ouviu algum rumor e...

— Dê-me detalhes.

Sam esperava escapar dessa.

— O jornalista é da aristocracia inglesa e trabalha como o diabo para mantê-la, mas quer fazer nome enquanto espera. Já por duas vezes escreveu artigos inconsistentes. O *The Times* está a ponto de se livrar dele. Mesmo sob pressão, não deu nem nomes nem fontes.

Sam dissera a verdade. Brown estava imóvel.

— Não quero conjecturas. Nesse caso, quero os outros dez por cento.

— É mais do que uma conjectura. Tenho profissionais muito bons em contato com ele. O fulano tem tudo a perder e nada a ganhar mantendo a boca fechada. Disso tive certeza.

O Sr. Brown olhou Sam com atenção.

— Onde ele está agora?

Sam sentiu um arrepio. Brown já devia ter aceitado sua palavra àquela altura. Não podia dizer de maneira nenhuma que Newton se encontrava nos Estados Unidos.

— Os meus contatos estiveram com ele em Londres, antes de ontem à noite.

— Está bem. Fique com o caso até ele estar cem por cento resolvido. Se ficar resolvido esta noite, terei outra missão para você.

Sam hesitou, agradecido por Brown não saber quem estava sendo clonado ou que Rossi tivera acesso ao Sudário. Ele ficaria desconfiado da ausência de Rossi. Brown dissera que não queria que o cientista fizesse nada estúpido. O que isso queria dizer?

— Eu posso saber quem é quem nessa história de clonagem e fazer um resumo de quais as intenções deles.

— Não! — Brown deixou o livro que tinha na mão cair com estrondo em cima da escrivaninha. — Eu quero esses dez por cento. Se houver uma possibilidade de alguém estar clonando o Lincoln ou Alexandre, o Grande ou... quem quer que seja, eu quero saber, e rápido. Mantenha o jornalista como sua prioridade até ter certeza de tudo. Todo o resto é secundário. Todo.

Algo preocupante passou pela mente de Sam: a história do rei Herodes mandando matar todos os filhos varões porque tinha ouvido dizer que Jesus Cristo nascera. Que diabos preocupava Brown? Por que se interessava por um clone, fosse ele quem fosse?

— Certo — respondeu Sam, tentando mostrar segurança na voz. Nesse momento, sentia-se arrependido de não ter feito mais perguntas a Brown durante os últimos onze anos.

Brown aquiesceu e abandonou a sala. Sam desceu no elevador público, desejando que as portas se abrissem e que Maggie aparecesse, ali, no lugar a que pertencia, metendo o nariz em tudo.

Se Brown estava preocupado com Alexandre, o Grande, Sam imaginou o que ele pensaria sobre um clone de Jesus Cristo.

Precisava pensar, ponderar o efeito que o rumo dos acontecimentos poderia tomar, para poder intervir antes que caíssem todos num precipício. Parecia que qualquer análise lógica ou mesmo a menor precaução estavam a seu cargo. Rossi e Maggie encontravam-se perdidos numa terra religiosa do "la la la". Frances provavelmente faria tudo que o irmão dissesse, mesmo que não concordasse. Se Newton descobrisse a localização dos Rossi, provavelmente seguiria com a história. Rossi era uma figura pública no que se referia à sua profissão. A lei não o protegeria da publicidade, desde que não fossem ditas mentiras. Nesse momento, proteger Maggie do mundo exterior seria impossível.

Quando é que ela tinha se tornado tão importante para ele? Em algum lugar, ao longo daqueles cinco anos, ao vê-la diariamente. Nunca tinha conhecido nenhuma mulher tão equilibrada e serena como ela, que não tinha feito uso das consequências do seu sofrimento e dos atropelos da vida. No entanto, Maggie nem sequer fizera sexo. Mas tinha um coração, e um que podia facilmente ser partido. Isso ele sabia ver.

Sam dirigiu-se ao seu apartamento, tomou um banho e vestiu o uniforme, saboreando o prazer de algumas horas na portaria, para poder pôr os pensamentos em ordem. Pensou em telefonar para Cliffs Landing, mas decidiu que não o faria. Não tinha encontrado escutas ali, porque Brown confiava nele, mas, se Brown tivesse alguma suspeita, Sam não tinha ilusões de que mandaria grampear tudo.

Às 16h30 substituiu seu colega, e viu a primeira limusine chegar para começar a levar os inquilinos ao evento. Pouco tempo depois, o Sr. e a Sra. Amsterdam desceram. Ele se aposentara ainda novo e fizera milhões no negócio da arte — especialmente no mercado negro do mundo da arte, segundo os rumores.

— Boa noite, Sra. Amsterdam, senhor — disse Sam, encaminhando-os para a limusine.

Sam abriu a porta.

O Sr. Amsterdam olhou para a mulher, mas, com evidente indiferença, deu a volta no carro, como se já tivesse feito o suficiente em ter vestido um terno de cerimônia, gastado dois mil dólares por bilhete e o dobro ou o triplo dessa importância no volumoso vestido dela. O porteiro podia ajudá-la a entrar no carro.

Um por um, foram todos descendo para as limusines, as mulheres resplandecentes em seus vestidos de estilistas famosos, que ultimamente não estavam tentando transformá-las em vampiras, pois as mentes da moda tinham mudado. Agora elas podiam novamente ficar lindas. Os penteados já se pareciam menos com aqueles que tinham todo o aspecto de quem dormira em um celeiro. Amanhã veria as fotografias no jornal, nas páginas sociais, um mês mais tarde na seção das festas, nas revistas elegantes.

Sam não olhava com desprezo as vidas esplendorosas deles. Sim, se eles fizessem a doação do custo dos vestidos, dos penteados, dos ternos de cerimônia, da orquestra e da comida, o lado beneficente no mínimo quintuplicaria. Mas eles eram seres humanos, tal como ele. Podiam magoar, estar perdidos, estar certos ou errados, estar deprimidos como o diabo ou tirar o melhor partido da vida. Ou podiam ser bestas completas como o Rossi, com capacidade de fazer sonhos sobrenaturais reais, porque era rico. A fé que Maggie tinha nele era assustadora. Rossi era perigoso.

Sam olhou para cima, para a cobertura, e admitiu a verdade. Brown também era.

Sorriu para todos os inquilinos até a última limusine se afastar e ele finalmente ficar à porta sozinho. Na escuridão da noite, encontrava-se na calçada da larga Quinta Avenida, que era suficientemente elegante para ter muita gente. Ali, conseguia esquecer que sete milhões de pessoas viviam na cidade.

Imaginou várias coisas que podiam ocorrer em Cliffs Landing. No momento, só Jerome Newton era uma ameaça. Por enquanto, Brown não tinha maneira de saber nada sobre os Rossi, a não ser que viesse a descobrir que Newton era o jornalista que estivera no edifício. No entanto, aparentemente, Brown se esquecera desse assunto.

O futuro distante parecia pior, especialmente para Maggie, fosse qual fosse o rumo de sua imaginação. Em nenhum ele se via fazendo muito sexo. No fim das contas, tinha de estar em Landing quando não estivesse trabalhando, tentando convencer Maggie a parar com aquela loucura. Se falhasse, tinha que cuidar dela, porque chegaria o dia em que alguém teria conhecimento do que estava acontecendo.

Por sorte do destino, ele sempre passara suas horas livres fora do edifício, bebendo com os seus colegas no Molly Malone e curtindo Manhattan. Isso lhe dava a possibilidade de se deslocar até Landing sem provocar suspeitas em Brown.

Entretanto, reparou que um táxi diminuía a velocidade e se dirigia para a entrada do edifício. Sam aproximou-se da entrada, preparado para abrir a porta, mas o vidro da janela se abriu e ali estava Jerome Newton vestindo um terno de cerimônia.

— Colorado, hein? — disse Newton, sorridente.

Sam ficou de boca aberta com o choque.

— Não os encontrou?

— Não, e nem por um minuto acredito que esteja surpreso.

— O que aconteceu?

— Não se preocupe em fingir que está sendo sincero. Eu não acreditaria em você. Quando é que pode me devolver o dinheiro?

Sam encolheu os ombros.

— Agora, está bem? — Pegou a carteira, tirou os quinhentos dólares e lhe entregou.

— De qualquer maneira, como você se chama?

— Hickock. Walter Hickock.

— Hickock, é? — Newton apertou os lábios. — Bem, Hickock, presumo que não o verei na Feira de Antiguidades de Inverno. É lá que vou estar, junto com a maioria das pessoas para quem você trabalha, eu acho. Uma pena que não possa vir. Tá-tá. — Newton fechou a janela e o táxi arrancou.

Sam ficou olhando para ele, mais preocupado do que antes. Newton devia estar apoplético, mas não estava. Apenas levemente irritado, o que não fazia sentido. Agora teria que descobrir por que Jerome Newton não estava furioso.

Capítulo 31

Sexta-feira de manhã, uma semana mais tarde — Cliffs Landing

— Não, senhor, fomos nós de novo — disse Maggie para o homem da segurança, e desligou o telefone da cozinha. Ela tinha de novo tropeçado sem querer num alarme, dessa vez ao abrir a porta da cozinha. Tudo mudara naquela semana em que estavam em Cliffs Landing e até agora ainda não haviam se habituado a nada daquilo. Quase todos os dias, ela, Felix ou Frances faziam algo que obrigava a central de segurança a ligar. Só agora a casa tinha deixado de cheirar mal.

Depois que os homens que vieram fazer a instalação saíram com os seus ferros de soldar, a maioria dos quartos cheirava a fio elétrico queimado. Quando chegou o outro grupo para tratar das janelas exteriores, um produto químico muito forte dissolveu o cheiro de queimado, mas fez os olhos de Maggie começarem a lacrimejar e Frances começou a espirrar e a queixar-se de que não conseguia respirar.

Sam dizia que valia a pena. Pela primeira vez, estavam fisicamente em segurança. O que ele não sabia era que, durante três dias, até o cheiro ter desaparecido por completo, Felix tinha aberto todas as janelas e portas assim que ele saía, para evitar que o cheiro dos produtos químicos afetasse Maggie.

— Era você? — perguntou Sam da porta enquanto baixava a pistola.

Ele tinha passado a noite lá instalando mais alguns pontos extras de vigilância.

— Sim, desculpe ter acordado você.

— Não tem importância, tenho que voltar para o trabalho. — No entanto, não foi embora. Colocou a arma no coldre e fitou-a com um olhar sombrio.

— Ainda é cedo, você vem dar uma volta comigo até a cascata, Maggie?

— Ainda está escuro, Sam, e um frio de rachar.

— Podemos ver o nascer do sol.

Ela não queria ir, mas achou que não devia perder a oportunidade de estar a sós com ele e tentar fazê-lo contar. Sam estava preocupado com alguma coisa sobre a qual não queria falar. Ela teve suas suspeitas, quando ele deixou escapar algumas informações sobre acontecimentos desagradáveis no edifício. Em sua opinião, ninguém que vivia no edifício conseguiria fazer um homem como Sam se preocupar, a não ser um homem como Brown.

— Está bem, eu vou.

Vestiram casacos, ele pegou cobertores e saíram, os seus pés fazendo barulho ao pisarem nos seixos. Ela seguiu Sam pelo jardim, ao longo da pequena elevação, dando pontapés nas avelãs que estavam debaixo de um tapete de gelo formado pelas folhas mortas. Dois esquilos, devidamente providos para o inverno, saltaram na frente deles. Aqui e ali passaram por árvores de folhas com grossas agulhas permanentes, mas a maior parte das árvores estava despida, com os troncos marrons formando um labirinto de pontas gigantes, tornando-se mais distintos no escuro.

Pouco depois ouviram o barulho da água correndo na cascata. Sam encontrou um bom lugar onde colocou os cobertores que trazia. Com as costas no tronco de uma árvore, ela sentou neles um pouco afastada de Sam.

Agora era ele quem comandava. Sua autoridade só cessava no laboratório e na sala de obstetrícia. Ele até tentara intervir, mas Maggie ouvira Felix enxotá-lo como a uma mosca.

Em todo o resto, Felix deixara Sam decidir. Já não era com facilidade que conseguia ver através das janelas, e também não conseguia entrar sorrateiramente em casa sem tropeçar num alarme. Maggie tinha uma casa de milhões de dólares em seu nome e um carro de 700 mil dólares. Sentia-se diferente, mas não por causa disso.

Não sabia se eram os hormônios das injeções que estava tomando diariamente ou as mãos de Sam passando por ela na primeira noite, mas a paixão que tinha sentido com Sam estava sempre presente. Seu corpo tinha desejos que ela esquecera poder sentir. Mesmo agora, tentava ignorar como o cachecol de Sam estava comodamente envolto no seu pescoço e como os músculos dos braços dele estavam comprimidos contra a jaqueta de couro.

Felix fazia exames todas as manhãs para verificar se os óvulos estavam amadurecendo. Maggie podia lhe dar a resposta sem ele ter que fazer isso. Estavam amadurecendo a cada dia.

Como se tivesse lido a sua mente, Sam virou-se para ela. Ela não conseguia ver a expressão de seu rosto, pois ele estava de costas viradas para o nascer do sol.

— Maggie, minha garota, como se sente? Com muito frio? — Ela conseguia ver a sua respiração no amanhecer gelado.

— Não.

— Venha, deixe-me aquecer você.

Ele pegou suas mãos, tirou-lhe as luvas e pôs as palmas das mãos dela em seu rosto esfregando as costas das suas mãos.

Naquela manhã fria, Maggie sentiu como se um relâmpago a estivesse percorrendo através das mãos. Seus seios pequenos haviam ficado mais cheios por causa dos medicamentos que estava tomando para a fertilização. Agora sentia os mamilos fazendo pressão em seu casaco.

— Sam, pare com isso!

Ele tentou abraçá-la.

— Chega, Sam Duffy. Viemos para andar, não para ficar sentados. — Ela se levantou e começou a andar na direção da falésia. Sam estava às voltas com os cobertores, rindo.

— Você é fresco, sabe disso? — disse Maggie quando ele a alcançou.

— Isso eu sei.

Maggie parou e olhou para cima, para o rosto dele.

— Por que você usa arma?

— Você sabe por quê.

— Ninguém sabe que estamos aqui. Talvez possam vir a saber, mas neste momento não sabem. Por que está com isso? Com o que você está preocupado?

Ele sorriu.

— Você.

Maggie abaixou-se bem a tempo de evitar um beijo.

Passearam ao longo da falésia e viram o nascer do sol, as luzes brilhando do outro lado do rio, e ouviam o barulho da água da cascata enquanto Sam assobiava uma canção irlandesa, Too-ra-loo qualquer coisa... Maggie não se lembrava do nome, mas a canção era bonita. Ela o levou a Skunk Hollow e subiram ao topo do monte. Mostrou-lhe onde devia ter sido o alicerce da igreja antiga, ao lado do cemitério. Maggie imaginou que conseguia ouvir o pastor negro, tio Billy Thompson, há muitos anos discursando para todos os seus paroquianos, brancos e negros, homens e mulheres.

Será que ele aprovaria o homem branco de cachecol no pescoço e casaco de couro, que andava armado e estava constantemente tentando beijá-la?

No dia seguinte, bem cedo, depois de Sam ter ido embora, Maggie encontrava-se na sala de estar olhando através das paredes de vidro duplo. Seu ciclo menstrual tinha manifestado a fase certa. Se os exames de hoje apresentassem bons resultados, ao fim do dia Felix aplicaria a última injeção que amadureceria os óvulos por completo.

Estava tão entusiasmada que desde as quatro horas da manhã não conseguia dormir.

Através do vidro, agora apenas num sentido, via Felix passear sozinho na floresta, com um casaco sobre o pijama. Ou também estava agitado, ou não tinha conseguido dormir, pois Adeline telefonara na véspera. Frances conversara com ela por cerca de uma hora, explicando em que ponto estava a situação. Quando Felix soube que Adeline estava na Itália, na casa da prima Letizia, disse que não podia ir ao telefone, mas que lhe mandava lembranças. Que tipo de lembranças, Maggie não conseguia compreender. Na opinião dela, ele estava sendo horrível. Talvez estivesse chateado por ela não ter ficado para ajudar.

Mais nada aconteceu desde aquele outro dia, pelo menos nada de que Maggie tivesse conhecimento. Reparou que Frances às vezes olhava para Sam por longos períodos e que Sam também a olhara uma ou duas vezes. Mesmo Maggie tendo sempre cortado as investidas de Sam, aquilo a magoara.

Maggie saiu da sala de estar e dirigiu-se para a cozinha, onde pegou um esfregão que passou duas vezes no chão da sala de jantar. Não havia pó. Não havia sujeira.

Quando ouviu o relógio *art déco* da sala dar as seis horas da manhã, ouviu logo a seguir o fraco trinar do relógio de Felix e correu escada abaixo para seu quarto. Vestiu um roupão limpo e dirigiu-se para a sala de obstetrícia, sentando-se impaciente na cama, com os quadris doloridos das injeções que tinha recebido.

Felix entrou bocejando, com o casaco ainda sobre o pijama. Ela disse:

— Por favor, deixe que hoje seja o dia.

— Bom dia, Maggie, sente-se bem? — Ele passou por ela em direção ao laboratório, trouxe o gráfico dela, pôs-lhe o termômetro na boca e colocou-lhe o medidor da pressão arterial, mal a olhando. Após uma semana com dois exames por dia, já haviam se habituado um ao outro. No quarto dia, Frances deixara de vir, pois já se tornara rotina.

Ele retirou o termômetro da boca dela.

— Sua temperatura está normal.

Ela olhou para o pulso.

— E a minha pressão arterial também está normal, não está?

Ele continuou a olhar para o gráfico.

— Parece que sim, Maggie. Parece que sim. Certamente melhor do que estava. Você tem melhorado.

Ela sabia que sim. Andava comendo alho cru até o estômago arder, bebendo galões de chá de menta. Nem um grão de sal tinha passado pelos seus lábios. Não tinha ainda tocado numa frigideira.

Enquanto ele lavava as mãos, Maggie examinava as marcas das picadas pelos seus braços. Catorze ao todo. Aquela seria a décima quinta. Ele colocou luvas cirúrgicas, retirou sangue e dirigiu-se para o laboratório.

— Senhor, Você foi o primeiro químico — balbuciou ela. — Abençoe os resultados dos meus exames.

— O nível do seu estradiol está normal — disse ele quando regressou. — Vamos ver o tamanho dos folículos.

Isso significava uma ecografia vaginal. Maggie conteve sua alegria e posicionou as pernas nos suportes, mudando sua oração. Sempre fora uma mulher religiosa, mas nesses últimos dias sentira uma reação física diferente, sentia-se como um rio, como os montes e as serranias, como as árvores e as rochas de Cliffs Landing. Às vezes, a sensação era tão intensa que lhe custava respirar, custava raciocinar. Sentia-se suficientemente amadurecida e esses exames estavam tornando-se, eles próprios, uma provação. Felix nada significava sexualmente para ela, mas o estado estranho em que o seu corpo se encontrava a traía. Sentiu a vagina contrair-se em volta do dedo dele ou da sonda da ecografia vaginal — uma especialmente fina, feita para virgens. Ela estremecia ao mínimo toque. Até o vento conseguia excitar seu rosto, seus lábios. A luz do sol batendo no rio a fazia chorar. O chilrear das andorinhas-pardas era música para seus ouvidos. Quando Sam assobiava sua canção irlandesa, queria agarrar-se a ele.

Somente a misericórdia do Senhor evitava que ela pusesse as mãos de Sam exatamente onde ela tanto ansiava.

— Senhor, modere-me — murmurou ela durante o exame.

Felix parecia não reparar no estado em que ela se encontrava, ou, se reparou, apenas assentiu e disse que estava tudo bem. Para Maggie era humilhante. Ela tinha certeza de que Maria, a primeira mãe de Jesus, não havia reagido assim.

Felix acabou de examiná-la e deu um tapinha em seu joelho para avisar que tinha acabado.

Ela fechou o roupão e sentou-se, notando a expressão de júbilo que ele nunca conseguia esconder quando as coisas estavam correndo bem.

— Estou pronta, não estou?

Felix sorriu — meio criança no Natal, meio pai vaidoso. Excetuando o jantar da noite anterior, ele tinha passado o dia inteiro e a maior parte da noite ali e no laboratório, mas, se estava cansado, não se notava.

— Sim, Maggie. Sim, está. Os folículos estão com dezoito milímetros. Esta noite aplicarei uma injeção de HCG, Gonadotrofina Coriônica Humana. Podemos retirar os óvulos cerca de um dia e meio depois. Está tudo perfeito!

Maggie não cabia em si de satisfação; agarrou-se a ele e abraçaram-se animados.

— Está bem — disse ele, endireitando-se. — Agora temos uma decisão a tomar, lembra-se? O meu amigo anestesista pode vir aqui para aplicar um sedativo intravenoso ou uma epidural. Mas, francamente, não gostaria de trazê-lo para cá.

— E eu também não quero mais ninguém mexendo em mim.

— Antes de tomar uma decisão final, deixe-me explicar. A sua pressão arterial baixou, globalmente, mas, de vez em quando, não tem os níveis que devia ter. Isso se chama hipertensão instável. No entanto, acho que ao final nós a teremos controlado. O outro fato é que uma anestesia geral tem alguns riscos, assim como a epidural.

— Sim, eu os conheço.

— Para nós, o mais significante é que os óvulos vão ficar mergulhados em anestesia. Para os óvulos, é preferível que eu aplique uma anestesia local no último momento e que dispensemos as outras drogas, mas você vai sentir, Maggie. Acha que consegue?

— Não quero que nada aconteça a esses óvulos. Foi difícil fabricá-los, para começar.

— Então estamos de acordo. Você é muito corajosa. Antes que me esqueça, não podemos dizer nada ao Sam. Temos que fazer isso quando ele não estiver aqui. Ele não confia em mim. Nem um pouco. — Felix olhou na direção do crucifixo de madeira que Maggie tinha colocado por cima da cama de parto. — Sam é a primeira pessoa que encontrei durante toda a minha vida que não tem nenhuma confiança em mim. Se ele ouvisse você gritar, poderia entrar. Tudo pode acontecer, sem falar nos germes que transportaria.

Ela não estava pensando em Sam.

— Eu vou mesmo gritar?

Ele olhou, apreensivo.

— Sim, lamento, mas acho que vai.

Ela suspirou.

— Talvez seja melhor começar a treinar para não gritar.

— Pratique apenas a respiração, como ensinei. Eu serei tão rápido quanto possível. Logo que recolher seus óvulos, juntarei as células do Sudário. Se os resultados forem positivos, podemos tentar o implante cinco dias mais tarde. Aplicarei em você outro tipo de injeções para manter o seu corpo preparado.

Maggie franziu o cenho. Se ela não dissesse agora o que lhe estava acontecendo, depois seria tarde demais. Sabia que o devia fazer. Ele era o seu médico. Não devia arriscar não contar certas coisas. Engoliu em seco e fechou os olhos.

— Felix?

— Sim?

— Há algo bem, bem diferente dentro de mim. Eu venho querendo contar isso…

— O quê? — perguntou ele. Ela conseguiu ouvi-lo sentar ao seu lado num dos bancos com rodas. — Qual é o problema, Maggie?

Ela manteve os olhos fechados.

— Ultimamente não tenho me sentido muito como uma virgem.

Ela abriu os olhos quando ele soltou um riso abafado e lhe deu uns tapinhas nas mãos.

— Eu percebi, mas isso é normal. Na realidade, é um ótimo sinal.

— Ah, é?

— Normalmente, o corpo das mulheres perto da ovulação produz mais testosterona. Ajuda a amadurecer os óvulos e a encoraja a procurar ou aceitar o parceiro para fertilizá-los. Você está tendo não só essa prova como os efeitos do tratamento reforçado para ovulação que eu tenho feito. Eu devia ter alertado você. Mas em muito pouco tempo vai abrandar, principalmente se a implantação der certo. O seu corpo vai expelir hormônios diferentes nesse período.

— Aqueles que dizem não vale a pena fazer mais sexo, já está grávida?

— Sim, esses. Agora, Maggie, é melhor falarmos sobre a parte que temos evitado. — Ela olhou para o lado sabendo o que ele ia dizer. — Quando retirar os seus óvulos, vou ter que usar um espéculo.

— Está bem, pode me mostrar agora. Qual deles será?

Ele pegou um instrumento de plástico branco que parecia um bico de pato com mola, duas pranchas compridas presas a um cabo. Tinha um ar arrepiante.

— Para ser direto, serve para manter a mulher aberta lá embaixo. Eu preciso ter uma visão completa da sua cérvix. Vai ser um pouco desconfortável, mas este é o menor tamanho; na verdade, chama-se o espéculo virginal. Farei o possível para não rasgar o seu hímen.

Maggie deu de ombros.

— Não há razão para mantê-lo. Se o bebê vai sair, ele vai ter que sair de qualquer jeito. Antecipe-se e acabe com o problema. Rasgue-o.

— Está bem. Se você está tão segura, eu faço uma incisão.

— Não! Não me corte, rasgue-o. Foi assim que o Senhor quis que fosse, não o recortando com uma faca, pelo amor de Deus. Use o espéculo do tamanho normal. Não pode fazer isso?

— Sim, posso, mas vai ser muito desconfortável, não só o rasgo do hímen, mas a dilatação do canal vaginal, já que você nunca teve relações sexuais. — Ele sabia, pelos exames que tinha feito, que ela ia sentir dor.

— Durante quanto tempo pode doer? Um minuto? Vai ser muito mais fácil para você fazer todas essas coisas e mais fácil ainda quando o bebê nascer, não é verdade?

— Sim, muito mais fácil, mas...

— Então está decidido. Mas não me corte... apenas empurre. No entanto, tenho que admitir que nem em mil anos pensei perdê-lo dessa maneira.

Maggie olhou fixamente para o espéculo, suspirando angustiada. Era apenas um instrumento médico necessário. De repente, Felix estava ao seu lado segurando sua mão, com um olhar envergonhado no rosto.

— Estou sendo insensível, Maggie? Talvez você tivesse ambicionado perder o seu hímen num ato de amor. Qualquer mulher desejaria. Se estivéssemos clonando outra pessoa qualquer, eu diria que estaria sendo estúpido. A sua primeira penetração deveria acontecer de maneira natural, porque é um direito seu.

Maggie olhou para o espéculo e lembrou-se de quão maravilhoso foi sentir Sam naquela noite. Seu corpo ansiava por ele e não apenas por causa dos hormônios que Felix andava administrando. Ela olhou para trás, para a cruz sobre a cama de parto, e queria ajoelhar e rezar.

— Sob outras circunstâncias, eu perguntaria se há alguém em quem você confia de verdade — continuou ele. — Se ele se propusesse a tomar precauções, ele podia vir e ficar com você. Quero que saiba que estou ciente do seu sacrifício.

Maggie olhou para baixo.

— Felix, eu não tenho ninguém, portanto não se preocupe com isso.

— Bom. Sim, você já disse isso. — Ele largou a mão dela. Rapidamente, acrescentou:— Não, não quis dizer que era bom que você não tivesse ninguém. O que quero dizer é que, neste caso, o espéculo é... — Ele pegou novamente a mão dela, mas mais parecia que estava falando sozinho. — Medica e emocionalmente esta não é a maneira ideal, é verdade. Quero dizer que na verdade você não é a Virgem Maria, você é uma mulher moderna e normal. — Ela olhava-o, fascinada, enquanto Felix ruborizava e se afastava dela, mexendo nos instrumentos e aparelhos. Ela ficou mais atenta no fato de ele estar usando pijamas. Ele pareceu ter ganhado coragem e de repente virou-se para ela.

— Maggie, você tem o direito de saber o que eu faria em outras circunstâncias. Em vez de fazer você passar por tudo isso, eu estaria disposto, não, *honrado* de ser o seu primeiro... se o clone fosse outro qualquer que não Cristo. — Ele pôs uma mão na testa como se tivesse se lembrado de algo. — Oh, eu peço perdão. Isso seria... fornicação. Bem...

Maggie olhava-o espantada, de olhos muito abertos. Felix parecia um soldado de rosto rubro, tentando explicar que vinha se apresentar ao serviço. Um belo soldado, sem dúvida, mas Maggie sempre achou que tivesse rosto de rapaz. Obviamente ele não sabia que ela e Sam tinham se beijado na semana anterior. Ela não conseguiu evitar, desatou a rir. Ria tanto que rolou para trás na cama que servia para examiná-la. Maggie não conseguia parar de rir, mesmo quando viu a angústia no olhar dele.

— Não tem problema — disse ela, engasgando. — Eu não me sinto enganada. Eu estou feliz, Dr. Rossi. Quero dizer, Felix...

Maggie tentou sentar, sentindo-se muito mal por estar rindo dele, mas não tinha sido capaz de se controlar. Durante anos, tentara arranjar um homem que a tocasse, agora não conseguia parar as ofertas — reais ou teóricas. Sam e Felix, ambos viram que seu corpo estava em chamas e corresponderam. Maggie teve a percepção de que algo significativo estava acontecendo — algo básico —, uma espécie de cavalheirismo estranho inerente ao sexo masculino, em que achavam que deviam oferecer os seus serviços às mulheres dessa maneira. De agora em diante, ela ia olhar os homens que tentavam dormir com viúvas, ainda banhadas em lágrimas do funeral dos maridos, de uma maneira diferente. Talvez, apesar de tudo, não fossem tratantes. Talvez algo os programasse para sacarem os pênis e darem uma ajuda.

Felix dirigiu-se para a porta devagarinho e saiu, Maggie continuou a rir até que foi aos tropeções para o quarto, deitou na sua cama de ferro forjado pintada de branco, pôs o rosto no travesseiro e chorou.

Naquela noite, quando Sam veio, não disse que tinha levado a última injeção. Não disse que dentro de trinta e sete horas Felix iria retirar os óvulos e, tecnicamente, ela não seria mais uma virgem. Em vez disso, todos jantaram juntos uma refeição fornecida pela Fabulous Food de Nova York, que Sam fez Felix pagar com dinheiro para não haver qualquer pista do cartão de crédito. Para isso, Sam levara Felix ao banco e o trouxera de volta. Ele dizia que qualquer um teria acesso ao relatório de uso dos cartões de crédito.

Maggie quis dizer uma graça sobre os Rossi comerem à mesa com o porteiro e a empregada, mas não tinha certeza se teria graça. Ficou surpresa por Sam não colocar nenhum entrave. No início, tinha se oposto energicamente, mas Frances estava constantemente dizendo que tinha uma vontade louca de comer alguma coisa decente. Foi Sam que, com relutância, teve a ideia de pedir da Fabulous Food. Todos sabiam que, se Deus tivesse um fornecedor, seria ela. O mais curioso é que a FF pensava que falar sobre seus clientes era um pecado comparável ao assassinato e ao estupro. O chefe de cozinha da FF vestia-se como um *chef*. O garçom da FF usava smoking enquanto os servia. A *bouillabaisse* sem sal de Maggie estava divina. Quando a FF partiu, todos eles tomaram café no terraço. Com o sistema de aquecimento exterior, nem sentiam o ar frio de janeiro. Eles olharam para baixo, para o Hudson, e ouviram os animais na floresta. Por baixo de uma lanterna a gás, de época, instalada no terraço, Maggie observava Frances agradecendo a Sam pelo jantar e esfregando-se sedutoramente nele, enquanto colocava café em sua xícara.

Capítulo 32

Domingo de manhã — Cliffs Landing

— Maggie? Há quanto tempo está de pé?

Felix ficou impressionado ao ouvi-la cantando na cozinha.

— *Jesus, pequeno e doce menino. Fizeram com que nascesses numa manjedoura. Criança pequena, doce e santa criança. Não sabiam quem tu eras.*

Ele encarou como mais um sinal.

Ela abaixou o pano com que estava limpando a geladeira de aço inoxidável e encostou-se à porta que brilhava.

— Toda a noite!

— Oh, não. Você deve estar exausta.

— Estou. E sobretudo hoje. Sei que Sam diz que temos que tomar precauções, mas não podemos ir à igreja, apenas hoje? Ajudaria tanto, já que não posso comer...

— Você não comeu, comeu? — perguntou ele.

— Você disse para não comer depois da meia-noite, mas conhece aquele velho ditado: "*Se não consegue dormir, coma. Se não consegue comer, durma*"? Bem, eu não posso fazer nenhuma das duas coisas, então, pelo menos, deixe-me acalmar a alma.

Felix também não tinha dormido bem. Naquela tarde ou teriam um projeto falho nas mãos, ou os pré-embriões de Cristo num tubo de ensaio. Ele se aproximou de Maggie e desamarrou-lhe o avental, tentando sorrir de modo encorajador. A moça tinha cooperado e sido corajosa, mas hoje ia ser difícil para ela. Pegou sua mão e saíram pela porta da cozinha caminhando em silêncio ao longo da Lawford Lane, ocultos pela manhã enevoada.

Quando alcançaram a rua principal, onde se situava a igreja, ainda iam de mãos dadas como um casal, porque naquele dia, de certa maneira, até eram. Depressa chegaram a um gramado semicircular em frente à igreja presbiteriana, quase nada alterada desde 1863, ano de sua construção. À direita deles, um velho abeto estendia seus ramos. À esquerda, ficava um velho carvalho, com seu tronco todo marcado e estranhamente desmembrado de maneira assustadora, como eram os carvalhos do vale do rio Hudson. Na juventude, Felix tinha subido nele, para escapar do Cavaleiro Sem Cabeça.

Dentro de três horas, os paroquianos iriam deslocar-se para assistir ao culto. Felix raramente ia ali, mas gostava muito da pequena igreja branca, com telhado desproporcional triangular coberto com placas de ardósia, quatro janelas salientes de cada lado, e a torre do sino aparecendo acima do telhado da frente, apoiada em suportes. Dobradiças de ferro originais, ou cópias decorativas, suportavam as portas duplas num arco gótico no átrio. As portas encontravam-se fechadas.

— Não tem ninguém aqui — disse Maggie.

— Tem, sim.

Felix dirigiu-se para uma porta lateral. Quando era rapaz viera por ali, em muitos domingos, para visitar o reverendo Calvin Prickett, que se tornou seu amigo por causa de um incidente muito embaraçoso. Apesar da culpa que sentia, Felix deixara uma garota local atraí-lo para baixo do seu vestido, no verão em que fizeram 14 anos. O pastor os pegara no flagra. Ele não dissera nada a ninguém, mas os convidara a virem todos os domingos de manhã. Na homilia, contava-lhes histórias fantásticas e com muita sabedoria tiradas da Bíblia.

Felix e Maggie entraram num átrio estreito e atapetado, dizendo:

— Olá, olá?

— Aqui atrás — disse uma voz masculina.

Encontraram o velho Cal à sua escrivaninha, a mesma que usava quando Felix era jovem. Calças cáqui, camisa axadrezada. A única diferença eram suas rugas e o cabelo grisalho. Levantou-se quando entraram.

— Felix, já se vão trinta anos desde que vi você entrar pela porta do meu escritório, num domingo de manhã cedo. Entre.

— Obrigado, Cal. Nós gostaríamos de lhe falar. Se tiver tempo.

— Gostaríamos que rezasse conosco — acrescentou Maggie.

O pastor assentiu, parecendo apenas ligeiramente admirado.

— Com certeza, vamos para dentro da igreja.

Eles o seguiram e entraram pelo lado do coro, o órgão à sua esquerda e três filas de assentos de couro com almofadas vermelhas à sua direita. No centro havia uma mesa de madeira singela, com dois candelabros flanqueando uma cruz de prata. Uma luz muito fraca entrava pelas janelas de vitrais, à esquerda da nave, e viam-se na penumbra dez filas de bancos acolchoados. Felix ouviu Cal ligar o interruptor e a sala ficou visível, enquanto os tubos do órgão acenderam-se teatralmente.

— Sabe, há pessoas do teatro entre os paroquianos — disse Cal para Maggie. — É bonito, não é?

Maggie assentiu e sentou numa das cadeiras com as costas encurvadas, enquanto Cal indicava um assento a Felix. Eles tinham ficado amigos como faziam as pessoas em Landing — a uma distância respeitável, mas com amabilidade. Felix hesitou, embora a ansiedade no rosto de Maggie fosse evidente. Ela tinha necessidade de ser abençoada, e ele também.

— Sinta-se à vontade para me dizer o que quiser, Felix — disse Cal com a perspicácia de pastor. — Você sabe que nunca sairá desta sala.

— Qualquer coisa? — disse Maggie.

Felix assentiu e sentou.

— Fiz algo impossível, Cal. Algo que poderá deslumbrar o mundo da ciência, garantir publicações nas mais prestigiadas revistas e jornais, ganhar prêmios, ser laureado se eu quiser, tudo isso. Atingi o nível de cinquenta por centro de sucesso na clonagem de embriões saudáveis de vários mamíferos. Peguei um DNA antigo e cultivei-o com sucesso. Tenho as células vivas no meu laboratório instalado lá em casa.

Ficaram todos em silêncio.

— Parabéns, Felix. Parece que você fez uma verdadeira e importante descoberta. Estou surpreso? Não. Todos nós aqui em Landing sabemos que você é brilhante.

Fez-se novamente uma pausa.

— O DNA é humano, Cal. Hoje vou recolher os óvulos da Maggie, esvaziar o núcleo de cada um e substituir por uma célula que contém um DNA antigo. Na realidade, farei vários, esperando que ao menos um sobreviva por cinco dias. Em seguida, farei a sua transferência para o útero da Maggie. Posteriormente, dentro de uns sete dias ou talvez dez, saberemos se ela está grávida. Se isso se concretizar, ela estará carregando um clone humano.

Felix ouviu Cal expirar enquanto se colocava de pé.

— Entendo. Isso é extraordinário. — Começou a perambular pela sala do coro. — Extraordinário. Estou surpreso? Sim, agora um pouco. — Parou em frente a Maggie. — Você vai ser mãe do primeiro clone... de uma pessoa antiga? Extraordinário! — Ele olhou para Felix. — Não é arriscado?

— Um pouco. Mas estamos preparados — disse Felix.

Cal voltou a andar para cima e para baixo.

— Isso é extraordinário. No entanto, devemos obviamente discutir... hummm, a ética envolvida. — Depois parou. — Qual é a idade que disse que tinha o DNA?

— Muita.

— Não é do tempo do homem Cro-Magnon ou coisa do tipo, é?

— Não, não. Não tão antigo.

Felix tinha certeza de que Cal era a pessoa certa em quem confiar, ao menos porque eles precisavam de conforto espiritual e de suas orações. Desde a primeira notícia da CNN, Felix sabia que a sua janela de oportunidade encolhera. Seu nome não fora mencionado, mas um dia os jornalistas iriam encontrá-lo. Havia considerado o aparecimento de Sam como a primeira resposta às orações diárias que ele e Maggie faziam. Talvez Cal fosse a segunda.

— Cal, acredita mesmo em Jesus Cristo? — Ele perscrutou o rosto do pastor. — Acredita que ele tenha vivido, que nasceu de uma virgem, que foi crucificado e que ressuscitou?

— Ah — disse Cal, como se estivesse compreendendo, embora Felix soubesse que não estava. — Temos que responder a essas perguntas para termos as experiências de Deus nos nossos corações? Cristo também é um paradigma.

— Um paradigma? — disse Maggie.

— De amor, amor em comunidade. De cuidar dos necessitados e dos pobres, de repartir. De amar os outros como nos amamos a nós mesmos.

— Cristo também era homem — disse Felix. — Acredita nisso, não acredita?

— Sim. Eu acredito que sim. Um homem extraordinariamente bom.

Felix apertou as mãos uma na outra, querendo falar, mas receando fazê-lo. Olhou para Maggie — sua coragem tinha desaparecido — e sussurrou:

— Diga a ele, se quiser.

Ela olhou, do outro lado do altar, para o vitral que tinha a cabeça de um anjo.

— Cristo vai voltar — disse ela.

Cal sorriu.

— Sim, vai. A Bíblia diz...

Felix interrompeu.

— Eu tenho o DNA do Sudário de Turim que serviu de mortalha a Ele. É dos leucócitos que se formaram enquanto o corpo de Cristo tentou sarar durante a Crucificação. São essas células que vou clonar. Vou recuperá-lo a partir das chagas que lhe causaram a morte. É Cristo que Maggie vai carregar dentro dela.

Cal desatou a rir com um riso que continha certa inquietação.

— Bem, então é melhor eu ir montar o meu cavalo branco.

Vendo que eles não riam, parou, os olhos perplexos.

— É verdade — disse Maggie. — Nós vamos trazê-lo de volta.

Cal pôs as mãos na cabeça, com os olhos abertos de espanto.

— Isso é possível? Isso não é possível.

— É.

Cal deu um tapa forte no quadril.

— Então você não pode fazer isso. Não pode ser. É um... sacrilégio. Não pode criar artificialmente uma Segunda Vinda. Alguém tem certeza de que o Sudário é verdadeiro? Você tem? É claro que não.

— É verdadeiro — Felix disse. — Eu sei.

— Deus pode fazer tudo o que quiser nesta Terra — disse Maggie. — Por que não pode fazer uso de nós para trazer Jesus novamente?

Cal ficou parado.

— O que pensa o seu papa sobre o assunto? O Sudário não é dele?

— Estou em contato com um padre católico em Turim, que se chama Bartolo, mas ele não sabe.

— Bem, imagino que não — disse Cal —, ou ele teria algo a dizer, disso podemos estar certos. Felix, se isso é uma piada...

— Não, não é. Eu não faria isso.

— Você rezaria por nós? — pediu Maggie. — Por favor, rezaria por nós? — Ela se ajoelhou no tapete vermelho e levantou as mãos suplicantes. — Vai nos dar a sua bênção, não vai, Cal?

Ele apenas conseguiu olhar fixamente para eles.

Felix sentou-se ao órgão e ligou-o. O instrumento emitiu um som característico enquanto seus tubos enchiam-se de ar. Abriu o registro de flauta do órgão e tocou uma nota no teclado que ficava mais abaixo.

— Já me conhece há muitos anos, sabe que não eu mentiria.

— Devo entender que não conseguirei fazer vocês mudarem de ideia? — Cal disse. — Não posso atrasá-los para que possamos falar mais sobre o assunto? Vão fazer isso hoje, aconteça o que acontecer?

Felix tocou as notas de abertura da *Ave-Maria* e depois disse baixinho:

— Sim. — Inclinou-se sobre o teclado, tocando-o levemente, lembrando-se de quando era jovem e tinha sido coroinha em Nova York. Seu coração se rejubilava quando tocava a *Ave-Maria.* Ave Maria, *Ave-Maria,* Ave Maria. Não era de admirar que lhe tivesse vindo à memória. Ele observou Cal dirigir-se a Maggie, com uma preocupação inexpressiva no rosto. Viu Cal ajoelhar ao lado dela e prostrar as mãos para rezar. *Ave-Maria.* Ave-Maria, *Ave-Maria.*

Quando Cal os acompanhou até a frente da igreja, o nevoeiro matinal os envolveu, tal como o sentimento que os envolvera na igreja enquanto Cal e Maggie rezavam. Felix sabia que não tinha conseguido convencer Cal, mas ele tinha rezado, caso fosse verdade.

Ele apertou a mão de Felix.

— A que horas vai fazer isso?

— Ao meio-dia. Se tudo correr como previsto, meia hora depois terei pelo menos um pré-embrião.

Cal pousou uma mão no ombro de Felix.

— Eu rezarei por vocês dois e por todos nós.

De volta a casa, Maggie e Frances limparam a sala de obstetrícia, enquanto Felix esterilizava os instrumentos e limpava o laboratório. Frances tinha feito mais uma tentativa para dissuadi-lo. Não obteve resultado.

Ao meio-dia, ele e sua irmã estavam com batas cirúrgicas; Maggie, com um roupão branco e limpo. Todos tinham máscaras cirúrgicas para evitar infecções ou contaminações. Felix desinfectou as mãos — escovou-as durante três minutos, seguidos por três minutos de lavagem —, depois passou os braços pela bata cirúrgica que Frances segurava. Colocou as mãos nas luvas que ele próprio abriu.

Uma bacia havia sido colocada por baixo da parte da frente da cama de parto. Maggie estava deitada, olhando ansiosamente para o espéculo que realizaria o seu pedido.

Felix estava calmo, preparado, e esperava que ela também.

— Maggie, você tem certeza? Eu posso tentar com o espéculo virginal, se quiser.

— Estou certa. Tire-o do caminho.

— Frances, pode pegar a mão dela?

Maggie riu.

— Obrigada, Felix, mas não consigo me imaginar agarrada a uma mulher quando o meu hímen estiver sendo rasgado, se não se importa.

Felix teve vontade de rir com ela, mas sabia que havia um momento em que iria ser doloroso — talvez mais do que um momento. Voltou a pousar o espéculo na bandeja.

— Maggie, por favor, deixe-me fazer primeiro uma incisão, está bem? Será muito mais fácil.

— Não. Eu já disse. Faça assim. Ele está atrapalhando. Eu estou pronta. Vá em frente. Vá.

Enquanto as mãos de Maggie se apertavam com firmeza às grades, ele inspirou lentamente e inseriu o espéculo até onde o conseguiu introduzir sem dificuldade. Como esperava, Maggie estremeceu.

— Agora, respire profundamente. Vai sentir uma dor aguda, depois um desconforto quando for dilatada. Tente relaxar. Será muito mais fácil e menos doloroso se você conseguir relaxar.

— Continue, simplesmente continue — disse ela, parecendo estar impaciente, embora ele soubesse que na realidade era apenas medo.

Ela estava muito tensa, mas o tempo estava acabando. Felix verificou a posição do espéculo e empurrou.

O choro de Maggie inspirava tanta pena que Felix parou. Se Sam estivesse ali, teria entrado de repente e atirado em alguém. Mas Felix hesitou apenas por um momento, sabendo que se demorasse seria pior. Inseriu o espéculo inteiramente e soltou a mola para que os bicos de plástico se abrissem.

Maggie soltou um grito agudo. Estava feito.

— Que Deus abençoe você. Que Deus abençoe você — murmurou ele e rapidamente banhou as entranhas de Maggie, enquanto traços de sangue escorriam para a bacia. Ele reparou que as mãos dela estavam tremendo agarradas às grades.

— Ah, Felix, você não pode fazer alguma coisa? — implorou Frances.

— Aguente, Maggie, aguente — disse ele. — Estamos no meio do caminho.

Ele pegou uma seringa e anestesiou a cérvix com xilocaína. Depois pegou a sonda de ecografia vaginal, numa delicada pipeta de sucção, e inseriu. Olhando para o monitor, guiou a agulha através da carne rosada, na parte superior da vagina de Maggie, rangendo os dentes quando ouviu novamente o seu grito. Certamente ela tinha razão. Seu trabalho tinha sido facilitado. Com uma sucção leve, ele retirou um líquido de um folículo inchado, depois outro e outro, cheio de alegria com a quantidade que estava vendo. Colocou a seringa cuidadosamente na bandeja e encheu uma segunda.

— Está pronta, Maggie? Vou retirá-lo agora.

Ele a viu agarrar-se às grades e assentir.

Num movimento sereno, ele contraiu as pinças e retirou o espéculo. Dessa vez Maggie tremeu, mas não soltou nenhum som.

Ele pegou outra injeção.

— Maggie, isto é um antibiótico. Apenas uma precaução contra infecções.

Ela limpou a garganta.

— Depois de tudo isso nem vou sentir.

Quando acabou, ele pegou a mão de Maggie e a beijou enfaticamente. O rosto dela estava lavado em lágrimas.

— Sabe o quanto você é corajosa?

— Não — disse ela. — Vá, continue e leve os meus óvulos para o laboratório.

Os três riram, nervosos. Felix disse:

— Empurre a cama dela para mais perto, Frances. Para vocês duas poderem ver no monitor.

Entrou no laboratório e, no que pareceu ser apenas alguns momentos, separou os óvulos de Maggie do fluido que os envolvia. Ela não tinha produzido de oito a doze. Alí estavam facilmente vinte, o que aumentava as chances de sucesso. Eram óvulos em estado de maturidade, não subdesenvolvidos. Apenas algumas horas mais e ela teria ovulado.

Tudo tinha funcionado como desejado.

Felix acenou com a mão através dos vidros do laboratório. Trabalhando sob o seu potente microscópio, usando os controles micromanipuladores, esvaziou o núcleo de dez dos óvulos de Maggie. Reservou dez para uma segunda tentativa, no caso de aquela primeira falhar. Uma cultura sequencial específica já estava preparada. Simularia o ambiente nutritivo que um óvulo normalmente fertilizado tem no útero.

Retirou as células de cultura do Sudário da incubadora e transferiu uma para um recipiente com um dos óvulos de Maggie. Um pequeno eletrodo tinha sido colocado no recipiente. Teria que repetir o mesmo procedimento para cada um dos óvulos.

Era o momento. Tinha sido aquele o motivo por que Maggie tinha suportado a dor. Se o grau de sucesso de suas experiências anteriores se mantivesse, metade dos pré-embriões que ele estava começando a criar sobreviveria os cinco dias necessários. Será que os implantaria todos, na hipótese de a maioria morrer, e arriscaria quíntuplos se isso não sucedesse? Deveria fazer uma redução de gravidez? Ou usaria apenas um e destruiria os outros? Ele ainda não tinha discutido esse assunto com Maggie, embora Frances tivesse repetidamente mencionado a questão. Aqueles eram seus fardos morais e teria que suportá-los sozinho. O que quer que fizesse, Maggie nunca saberia.

Felix olhou para cima. O nariz de Frances estava encostado ao vidro, a moça visivelmente paralisada de preocupação. Maggie tinha subido a cabeceira da cama ao máximo. Estava olhando para o monitor, com as palmas das mãos juntas, os dedos estendidos e pressionados contra os lábios.

Por um momento, Felix viu a si mesmo depois de o terem atropelado e fugido quando ele tinha nove anos, seu corpo sem qualquer movimento numa cama de hospital sobre a qual a sua mãe chorava. Perto dele, o homem mais maravilhoso que ele alguma vez tinha conhecido dizia:

— Não tenha medo, Felix. Eu trago você de volta à vida.

— Em nome do Filho — ele murmurou. Sustentou a respiração e energizou o eletrodo. Olhou para o monitor, onde as células ampliadas eram visíveis. Por um momento nada aconteceu. Depois as células começaram um balé incrível. Felix sentiu a admiração de um microbiologista quando a célula de um dos óvulos e uma célula do Sudário se aproximaram. Suas membranas abriram-se enquanto convergiam. A célula do Sudário juntou-se ao óvulo enucleado de Maggie. Depois, as membranas se fecharam.

Por um instante, ficou tão atordoado que nem estava compreendendo. Apesar dos obstáculos que ainda tinha pela frente, Felix levantou ambos os braços acima da cabeça e disse baixinho:

— Ele subiu às alturas!

Com os braços ainda no ar, lágrimas inesperadas começando a escorrer rosto abaixo, dirigiu-se para a divisória de vidro e gritou para Maggie e Frances:

— Ele subiu! Ele subiu!

Repetiu várias vezes sem se dar conta, enquanto o sino no campanário da igreja presbiteriana começava a tocar. Cal nunca tinha tocado o sino às 12h30, mas nesse dia tocou e tocou e tocou.

Capítulo 33

Domingo ao meio-dia — Apartamento de Sam

Sam estava deitado na cama, jornais e livros espalhados à sua volta, pensando no que tinha aprendido com tanta leitura sobre a África e os africanos e sobre o fazendeiro negro do Sul.

Enquanto pensava na história de Maggie e nas crianças africanas que tinha visto nos jornais, por qualquer motivo surgiu na sua mente uma ligação entre eles.

Era preocupante, porque Sam não era adepto de intrigas. Ele não pensava que um clube clandestino de homens maldosos havia secretamente orquestrado a história. Tanto quanto Sam poderia dizer, homens como Brown tinham existido sempre e, por uns tempos, tinham ajudado a manter a ordem — por bem ou de outra maneira —, antes que fosse arrasada pelo grande passo seguinte da História. Uma praga. Um vulcão. Um punhado de indivíduos com punhais que o apunhalavam através da toga. O inverno na Rússia. Um avião chamado Enola Gay, que mandou pelos ares duas cidades. Sam não acreditava na história por conspiração, porque grandes planos tinham com frequência sido corrompidos. Como os aristocratas ingleses que, no princípio, apoiaram Hitler e depois tiveram de fugir das bombas que ele deixou cair sobre Londres durante os ataques-relâmpago. Tal como a cegueira americana, em não verem que são odiados por metade do Oriente Médio. Enquanto terroristas estavam treinando para sequestrar seus aviões e atirá-los como mísseis contra o coração dos Estados Unidos, andavam criando problemas em sua própria casa com o Clintongate, preparando-se para herdar o vento[7]. Cada MacArthur teve um Truman, cada Bill Clinton o seu Kenneth Starr, e cada censura imprudente o seu Larry Flynt.

Mesmo assim, Sam conhecera a força do poder, mesmo que apenas uma vez. O poder podia mudar políticas, dominar acontecimentos. Podia matar.

Pôs de lado o livro sobre fazendeiros negros do Sul. O Departamento de Agricultura dos Estados Unidos havia elaborado um plano de ajuda, supostamente destinado a ajudá-los, mas os fundos eram autorizados por pessoas das mesmas localidades, ainda preocupadas com os direitos civis. O governo entregara o galinheiro à raposa — àqueles que não gostavam dos negros e queriam suas terras. O resultado? Noventa por cento dos fazendeiros negros perderam as terras. Um deles fora o pai de Maggie.

Um paralelo possível às atividades de Brown na África preocupava Sam. Diretores executivos de empresas que tinham interesses na África visitavam Brown com frequência. Tinha o governo dos Estados Unidos, por meio de seu secretário de Estado, entregue outro galinheiro à raposa? Alguns dos visitantes de Brown provavelmente não se importariam se a população africana diminuísse drasticamente, deixando mais África para eles. Seria a teoria de Brown, a de uma extinção lenta, apenas uma convicção louca ou o seu objetivo real? Sam reunira informação sobre os dois países beligerantes. O índice de infectados pela AIDS era de trinta e cinco por cento — na maioria jovens adultos em idade fértil. Sem exceção, as entregas dos envelopes feitas

[7] No original, "inherit the Wind": parece fazer trocadilho com o nome do filme de 1988, adaptado da peça homônima. (N. do E.)

por Sam — de acordo com as instruções de Brown — para o consulado foram seguidas por carnificinas causadas pelos receptores dos envelopes. Pois nem a AIDS nem a guerra eram o calvário que vinha a caminho.

Sam sabia que sua maneira de pensar tinha sido afetada pelo perigo que Maggie corria. Por causa disso, explicações misteriosas para o comportamento de Brown mantinham-se como um filme na sua mente: um homem poderoso poderia ambicionar certos locais na África; esse mesmo homem tinha medo da clonagem de outros grandes homens; uma mulher afro-americana planejava carregar o clone de Cristo. O resto de suas especulações era igualmente bizarro.

Talvez fossem apenas suposições desconexas, mas Sam não tinha conseguido dormir na noite anterior.

Seu problema com as mulheres não o ajudava. Naquele momento, nem tempo tinha para procurar uma companhia feminina. Frances Rossi parecia ser voluntária. Cada vez que ele a via, ela lançava tanto feromônio em sua direção que não sabia quanto tempo mais ia aguentar. Não era intenção dela, isso ele podia afirmar; era apenas a natureza aprontando das suas. Ou talvez até fosse ele lançando feromônio para ela. De uma maneira ou de outra, era a primeira vez que uma mulher da alta sociedade manifestava desejo pelo seu traseiro irlandês. Mas nem isso tinha feito com que ele deixasse de desejar a sua dançarina e almejar uma repetição do acontecimento estelar na cozinha do salão. Como se isso não bastasse, cada vez que passeava com Maggie, tinha ânsias de saltar em cima dela, possuir o tesouro que ela tinha guardado por tanto tempo, ter novamente seu beijo doce. Sam era um cachorro. Ele sabia e se divertia com isso. Mas Maggie era uma pessoa que ele não queria magoar.

Também tinha adiado dar satisfações ao Sr. Brown. Já tinham passado três dias desde que lhe dissera que encontrara o jornalista e o intimidara. Se demorasse mais tempo, Brown não tardaria a pedir explicações.

Sam saiu da cama, tomou um banho e fez a barba. Pegou sua água-de-colônia habitual e pôs um pouco. Planejava ir mais tarde a Landing, pois seus feromônios estavam se comportando muito bem sem ajuda. Vestiu-se e foi até o elevador. O Sr. Brown estava na biblioteca.

— Quais as novidades? — disse Brown sem cumprimentá-lo.

Sam suspirou e sentou-se.

— Este tem sido um osso duro de roer. Quero dizer, como se consegue saber se um homem está blefando? Os advogados não podem culpá-lo com algo que o assuste, porque ele sabe que no fim ganharia e a família dele é suficientemente rica para lutar. Ele decidiu nos ignorar.

Enquanto Brown estava sentado, pensativo, Sam decidiu que era o momento certo para casualmente cobrir a ausência dos Rossi, só como precaução. Não devia ser difícil. Os inquilinos do sexto haviam se ausentado fazia duas semanas. Os do quarto andar tinham ido depois do Natal e não voltariam antes da primavera. Tinha pensado como conseguiria mantê-los fora até fins de abril. Depois disso tinha que pensar em qualquer outra coisa.

— Oh — disse ele. — Estou tão envolvido no assunto da clonagem que nem lhe disse. Os Amsterdam vão para o Taiti amanhã. Os Rossi foram para Banff, no Canadá, para esquiar. Estão pensando em fazer um daqueles cruzeiros de volta ao mundo depois. Isto deixa apenas quatro andares com residentes.

Brown olhou para cima.

— Ótimo. Menos com que nos preocuparmos. Sam, sobre o jornalista.

— Sim?

— Por que não ser um pouco mais duro?

Sam endireitou-se. Apenas em uma outra época ele tinha recebido uma instrução semelhante de Brown, mas tinha sido para um pulha que gostava de bater na mulher. Sam sentiu-se satisfeito em poder lhe dar uma boa surra.

— Bem, já que eu tentei primeiro com a lei, usar a força podia atirar lama para cima da reputação do meu advogado, fazendo com que se tornasse ineficaz para qualquer outra missão.

Brown levantou-se.

— Então, faça com que ele se torne ineficaz.

Sam sentiu um enjoo na boca do estômago.

— Quer dizer...

— Se tiver que quebrar os lápis do jornalista, quebre-os.

Algumas batidas cardíacas depois, Sam compreendeu que Brown já tinha dado a conversa por terminada e que era hora de sair.

Enquanto se dirigia a Landing para ver como estavam Maggie e os Rossi, ia pensando no que fazer. Brown confiava nele. Sam não podia deixá-lo ficar insatisfeito com seu trabalho e procurar um substituto. Uma vez que Brown só dizia aos seus empregados aquilo que cada um tinha necessidade de saber, podia facilmente haver alguns que eram usados só para quebrar os lápis de outros. Sob persuasão física direta, Newton diria tudo. O próximo relatório de Sam tinha de ser convincente para pôr Brown longe das pegadas do jornalista.

Dirigiu-se ao portão e resolveu estacionar nos fundos. como Rossi fazia. Seguiu pelo caminho que dava para o portão do jardim de Maggie, recordando como tinha saltado o muro naquela primeira noite. As portas francesas da sala particular dela estavam fechadas. Dessa vez ficou satisfeito por não conseguir enxergar dentro do quarto dela. Quando bateu, Maggie perguntou:

— Quem é?

— Sou eu, o Sam. —Teve de gritar para ser ouvido.

— Oh. Estou deitada. Por favor, não me faça levantar. Dê a volta pela frente e use a sua chave, está bem?

— O que se passa, Maggie, está doente? — Ele encostou a cara no vidro e viu uma sombra desenhada na cama.

— Vá pela frente e use a sua chave, Sam.

— Está bem, Maggie.

Sam dirigiu-se apressadamente para a porta da frente, entrou e foi imediatamente para o andar de baixo. Tentou entrar no quarto dela pela porta da lavanderia, por baixo das escadas, mas estava trancada.

— Sam, eu disse que estou deitada — disse Maggie.

Ele tentou a porta da área de obstetrícia, mas também estava trancada.

— É o Sam — disse ele e bateu à porta.

Ouviu um sussurro, e depois a voz de Frances:

— Sam, você não pode entrar; estamos trabalhando e temos que manter condições assépticas.

— Deixe-me só entrar no quarto de Maggie. Venha e abra a porta por debaixo das escadas.

— Pode esperar um pouco? Ela não está se sentindo muito bem — disse Felix.

Sam regressou à porta da lavanderia e disse:

— Maggie, eu vou entrar. — Empurrou a porta com o ombro, e esta se abriu.

— Frances, Felix, é apenas o Sam, pondo a porta abaixo para entrar, como de costume! — Maggie disse.

— O que está acontecendo com você?

Ela não respondeu. Estava deitada de lado, com as mãos encostadas à barriga.

— Maggie, se não me disser o que se passa, eu arrombo a porta e pergunto a eles. — Apontou para a porta da sala de obstetrícia.

Maggie fechou os olhos.

— O Felix tirou meus óvulos há pouco. A agulha me deixou dolorida da cintura para baixo, por isso preciso ficar na cama, certo?

— Já fez isso? Eu pensei que me diria. Eu pensei...

Ele ajoelhou-se e esfregou a testa.

— Eles arrebentaram você, não foi?

Maggie afastou o olhar. Antes que ela respondesse, foram interrompidos por um som que raramente ouviam. A campainha da porta. Ela tocava de maneira inoportuna, mesmo no quarto de Maggie. Ele apenas a tinha ouvido uma vez, quando o advogado de Rossi se deslocou até a casa para entregar uns documentos.

Ouviu portas se abrindo no laboratório e viu o rosto surpreso de Maggie.

— Volto já — disse ele e saiu para ver Felix e Frances em batas cirúrgicas no fundo das escadas, olhando para cima.

— Espera alguém? — perguntou.

Felix baixou a máscara.

— Não, não espero.

Eles seguiram Sam até a sala de entrada no andar de cima. Através dos painéis de vidro translúcido de cada lado da porta da frente, viram um homem andando de um lado para outro. Todos olharam pasmos, Sam e Felix se encarando, como se ambos tivessem uma terrível suspeita.

— Não pode ser — disse Sam. Deu um passo à frente e abriu a porta.

Ali estava Jerome Newton, do *The Times* de Londres.

Capítulo 34

— Ora, se não é o Sr. Hickock — disse Jerome Newton. Pegou a máquina fotográfica que trazia pendurada ao ombro e tentou ver para além de Sam, para dentro da sala. — Alguma possibilidade de tomar o chá da tarde?

— Há uma possibilidade de o meu punho acertar a sua cara! — Sam disse, irritado.

Felix deu um passo à frente, tirando a touca de cirurgia.

— Entre, Sr. Newton.

— Felix, por que você o está convidando? — disse Frances.

Ele não respondeu.

Jerome Newton entrou e rapidamente tirou uma fotografia, dizendo:

— Estamos vestidos para um ato médico, não é?

Sam arrancou a máquina da mão dele.

— Devolva a máquina, Sam. Jerome, não quer vir para a sala de estar? Frances, pode servir um chá?

Frances arrancou a máscara cirúrgica, virou as costas e saiu da sala, dando a impressão de que podia pôr veneno na xícara de Newton. Sam não estava compreendendo a reação de Rossi. Por que ser cordial com o inimigo e devolver, entre todas as coisas, a máquina? Sam esperava que Felix tivesse alguma carta na manga, porque no momento ele não tinha. Sentiu-se estúpido — esse merdinha aristocrático tinha lhe dado um xeque-mate. Como Newton os tinha descoberto?

Ao entrarem na sala de estar, olhou deprimido através da parede de vidro, que tinham gastado uma fortuna para tornar opaca do lado de fora.

— Como você conseguiu? — perguntou Sam a Jerome.

Jerome foi até o centro da sala cavernosa.

— Não devia ter me devolvido aqueles quinhentos dólares, Sam. É esse o seu nome verdadeiro, não é? Quando o fez tão prontamente, tive a certeza de que estava protegendo-os. Segui você.

Sam teve um sentimento de mortificação.

— Ninguém me seguiu.

— Não uma pessoa. Três. Em três carros diferentes, para ter certeza de que não daria conta. Naturalmente, eles não sabem quem vinham seguindo nem por quê.

— Oh, merda — disse Sam e dirigiu-se ao bar em madeira de teca, pegou uma garrafa de uísque Macallan e serviu-se. — Alguém mais? — disse ele, levantando a garrafa. Nesse momento passou-lhe pela cabeça que possivelmente Felix estava planejando chegar a um acordo. Que mais podiam fazer?

— Eu acompanho você — disse Jerome.

Felix sentou-se num sofá.

— Nada para mim, obrigado.

Sam serviu um copo de uísque a Jerome.

— Gostaria de fazer um brinde à sua má saúde, Newton.

Jerome riu e bebeu de um só gole metade do copo.

Frances regressou, com uma bandeja com biscoitos, sacos de chá e quatro xícaras cheias do que devia ser água morna. Colocou a bandeja na mesa de apoio e sentou em uma poltrona. Jerome Newton sentou na poltrona em frente. Sam ficou em frente a Rossi.

Newton levantou o copo para Frances.

— Peço desculpas. Mas encontrei outra coisa nesse meio-tempo.

— Conhece esse homem? — Frances perguntou a Felix.

— Sim, conheço. Jerome Newton e eu trabalhamos juntos uma vez em um artigo. Newton, esta é a minha irmã Frances.

— Encantado, minha senhora.

Frances não respondeu.

— Presumo que o que deseja agora seja colaboração — disse Felix.

Jerome sorriu.

— Certíssimo. Eu penso que precisa de anonimato por, pelo menos, nove meses. Oh... Estou me adiantando? Como vão as coisas? Já recuperou o DNA? Temos uma gravidez?

Felix e Frances se entreolharam e disseram em uníssono:

— Não.

— Então talvez um pouco mais do que nove meses. Ainda é em Cristo que está trabalhando, não é?

Eles não responderam, mas Sam teve uma ideia. Talvez o aparecimento de Newton pudesse acabar com tudo isso, fazer com que Felix ou Maggie parassem. Então ele poderia tirar Maggie dali.

— Certo. É Cristo. Segunda Vinda. Aqui vai a minha oferta. Quero filmar o nascimento, com a discrição habitual, obviamente. Closes do rosto da mãe enquanto estiver em trabalho de parto; do seu, Felix; e da criança ao nascer, para que eu possa registrar o seu primeiro choro. Quero exclusividade. Fotografias da mãe grávida contrastando com o pôr do sol. O primeiro vestido de gravidez. A alegria do seu rosto, quando o seu filho se mexer pela primeira vez. Esse tipo de coisas. Se concordar, tem os seus nove meses. A propósito, quem é a mãe?

— A minha irmã — respondeu Felix. — A Frances.

Desapontado com o pensamento rápido de Felix, Sam manteve o seu rosto impenetrável e viu que Frances tinha feito o mesmo. Pensou em dar uma informação anônima a um jornal local e revelar tudo ele mesmo: nomes, localização, tudo. Isso faria com que parassem. Não estava preocupado com a exasperação que Felix pudesse vir a manifestar e Brown ficaria satisfeito. Mas depois pensou em Maggie e ao que ela se tinha submetido naquele dia para dar à luz o clone. Tinha que fazê-la mudar de ideia, e não partir seu coração.

— Sim, eu sou a mãe — disse Frances, dando a Newton um olhar indignado como se ele fosse algo nojento em seu caminho.

Newton recostou-se e bateu palmas, o seu rosto de queixo comprido sorrindo.

— Um ato de irmão e irmã? Fantástico. Quem mais está aqui com vocês?

— Sam, como nosso guarda, em tempo parcial, e a nossa empregada.

— Apenas o essencial, então? Proteção e alguém para cozinhar e fazer as camas? Posso conhecer essa empregada?

— No momento ela não está aqui — disse Felix.

Sam acrescentou:

— Ela é uma boa e generosa mulher negra, faz precisamente o seu tipo. — Sam estava contando com o elitismo de Newton para acabar com seu interesse por Maggie.

— Sem dúvida. Bem, então temos um acordo? — Newton inclinou-se para a frente.

— Não — disse Felix. Sam olhou-o e só nesse momento compreendeu qual era a intenção de Felix.

— A sua oferta não vale nada — acrescentou Felix.

— Talvez não a tenha compreendido.

— Eu compreendi — disse Felix virando-se para Sam. — E penso que você também entendeu, não é verdade, Sam?

— Compreendi — disse Sam, sorrindo.

— Então você deve ser surdo — disse Newton.

Sam levantou-se.

— Assim que revelar quem somos e onde nos encontramos, você perde a exclusividade, Jerome. Terá apenas uma história. — Sam sentiu um respeito novo por Felix.

Newton ficou pálido e resmungou. Felix disse:

— Se você se comportar convenientemente, parar de nos perseguir e ameaçar, talvez lhe dê exclusividade. Talvez lhe dê uma centena de artigos para publicar quando eu estiver preparado. Sou eu quem decide esse momento, não você.

Newton levantou-se, com o rosto ruborizado.

— Talvez ponha a boca no trombone só para ver esse sorriso afetado desaparecer da sua cara.

Eles olharam duro um para o outro. Felix tinha o que Newton queria. Newton podia causar problemas a Felix. Sam disse:

— Meus senhores, que tal entrarmos num acordo?

Ambos olharam para ele.

— Se não houver gravidez, você não tem nenhuma história, Newton. Dê tempo a Rossi para ver se isso acontece. Felix, de quanto tempo precisa? Duas semanas?

— Sim — disse Felix.

— Isso me corta da parte científica — queixou-se Newton.

— Oh, você quer ver se consegue contaminar o maldito laboratório e dar cabo de tudo? — Sam disse.

Newton fungou.

— Está bem.

— Felix — continuou Sam. — O que diz de dar a Newton uma entrevista com Frances, uma vez por mês, com a condição de não haver qualquer publicidade antes do nascimento?

— Uma vez por semana — disse Newton. — Começando agora.

Sam avançou ameaçadoramente.

— Uma vez por semana a começar quando a gravidez for uma certeza.

Newton girou os olhos em aquiescência.

— Como vamos saber se podemos confiar nele? — disse Frances.

— Como eles disseram, Senhorita — respondeu Newton —, para a minha cobertura exclusiva, eu quero muito mais do que apenas uma história.

Frances assentiu para Felix. Quando Felix estendeu a mão, Newton apertou-a, dizendo:

— O acordo está fechado.

Mais uma vez, Newton sorriu cinicamente, como um homem que tinha uma carta na manga.

Capítulo 35

Sexta-feira no fim da tarde — Cliffs Landing

Apesar do aparecimento de Jerome Newton, os cinco dias seguintes foram serenos. Sam achava que Newton não era tolo. Ele esperaria e não revelaria nada, senão ficaria no prejuízo.

Enquanto isso, Sam deu a Brown os dez por cento que lhe faltavam.

Mentiu descaradamente, disse que tinha feito uma grande pressão sobre o jornalista, que, por sua vez, confessara que a história sobre a clonagem era falsa. Com Newton colaborando, não havia maneira de Brown saber o contrário. Após outras perguntas, Brown deixou de inquirir sobre o assunto e aceitou o relatório de Sam com aparente alívio. Isso deixou Sam livre para passar mais tempo em Landing, com uma preocupação a menos.

Começou a concentrar-se em dois pontos: tentar convencer Maggie a desistir de ajudar Felix e tornar a casa cada vez mais segura, no caso de falhar em persuadi-la. Um dia Brown saberia que o clone era real. Um dia o mundo saberia, caso a gravidez acontecesse.

Depois de ter passado um dia de cama, Maggie parecia novamente ela mesma. Sam passeava todos os dias com ela, tentando por um lado a razão e por outro a sedução. Ela achava que a mãe do clone devia ser intocada. Se ele pudesse interessá-la sexualmente, ela podia desqualificar-se. No entanto, tudo o que ela fazia era tentar pescar alguma informação sobre Brown.

Felix aplicava injeções diárias. Ele e Sam nunca mais tiveram nenhum conflito. Em vez disso, Sam aprendera bastante sobre fertilização *in vitro*, enquanto Felix mantinha um controle ansioso sobre a incubadora. Tinham morrido mais pré-embriões do que ele esperava. Quatro permaneciam. Se apenas um atingisse o estado de blastocisto, Felix faria a implantação naquela noite. Sam não perguntou o que ele faria se todos se mantivessem vivos. Isso era um problema de Felix, não dele.

Naqueles cinco dias Sam aprendera mais uma coisa. Se ele e Frances não tivessem, em breve, uma boa sessão na cama, provavelmente ambos entrariam em combustão. Havia tentado ignorá-la, mas não funcionara.

No presente momento, ela passeava na floresta perto da falésia e Sam estava no terraço. Ele sabia que Felix se encontrava no laboratório e Maggie tirava uma soneca, descansando para a noite. Sam não conseguia evitar que os seus olhos seguissem Frances enquanto ela ia aparecendo e desaparecendo por entre as árvores. Em vez de sua usual imobilidade, ela se esticava e respirava fundo, levantando o rosto contra o vento. Do lado de fora, ela esquecera a sua classe e nascera para a vida. Ele se dirigiu até a beira do terraço, saltou por cima e deixou-se cair, pensando que isso não era nada se comparado a ter que fugir precipitadamente dos agitados companheiros em alto-mar. Tinha saltado um metro e meio, até atingir o chão, depois foi até o local onde ela se encontrava com as mãos nos quadris, pois já o vira.

Não sabia o que dizer exatamente. Frances podia fazer o que quisesse, ter o que quer que desejasse. Ela não era tão fabulosa como sua dançarina, mas era tal e qual os milhões que possuía. Usava roupas em que tudo combinava, tudo, e as cores não se encontravam nas lojas. Seu cabelo castanho avermelhado brilhava à luz do sol do entardecer. Cheirava como as flores que gostava de cultivar. Quando Sam se aproximou, Frances colocou-se atrás de um tronco muito grosso e, assim que o viu perto, olhou nos olhos dele enquanto ele olhava nos dela.

— Sam. — Foi a única coisa que ela disse quando o viu.

— Sim, sou eu. — Sentiu-se um autêntico palerma, mas os feromônios estavam elevadíssimos para conseguir ignorá-los.

Quando ele lhe passou a mão pelo cabelo, ela ficou meiga como um gatinho por baixo de sua mão, murmurando:

— Vai, me chame de boneca. — O inverso do que tinha bradado naquela primeira noite.

Ele puxou a cabeça dela para seu peito, dizendo:

— Olá, boneca. — Os seus corpos aproximaram-se, contorcendo-se um contra o outro. Ela sentiu-se bem, depois melhor, depois quase sublime. Mas a única coisa que Sam conseguia ver eram aqueles olhos de corça de Maggie na sua memória. Tentou apagar essa imagem beijando Frances, mas tudo o que conseguia sentir eram os lábios de Maggie, doces como as amoras de verão. Era frustrante. Seu corpo desejava uma mulher, mas a sua mente apenas conseguia ver a mulher que ele não podia ter — uma em quem não tinha francamente pensado como podendo ser um interesse romântico na sua vida, mas apenas uma grande amiga, uma amiga querida.

Sam disse para si mesmo que era uma reação típica do sexo masculino. Os homens gostavam de correr atrás do que não possuíam. Ele podia ter Frances, não Maggie. Resumia-se a apenas isso.

Tentou colocar a mão por baixo da blusa de Frances, certo de que sentir um peito traria sua mente para onde deveria estar, mas Frances retirou sua mão. Ele abriu os olhos e viu raiva nos dela.

— Eu não acredito nisso! — disse ela. — O que está acontecendo comigo? Aqui estou eu, tentando beijar o meu porteiro, e ele está ocupado pensando na minha empregada!

— Não estou!

— Oh, Sam! — Frances empurrou-o. — Não sou eu que você deseja, Sam.

— É claro que é.

— Você não está apaixonado por mim.

— O quê? Na verdade não disse que estava, Frances. Pelo menos ainda não, quero dizer.

— Você nem sequer tem desejo por mim. De qualquer maneira, eu não devia desejar você. Você é o porteiro, pelo amor de Deus. Eu vivo no edifício onde você trabalha. E você nunca entraria de repente na casa de qualquer pessoa, empunhando uma pistola, para me salvar da minha loucura, como fez por Maggie. Você a ama, Sam. Desde o primeiro dia, isso se tornou óbvio.

— Não é verdade!

— Oh, Sam! — Frances suspirou e correu lentamente seus olhos por ele, de cima a baixo, como se ele fosse uma sobremesa que ela não podia ter, depois se virou na direção do rio reluzente. — Você pode não me querer, mas há muitos homens que me querem. Não sei por que é que não estou com um deles agora. Meu irmão é um doente mental, tentando, dentre tudo o que poderia fazer, clonar Cristo. No entanto, senti a necessidade de ajudá-lo, de qualquer maneira. Por quê?, eu me pergunto.

Sam pôs uma mão em seu ombro.

— A lealdade é um gesto nobre, Frances. Não se arrependa disso. — Ele se perguntava por que as mulheres costumavam se arrepender. A maioria anulava-se, mesmo as ricas e belas. Os homens normalmente não. Talvez fosse essa a chave do seu sucesso com as mulheres. Dizia sempre que elas estavam certas, porque era isso em que acreditava.

Ela virou-se.

— Você também não quer que a Maggie faça isso, não é?

— De maneira nenhuma.

Frances sacudiu o braço dele.

— Por que você não faz alguma coisa, então? Sequestre-a e leve-a daqui. Destrua o laboratório de Felix. Faça alguma coisa!

Sam retirou a mão que ela pusera em seu braço e beijou-a, entendendo exatamente o que ela estava sentindo.

— Você também podia fazer o mesmo. Ele deixa você entrar no laboratório. Podia ter jogado as células do Sudário na privada e dado descarga. Podia entrar lá agora e jogar fora todas as culturas.

Frances atirou-se contra ele e cobriu o rosto.

— Somos uns covardes, não somos, Sam? Adeline teria feito algo, mas adivinhe quem a dissuadiu de fazer? Eu amo o Felix e você ama a Maggie e, embora pensemos que são loucos, não podemos destruir seus sonhos.

— Frances, a verdade é que não queremos que eles fiquem furiosos conosco.

Ela assentiu. Sam passou a mão por seu cabelo, depois levantou seu rosto e a beijou novamente — mais por simpatia do que por paixão. Passados alguns momentos, ela se afastou, dizendo:

— É melhor pararmos. As coisas já estão bastante complicadas.

— Sim, acho que tem razão.

— Vamos voltar antes que alguém nos veja.

Eles se viraram, o braço dele por cima do ombro dela, e, como se fosse um castigo repentino por sua infidelidade, ele viu Maggie entrar pela porta do terraço.

— Ah, merda! — Sam largou Frances e começou a correr.

O terraço era muito alto para subir, por isso correu para a frente da casa, pôs sua chave na porta, mas ela estava com o ferrolho. Não conseguia entrar.

— Maggie, deixe-me entrar!

Não obteve resposta. Frances apareceu, arquejante.

— Deixe, eu abro a porta.

— Não vai conseguir, ela pôs o ferrolho.

— Ela não pode pôr o ferrolho na minha porta!

— Não é sua porta. É dela, está lembrada?

— Oh, diabos! Veja o que fizemos. Podíamos ter mantido as nossas mãos nos devidos lugares, sabendo o que ela está passando.

— Maggie, deixe-me entrar! — gritou ele.

— Não quebre nada. Isso não vai melhorar as coisas! Vamos ver se conseguimos fazer com que Felix nos ouça.

Nesse momento, a porta se abriu e ali estava Felix.

— Por que essa gritaria toda? Por que Maggie está chorando?

Eles entraram e Frances encostou-se à parede.

— Flix, você não vai querer saber.

— É claro que quero. O que há com ela?

Sam passou a mão na nuca.

— A culpa foi minha, creio eu.

— O que você fez?

Quando Sam hesitou, Frances disse subitamente:

— Ela nos viu dando um beijo.

Sam viu uma sombra na direção dele. Sua cabeça virou para trás quando o punho de Felix atingiu seu nariz. Felix estava ali, com os punhos cerrados, enquanto Sam sangrava no tapete feito à mão da sala de entrada.

Felix atirou-se novamente contra ele, enquanto Frances começou a gritar estridentemente em defesa de Sam:

— Pare, Felix! Pare!

Então Maggie apareceu, como já fizera antes, mas desta vez não se apressou para separá-los. Sam a viu observar Felix esmurrar seu rosto, seu corpo, e sabia que ela não lamentava isso. Sam apenas tentou se defender das pancadas. Ele não iria revidar quando tinha sido ele que tentara comer a irmã de Felix.

Finalmente Maggie pareceu sentir pena dele. Disse para Frances:

— Agarre o seu irmão, enquanto eu ajudo o Sam.

Frances pareceu confusa, depois se abaixou e passou os braços pelos joelhos de Felix. Ele parou, olhou para baixo e disse:

— Levante-se, Frances.

— Só quando deixar de bater no Sam.

Maggie passou por eles e agarrou Sam por um braço. Ele foi atrás dela aos tropeções para o banheiro da entrada. Sabia que agora não era hora para pedir desculpas. Sentou-se na cadeira e abaixou a cabeça. Quando Maggie lhe deu um tapa na parte de trás da cabeça, não disse nem uma palavra. Ela deu outro tapa. Depois ouviu a água correndo na pia.

Manteve a cabeça baixa até ela lhe dizer para levantá-la. Ela pegou uma toalha molhada e limpou o nariz, que sangrava, enquanto ele levava a sua mão ao rosto dela e com os dedos limpava suas lágrimas.

— Não pense... nem por um minuto... que eu estou chorando por você, Sam Duffy.

— Maggie — disse ele baixinho. — Saia imediatamente desta casa comigo. Não faça isso! Pelo amor de Deus, por mim, não faça...

Engolindo em seco, ela disse:

— É por amor a Deus que estou fazendo.

Ele pôs os braços em volta de Maggie e encostou o rosto na barriga dela, sentindo-a controlar os soluços.

— Sabe o que a Frances me disse lá fora?

— Não. O que é que a Senhorita Rossi disse?

— Ela disse que eu estou apaixonado por você, Maggie. Ela disse que eu amo você.

Maggie afastou-se dos braços dele.

Capítulo 36

Sexta-feira à noite — Cliffs Landing

Já passava uma hora do momento que Felix escolhera para fazer a implantação. Ele e Frances andavam pela sala de obstetrícia como fantasmas, enquanto Maggie, deitada na cama, tentava relaxar. Sua pressão arterial estava alta.

Mesmo o incidente tendo acontecido algumas horas antes, a pressão dela ainda estava muito alta.

Os blastocistos quase acabavam de incubar em suas membranas. Estavam preparados para implantação no útero e não podiam esperar mais tempo. Maggie já enchera e esvaziara sua bexiga, depois bebera mais água para enchê-la, de modo a endireitar o útero para o cateter. Mas Felix tinha que verificar se a pressão arterial de Maggie baixara. Na sua opinião profissional, a dieta e o exercício haviam funcionado. Sendo assim, por que estaria ela com uma pressão de catorze por dez, depois de ficar deitada sossegadamente por uma hora?

Feliz era capaz de matar Sam Duffy. Tinha vontade de matá-lo.

Escolhera aquele dia dentre todos para perturbá-la, obrigando Felix a conjecturar. Seriam apenas suas emoções? Ou ele tinha falhado em diagnosticar hipertensão crônica em Maggie? Se aquele fosse o caso, não podia prosseguir sem conscientemente arriscar a vida dela.

Quando é que aquela paixão toda tinha acontecido? Tudo tinha escapado a Felix. Seriam as pessoas que o rodeavam — Sam, Maggie, sua irmã — tão sutis ou ele é que era cego, surdo e mudo? Quem amava ou não amava quem? Quem estava sendo seduzido ou seduzindo? Ele não acreditava na história que Frances tinha lhe contado. Sua própria irmã. Maggie, dentre todas as pessoas.

No que se referia a Sam, não era de se admirar. Desde o início Felix sentiu que algo de anormal se passava com ele. Agora ele sabia o que era. Pelas suas costas, Sam tentara fazer sexo com todas as mulheres de casa.

O que havia em Sam que tanto as atraía? Felix não sabia. Tudo o que sabia era que Maggie ficava tensa quando ele a tocava e a sua pressão arterial estava altíssima.

Do outro lado da porta do quarto de Maggie, Sam disse:

— Como vão as coisas aí dentro? O que está causando a demora?

— Cale a boca, Sam! — gritou Felix. — Deixe-nos trabalhar em paz.

Frances aproximou-se do irmão na ponta dos pés e perguntou:

— Ela está melhor?

— Não, não está melhor. Vá tentar acalmá-la, Frances.

— Eu disse a você — sussurrou-lhe ela. — Já tentei, mas ela não me quer por perto.

Felix olhou para a irmã fixamente. Durante todos aqueles anos ele havia ignorado essa natureza carnal dela. Agora, tinha ameaçado o que ele mais prezava na vida. Ele não conseguiu conter a sua raiva:

— Então faça algo de útil e vá lá dentro tentar calar aquele boca larga. Vá para a cama com ele, isso dará resultado. Aparentemente é o que você quer.

— Por que não? — disse ela. — Não tenho mais ninguém na minha vida. Alguma vez já reparou nisso, Felix?

Ele a olhou fixamente. Ela tivera muitos pretendentes. Ele é que tinha estado sozinho, não ela. Começou a ficar impaciente.

— Não, nunca reparei nisso. O que notei foi o contrário. Se não gostava da vida que tinha, podia tê-la mudado!

Ele viu Frances virar o rosto, duro como pedra, e imaginou como ela conseguia fazer isso tão facilmente, sempre que queria.

— Você deve tentar falar novamente com a Maggie. Ela é uma mulher razoável. Tente passar confiança, Frances. Eu, nesta situação, estou perdido. Não sei o que dizer.

— Felix?

Eles se viraram. Maggie estava ali, com sua bata, pantufas nos pés, a touca e a máscara já postas. Estendeu o pulso que tinha o monitor da pressão arterial ligado. Estava treze por oito.

As esperanças de Felix subiram. Maggie sorriu.

— Vai ficar aí e deixar que quatro óvulos com o DNA de Cristo morram?

Frances tocou no braço dela.

— Não era minha intenção magoar você. Para ser franca, não sei o que aconteceu.

Maggie lançou a ela um olhar gélido.

— Não se desculpe, Frances. Você é adulta. Sam é adulto. São ambos solteiros. Sam é muitas coisas, mas eu não o quero. Fique com ele, se for essa a sua vontade.

— Maggie, as coisas não são assim. Foi apenas um momento.

Felix não queria acreditar que elas estavam perdendo tempo discutindo a respeito de Sam Duffy.

— Maggie, estou pronto, se você estiver.

— Eu estou pronta desde o dia em que pedi para ser a escolhida. É por isso que estou aqui. — Olhou novamente para Frances. — Mais nada interessa.

Maggie voltou à maca. Frances cruzou os braços e encostou-se à parede mais próxima. Felix voltou a se esterilizar. Seu coração batia como um tambor.

No laboratório, calçou as luvas cirúrgicas, abriu a incubadora e retirou os blastocistos. Colocou-os por baixo do microscópio. O último estava se incubando na sua grossa e transparente membrana protetora, a zona pelúcida, e os outros três já tinham incubado. Para Felix eram todos maravilhosos. Muito mais complexos do que um embrião de três dias com oito células, essas tinham passado um importante marco miliário. Tinham ativado seus próprios genes e formado uma cavidade de fluido. Também tinham produzido dois tipos de células diferentes. As células da superfície que rodeavam a coroa iriam formar a placenta. Uma massa interior de células-tronco estava agarrada à parede da cavidade, pronta para formar um feto.

Agora precisava tomar uma decisão crucial. Devia implantar todas, contra a chance de que a maioria iria morrer, e arriscar a produção de clones múltiplos de Cristo? Seria o procedimento normal de fertilização *in vitro*, motivo pelo qual existiam tantos nascimentos múltiplos. Se assim fosse, ele podia reduzir a gravidez mais tarde, o que significava matar um clone de Jesus. Isso era algo que podia fazer? Ele nunca tinha destruído nenhum embrião no útero. Tinha de decidir. Felix olhou para a cruz que estava pendurada por cima da cama de Maggie.

Ia arriscar, mas colocaria apenas um.

Examinou os blastocistos cuidadosamente sob o microscópio, escolhendo-os pela qualidade. Para ele, eram apenas vidas potenciais, incapacitados de senciência, ao contrário do que a Igreja Católica dizia. Eles não tinham a *linha primitiva*, o que lhes tirava a possibilidade de sentir ou ser. Dois pareciam ligeiramente fragmentados. Ele os separou em outro recipiente. Estudou os dois últimos, tentando fazer uma oração ao mesmo tempo que se decidia. Notou uma ligeira irregularidade no tamanho da célula de um, comparando-a com a do outro. Separou-os, deixando apenas o mais perfeito.

Felix ficou olhando para o blastocisto. Seu DNA tinha viajado através dos séculos para fertilizar um óvulo de uma mulher e viver outra vez, numa placa de Petri. Será que o pequeno grupo de células estaminais, que se mantinham agarradas à parede da cavidade, sobreviveria para se transformar em Jesus Cristo? Será que sim? Fechou os olhos e rezou baixinho o *Anima Christi*:

Alma de Cristo, santificai-me.
Corpo de Cristo, salvai-me.
Sangue de Cristo, inebriai-me.
Água do lado de Cristo, lavai-me.
Paixão de Cristo, confortai-me.
Ó Bom Jesus, ouvi-me.
Dentro das Vossas chagas, escondei-me.
Não permitais que de Vós me separe jamais.
Do Espírito do mal, defendei-me.
Na hora da minha morte, chamai-me. E mandai-me ir para Vós.
Para que Vos louve com todos os Santos. Pelos séculos dos séculos.
Amém.

Felix abriu os olhos, sabendo que agora não podia parar. Colocou o blastocisto num cateter de transferência esterilizado, colocou-o numa bandeja e o levou para a cabeceira da cama de Maggie.

Frances e Maggie olhavam enquanto ele colocava tudo no suporte de apoio.

— O meu bebê está aí, não está? — perguntou Maggie.

Era a isso que tudo se resumia. Maternidade. Sem ela não haveria Cristo.

Ela se deitou e colocou as pernas nos respectivos suportes. Dessa vez, Frances não pediu para segurar sua mão.

— Já está pronta? — perguntou Felix.

— Estou.

Felix inseriu o espéculo em sua vagina, consciente de que Sam estava do outro lado da porta. Embora Sam tivesse se comportado de um modo indigno, e Felix tivesse feito o seu melhor para deixá-lo bem marcado, ele provavelmente não deixaria de entrar precipitadamente, se Maggie soltasse apenas um pequeno gemido.

Ela não o fez.

Felix destapou o cateter, colocou na vagina de Maggie, evitando a carne rasgada, que sarava, e o inseriu através da abertura cervical no topo do útero. Ela nem sequer estremeceu.

— Bem, aqui vamos nós — disse ele.

Felix empurrou o êmbolo e depositou o pequeno blastocisto na cavidade uterina de Maggie.

Capítulo 37

Sábado de manhã, fim de agosto — Turim, Itália

Sete meses depois, na quarta maior cidade da Itália, onde casas elegantes ladeavam as avenidas arborizadas com vista para os montes pré-alpinos, um rapaz de bicicleta passou em frente ao centenário mercado Porta Palazzo, com alguns jornais atados à bicicleta. O padre Bartolo havia conseguido essas entregas nos finais de semana para os sacerdotes, para as freiras e para alguns dos abastados patronos da Igreja. Ajudava o rapaz a aumentar a renda da família.

Todos os sábados parava ali, na última porta romana ainda de pé em Turim. Encostava a bicicleta, escalava a cerca, e sentava-se na relva com as costas contra a estátua de César Augusto. Guardava a maçã para comê-la naquele local, enquanto olhava para as paredes de tijolo antigo, imaginando o que teria sido viver no ano 28 a.C., quando foi fundada Augusta Taurinorum — uma data e um nome familiares a todas as crianças de Turim.

Sonhando com elmos emplumados e com lutadores gauleses, o rapaz voltava para sua bicicleta e dava a última mordidela na saborosa maçã. Um pouco de suco escorria por sua boca e caía no *The Times* de Londres, que entregaria ao padre Bartolo. Limpou-o, sem conseguir ler a palavra em inglês, já manchada, apenas as letras "c-l-o-n-e".

Sábado de madrugada — Atlanta, Geórgia

Às duas horas da madrugada, em Atlanta, Geórgia, uma jornalista entrou aos tropeções pela porta de sua casa na cidade e tentou chegar a tempo ao seu banheiro para vomitar. Não conseguiu.

— *Borra* de festas — disse ela entre vômitos. — *Borra* de gente! — Com vacilações de embriaguez, limpou a boca e, apesar de ser cristã e conservadora em suas crenças e na política, divertia-se ao quase dizer a "palavra com p" de verdade.

— *Borra* de festas — repetiu, depois limpou a boca.

Foi para o quarto, atirou-se na cama, rastejou por baixo das cobertas e sentiu que ainda estava com os sapatos de salto alto. Tirou-os por baixo dos lençóis e puxou o cobertor por cima de seu vestido de lantejoulas.

— *Borra de gente!*

Adormeceu, sonhando com dentes perfeitos em vez dos dentes salientes que faziam com que as pessoas a chamassem de várias coisas pelas costas: coelhinha falante, raivosa de cabelo ruivo. Tinha ouvido alguns na noite anterior, ficou magoada e isso fez com que bebesse.

O telefone a fez acordar de suas introspecções sobre seus dentes. Irritada, atendeu e disse:

— Que p... é essa? Quem é, quem é?

Uma voz disse:

— Acorde e entre na página do *The Times* de Londres. Procure um artigo sobre clonagem. Investigue e arranje-nos um artigo de fundo, que esteja pronto para as sete horas da manhã.

— O quê?

— Faça o que digo. Boa noite, coelhinha.

Ela atirou o telefone longe.

— *Borra de gente!* — E arrastou-se para fora da cama.

Sábado de manhã — Eagle Rock, perto de Cliffs Landing

Maggie agarrou-se à mão de Sam com firmeza enquanto avançavam para Eagle Rock, que ficava do lado oeste da colina a cerca de quatrocentos metros de Skunk Hollow. À sua frente estendia-se a parte norte do vale do Hudson com toda a sua fértil magnificência. Além da cascata, Eagle Rock tinha se tornado o lugar favorito de ambos, embora a subida fosse um pouco cansativa para Maggie agora. Sam retirou uma manta de lã da mochila e dobrou-a em quatro, para que ficasse com uma altura que proporcionasse um lugar macio para ela sentar. Depois a ajudou a fazê-lo. Maggie recostou-se, apoiando-se nos braços, sua barriga protuberante, e respirou o ar da manhã.

— Dê uma última boa olhada — disse-lhe Sam passando sua mão pela barriga. — Só voltaremos aqui depois de o bebê nascer. A subida já está ficando difícil para você.

Ela olhou para baixo, para o rio que corria em duas direções. Chamava-o pelo seu nome indígena, *Shatemuc*, porque dava azar cruzá-lo e depois inverter a direção como o rio fazia.

Deu um tapinha na mão de Sam.

— Você só deixou de tentar me trazer no colo há apenas dois meses, sabe?

Sam sorriu.

— Você é um patife, mas tem bom coração — disse ela.

Ele parecia não se importar que ela soubesse disso. Tinha ido ali todos os fins de semana a partir do dia em que se soube que estava grávida.

Naquele dia, Sam tinha segurado sua mão enquanto Felix fazia o exame e Frances passeava de um lado para outro. Quando Felix anunciou, Maggie gritou aleluias. Frances beijou Maggie na face e, mais uma vez, pediu desculpas por tê-la perturbado, depois desapareceu em seu Jaguar S, dizendo que precisava sair por um tempo. Maggie suspeitava que era o código para *preciso me encontrar com um dos meus antigos namorados*. Sam havia tirado a rolha de uma garrafa de sidra de maçã gaseificada, pois Felix não admitia que Maggie tomasse nem uma gota de champanhe. Felix declarara que ela era *a melhor mulher na Terra* e Sam tinha concordado, acrescentando que, além disso, eram ambos doidos.

Isso ocorrera sete meses antes. A data esperada era 22 de outubro, oito semanas e um dia a partir de agora. Se ela tivesse alguma molécula que não tivesse sido examinada, em certas ocasiões duas vezes por dia, não saberia dizer onde estaria.

Frances raramente ficava a noite toda em Landing. Passava a maior parte das noites em casa, na cidade. Maggie achava que as divergências haviam se sobreposto ao amor fraternal. Ou isso, ou Frances queria ficar longe de Sam, que lhe tinha dado instruções para atuar de maneira a que os vizinhos pensassem que Felix estava fazendo consultoria no exterior. Só às vezes, aos domingos, é que Frances aparecia lá.

Sem ela e Adeline, Felix parecia solitário nas poucas horas em que não estava no laboratório. Sempre que Frances aparecia, ele perguntava pelo paradeiro de Adeline. Havia momentos em que Frances sabia dizer por onde a amiga andava e Felix tentava contatá-la, mas, quando ele conseguia que ela atendesse, parecia que tinham muito pouco a dizer. Ele não podia ausentar-se para ir falar com a moça. Ela se recusava a voltar. Dizia que ele não lhe pertencia, mas sim à criança.

Era Sam quem estava sempre presente para Maggie. Durante a semana, normalmente aparecia depois do trabalho. Domingo sim, domingo não, ele a levava para dar uma volta até Nyack, um local turístico. Nada que pudesse cansá-la. Apenas um passeio curto, apreciando os locais de arte, lojas de antiguidades ou ao longo da margem ou pelas ruas apreciando a arquitetura Queen Anne, vitoriana e gótica característica do vale do rio Hudson.

Almoçavam num dos muitos restaurantes — que era o que todos gostavam de fazer em Nyack aos domingos. Nada frito. Nada com sal.

Ela adorava as saídas, mas, após a terceira vez que se deslocaram para lá, Maggie teve consciência de que para Sam aquilo estava se tornando maçante. No entanto, ele nunca admitiu nem deixou de fazer esse trajeto.

Maggie olhou para a esquerda, ao longo da falésia, em direção aos montes Ramapo, que brilhavam a distância numa cor azulada. Um bando de andorinhões saiu do leito do rio e começou a voar em movimentos circulares, piando suas canções alegres.

— Oh, Sam, não são lindos? — perguntou ela.

— São lindos.

Preguiçosamente, ele fazia carinho no bebê através da barriga dela, e ela deixava, pois o toque dele já não a excitava como no princípio. Estava feliz com a saliência de sua barriga. Durante cinco meses, aproximadamente, a barriga havia se mantido lisa, depois inchara como um melão. Maggie ficara emocionada quando vira pela primeira vez na ultrassonografia que era um menino. Estar grávida e ter Sam a seu lado, ali em Cliffs Landing, fazia Maggie mais feliz do que já tinha sido alguma vez na vida. Na maior parte dos dias, ela preguiçava assim no verão quente, sua barriga crescendo com a criança.

Ao olhar para a beleza à sua volta, consciente da beleza dentro dela, os sentimentos de Maggie transbordavam. Sam abraçava-a enquanto ela soluçava de alegria. Quando isso acontecia, normalmente estavam na cascata ou à beira do rio, apreciando o voo dos andorinhões. Ela sabia que Sam não compreendia, mas não se intrometia nem tentava pará-la. Apenas esfregava a testa ou a barriga, assobiava sua canção irlandesa e deixava-a chorar.

— Aqui vou eu outra vez — disse ela, quando as lágrimas pararam.

Ele pegou um lenço de papel e limpou suas lágrimas, e um pouco de maquiagem veio junto.

— Por que você usa maquiagem no nariz?

Maggie sentiu-se chocada, depois envergonhada. Como ele era capaz de fazer uma pergunta dessas a uma mulher?

— É... é para disfarçar o jeito do meu nariz.

Ele se recostou e ficou olhando para o céu.

— Não há nada de errado com o seu nariz. A propósito, gostaria que me deixasse comer com você quando faz as refeições no seu quarto, ou entrar para ver TV. Felix não é boa companhia, você sabe disso. Por que não me deixa entrar, Maggie?

Ela tinha pedido a ele e a Felix para ter alguma privacidade em seu quarto, para deixar de se sentir um espécime num frasco — vigiada dia e noite. E também tinha se revoltado com a fiscalização de todas as porções de comida que ingeria. Por isso, Felix fez um acordo com a Fabulous Food. Se eles lhe preparassem refeições sem sal e sem frituras, Maggie podia encomendar o que lhe apetecesse. Por vezes, a FF entregava sua comida pela porta do seu jardim, e ela então comia sozinha. Felix tinha colocado uma pequena geladeira no quarto dela para que pudesse satisfazer seus desejos. Cenouras, frutas etc. A não ser que surgisse uma emergência, em seu quarto agora tinha privacidade.

Abriu a caixa do seu pó compacto e tentou discretamente remediar a quase invisível falta de maquiagem no centro do nariz. Sam nunca a tinha visto sem ela; não queria que isso se alterasse.

— A única razão é que eu preciso de algum tempo para mim — disse ela gentilmente.

Maggie sentou-se à maneira indígena enquanto esfregava a barriga.

— Já contei a você a história do índio e do velho Charlie Lundstrom, cuja família vivia no monte em Skunk Hollow?

— Não. Conte.

— Era uma das famílias de brancos daqui. — Maggie apontou para cima. — Os índios viviam no topo desse monte numa caverna. O nome dele era Oddwad. Usava penas e uma tanga de pele. Alimentavam-se de coelhos e de pássaros que ele matava com suas flechas, e não incomodava ninguém. Charlie Lundstrom fez com que provasse pão e batatas pela primeira vez, ou Oddwad deixou Charlie acreditar que tinha sido assim. Oddwad gostou tanto que Charlie levou mais para ele. Oddwad dizia sempre: "Obrigado, Charles, e obrigado, Ikas, tenho um amigo."

— Ikas?

— Mãe-Terra.

— É só isso?

— Uma linda história, não é?

Maggie deu-lhe uma cotovelada no ombro.

— Se pensar, dá para tirar uma conclusão, Sam.

Ela colhera lírios-tigrinos bravos e anêmonas e os juntara em um buquê. Levantou-o e o perfume a deixou tonta.

— O que houve? — perguntou Sam olhando-a fixamente.

Maggie olhou para baixo, para o *Shatemuc*, ao mesmo tempo que uma sensação terrível a assolava.

— O que foi? Está se sentindo mal?

Ela sentiu uma agitação, uma percepção, daquelas premonições femininas num alerta crescente. Maggie, em sua fé, considerava que eram avisos de Deus — nada que ela pudesse explicar a Sam.

— Eu não sei — disse ela, mas sabia.

Tinha imaginado Sam no *Shatemuc*, preso em perigosíssimas ondas causadas pela corrente de água fresca que descia das Adirondack e pela água salgada do mar. Enquanto os andorinhões continuavam voando em círculos, ela envolveu o pescoço dele com os braços.

— Não faça nenhuma loucura, Sam, está bem? Tenha cuidado!

Ele disse a ela para ficar tranquila e deu-lhe tapinhas nas costas enquanto ela chorava.

Capítulo 38

Sábado ao meio-dia — Saguão do edifício da Quinta Avenida

Sam digitou o código do nono andar no elevador, pensando qual seria a urgência de Brown para o mordomo tê-lo chamado num dia de folga. Podia ser por qualquer motivo — uma entrega especial de um envelope, o mesmo tipo de persuasão que ele tinha usado com Jerome Newton, uma investigação particular. Brown esforçava-se seriamente para investigar qualquer pessoa desconhecida com quem tivesse que se encontrar, mais ainda se fosse uma negociação. Na maior parte das vezes, era Sam quem tinha que fazer esse trabalho.

Sam planejara ficar todo o fim de semana em Landing com Maggie. Por causa dela, fizera sexo duas vezes em sete meses, e ambas foram engates em bares locais. Não havia tempo para as docas de Jersey. Rápido na entrada e na saída, use o preservativo ou corra o risco de o pica-pau cair. Duas vezes.

No entanto, Sam estava tão feliz como se tivesse comido metade das participantes do coro das Rockettes.

Conseguia imaginar-se num grande número de situações na vida. Mas estar agarrado a uma empregada negra que nem sequer o deixava tocá-la? Que apenas o tinha deixado chegar perto dela uma única vez, nada mais? Há uns meses, teria dado gargalhadas só de imaginar tal situação. Talvez Frances tivesse razão e ele a amasse. Sam estava sem dúvida agarrado a Maggie Clarissa Johnson, até há pouco tempo do Harlem, Nova York — agora, mãe solteira e ex-empregada.

Quando ele tinha lhe perguntado o porquê em voz alta, Maggie respondera que tinha sido um sinal de Deus. A criança precisava de sua proteção, por isso Deus fizera com que Sam fosse seu amigo. Talvez fosse. Sam nem sequer sentia tesão na maior parte do tempo. Com a experiência de Sam, isso era um milagre.

As portas do elevador abriram-se e, à sua frente, na entrada, estava o Sr. Brown. Ele estava à sua espera, e não parecia satisfeito. Tinha um jornal dobrado na mão. Sam reconheceu o *The Times* de Londres.

Brown entregou-lhe o jornal.

— Leia isso enquanto vamos andando.

Sam o seguiu para a biblioteca, vendo um artigo circulado. Seu pulso disparou. Sentiu-se péssimo enquanto ia lendo.

> *Clonagem na América — Psssst! Vejam esta!*
>
> *Fontes anônimas estão novamente em ação. Desta vez acrescentaram um muito suculento, talvez incrível, pós-escrito à nossa notícia anterior de que um cientista americano estava em grande atividade para clonar alguém que não estava vivo. Mundo, ouça isto! O nosso cientista louco — de uma forma perversamente indireta, clandestina, e por meios desonestos — arranjou pedaços de uma daquelas relíquias religiosas que se diz terem estado em contato com Jesus Cristo. Sabem, pedaços da Cruz Verdadeira, da Manjedoura Sagrada, do Sudário, do Véu de Verônica, das Unhas, da Lança, da Coroa de Espinhos. Deste tipo de coisas. Fontes desconhecidas dizem que esse americano louco tenciona extrair o DNA dos pedaços que obteve e clonar. Estão seguindo o meu raciocínio? Ele planeja clonar Jesus Cristo e trazê-lo de volta!*

Fiquem atentos aos meus artigos para mais informações sobre esta Segunda Vinda!
Se não têm se comportado convenientemente, talvez agora seja a hora certa para o arrependimento.

O que tinha acontecido ao acordo que tinham feito com Jerome Newton ao longo daqueles sete meses? Agora Sam tinha que explicar por que o mesmo jornalista estava atualizando a mesma história, quando Sam tinha garantido que tudo não havia passado de um trote. Pior ainda, Newton tinha identificado o clone.

Sam leu o artigo duas vezes, verificando que não havia nenhuma insinuação sobre a identidade de Rossi, nem nenhuma alusão ao local onde se encontravam. Era ainda, no entanto, uma quebra de acordo. Como Newton não temia perder as entrevistas aos domingos?

Brown sentou-se em sua cadeira, mexendo no queixo. Tinha a aparência de quem estava furioso.

— Fale. Eu ouvirei — disse ele.

Sam deu-lhe crédito pelo autocontrole. Tal como ele, Sam revestiu-se de nervos de aço e sorriu, os olhos postos no jornal.

— Ele ainda está jogando. Repare que não nomeia ninguém, porque, como eu já disse, não há ninguém para nomear.

Brown não falou enquanto Sam não olhou para cima.

— Ele menciona o nome do clone.

Sam deu um riso abafado.

— Ah, sim. Clonar Jesus.

Brown continuou a olhar fixamente para Sam sem dizer nada. Passado algum tempo, Sam perguntou:

— O que é?

— Será que ele tirou o nome Jesus de uma cartola?

— Talvez ele esteja chutando. O senhor não acha que alguém possa...

Brown o interrompeu:

— Possibilidades não têm nenhuma importância aqui. Existe um cientista americano que acredita estar clonando Jesus? É isso que quero saber. Era o seu dever ter me informado do assunto, Sam.

Sam deu um tapa no jornal com as costas da mão.

— Isto prova que é tudo uma grande mentira, como já disse anteriormente. Clonar Jesus? Inacreditável. De fato, é impossível.

Brown levantou-se e dirigiu-se às estantes. Seu olhar parecia preocupado. Tirou um livro.

— Eu me interesso por convicções, não por possibilidades. — Ele tinha um livro na mão e levantou-o para Sam. Era *A guerra dos mundos*, de H. G. Wells. — Já leu?

— Uma vez. Marcianos que desembarcam em Nova Jersey e dominam tudo.

— Sim, lembra-se do que aconteceu?

— Sim, Orson Welles fez um drama radiofônico baseado nesse livro. Fez uma simulação de noticiários, como se fossem verídicos, e assustou todo mundo.

— O desembarque de um marciano era impossível. — Brown arrumou o livro. — No entanto, houve tumultos nas ruas, engarrafamentos, pânico generalizado em toda a Costa Leste, porque as pessoas *acreditaram*.

— Mas isso foi há muitos anos, por volta de 1930, creio eu. Quem, nos dias de hoje, iria acreditar que Jesus Cristo pode ser clonado?

— Na sua opinião, a natureza humana alterou-se nos últimos sessenta e tantos anos?

— Creio que somos suficientemente civilizados para...

— Pare, Sam. — Brown dirigiu-se novamente para a escrivaninha, sentou-se e inclinou-se para a frente. — Pare de pensar.

Sam calou-se.

— Faça o que pedi.

— Farei. Isso é certo, mas explique mais uma vez. Gostaria de conseguir compreender.

Embora ele parecesse perturbado, sua expressão benevolente de letrado apareceu. Sam tinha-o empurrado para o modo de oráculo. Brown apontou para o jornal.

— Isso não é um trote. Há algo por trás dessas histórias. A resistência desse jornalista em relação a você já é estranha em si. Você nunca falhou antes, Sam. Há alguma coisa aqui. — Brown pegou o controle remoto da TV e ligou uma fita gravada, dizendo: — Isso passou na CNN esta manhã, depois do noticiário.

Sam viu uma mulher com dentes de coelho, uma habitual convidada em debates da CNN. Tinham-na indelicadamente alcunhado de *a raivosa de cabelo ruivo*, porque ela conseguia irritar tanto os amigos como os inimigos. Estava sentada entre um homem que usava óculos e uma gravata borboleta e outro homem de terno conservador. Estavam tendo um debate muito aceso.

Brown baixou o volume e apertou as mãos.

— A clonagem já não é nenhuma fantasia. Se um homem quiser clonar a ele próprio, o seu cão, a sua mãe, o pai, tudo bem. Grandes figuras históricas já são outra coisa. Elas existem na mente como símbolos potentíssimos que podem motivar comportamentos de massas. Já pensou no que um clone de George Washington poderia persuadir as pessoas a fazer? Abraham Lincoln? Agora pense a que o filho de Deus os poderia exortar? Através da história, religiões e figuras religiosas não só causaram martírio e desobediência civil, mas também a ascensão e queda de reis, assassinatos, pilhagens, guerras, todo tipo de comportamentos irracionais. Apenas dois artigos sumários no *The Times* e aí está a CNN com um painel de debates, além de vigílias de oração espontâneas nos parques.

Sam sentiu os joelhos fraquejarem.

— As crenças são poderosas. — Brown olhou para baixo, para a gaveta da sua escrivaninha. — Incluindo as superstições. Até há aqueles que pensam que veem o destino nas estrelas.

— O senhor é um deles? — arriscou Sam.

O olhar pasmado de Brown desviou-se.

— Eu sou Leão, o Rei.

Sam pensou em acrescentar "*Bem, eu sei que sou Touro, ou será Aries? Um deles*", mas apenas disse:

— Isso parece adequado.

Brown olhou para trás.

— Sam, a identidade autêntica do clone não é relevante. O que importa é o que vão crer que ele seja.

— Pôncio Pilatos deve ter dito algo parecido — comentou Sam com um riso abafado.

Brown ignorou o comentário.

— Um cientista americano confiável não pode ser autorizado a produzir um suposto clone de Jesus Cristo a partir de uma procedência de DNA confiável, mesmo que remotamente.

Ficaram sentados em silêncio, sem dizer nada, Sam consciente de que estava face a face com um homem que sentia ser o dono da ordem do novo mundo e não tinha intenção de deixar que um qualquer, como Jesus Cristo, abalasse suas estruturas. Sam tinha apenas segundos para decidir o que fazer, mas eram suficientes. Durante sete meses, tinha cogitado todas as possibilidades em sua mente, em horas, dias e meses. Tomando uma atitude, teria um vasto leque de opções. Tomando outra, as primeiras deixariam de existir. Calmamente, Sam disse:

— Fico feliz por ter perguntado. Não estava compreendendo a que o senhor se referia. Isso não é para mim.

O olhar de holofote de Brown fixou-se em Sam.

— Hã?

— Eu acho que é um disparate, mas se não for, o senhor fala "clone", mas eu escuto "mãe", "bebê". Um que o senhor não quer que nasça, se é que isso é verdade. Estou certo?

O olhar de Brown mantinha-se fixo em Sam.

Sam fez uma pausa, sabendo que seu futuro dependia das palavras que se seguissem. Brown era o empregador mais generoso que tivera, mas exigia total lealdade.

— Eu não assinei nenhum contrato de trabalho para nada parecido. Não conte comigo, está bem?

— Eu vou querer você totalmente fora.

— Sim, eu sei — disse Sam enquanto se levantava.

Quando Sam se dirigiu aos elevadores, Brown levantou-se e o seguiu.

— Eu sairei à meia-noite — disse Sam quando o elevador chegou. — Trarei, antes de sair, as minhas chaves, os cartões de crédito, cartões de acesso, senhas, tudo, antes de abandonar o edifício.

Sam olhou o Sr. Brown de frente e apertou o botão que dava acesso ao saguão do edifício.

Enquanto as portas do elevador se fechavam, Brown disse:

— Sam, reconsidere. Você tem duas semanas.

Capítulo 39

Sábado — Apartamento de Sam

Assim que Sam entrou em seu apartamento, dirigiu-se à geladeira, pegou uma McSorley's Black and Tan e bebeu metade de um gole. Se tivesse algo mais alcoólico, teria bebido. As coisas que sabia sobre Brown eram de dar nos nervos; o que mais assustava Sam eram as coisas que não sabia. Havia como desistir de uma operação comandada pelo Sr. Brown? Senão, o que acontecia àqueles que tentavam?

No começo dos seus onze anos com o Sr. Brown, ele tivera a noção da existência de atividades mais obscuras que as dele. Uma vez tropeçou num homem alto vestido de preto e noutro que usava um casaco comprido de couro, saindo sem barulho da garagem de Brown. Apenas um olhar e Sam concluiu que seria mais feliz se nunca soubesse quem eles eram nem o que faziam.

Agora, seus rostos violentos eram tudo o que Sam conseguia recordar. Isso e a pergunta que tinha ignorado durante onze anos: os recursos usados por Brown para seus projetos de importância incluíam o corte a machadada de cabeças de crianças; incluíam manter fora da África medicamentos para a AIDS; incluíam assassinatos? Ele tinha, sobretudo, ignorado durante um ano uma pergunta. A mulher do secretário de Estado o flagrara na cama com a sua filha de um casamento anterior e depois ameaçara expor seu comportamento obsceno. Sam soube tudo isso durante uma sessão de choro devido a bebedeira, quando o secretário de Estado desmaiara na garagem de Brown. Desde então, Sam tinha tentado não pensar: tinha a mulher morrido mesmo de um acidente de automóvel ou fora Brown que a matara?

Enquanto fazia as malas, Sam revia sua decisão de partir. Não tinha alternativa. Se Brown soubesse quem Maggie era e se decidisse que seu filho não devia nascer, não eram as suas visitas de fim de semana que iam evitar o que quer que fosse. Maggie precisava de proteção armada, durante vinte e quatro horas, por alguém que não fosse subornável. Lastimavelmente, Brown tinha dinheiro suficiente para comprar metade dos apóstolos e dos santos. Sam era tudo o que Maggie tinha.

Ele não podia deixá-la desprotegida enquanto se mantinha ali tentando manobrar Brown. Brown não era do tipo que se deixa manobrar.

Por isso, Sam tinha jogado seu único trunfo: que Brown gostasse e confiasse nele, que pensasse no passado, deixando-o guiar suas ações e seus planos. Durante onze anos Sam nunca tinha mentido para ele, nem colocado planos pessoais em primeiro lugar. Brown nunca suspeitaria do envolvimento de Sam com o clone. Para ele, tal atuação seria como Prometeu *não* roubar o fogo escondido do Olimpo, e a Costa Leste *não* entrar em pânico, quando pensaram que os marcianos de H. G. Wells estavam perto. Sam, durante onze anos, tinha conduzido o barco, como seria de esperar, no rumo que lhe tinha sido ordenado. Insubordinações, no que dizia respeito a Brown, não estavam na sua maneira de ser. Ele pensaria, como já dissera, que Sam estava tendo escrúpulos.

Tinha decidido usar o tempo que Brown lhe tinha proposto e esperar uma ou duas semanas antes de fazer o pedido de demissão definitivo. Não havia motivo para apressar as coisas. No momento, Sam tinha apenas uma preocupação. Será que Brown deixaria pessoas em posições-chave se demitirem?

Alguém bateu à porta e ele ficou gelado, escutando. Pegou o coldre e retirou a arma. Voltaram a bater. Sam colocou-se por trás da porta, encostado à parede, e perguntou:

— Quem é?

— Sam, sou eu — disse uma voz feminina.

Ele franziu as sobrancelhas.

— Quem é *eu*?

— Lembra-se da cozinha do salão?

Ele olhou para o teto e murmurou:

— Oh, Deus! Por quê, agora? — Abriu a porta, ficando onde estava. Antes de vê-la, ouviu o bater dos seus saltos altos no chão.

Ela entrou, chamando:

— Sam?

Ele fechou a porta com um pontapé e ali estava a sua dançarina. Ela voltou-se com seus gloriosos cabelos cor de avelã caindo em cascata sobre uma capa de chuva vermelha e lisa, que usava apertada na cintura. Condizia com a cor dos sapatos de salto alto e a cor de suas unhas.

— O Sr. Brown me mandou dizer a você que eu sou a cenoura.

Ele desapertou sua capa de chuva devagarinho e abriu-a. Ela estava nua, sua pele brilhando difusamente como o luar na sala com luz fraca, pequenas partículas brilhando no cabelo dela. Enquanto Sam ficava ali olhando, ela começou a fazer um movimento de rotação com o ventre, o que fazia com que os seus seios maravilhosos subissem um pouco e depois balançassem, e sua pélvis se movesse de cima para baixo. Não exagerado, apenas o suficiente para pôr Sam em fogo.

— Minha querida, como se chama? — perguntou ele com uma voz já enrouquecida.

— Eu me chamo Coral e você me tem durante o tempo que quiser.

Ele, ainda de pistola na mão, começou a andar ao redor dela.

— Continue fazendo o que está fazendo. Deixe cair essa capa e atire-a para longe.

Ela assim fez; ele verificou se a capa tinha alguma espécie de arma, mas não encontrou nada. Não que esperasse encontrar alguma coisa; ela era uma prostituta, não uma assassina — de um certo grupo, de alto rendimento, uma das que faziam rezar por misericórdia. Pousou a arma e continuou a andar em volta dela, sem tocá-la, apenas olhando enquanto ela se movia. Ela levantou lentamente os braços sobre a cabeça e fez com que o ventre rolasse mais vivamente, fazendo com que Sam soltasse gemidos. No entanto, ele continuou sem tocá-la. Queria recordar-se desse espetáculo. Ela sorriu e pôs a língua entre os dentes, mexendo o ventre, os quadris e balançando os seios. Quando Sam estava por trás dela, ela olhou-o, piscou, depois abriu as pernas e abaixou-se, seu cabelo varrendo o chão enquanto lhe dava uma visão total do que tinha escondido por mais cabelo cor de avelã: a vagina mais bonita do mundo.

Com um rugido, Sam agarrou-a e com a outra mão puxou a fivela do cinto. Coral percebeu que ele havia perdido a cabeça. Ela, numa rotação rápida, encostou-se nele e segurou-o, enquanto Sam acabava gozando nas calças.

— Já faz algum tempo, não é? — disse ela, quando ele parou de tremer.

Sam pensou em Maggie. Depois tentou convencer-se de que, se não fizesse sexo com Coral, Brown certamente suspeitaria dele. Não havia alternativa. Ele tinha que ter relações com ela.

— Não se preocupe, querida, isso foi apenas um aperitivo.

Ele a levou para a cama e teve um conhecimento carnal de Coral, em todas as posições que poderia imaginar, por cerca de uma hora. Ela era uma profissional e sabia como se segurar, embora o suor lhe escorresse enquanto ele trabalhava sobre ela e eles se olhavam nos olhos. No final, Coral entregou-lhe o prêmio. Seus mamilos estavam no ar, ela estava toda ruborizada e parou de se conter — gritando enquanto gozava. Ávido, ele ficou olhando para ela, depois a seguiu.

Enquanto Coral estava deitada a seu lado, sonolenta, ele pegou uma presilha de cabelo brilhante que estava caindo e voltou a colocá-la.

— Diamantes, hum? É um microfone? — perguntou ele.

Ela olhou-o com uma cara muito engraçada e disse:

— Não.

— Se fosse, você me diria?

Ela sorriu de modo a evidenciar covinhas no rosto e disse:

— Não.

Ele riu, chegando à conclusão de que não sabia nada sobre ela.

— Está certo, mas me diga como é que entrou nessa vida, pode ser?

As luzes estavam apagadas; as persianas, corridas. Com a inclinação dos poucos raios solares que escapavam para dentro do quarto, ele pressupunha que deviam ser umas três da tarde.

— Toda a verdade e nada mais que a verdade?

— Sim, com certeza.

— Eu era uma jovem muito doce. — Ela fechou os olhos e brincou com os dedos preguiçosamente pousados no peito de Sam. — O Sr. Brown me viu num musical. Eu não o deixava me tocar, mas, durante três meses, ele pôs o mundo a meus pés: roupas, dinheiro, aviões particulares, noite de abertura no La Scala de Milão.

— E depois?

Ela deu um estalido com os dedos.

— De um dia para outro, desapareceu. Assim, eu voltei para o meu trabalho de corista, pobre de mim. Outros três meses se passaram e uma noite, quando cheguei aos bastidores, lá estava o seu mordomo com uma caixa. Dentro, havia um vestido de cetim preto sem alças e umas sandálias pretas. Vesti-me; ele me levou para uma limusine e ali estava Brown segurando flores que pareciam sinos de cetim. Disse que eram *Lisianthus* negros, tão raros como eu. Ao seu lado estava um ator segurando um Oscar. Não posso dizer o seu nome, mas você o conhece. Daqueles que fazem as garotas desmaiarem. O Al Hambra era na época o restaurante da moda. Lembra-se das piscinas de lótus?

Ele se lembrava: durante quase dois anos o Al Hambra atraíra multidões elegantes. Havia limusines saindo do prédio para lá quase dia sim, dia não.

— Sim, você tinha que conhecer um cara, que conhecia outro cara, que tinha o número de reserva.

— Mas nós não. Brown tinha reservado todo o local. Na sala do lado, tocavam cítara. O *chef* e proprietário cozinhou e serviu ele próprio a refeição. Nem o presidente poderia ter entrado naquela noite.

— E depois?

— Estávamos tomando um conhaque mais antigo do que o país, e Brown mostrou um colar de esmeraldas e diamantes. Grandes esmeraldas e diamantes. A única coisa que eu teria que fazer era deixar o ator ver os meus seios.

— Ora, ora. Como se fosse só isso.

— Foi só isso. Eu chorei um pouco e Brown disse que, se ele pusesse uma mão em cima de mim sem minha autorização, se arrependeria até à morte. Eu achei que ele estava falando sério. O indivíduo também pensou o mesmo.

— Então você...

— Não, o Brown fez. Baixou o fecho do meu vestido, abaixou-o devagar, depois colocou o colar em mim, enquanto o indivíduo ficava de boca aberta. Não disse nem mais uma palavra.

— Ele provavelmente não conseguia. — Sam acariciava um mamilo rosado num seio perfeito. — Quando é que pela primeira vez... você sabe, foi até o fim?

— Seis meses mais tarde. No mesmo restaurante. O mesmo indivíduo pasmado. Mais lágrimas. Ele me passa um cheque de dez mil, vinte mil, cinquenta mil dólares. Eu deixo que ele toque nos meus seios, mas nada mais. Logo a seguir, ele passa um cheque de cem mil dólares. Quando o *chef* voltou, o cara estava de joelhos tendo relações comigo, numa cadeira.

— Brown estava presenciando?

— Com certeza.

— Disse alguma coisa?

— Disse para eu ter um orgasmo.

Sam deu-lhe um tapinha no ombro.

— Devo sentir pena de você, querida?

Com os olhos ainda fechados, Coral sorriu.

— Até há poucos momentos, foi o melhor sexo que fiz em toda a minha vida.

Ele fez carinho em seu rosto. Novamente Maggie cruzou-lhe o pensamento.

— Então, quais são as suas instruções? O que Brown disse a você?

Coral aconchegou-se a ele e abriu um imenso olho cor de avelã.

— Eu já disse. Eu sou a cenoura. Funcionei?

— Para mim? Tenha certeza que sim. Para ele? — Olhou em outra direção. — Não conseguiria.

Ela sentou sem se cobrir. Se ela era a tentação e se o que eles tinham feito era pecado, Sam estava destinado ao fogo do inferno. Não conseguiria evitar, mesmo que tentasse. Ela tinha o mundanismo que as prostitutas das docas não tinham, e todo o descaramento delas.

— Eu acredito que saiba o que está fazendo — disse ela. — Ele não se incomoda com coisas pequenas, como os nossos não autorizados minutos na cozinha. Não o aborrecem tanto assim. Mas nas coisas grandes não podemos enganá-lo, você sabe. Eu acho que isso é importante, ou eu não estaria no pacote. — Ela pôs a língua para fora e fez um círculo com ela.

Sam riu.

— Ah, é?

— Ele tinha me destinado esta noite para um vice-primeiro-ministro.

Ele fez cócegas debaixo do queixo dela.

— Isso faz sentido.

— Sim, por isso estou considerando que você está envolvido em algo importante. Ele gosta de você, sabe?

Sam sabia. Pôs as mãos em concha por cima dos seios dela, pensando que também seria capaz de dar cem mil dólares apenas para poder tocá-los, tal como o ator tinha feito.

— Quanto tempo vai demorar a me persuadir?

— Conforme disse, fico até que você diga para eu ir embora. Depois que eu sair, não haverá nova ajuda. Mas tenho um pressentimento...

— De quê?

— De que, se fizer o que o Sr. Brown disse, talvez seja recompensado. — Seus mamilos endureceram enquanto ela se encostava às mãos dele. Parecia que ele tinha pequenos ferros de aquecimento nas palmas das mãos. Ela estava pedindo para ficar mais tempo, possivelmente a noite toda. Ele tinha que aceitar. Queria aceitar. Parecia que os seus hormônios de adolescente estavam em ação.

— Dê-me só um segundo, está bem?

Saltou da cama e, sorrindo para ela, pegou o telefone celular que tinha comprado e o levou para a cozinha. Ela não podia ouvir sua ligação. Abriu a torneira da pia no máximo. Segurando o telefone perto, ligou o número de Felix. Quando ele atendeu, disse que não poderia voltar essa noite, mas que era melhor ele ler a seção de acontecimentos do *The Times* de Londres e ligar a CNN. Como era habitual, Sam ativou o código de segurança quando desligou, no caso de alguém se apossar de seu telefone.

Quando voltou ao quarto, Coral tinha uma surpresa para ele. Estava deitada com a cabeça para os pés da cama, a parte de cima do corpo coberta com os lençóis até à cintura, deixando a parte de baixo exposta, e estava com os dedos mexendo entre as suas coxas. Diabos, ela sabia como atrair a atenção de um homem.

Sam mergulhou na cama e entrou no jogo.

Capítulo 40

Domingo de manhã — Cliffs Landing

Fechado no seu quarto, com o volume baixo, Felix olhava para a raivosa de cabelo ruivo atacando outro convidado da CNN que se opunha à clonagem. Ele tinha imprimido o artigo de Jerome Newton, que retirara da página do *The Times* na internet. Por que Newton escolhera pôr tudo em jogo, anunciando que Jesus Cristo estava sendo clonado? Nem ele nem Maggie tinham sido mencionados, mas Felix teve consciência de que o mundo do lado de fora começaria a se fechar sobre Cliffs Landing.

Maggie provavelmente não veria, a não ser que alguém a alertasse, e ele pretendia evitar que ela visse TV quando regressasse da igreja. Cal, de vez em quando, fazia cultos só para ela, embora Felix presumisse que, nesse momento, em Cliffs Landing, já correriam murmúrios sobre sua gravidez. No entanto, não havia razão para suspeitarem da identidade da criança.

O que tinha dado errado?

Precisava de tempo para discutir esse assunto com Sam, mas Sam não atendera o telefone celular. Com certeza chegaria a tempo de levar Maggie antes que Jerome Newton viesse para sua entrevista. Faria novas exigências, depois de tê-los assustado com seu segundo artigo?

Tanto quanto Felix sabia, Maggie desconhecia a existência de Newton e da CNN, exceto por breves momentos antes de eles terem vindo para Cliffs Landing. Deviam isso a Frances. Felix só tinha certeza de vê-la domingo sim, domingo não, quando Sam e Maggie saíam para Nyack. Frances colocava o seu traje de grávida, que tinham adquirido de uma companhia de teatro, e deixava Newton fotografá-la.

Felix deu uma passada de olhos pelos diversos canais. Todos os programas de entrevistas de domingo debatiam o artigo de Newton no *The Times*. A clonagem por si só já era suficientemente controversa, mas clonar os mortos?

Ele tinha deixado que muita coisa lhe fugisse ao controle. Onde estava Frances? Não sabia. Onde estava Sam? Também não sabia. Não sabia o que Maggie comia durante o dia. Felix estivera em total isolamento durante sete longos meses; seu trabalho habitual fora abandonado, era um quase estranho para Frances, completamente estranho para Adeline, e Maggie passava o tempo livre ou sozinha, ou com Sam.

Nesse isolamento, velhas dúvidas tinham desnecessariamente voltado. Teria ele errado na sua fé de que as células ainda eram divinas e que a criança clonada seria Cristo? Os clones eram como gêmeos idênticos que, fato já comprovado por estudos, se assemelhavam setenta por cento na inteligência, mas apenas cinquenta por cento em características da personalidade. Como todos, Jesus tinha sido o produto do seu ambiente, assim como de seus genes.

Teria ele manipulado o DNA corretamente? As células eram tão diminutas que um simples espirro poderia ter dado como resultado ele ter clonado a si próprio. Esse era o motivo por que os laboratórios policiais, em julgamentos nos tribunais, sempre pegavam fogo: um espirro, caspa, uma escama da pele que caísse podiam comprometer a prova de um suspeito. Também podia ter havido contaminação no próprio Sudário. Alguém com um corte no dedo poderia tê-lo tocado, depositando os neutrófilos. Era admissível que Maggie estivesse carregando um novo padre Bartolo.

Mesmo sem esses problemas, a mitocôndria em cada célula do corpo do clone vinha de Maggie. Só havia cinquenta genes nesse DNA de dupla hélice, mas qual seria o efeito?

A confiança de Maggie tinha aumentado rapidamente desde que ele efetuara a implantação. Apesar de suas orações, a de Felix tinha diminuído.

Tinha passado dias, semanas estudando o DNA restante, fazendo experiências com ele, tentando recuperar, sem sucesso, a segurança. Havia apenas um fato incontestável: Maggie transportava um clone cujo DNA era do Sudário de Turim. Isso era explosivo e não podia ser desfeito.

Ele tinha provocado essa situação e tinha que recuperar o seu controle. Em primeiro lugar, resolveu verificar as mensagens diárias que lhe eram enviadas para casa. Não tinha certeza de quantas vezes Frances o fazia. Se alguém descobrisse sua identidade, primeiro ligariam para lá. Ligou o número de Nova York e digitou o código. Frances concordara em tomar conta do correio, o que significava que as despesas seriam pagas e que a correspondência havia sido enviada. Devia haver poucas mensagens.

Havia seis. Uma surpresa.

Uma era do seu alfaiate, por causa de uma roupa que tinha mandado fazer e da qual tinha se esquecido. As cinco seguintes eram mensagens estridentes, em crescendo, de alguém de nome Sharmina. Ele verificou a última duas vezes:

— Dr. Rossi, pode me evitar habilidosamente se quiser. Mas eu vou ligar para você todos os dias, duas vezes por dia, até ter notícias de Maggie

Johnson. Ela me disse que ia viajar de férias com a sua família por uns tempos. Sete meses não é pouco tempo. Se não retornar esse telefonema até segunda-feira, eu ligo para a polícia.

Devia ser a amiga de Maggie. Teria Adeline se esquecido de colocar os postais no correio? Também já não sabia dela há muito tempo. A propósito, onde estaria Maggie? Já devia ter regressado da igreja. Deixou um recado, no caso de Frances ou Sam chegarem, entrou no Range Rover e dirigiu-se para a Lawford Lane, verificando a rua, no caso de Maggie já estar voltando. Chegou à igreja e ficou satisfeito de não ver nenhum carro estacionado.

Felix parou, atravessou o gramado semicircular em frente da igreja e dirigiu-se para a entrada lateral. A porta não estava trancada, e entrou direto no escritório do pastor. Parou quando ouviu Cal rezando e Maggie dizendo "Amém".

Eles estavam rezando com a TV ligada.

Felix caminhou na ponta dos pés e espiou pela porta entreaberta. Maggie estava ajoelhada no tapete, Cal com a mão sobre a sua cabeça. Na tela de TV, ele viu um ajuntamento no Great Lawn do Central Park, ao norte da Turtle Pond. Uma faixa pintada com spray dizia "JESUS VIVE".

— Não fique assustada — disse Cal. — Isto deve ser a vontade de Deus. Todas as transformações, todos os sonhos são certamente de Deus.

Que transformações? Que sonhos?

Perturbado por ela confiar em Cal e não nele, ou mesmo em Sam, Felix voltou atrás novamente na ponta dos pés e depois voltou chamando:

— Maggie, você está aqui?

Ouviu a televisão sendo desligada enquanto entrava.

— Olá, Cal — disse ele. — Há algum problema?

Maggie não olhou para ele.

— Ah, Felix — disse Cal. — Chegou bem a tempo de levar a Maggie para casa.

— Ótimo, então vamos, Maggie.

Ele pegou em seu braço e disse para Cal:

— Não é seguro para ela vir aqui novamente. As pessoas vão começar a reparar e a indagar quem é o pai.

Cal e Maggie desataram a rir.

— Agora já é tarde demais — disse Cal. — Todos em Cliffs Landing sabem que a Maggie está grávida. Sabem que está sob a sua proteção e a minha.

— Então temos que partir.

— Não, não. Eu penso que devem ficar. Tenho certeza? Não, mas o meu instinto me diz que é o que devem fazer. Seja o que for que decidirem, eu peço a Deus que os abençoe.

— Você acredita? — perguntou Felix, surpreso.

Cal fechou os olhos como que procurando orientação divina.

— Vamos apenas dizer que não estou descrente.

Eles se olharam, Felix invejando a fé simples de Cal. Cogitava se essa opinião vinha de servir a Deus ou se a crença era original e fazia com que homens como Cal e Bartolo fossem pastores, padres e rabinos.

— O que acha de tudo isso? — perguntou Maggie enquanto regressavam. — Quem é esse jornalista? Como ele conseguiu saber tanto? É o mesmo que tentou subornar Sam quando você regressou de Turim?

— Ele é apenas um conhecido. Não se preocupe. Nós não vamos deixar que ele se aproxime de você.

Dirigiram-se para casa pelo caminho de pedras. Felix disse:

— Pareceu-me ouvir você mencionar a Cal uns sonhos estranhos. Há algo que esteja preocupando você?

Ele abriu a porta para ela.

Colocadas à entrada, estavam duas peças de bagagem de Frances. Eram 12h45. Newton deveria aparecer dentro de uma hora. Sam ainda não tinha chegado.

— Maggie, se baterem na porta, não atenda. Entendeu?

— Com tudo isso no noticiário? Não se preocupe. Não atendo nenhuma porta.

Ele se dirigiu para o quarto de Frances, bateu e abriu a porta. Ela estava enchendo outra mala.

— Frances, por que está fazendo isso?

Obstinadamente, ela continuou a arrumar a mala, enquanto respondia:

— Já viu a TV hoje?

— Sim, e...?

— Vigílias, de onde é que surgiram? Sam avisou, não avisou? Isso se tornou perigoso. O que você fez é monstruoso!

— Não posso desfazer, Fran.

Ela o olhou de maneira cortante.

— Na realidade, pode, sim. Antes que seja muito tarde, pode adormecer Maggie e fazer o que deve. Ela não precisa saber que não foi um aborto natural. Não é uma criança verdadeira. É uma fabricação laboratorial. É um anormal.

Espantado, Felix sentou-se na poltrona *art déco* perto da cama. Ela tinha razão. Ele ainda tinha uma maneira de escapar de suas dúvidas e dessa loucura crescente. Fez mentalmente uma revisão rápida de toda a logística. Podia dar a Maggie algo que lhe causasse cãibras e dizer que a criança estava em perigo, para depois levar a cabo um aborto. Primeiro dilataria a sua cérvix, depois a colocaria para dormir. Usando um fórceps, retiraria primeiro os pés da criança e, antes de a cabeça sair, perfuraria o seu crânio, fazendo a sucção de seu cérebro.

Quanto mais claramente imaginava, mais frio sentia, como se uma geleira estivesse se formando dentro dele.

— Não posso fazer isso.

Frances olhava para o rosto dele. Atirou suas roupas para dentro da mala.

— Adeline é que estava certa. Vou me juntar a ela na Grécia.

Felix levantou-se, impaciente.

— Sabe onde ela está? Por que não me disse? Preciso falar com ela.

— Vamos fazer um cruzeiro no Mediterrâneo, e sabe o que mais? — Frances endireitou-se e olhou-o impassiva. — Soube que vão estar alguns bons partidos a bordo e nenhum deles é porteiro. Deveria estar preocupado, pois a sua noiva pode se apaixonar e se casar com um deles.

— Eu a amo, e Adeline sabe disso, não sabe?

— Como ela poderia saber disso, Felix? Como? Eu provavelmente voltaria como Sra. Qualquer Coisa, no lugar dela. Se eu encontrar o Sr. Certo, posso muito bem pedir ao capitão para nos casar a bordo. Quando o cruzeiro terminar, iremos para a Itália em lua de mel para visitar o tio Simone e conhecer o resto dos nossos familiares. Devo lembrar a você por quê, Felix?

Felix sentou-se.

— Espero que faça.

— Porque é lá o nosso lugar. Com a nossa família, os nossos parentes, o nosso sangue. — Levantou a voz: — Não a nossa empregada, Felix! Não o nosso porteiro! Por sua culpa eu sou uma visita na minha própria casa!

Ele não compreendia o que a tinha irritado tanto.

— Fran…

— Em que você pensava? No que é que podia estar pensando? Agora você pertence à Maggie. Ela é que é a sua dona. Ela e o Sam. Se pensa que é você quem controla, está enganado. No momento em que colocou aquele clone nela, ela passou a ser a sua proprietária!

— Controle? — Felix suspirou. — Sim, isso é hilariante. Uma amiga dela tem ligado, a Sharmina. Eu pensei que estavam tratando desse assunto, mas aparentemente não. Ela deve pensar que eu sequestrei a Maggie. O Newton está preparando alguma. O Sam não está aqui. Algo está se passando com a Maggie e ela não me diz. Eu preciso de você, Fran. Agora mais do que nunca. Não pode me abandonar.

Como sua expressão glacial não amansou, Felix disse:

— Tenho certeza de que também vou amar os nossos parentes, quando os conhecer melhor. É o momento que não é propício. É só isso.

— Felix!

Ela estendeu a mão para a mala.

— Quando é que pretendia me falar sobre isto? — Tinha pegado uma fotografia. Os olhos estavam cheios de lágrimas.

Felix reconheceu-a imediatamente. Dois jovens amantes estavam por baixo de um espetacular caramanchão de rosas. Seu pai usava um *yarmulke*; sua mãe, um lenço de renda preta. Ele era elegante; ela era formosa. Eram jovens e apaixonados. Atrás deles, o presente de casamento: uma pequena *villa* de estuque amarelo e tijolo. Abaixo da *villa,* o lago Maggiore brilhava. Na margem estava uma pequena casa de campo com uma larga varanda, onde tinham dormido ao relento, e um pequeno porto para o barquinho a vela em que velejavam, uma praia privada onde tinham feito fogueiras e tinham se sentado, com os braços entrelaçados, sob as estrelas.

— Em troca desta fotografia, Flix, eu teria dado a você metade de toda esta casa, considerando que alguma vez a Maggie vá devolvê-la! Ou vai simplesmente deixar que fique com ela? — Frances estava chorando.

Ele tinha se esquecido de mostrar a ela. Ele tinha se esquecido que a fotografia era tanto dela quanto dele.

Capítulo 41

Domingo à tarde — Ponte George Washington

Sam cruzou a ponte em velocidade, olhando a todo momento para o relógio de seu painel de instrumentos. Não acreditava que já era uma hora da tarde. Já devia estar em Cliffs Landing e já devia ter saído para Nyack com a Maggie meia hora antes. Agora Newton apareceria a qualquer momento e Maggie ainda estaria lá. Devia estar preocupada com ele. Felix devia estar furioso.

Sam não tinha desculpa. Na noite anterior, levara Coral para jantar depois de ir à Bergdorf Goodman e de lhe comprar um vestido. Se ela fosse se trocar em casa, seria o fim do encontro, ela dissera, e, de qualquer maneira, não podia deixar que ele soubesse onde ela morava. Ele lhe comprara um vestido, sapatos, brincos e meias. Valera a pena. Ela havia ficado linda.

Gostava de saber que ela se encontrava praticamente nua por baixo do vestido. Depois do jantar, tinham ido ao seu bar irlandês preferido. Ele adorou a maneira como seus amigos íntimos a tinham olhado e, disfarçadamente, lhe deram parabéns. Nenhum deles já tivera alguma vez uma namorada como Coral. Era a coisa mais excitante que já pisara naquele bar. Tornou público que a relação deles não era platônica, tendo casualmente tocado nos joelhos dela, nos seus quadris, passado o braço em volta de seus ombros, com a mão balançando e quase tocando seus seios. Para ter certeza de que tinham percebido, beijou-a duas vezes.

Queria que soubessem que andava comendo aquela delícia, a melhor que eles já tinham visto.

Ele e Coral voltaram tarde e dormiram bastante. Sam ainda acordou no horário, e vestiu-se para ir para Cliffs Landing. Mas, quando tentou despedir-se de Coral à porta, ela lembrou a ele que não haveria nova ajuda depois de ela ir embora. Isso significava que ele não a veria mais, pois ele não tinha planos de conseguir uma segunda oportunidade como recompensa de Brown por ter voltado.

Não conseguira evitar. Tinha aberto a camisa que dera para ela usar. Depois, ficou novamente perdido entre o mais quente par de coxas de Nova York. Era apenas um homem e andava enganando a si próprio. Tinha ficado com tesão durante a maior parte dos últimos sete meses. Tinha sido humanamente impossível partir para Cliffs Landing. Quem poderia culpá-lo?

Sam acelerou, sabendo que Maggie poderia.

Desde o truque de Newton, ao usar três carros para persegui-lo, ele tinha dores de cabeça para certificar-se de que não estava sendo seguido, mesmo por uma dúzia de carros, mas, quando se dirigiu para a entrada dos Rossi, viu lá um carro alugado. Saltou do carro e apressou-se pelo caminho empedrado, ou pelo menos tentou. Não estava com seu vigor habitual. Quando começou a abrir a porta, viu um homem dar a volta pela casa. Jerome Newton. A energia de Sam voltou.

— Que diabos está fazendo rastejando por aqui?

— Walter Hickock! — disse Jerome, sarcástico. — É bom revê-lo. Eu tenho uma entrevista marcada, caso tenha se esquecido. Ninguém atendeu a porta. Fui pelos fundos. E o que vejo eu senão dois carros?

— Isso não significa que estejam aqui. As pessoas em Cliffs Landing andam bastante.

— Sim, já tive oportunidade de verificar.

Jerome tirou um cartão de visita da carteira e puxou uma caneta.

— Volto no próximo domingo na mesma hora. Se ninguém estiver em casa, diga ao Rossi que o nosso acordo fica anulado.

— Ele até pode já considerar anulado, depois do seu artigo de ontem, no *Times*.

— Depois de falarmos, com certeza ele vai entender a minha posição.

Sam tirou o cartão da mão de Jerome.

— Vou fazer com que ele o receba. Agora ponha-se daqui para fora.

Jerome levantou as sobrancelhas, dirigiu-se para o carro e abandonou o local. Sam ficou à porta até ter certeza de que Newton já tinha ido embora e só então é que a destrancou. Ali, na sala de entrada, estavam Felix, Frances e Maggie espreitando em um canto.

— Ele já foi, não se preocupem — disse Sam.

Avançando, Maggie disse:

— O Felix não quer me dizer quem era. Diga você, Sam.

Sam suspirou.

— É o jornalista que está causando toda essa confusão?

Eles olharam para ela espantados.

— Não, não é! — disse Felix. — Apenas alguém que conheço, que é um grande chato e que não deveria saber que estamos aqui! — Virou-se para Sam, visivelmente irritado. — Onde você se meteu?

Maggie aproximou-se como se também quisesse ouvir. Era a primeira vez em semanas que ele tinha estado fora toda a noite de sábado. Ela provavelmente tentara mostrar que não dava grande importância ao assunto, mas ele sabia que dava.

— Fiquei preso, foi só isso, mas por fim tudo se resolveu. Mandei o fulano embora. Ele deixou um cartão. — Sam o entregou a Felix.

Os enormes olhos de Maggie estavam fixos em Sam como se não houvesse mais nada no mundo para onde olhar. Será que ela acreditava nele? Não eram amantes, mas ele desejava ardentemente que ela acreditasse nele.

Embora não fosse verdade, ele queria que fosse. No entanto, queria tranquilizá-la, estender a mão e tocar em sua barriga. Queria que Maggie soubesse que estava lá por ela. Ela era tão indefesa, e não sabia, tão vulnerável, as suas próprias crenças tão mal orientadas, ali naquela casa com Felix, o maníaco. Sam não acreditava que Felix se preocupasse com Maggie, apenas no que ela pudesse fazer para interesse dele.

— Fiquei preso — repetiu ele, sentindo arrependimento, não por ter estado com Coral, isso ele não conseguira evitar, mas porque tinha sentido um imenso prazer.

Fazia votos para que Maggie acreditasse nele. Teria que acertar essa mentira com Deus no dia do Juízo Final, juntamente com todas as outras coisas erradas que fizera. Hoje, não queria que o fato de que precisava fazer sexo com mulheres sexualmente atraentes pudesse trazer a Maggie algum desgosto.

— Ficou preso no emprego? — perguntou ela.

— Juro por De... — Sam parou. Na sua ansiedade de não feri-la, não tinha notado o que estava dizendo. Maggie nunca perdoaria uma mentira jurada em nome de Deus, em quem ela acreditava tão fervorosamente.

Ele reparou que a alegria havia desaparecido do olhar dela. A pausa por si só o tinha denunciado. Maggie sabia. Se ele não tivesse estado com uma mulher, ele não teria motivo para mentir. Enquanto Felix e Frances os olhavam, Maggie calmamente virou-se e dirigiu-se ao andar inferior.

— Eu não acredito — disse Frances a Sam. — Você fez isso de novo.

Seguiu-se uma desavença balbuciada. Depois desceram os três atrás de Maggie. Sam foi para a lavanderia e Felix para a sala de obstetrícia. Ambas as portas estavam trancadas.

— Eu tenho que falar com ela — disse Felix baixinho. — Uma mulher que ela conhece ameaça chamar a polícia! E Maggie disse ao pastor coisas que não me disse. Ela disse algo a você sobre sonhos, Sam?

— Sonhos? Não, nada.

— Bem, temos que fazer com que ela nos diga. Porque você continua... continua... — disse Felix — a perturbá-la.

Sam suspirou. Frances descruzou os braços.

— Bem — disse —, eu acredito que ambos merecem isso, portanto vou embora. Adeus, Sam. Adeus, Felix, e boa sorte. Quanto a mim, vou viver uma vida equilibrada.

Virou-se, mas Felix agarrou-a por um braço.

— Tenha piedade do estado de Maggie, pelo menos. Se ela está sob tensão, pode precisar de mim. Lembre-se de que sou seu médico. Tente nos ajudar a superar isso, pode ser?

Frances fechou os olhos como que reunindo paciência, respirou fundo e gritou:

— Maggie! Abra a maldita porta! Você está assustando os homens, se é que podemos chamá-los assim. — Baixou um pouco a voz: — Idiotas, é assim que eu os chamo, mas, por favor, deixe-nos entrar? Felix está preocupado com você. Ele diz que uma mulher anda à sua procura...

— Sharmina — sussurrou Felix.

— Sharmina — gritou Frances.

Felix disse baixinho:

— Ela diz que vai informar a polícia.

— Ela diz que vai informar a polícia — gritou Frances.

Sam teve um mau pressentimento, uma suspeita de que algo não estava correndo bem.

Felix olhou para ele.

— O que está esperando? Vá em frente e arrombe a porta logo!

— Outra vez?

— Outra vez.

Sam assim fez. Entrou com Felix e Frances atrás dele. Não viram Maggie, apenas as caixas da Fabulous Food cuidadosamente arrumadas umas em cima das outras a um canto. Em praticamente todas as outras superfícies, havia frascos vazios.

—Onde você está, Maggie? — chamou Felix.

Olharam no banheiro, mas Maggie não estava lá. Sam abriu as portas francesas, mas Maggie não estava no jardim.

Nesse instante Sam ouviu a voz assustada de Frances:

— Flix, venha aqui!

Os dois correram e viram Frances na porta do quarto de criança em azul-claro. Maggie estava lá dentro, sentada em um canto, em cima do tapete, segurando um frasco aberto encostado ao peito. Alcançou-o, pegou um punhado de qualquer coisa, enfiou tudo na boca e comeu. Parecia não ter percebido que eles estavam ali.

Sam afastou-se para deixar Felix aproximar-se dela, dizendo:

— Maggie, Maggie?

— O que é que ela está comendo? — perguntou Frances.

Felix disse, em tom urgente:

— Traga o monitor de pressão sanguínea, o ECG, e oxigênio. Traga o meu estetoscópio, Frances, corra!

Sam tentou ficar fora do caminho e não entrar em pânico, mas por que Maggie apenas olhava fixamente?

— O que ela comeu? — perguntou ele.

— Azeitonas.

— Azeitonas?

Ele entrou no outro quarto e examinou os outros frascos. Todos continham azeitonas. Havia perto de uma dúzia. Não era de admirar que ela ultimamente não o tivesse deixado entrar no quarto. Voltou ao outro quarto e viu Felix limpar os olhos na manga, depois de medir sua pressão arterial.

— O que há com ela? Eu causei isso tudo? — perguntou Sam.

Gentilmente, Felix retirou o frasco de Maggie, atirou-o para um lado e colocou uma almofada debaixo da cabeça dela.

— Não, Sam. A culpa é minha. Fique calmo. Ela está tendo convulsões.

Frances voltou com o equipamento.

— Maggie, vou colocar uma máscara no seu rosto e um medidor no seu pulso — disse Felix, pegando o estetoscópio fetal. — Agora estou ouvindo o bebê.

Quando terminou, sentou-se ao lado dela.

— Vai passar em alguns segundos. Ela está tendo o que se chama de convulsão parcial complexa.

— Eu pensei que você estava tomando conta dela.

— Ela já fez todos os testes que podiam prever isso. Sim, sua pressão arterial estava um pouco alta, mas apenas transitoriamente. Pensei que a tínhamos sob controle. Não houve nenhum edema, nenhum proteinúria. Tenho feito exames sempre. Não compreendo isso. Não pode ser eclampsia, não pode.

— O que é eclampsia? — perguntou Sam.

— Seria preciso fazer uma cesariana.

Ficaram todos em silêncio.

— O que mais pode ser? — perguntou Sam depois de algum tempo.

— Talvez uma reação cerebral ou do sistema nervoso, mas tenho observado os seus reflexos todos os dias. Tomarei medidas para que ela faça uma ressonância magnética. Não há necessidade de uma punção lombar. Eu sei que ela não tem nem meningite nem encefalite.

— Então o que é?

— A maior parte das convulsões é idiopática, o que quer dizer que não sabemos a sua causa. Se ela já teve antes, ela não saberia. Não poderia nos dizer, porque não se lembraria.

Sam pegou o frasco.

— Por que é que ela anda comendo azeitonas? Não tem sal na salmoura? Você disse a ela para não comer sal. Nunca ouvi falar de desejo por azeitonas, de qualquer maneira. O que há de errado com picles?

Ele reparou que Felix estava lutando para não chorar.

— Eu imagino se ela sabe...

— Sabe o quê?

— As azeitonas eram um dos gêneros alimentícios mais abundantes na Jerusalém de dois mil anos atrás.

Capítulo 42

Sábado, setembro, uma semana mais tarde — Cliffs Landing

De manhã cedo e num carro alugado, Jerome virou à direita e foi até o fim da Lawford Lane, passando todas as casas. Tinha concebido um plano habilidoso para tentar saber a verdade antes da próxima entrevista com os Rossi.

Ultimamente havia analisado a barriga de grávida da Senhorita Frances Rossi. Estava do mesmo tamanho há um tempo, o que era suspeito, e, de repente, ficou mais volumosa. Na sua última visita, ele a observara com atenção. Não lhe pareceu que ela e seu bebê se movessem como um só, por isso resolveu fazer uma investigação. Foi ao consultório de um obstetra, dissimulando esperar sua mulher, e observou mulheres genuinamente grávidas. Depois assistiu a filmes em que as atrizes vestiam uns almofadados para parecerem grávidas, e *voilà!* — uma réplica da gravidez de Frances Rossi.

Era óbvio que haviam tentado enganá-lo. Também era do interesse deles.

Jerome estacionou num local onde o seu carro ficaria oculto. Estava vestido como os moradores menos abastados, usava óculos escuros e um chapéu de pescador para esconder seu cabelo cor de bronze. Binóculos pendurados no pescoço. Tinha uma máquina fotográfica digital no bolso.

Usava um ponto auricular e transportava uma caixa que bem podia conter objetos de pesca, mas que, na realidade, continha uma pequena antena parabólica com microfone, o que lhe permitia escutar conversas a trinta metros de distância.

Andava à procura da empregada.

Em todas as visitas dominicais nunca a tinha encontrado, nem tinha visto Sam. Jerome concluiu que isso era significativo. Talvez fosse ela a mãe verdadeira e estivesse em outro lugar qualquer com Sam como segurança, enquanto Rossi e a irmã representavam.

Jerome moveu-se vagarosa e silenciosamente em direção à falésia e virou à esquerda para a casa dos Rossi, procurando um lugar de onde pudesse ver simultaneamente a frente e os fundos da casa. Teria que esperar. Quando a empregada aparecesse, ele a seguiria. Se esse plano falhasse, seguiria os Rossi.

O terreno do lado direito da casa dos Rossi era em declive. Jerome deitou-se por trás de uma cerca e preparou-se para vigiar. Por volta das sete horas, viu Frances Rossi abandonar a casa, entrar no seu Jaguar e desaparecer. Sua gravidez desaparecera milagrosamente.

Cerca de meia hora depois, ela voltou com artigos de mercearia. Pouco depois, apareceu um furgão, com um logotipo muito atrativo em dourado com as palavras Fabulous Food, uma rodela de limão, um ramo de tomilho e um de manjericão. Dirigiu-se à entrada dos fundos e um rapaz jovem com um penteado punk saiu do carro, carregando embalagens quentes de comida. Dirigiu-se ao portão da parte de trás e tocou a campainha. As portas francesas abriram-se e Sam dirigiu-se ao portão. Ele e o rapaz entraram em casa, e pouco tempo depois o rapaz voltou trazendo as embalagens de volta.

Isso era estranho. Por que o rapaz não se dirigiu à frente da casa nem à porta da cozinha? Estavam os Rossi encomendando refeições para alguém a quem Sam servia como segurança? Talvez a barriga de aluguel houvesse sempre estado no piso térreo com a empregada.

Encontrando-se afastado da casa, resolveu descer a pequena elevação e subiu nos muros de pedra que rodeavam a área das portas francesas. Subiu e ficou escondido pela hera. O jardim estava todo florido, com flores de verão nas bordas. Os peixes nadavam na água límpida do lago, com alguns nenúfares. Dois pequenos bancos de ferro forjado e o caminho em seixos brancos completavam a descrição do espaço privado destinado a uma mulher muito estimada. Mas, a não ser que ela fosse muito amiga do seu guarda-costas e porteiro, não era o quarto de Frances Rossi que estava por trás daquelas portas francesas.

Jerome esperou pacientemente, tentando ver lá dentro, mas os vidros revestidos das janelas resistiam ao seu binóculo. De vez em quando, ele vislumbrava um vulto, mas não conseguia distinguir a quem pertencia. Mas, para sua alegria, eis que as portas francesas se abrem. Sam saiu, esticando-se e bocejando no ar ainda fresco da manhã. Jerome prendeu a respiração. Sam voltou-se e parecia discutir com alguém.

Então uma mulher negra, visivelmente grávida, dirigiu-se para fora, com uns cobertores nos braços. Por que Rossi tinha uma empregada grávida?

Mas de repente fez-se luz em sua mente. Ela era a barriga de aluguel, pelo amor de Cristo! Por isso é que ele nunca tinha se encontrado com a empregada. Que tipo de história isso daria? Talvez nenhuma. Uma notícia podia se sair bem contendo um elemento bizarro e levar crédito: alguém clonando uma pessoa. Na verdade, não era bizarro. A clonagem humana já era medicamente exequível.

Se bem trabalhada, a história até podia ter dois elementos bizarros: alguém estava clonando uma pessoa morta. Acrescentar um terceiro elemento de credibilidade: alguém clonando um morto com dois mil anos de idade chamado Jesus Cristo. Foi por esse motivo que Jerome Newton escreveu os dois primeiros artigos de uma forma sarcástica e humorística. Visava apenas divulgar a ideia, habituar as pessoas ao assunto. Mais tarde os transformaria em artigos sérios, seguidos de documentários e mais tarde de um livro.

Não sabia que Rossi tinha um quarto elemento bizarro na manga: o novo Jesus nasceria de uma empregada doméstica negra. Será que Rossi fizera isso deliberadamente ou era apenas estúpido como o Diabo?

Jerome observava como a empregada comandava, seguindo em frente sozinha. Sam a seguia enquanto ela dava a volta ao portão e se dirigia para a falésia. Jerome esperou um pouco e depois os seguiu. Eles pararam quase à beira da falésia. Jerome ouvia a queda de água de uma cascata.

Viu Sam estender os cobertores no solo, recusando a ajuda da empregada. Depois sentaram-se, ela com as costas apoiadas no tronco de uma árvore, olhando para o Hudson. Jerome rastejou para mais perto, sua mente tateando um título bom.

Colocou-se a certa distância por trás de uma rocha, tirou a parabólica e a direcionou. Enquanto ouvia a conversa, ia tirando fotografias com a sua máquina digital silenciosa, a melhor amiga de um fotojornalista. Ligada ao seu laptop, o "filme" da máquina podia ser enviado para qualquer parte do mundo em apenas alguns minutos.

— ...me ignorou durante a semana inteira — ouviu Sam dizer. — Não vamos voltar a ser amigos?

— Com certeza somos amigos — disse ela. — Sam Duffy, eu prezo muito que cuide de mim, mas não é como se você fosse meu marido, portanto, como já disse antes, não me importo com o que fez. Esqueça, Sam. Está tudo bem.

— Eu me preocupo, Maggie.

O que era isso?, pensou Jerome. Uma aventura amorosa entre Sam e a empregada? Se ela carregava o filho de Sam, Jerome voltava novamente à estaca zero. Apenas como precaução, anotou o nome dela num pequeno bloco de papel, para não se esquecer.

O par permaneceu calado. Passado um tempo, Sam disse:

— E você tem que ficar na cama como o Felix disse. Ao menos fale com ele sobre as cores. Podem ser algum sintoma.

— E fazer com que ele me receite algum medicamento que possa afetar o bebê? — Ela resmungou. — Fazer com que ele me faça novos exames? Como se eu já não estivesse cheia de picadas das agulhas? Estou me sentindo uma almofada de alfinetes. Ele disse que a ressonância magnética deu negativa e o meu exame neurológico também. Não tenho toxemia. A minha pressão arterial não está alta. Ele me manteve no Hospital de Nyack por dois dias e em repouso por quatro! Não vou voltar para aquele hospital. Não estou doente. Não preciso ficar na cama.

Isso era esclarecedor, pensou Jerome. Felix tomando conta dela queria dizer que a criança não era de Sam.

— Ele disse que você era uma grávida com pré-eclampsia — respondeu-lhe Sam.

— Não, não sou. Eu tenho lido sobre o assunto desde que ele mencionou a palavra. Ele não compreende.

— Ele disse que convulsões podem interromper o fluxo de oxigênio para o bebê.

— Podem, Sam. Podem. Mas ele me monitorou e disse que isso não tinha acontecido. Não encontraram nada de anormal em mim. Além disso, eu sei o que as cores significam. Felix não acreditará, assim como você não acredita.

Sam parecia exasperado.

— Eu não me recordo de a Bíblia dizer que Maria viu cores, Maggie, se é isso que está tentando me dizer.

— São como visões, mas são cores. Maria teve visões, Sam.

Sam pegou sua mão e a segurou, embora ela tentasse se desvencilhar dele.

— Maggie, eu também li sobre o assunto. Eu procurei. Chamam-se convulsões fotossensíveis. Acontecem precisamente antes das convulsões de que você não se recorda, duram um minuto ou dois. É uma situação clínica. O Felix deve saber. Se você não disser isso a ele, eu vou dizer quando ele voltar.

— Se disser, farei com que ponham você para fora daquela casa. Sabe bem que posso fazer isso, Sam Duffy. Não deixo você se aproximar de mim, se contar.

Fizeram silêncio novamente, Jerome tirava fotografias de Sam de pé olhando para o rio.

Levou algum tempo, mas finalmente a empregada disse:

— Eu não faria isso, Sam. Venha, sente-se novamente.

Ele sentou-se, dizendo:

— Maggie, vou contar a você o que aconteceu. Não me importa que não queira ouvir. — As mãos dele cortaram o ar em óbvia frustração. — Eu sou homem e não muito religioso. Eu não poderia passar a minha vida sem sexo como você.

— Calma lá — balbuciou Jerome para si próprio, depois pegou freneticamente o bloco de notas e começou a escrever, novas possibilidades explodindo em sua cabeça. Ela era virgem? *Brilhante!* Quais seriam as chances? *Fantástico!* Ele agora tinha a manchete: *A Mãe Virgem Negra*. Isso iria funcionar.

— Ninguém pediu a você para deixar de fazer sexo, Sam — disse a empregada.

— Eu sei, mas você não parou para pensar como eu consegui passar toda a semana aqui?

Ela olhou para ele com a curiosidade estampada no rosto.

— Não se demitiu, não é?

— Sim, pedi as contas.

— Não, Sam, você não fez isso! Por quê?

— Por razões pessoais. Em todo caso, Brown enviou essa mulher... Eu já falei nela uma vez...

— A sua versão feminina? — atirou ela.

— ...uma mulher nua para me persuadir a mudar de ideia...

— Eu não preciso dos detalhes, Sam. Mas se está tentando me dizer que uma mulher nua amarrou o seu enorme traseiro e se atirou para cima de você, forçando as coisas, eu não acredito. Não que eu tenha alguma coisa a ver com isso, ou que me preocupe!

Sam estava deitado no cobertor e olhou para o céu.

— Não, não foi assim, mas um dia, Maggie, depois de essa criança nascer, espero que me deixe tocar você novamente como antes. Espero que se entregue e sinta o que eu sei que já sentiu. Da próxima vez, não vai haver nenhuma razão para parar. Então entenderá.

Jerome parou de escrever. Sam, o porteiro irlandês, queria Maggie, a empregada negra? Ele pousou o bloco de notas e ficou ouvindo-os falar de outros assuntos.

Como ela tinha telefonado e tranquilizado a sua amiga Sharmina. Como Frances Rossi decidira não fazer o cruzeiro no Mediterrâneo logo agora, e Rossi, radiante, tinha telefonado para o Museu Judaico e encomendado uma cópia de um quadro de Lesser Ury para o aniversário dela. Era a figura de uma mulher escrevendo sentada a uma escrivaninha. Rossi também tinha encomendado o par desse quadro para ele — um homem e umas rochas. Frances estava para chegar a qualquer momento. A empregada perguntou o que Sam ia fazer para ganhar dinheiro, agora que estava desempregado. Ela disse que tinha muito no banco, portanto ele não teria que se preocupar por ora. Jerome fez uma anotação disso. Rossi deve ter lhe pagado. Um ótimo detalhe para o artigo.

Sam respondeu que o dia em que aceitasse dinheiro de uma mulher seria o dia em que teria enlouquecido.

Eles continuaram conversando enquanto permaneceram na floresta, desfrutando o dia. Passado algum tempo, quando a empregada parecia menos irritada, suas pernas e braços tocavam-se casualmente. Parecia que não notavam isso, como se estivessem ligados um ao outro. Era comovente.

Enquanto ia ouvindo a conversa banal deles, Jerome ficou sonolento. Não precisava mais prestar atenção. Ele tinha fotografias. Já sabia qual seria o seu título. Amanhã diria a Rossi que já sabia a verdade, mostraria as fotografias. Rossi iria colaborar. Não teria outra alternativa. Jerome conseguiria entrevistar a mãe verdadeira do clone. Conseguiria filmar o nascimento.

A história já tinha suscitado interesse no mundo inteiro e Jerome lucraria com ela. Em apenas uma semana, as vigílias tinham aumentado assustadoramente. De noite, iam para os parques, prados e campos, levando velas e rezando para que Cristo voltasse. Estava começando a incomodar as autoridades legais. Alguns países já haviam mandado a polícia de choque atuar contra a perturbação da ordem pública, dispersando os cidadãos que rezavam. Um porta-voz dos direitos cristãos viera declarar que era tudo uma pegadinha, uma vez que a Bíblia não mencionava a clonagem de Cristo. O catolicismo e o judaísmo mantinham-se silenciosos. Jerome sabia que esse silêncio resistiria um pouco mais. O que fariam os líderes se Jesus Cristo voltasse a existir de verdade? Quem alguma vez mais se dirigiria a eles para pedir orientação? Quem prestaria a mínima atenção em um primeiro-ministro ou em um juiz ou na polícia, mesmo na rainha, quando o Filho de Deus estava na Terra. Quem frequentaria igrejas se Jesus Cristo estava aqui? Os fiéis iriam para onde ele estivesse, mesmo para os buracos dos ratos ou para os esgotos. Eles perguntariam a Jesus, não a pastores ou sacerdotes, como viver, como orar, como honrar e venerar o Deus em que todos acreditavam.

Qual das religiões ele apoiaria? Isso era o que começava a assustá-los. Será que um Jesus novo diria aos seus fiéis para encherem os cofres das igrejas? Jerome riu sozinho. Ele não tinha nenhuma simpatia por eles. Mereciam por acreditarem num mito chamado Deus.

Estava gostando tanto de suas ideias que quase ia perdendo a empregada dizer:

— Sam, está acontecendo. — Jerome aumentou o volume da parabólica e pegou o binóculo.

Sam levantou-se, impaciente.

— Deixe que eu a leve para casa. — Ele tentou levantá-la.

— Não — disse ela e empurrou seus braços até que ele a deixou deitar-se de lado.

Ajoelhou-se ao lado dela dizendo:

— Maggie, Maggie, não. — Depois, como para ele mesmo: — Um dia vou torcer o pescoço do Rossi, juro. — Deu-lhe tapinhas no rosto. — Diga-me o que está vendo.

— Cores, cores lindas. Tão lindas. A mais brilhante é o amor, Sam. É a mais brilhante.

Sam Duffy deitou-se ao seu lado no cobertor e acariciou sua testa enquanto ela gemia, balbuciando sobre as cores. Ele disse:

— Maggie, fique comigo. Concentre-se. Fique aqui comigo.

A empregada olhava para o lado enquanto Sam chamava seu nome. Depois, Sam deu uns socos no cobertor com os punhos e pôs-se de joelhos. Olhou para o céu, como se ela já não estivesse ali.

— Deus, se está aí em cima — disse ele —, pare de magoá-la, ou eu juro, eu juro... — Suspirou e esfregou-lhe a barriga, assobiando para ele próprio, depois começou a cantar, a sua voz despedaçada de emoção:

Over in Killarney
Many years ago,
Me Mither sang a song to me
In tones so sweet and low.
Just a simple little ditty,
In her good ould Irish way,
And I'd give the world if she could sing
That song to me this day.
Too-ra-loo-ra-loo-ral, Too-ra-loo-ra-li,
Too-ra-loo-ra-loo-ral, hush now, don't you cry!
Too-ra-loo-ra-loo-ral, Too-ra-loo-ra-li,
Too-ra-loo-ra-loo-ral, that's an Irish lullaby.

Jerome Newton viu quando a empregada ficou imóvel. De repente, ela resmungou e olhou para Sam, que a puxou para seus braços.

Jerome guardou suas anotações. Desligou a parabólica. Deixou de observá-los e encostou-se à rocha, ciente da sua dureza, como se ele e a pedra fossem um só, desejando que ela pudesse abraçá-lo como eles estavam abraçados, desejando ser mais parecido com eles e menos com a pedra, que não tinha ninguém que lhe dissesse qual era a cor do amor.

Capítulo 43

Segunda-feira — Aeroporto Internacional de Turim

O padre Bartolo nunca estivera dentro de um avião na sua vida. Apanhara o trem de alta velocidade TGV em Turim e estava na longa fila de espera da Air France, voo 1103, no aeroporto Charles De Gaulle, espantado com a despreocupação das pessoas em voar. Crianças que mal andavam escapavam do colo das mães, adolescentes ouviam seus aparelhos de CD portáteis, os homens liam os jornais, como se tudo fosse natural.

Havia sido bastante difícil obter autorização para a viagem. Rezara antes de ter a audiência com o bispo e pedira a Deus para ajudá-lo no que dizer. Se o bispo não autorizasse, Bartolo não teria recursos. Como todos os sacerdotes católicos, ele, na sua ordenação, tinha feito votos de obediência. Apelar para o cardeal depois da recusa do bispo apenas traria uma reprimenda do Vaticano. Explorariam o motivo, e o remédio, para a desobediência inaudita do padre Bartolo. Dissera ao bispo:

— Eu gostaria de viajar para os Estados Unidos, para aconselhar um católico muito devoto que não posso nomear sobre um assunto que não posso divulgar.

O bispo perguntou sobre o peso do assunto e Bartolo assegurou-o da sua gravidade. Depois, o bispo deu-lhe autorização considerando — conforme Bartolo presumiu que ele o fizesse — que havia um segredo de confessionário envolvido. Bartolo acreditava que assim seria quando lá chegasse. No entanto, não tinha garantias de que um simples padre fosse autorizado a efetuar uma missão anônima, levando em consideração a existência de tantos outros padres em todos os outros países do mundo.

Telefonara ao Dr. Felix Rossi duas vezes, mas não obtivera resposta. Na terceira tentativa, naquela manhã, deixara um recado na secretária eletrônica.

Enquanto Bartolo se aproximava gradualmente dos comissários de bordo que estavam verificando os cartões de embarque, rezou por coragem.

Sorriu nervosamente para o que rasgou o seu cartão em um dos cantos e lhe indicou o corredor no fundo do enorme avião. A entrada era lenta, pois os passageiros estavam pondo a bagagem nos compartimentos por cima dos assentos e depois eles próprios sentavam-se. Finalmente, o padre Bartolo chegou à sua fila, perto dos fundos do avião, arrumou a bagagem de mão e sentou-se no lugar ao lado da janela, conforme tinha solicitado. Por curiosidade, dera uma olhada nos cronogramas de voos da secretária da companhia aérea, quando ela estava tratando de sua viagem, e soubera um fato preocupante. Oito voos sairiam de Paris, Munique e Zurique, com hora prevista de chegada a Nova York para as três da tarde. Ele não adivinharia quantos mais decolariam para outras localidades, ou estariam voando para a Europa de cidades americanas do Norte e do Sul.

Os céus daquela tarde no Atlântico estariam cheios de aviões tentando não colidir. Se resistisse à decolagem, Bartolo planejava observá-los.

Segunda-feira ao meio-dia — Washington, D.C.

Um adolescente, que vivia na área abastada de Rock Creek Park e que acreditava fervorosamente em Jesus Cristo, desistiu, pelo menos momentaneamente, de tentar entrar, por meio da internet, na Casa Branca.

Deslizou silenciosamente pelo salão de entrada e ouviu seu pai, o congressista Dunlop, falar aos seus convidados, congressistas Evermeyer e James, no seu gabinete. O seu pai tinha acabado de chegar de mais uma reunião misteriosa em Nova York.

— Alguém já pensou em telefonar para a casa dele? Ele vive em Londres, certo? — o adolescente ouviu o congressista James dizer.

Logo a seguir ouviu a voz de seu pai:

— Sim, sou o congressista Dunlop e quero falar com o diretor. — Houve uma pausa, depois seu pai disse: — Olá, lembra-se daquele fulano em quem o meu grupo está interessado? Alguém pode ligar para o telefone dele, em Londres? Se ele não estiver lá, podem verificar na alfândega? Vejam se ele está aqui, nos Estados Unidos, e por onde entrou. Pode pôr um dos seus rapazes para segui-lo, se ele estiver aqui? Nesse meio-tempo, eu mantenho o andamento da Comissão.

— Acha que temos os votos? — disse Evermeyer quando Dunlop desligou.

— Eu sei que temos — respondeu Dunlop. — Oficialmente, o Congresso opõe-se à clonagem reprodutiva, porque os nossos eleitores se opõem, embora a maioria de nós esteja se lixando. O nosso homem quer que esse chove não molha acabe. Quer que a clonagem de mortos seja considerada um crime grave.

— Um dia você vai me dizer quem é na realidade o nosso homem — acrescentou James.

— A identidade dele é revelada de acordo com a necessidade — disse Dunlop. — Se algum dia for preciso que você saiba, então saberá.

— E se os britânicos não extraditarem esse jornalista? — disse Evermeyer. — E se ele estiver aqui e tentar sair?

— Londres não deseja isso mais do que nós. Se alguma vez colocarmos as mãos em Jerome Newton, não se preocupem, ele não vai sair. — Dunlop parecia ter certeza.

— Supõe que é verdade? — perguntou Evermeyer. — Supõe que há realmente um clone, com o DNA de Jesus Cristo, num lugar qualquer?

O rapaz ouviu o pai dar uma gargalhada.

— Agora você pareceu aquele cabeça-oca do meu filho.

Evermeyer disse:

— Eu considero isso um elogio, pois o seu filho Zack é mais inteligente do que eu e você juntos.

O pai de Zack continuou:

— Eu preferiria que ele tivesse bom senso. Ele provavelmente acreditaria numa Segunda Vinda, uma vez que acredita em óvnis e em qualquer teoria de conspiração que apareça. É apenas um garoto. Você é um homem feito, Evermeyer. Qual é a sua desculpa? Esse Newton é apenas algum acrobata publicitário, mas um dos perigosos. Pode ser que haja um clone, mas do maldito Jesus Cristo? — Seu pai voltou a rir.

Zack fez um gesto rude com a parte superior do braço e esgueirou-se novamente para seu quarto, abriu um refrigerante e bebeu, enquanto balançava um fio com uma cruz que trazia ao pescoço e navegava na internet pelos seus sites favoritos e ia pensando no que fazer. Primeiro, www.izvestia.ru, para ver o que é que os comunas andavam fazendo. Putin, fazendo discursos, um protesto do Greenpeace que podia ser ignorado, mais antigos trabalhadores nucleares desempregados. Passando pelo *China Daily*, o jornal oficial de língua inglesa do governo chinês, que ele hackeava para conseguir 100% da boa informação: visitas de chefes mundiais, turistas em viagem. Nada de mau acontecendo na China. A seguir, o *The Times* de Londres — mais de duzentos anos de diligentes, sarcásticas, graciosas, bombásticas ou simplesmente indelicadas reportagens sobre os reinados de Suas Majestades.

Passou para a seção de especialidades e procurou artigos sobre clonagem.

Zack pousou o refrigerante e os releu. Abriu o seu programa de elaboração de documentos multimídia na web e ficou olhando para a página em branco, tamborilando os dedos até chegar a inspiração. Então escreveu: Our Lord *In vitro* Emerging — (Nosso Senhor emergindo *in vitro*), depois enfatizou as letras iniciais de cada palavra e mesclou-as em um logotipo que formava a palavra OLIVE. Procurou a fotografia de uma azeitona para a letra O e, com um dos ramos, arranjou maneira de sublinhá-la.

Depois escreveu:

OLIVE é uma organização de pessoas de todas as nações que apoiam o retorno de Jesus Cristo. Nós acreditamos na Segunda Vinda. Acreditamos que Jesus Cristo pode e usaria tecnologias modernas para regressar. Por isso, acreditamos no seu clone. Somos contra todas as leis e interdições que o proíbam.

Pedimos insistentemente a vocês que nos deem o seu apoio, clicando aqui e assinando a petição. Cliquem abaixo para verificar o plano de vigílias de oração.

Traduziu essa mensagem em dez línguas com apenas alguma ajuda do software de tradução. Formatou uma página web e uma fórmula para a petição, depois iniciou-a com duzentos nomes inventados, alguns estrangeiros. Acrescentou um contador que mostrava que naquela página houvera cerca de mil visitantes até a data. Lançou-a para a web e submeteu as palavras-chave para os suportes de busca principais. Depois percorreu os cinco sites mais importantes da web e hackeou links para a OLIVE, planejando mantê-los ativos apenas durante vinte e quatro horas. Era o tempo necessário.

Mais tarde planejava acrescentar citações da Bíblia e algumas boas imagens de Cristo.

Segunda-feira ao meio-dia — Meat Packing District, Nova York

Em um armazém que outrora havia cheirado a carne de gado abatido, uma mulher fechou a porta do seu apartamento chique e deixou Jerome Newton dormindo em sua cama. Sem sutiã por baixo da blusa preta de tecido fino, pernas longas com meias aparecendo por baixo de uma saia curta de couro, desceu apressada para a rua de pedra rolada do Meat Packing District, o novo local *in* de Nova York. Passou por uma loja onde vendiam doces e revistas, um local onde as prostitutas apanhavam os seus clientes à noite. Na esquina da Nona Avenida com a Décima Quarta, ela pegou finalmente um táxi. Atirando a ponta de um lenço — de seda chinesa, marrom-claro, cheio de penduricalhos — sobre o ombro, passou pela Heller Gallery no caminho para o trabalho.

Jerome acordou no silêncio do *loft* e saiu da cama inteiramente nu, admirado com ele mesmo por ter se atrasado dessa maneira. Tinha procurado a arrebatadora americana que um dia havia namorado. O mais espantoso era que ela o recebera muito bem.

Abriu o seu laptop, que estava em cima da escrivaninha estilo mesa de matadouro, sobre a qual havia uma jarra *art nouveau* com algumas íris.

Ansioso, conectou sua Nikon CoolPix ao computador e ligou o software fotográfico para ver as fotografias, uma de cada vez.

Ali estavam elas.

Sam, o porteiro, e Maggie, a empregada. Ela tão grávida como o despontar do dia, ele tão forte como um rio a correr nas margens. No entanto, a criança dentro dela não era dele. Ela era Maria. Ele era José. Eles nunca tiveram nada um com o outro. Que história!

Olhou mais de perto e reparou que a fotografia tinha uma imperfeição, uma deficiência, uma mancha de qualquer coisa. A fotografia seguinte tinha a mesma imperfeição. Nervoso, Jerome passou mais fotografias e todas tinham uma mancha idêntica. Um erro na transferência. Será que tinha apagado o arquivo da máquina fotográfica? Não, ele não fizera isso. Voltou a fazer a transferência e, enquanto o software restabelecia a ligação com as fotografias, ele vestiu as cuecas para que o seu traseiro não ficasse sempre colando na elegante cadeira *retro*.

Voltou ao laptop e de novo a mesma situação. Irritado, deu o zoom — um risco de cor, em forma de chama muito esbatida, contra a árvore ou o azul do céu. Clareou a fotografia, escureceu-a, alterou o contraste. A imperfeição continuava lá. Fez o escaneamento de mais fotos. Cada uma delas com a mesma mancha, uma aura de cor, pouco visível no filme — normalmente acima da cabeça da empregada, embora numa delas estivesse em volta das mãos do porteiro quando ele a estava tocando.

Um defeito na máquina. Não havia problema. O software de fotomontagem retiraria essas manchas.

Dos menus, selecionou a opção para ver as fotografias pequeninas e em filas. Só aí reparou que, de fotografia para fotografia, o defeito pouco distinto não era sempre o mesmo.

Jerome ficou olhando espantado para aquilo. Em cada, uma pequena diferença de tonalidade em relação à última. Que diabos podia ser? A luz do sol refletindo no Hudson? Reflexo do dente de ouro de alguém? Pontos de luz solar interferindo com a sua máquina? Clarões? O que era esse fenômeno de cor, indetectável em uma única fotografia?

Sentindo que estava flutuando no espaço, de repente, pesado, Jerome levantou-se e procurou a conversa gravada. Levou algum tempo para encontrar o que a empregada dissera.

— Cores, cores lindas. Tão lindas. A mais brilhante é o amor, Sam. É a mais brilhante.

Jerome voltou ao computador, selecionou a mancha em forma de chama e depois deu instrução para o software apagar todo o resto. Foto a foto, um espectro de cores inimagináveis foi aparecendo no visor, como um arco-íris.

Capítulo 44

Segunda-feira à noite — Cliffs Landing

Sam despedia-se de Maggie na sala de entrada. No dia anterior, tinham ido a Nyack como habitualmente. Felix revelara estar preocupado com as viagens, por causa das convulsões, embora fossem pouco intensas. Normalmente tentava manter Maggie na cama, mas aos domingos não tinha escolha. No entanto, na véspera, Jerome não havia aparecido. Todos haviam escondido dela a ansiedade que sentiam.

Sam sabia que Maggie estava chateada com ele, por isso considerou que era um bom sinal ela tê-lo acompanhado à porta.

Naqueles meses, tudo nela tinha mudado. Ele conseguia notar isso principalmente en seus olhos, que brilhavam mais do que anteriormente, revelando que seus constrangimentos já não existiam. Ela já não se movia pelas laterais das salas dos Rossi, mantendo-se fora do caminho. Maggie entrava nas salas como eles. De início, pusera de lado o belíssimo xale que Adeline lhe oferecera. Agora, nas noites mais frias, usava-o. Estava se despedindo dele como se estivesse em sua própria casa. Eles já não conseguiam dizer a ela o que devia fazer. Ela só colaborava quando lhe apetecia.

— Por quanto tempo vai ficar fora? — perguntou Maggie. Ela podia muito bem ter dito: *Está planejando outra diversão com a Coral?*

— Só o tempo de chegar lá e voltar. Brown me deu duas semanas para reconsiderar. Acho que já foi tempo suficiente.

— Então ele está mesmo querendo que mude de ideia.

Ele tocou no nariz de Maggie.

— Sim, eu sei. Mas não conseguiu.

Sam queria tocar sua barriga, como sempre, mas, desde que tinha visto Maggie comendo azeitonas e descrevendo a cor do amor, tinha inibição de fazer isso.

Todas as vidas eram sagradas, tinha dito Sam para si mesmo, o que fazia com que a vida que ela carregava fosse preciosa, mas não mais do que a próxima. Ele pensava com frequência naquela criança. O que viria ela a ser e como, tendo Felix como pai e Maggie como mãe, acreditando no que acreditavam. Ele previa uma vida difícil no futuro, a não ser que a criança fosse quem eles pensavam, o que era impossível.

Mesmo assim, Sam já não lhe tocava a barriga tão espontaneamente como no passado.

Ela afastou o xale.

— Pode brincar com o bebê.

Sam balançou a cabeça. Maggie sempre sabia o que ele estava pensando.

— Não, deixe para lá.

Maggie pegou uma das mãos dele e a colocou em sua barriga. Sam sentiu-se tão estranho que quase a tirou subitamente, mas ela segurou, sorrindo. Ele demorou o tempo necessário para não parecer mal, e depois retirou a mão, dirigindo-se para a porta. Maggie disse:

— Ele ama você. — Isso fez Sam sentir-se esquisito. Se ela tivesse dito *Eu amo você*, ele saberia lidar com isso. *Ele* ama você era um pouco embaraçoso.

— Sim. Nos vemos mais tarde — ele disse e entrou no carro, e dirigiu-se para a Lawford Lane. Fazia uma semana que ela andava falando daquela maneira.

Mesmo no inverno, passar pelas Palisades depois de cruzar a ponte George Washington e entrar na Alameda do rio Hudson, era algo interessante. No verão e no início do outono era glorioso. Sam vinha muitas vezes para esses lados só para clarear as ideias. Normalmente parava no Monumento aos Soldados e Marinheiros. Dessa vez vinha do norte. Teria que sair do caminho antes de chegar lá, mas estava tentado a continuar a viagem.

Quando chegou ao edifício, ficou satisfeito por não ter se desviado do caminho. Ainda mal tinha estacionado num lugar vago do lado da frente quando seu substituto temporário o chamou:

— Oh, Sam. Que sorte ter aparecido. Sabe onde estão os Rossi? Uma pessoa está esperando para vê-los, e diz que não sai enquanto...

— O quê? — disse Sam dirigindo-se a ele. — Não ensinei nada para vocês? Vocês deviam saber que não devem deixar ninguém esperando aqui dentro...

— Sam, é um padre.

— O quê?

Sam abriu a porta, viu um homem idoso vestido de preto e correu escadas abaixo dizendo:

— Padre?

O padre voltou-se, sorrindo, estendeu-lhe a mão e, numa pronúncia italiana muito marcada, disse:

— Sou o padre Bartolo.

Enquanto apertava a mão do padre, Sam começou a andar em direção à porta. Ele tinha sido, quando rapaz, um bom irlandês católico e achava que conseguia distinguir um bom padre. Para ele, homens que haviam deliberadamente renunciado às próprias bolas tinham um ar inconfundivelmente transcendental.

— Sim, sim, se me acompanhar, padre, eu posso ajudá-lo. Venha comigo.

O padre Bartolo parecia surpreso e gesticulou em direção a uma mala preta que estava em um canto. Sam voltou e pegou-a, depois continuou a encaminhar Bartolo em direção à porta. Depois que saíram, viraram à direita, em direção ao apartamento, enquanto Sam dizia:

— Eu vivo aqui. Estou certo de que posso ajudá-lo. Entre, por favor, padre, e poderemos falar.

Sam abriu a porta e o padre o seguiu. Sam pousou a mala.

— Espere aqui apenas por um segundo, padre, só um segundo. Eu volto já.

O padre assentiu, parecendo confuso. Sam fechou a porta e voltou para falar com seu substituto, inventando uma história enquanto se dirigia para lá. Disse:

— Não se lembra de que eu disse que Frances Rossi queria que cuidássemos dele se ele aparecesse e que informássemos a Igreja de St. Thomas More quando ele chegasse? Você não sabe como eles são ligados à igreja?

— Oh, sim.

— Ouça. — Sam pôs a mão no ombro do homem e inclinou-se para ele. — Eu sei que provavelmente não quer que eles saibam que você deixou o padre aqui passando frio na entrada.

— Está certo. Eu não direi nada, se você não disser. A propósito, por onde anda o Dr. Rossi? De férias?

— Não, não — Sam não tinha outra escolha senão continuar a mentir. — Ele ainda anda naquela investigação no exterior, mas esteve aqui no outro dia, não o viu?

— Não.

— Sim, esteve aqui. Quem mais passou por aqui enquanto o padre ficou esperando?

— Deixe-me ver. O mordomo do Brown esteve aqui embaixo.

O coração de Sam quase parou.

— Não, isso foi antes de o padre chegar. Deixe-me ver. Os Robinson, do quarto andar. O Sr. Geer e a filha, do segundo. Além desses, só o Sr. Amsterdam, ao voltar do almoço no River Cafe.

Sam suspirou de alívio. Não gostava da ideia de todos os inquilinos estarem no edifício, exceto Felix, mas Brown ainda não tinha motivos para se fixar nele. Deu uma palmada nas costas do homem mais uma vez e, entregando-lhe as chaves do seu carro, disse:

— Você está seguro. Olhe o meu carro por um momento. Apenas não o mencione a ninguém.

Quando Sam voltou a entrar no apartamento, sorriu. O padre levantou-se e sorriu também. Ele tinha um nome italiano que condizia com a sua forte pronúncia. Sam apostaria qualquer coisa em como ele tinha voado de Turim porque tinha suspeitado do que estava acontecendo. Rossi roubara algo sagrado que lhes pertencia e, sem consultar sacerdote ou papa, planejara trazer de novo o chefe da Igreja deles.

Sam pôs um dedo na boca, avisando-o de que não deviam falar. Brown podia ter mandado instalar escutas, nem que fosse só para saber por que Sam tinha se demitido. Enquanto o padre observava, Sam inspecionou todo o equipamento da sala fechada e escondida por trás do armário da cozinha e fez um exame geral. Não havia escutas.

Quando terminou, sentou-se em frente ao padre, que disse:

— *Che cosa vi chiamate*[8]?

— Como diz?

— *Scusatemi.*[9] Quem é o senhor?

— Oh, peço perdão. Eu sou Sam Duffy. Trabalho aqui, mais ou menos.

O padre bateu palmas.

— *Buono!* Eu procuro o Dr. Felix Rossi. Eu sou Bartolo. Sabe quando ele volta?

— Veio da Itália? — aventurou-se Sam a perguntar.

As sobrancelhas do padre se levantaram.

— *Si.* Itália. Eu conheço o Dr. Rossi. Tem apenas que lhe dizer que estou aqui.

— Por acaso veio de Turim?

O olhar pasmado de Bartolo contemplou Sam.

— Por que me pergunta se eu vim de Turim?

---

[8] "Como você se chama?" em italiano não padrão. (N. do E.)

[9] "Desculpe-me" em italiano não padrão. (N. do E.)

— Vamos dizer que adivinhei.

— *Signor* Duffy, pode ajudar-me a contatar o Dr. Felix Rossi? É apenas isso que quero.

Sam decidiu parar de enrolar:

— Talvez possa. Se me disser por que precisa vê-lo...

Bartolo levantou-se.

— Os nossos assuntos são particulares, *Signor* Duffy. — Enquanto Bartolo pegava a mala, Sam posicionou-se por trás do padre, entre ele e a porta.

— *Permesso, Signor* Duffy?

Sam não podia permitir que um padre com colarinho clerical andasse perguntando por Rossi. Nem Sam podia confiar num estranho. De repente, teve uma inspiração.

— Padre Bartolo, o senhor pode me ouvir em confissão?

— *Perdonatemi, signore, non capisco.* — Bartolo ficou desconcertado. — O senhor é católico?

— Mais ou menos. Faz muitos anos que não vou à igreja, mas sim, acho que ainda sou católico.

— Mas vive em Nova York, uma grande cidade, com muitas, muitas igrejas. Eu não sou o seu pastor, meu filho. Por que se confessar comigo?

— Acreditaria se lhe dissesse que Deus acabou de me dizer para fazer isso?

O padre pousou a mala.

— *Signor* Duffy, eu não posso abusar do sacramento da confissão. O senhor, ao se confessar, tem que ter intenção de retornar ao Pai, de quem se afastou por pecado. Tem que querer fazer uma boa confissão, meu filho, ou eu não poderei ouvir.

— Uma boa confissão?

Sentaram-se olhando um para o outro.

— Há cinco passos para uma boa confissão. Primeiro, lembrar-se de todos os pecados desde a última confissão. A seguir, estar verdadeiramente arrependido desses pecados.

— Isso eu estou.

Bartolo continuou:

— Tem que decidir evitar pecar no futuro. Além disso, evitar as pessoas e os locais que o conduzem a pecar.

Isso era simples, pensou Sam. Tudo o que tinha que fazer era manter-se afastado das docas e permanecer junto a Maggie, que ficaria feliz por poder mantê-lo na linha. Não era provável que alguma vez voltasse a ver Coral — o que era bom, porque ela tinha cem por cento de possibilidades de levá-lo a pecar.

— A seguir, confessar todos os pecados a um padre. Finalmente, fazer penitência. Para isso, prescreverei orações.

— Se quiser me ouvir em confissão, eu estou pronto — disse Sam.

Bartolo abriu sua mala, retirou um missal, um rosário e a sua estola de sacerdote. Era uma peça longa, de seda, talvez com dez centímetros de largura, tendo uma cruz bordada ao centro de cada extremidade. Ele beijou a cruz central e colocou a estola em volta do seu pescoço, com as pontas caindo sobre o peito. Com essa veste, ele podia interceder a Deus pelos católicos, dar os sacramentos, perdoar os pecados e purificar a alma de Sam. Bartolo pegou o missal, entregou o rosário a Sam, depois sentou-se numa cadeira de espaldar reto.

— Ajoelhe-se ou sente-se, conforme preferir, meu filho.

A boca de Sam secou ao pensar no que tinha que dizer ao padre Bartolo. Para tudo isso era melhor sentar-se. Rastejar, talvez. Mas ajoelhou-se diante do padre.

— Abençoe-me, padre, porque pequei.

— Quanto tempo faz desde a sua última confissão?

— Talvez dezenove anos.

— Isso é muito tempo. É melhor começarmos.

Ficaram em silêncio, então Sam disse:

— Padre, eu não tenho certeza se me lembro de todos os pecados.

— Permita-me que guie a sua memória.

Bartolo fechou os olhos e matraqueou pecados por pensamentos, palavras e atos. Quando acabou, tinha nomeado trinta e nove pecados confessáveis e Sam sentia-se culpado de todos, menos de treze. Três não se aplicavam simplesmente porque ele nunca tinha sido casado. Seis referiam-se a sexo e ele os cometera todos, exceto um, diversas vezes.

— Seria melhor eu lhe dizer do que não sou culpado — brincou ele.

Bartolo fez o sinal da cruz.

— Pode começar.

— Quanto às mentiras? — perguntou Sam. — Posso começar com as mentiras?

Bartolo abriu um olho, espreitou Sam, voltou a fechá-lo.

— Pode começar com as mentiras.

— Tenho mentido sobre Felix Rossi a todo mundo, durante quase sete meses.

Bartolo abriu os olhos, cruzou as mãos e pousou-as no colo. Sam contou-lhe a história completa, estudando o rosto impassível de Bartolo. E concluiu:

— Eles estão escondidos em Cliffs Landing numa casa que Rossi pôs no nome da empregada. Esta é a minha confissão, padre Bartolo.

Bartolo levantou-se da cadeira e passeou pela sala, silencioso. Sam ficou de joelhos e desta vez pediu genuinamente para ser perdoado. Tinha usado os votos do padre contra ele.

— Fez uma confissão verdadeira, Sam Duffy? Está arrependido de ter mentido?

— Por enquanto, ainda não, padre, mas prometo que estarei quando eles estiverem a salvo.

— Será que alguma vez vão poder estar? — disse Bartolo.

Sam não respondeu.

— Que outros pecados cometeu, meu filho?

— Disse muitas mentiras, mas nunca para enganar ou magoar ninguém. Já estive em mais brigas do que poderei contar. Tive conhecimento carnal de algumas das melhores senhoras do mundo, na minha opinião. Uma em particular, nunca esquecerei. Tive pensamentos impuros desde o dia em que nasci e, frequentemente, usei meu corpo de modo sexual.

— Está arrependido desses pecados?

— Estou arrependido de não ter conseguido resistir. Tentarei, a partir de agora, padre. Tentarei.

Bartolo parecia preocupado.

— Diga o Ato de Contrição.

— O senhor me ajuda, padre? Eu não me lembro dele todo.

Juntos disseram:

Meu Deus, eu me arrependo de todo o coração por Vos ter ofendido, e detesto todos os meus pecados, porque temo a perda dos Céus e o sofrimento do Inferno, mas, acima de tudo, porque eles Vos ofendem, meu Deus, que Sois infinitamente bom e merecedor de todo o meu amor. Proponho firmemente, com a ajuda da Vossa infinita misericórdia, confessar os meus pecados, fazer penitência e mudar. Amém.

— Reze um rosário como penitência, meu filho. Você confirmou os meus receios. Eu vim pelo motivo da sua confissão. Não se preocupe. Eu não posso quebrar o segredo da confissão, ou fazer uso do que me disse, nem que seja para salvar a minha vida. É como se não tivesse ouvido nada.

— Sim, padre, eu sei. Me perdoe. Eu fiz isso porque a vida deles pode estar em perigo. O senhor vê como o mundo está reagindo. Agora vou levá-lo para ver Felix Rossi.

O padre fez o sinal da cruz na testa de Sam.

— *Ego te absolvo,* Sam Duffy, em nome do Pai, do Filho e do Espírito Santo. Amém.

Capítulo 45

Terça-feira, de manhã — Aeroporto JFK — Nova York

Jerome Newton ajeitou a alça da bolsa da sua câmera no ombro e entregou o passaporte, o bilhete e a carteira de motorista à funcionária do balcão de *check-in* da British Airways no Terminal 7. Sua amiga majestosa partira mais cedo para Londres, enquanto ele tinha ficado fazendo a cobertura da abertura de uma galeria — onde os elegantes convidados eram uma atração maior do que a própria arte. Hoje, levaria a sua *lady* americana ao Newton Hall para ver qual seria a opinião dos seus parentes e da criadagem sobre ela. Se a aprovassem, já sabia qual seria a antiga bugiganga de família que se tornaria o anel de noivado dela.

Sentia-se bem por estar mudando de vida.

Percebeu que isso começara a acontecer quando se agachara atrás daquela rocha.

Enquanto a funcionária procurava sua reserva, Jerome lançou um olhar afetuoso para as bandeiras nacionais que pendiam do teto. Só agora percebeu que gostava de vê-las ali, tanto como gostara de vê-las no prédio das Nações Unidas quando o visitara. Jerome sentiu carinho pela ideia verdadeiramente absurda de que as pessoas poderiam estar em pé de igualdade no mundo. Qualquer aristocrata inglês sabia que isso era um disparate; entretanto, a ideia o agradava vagamente.

Gostara das fotos que tinha tirado de Sam, o porteiro, e de Maggie, a empregada, e as olhara por horas, desejando poder partilhá-las com a sua amiga, mas sabendo que não devia. Elas poderiam ter trazido uma fortuna um dia, ter feito dele um multizilionário e — finalmente concluiu — também lhe teriam conquistado um lugar junto de Satanás no Inferno. Não era nenhum Fausto, oferecendo sua vida a Mefistófeles como desafio, nem um louco fazendo acordos com o Diabo para Daniel Webster debatê-los. O próprio J. C. poderia estar realmente envolvido, e Jerome destruíra cada uma das fotografias e depois apagara o arquivo da máquina fotográfica. Nunca as publicaria e nunca seria o culpado de outros publicarem. Ele as destruíra. Agora ia para casa encontrar-se com a sua amiga. Estava deixando a história do século para trás, em Cliffs Landing, e partia para sua casa, na Inglaterra, onde era o seu lugar.

— Sr. Newton?

Jerome ergueu o olhar e viu um homem alto exibindo uma carteira aberta. Era um distintivo dourado onde se lia Agente Federal. Jerome olhou para trás, para o rosto corado da funcionária, e percebeu que tinha sido ela a responsável pela presença do agente. O que pensavam que ele tinha feito?

— Posso ajudá-los?

— Sim — disse o homem. — Pode pegar isso. — Colocou um envelope na mão de Jerome.

— O que é?

— É uma intimação, Sr. Newton, para testemunhar perante a Subcomissão Especial de Investigação sobre Clonagem Humana da Comissão de Ciência da Câmara dos Deputados.

— *Comissão?* — disse Jerome, sem compreender exatamente o significado da intimação.

— O Congresso, senhor. Você foi chamado a depor perante o Congresso.

— O Congresso? — Dissimulando o seu medo, Jerome devolveu o envelope ao homem. Já tinham atraído a atenção das pessoas nas filas mais próximas.

— Muitíssimo obrigado pelo convite, Sr. Agente Federal, mas não sou efetivamente um cidadão americano. O seu Congresso não pode me obrigar a testemunhar e estou prestes a embarcar, portanto, se me dá licença...

Virou-se para reaver os documentos da funcionária da companhia aérea, mas o agente foi mais rápido. Pegou o bilhete de Jerome, o cartão de embarque e o passaporte inglês da mão dela.

— São dele? — perguntou o agente.

Enquanto ela assentia, um segundo agente aproximou-se.

— Receio que não possa embarcar, Sr. Newton — disse o primeiro. — Compreenda, nós temos o poder de deter cidadãos estrangeiros por um sem número de razões...

Suavemente, o segundo agente deslizou a alça da máquina fotográfica pelo ombro de Jerome. Quando Jerome se virou para agarrá-la, o homem colocou-lhe algemas.

O primeiro agente continuou:

— Portanto, por ora, temos de mantê-lo sob custódia.

Jerome agitou as algemas e gritou:

— Eu não preciso ser algemado! Eu não tenho depoimento para dar! Insisto que contatem o Consulado Britânico!

O outro agente recolheu a mala de viagem de Jerome. Um de cada lado, afastaram-no dos balcões, enquanto a multidão no aeroporto observava.

O primeiro agente disse:

— Nós contatamos o Consulado Britânico antes de vir para cá, Sr. Newton, para lhes dar conhecimento de que o senhor estava bem.

Terça-feira à tarde — Cliffs Landing

Maggie estava na biblioteca quando a campainha soou. Era uma divisão aberta, acima dos degraus acarpetados, na extremidade afastada da sala de estar. Tinha prateleiras de livros do chão ao teto, em todas as paredes menos uma, e assentos confortáveis no centro.

Felix tentava mantê-la na cama, em repouso absoluto, mas, quando ela se cansava do seu quarto, ele a deixava sentar-se ali, com os pés levantados. Ela lia sua Bíblia e seus livros sobre partos e recém-nascidos.

Hoje era a Bíblia, uma parte que falava sobre como a fruta do espírito é amor, alegria, paz, paciência, simpatia, bondade, fidelidade. Ultimamente, andava novamente com dificuldade de controlar a paciência.

Pousou a Bíblia e espreitou pela janela, tentando ver quem estava à porta.

A campainha voltou a soar e ela ouviu:

— Alguém está aí? É o Cal.

Ouviu a porta abrir e Frances dizer:

— Olá, Cal. Entre. A Maggie está na biblioteca. O Felix está ocupado com um padre que o Sam trouxe com ele.

Cal estava junto aos degraus, olhando para cima.

— Olá, Maggie. Um padre está aqui por causa do seu bebê?

— Olá, Cal. Por que ele está aqui e de onde veio, não me pergunte. Não me permitem saber das coisas.

— Vá buscá-los. Eu ligo a TV. Eles têm que ver isso — Cal disse para Frances.

Quando Frances regressou, Felix, Sam e o padre Bartolo a seguiam.

— Cal, o que foi? — disse Felix.

Cal tinha ligado a televisão da sala de estar na CNN e Maggie descera para ver. Todos assistiram, estupefatos. A CNN interrompeu a programação para dar a cobertura contínua de novos acontecimentos.

Desta vez, não havia um painel de críticos, apenas um âncora. As notícias falavam por si. Não dúzias, mas milhares de pessoas reunidas no enorme gramado do Central Park. Milhares tinham se reunido no centro comercial de Washington, D.C. Maggie observava enquanto a CNN passava por outros locais de todo o mundo: a Igreja de Gethsemane, em Berlim; a Place de la Concorde, em Paris; a Dam Platz, em Amsterdam; o Parque Ueno, em Tóquio, por baixo das cerejeiras; a Praça de São Pedro do Vaticano, em Roma; até mesmo algumas pessoas em Pequim, na Praça Tiananmen. Multidões de pessoas espalhadas por todo o mundo.

Pessoas acendendo velas, pessoas ajoelhadas rezando. Todos os grupos tinham cartazes e bandeiras onde se podia ler OLIVE. O repórter não sabia de onde tinha surgido a expressão.

Maggie sabia. OLIVE vinha de Deus.

Deus estava lhe enviando uma mensagem através das multidões e do nome. Ela ansiava por azeitonas. Ela tinha pavor de multidões — desde que tinha saído de Macon, na Geórgia. Havia uma multidão à porta do banco, quando leiloaram a fazenda do seu pai; uma multidão à porta da sua casa atirando pedras pelas janelas, gritando o que fariam a ela se o seu pai continuasse a acusá-los de fraude; e, quando ele permaneceu, uma multidão se manteve no gramado em torno da casa por duas noites seguidas, gritando que os Johnson já não pertenciam a Macon, Geórgia.

Ela confidenciou todos os seus medos a Cal. Ele disse:

— Lembre-se, Maggie, não tema.

Maggie mal o ouviu.

— Sam, leve-me para a cidade. Eu preciso ir ao Central Park.

— De maneira nenhuma! — disse Felix. — Você precisa descansar!

Maggie dirigiu-se a ele e colocou a mão em seu peito.

— Felix, eu preciso estar lá.

Ele deu um passo para trás.

— Não! É perigoso demais. Eu não posso deixar você ir para uma multidão daquelas nesta fase da gravidez. E se tiver uma convulsão?

Maggie concordou com ele, mas não pela razão que ele deu. Ela não tinha planejado atravessar novamente o *Shatemuc* antes de seu bebê nascer. Deste lado do rio, sentia-se segura. De alguma forma, havia perigo do outro lado, mas ela tinha que ir aonde Deus a tinha chamado.

— Então venha comigo, Felix. Eu fiz tudo o que você pediu. Faça apenas isso por mim. Eu preciso ir.

— Por favor, Maggie. Ouça o Felix. — disse Frances. — Você não deveria ir. Eu ficaria preocupada com você a cada segundo.

— Então venha também. Podíamos levar o Range Rover. O que pode acontecer se formos todos? Eu ficarei bem se todos estiverem presentes. Sam, diga a eles.

Quando Sam se aproximou dela, ela pegou a mão dele e colocou-a na sua barriga, sussurrando:

— Ele quer que eu vá. Eu sinto.

Sam limpou a garganta.

— Não sei, Maggie.

— Seja meu amigo, Sam. Eu preciso ir.

Ele olhou ao redor.

— Bem, a parte médica diz respeito ao Felix, mas acho que juntos podemos cuidar dela. De noite, no meio de uma multidão, quem irá reparar em nós?

— Bem, se Felix concordar que ela vá, eu poderei ir também? — perguntou Cal. — Eu levo o meu próprio carro.

Maggie sorriu para ele. Cal acreditava, tal como ela, que ela não estava realmente doente. Bartolo, que estava de pé junto da entrada, sorriu abertamente.

— Um padre pode ir também?

Todos riram, exceto Felix.

— Maggie, eu proíbo isso!

Ela ignorou-o e dirigiu-se ao padre Bartolo, estendendo sua mão.

— Padre, sou Maggie Johnson. Sou provavelmente a razão da sua vinda. Prazer em conhecê-lo. Adoraria que viesse também.

— *Piacere! Lieto di conoscerla*[10] — disse Bartolo. — É um grande prazer conhecê-la, *Signora* Johnson. — Ele a abençoou quando ela parou de apertar sua mão.

---

[10] "Prazer! Feliz em conhecê-la" em italiano. (N. do E.)

Ela olhou novamente para Sam.

— Eu vou — disse Sam.

— Bom, então também vou — disse Frances.

Cal desligou a televisão e os seguiu. Felix não se mexeu até que Sam disse:

— Felix, apenas desta vez, deixe-a fazer isso. Ela tem andado bem.

— Esperem — disse Felix olhando furioso para eles —, me deixem buscar a minha mala de primeiros socorros.

Maggie aproximou-se do guarda-roupa da entrada e pegou o *shahtoosh* de Adeline. Não conseguia explicar por que ia. O choque de ver o nome OLIVE e a visão assustadora das multidões tinham produzido nela um impulso a que não conseguira resistir — uma vontade que vinha do seu interior, onde estava o seu bebê.

O padre Bartolo pediu para sentar ao lado dela no Rover. Frances foi com Cal. Maggie e o padre viajavam no banco traseiro e, enquanto se dirigiam para a cidade, ela podia sentir Bartolo observando-a na escuridão. Ele falava com Felix, mas raramente dirigia a palavra a ela. Ela estava tentando ter paciência, como dizia a Bíblia: Sam evitando as perguntas dela sobre Brown; ele e Felix escondendo dela certos assuntos; um padre presente por causa do seu bebê, mas que a ignorava.

— Maggie — disse o padre Bartolo —, poderei batizar a criança quando for o momento?

Seria sobre isso que ele e Felix tinham conversado? Ela olhou para Felix.

— Terei que pensar nisso, padre. Eu fui criada na Igreja Batista. Teria uma dificuldade enorme em criar uma criança numa religião que desconheço.

Sentado ao volante, Felix limpou a garganta, mas nada disse.

O padre Bartolo parecia triste.

— Sim, claro. Terá que pensar nisso. Mas será que… será que poderá me enviar uma foto dele?

Foi então que Maggie entendeu Bartolo. Como ele tinha descoberto o que se passava, ela não sabia, mas ele tinha vindo porque queria ver Jesus. Ele queria saber que Jesus era real.

— Prometo, padre. E poderá visitá-lo, se quiser.

Os olhos dele não conseguiam afastar-se dela.

— Obrigado. Eu virei, como os pastores.

— Gostaria de tocar no meu bebê? — ela sussurrou.

— Eu aguardo um sinal de Deus que fale comigo sobre o seu bebê — sussurrou ele em resposta.

— Como Ele fala com o senhor?

Bartolo aproximou-se.

— No meu coração. Ele coloca um sentimento no meu coração.

— No meu também — disse ela.

— Vamos rezar? — perguntou ele.

Ela assentiu.

Ó Deus, nosso criador, toda a vida está nas Vossas mãos desde a concepção até a morte. Ajudai-nos a acarinhar as nossas crianças e a respeitar o grande privilégio do nosso papel na Criação. Possam todas as pessoas viver e morrer com dignidade e amor. Abençoai todos aqueles que defendem os direitos dos que estão para nascer, dos aleijados e dos idosos. Iluminai e sede misericordioso com todos os que não amam e dai-lhes paz. Que a liberdade seja temperada com responsabilidade, integridade e moralidade.

— Amém — disse Maggie, pensando que as orações católicas eram como a literatura.

Ela não olhou para o rio quando o atravessaram. Em vez disso, ela e Bartolo conversavam baixo sobre as coisas que Deus lhes dizia, até que Maggie viu que haviam chegado ao Central Park West. Seu medo voltou.

Pessoas por todo lado — corriam para o parque, abandonavam o parque. Casais de mãos dadas com crianças às costas, homens com crianças sobre os ombros, mulheres idosas circulando em grupos, jovens em seus uniformes de corais, outros com cabeças raspadas e *piercings* nos lábios. Brancos, negros, hispânicos e asiáticos. O tráfego estava parado porque havia gente por todo lado.

Maggie baixou a janela e levantou o assento ajustável para poder ver a multidão. Ao ar noturno de setembro, ela estremeceu, ainda que nem um punho fosse erguido em sua direção, ainda que ninguém a tivesse chamado por nomes e a canção "Grandioso Deus" lhe chegasse de algum lugar do parque.

— Maggie, tem certeza de que quer sair aqui? — perguntou Sam.

— Vamos embora — disse Felix.

— Não, por favor, por favor. Eu vi outra mulher grávida. Ela parecia estar bem.

— Eu sou o seu médico. Não posso deixar você sair aqui!

Maggie agarrou a alavanca da porta, desejando desesperadamente que Felix não tivesse ativado o fecho de segurança das portas traseiras. Ele não tinha. A porta abriu e ela caminhou entre o tráfego parado enquanto Felix e Sam gritavam para que ela voltasse. Envolvendo-se em seu xale, ela apressou-se entre os carros até a calçada junto ao parque. Sam a seguia e gritava:

— Maggie!

Eles pararam na Rua 81, bem acima do Museu de História Natural. Ela podia ver a estátua de Theodore Roosevelt a cavalo. Um índio caminhava num dos lados do cavalo, um negro do outro. Fora a primeira estátua em que tinha reparado quando chegara de Macon, Geórgia. Para ela, representava a dominância racial que lhes havia retirado a fazenda: os brancos em cima, as minorias embaixo. Maggie odiara a estátua com todo o seu coração. Vislumbrando-a agora, sentiu pânico; Sam a alcançou.

— Maggie Johnson, *não* faça isso de novo! — disse quando chegou perto dela.

Ela assumiu uma expressão corajosa.

— Deixe de ser exagerado, eu estou bem.

Sam encaminhou-a para junto do muro que cercava o Central Park.

— Vamos esperar aqui por eles — disse Sam pondo o braço em volta dela, e disse novamente: — Não volte a fazer isso, Maggie. Prometa.

— Prometo, Sam.

Ficaram ali. As pessoas passavam. Maggie sabia estar protegida com Sam, mas olhava para a estátua, reparando em cada um dos rostos brancos da multidão. Como reagiriam eles se soubessem? O que fariam se soubessem que era ela a escolhida?

Capítulo 46

Terça-feira à noite — Central Park

— Ali estão eles — disse Sam.

Ela o viu subir no banco em que estavam sentados e acenar. Momentos depois, estavam todos juntos.

Felix foi correndo até ela.

— Maggie, nunca mais…

— Sim, eu já disse a ela, eu já disse — falou Sam. — Vamos, para podermos ver e depois ir embora. — Ele ajudou Maggie a levantar-se.

Felix segurou o braço dela.

— Fique entre nós, Maggie. Está bem? Sam, pegue o outro braço, por favor. O tempo todo! — Ele olhou-a. — Vamos andar atrás dos outros.

Em outra ocasião, Maggie teria rido de Felix, mas desta vez ela ofereceu os braços a ambos sem nenhuma reclamação. Nem mesmo então ela se sentiu protegida, quando se juntaram a um rio de pessoas que entravam pelo que Felix dizia ser o Portão dos Caçadores. Durante todos aqueles anos, ela nunca tinha assistido a nenhuma apresentação de teatro ou concerto no parque, embora normalmente fossem gratuitos. Gostaria, mas ano após ano tinha perdido tudo o que acontecera, ali ou em outro lugar qualquer, caso tivesse reunido grandes multidões. Perdera James Brown e Sun Ra quando vieram ao Summer Stage. Perdera todas as representações de Shakespeare no parque, no Teatro Delacorte, bem ao sul do local para onde se dirigiam agora. Maggie não era grande conhecedora de Shakespeare, mas teria tentado assistir pelo menos uma vez se não tivesse receio das multidões.

— Então agora eu vou ver o seu grande Central Park — disse Bartolo. Caminhava ao lado de Cal, à frente deles.

— Sim, padre — respondeu Felix.

Enquanto Felix começava a descrever as coisas para Bartolo, Maggie viajou para seu próprio mundo. Não sabia por onde tinham entrado no parque. Afastava-se da bem iluminada aleia principal e descia. Diante deles, lanternas pontuavam a noite como estrelas caídas pelos caminhos retorcidos do parque. Os lagos que projetavam luz faziam Maggie mais consciente da escuridão que os cercava, as árvores sombrias, as superfícies rochosas muito antigas, as muitas pontes e arcos — rústicos e românticos à luz do dia, mas sinistros agora.

À frente dela e à sua volta, as pessoas seguiam para dentro e para fora da luz das lanternas, e Maggie estremeceu, cada vez com mais medo. Passaram por um parquinho infantil. Mais à frente, disse Felix, ficava o Winterdale Arch. Eles iam passar por baixo da East Drive, que na realidade ficava na parte oeste do parque. Maggie afrouxou o passo, não querendo passar por baixo do arco.

Depois ouviu um canto.

Começou indistinto e lento, mas de repente variou em crescendo, como se alguém tivesse ligado um órgão humano. Cantavam "Amazing Grace", seu hino preferido.

As pessoas começaram a andar mais depressa e eles as seguiram.

— Vamos pegar um atalho — disse Felix.

Desviaram-se do caminho iluminado e entraram num vasto gramado, mergulhando na escuridão. O terror de Maggie teria sido insuportável se não fosse pela música. De repente, chegaram lá. Ela libertou-se dos braços deles e aproximou-se da cerca, com quase um metro e meio de altura, que envolvia o Great Lawn. No centro, no grosso gramado azulado de Kentucky, entre os campos de beisebol, brilhava a luz de milhares de velas, enquanto as pessoas cantavam "Amazing Grace".

— Vamos entrar por um dos portões — disse Sam.

Maggie permaneceu imóvel. Ela viu e ouviu, feliz, enquanto se agarrava à cerca. Atrás dela, sentia-se segura, e assim podia vê-los e ouvir sua música sagrada. Pessoas de todos os tipos estavam ali. Ela reconheceu os uniformes verdes e os distintivos prateados e azuis da Patrulha de Segurança do Parque. Metade dos membros da patrulha da delegacia da Rua 85 parecia estar presente.

— Será que a polícia vai acabar com isso? — perguntou ela a Felix.

— Não estão violando nenhuma lei. Não é nenhuma atividade comercial e não parece que tenham amplificadores ali, apenas um leitor de CDs.

Maggie viu um policial abaixar-se e dar uma palmada no pescoço do cavalo. Os lábios mexiam, como se também ele estivesse cantando.

— Bem, parece que este é o lugar — disse Frances, e estendeu os cobertores que tinha trazido.

— Venha, Maggie, você pode se deitar aqui e ouvir.

— Só um minuto — disse Maggie.

Felix suspirou, juntou-se a sua irmã e deitou-se de costas, olhando para o céu negro. Cal e o padre Bartolo sentaram-se ao lado deles num banco. Sam ficou junto da cerca com ela.

Por baixo do som da música, ela ouvia crianças rindo, bebês chorando. O som era maravilhoso. Era como respirar amor no ar. Maggie deixou-se varrer por esse sentimento. *Amazing the grace that saved*. Ela tocou no bebê que havia sido chamado por esse amor.

— Vá para o cobertor e deite-se, Maggie — disse Sam.

— Me deixe ficar aqui, Sam.

— Não pode ser bom para você pendurar-se na cerca assim.

— Eu estou bem.

Ela ouviu cochicharem atrás dela. Eles faziam muito isso ultimamente.

Maggie tentava não se incomodar. Todos queriam ajudá-la e todos tinham medo. Sam lhe trouxe um cobertor.

A canção acabou e a multidão aplaudiu a si própria. Depois, uma mulher de aspecto idoso levantou-se, ficando acima deles, como se estivesse em cima de um caixote. Ergueu as mãos pedindo silêncio. Maggie entendeu pouco do que ela disse, algo sobre as seções da OLIVE de Nova York e Washington, D.C. monitorarem alguma coisa que o Congresso iria fazer.

Depois outra cabeça surgiu acima da multidão. Era um homem novo vestido de preto, com a camisa aberta. Ele gritou:

— Ouçam-me! Ouçam!

— Por quê? — gritou uma voz.

Alguém mais gritou:

— Quem é você?

A multidão murmurou, abafando o som da voz dele, e Maggie fechou os olhos, perturbada com esses novos sons. Felix, Sam e os outros deveriam ter ouvido também, porque se levantaram e caminharam até a cerca.

— O que está havendo? — perguntou Felix.

Depois que a multidão se acalmou, a voz do jovem fez-se ouvir novamente:

— ...quase à vista da mais rica sinagoga no mundo, o Templo Emanuel, precisamente no coração da nossa grandiosa cidade! Como podem vocês cantar? Como irão explicar isso a Jesus quando Ele voltar? Devemos expulsar esses demônios judeus que nos infectam com o seu dinheiro e suas mentiras, esses assassinos de Cristo! Bons cristãos, é por isso que Ele está de volta, para nos dar coragem para acabar com o que a Alemanha começou!

Por alguns instantes, a noite ficou paralisada. Maggie virou-se para Felix e viu seu olhar ferido, seu rosto tão despedaçado que parecia estar nu enquanto permanecia ali. Frances foi para junto dele e pegou sua mão, o padre Bartolo e Cal começaram a rezar. Sam olhou para Felix com um olhar de piedade que Maggie já tinha visto em funerais.

Naquele instante, o medo cresceu e varreu todo o amor do grande parque da cidade.

Como um animal enfurecido, a multidão rugiu. A polícia a cavalo começou a galopar. O jovem levantou o punho em triunfo suicida, sua camisa preta flutuando ao vento nas suas costas, à medida que as pessoas dispersas se transformavam em uma turba. Ele tinha profanado a oração deles com palavras de ódio. Ele tinha lhes roubado o amor. Se alguém ou alguma coisa não conseguisse chegar até ele, pensou Maggie, eles iriam matá-lo em frente de seus bebês e suas crianças. Iriam pisá-lo até à morte para fazer o amor voltar.

Através da cerca, ela gritou:

— Não!

Sentiu os braços de Sam à sua volta, suas mãos tirando seus dedos da cerca.

— Vamos sair daqui, Maggie!

Ela continuou segurando, seus olhos fixos no jovem rebelde quando ele tombou de cima da caixa. Ela implorou:

— Ajudai-nos, ajudai-nos, ajudai-nos. — Depois, por um momento, fez-se silêncio. Do local onde se encontrava por trás da cerca, Sam tentou puxá-la, mas Maggie começou a cantar como costumava fazer na igreja batista da Rua 131. Cantou do fundo do coração, e cantou alto:

— *Eu quero que Jesuuuuuus... me acompanhe.*

As pessoas começaram a mover-se em câmera lenta, mas a polícia parecia correr.

— *Sim, eu quero que o meu Jesuuuuuus me acompanhe.*

As notas se formavam e emergiam da sua garganta, como se a canção tivesse vontade própria. Por um segundo momento, o silêncio continuou.

— *Toda esta... caminhaaaaada solitáááária.*

Ela sentiu Sam soltar suas mãos.

— *Eu quero que meu Jesuuuuuus me acompanhe.*

Num terceiro momento, a mulher idosa regressou à sua caixa e começou a cantar a canção de Maggie:

— *Eu quero que Jesuuuuuus...*

E outra juntou-se:

— *Eu quero que Jesuuuuuus...*

Depois outra, e outra, e metade da multidão começou a cantar o antigo hino espiritual que Maggie adorava; a polícia capturou o homem e o caos acabou.

Rejubilante, Maggie virou-se e ainda viu a dor estampada no rosto de Felix.

Felix aproximou-se do padre Bartolo.

— Eu não lhe disse como tudo isso começou. Eu não disse o mais importante.

Bartolo agarrou o crucifixo que trazia junto ao peito.

— A Igreja me honrou de todas as maneiras concebíveis — Felix continuou. — Tornou os meus sonhos realidade ao permitir que eu examinasse o

Sudário, e eu o profanei. Eu fiz isso por uma razão, apesar de o senhor poder não entender. Há anos eu penso clonar Jesus, havia até mesmo planejado, mas naquela manhã eu encontrei uma razão para realizar o plano. Frances e eu soubemos que os nossos pais eram judeus.

Bartolo uniu as mãos como se estivesse orando.

— Console-se, meu filho, isso não é nada de novo, já aconteceu antes.

— Foi por isso que eu roubei os pedaços de fio. Se um judeu o trouxer de volta, aqueles que acreditam que os judeus o mataram poderiam parar de perseguir o nosso povo. Então, o que pensa agora, que sabe que sou judeu?

Frances observava-os; Cal tinha o braço à sua volta.

Bartolo uniu as mãos de Felix, parecendo ainda mais velho naquele momento.

— Você está certo. Eu não compreendo o seu ato. Essa não é a forma de lutar contra o preconceito. Nós não podemos trazer Jesus de volta. Ele deverá regressar quando for Sua vontade. Ele escolheu você? Ele escolheu a nossa Maggie? Talvez sim. Talvez não. O que eu vejo é o Seu sofrimento. É isso que vejo. Para mim, é como o sofrimento da cruz, um sinal do amor de Deus por nós. Não entendemos esse sofrimento, por isso devemos ser firmes na nossa fé. Deus tem um plano, apesar de nós não o vermos.

Maggie sentiu vontade de chorar por Felix, pelo jovem cheio de ódio, pela multidão que o teria matado. Bartolo tinha razão. Em algum lugar nisso estava o plano de Deus, mas nesse momento ficou arrasada, sentiu a sua barriga pesada, suas costas doloridas, e, fosse por medo ou desejo por Deus, ela apenas tinha vivido metade de uma vida.

Virou-se para Sam e sussurrou:

— Não disse que queria jogar dardos no Molly Malone, Sam Duffy?

Ele franziu as sobrancelhas.

— Há muito tempo, no elevador. Lembra-se? Você disse que queria jogar dardos no Molly Malone e eu disse "não". Mudei de ideia.

Ele respondeu com um sotaque irlandês carregado:

— Você não tinha Jesus na barriga, na época, tinha?

Quase em lágrimas, Maggie pensou no jovem rebelde e no que lhe teria acontecido se ela não estivesse ali. Baixou a cabeça e penosamente cobriu o rosto.

— Ah, garota. Gostaria mesmo de ir?

Ela olhou para cima.

— Sim, Sam.

— O Felix não vai permitir.

— Eu sei.

Sam segurou seu braço. Enquanto se afastavam para longe dos outros e mergulhavam na escuridão, ele sussurrou:

— Eu pedi um jogo de dardos, Maggie, minha garota. Isso, eu pedi mesmo.

Capítulo 47

Terça à noite — Pub irlandês Molly Malone

Sam abriu a porta de madeira do Molly Malone, sabendo que seus amigos estariam lá, sabendo imediatamente que veriam Maggie grávida, tão diferente da última mulher que ele havia levado lá. Será que Maggie saberia o que alguns deles poderiam pensar? Sam sabia. Mas seus amigos eram civilizados, iriam tratá-la bem. Iriam tratá-la como uma rainha. Senão ele poderia muito bem partir uma garrafa de McSorley's e enfiá-la na garganta de alguém.

— Sam Duffy, aí está você, rapaz! — disse o empregado do balcão assim que entraram.

Cabeças viraram e outros disseram:

— Ei, Sam!

— Olá, Sam!

— Sam, estávamos agora mesmo planejando o seu funeral, rapaz. Pensávamos que já tinha morrido!

— Olá, Pat — disse Sam, colocando um braço em volta de Maggie e acenando para seus amigos com o outro.

Pat franziu as sobrancelhas e deu um sorriso aberto.

— E quem é essa jovem mãe que nos traz? — Ele se virou para a sala e gritou: — Vocês aí, seus grosseirões, apaguem os cigarros! Temos uma mulher grávida na sala.

Ele apontou para a mesa vazia mais próxima.

— Traga a jovem para cá e sentem-se, homem.

— Esta é a Maggie, Pat.

— Olá, Pat — disse ela, e ajeitou o seu xale enquanto sentava, olhando ao redor.

Sam permaneceu de pé enquanto Pat saía de trás do bar.

— Ora, assim está melhor, não está? — disse para Maggie. — Não sei por que vem com Sam, jovem, ele não tem o mínimo de juízo. Portanto, se precisar de alguma coisa enquanto estiver aqui, fale com o Pat. Eu trato do assunto.

Ela riu.

— Obrigada. É muito simpático da sua parte.

Pat inclinou-se com os nós dos dedos apoiados na mesa.

— O que posso lhe trazer? Uma xícara de chá? Um copo de leite? Que tal uma Guinness preta? É bom para uma mãe.

— Eu bebo leite.

— Leite, então. — Apontou para Sam. — A esse não preciso perguntar o que quer. Ele bebeu McSorley´s na primeira mamadeira.

Sam bateu no ombro de Pat, sorrindo, e sentou-se numa cadeira. Maggie aproximou-se dele.

— Este lugar não é assim tão mau. É simpático e acolhedor. Eu até gostaria de ter vindo antes. As paredes são de um verde macio. Os pubs irlandeses são todos assim?

— Muitos deles, suponho.

— A propósito — disse Pat detrás do balcão —, venha aqui quando tiver um minuto, Sam. Tenho uma mensagem para você.

Sam começou a levantar-se e depois viu três dos seus amigos aproximarem-se com as canecas de cerveja. Cruzou o olhar com cada um deles, imaginando por que os olhos deles estavam cintilantes. Eles cercaram a mesa. Um deles, Charlie, pôs o pé em cima de uma cadeira vazia e apoiou-se no joelho. Quando havia confusão no Malone, habitualmente era Charlie que a começava.

— Tire o pé da cadeira, Charlie — disse Sam, com uma voz firme e alta.

Charlie tirou o pé da cadeira e levantou as mãos.

— Sem ofensa, sem ofensa. Só viemos para perguntar à senhora uma coisa.

Sam levantou-se.

— Pergunte a mim, Charlie, ela não quer falar com você.

Ele sentiu a mão de Maggie em seu braço.

— Eu posso falar por mim, Sam Duffy. — Ele se virou para olhá-la, mas ela estava mirando os olhos de Charlie e dizendo: — Charlie, continue e pergunte o que quer saber.

Charlie olhou para Sam com alegria. A sala ficou silenciosa, enquanto ele voltava a colocar o pé em cima da cadeira.

— Senhora, nós só viemos perguntar se foi Sam que fez isso. Se foi ele que inchou a sua barriga. Diga-nos a verdade, e, se ele não tomar conta do seu bebê, nós arrancamos o dinheiro dele para você.

Maggie desatou a rir e bateu palmas com satisfação. Os clientes e o próprio Charlie riram também. Sam, não. Maggie disse:

— Ele não é o pai, é meu amigo, mas eu agradeço mesmo assim. — Ela olhou para Sam. — No entanto, Charlie, não ficaria surpresa se um dia alguma jovem precisasse da sua ajuda.

Sorrindo, Charlie agarrou Sam atrás do pescoço e depois pousou o braço em cima do ombro dele.

— Ela conhece você, Sam. Essa jovem conhece você.

— O meu nome é Maggie.

Charlie abaixou-se um pouco e apertou a mão dela.

— Prazer em conhecê-la, Maggie. Prazer em conhecê-la. Eu sou o Charlie. Não se preocupe com os nomes dos outros. Eu sou o único que interessa por aqui, além do Pat. E ele só é importante porque serve cerveja.

— Sam falou que vocês têm dardos aqui — disse Maggie.

Pelo menos dez vozes diferentes disseram:

— Dardos?

— Ela joga dardos, Sam? — perguntou Charlie.

— Jogo — respondeu ela.

— Venha conosco. — Charlie puxou a cadeira de Maggie, em meio ao ruído de cadeiras sendo arrastadas no chão cheio de serragem.

Sam juntou-se à procissão que se dirigia para uma sala interior. Alguém apertou o interruptor e iluminou a parede dos dardos do Molly Malone. Um tinha a fotografia da rainha. Quadros de registro das pontuações estavam montados entre os dardos; placas de competição e troféus de torneios estavam por cima. Três linhas de distância estavam pintadas no chão.

Maggie deu o maior sorriso que Sam vira nela nas últimas semanas. Quando Pat chegou com as bebidas, ela colocou seu xale no corrimão, entre a área dos dardos e os bancos.

— Ponta de aço ou macio? — perguntou ela a Sam enquanto bebia um pouco de leite.

— Aço, claro.

Charlie trouxe os dardos. Maggie pegou um. Rodou-o nos dedos e dirigiu-se para a linha principal de lançamento.

— Só para treinar — disse. — O meu equilíbrio está um pouco diferente do que costumava ser.

Todos riram. Sam adorou o que estava vendo.

Maggie mirou o alvo. Colocou o braço esquerdo no estômago como se fosse abraçar-se e, com um movimento do braço e um jeito no pulso, deixou o dardo voar. Acertou no círculo central, que tinha o tamanho de uma moeda.

— *Double bull!* — gritou Pat enquanto Sam e os amigos rugiam.

Sam foi até junto dela.

— Maggie, o que vai ser? 301? 501? *Cricket*?

— Qualquer um que quiser, mas há um jogo que jogamos na minha igreja. Quer experimentar?

— Jogam dardos na sua igreja? — perguntou um deles. — Pode ser que me converta.

— Nós o chamamos de "Quinze segundos". Alguém tem um cronômetro?

— Eu vou buscar um! — disse Pat.

— O que acontece nesses quinze segundos? — perguntou Sam.

— Você deve encher uma mão de dardos e ir lançando o mais rápido que conseguir. Quem tiver somado a pontuação mais alta quando o tempo terminar ganha.

— Adorei! — gritou Sam. Ele desabotoou as mangas da camisa e enrolou-as para cima.

— Onde anda esse cronômetro? — perguntou a Pat.

Pat apareceu e entregou-o a Charlie. Depois ligou outro interruptor, dizendo "em honra da nossa convidada". Uma música tradicional irlandesa começou a tocar numa jukebox. Pat tinha escolhido a "Sleepy Maggie". Os amigos de Sam começaram a bater palmas.

— Em suas marcas, preparar, agora! — gritou Charlie.

Estavam colocados lado a lado e começaram a lançar os dardos. Maggie guinchava de animação e Charlie fazia a contagem decrescente, enquanto toda a sala aplaudia e "Sleepy Maggie" tocava. Sam tentou permanecer sério, apontar para o centro, mas os guinchos e a agitação frenética de Maggie eram uma imagem alegre demais. Ela estava ganhando. Ele estava jogando muito mal e se divertindo muito enquanto apreciava Maggie rir. Os amigos aplaudiam, e a música irlandesa tocava.

— Parem! — gritou Charlie.

Maggie ergueu os braços acima da cabeça com alegria.

— Ganhei!

— Não pule! — gritou Pat. — Tem uma criança dentro de você, menina.

Sam não conseguiu evitar. Foi até Maggie e tomou-a em seus braços. A música tocava. Os amigos aplaudiam. Ele abaixou-se um pouco e a beijou, e eles assobiaram.

— Devia estar fazendo isso agora, Sam? — disse Charlie e começou a andar ao redor deles. — Maggie, você não mentiu para nós, não é?

Rindo, ela empurrou Sam. Com os braços dele envolvendo os ombros dela, Sam virou-a cuidadosamente para a jukebox irlandesa, com a música alegre correndo em seu sangue. Viraram-se para a porta. Sam levantou o olhar. Seus pés pararam. Seu coração gelou.

Encostada à porta da entrada, estava Coral, com sua capa de chuva vermelha, olhando para eles.

Capítulo 48

Terça à noite — West Rock Creek Park, D.C.

O filho adolescente do congressista Dunlop abriu a porta e viu um homem alto apresentar a carteira aberta. Ele ostentava um distintivo dourado em que se podia ler Agente Federal.

— Estou aqui para falar com o congressista, rapaz, ele está à minha espera — disse o homem.

Zack saiu do gabinete enquanto o agente se dirigia a seu pai:

— Até agora, ele não colaborou. Diz que não fará nenhum depoimento à Subcomissão.

— Nós não podemos retê-lo por desobediência ao Congresso ou por não acatar uma intimação para depor perante funcionários.

— Talvez ele tenha percebido isso.

— Parece que vou ter que arriscar mais, levar o testemunho dele a uma sessão executiva. Os registros continuarão a ser privados e, nesse caso, não poderá fugir à intimação.

— Não sei o que procura, senhor — disse o agente —, mas, quando o abordamos, eu vi isto no bolso do casaco dele. Pelo sim, pelo não, tirei dele. Ele provavelmente pensa que deixou cair no aeroporto.

— Um caderno de anotações? — perguntou o pai do rapaz. — Obrigado, bom trabalho.

Zack saiu correndo da entrada e escondeu-se dentro de um armário. Ouviu o som de passos e da porta da frente sendo aberta. Depois ouviu passos de volta ao gabinete. Deslizou para fora do armário e pôs-se novamente à escuta.

Por um longo período de tempo, não ouviu nada, depois:

— Posso falar com o congressista James? Aqui fala o congressista Dunlop.

Uma pausa, e depois ouviu:

— James? Dunlop. Bom, estamos fazendo progressos.

Mais uma pausa.

— Eles encontraram o bloco de anotações dele. Ele escreveu: "*Fios? De onde? Do Sudário de Turim?*"

Outra pausa.

— Sabe aquela coisa, aquele pano que supostamente tem a imagem de Cristo? Sim, isso. Bom, ouça só. Ele colocou um grande círculo em volta disso, a lápis, e no topo escreveu a palavra "*clone*".

Nova pausa.

— Que droga! Como eu vou saber se tem alguma coisa que eles pudessem clonar? Mas parece que é o que procurávamos. Eu vou dizer ao nosso homem. Um dos seus subordinados vai verificar.

Mais uma pausa.

— Bem, duas coisas. Primeiro, pelas outras anotações dá para entender que escreveu isso originalmente em janeiro. Agora estamos em setembro. Se essa merda é real, alguém pode estar grávida de sete ou oito meses com essa maldita coisa. Mas isso deve ajudar o Brown a encontrar o seu cientista. Enquanto isso, vá fazendo uma intimação para obrigar esse repórter a testemunhar em uma sessão executiva.

Uma última pausa.

— Não diga nada ainda ao Evermeyer. Se for espalhado que o Sudário foi a fonte, esses fanáticos de Jesus só vão se multiplicar. Muitos deles já pensam que o maldito Sudário é verdadeiro.

Zack Dunlop saiu silenciosamente da entrada perto do gabinete do pai e regressou ao computador no seu quarto.

Capítulo 49

Terça à noite — Pub irlandês Molly Malone

— Olá, Sam, há muito que não nos vemos — disse Coral entrando no lugar. A batida de seus saltos ecoava muito alta, pois a música irlandesa tinha chegado ao fim.

Nem em um milhão de anos Sam esperaria que Coral aparecesse por ali. Ela tinha visto Maggie, e Coral trabalhava para o Sr. Brown. Ele deu por si rezando para que Coral e Maggie nunca tivessem se cruzado ao entrar ou sair do edifício de Brown.

Coral parou e olhou Maggie de alto a baixo.

— Apresente-me à sua amiguinha, Sam.

Por um instante, ninguém se mexeu, depois Sam assistiu incrédulo enquanto Charlie avançava e pegava na mão de Maggie, olhando-a. Como ela não o afastou, Charlie pegou a *shahtoosh* dela que estava no corrimão e disse:

— Vamos lá buscar a tal Guinness Stout, Maggie.

Sam susteve a respiração, desesperadamente desejando que ela fosse discretamente com Charlie, que, pela primeira vez em sua vida torta, estava fazendo a Sam um verdadeiro favor. Charlie não imaginava que também estava salvando Maggie.

— Eu só vou dar um gole ou dois, Charlie — disse Maggie.

Ela e Charlie passaram por Coral em direção ao salão principal.

Os outros os seguiram, lançando olhares cobiçosos a Coral enquanto passavam.

Quando ficaram a sós, Coral começou a desapertar o cinto.

— Não, querida — disse ele, irritado consigo mesmo por lembrar-se da última vez em que ela havia feito isso. Maggie estava bem na sala ao lado. O padre Bartolo o absolvera de seus pecados e Sam estava tentando não arranjar mais um.

— Não seja bobo, Sam, eu estou vestida. — Ela deixou a capa de chuva cair no chão. Coral estava vestida, sem dúvida, mas apenas tecnicamente falando. Era um daqueles vestidos curtos com rasgões estrategicamente colocados de forma provocante onde normalmente havia muito mais roupa. Era vermelho, também. Estava sensacional.

Enquanto Sam observava, metade de sua mente tentava pensar no que fazer e a outra metade estava preocupada com o que Maggie poderia pensar. Coral bamboleou-se até o alvo dos dardos, puxou um dardo e rodopiou a ponta contra o seu lábio inferior.

— Ooo, afiado! — sussurrou ela.

— Droga! Coral, pare, está bem? Veio me procurar, certo? Por quê?

— Vim — disse ela e espetou o dardo novamente no centro do alvo. — Vai me dizer quem é ela?

— Ela quem?

Coral cruzou os braços e lançou a Sam seu olhar cor de avelã.

— A mulher com quem eu estava dançando? É amiga do Charlie, lembra-se do Charlie?

— Conte outra, Sam. — Coral riu.

Pat aproximou-se da porta.

— Querem bebidas aqui? Uísque, certo, Coral?

— Sim, mas não aqui, Pat — disse ela. — Vamos juntar-nos aos outros. Você traz o meu casaco, Sam? — Piscou o olho para Sam e saiu da sala.

— Desculpe, foi ela que deixou a mensagem — sussurrou-lhe Pat.

Sam pegou a capa dela, mantendo o olhar em seu traseiro maravilhoso enquanto se dirigiam para o salão principal. Numa próxima vida, pensou Sam, se houvesse uma, ele iria definitivamente pedir para ser uma árvore, uma pedra, tudo, menos um homem. Viu Coral sentar-se a uma mesa, perto de Maggie e Charlie, para que Maggie pudesse vê-los claramente.

Sam sentou-se e perguntou:

— Coral, diga: por que você veio aqui?

Ela fez uma careta.

— Sam, diga: quem é a sua amiga grávida?

Se ele fosse do tipo de homem violento com as mulheres, provavelmente estaria sendo naquele momento, arrastando Coral à força para fora do Molly Malone, para que isso não estivesse acontecendo. O rosto de Maggie estava tão imóvel como concreto, mas seus olhos estavam vulneráveis e sofriam como os de Felix no parque. Ela provavelmente já tinha imaginado quem era Coral — a mulher que tentara fazer com que ele mudasse de ideia quanto a trabalhar para o Sr. Brown. O bom senso e talvez o instinto maternal de quem carregava uma criança deveriam estar dizendo a Maggie que Coral não era flor que se cheire.

— Não — disse ele e olhou para Coral sem sorrir. — A bola está no seu campo.

— Isso me agrada.

Ele sentiu algo debaixo da mesa e percebeu que era o pé de Coral. Ela estava acariciando as coxas dele. Devia ter se sentido maravilhoso, mas não sentiu. Ele sabia que Maggie estava vendo, sabia o que isso a fazia sentir. Para ele bastava.

Sam levantou-se e colocou a capa de chuva de Coral sobre os ombros dela.

— Está de saída — disse, e levantou-a puxando-a pelo braço.

Ela o olhou, sussurrando:

— Tire as mãos de cima de mim, Sam. Quer morrer?

— Que droga você quer? — sussurrou ele de volta.

Coral soltou o braço.

— Eu vim ao seu encontro para dizer que você está metido em confusão, idiota. Já vim aqui duas vezes à sua procura. Pergunte ao Pat.

Sam pegou novamente em seu braço e acompanhou-a até a porta, longe do alcance dos ouvidos.

— Antes de sair, diga por que pensa que estou com problemas.

— Brown pensa que você está aprontando alguma. Ficou muito furioso quando lhe contei os detalhes do nosso — ela limpou a garganta — encontro.

— O que o deixou furioso exatamente?

— Como se eu soubesse. Talvez a parte em que disse que eu não podia fazer você mudar de ideia. Tudo o que sei é que há dois dias ele me pediu para contar, palavra por palavra, tudo o que você disse enquanto estava comigo. Aparentemente, esperava que já tivesse voltado. Quando eu lhe contei, ele pegou uma pasta de couro e começou a escrever nela. Depois perguntou se eu acreditava em astrologia e se achava que você era capaz de assassinar alguém.

— Eu?

— Você.

— O que disse?

— Não e não. Acertei?

Sam não respondeu. Era preciso alguma coisa específica para fazer com que Brown suspeitasse dele e nada tinha acontecido nos dez dias desde que tinha se demitido. Nada exceto o aparecimento do OLIVE. Brown saberia facilmente que Sam não tinha nada a ver com isso. E assassinato? Teria algum astrólogo dito a Brown que ele seria assassinado?

— Quando foi que tiveram essa conversa? — perguntou ele.

— Num momento íntimo. Quando eu não estou ocupada e ele não está ocupado, nós transamos um com o outro, Sam. Você não percebeu isso? Ele, às vezes, até deixa o mordomo ver.

Então era a isso que Brown chamava capitanear? Sam nunca se preocupou se alguém mais dormia com Coral, mas agora sentiu ciúmes. Talvez Brown tenha sentido a mesma coisa. No entanto, Sam não conseguia imaginar.

— E então por que você está me avisando? — perguntou ele.

— Ele é só uma fonte de renda e um amigo. — Ela deslizou as unhas por baixo do queixo dele. — Você? De você eu gosto mesmo.

Sam viu Maggie desviar o olhar rapidamente. Tinha que acabar com aquilo.

— Obrigado, Coral. Está na hora de ir.

— Você seria capaz de matá-lo? — perguntou ela.

Sam não respondeu, apesar de saber a resposta.

Coral vestiu sua capa de chuva vermelha, enquanto todos os homens olhavam. Ele não tentou ajudar. Tocá-la era perigoso demais.

Ela olhou para Maggie mais uma vez.

— É por causa dela, Sam?

— Se tivéssemos nos conhecido um ano atrás, querida — disse ele, depois parou e agarrou a maçaneta da porta. — Agora é tarde demais.

Ela tentou tocar em seu rosto, mas ele segurou a mão dela e afagou-a sussurrando:

— Foi muito bom, Coral, mas acabou.

Coral suspirou.

— Eu já esperava ouvir essa frase, mais cedo ou mais tarde, mas não de você.

Por momentos fixaram o olhar um no outro.

— Adeus, Pat — disse ela e deixou os seus dedos deslizarem na borda da porta enquanto saía.

Sam achou que Pat não a tinha ouvido despedir-se, porque Pat estava ocupado olhando para alguma coisa na televisão.

Depois de a porta da frente se fechar, Maggie levantou-se, dizendo:

— Me leve para casa, Sam.

Ele caminhou até ela.

— Está bem, mas não podemos simplesmente sair pela porta.

— Por que não?

— Confie em mim.

Sam não sabia o que pensar do aviso de Coral, mas, se ela estivesse certa de que Brown agora o temia, havia uma hipótese de ela ter sido seguida. Alguém que o fizesse não teria entrado porque era um pub de bairro. Um estranho seria notado. Se alguém a tivesse seguido, estaria à espera lá fora.

— Maldito inferno! — gritou Pat.

— Os Yankees perderam de novo? — perguntou Charlie.

— Céus! Não, homem. — Pat subiu o volume da televisão. — Ouça só o que eles estão dizendo. Lembra-se daquela coisa da clonagem? De como diziam que alguém estava tentando trazer de volta J. C. em pessoa? Diz aqui nas notícias que o DNA do clone veio do Sudário de Turim, meus amigos. Começo a pensar que essa maldita clonagem pode ser verdadeira!

Sam olhou fixamente, em choque. Como alguém teria descoberto que o Sudário era a origem, a não ser que Jerome os tivesse traído novamente? Brown tinha contatos no Vaticano. Quanto tempo levaria para identificar Rossi, perceber que seu palpite estava certo e que Sam deveria estar envolvido? Ou já teria percebido?

Primeiro tinha que levar Maggie para casa. Aproximou-se de Pat e sussurrou em seu ouvido, aproximou-se de Charlie e fez o mesmo. Depois fez uma chamada telefônica, enquanto Pat e Charlie caminhavam pela sala.

Uns minutos mais tarde, Sam estava espreitando pela janela da frente. Fez um aceno com a cabeça para Charlie, que aproveitou a deixa para se aproximar de um colega deles.

— Eu tenho andado com vontade de revelar para vocês alguns pensamentos meus — disse Charlie, suficientemente alto para toda a sala ouvir.

O outro homem respondeu:

— Tem?

— Tenho. — Charlie colocou as mãos nos quadris, vangloriando-se e olhando em volta pela sala. — Eu calculo que um pouco dos meus pensamentos é melhor do que nada. E *nada* é o que você tem dentro dessa cabeça.

Todos se riram enquanto o homem e Charlie enrolavam as mangas. Alguns clientes puseram-se de pé nas cadeiras para verem melhor. Outros se aproximaram e cercaram o homem.

— Charlie, uma língua afiada e uma mente perspicaz nunca se encontram na mesma cabeça. A sua mãe não ensinou isso a você, rapaz?

As pessoas assobiaram e aplaudiram.

— Mães? — Charlie parecia confuso. — Você não tem que ser uma forma de vida para saber o que são mães?

Mais risos. Sam pegou a mão de Maggie.

— Venha comigo. — Eles se movimentaram facilmente pela multidão em volta de Charlie.

— Que boca grande você tem, Charlie. A sua mãe devia ladrar bem alto.

Os clientes aclamaram.

Enquanto o homem levantava os braços, vitorioso, o punho de Charlie recuou e depois acelerou. Pat ligou o interruptor e a jukebox rejubilante. "Sleepy Maggie" começou a tocar novamente.

Quando Sam e Maggie alcançaram a porta da sala dos dardos, o Molly Malone havia se transformado numa batalha de punhos. Pat abriu a porta da frente e, como que ao seu sinal, a ruidosa briga espalhou-se pela rua.

Sam apressou Maggie pela porta dos fundos, para um beco, e entraram num táxi que os esperava.

Capítulo 50

Terça à noite — Palisades Parkway

Sam inclinou-se contra o corrimão do lado de fora das portas de vidro do posto de gasolina. Luzes aproximavam-se e aceleravam de ambos os lados da autoestrada. Não valia a pena arriscar indo para Cliffs Landing com um taxista desconhecido. Ele tinha telefonado a Felix para ir buscá-los. Como seria de esperar, Felix parecia bem puto.

Ele viu um carro entrar, vindo do lado norte e parar debaixo das luzes amarelas. Era um Range Rover. Subiu e estacionou perto dele. Felix saiu, batendo com a porta, e aproximou-se apressado.

— Não acredito que você fez uma coisa dessas! — gritou ele. — Nós vasculhamos o Central Park inteiro à procura de vocês. Onde está a Maggie?

Sam apontou. Ela estava de pé do lado de dentro das portas de vidro, bebendo um copo de leite com chocolate.

— Ela está bem, precisava descontrair.

Felix olhou-o.

— Chegou a hora de falarmos sobre o seu envolvimento nisto, Sam. — Ele obviamente tinha preparado o discurso. Sam cruzou os braços.

— Parece que você não ouviu as últimas notícias.

— Quais notícias?

— Eles sabem que o DNA é do Sudário.

Mesmo com pouca luz, Sam viu a cor deixar o rosto de Rossi.

— Quem? Como?

— Fontes anônimas novamente. Talvez seja o Newton; na verdade, eu espero que seja o Newton.

— Por quê? — perguntou Felix.

— Tem outro problema. É hora de você saber.

Felix parecia ainda mais zangado do que antes.

— Que problema?

— Há alguém que pode se empenhar em não permitir o nascimento. É por isso que estou aqui.

— Quem? Você fala de alguém capaz de fazer mal a Maggie?

— Talvez. Não tenho certeza. É o Sr. Brown, do edifício. Ele pode ter pessoas na rua à minha procura. Eu vou precisar manter o meu carro escondido na sua casa e não dirigi-lo. Precisamos de um plano B e já.

Felix agarrou-se com firmeza ao corrimão.

— Brown?

— Vai levar muito tempo para explicar, mas eu acho que ele é perigoso.

— Está bem, Sam, o que fazemos?

Sam fitou-o.

— Quanto tempo vai levar para o pessoal do Sudário perceber que foi você?

— Bem, certamente não sou o único cientista americano que teve acesso ao Sudário.

— Algo em especial os faria focar em você?

— Sim. Eu sou um microbiólogo — Felix assentiu.

— Ah, certo. Mas…

— O equipamento de clonagem está no laboratório de todos os microbiólogos, mas apenas alguns de nós tiveram acesso ao Sudário. Quando a Igreja perceber que eu não só deixei Turim depois do primeiro dia de trabalho como também tenho uma segunda graduação em Obstetrícia, saberão que sou eu, mesmo que não possam provar. Terão que dizer alguma coisa, fazer alguma coisa.

— Por quê?

— Em primeiro lugar, porque a Igreja é proprietária do Sudário. Em segundo, porque eles se preocupam com o que um bilhão de católicos acredita.

Sam coçou o pescoço, não gostando do relato de Rossi. Ainda assim, Brown poderia levar tempo para conseguir nomes de cientistas da Igreja.

— O que a Igreja ganharia acusando você publicamente? — perguntou Sam.

— Não sei. Talvez não façam isso. Devemos perguntar ao Bartolo.

Felix deu uns tapinhas nas costas de Sam.

— Eu não devia ter perdido a cabeça. É a você que devo agradecer por ter impedido que Bartolo nos denunciasse. — Ele sentou nos degraus de cimento e olhou para o trânsito. — Olhe onde fomos nos meter! — Depois olhou para trás em direção às portas de vidro da loja de conveniência. Maggie estava roendo uma maçã.

— Ela está com fome — disse Sam.

— Eu esperava que você a tivesse levado para jantar.

— Não exatamente. Mas e os outros cientistas? Se a Igreja pode descobrir, eles não podem?

— Sim, alguns podem.

Sam bateu com as mãos.

— É isso, então temos muito o que fazer. O plano é este: amanhã vou comprar quatro novas identidades para nós, incluindo passaportes. Depois você vai comprar outra casa, com um consultório médico já instalado. Não uma casa de vidro desta vez. Depois, arranjamos um utilitário Mendon branco, carregamos, fechamos tudo aqui e vamos para longe. Entretanto, você tem que conhecer todos os caminhos para chegar da Lawford Lane até a Palisades Parkway, e daí para cada Metro-North, Amtrak, estradas de ferro de Long Island, trens de Nova Jersey, num raio de cem quilômetros, e todos os aeroportos da região: Teterboro, JFK, La Guardia, Newark, Westchester, Stewart em New Windsor. Precisamos do número de todas as companhias de táxis e limusines desta área, reservas para qualquer trem ou avião, comercial ou *charter*. Droga! Até o horário do Tappan Zee Express do Palisades Center Park.

— Bem, se chegar a esse ponto, eu posso alugar um avião em Teterboro para nos levar aonde quisermos.

— Sim, mas teremos necessidade de um piloto que não possa ser comprado.

— E precisamos de dinheiro para a casa — Felix suspirou.

— Quanto dinheiro consegue arranjar? — perguntou Sam.

— O suficiente. Peço ao nosso advogado.

— Faça com que ele traga o dinheiro para a casa, também as novas identidades, tudo. Quando partirmos, ninguém pode saber onde estamos.

— Você está falando de cerca de um milhão ou dois para uma casa e despesas imprevistas — disse Felix. — Quanto pelas identidades?

— Vinte mil.

— Para quê? — Sam ouviu Maggie perguntar.

Ele virou-se para vê-la olhando de cima dos degraus, inexpressiva. Ela estava assim desde que tinham deixado o Molly Malone.

Capítulo 51

Terça à noite — Cliffs Landing

Assim que chegaram em casa e entraram na sala de estar, Maggie virou-se e encarou Sam. Ela tinha tomado uma decisão quando o viu com Coral, no Molly Malone. Observara cuidadosamente cada expressão, cada gesto, para que a dor a fizesse acordar e ver a luz. Sam nunca a olharia daquela forma.

No seu melhor dia, com a sua melhor maquiagem, com as suas melhores roupas, ela não poderia competir com uma mulher daquelas. Colocando uma ao lado da outra, nenhum homem a escolheria em detrimento de Coral, não nos Estados Unidos. Talvez só numa terra distante que ela nunca havia visto senão na televisão e na *National Geographic.*

Ficou olhando para Sam, consciente das suas diferenças, enquanto imaginava a África: elefantes, terra vermelha, cabanas por baixo de uma colina verdejante. Em algum lugar haveria uma tribo onde a beldade da aldeia se parecia com ela: lábios generosos, nariz largo, o traseiro não muito grande mas glorioso para os homens. Maggie ansiava por essa aldeia, onde ela poderia ter a oportunidade de ser o que Coral era. À medida que observava Coral e Sam, fora ficando zangada — primeiro com os Estados Unidos, depois consigo própria, depois com Sam. Ele só queria ajudar a "melhor mulher do mundo". Era tudo. Mas Maggie não aceitaria o sacrifício dele. Ela ouvira os planos que eles fizeram e não aceitaria que os Rossi fugissem por sua causa.

— Eu tomei uma decisão — disse.

Ela viu Sam e Felix franzirem o cenho, como se tivessem esquecido de que ela tinha uma mente capaz de tomar decisões.

— Que decisão? — disse Felix.

— É melhor sentarem.

Sentaram em cadeiras. Maggie permaneceu de pé.

— Eu vou partir.

Levantaram-se ambos de chofre.

— Não, não vai — disse Sam.

— Por favor, sentem-se vocês dois e me ouçam.

Eles sentaram-se, olhando-a.

— Felix, você e a Frances estão em perigo por minha causa. Eu e o meu bebê estamos em perigo por causa de vocês. Eu sei que você tem alguns direitos legais, Felix. Mas também tem o direito de permanecer vivo. O meu bebê também. Apenas a minha partida pode ajudar.

— Isso é um disparate, Maggie — disse Sam.

— Não, ouça. Eu vou telefonar para a Piermont Táxi & Limo e vou para casa, num dos seus Lincoln Town Cars. Faço as malas, vou para um hotel e, quando chegar a hora, tenho o meu bebê no Hospital do Harlem, nada mais fácil.

— Não, não vai — disse Sam.

Maggie o ignorou.

Era empolgante aquela decisão. Maggie sentiu-se infinitamente viva, sentiu que as oportunidades se abriam para ela e para seu bebê. Devia estar agradecida a Sam, e estava. Mas a ideia de sentir a falta dele não mudou sua determinação. Ela ia deixar Sam — seu único amor, que não a amara —, deixar Felix, que indiretamente era pai da criança, mas sabia que a alegria iria acompanhá-la.

Era a criança.

Maggie acariciou sua barriga alegremente, enquanto eles observavam. Era o bebê.

Ela queria rir, gritar, inclinar-se para a frente e beijar os seus rostos atordoados. Maggie fechou os olhos e sentiu o brilho dentro de si. Ele estava voltando, trazendo alegria. Todo o mundo podia celebrar e deixar de lado o sofrimento. Ele ia voltar para trazer a paz e o júbilo. Ele viria para nos salvar. Aleluia, Glória, Glória.

— E se alguém descobrir você? — perguntou Felix.

Pelo menos não tinha exigido que ficasse. Maggie fixou o olhar em Felix como filho de Deus que ele era.

— Eu vou ser apenas mais uma mãe solteira, dando à luz mais uma criança mestiça. Não entende?

Sam levantou-se, com uma expressão estranha. Ela não teve muito tempo para imaginar o que isso significava. Ele gritou:

— Você não pode ir!

A alegria de Maggie desapareceu quando se recordou da forma como ele tinha olhado para Coral, como Coral tinha passado o pé pela perna dele. Calmamente, Maggie respondeu:

— Eu sou uma mulher independente, Sam. Não pertenço a ninguém.

Nenhum deles respondeu, como se suas palavras tivessem lançado um feitiço.

Maggie virou-se para partir. Chegou às escadas do porão antes de ouvir Sam gritar:

— Maggie, eu amo você!

Ela ouviu seus passos e uma pequena discussão, depois Felix dizendo:

— Dê um tempo a ela, pelo amor de Deus.

Maggie desceu apressada, porque, por alguma razão, Sam a estava fazendo chorar. Lá embaixo, no seu quarto, enterrou a cabeça na almofada e enfiou as mãos no colchão, desejando que fosse terra barrenta como a planície de Serengeti que ela tinha visto em fotografias.

Ouviu a voz de Frances, no topo da escada, perguntando o que se passava. Maggie não tinha se preocupado em trancar a porta. Sam iria arrombá-la de novo, mas ela não queria ouvi-lo dizer novamente que a amava.

Levantou-se para ir para o jardim, e Sam estava à porta. Felix tentava puxá-lo para trás.

— Sam Duffy, de uma vez por todas, me ouça...

Foi tudo o que Felix ouviu antes de Sam atravessar o quarto e suas mãos agarrarem o rosto dela, antes de seus lábios encontrarem os dela, beijando-a como se ela tivesse ressuscitado. Na frente de Felix e Frances, Sam a beijou.

Ao sentir seus lábios, Maggie lembrou-se dos lábios de Coral e de como ele a devia ter beijado apaixonadamente. Furiosa, afastou-se.

— Não se atreva a me tocar, Sam Duffy!

As palavras dela tocaram Felix, que tinha assistido de boca aberta.

— Sam!

— Droga! Maggie, eu amo você! Eu amo você! — ele disse.

— Diga isso à sua versão feminina! — disse Maggie e recuou, desesperada para ficar longe dele ou iria enlouquecer.

— Droga, Maggie! — disse Sam.

Frances acompanhou Felix até o jardim, empurrando-o pelos ombros. Sam fechou a porta do jardim atrás deles e os cortinados, deixando-os sós.

No silêncio, Maggie conseguia ouvir suas respirações pesadas — a dele através de narinas estreitas e brancas como a areia e a dela pelas suas, largas e escuras como terra fértil.

Sam não disse nada até que ela olhou para os seus olhos, depois fixou o olhar no dela e disse:

— Maggie Clarissa Johnson, eu amo você!

Maggie desatou a chorar, desejando que fosse verdade. Ele sentou na cama com ela e deixou que ela chorasse como tinha feito durante todo o verão junto da cascata, em Eagle Rock, junto ao rio, quando os andorinhões chilreavam e a emocionavam.

— Eu amo você! — disse ele repetidas vezes, passando de uma declaração a um canto sussurrado, um voto febril. — Eu amo você, eu amo você. Maggie, querida, querida Maggie, meu amor, eu amo você.

Quando ela não aguentou mais e tremeu, soluçando, ele a tomou nos braços. Lá fora ela podia ouvir Frances e Felix discutindo. Felix perguntou:

— O que está fazendo, Sam?

— Só isto — sussurrou Sam. Ele juntou o rosto ao de Maggie e a sua barba arranhou a bochecha dela uma vez mais. Ele sussurrou suavemente seu voto de amor para o cabelo que ela julgava feio, mas ele o acariciou como o de uma criança até que as lágrimas dela finalmente pararam, depois voltou a sussurrar seus votos diante dos lábios que ela achava grossos demais, até que os selou com os dele.

Maggie amoleceu gradualmente em seu beijo interminável. Parecia fazê-la andar para trás no tempo e preencher os anos de vazio. Vislumbrava seus dias futuros, prometendo que não haveria mais solidão.

— O que está havendo? — gritou Felix, mas, para Maggie, sua voz podia ter vindo de outra galáxia. Ela estava perdida demais em Sam para se preocupar com Felix e Frances. Sam obviamente estava perdido também, com sua respiração quente no pescoço dela, suas mãos sobre ela.

Ele levantou a cabeça e Maggie viu a ternura em seu olhar, mas ele não tentou fazer amor.

— Eu espero, Maggie, leve o tempo que levar. Por favor, não vá embora.

Maggie olhou para seus ombros fortes, as velhas cicatrizes em seu pescoço, causadas por brigas, o olhar cafajeste sempre presente. Isso, mais do que qualquer outra coisa, enfeitiçava mulheres como Coral. Ele podia ter mulheres bonitas, ter empregos, ter uma vida. A única explicação para Sam estar sempre ali era ele amá-la de fato.

— Está bem, Samuel — sussurrou ela.

Ele levantou o queixo dela.

— Não vai?

Ela assentiu.

— Eu quero que se case comigo, Maggie Johnson. Entende?

Maggie riu e beijou a mão dele.

— Quer, não quer? Bem, eu aceito a sua proposta, Sam Duffy. Vamos nos casar quando o bebê chegar.

Sam sorriu. Ela deixou as mãos dele a acariciarem, porque as suas mãos eram amor e não poderiam magoar a criança. Deixou que os lábios dele tomassem controle sobre ela, deixou que o corpo de Sam se comprimisse contra o seu e a respiração dele se tornasse irregular, como se ela fosse a última mulher e ele fosse o último homem e aquele fosse o último momento na Terra. Felix gritou:

— Sam, não se atreva a perturbá-la!

Sam murmurou:

— Toque-me, Maggie.

Maggie tocou o homem que a amava, e não se preocupou que, enquanto o fazia, de alguma forma, suas calças foram ficando úmidas. Ela desejou que pudessem ficar assim para sempre. Sam olhava de cima para ela como se a adorasse. Não durou sequer dois minutos. Ela ouviu baterem na porta, depois Felix, irritado, limpou a garganta, dizendo:

— Maggie, Sam?

Maggie sentiu que ia morrer de vergonha. Ela disse:

— Só um minuto, Felix.

Saindo para o jardim e para os raios suaves de uma lua crescente, Sam anunciou como que por acaso:

— Nós estamos noivos!

Capítulo 52

Quarta-feira — Washington, D.C.

Na Câmara, enquanto o capelão fazia as orações do dia, o congressista Dunlop, de cabeça erguida, recordava o que tinha acontecido quando visitara Brown na noite anterior. Dunlop passara lá para entregar o bloco do repórter com as anotações sobre os pedaços de fio, mas

Brown já havia ouvido falar disso na televisão. Acusou Dunlop ou alguém de sua equipe da fuga de informação. Dunlop tinha que descobrir quem.

Entretanto, Brown decidira que a Subcomissão deveria atuar. No prazo de uma semana, deveria haver uma votação na Câmara. Não haveria mais discussão como acontecera com outras leis sobre clonagem. As rédeas seriam puxadas. A maioria deles estava em dívida para com o Sr. Brown, soubessem ou não. Dunlop certamente estava. Sem Brown, ele não poderia financiar sua próxima campanha. Estava na mão de Brown há tempo demais para conseguir atrair grandes doações de outras entidades.

Dunlop recordou o suntuoso pano de fundo da tribuna onde os oradores discursavam. De mármore negro, suas quatro colunas suportavam um entablamento contra as paredes de mármore branco. No centro estava pendurada a bandeira dos Estados Unidos, com listras horizontais, estrelas no topo e, em cada um dos lados, as insígnias de bronze: machados com cabos de madeira cobertos por hera. Haviam sido símbolos de autoridade cívica desde o tempo em que os cônsules romanos os usavam.

Os olhos de Dunlop viajaram por cima da bandeira. Cravadas no mármore estavam as palavras "Em Deus Nós Confiamos". Algumas vezes, Dunlop desejara confiar, mas Deus não estava ali. Brown estava. Ele insinuou claramente que poderia arruinar o casamento de Dunlop, bem como sua carreira — com fotos, sem dúvida, da sua inesperada intimidade com Coral.

Sempre presente na mente de Dunlop estava algo mais: a esposa morta do secretário de Estado. Por uma infeliz coincidência, ela pertencera ao clube de bridge da sua própria esposa. À medida que seu casamento foi se desfazendo, a mulher bebia e falava de coisas que não devia. Dunlop nunca esqueceria o dia da morte dela. Tinha chegado mais cedo à casa de Brown, ao mesmo tempo que um homem alto e vestido de preto entrava num Audi S4 e saía, seguido por um discreto utilitário azul. A polícia nunca encontrou o Audi ou o utilitário azul que as testemunhas viram na estrada quando a mulher do secretário de Estado despencou de uma encosta. Apesar de ter havido rumores em D.C., o assunto acabou morrendo, tal como Martha Mitchell morrera nos anos 1970. Ela era esposa de John Mitchell, advogado principal de Nixon, que tinha se recusado a chefiar o comitê de reeleição. Eles viviam em Watergate. Martha bebia demais, falava demais e de repente estava morta. Houvera rumores em D.C. Mas nada acontecera.

Ele examinou a galeria acima da tribuna, procurando seu filho. Lá estava ele, nos lugares reservados às famílias dos congressistas. Dunlop sentiu-se encorajado pelo fato de o rapaz ter pedido para ver esse projeto de lei assim que soube de sua existência, no café da manhã. Às vezes, Dunlop pensava que o filho o odiava. Por que tinha se interessado pela clonagem, Dunlop não sabia, mas estava contente. Pelo menos os clones, ao contrário dos óvnis, eram uma possibilidade real.

A oração acabou e o sargento-mor entrou com *A Maça*, um bastão de ébano entrelaçado com bandas de prata, um globo de prata e uma águia no topo. Colocou-a num pedestal verde, à direita do presidente da Câmara, e este pediu ordem na Câmara. Alguns minutos depois, Dunlop levantou-se e ficou diante do pódio de seu partido. Abaixo, as palavras "Em Deus Nós Confiamos". Olhou para o plenário quase vazio. Pediu consentimento por unanimidade para apresentar a proposta de lei que Brown havia atirado em suas mãos com irritação. Ia ser submetida a votação pela Subcomissão Especial de Clonagem Humana da Comissão de Ciência da Câmara, que ele presidia.

A C-SPAN gravava as sessões, o que faria com que Brown tivesse acesso pelos meios de comunicação — um passo necessário, uma vez que, como Brown antecipara, a televisão fizera uma cobertura sobre o boato da clonagem de Jesus na noite anterior. Sabendo que seu filho ouvia e que através de uma câmera o mundo estava assistindo, o congressista Dunlop convocou seu poder oratório e leu o projeto de lei com solenidade para a sala virtualmente vazia:

PROJETO DE LEI

Para proibir a clonagem humana dos falecidos.
Que seja decretado pelo Senado e pela Câmara dos Estados Unidos da América reunidos em Congresso

SEÇÃO 1. TÍTULO SUMÁRIO.
Esta Lei pode ser citada como a "Lei da proibição da clonagem de humanos falecidos".
SEÇÃO. 2. PROIBIÇÃO.
(a) Regra Geral — Ninguém deverá:
(1) Tomar parte em clonagem de seres humanos falecidos ou
(2) Ser cúmplice de tal clonagem.
SEÇÃO. 3. DEFINIÇÃO.
Para a resolução desta Lei, o termo "clonagem de humanos

falecidos" significa o uso de transferência de núcleos de células somáticas, ou quaisquer outros meios, para a criação de um novo ser humano com um genoma idêntico, ou substancialmente idêntico, ao de um indivíduo já falecido.

Dunlop desceu do pódio e deixou a lei na caixa de madeira ao lado da tribuna, preparada para esse propósito. O escrivão atribuiria um número oficial e garantiria que ficasse mencionado na Ata do Congresso, juntamente com a referência do presidente à recomendação feita pela Subcomissão por intermédio de Dunlop. Através das pessoas e organizações que Brown controlava, dívidas seriam pagas naquela votação. Uma rápida passagem pelo Senado estava igualmente assegurada. O presidente dos Estados Unidos iria sancioná-la como lei. Depois a polícia e o FBI tomariam providências para encontrar o cientista e a mãe do clone.

Agora Dunlop teria que descobrir quem tinha provocado a fuga de informação sobre o Sudário. Dada a ira de Brown na noite anterior, Dunlop sentia-se capaz não apenas de despedir, mas também de estrangular o culpado com as próprias mãos.

Acenou para seu filho Zack na galeria e dirigiu-se para o hotel onde o interrogatório do repórter, Jerome Newton, decorria ativamente. Tudo começava a fazer sentido. Newton tinha escrito uma vez um artigo sobre os cientistas do Sudário — não um, infelizmente, mas uma quantidade relativa deles. Até aquela manhã, Newton ainda não tinha cooperado, mas em breve poderia ser que isso deixasse de ter importância.

Da galeria, Zack Dunlop também acenou para seu pai e escreveu uma mensagem no iBook que tinha em seu colo, depois a traduziu para dez línguas diferentes. Começava da seguinte forma:

URGENTE!
OLIVE MARCHARÁ EM PROTESTO CONTRA O CONGRESSO ANTICRISTO DOS ESTADOS UNIDOS

Hoje, o congressista Dunlop apresentou projeto de lei para proibir a Segunda Vinda de Jesus Cristo. Todos os membros da OLIVE e simpatizantes devem reunir-se nos locais determinados, ao meio-dia, hora local. Líderes de Capítulo, por favor introduzam os seus códigos para obter o destino de cada uma das marchas.

Zack conectou-se à internet por meio de uma linha telefônica destinada à imprensa. Sorriu ao ver no contador da página da internet que ele era o visitante número 5.427.112 até a data — apenas alguns milhares de visitas do primeiro dia eram falsos. Colocou sua mensagem e depois digitalizou as muitas versões de Jesus que descreveu no site da OLIVE: não apenas o familiar Jesus de Nazaré, mas Yeshua, o Judeu, um rabi; Metteyya, o próximo Buda; o profeta muçulmano Isa ibn Miryam que o Corão chamou A Luz e Fragrância de Deus; Jesus, o guru e avatar, que aprendeu os segredos da divindade dos hindus; bem como o Jesus hindu, o deus Prajapati em pessoa.

Ele encontrara centenas de imagens: Jesus com cabelo louro e um coração de cor púrpura flamejante; Jesus com olhos persas posando artisticamente em frente a uma árvore; Jesus etíope com cabelo preto sedoso; o colorido Ojibwe, Jesus índio de Morrisseau; o Jesus surrealista de Dali numa cruz amarela; um Jesus bebê africano cravado em madeira de oliveira; um Jesus chinês com um bigode mandarim; um Jesus com um turbante num sofá; o Jesus de Caravaggio; o Jesus de Michelangelo; um negro "Jesus do povo" pintado recentemente em Nova York, Jesus como Che Guevara.

O mais antigo era do século III, um muito moreno "Jesus entronizado com os apóstolos", alguns dos quais pareciam inexplicavelmente negroides. Era o seu favorito.

O site da internet da OLIVE reconhecia qualquer Jesus em que alguém acreditasse, desde que os fizesse rezar, cantar, marchar, e causar distúrbios civis até que o Filho de Deus tivesse voltado em segurança.

Capítulo 53

Cliffs Landing

No seu primeiro momento disponível, na manhã seguinte, Felix tentou encontrar Adeline. Descobriu que a Sra. Adeline Hamilton já tinha deixado há muito tempo o Hotel Savoy no Strand, em Londres. Retrocedendo os passos, Felix soube que a senhora não estava no

Hotel Hassler Villa Medici no topo das escadas da Piazza di Spagna, em Roma, nem no Bristol, na Rua do Faubourg Saint-Honoré, em Paris. Onde estava ela? Quando Frances cancelara o cruzeiro no Mediterrâneo, Adeline também o fizera. Agora que estavam prestes a desaparecer de vista, Felix percebeu que iria perder contato com a mulher que ainda amava.

O padre Bartolo já tinha partido, Felix tinha feito com que ele viajasse no Concorde. O advogado já havia chegado e partido, deixando maços de dinheiro. Notas de mil dólares não ocupavam muito espaço. Frances levou a maior parte para comprar uma casa. Para evitar atrair as atenções, ela planejou fazer parecer que era mulher de um mafioso. Conseguiria imitar o sotaque, garantiu ela, iriam adquirir a casa e ninguém desconfiaria.

Sam tinha ido a Chelsea para alugar um utilitário. Numa loja na Avenida Amsterdam ele compraria licenças falsas, passaportes, certidões de nascimento e cartões do seguro social com os nomes que tinham escolhido: Daniel e Agnes Crawford, Chuck O'Malley, seu motorista e guarda-costas, e Hetta Price, a empregada.

Felix voltou para carregar mais alguns artigos essenciais e perguntou-se se sua relação com Adeline estaria destruída, sem chances de reconciliação.

Maggie estava em repouso absoluto em seu quarto, mas Felix conseguia ouvi-la rezar as orações da manhã. Quando foi na ponta dos pés até a porta, ouviu-a sussurrar para a criança:

— Não se apresse, doçura. Ouça a sua mamãe, ouça? Não importa o que se passa aqui fora, leve o tempo que precisar. Deixe os adultos se encarregarem de tudo por ora, está bem? Se precisar sair, eu farei com que saia. Mas, agora, limite-se a crescer. Consegue ouvir a sua mamãe, amor? Eu amo você mais do que qualquer outra pessoa, está bem, exceto o seu verdadeiro pai, portanto, me ouça e permaneça aí dentro.

Felix ficou chateado com ela.

Ele tinha pedido ao advogado para desencorajar padrastos para o clone. Era óbvio que ela havia esquecido que, caso ela se casasse, isso anularia o acordo financeiro estipulado no contrato. O que faria desencadear um processo judicial de custódia que Felix, com seus recursos, iria ganhar. O advogado avisou-o de que o tribunal de família levaria em consideração os interesses da criança, mas Felix queria dar a Maggie uma pausa antes do casamento. Ele a conhecia e confiava nela, mas num marido — e justo Sam?

Um olhar para o rosto feliz de Maggie na noite anterior e Felix soube que não seria capaz de contar. Ela ergueu a cabeça, viu Felix à porta e suspirou:

— Estou só falando com o meu bebê, está tudo bem.

— Tem certeza?

— Tenho.

Ele entrou no quarto.

— Eu preciso verificar a sua…

— Felix, estou bem! Me deixe em paz por um minuto!

Ele parou, sentindo-se ofendido, sem entender o mau humor de Maggie. Pensou que ela ainda devia estar perturbada. Ela suspirou.

— Desculpe. Eu não queria ser rude. Entre e sente-se aqui comigo por um minuto. Vamos ver o que eles dizem sobre nós agora.

Felix ligou a televisão e sentou-se ao lado de Maggie. Acariciou a barriga dela, tão grande com o bebê que parecia se oferecer para ser tocada. Ele o fazia com frequência, esquecendo-se de pedir permissão. Todos se esqueciam. Até o padre Bartolo tinha finalmente tocado a barriga saliente e falado com a criança enquanto Maggie sorria.

Calmamente, Felix perguntou:

— Não tem tido alucinações? Mais convulsões? Você me diria, Maggie, não diria?

Ela não respondeu.

— É muito importante que eu saiba. Isso poderia… Isso poderia…

— Eu disse! — disparou Maggie. — Eu não me importo com o que acontecer comigo. Tome conta do meu filho.

— Você ficaria doente, muito doente. Este é, de certa forma, o período mais perigoso. Se não me disser tudo…

Ela levantou-se, apoiando-se nos cotovelos.

— Você me disse que o bebê já estava suficientemente desenvolvido para poder sobreviver agora que eu já estou na trigésima terceira semana.

— Sim. Eu iniciei uma terapia de corticosteroide há umas semanas, para que os pulmões dele se desenvolvam mais, apenas por precaução, mas…

Ela suspirou e deitou-se de novo.

— Eu já disse, Felix. Disse naquele primeiro dia! Se alguma coisa acontecer, salve o bebê. Me abra. Logo.

Será que Maggie teria pensado que poderia não sobreviver para poder se casar com Sam?

— Mesmo que não consiga me levar para um hospital. — Continuou: — Me abra. — Olhou-o e disse tranquilamente: — Mate-me se for necessário, Felix. Salve o meu bebê. Eu não quero saber de mais nada, não quero saber!

Ele acariciou o braço dela.

— Nós temos tudo o que é necessário para fazer uma cesariana. Já disse várias vezes. Por que fala dessa maneira?

Felix baixou a cabeça para o colchão e acariciou a criança na barriga de Maggie, tentando não olhá-la mais. Ultimamente, ela falava daquela forma com frequência, longe dos ouvidos de Sam: "Me abra, mate-me, mas salve o bebê." Felix ignorava e tentava não ouvir, porque sabia que era ele o culpado.

Desde o início sabia que a pressão dela era alta demais para estar envolvida em tudo aquilo. Sempre tinha sido alta demais. Quando ela assinara os documentos, na época de sua primeira injeção, quando ele implantara o blastocisto de seus óvulos e das células do Sudário, ele conscientemente jogara com a vida dela. Apesar de a probabilidade de haver problemas de verdade parecer baixa, ele não deveria ter deixado Maggie correr nenhum risco.

Não tinha prova alguma; no entanto, sabia que a pressão de Maggie era ocasionalmente elevada e suas crises de alucinações estavam relacionadas com isso. Provavelmente ela as tinha com certa regularidade e não havia contado. A qualquer hora, a qualquer momento, havia a probabilidade de um edema, proteinúria ou oligúria revelar-se, quando suas perturbações visuais ficassem mais graves. Por que isso não tinha acontecido ainda, ele não sabia. Era um prognóstico provável e ele sempre soube do fato, embora mentisse para si próprio, para ser capaz de passar os dias com ela.

Ainda assim, parecia irreal. A vida de Felix parecia pertencer a outra pessoa — ter que fugir, Maggie noiva, com sua vida em perigo. Desde a noite anterior, quando Sam lhe falara de Brown, nada tinha parecido real. Ele teria de viver sabendo que deveria ter procurado outra pessoa em vez de brincar com a vida de Maggie. Ele teria de viver com as lembranças dela, para matá-la e salvar a criança, porque — se a situação surgisse — ele sabia que era o que faria.

Claro que não iria acontecer.

Ele a estava vigiando, fazendo os testes. Ao primeiro sinal de perigo, ele faria a profilaxia da crise usando sulfato de magnésio, depois faria uma cesariana quando ela estivesse estável. O parto era a cura para a eclampsia. Levaria meia hora. Ela ficaria bem.

Felix fechou os olhos e ouviu a batida do coração do bebê, ouviu-o mover-se nos fluidos que o corpo de Maggie tinham gerado. Seria a criança que ele esperava? A probabilidade não era muito grande. Naqueles longos meses, Felix tinha encarado essa realidade. Embora sempre soubesse que, havendo alguma pequena esperança, ele não só abriria Maggie para retirar a criança como iria para a cadeia, abriria mão de seu dinheiro, sacrificaria sua reputação e daria a vida por aquela criança que poderia ser Jesus. Nada mais lhe interessava. Nada no mundo.

Não levantou os olhos quando uma notícia de última hora foi anunciada. Tinha ouvido, mas não queria saber do que se tratava. Queria ficar perto de Maggie, perto da criança. Queria refletir sobre o monstro que tinha se tornado: um Moisés que mataria seu cordeiro para libertar seu povo.

— Felix, Felix, olhe! — disse Maggie.

Ela pegou o controle remoto e aumentou o volume. A CNN tinha uma cobertura ao vivo de uma manifestação na Capitol Hill, em D.C. Policiais a cavalo, barreiras de cimento e separadores de corda recebiam os milhares de pessoas que, segundo as estimativas, estavam ali. E mais ainda chegavam constantemente.

Felix olhou para a televisão.

A imagem mudou para Paris, onde as pessoas tinham se agrupado na Place de la Concorde, outrora Place de la Guillotine, carregando símbolos de uma cabeça de bebê cortada, com uma auréola.

— Oh, que terrível! — Maggie chorou e abraçou sua barriga.

Num punhal sangrento estavam as palavras "*Etats Unis*".

— *Etats Unis?* — perguntou ela.

— Estados Unidos. O congresso apresentou uma lei penalizando a clonagem dos mortos. A OLIVE está protestando.

A imagem mudou para uma briga às portas de uma igreja em Berlim. O motivo da luta ninguém sabia ao certo.

— Será possível? — Felix pegou o controle e mudou para outro canal. — Estão lançando gás lacrimogêneo num grupo da OLIVE na Indonésia.

— Não vai durar muito. Quando o meu bebê nascer... — Maggie disse.

A CNN entrou ao vivo com a notícia de que o Vaticano tinha uma mensagem para o mundo.

Felix sentou-se no sofá florido. Fazia semanas que os evangelistas da televisão andavam martelando a respeito do clone, nos sermões de domingos, com suas Bíblias. Muitos ameaçavam com o fogo do Inferno e a maldição aos que se atrevessem a acreditar. Um afirmava que o clone tinha lhe falado num sonho, aconselhando os fiéis a redobrarem suas ofertas porque o Dia do Juízo Final estava próximo.

Enquanto a câmera percorria as multidões na Praça de São Pedro, em

Roma, Felix deixou a imagem transportá-lo para o passado. Aos dezessete anos, havia ficado sozinho ali, de madrugada, com as estátuas de santos olhando para baixo das majestosas colunas de Bernini. Ele tinha se juntado aos fiéis que seguiam para o topo da "nova" basílica, com apenas seiscentos anos, erguida no lugar onde Constantino tinha construído a primeira. O apóstolo São Pedro estava enterrado ali. Seu túmulo encontrava-se embaixo da capela, que estava por baixo do altar sobre o qual se erguiam os pilares de Bernini, onde assentava a cúpula de Michelangelo. No Evangelho segundo São Mateus, Jesus disse: "Tu és Pedro e sobre esta pedra irei construir a minha igreja." Numa escavação feita debaixo do altar, em 1939, foram encontradas ossadas muito antigas que provavelmente seriam dele. Na basílica, Felix caíra de joelhos diante do túmulo de São Pedro, com seu coração aberto a Cristo por meio de Seu apóstolo.

Ele se lembrava de como rezara a Pedro, um pobre pescador, que na sua morte estava rodeado das riquezas a que renunciara. Sobre seu túmulo, havia um trono dourado, uma cobertura barroca de bronze, cálices com joias incrustadas em cima de um altar de mármore. Mesmo com dezessete anos, Felix havia reparado.

Agora observava enquanto o vento soprava no estandarte vermelho e branco do papa, que pendia da galeria central da Catedral de São Pedro. Dali, o papa falaria ao mundo, que esperava sua opinião a respeito do clone. Felix imaginou o que Pedro, o pescador, pensaria dos seus sucessores, os papas: os devotos, os sanguinários. Ainda hoje, o papa mantinha três títulos: bispo de Roma, diretor do Colégio de Bispos, e monarca da Cidade do Vaticano, o menor Estado do mundo, exceto em influência.

O papa apareceu na varanda, com o solidéu na cabeça. Só agora Felix notou que o solidéu dos padres católicos e a *yarmulke* dos judeus era indistinguível — uma lembrança visível de que os judeus haviam fundado a cristandade.

— Irmãos e irmãs — disse a voz traduzida. — Vocês vieram ouvir uma mensagem da Madre Igreja sobre os rumores de um clone. Sobre esta questão, o nosso Salvador, Jesus Cristo, já havia falado no Evangelho segundo São Mateus, Capítulo 24: "*E Jesus respondendo-lhes disse: Tomem cautela para que nenhum homem os seduza. Pois muitos virão em meu nome dizendo: Eu sou Cristo. E eles irão seduzir muita gente.*"

Maggie levantou-se na cama.

— Por que ele disse aquilo? — Ela gritou: — Ele nem sequer nos conhece.

— Ele não pode nos conhecer — disse Felix. — Ia ser como se nos apoiasse.

Mas, se estivesse lá na praça, Felix teria gritado "Não!" ao sucessor de Pedro, que estava simplesmente citando a Bíblia na qual todos os cristãos acreditavam. A voz do Santo Papa era firme mas carinhosa. Lembrava a voz de seu pai. Felix podia ver a imagem do seu pai, ouvi-lo falar no mesmo tom firme e carinhoso. O papa continuou:

— "*E muitos falsos profetas se levantarão e irão seduzir muitos. Então se vierem dizer-vos: Aqui está o Cristo, ou ali está Ele, não acrediteis.*"

Num passado longínquo, Felix ouvira o seu pai dizer:

— Ouça, Felix. Ouça com atenção.

O papa estendeu os braços como que para abraçar a multidão ali reunida.

— "*Pois hão de surgir falsos Cristos e falsos profetas, que farão grandes milagres e prodígios, a ponto de desencaminhar, se possível, até os eleitos.*"

Felix estava se vendo com nove anos enquanto sua mente passava a fita de memórias esquecidas. Ele viu as mãos de seu pai e ouviu suas palavras tristes:

— Repita o que eu digo, Felix, porque você não é um judeu. Diga: "Eu não sou judeu."

— "*Olhai que eu vos predisse*" — continuava o papa, apesar de Felix já não ver a Praça de São Pedro.

Ele apenas via um menino com um *yarmulke* correndo, chorando, pelo Central Park, enquanto um grupo de meninos o perseguia, gritando: "Judeu, judeu, mostre os seus chifres!" Durante toda a sua vida, aquela imagem estivera em sua memória, mas ele nunca vira o rosto do menino.

— "*Se vos disserem, portanto: Ele está no deserto, não saiais; ei-lo no interior da casa, não acrediteis.*"

— Vire-se, garotinho. Mostre-me quem você é — Felix sussurrou.

— "*Pois assim como o relâmpago vem do Oriente...*"

O rapaz virou-se.

— "*E brilha até o Ocidente...*"

Como num filme, numa cena antiga, o rapaz sorriu.

— "*Assim será a vinda do Filho do Homem.*"

— Felix, por que ele está dizendo isso? — Maggie protestou.

Felix estava olhando para seu próprio rosto com nove anos de idade. A mãe dele tinha lhe contado uma história secreta chamada *haggadah* sobre como os judeus tinham escapado do Faraó. Ela lhe deu uma boina e disse-lhe para não usar em público, mas no Central Park ele orgulhosamente a mostrou e partilhou a história com um amigo, que disse aos outros que Felix era judeu. Eles o perseguiram. Quando o pai descobriu, fez uma coisa terrível. Levou Felix até a casa do outro menino para persuadir a família de que Felix não era judeu.

— "*Logo após a aflição daqueles dias, o Sol obscurecer-se-á, a Lua não dará a sua luz...*"

Felix tinha sido humilhado, tinha ficado envergonhado. Ele tinha implorado ao pai para não visitar mais a casa de seus amigos. Quando suas súplicas foram ignoradas, Felix correra para a rua.

— "*As estrelas cairão do céu e as forças dos céus serão abaladas...*"

Ele nunca chegou a ver o carro que o atropelara e arrastara seu corpo pela rua. Até agora a única coisa de que Felix se lembrava era da ambulância, do hospital e do rosto que anos depois Felix viu no Sudário de Turim. Ele se lembrou de ter estado com Jesus. Desde então, Felix queria estar novamente com ele.

— "*Aparecerá, então, no céu o sinal do Filho do Homem: ...mas quanto ao dia e à hora, ninguém o sabe, nem os anjos do céu, nem o Filho; só o Pai.*"

Felix aproximou-se de Maggie e abraçou-a, partilhando a desilusão dela e a das pessoas na Praça de São Pedro, como se a esperança tivesse sido proibida no mundo inteiro. Felix acalmou-a, sentou na cama ao lado dela e segurou-lhe a mão enquanto o papa, que devia ter sentido a sua tristeza, concluía:

— Irmãos e irmãs, o Sudário de Turim pertence a uma Igreja que o manteve cuidadosamente sob vigia. Os guardiães podem confirmar que não houve nenhum roubo do Sudário. Ele permanece intacto.

Maggie baixou a cabeça. Na praça, podia-se ouvir as pessoas suspirarem.

— No entanto — o papa continuou —, se houver uma mulher que acredite estar grávida do Filho do Homem, eu lhe direi...

Maggie ergueu os olhos.

— A Santa Mãe também era uma mulher mortal. Ela carregou a sua criança em dor, tal como acontecerá com você. Eu ofereço esta oração a você e a todas as mães em todo o mundo. — O papa persignou-se e começou: — *Ave-maria, cheia de graça, o Senhor é convosco...*

Capítulo 54

Aeroporto Charles de Gaulle

Quando o papa completou sua mensagem, o padre Bartolo estava sozinho na sala de espera do Concorde, os outros passageiros haviam partido e seu voo de conexão fora esquecido enquanto olhava para a televisão. Ele disse "Amém" no fim da Ave-Maria, com seu coração em profundo desespero. O Pastor dos católicos fez o que achava estar certo: afastar o rebanho de fiéis das falsas crenças. Do ponto de vista da Igreja, o discurso do papa foi necessário, porque o papa não sabia o que Bartolo sabia: algo fora roubado do Sudário.

Ele pegou a mala e retirou um envelope marrom ainda fechado, que tinha intuito de servir como meio de persuasão caso Felix tivesse colocado obstáculos. A confissão de Sam Duffy tinha interferido, impedindo Bartolo de levar adiante seu plano. Em todo caso, depois de conhecer Maggie Johnson, Bartolo não seria capaz de realizá-lo. Ela era apenas uma simples empregada. Não pertencia à verdadeira Igreja, mas Maggie acreditava carregar Cristo no ventre. Ele achou que a moça morreria de boa vontade para salvar a criança cujos genes, Bartolo sabia, tinham vindo do Sudário de Turim.

O que surpreendera Bartolo acerca de Maggie era sua aflição. Ela tinha convulsões, também conhecidas como epilepsia, a doença sagrada, embora alguns ao longo da História não a tivessem chamado assim. Na Cabala judaica, dois dos quatro anjos da prostituição — Lilith e especialmente Naamah, a mãe dos demônios e do Diabo — eram conhecidos por infligir epilepsia. Cristãos medievais, pensando que a epilepsia era um sinal de bruxaria ou de demônios lutando pelo controle, internavam os epiléticos, esterilizavam-nos, matavam-nos. Os jesuítas proibiram sua ordenação. Alguns diziam que as crises epiléticas eram uma forma de manifestação divina, apareciam na Bíblia e no Corão, como a visão de Paulo de Jesus na estrada de Damasco, ou quando o profeta Maomé, em transe, recebera a visita do Arcanjo Gabriel. Os gregos e os romanos pensavam que os epiléticos tinham o dom da profecia através de um deus que entrava em seus corpos.

Considerando tudo isso, Bartolo achava impressionante Maggie Johnson ser epilética. Também achou curioso que ela fosse negra, já que, antes da Renascença, a maioria das imagens da Madona era representada com a pele escura. Centenas de Madonas Negras ainda existiam por todo o mundo, especialmente na Europa. Ele apreciava particularmente a de Notre Dame de Rocamadour do século XII, e tinha uma cópia em cima da lareira, em Turim.

Quando se sentou na sala de espera da Air France, olhando para o televisor onde o papa acenava, sentiu a tristeza das pessoas na praça e lembrou-se do que Maggie dissera naquela manhã, quando se despedira dele. Bartolo tinha colocado a mão na barriga dela e imediatamente sentiu uma paz como nunca sentira. Segundos depois, percebera que Maggie entrara em transe. Quando não conseguira despertá-la, começara a pedir ajuda, mas, em seu transe, ela disse:

— Padre Bartolo, ajude-os a acreditar. — Depois ela acordara, dizendo que estava bem.

Na sala de espera, Bartolo retirou o conteúdo do envelope marrom: uma foto de um cientista levantando o microscópio do Sudário. Quando os rumores de um clone de Cristo apareceram pela primeira vez no *The Times* de Londres, Bartolo iniciou uma busca sistemática. Tinha examinado minuciosamente as centenas de fotos tiradas no Palácio dos Duques de Savoia quando o Sudário fora retirado do cofre. Aquela fotografia era um grande plano tirado com uma lente panorâmica; o rosto do cientista se encontrava coberto por seu microscópio. O grande plano apenas precisava ser ligeiramente aumentado para ver, claramente, que pendiam debaixo do microscópio dois pedaços ensanguentados de fio do Sudário. Uma segunda foto tirada ao mesmo tempo — e agora bem escondida em Turim — revelava que Felix Rossi era quem tinha concretizado o roubo.

Aquelas fotos provavam que o papa estava errado. O DNA do qual um cientista dotado podia produzir um clone tinha, efetivamente, sido roubado do Sudário.

Olhou para o balcão, momentaneamente deixado vago pelo funcionário para dar assistência a outro passageiro. Para Bartolo, aquele era o momento crucial de seu sacerdócio. Já tinha aquela foto quando Sam Duffy se confessou, portanto não estaria quebrando o segredo da confissão. Não estaria cometendo o pecado da desobediência, uma vez que não tinha pedido a permissão nem obtido uma resposta negativa. Não estaria expondo Maggie, porque no grande plano não se conseguia ver o rosto de Felix.

Em vez disso, Bartolo tinha a oportunidade de cumprir o pedido de Maggie, que era, por milagre, o maior desejo de sacerdócio da sua vida: dar um sinal claro e convicto da existência de Deus. Pelos Seus pés caminhamos. Nos Seus braços caímos. Dele era a asa na qual Jesus Cristo se ergueria.

Bartolo retirou seu paramento de sacerdote e beijou a cruz na parte de trás. Não sabia se aquela seria a Segunda Vinda anunciada, mas sentiu que tinha tocado a grávida, mãe de Deus. Deveria dar aquelas fotos ao papa, mas como a burocracia da Igreja reagiria a um potencial Jesus de carne e osso? Bartolo preferiu não especular sobre esse assunto. Desapertou o paramento de sacerdote junto ao seu pescoço e foi para o balcão vazio, onde pegou o telefone e — uma vez que estava na França — pediu à operadora que o pusesse em contato com a Agence France-Presse, a agência de notícias líder na França e uma das três maiores de todo o mundo.

Capítulo 55

Cliffs Landing

Maggie ouviu Sam chegar, antes de vê-lo. O que mais, senão um utilitário, poderia rosnar como um dinossauro enquanto se deslocava pela Lawford Lane? Quando se cansava de seu quarto e da televisão, ia para a biblioteca, punha as pernas para o alto e lia uma revista. Felix não permitiu que ela ajudasse a fazer as malas.

Desceu os degraus da biblioteca, passou pela sala envidraçada, subiu os dois degraus do hall e abriu as duas folhas da porta da frente, segurando-as. Sam desceu do lugar do motorista, aproximou-se dela e abraçou-a. Tirou um passaporte do bolso e mostrou-lhe, dizendo:

— Aqui está, Hetta Price.

Maggie olhou para si mesma e riu.

— Deixe-me ver o seu.

Ele mostrou o passaporte de Chuck O'Malley, que era tal e qual o seu Sam. Por toda a manhã, Maggie praticara o exercício de pensar nele como "*o seu Sam*".

Como se tivesse lido seus pensamentos, Sam beijou-a novamente. Ela o empurrou.

— Agora já chega. Nós podemos esperar.

Ele sorriu e esfregou a mão no ombro dela, depois ouviram um carro. O Jaguar de Frances apareceu; Cal vinha ao seu lado. Sam o deixara na igreja, mas pelo visto Frances fora buscá-lo logo em seguida.

Frances baixou o vidro da janela e, assim que o Jaguar parou, Felix apareceu com George, o caseiro, que viera ajudar a carregar as malas.

— Frances, graças a Deus. Diga que arranjou uma casa — disse Sam.

— Eu arranjei, mas, cavalheiros, Maggie, sabiam que estamos no rádio?

Enquanto ouviam ainda outra história de última hora sobre o clone, Sam decidiu que na próxima vida não só não seria um humano do sexo masculino — um macaco talvez, já que pareciam ser tão divertidos — como escolheria um mundo que não tivesse rádio ou televisão.

— Deverá esta foto se chamar "O roubo de Jesus"? — perguntou uma voz. Ele descreveu um cientista em seu jaleco de laboratório debruçado sobre o Sudário de Turim, com seu rosto coberto pelo microscópio e dois pedaços de fio pendurados a ele. A foto tinha acabado de ser publicada pela Agence France-Presse, que garantiu a credibilidade de sua fonte anônima.

Felix ficou pálido.

— Como conseguiram isso?

— Pelo menos dizem que não é possível ver o seu rosto — disse Frances.

Felix entrou no Jaguar e desligou a ignição.

— Brown já pode estar calculando que seja eu.

— O Sr. Brown? O Sr. Brown, do nosso edifício? — disse Frances, com a voz subindo de tom. — É ele a terrível ameaça?

Sam aquiesceu.

— Não é maravilhoso? Agora vamos todos ser mortos, Sam? Esqueça. Deixe a morte me surpreender. Será que ele deu essa foto à imprensa?

— Só pode ter sido o Bartolo ou outra pessoa em Turim. Foi Bartolo, eu aposto. O voo dele fazia escala em Paris — disse Felix.

— Não pode ser — disse Sam. — Lembra-se da minha confissão?

Frances saiu do Jaguar.

— Não importa quem foi. Está feito. O que vamos fazer?

— Será que os outros cientistas saberão que é uma foto sua? — perguntou Sam.

— Provavelmente.

— Então Brown vai saber. Estamos ficando sem tempo. Temos que sair daqui.

— Eu concordo. Vou buscar algumas coisas — disse Frances, dirigindo-se para a casa.

— Não! — disse Sam. — Agora! Eu já vi Brown trabalhando. Felix, pegue a sua mala de médico. Não temos tempo para mais nada.

Maggie ficou atordoada.

Ouviu Sam dizer a Frances para deixar o seu Jaguar. Ela o viu atirar a George as chaves do utilitário Mendon branco, que, numa situação de aperto, não seria suficientemente rápido para fugirem. Felix disse a George para estacioná-lo e fechar a casa até que tivesse novas ordens. Entraram no Range Rover com Felix no volante, Sam ao seu lado, Frances atrás com Maggie. Eles seguiram pela Lawford Lane, com um bando de andorinhões da margem do rio rodopiando de modo desordenado à sua volta. Enquanto aceleravam, passando pela igreja presbiteriana, e saíam de Cliffs Landing, Sam olhava para a estrada freneticamente.

Maggie se perguntava se a casa que Frances tinha comprado era daquele lado do rio. Dado o que tinha acontecido da primeira vez, ela não queria atravessar o *Shatemuc* agora.

Sam disse que a única coisa que importava era se afastarem o máximo possível antes que os homens de Brown chegassem a Landing, vissem que eles tinham partido e depois soubessem que a criada de Rossi era dona da casa, dona de um Range Rover Niagara e tinha cinquenta mil dólares no banco.

Capítulo 56

Washington, D.C.

Zack deixou seu quarto e ouviu da porta do escritório enquanto seu pai, o congressista Dunlop, e dois convidados, os congressistas James e Evermeyer, viam na televisão uma entrevista de um jovem que uma vez tinha feito entregas da Fabulous Food. Ele descobriu a porta do jardim de uma mulher grávida que nunca o tinha deixado vê-la. As refeições eram debitadas na conta da família Rossi.

— Bem, o gato saiu do saco agora, isso é certo — disse Evermeyer. — O que vai fazer o nosso homem?

Ele ouviu o pai limpar a garganta e, soando um pouco assustado, dizer:

— Como se eu soubesse. Eu só espero que ele saiba que não tivemos nada a ver com isso. Mas agora só pode ser mais fácil.

— Como pode ser mais fácil? — disse James.

— Se a mãe tiver um acidente, pode ter sido qualquer pessoa a causá-lo: o fanático preso no parque durante a vigília da OLIVE, qualquer um.

— E o repórter?

— Jerome Newton vai ser solto. O que ele poderia dizer? — perguntou Dunlop. — Eles agora estão atrás desse Felix Rossi e da mãe. Ele deve ter clonado o DNA do Sudário. Consegue ganhar disso?

— Mas suponha que...

— Suponha o quê? James, você nunca teve colhões. Não há nada que o nosso homem não possa resolver.

Do lado de fora, Zack fez algo que nunca tinha feito. Agarrou a maçaneta da porta e girou. Abriu a porta do escritório do pai enquanto uma reunião estava em andamento.

Dunlop olhou para o filho, confuso. Por que ele estava parado à porta daquela maneira? Por que parecia triunfante?

— O que há, filho? Ainda estou em reunião.

James e Evermeyer cumprimentaram o rapaz, mas ele não respondeu. Apenas olhava para o pai, satisfeito com a sua surpresa.

— A sua reunião acabou — disse o rapaz.

O pai corou e depois se pôs de pé, com o intuito de exercer sua autoridade paterna e não ficar envergonhado na frente de Evermeyer e James. Ordenou:

— Vá para o seu quarto!

Zack não se mexeu. Em vez disso, ergueu a mão acima da cabeça. Na mão tinha um pequeno gravador. Apertou o botão. A fita começou a passar:

"Agora está soando como o desnorteado do meu filho. Ele acreditaria na Segunda Vinda como já acredita em óvnis."

Zack parou o gravador e divertiu-se vendo o medo substituir gradualmente a fúria do pai ao perceber que tinha acabado de ouvir a própria voz.

— Se tem escutado e gravado...

Mais uma vez ele ligou o gravador:

— *Acha que temos os votos?* — soou a voz de Evermeyer.

— *Eu sei que temos* — respondeu a voz de Dunlop. — *É o bebê do nosso homem, afinal de contas.*

Zack desligou o gravador, vendo os rostos de James e Evermeyer empalidecerem.

— O que você pretende? — perguntou Evermeyer.

— Todas as conversas havidas neste escritório sobre o clone estão gravadas — Zack disse. — Tenho cópias das gravações em um armário de uma estação de trem. Não em D.C., em outro lugar. Enviei a chave e a localização do cofre para mim mesmo em um endereço local. Se eu não estiver lá amanhã quando o correio for entregue, alguém nesse endereço vai receber as instruções e a chave.

Dunlop sentiu como se estivesse acordando de um sonho para um pesadelo na vida real. Todas as informações haviam vazado por meio do seu próprio filho. Ele saiu de trás da escrivaninha.

— Filho, por que você fez isso?

Zack recuou e apertou mais uma vez o gravador. Dunlop ouviu a sua voz:

"Se essa merda for real, alguém pode estar grávida de sete meses com a maldita coisa. O nosso homem tem que encontrar esse cientista."

Zack desligou o gravador e perguntou:

— O que o Sr. Brown vai fazer quando descobrir a mãe do clone? Esse é o seu homem, a propósito — disse ele para Evermeyer e James. — Um Sr. Brown, na Quinta Avenida, em Nova York.

Ele viu James e Evermeyer trocarem um olhar que dizia "estamos com problemas". Viu seu pai fechar os olhos e rosnar.

— O que ele vai fazer? — perguntou Zack. — Diga e eu prometo que nunca ninguém vai saber onde obtive a minha informação.

Dunlop olhou para um estranho a que tinha chamado filho.

— Brown é um homem perigoso.

— Diga — disse Zack, e ouviu o pai descrever um Audi S4 preparado e um discreto utilitário azul, ambos presentes quando a mulher do secretário de Estado despencou de uma encosta.

Capítulo 57

Palisades Parkway

— A primeira coisa a fazer é nos desfazermos deste carro — disse Sam quando chegaram a Palisades. — Está no nome da Maggie.

— Como vamos fazer isso? — perguntou Felix.

— Fácil! O aeroporto. Vamos alugar em um dos nossos novos nomes e depois deixamos este num estacionamento de longa permanência. Brown vai encontrá-lo e pensar que deixamos a cidade. O aeroporto de Teterboro fica a caminho. Fazemos isso lá.

Felix dirigiu pela Palisades em direção à I-95, preparando sua mente para uma viagem de duas horas. Seguir a Avenida Garden State até o pedágio de Nova Jersey, parar em Teterboro e depois seguir para a sua nova casa, uma construção isolada em Barnegat Beach Island, em Bay Head. Estava ansioso por poder efetuar passeios sossegados pelos gramados junto às praias e ter tempo para planejar as vidas de Daniel e Agnes Crawford e Hetta Price. Chuck O'Malley, a nova versão de Sam, iria seguir com sua vida quando visse que não tinha futuro junto deles. Pelo retrovisor, via Frances no banco de trás, parecendo resignada por ter perdido a identidade. Ela não podia nunca mais voltar a ser Frances Rossi. Ele não podia ser Felix. As vidas que tinham vivido haviam terminado. Ele só desejava que Adeline pudesse saber ou que estivesse ali.

Maggie tombava para os lados. Ele reparou que ela tombava para o lado da porta, depois para o encosto e depois para Frances. Pediu a Frances que lhe esfregasse as costas. Depois Felix a ouviu gemer. Foi um gemido baixo, mas ele ouviu.

— O que foi, Maggie?

— Nada, estou bem.

Ela voltou a gemer.

As avenidas das Palisades não tinham acostamentos propriamente ditos. Felix reduziu e encostou nos grandes gramados que ficavam ao redor. Estavam a cinco quilômetros da I-95.

Pegou a mala de médico, abriu a porta de Maggie e entrou, lançando um olhar ameaçador a Sam e dizendo-lhe para se manter a distância.

Sam obedeceu, observando Maggie. De olhos fechados, ela parecia concentrada em sua própria respiração.

— O que foi? — perguntou Felix, pegando o seu estetoscópio fetal. Enfiou-o por baixo da longa camisola e ouviu um forte batimento cardíaco fetal. Depois sentiu a barriga de Maggie endurecer por baixo da sua mão.

Sem uma palavra, seus olhares se cruzaram, Maggie com a respiração tão curta e ofegante que Felix não teria notado se não estivesse tão próximo.

— Há quanto tempo isso está acontecendo?

— O quê? — disse ela.

— Você está tendo contrações.

— Não posso estar. Ainda é muito cedo. Eu só tenho uma dor nas costas.

— Você está bem, Maggie? — perguntou Sam.

— Ela está tendo uma contração — repetiu Felix.

— Não, eu...

Os olhos de Maggie se abriram muito e Felix viu neles algo que nunca nenhum homem iria sentir. Aproximou-se, mas ela empurrou as mãos dele e saiu do carro, sua boca se abrindo. Felix a seguiu. Sam e Frances vieram rapidamente. Maggie colocou as mãos contra o Range Rover e dobrou-se, tremendo. Foi quando Felix viu um jorro de água na grama.

Felix sentiu-se como um sagrado pai pela primeira vez, não como seu médico, olhando fixamente para o fluido até que percebeu seu significado.

— A bolsa estourou!

Maggie inclinou-se sobre Frances e gemeu de uma forma que só as mulheres em trabalho de parto fazem.

— Aguente — disse Felix, e agarrou o braço de Sam, afastando-o do local precipitadamente. — Fez sexo com a Maggie na noite passada?

Sam ficou pálido.

— Não! Bem, não ela. Eu. Eu juro. Eu apenas... — ele bateu no peito — acariciei-lhe esta área aqui em cima e beijei-a, Felix. Juro.

— Idiota! Estimulação dos mamilos libera ocitocina, o que pode levar o útero a se contrair.

— Bobagem! — disse Sam passando por ele. — Por que nem todas as mulheres grávidas...

— Nem todas, Sam, apenas algumas. Como a Maggie, por exemplo, que está em risco de parto prematuro.

— Felix, você está me falando um monte de merda. — Sam voltou para perto de Maggie.

— Sam, o bebê vai nascer.

Felix, parecendo o criminoso que achava ser, viu Sam segurar Maggie e colocá-la na parte de trás.

— Entre e tome conta dela! — disse ele para Felix. — Eu dirijo. Temos que chegar até a casa.

— Casa? — As portas fecharam quando todos entraram de volta. — Nós não vamos para nenhuma casa, vamos para um hospital!

— Não, não vamos! — disse Sam.

— Eu tenho que parar as contrações dela, pelo amor de Deus! Ela só está grávida de 33 semanas! Eu não posso arriscar tratá-la numa casa vazia!

O queixo de Sam tremeu, mas ligou a ignição e voltou para a estrada.

— Você está me ignorando? Eu sou o médico dela!

— Sim, mas eu sou responsável pela segurança dela — disse Sam. — Eu já pensei em tudo. Na cobertura de Brown existe um computador especial. Ele pode fazer o download de todas as forças do Pentágono, quanto mais encontrar mulheres grávidas admitidas nos hospitais da área de Nova York. Não, ele não vai saber que Hetta Price é Maggie Johnson, a empregada dos Rossi. Ele vai apenas presumir que Maggie Johnson desapareceu sete meses atrás. E vai saber antes que o dia chegue ao fim. Ele vai verificar a admissão de todas as mulheres grávidas em hospitais de Nova York, de agora em diante. Entende? Se ela entrar em um, há um risco de cem por cento de Brown suspeitar, por causa da coincidência. Ele vai localizar a fotografia de Maggie Johnson e conferir. Levá-la para um hospital é entregá-la nas mãos do Brown. A única hipótese de Maggie é desaparecer como tínhamos planejado. Nada de hospitais, Felix. Limite-se a controlá-la!

Felix estava tão chocado que fez o que lhe tinha sido dito. Para Maggie, passar do nada à ruptura das membranas, depois imediatamente para contrações, era preocupante. Sam devia tê-la traumatizado enquanto fazia sexo. A outra hipótese era a de Maggie já estar em trabalho de parto prematuro e ter se mantido em silêncio. Limitado por toda a agitação e pelos protestos de Maggie, Felix não tinha feito os exames da manhã. Ela podia estar em trabalho de parto há quase dezoito horas. E agora Sam dizia que não podia levá-la para um hospital.

— Idiotas! — Felix sussurrou, expressando sua fúria contra Sam e contra si mesmo.

Deitou Maggie no banco de trás, com os joelhos dobrados. Ajoelhado no chão, colocou o estetoscópio fetal na barriga dela. A pele dela tinha estado sem nenhuma mancha nos outros dias, agora estrias marrom-claras podiam ser vistas por todo lado. Felix sentiu o batimento cardíaco do bebê — ainda forte, ligeiramente mais rápido.

— Você tem que manter o carro estável por um minuto — disse ele.

— Vou fazer o possível — disse Sam, e parou de mudar de faixas.

Felix colocou as luvas esterilizadas. Um exame manual pós-ruptura arriscava uma infecção, mas ele não tinha alternativa. Tinha que saber.

— Como está se sentindo, Maggie?

— Estou bem — resmungou entre dentes, parecendo não estar nada bem.

Com uma mão na barriga dela, Felix inseriu seus dedos entre as pernas, penetrando-a até a cérvix. Se não tivesse se alterado, ele tinha uma oportunidade de parar ou desacelerar as contrações. Não podia deixar Maggie entrar em trabalho de parto sem fazer a profilaxia para as convulsões. O perigo para ela e para o bebê era muito grande. Isso passava pela aplicação de uma gota de sulfato de magnésio. Ele tinha que atrasar o parto, mas tudo o que tinha era uma dose de terbutalina na mala.

Maggie gritou antes de os seus dedos atingirem a cérvix.

— Que droga está fazendo? — perguntou Sam.

— De uma vez por todas, quer calar a boca? Estou fazendo o meu melhor para não machucá-la.

Maggie respirou fundo várias vezes.

— Eu estou bem, Sam.

Subitamente, Felix sentiu o estômago dela endurecer por debaixo da sua mão. Ela gemeu profundamente e pareceu aterrorizada.

— Felix, Felix! Oh, não! Eu acho que preciso ir ao banheiro! Urgentemente!

Felix observou o rosto dela.

— O quê? Não! Não é isso. O seu corpo quer empurrar. Não faça isso! É cedo demais. Não faça força! Respire fundo, Maggie. Respire fundo!

Frances virou-se para trás e pegou a mão dela. Ela e Sam ecoaram vozes ansiosas:

— Respire, Maggie!

As contrações de Maggie se tornaram muito próximas umas das outras. Estaria ela com contrações rápidas demais para o bebê aguentar? Felix esperou e tentou novamente, desta vez empurrando em direção a cérvix até que a atingiu, mas não acreditou no que sentiu. Ela estava totalmente retraída. Em pouco tempo estaria completamente dilatada.

— Maggie, você está no segundo estágio do trabalho de parto — disse com voz trêmula, enquanto se apressava e preparava para lhe administrar terbutalina por via subcutânea. Era um medicamento potencialmente perigoso para uma mulher com pré-eclampsia, mas os riscos de não conter o parto eram tão grandes quanto. — Podemos não ter tempo de chegar a Bay Head. Se não podemos ir para um hospital e não podemos voltar a Cliffs Landing, onde está o meu equipamento? O que vamos fazer, Sam?

— Não sei! — gritou Sam. Pela primeira vez, ele parecia assustado.

— Oh, é melhor pensar, não é? — disse Frances. — Vamos para o hotel mais próximo, Felix. Telefone ao George e diga para ele trazer tudo de que você precisa.

Quando Felix encontrou um medidor de pressão e o colocou no pulso de Maggie, ele lembrou-se do University Club, na Quinta Avenida com a Rua 54, um palácio italiano renascentista decorado com painéis de madeira com mármore e detalhes dourados, tão restrito que expulsaria a mulher do presidente pela menor infração. Paletó e gravata eram obrigatórios, mas não se o hóspede estivesse fazendo *check-in* em um dos quartos de convidados. Ele poderia passar com Maggie por uma entrada privativa. George podia enviar alguns objetos.

— Eles não dão informações quando um membro está ou não lá. Não valeria a pena tentar, Sam?

— Não sei. Metade dos associados pode estar no bolso de Brown.

— Eu já posso imaginar os gritos de Maggie ecoando pelas salas em mármore — Frances acrescentou. — Está louco, Felix?

— Algo mais está errado, não está? — disse Maggie, olhando para Felix.

— Não — mentiu Felix. — Você está em trabalho de parto. E é um pouco cedo.

Felix estava na verdade vendo a pressão dela, apavorado. Estava quinze por nove. Se subisse, ela teria um ataque e convulsões. Ela e o bebê poderiam morrer. Como iria tratar simultaneamente uma paciente com eclampsia, cujo parto devia ser feito de imediato, e um paciente com hipertonia, cujo nascimento devia retardar?

— Está sendo rápido demais, não está? — disse Maggie. — Diga a verdade.

— Está? — perguntou Sam.

Felix limpou a garganta.

— Sim, está.

Sam dirigia acima da velocidade-limite, havia trânsito por todo lado, mas o carro se mantinha estável, como se o mundo tivesse se esvaziado de todos, menos deles.

— Não pode fazer nada? — perguntou Sam.

Felix pegou a mala, esperando que, num passe de mágica, a solução de sulfato de magnésio aparecesse, ou pelo menos outra dose de terbutalina.

— Estou fazendo. Espero que esta dose de terbutalina abrande as contrações, mas é tarde demais para interromper o trabalho de parto.

Os olhos de Maggie estavam enormes de medo.

— O que acontece se elas não abrandarem?

Felix não respondeu de imediato.

— O que acontece? — repetiu Sam.

— Você poderia... — Felix começou a dizer, mas ficou quieto, não querendo continuar. Se ela estivesse com hipertonia, se ele não conseguisse controlar a pressão dela, uma cesariana era a única saída possível.

— O quê? — sussurrou Maggie.

— Poderia ter um ataque, diferente dos outros. Poderia ter convulsões. O oxigênio para o bebê poderia ser interrompido. O coração dele poderia parar.

Maggie levantou o estetoscópio fetal e o colocou na mão de Felix.

— Ouça o coração dele. Tire-o para fora se ele estiver em dificuldades. Pode fazer isso, não pode?

— Sim, mas não é seguro para você.

— Me esqueça.

— Não fale assim, Maggie — disse Sam.

Ela não olhou para Sam. Manteve os olhos em Felix.

— Isso é tudo? Toda a verdade?

— Não, Maggie. As crises por si podem matar você também.

Maggie não vacilou.

— Se eu morrer antes de ele nascer, ele morre também?

— É muito provável.

— Tem certeza de que ele está suficientemente desenvolvido para poder sobreviver?

— Sim. Lembre-se que eu acelerei o desenvolvimento dos pulmões dele.

— Então tire-o! — gritou Maggie. — Faça isso agora, antes que ele comece a ter problemas!

Sam encostou num canteiro e parou o Rover, inclinou-se rapidamente para trás e colocou o braço ao redor do pescoço de Felix.

— Ninguém, nem você, nem Deus, nem o Filho, vão tirar a Maggie de mim. Nem mesmo ela. Eu mato você, juro.

Quando Felix assentiu, Sam deixou o pescoço dele e retomou novamente a estrada. Com a respiração dificultada, Felix ouviu Frances chorar suavemente no banco da frente. Ele olhou para Maggie, recordando como ambos tinham jurado morrer pela criança. Os olhos dela brilhavam.

Enquanto o Range Rover se aproximava da I-95, Felix colocou o estetoscópio fetal na barriga dela e ouviu a batida do coração de Cristo.

Capítulo 58

Quando a Palisades alargou de duas para três faixas, com muito trânsito, Sam avistou uma Volkswagen Euro Van azul e lembrou-se de que tinha visto o homem de Brown, o do casaco de couro, dirigindo uma. Sam sentiu-se mal quando viu que ele mudou da faixa da direita para se colocar atrás de um Range Rover semelhante ao deles. A Euro Van aproximou-se por trás do outro Range Rover e depois encostou na lateral da pista, enquanto Sam se moveu para a faixa da esquerda, tentando não acelerar muito e chamar a atenção. A Euro Van tinha acabado de parar quando passaram por ela. Sam olhou de lado, temeroso. Depois começou a chover, apesar de não haver uma nuvem no céu. Sam ligou o limpador de para-brisa, suspirando:

— Obrigado, meu Deus. — Esperava que a chuva os encobrisse na fuga. À medida que o trânsito reduzia a velocidade, a ponto de quase parar, ele olhava para o retrovisor, sabendo que a Euro Van era ideal para vigilância, uma vez que tinha vidros fumê, uma mesa desdobrável atrás e um banco traseiro que se convertia numa cama.

— O que foi? — perguntou Frances.

— Ainda não sei.

Felix virou-se para ver o que Sam estava vendo.

— Bem, o que acha que viu?

— Talvez nada.

A visibilidade não era muito boa, chovia à última luz cinzenta do entardecer, mas Sam se manteve atento aos espelhos, esperando não ver o utilitário. Depois, um carro atrás, na fila da direita, viu um brilho de azul metálico. Era a Euro Van.

Ele podia estar no mar com um homem caindo na água, dada a velocidade com que a sua mente se tornou lúcida.

— Frances, se sabe atirar, abra o porta-luvas e pegue a minha arma de reserva.

Sam tinha certeza de que ela não ia entrar em pânico, e ela não entrou.

— Eu não sei atirar, Sam, mas sei dirigir bem pra caramba.

— Ótimo. Vê o utilitário azul atrás de nós à direita?

Ela olhou para trás.

— Sim.

— Não tente fugir, mas nos mantenha afastados dele.

Frances acenou e passou a perna por cima do câmbio, parecendo determinada. Ele deixou-a pegar o volante; o pé esquerdo dela escorregou por cima do seu pé direito e chegou ao acelerador. Apesar do aperto e do incômodo, ela conseguiu agarrar firme o volante, passando por cima enquanto ele deslizava por baixo dela, até que conseguiram trocar de lugar.

Ele olhou para trás e viu que Maggie estava adormecendo. Ela não havia percebido nada. A injeção que Felix havia lhe dado devia tê-la tranquilizado.

— Eu fico com essa arma extra — disse Felix.

Sam a entregou a ele, com os olhos postos na Euro Van. Ela os estava acompanhando, mas não tentava aproximar-se.

— Não dispare contra nada até eu dizer.

— Sam, vamos esquecer a Avenida Jersey — disse Felix. — Eu não a conheço bem, só a cidade.

— Eu também. — Sam passou do banco da frente para o banco de trás, junto a Felix.

— Vamos então para a ponte George Washington — disse Frances, enquanto Sam olhava para o rosto de Maggie e depois passava para o bagageiro atrás. Procurava alguma coisa onde pudesse segurar-se com a mão esquerda, tendo a arma na direita. Ainda tinha esperanças de estar enganado e de o utilitário azul ter aparecido por pura coincidência.

Chegaram à ponte, pagaram o pedágio de quatro dólares e passaram pelo rio Hudson, com a chuva ocultando a encosta na margem de Jersey. Sam sentiu como se estivesse de volta ao oceano durante uma tempestade, desorientado na agitação do mar e dos céus. Mesmo tendo a perícia de um marinheiro, apenas o instinto lhe dizia quando usá-la. Ele agora estava confiando nos seus instintos, com um presságio de tragédia, que ninguém poderia evitar senão ele. Felix tinha sido incrivelmente estúpido — ao ter lançado duas mulheres em um perigo previsível quando nem a si próprio conseguia proteger. Se o homem de Brown estivesse na Euro Van, ele seria apenas uma versão moderna daqueles que originalmente haviam pregado Cristo na cruz.

Sam tentou ignorar esses pensamentos enquanto olhava para a Euro Van, ciente de tudo o que o rodeava: a água batendo nos vidros, pneus saltando sobre as junções da ponte, chuva caindo no rio que Maggie chamava *Shatemuc*. Olhou-a, vendo sua silhueta à luz tênue, e por um instante imaginou outro cenário: elefantes, terra vermelha, cabanas debaixo de uma colina verdejante. Ele odiava que ela se achasse feia.

Aos olhos dele, ela era gloriosa enquanto dormia.

Capítulo 59

Duas coisas aconteceram quando chegaram ao fim da ponte. Voltaram para a escuridão e a chuva tornou-se um dilúvio, o que obrigou Frances a diminuir a velocidade.

— Não diminua, pise no acelerador, Frances! Agora é o momento de despistá-los — disse Sam.

O Range Rover disparou, com seu poderoso motor V8 mostrando enorme potência, a sua tração eletrônica nas quatro rodas fazendo com que a chuva parecesse não existir. Maggie acordou com o novo ritmo do carro e os olhos dela rapidamente se fixaram na arma de Felix.

— O que está havendo? — Ergueu-se e olhou para Sam no bagageiro. Ele estava de costas para eles, olhando a estrada que iam deixando para trás.

Felix fez uma leve pressão em seu ombro, dizendo:

— Deite-se agora. — Tentou manter a voz calma. Ele estava vendo no monitor de pulso que a pressão sanguínea e a pulsação tinham subido. Esperava que fosse apenas o susto de ver as armas.

— Continue a acelerar, estamos despistando — Sam gritou.

Felix ouviu Maggie sussurrar e compreendeu que ela provavelmente estava rezando.

— Ande! — gritou Frances ao que quer que fosse que via através do para-brisa.

Em estrada aberta, eles rapidamente teriam despistado a Euro Van, mas o tráfego diminuía a vantagem da velocidade do Range Rover. Ainda assim, avançaram pela Henry Hudson Parkway, atirando lençóis de água nos carros mais lentos.

— Temos que sair daqui! Onde é que eu saio daqui? — disse Frances.

Sam respondeu, mas Felix não prestou atenção. Ele estava atento à pressão arterial do monitor e a Maggie, que fechou os olhos e deslizou as mãos por baixo da blusa sobre a sua barriga. Felix usou por breves instantes a lanterna, virando-a para o rosto dela para ver se ela estava tensa. As pálpebras estavam fortemente fechadas.

— Maggie, você está tendo uma contração?

— Ssshh — murmurou ela. — Estou tentando relaxar para voltar a dormir.

Felix olhou para cima e reparou que chovia com menos intensidade. Ouviu pneus chapinhar na chuva, ouviu Maggie respirar profundamente, como ele havia ensinado. As suas duas primeiras contrações tinham sido espaçadas por menos de 3 minutos, mas já há 20 minutos que não tinha havido uma terceira. Ela já não estava com hipertonia. Os carros que os perseguiam já não podiam ser vistos. Talvez Sam tivesse apenas imaginado que a Euro Van estava atrás deles. Felix suspirou e esticou as pernas no chão, relaxando no assento, enquanto segurava o pulso de Maggie e mantinha um olho no monitor. Talvez conseguissem chegar a Bay Head, apesar de tudo. Ele teria tempo de arranjar algum sulfato de magnésio e comprar urgentemente as provisões necessárias. O resto, iria substituir dentro de alguns dias.

Ele sentiu-se confiante, até que Maggie abriu os olhos. Passaram sob um poste de luz e ele viu que o olhar dela estava virado para dentro. Para ela, o mundo exterior já não existia. Viu claramente a barriga dela contrair-se. Agora, os sons dos pneus e da chuva tinham sido abafados pelo gemido dela. Felix agarrou a mão dela com firmeza, tentando organizar seus pensamentos. Qual seria o nível? Onde estaria a sua curva de Friedman, ou já a teria ultrapassado? Ela tinha uma pélvis antropoide, como muitas mulheres negras: estreita na frente, larga atrás, estreita de lado a lado, mas se alargando nas extremidades. Uma vez que o bebê estava bem no fundo da pélvis, o parto poderia ser mais rápido, mais fácil. No caso de Maggie, isso era bom, a não ser que ela ficasse novamente com hipertonia.

Ele a viu contorcer-se. Felix nada fez — como um incompetente, um estudante de Obstetrícia impressionado com seu primeiro trabalho de parto, como um pai em pânico e de mãos atadas apesar de temer a perda da mulher e da criança. Ele não se mexeu até que Maggie sussurrou:

— Felix, não consigo evitar. Estou tendo outra contração forte.

Então Felix entrou em ação com sua voz autoritária:

— Vamos, Maggie. Tente relaxar da cintura para baixo. Inspire pouco profundamente e de forma ofegante, ofegante, ofegante, expire! Excelente. Faça de novo.

Estavam todos em silêncio e só se ouvia a voz de Felix. Ela recostou-se quando a contração aliviou.

— Eu vou escutar os batimentos cardíacos do bebê agora.

Colocou o estetoscópio fetal na barriga dela e contou as batidas de um coração minúsculo, sabendo que a sua mãe daria à luz dentro de uma hora no máximo, fosse o que fosse. Se ela tivesse um ataque no decurso do parto, a criança poderia não sobreviver. Poderia passar por severas dificuldades fetais, sufocar ou ter uma parada cardíaca. Maggie poderia ter convulsões; a pressão dela estava subindo. Em menos de uma hora, ela poderia sangrar até à morte. Felix ouviu, contou enquanto olhava para o relógio, depois viu a pressão sanguínea dela aumentar. Agora estava quinze por onze. Alta demais. Talvez fosse apenas o sacolejo do carro, o medo de ser perseguida, o medo de dar à luz. Se não fosse, ele poderia perdê-la e a criança. Imaginou os bisturis que estavam prontos e esterilizados, empacotados na mala. Se ele tentasse usá-los, Sam ia interferir. Isso era certo. O único recurso de Felix era fazer uma primeira incisão, inevitavelmente profunda, para que pudesse retirar a criança imediatamente.

Normalmente, faria uma incisão Pfannenstiel. Deveria alargá-la com tesouras Mayo, que ele não tinha, e abri-la com grampos Kocher, que também não tinha. Depois, iria separar os músculos do reto, colocar gaze no peritônio e fazer uma incisão com tesouras Metzenbaum — que ele não tinha. Na situação em que se encontrava, teria que chacinar Maggie para lhe retirar o bebê, tal como ela exigira vezes sem conta: *Me abra, mate-me, salve o bebê.* Teria ela tido uma premonição?

— Como ela está? — perguntou Sam.

Felix não respondeu. Estava ouvindo o coração do bebê. Tinha quase atingido um ritmo tranquilizador. Depois sentiu a barriga de Maggie endurecer e a ouviu gemer novamente. Atordoado, Felix disse:

— Ela está em trabalho de parto. Ela vai dar à luz.

— Pegue a próxima saída, então, Frances — disse Sam. — Encontraremos um hotel.

— É a Rua 96... — Frances disse.

— Sim, vá por aí! — respondeu Felix, apressadamente tomando uma decisão.

— Por que tão perto de casa? — retorquiu Sam.

Felix não respondeu, porque Sam só iria discutir. Quando saíssem da estrada, ele diria a Frances para ir pela Rua 96 Transversal até o Central Park. Frances era sua irmã, ela faria o que ele dissesse. Eles ficariam a duas quadras de distância do Monte Sinai, onde ele ainda tinha privilégios e podia conseguir a entrada de Maggie e tomar conta dela pessoalmente. Diria a

Frances para parar o carro. Para voltar duas quadras até o hospital. O que os homens da Euro Van poderiam fazer, matá-los na Quinta Avenida? O que Sam poderia fazer? Depois Felix iria contratar guardas armados e mantê-los à porta dela vinte e quatro horas por dia.

O que Felix não ia fazer era arriscar a vida de Maggie e do bebê ali na chuva. O útero dela era hipertônico. Ela tinha eclampsia. Ele não tinha medicamentos para tratá-la. Qualquer médico experiente poderia prever a calamidade.

— Para onde está nos levando, Felix? — perguntou Sam.

Mais uma vez, Felix não respondeu. Como que aprovando sua decisão, a chuva parou. O tráfego acelerou e eles passaram pelos outros carros.

— Boa! Não me diga! Isso é bem legal! — resmungou Sam.

Felix foi ajudando Maggie nas contrações; Sam e Frances, em silêncio, procuravam a Euro Van.

A noite tinha caído.

Do outro lado do rio, as luzes cintilavam ao longo da margem de Jersey. Luzes ornamentavam o parque de estacionamento que era paralelo à estrada marginal. Frances conduziu o Range Rover para a faixa da direita, preparando-se para a saída das Ruas 95 e 96.

— O que é aquilo? — disse Sam, levantando-se abruptamente no bagageiro.

Felix olhou para cima, mas pela janela molhada apenas viu o pequeno muro que os separava do estacionamento. Ele desceu a janela. Subitamente o muro terminou. Do outro lado do separador, na área de estacionamento, ele vislumbrou um veículo escuro movendo-se paralelamente a eles, seguido por um carro menor. Ficaram à vista por baixo das luzes. Eram uma Volkswagen Euro Van e um Audi S4 que se aproximavam deles em direção à saída.

— Sam! — gritou Frances. — Olhe, olhe!

— Droga! — gritou Sam. — Eles usaram a área de estacionamento!

Depois Felix ouviu um gemido seguido de um ruído surdo. Imediatamente, o teto de vidro explodiu, lançando estilhaços em cima de Frances. De alguma forma, ela conseguiu manter o controle do volante, com sangue escorrendo pelo braço.

— Merda, eles estão disparando contra nós! — gritou Sam, partindo o vidro de trás com uma cotovelada e começando a atirar.

Felix começou a subir o vidro onde a bala devia ter entrado, mas Frances gritou:

— Para trás! Para trás, vocês dois!

Ela parecia furiosa e pisou fundo no acelerador. Como que acatando sua ordem de modo devoto, Felix ajoelhou-se, dobrando-se sobre Maggie. Agarrou-se ao encosto e abraçou os pés dela.

Ouviu Maggie rezar algo acerca de estar no vale da sombra da morte. Sam gritou:

— Gerônimo, porra! — Depois Frances lançou o carro contra o utilitário.

Eles sentiram a vibração ruidosa do choque, ouviram a lateral da Euro Van se amassar, e os pneus chiarem enquanto freava, ouviram o Audi bater nela, mas Felix não se mexeu, Maggie estava debaixo dele. O Rover entrou na faixa única da Rua 96, sozinho e aparentemente ileso.

— Pisa fundo, minha linda! — gritou Sam. — Maggie, você está bem?

Ela não respondeu, porque estava falando com Deus.

— Ela está rezando — disse Felix, e virou-se para colocar uma atadura no braço de Frances. O Rover lançou-se na saída em declive, fugindo para a direita enquanto virava, depois voltou a subir em direção à estrada. Ele estancou o sangue que escorria do braço da irmã enquanto ela dirigia. Abriu um rolo de gaze antisséptica. Por que o sangue dela parecia ser da mesma cor do tapete da pintura de Lesser Ury que ele tinha comprado para ela?

— Pela 95 ou pela 96? — perguntou ela.

— Apenas entre na cidade — disse Sam. — Está bem, a 96 é mais rápida. É por isso que quer ir por lá, Felix? Ele se esticou por cima do encosto para acariciar a testa de Maggie. Ela estava tendo outra contração, e Felix conseguia ouvir sua respiração ofegante e desesperada.

— Sam, o Departamento de Polícia de Nova York vai responder se houver tiros na cidade — disse Felix.

— Os tiras? — Sam bufou e olhou para cima. — Sim, com o Brown logo atrás. Nós não podemos depender dos tiras. Temos que despistá-los de vez. Temos que sair deste carro e implorar, pedir emprestado ou roubar outro carro. Então estaremos a salvo.

Quando Felix terminou, Frances disse:

— Obrigada, Flix.

A irmã soou tal como costumava fazer quando passavam os domingos juntos, ele lendo, ela escrevendo cartas aos amigos da faculdade, tal como na pintura de Ury. Frances terminava, Felix lhe passava o papel e ela dizia "*Obrigada, Flix*", tal como agora.

Felix virou-se para ouvir o coração do bebê. Soava como um tambor abafado e rápido. Ficou mais alarmado quando olhou para Maggie. A pressão dela estava fixa em quinze por onze, um nível perigoso, mas estável. Parecia tão tensa e cansada em tão pouco tempo. Ele devia abrir sua mala, tirar os bisturis, salvar a criança que ela tinha implorado que salvasse.

— Aguente, Maggie — sussurrou ele. — Eu vou conseguir ajuda.

Os olhos grandes dela imploraram. Ela parecia pedir desculpas, como se tivesse falhado.

— O que foi? — sussurrou.

— Eu não posso impedir. O bebê está descendo.

Só depois de ela repetir é que Felix entendeu. Ainda assim, não acreditava. Ele sentiu a barriga dela, usando a terceira manobra de Leopold. A cabeça do bebê tinha começado a descer e ele não tinha reparado.

— Eu tenho que empurrar! — A voz dela parecia estrangulada. — Deixe-me empurrar!

— Não, Maggie! — disse Felix, pensando no formato da pélvis dela, que podia ter um parto rápido, e que ele não tinha forma de diminuir o risco de ela ter uma convulsão.

Ela respirou profundamente e agarrou-se ao encosto, torcendo-se e arfando. Felix arfava com ela, tentando acertar as respirações, observando enquanto ela lutava para não fazer força. Olhava nos olhos dela quando ela se perdeu. Gritando, Maggie encostou o queixo contra o peito.

— Está bem, então — disse Felix, com suor na testa, por baixo das suas luvas, inundando a camisa. Ele elevou-lhe os joelhos e observou, esperando que o bebê não surgisse. — Não se apresse. Faça força suavemente. Agora pare. Respire. Aguente. Outra vez?

Ela assentiu.

— Está bem. Faça força suavemente. Pare quando a contração parar.

Maggie deitou-se e suspirou.

— Acabou. Desculpe. Não pude evitar.

Felix não respondeu porque estava ouvindo o bebê através do estetoscópio fetal. Seu pequeno coração tinha reduzido o ritmo. Ele estava em sofrimento. Felix devia tirá-lo. Devia tirá-lo agora.

— Ele está bem? — perguntou Maggie, parecendo preocupada.

Felix não a olhou. Ele pegou os bisturis. Se não o fizesse agora, a criança poderia morrer. Enfiou a mão na mala, encontrou a embalagem e abriu-a. Segurava o aço frio numa mão. Com a outra expôs completamente a barriga dela. Estava enorme com uma vida nova, apesar de ela nunca ter conhecido um homem. Ele se lembrou de como tinha dito que a defloraria se o bebê não fosse Cristo, e de como ela havia rido com isso. Quando os olhares se cruzaram, os olhos de Maggie estavam brilhando nos seus. Silenciosamente, ela assentiu. Ele acenou em concordância.

Ele viu a pele dela mexer-se para cima e para baixo à medida que respirava, viu-a mexer-se com o movimento do bebê. Felix susteve a respiração e escolheu o lugar, imaginou a profundidade do seu corte.

— O que está fazendo? — gritou Sam, e Felix estremeceu, deixando cair o bisturi.

— Sam, faça o seu trabalho! Eu faço o meu.

Ele não podia fazer a cesariana com Sam olhando. Em vez disso, agarrou a mão de Maggie e olhou para a noite lá fora, seu coração batendo como um tambor, sua pulsação tão rápida como a dela. Estavam na Rua 96, acelerando na faixa da direita e passando pelos carros parados na faixa da esquerda. Sam gritava instruções e Frances gritava em resposta, mas Felix não os ouvia. Tudo o que ouvia e sentia era a batida de três corações. Olhou de novo para Maggie e os olhos dela ainda imploravam. O bebê dela estava em perigo e ela sabia. Ela queria que ele a matasse. Era isso que tinham combinado. Se ele fizesse isso, a criança poderia salvar o mundo.

— Vá pela transversal! — disse Felix à medida que se aproximavam da Amsterdam.

— O quê? Não! — Sam se opôs. — Não vamos voltar para o território de Brown!

— Ouça...

— Espere! Eles estão aqui de novo, pelo amor de Deus! — disse Sam.

— Vá pela transversal — repetiu Felix. — Vá, Frances.

Frances não respondeu. Ela estava ocupada passando um sinal vermelho. Felix olhou para trás e viu a Euro Van passar também.

Depois alguma coisa explodiu ao lado deles e a rua ficou mais escura. Tinham errado um tiro e atingido um semáforo, o que aparentemente diminuíra a luz na rua.

— Eles não vão parar. Vocês têm que sair daqui — disse Sam enquanto Frances passava de uma faixa para outra.

— Quem?

— Todos vocês — disse Sam, tenso. — Eles vão me seguir! Eles vão seguir o Range Rover! Todos vocês, saiam daqui. Frances, quando passarmos o Central Park West, pare. Vocês todos saltam para o parque, pelo parquinho infantil. Se forem rápidos, eles não vão perceber.

— Não, você não — disse Frances. — Eu! Eu fico no Rover. Sam, você tem que ir com o Felix e a Maggie para protegê-los.

— Caramba, Frances — disse Sam. — Você é fabulosa.

— Não! Nós vamos para o hospital! — disse Felix.

— Felix, ouça o que ela diz! Nós não vamos para o hospital. Nós vamos morrer se não fizermos exatamente como a Frances disse. Ela tem razão. Eu tenho que ficar com vocês. Preparem-se para sair.

Ninguém falou enquanto eles percorriam as ruas, assustados, desesperados. Felix considerou um caleidoscópio de opções, procurando uma alternativa, e não encontrou nenhuma. Sam estava certo. Se saíssem no Monte Sinai, a Euro Van iria passar por eles e abatê-los. Ela tinha tentado.

Frances o surpreendera. Mas sempre fora assim entre eles. O que ele não faria, ela não faria. Uma vez comprometidos, iam até o fim.

— Oh, Deus, Frances — disse Felix. — Me perdoe.

— Traga-nos Jesus — disse ela. — Ou seja lá quem for.

Chegaram ao Central Park West e Frances lançou-se numa interseção passando um sinal amarelo; a Euro Van estava apenas segundos atrás. Sam tinha se deslocado para a parte de trás com cobertores e tinha a mão na porta, enquanto Maggie se levantava, ofegante, e Felix fechava a mala.

— Não, eles vão nos pegar — disse Frances, freando e virando à esquerda no último minuto. Ela acelerou pelo Central Park West; a Euro Van derrapou e rodopiou tentando frear e virar. Quando chegaram à Rua 101, Frances passou um sinal vermelho e entrou no parque pelo Portão dos Rapazes. Ela contornou a cancela pelo lado direito da via. Letreiros diziam: "Pare. Não Entre. Vias do Parque Fechadas". Se a via estivesse aberta, teriam que enfrentar o trânsito que viesse em sentido contrário, mas àquela hora da noite o quadrante norte do Central Park estava deserto de carros e de pessoas. Felix sabia bem e Frances também. Mesmo vendados, conseguiriam chegar aonde quisessem.

— Nos encontramos debaixo da London Plane, como sempre — disse Frances para Felix, com a voz tremendo.

— Frances, não! — Felix começou a chorar abertamente.

— Deus vai tomar conta de você, Frances — disse Maggie.

O Range Rover parou. Sam abriu a porta e pegou Maggie, carregando-a para fora e dizendo a Frances:

— Não deixe que peguem você, boneca.

Felix demorou-se mais um segundo, acariciou o cabelo da irmã, deu-lhe a arma que tinha e disse:

— Eu te amo, Fran. — E desapareceu com Sam e Maggie na escuridão.

Capítulo 60

Eles se esconderam nas sombras do parquinho infantil. Felix desejou que o utilitário azul não os tivesse visto entrar no parque e passasse pelo Central Park West. Suas esperanças desapareceram quando a Euro Van partiu a cancela em pedaços e entrou no parque seguida pelo Audi. O utilitário desacelerou um pouco e depois os dois avançaram, o Audi lançando-se na frente como um MIG procurando um combate. Vencido pelo medo, Felix deixou Sam e Maggie e, no escuro, correu atrás do utilitário. Onde estava com a cabeça para deixar Frances partir? O que aconteceria com ela? Como ela iria despistá-los? Será que ela se lembraria de deixar a West Drive e percorrer os intermináveis caminhos e vias do parque?

Ele atravessou para o outro lado, tentando ver além da curva. A chuva havia criado uma neblina que se dispersava por todo lado em nuvens finas. Então Sam estava ao seu lado agarrando seu braço.

— Felix, não temos tempo para isso! Temos que levar a Maggie aonde ela possa ter o bebê! Você precisa ajudá-la.

Felix manteve os olhos na escuridão em que Frances tinha desaparecido.

— Eu sei, eu sei. Está bem. Aonde? Aonde vamos levá-la?

— Há uma pousada duas quadras abaixo, na Rua 101, com pia no quarto, banheiro no fundo de um corredor, mas é o mais perto, além daquele enorme albergue para jovens na Amsterdam. Mas não é o lugar para nós.

Furioso, Felix respondeu:

— Sim, e há uma delegacia de polícia entre a Amsterdam e a Columbus!

Sam pareceu impaciente.

— Já disse, não podemos fazer isso.

Felix balançou a cabeça enquanto voltavam para trás.

— Ela não pode andar, pelo amor de Deus.

— Droga, então a carregamos! Não, eu vou chamar um táxi e vamos para lá. Vá buscá-la, Felix. — Sam desatou a correr para o Central Park West.

Felix foi falar com Maggie e, no escuro entre dois postes de luz, a ajudou a deitar-se e colocou-a em seu colo. Ele encostou o estetoscópio fetal na barriga dela para ouvir o coração do bebê. Parecia surreal que estivessem ali naquela noite sem luar, Maggie tentando ter o bebê ao ar livre, no chão. Ele não conseguia vê-la, mas conseguia senti-la; o bebê já tinha descido mais.

Ela estava corajosamente se contendo para que ele pudesse descansar entre as contrações, se contendo até encontrarem um lugar seguro para o nascimento.

Minutos antes, ela tinha lhe oferecido a vida e ele tinha tentado tirá-la. Mais uma vez, Felix teve a sensação de ser um espectador numa vida que não era a sua. O Dr. Felix Rossi não seria capaz de pensar nem fazer tal coisa, não deixaria sua irmã partir sozinha, sendo perseguida. Ele tinha se transformado em outra pessoa.

Maggie agarrou o seu braço, chorando serenamente, e segurou seu pulso. Ele não conseguia ver a pressão dela porque estava escuro demais. A pulsação estava rápida. Ele sentiu uma nova contração endurecer a barriga dela. Estaria o bebê começando a aparecer? Mesmo que estivesse, ele não conseguia ver. Onde estavam os cobertores, onde estava a sua mala com a lanterna e os acessórios? Ele a segurou no colo, não querendo deixá-la no chão duro para ir procurar suas coisas. Sussurrou:

— Consegue dizer onde está a cabeça do bebê? Eu não posso ver. Estas luvas já não estão esterilizadas. Consegue aguentar, Maggie?

— Não sei, não tenho certeza... — disse ela entre gemidos. — Mas parece que consigo aguentar mais um pouco. Não muito mais, Felix — ela gemeu —, não muito mais.

Felix deixou-a agarrar as suas mãos até a contração acalmar.

— Como se sente?

Maggie parecia exausta.

— Como se uma bola de boliche quisesse sair de dentro de mim!

— Sim, claro.

— Mas sabe o que mais, Felix? — Ele podia sentir o corpo dela se mexer enquanto ela olhava ao redor, apesar de não haver nada além de alguns postes solitários lançando globos de luz.

— Não parece que todas as constelações desceram neste parque, esta noite? É como se ele estivesse nascendo no céu.

Felix tinha pensado muitas vezes que os postes do parque pareciam estrelas caídas. Quando Felix os olhou, alguma coisa começou a mudar dentro dele. Era seu medo por Frances, seu medo por Maggie. Era uma sensação de que ele, Felix, tinha sido a causa de as suas vidas estarem em perigo, e mais ninguém. Com dor e culpa, viu a constelação terrestre de Maggie brilhar.

Ouviu passos apressados e rezou para que fosse Sam. Se não fosse, ele e Maggie não poderiam escapar. Quem quer ou o que quer que tentasse lhes fazer mal agora com certeza teria sucesso — e a culpa era toda dele.

— Felix! Felix! Onde você está?

Era Sam.

— Sam, estamos aqui — respondeu Maggie.

— Há um utilitário no Portão dos Rapazes — disse Sam quando os encontrou. — Eu vi outro Audi S4 seguir para o norte. Acho que eles estão vigiando as saídas. Devem saber que estamos aqui. Não podemos sair. Temos que nos esconder.

Felix perdeu o controle e soluçou. Se o que Sam dissera fosse verdade, o Range Rover seria apanhado.

— Diabos, Felix! Não temos tempo!

Em sua mente, viu Frances morrer. Ouviu os gritos dela.

— Disse que conhecia o parque melhor do que eu, Felix! Ajude-nos!

Maggie sussurrou:

— Sam, encontre a mala do Felix, traga os cobertores. Ele os deixou no parquinho infantil.

Quando Sam os deixou, Maggie segurou o queixo de Felix como se ele fosse uma criança e disse:

— Calma agora. Calma agora. Deus está olhando pela sua irmã. Somos eu e este bebê que estamos nas suas mãos. Eu não tenho mais ninguém. O meu bebê vai nascer, Felix, e ele não tem mais ninguém. Calma agora.

Felix limpou as lágrimas, apesar de outras as substituírem. Ainda assim, ajudou Maggie a levantar-se e depois a pegou no colo. Mantendo-se no gramado e na escuridão, ele se esforçou para chegar às escadas do Portão dos Rapazes, passando momentaneamente por baixo de um poste para que Sam pudesse vê-los. Uma sirene soou e Felix imaginou Frances numa ambulância com sua vida se esvaindo.

Sam chegou, enfiou a arma no bolso, deu os cobertores a Maggie e a mala a Felix. Depois ajudou Felix a carregá-la. Juntos conseguiram atravessar o gramado com rapidez. Felix evitou as escadas, assim como os caminhos onde estavam os postes, enquanto tentavam decidir aonde deveriam ir. Passaram uma grande superfície rochosa que existia por baixo da maior parte de Manhattan. Ele pensou em subir na pedra acinzentada para procurar um esconderijo.

Depois se lembrou do Glen Span Arch.

— Já sei onde.

Ficaram junto do caminho até chegarem a uma ponte rústica e ouvirem o som de água caindo. Dois postes iluminavam a ponte e o caminho. À luz deles, Felix viu a extremidade norte de um pequeno lago chamado

The Pool. Nos dias intermináveis de verão, ele e Frances deslizavam ali em seus barcos e andavam pela água quando os adultos não estavam por perto. Salgueiros alinhavam-se nas margens e deixavam os seus ramos tombar sobre as águas escuras. Patos, gansos e pássaros da cidade os visitavam ou neles construíam seus ninhos. Um grasnava suavemente, assustado com a aproximação deles.

Felix apontou para trás do poste mais distante.

— Ali embaixo? — perguntou Sam.

— Sim. O Glen Span Arch. A West Drive passa por cima dele como uma ponte. É a cascata em frente a ela que você está ouvindo. É rochosa como uma caverna. Os sem-teto dormem lá, às vezes.

Sam beijou Maggie e disse:

— Tome, leve-a. Deixe que eu vá na frente. — Quando Felix o fez, Sam puxou a arma. — Vamos.

Encontraram o caminho que levava para o fundo da cascata e lá estava o Glen Span Arch. Parecia uma porta enorme para uma catedral de pedra, com a diferença de que o teto lá em cima era na verdade uma rua e o outro lado era aberto, assim como aquele em que se encontravam. A água corria próxima ao caminho abaixo do arco. Do outro lado, esvaziava-se num curso mais largo chamado The Loch. Além ficavam as North Woods e o bosque.

Sam pegou a lanterna para que pudessem ver o caminho.

Para Felix, o Glen Span Arch estava igual à época em que era criança — como uma gruta majestosa na qual habitavam espíritos antigos. Até crianças brincando apenas sussurravam ali debaixo dos rochedos. No Glen Span Arch, apenas a cascata erguia a voz.

Felix observou Sam passar por baixo do arco e encontrar uma concavidade ao longo da parede à direita. Pegou o que pareceu ser uma pilha de trapos, atirou-os para outro lado e depois abriu os cobertores no chão.

— Aqui, Maggie, minha garota. Aqui está um lugar fofo para você se deitar.

Ele ajudou Felix a deitá-la e depois se pôs de pé olhando em volta.

— Este é um bom lugar, Felix. Uma entrada, uma saída. Eu posso cobrir os dois lados sem dificuldades. Tudo o que você tem que fazer agora é cuidar dela.

Sam pegou sua arma e dirigiu-se à cascata.

Felix ajoelhou-se junto de Maggie e, à luz ambiente dos postes em cima da ponte, abriu a mala. Espalhou os panos esterilizados que tinha trazido. Expôs os instrumentos do seu kit de parto. Enquanto fazia isso, Maggie recostou-se tão sossegadamente que parecia já não estar em trabalho de parto. Ele estendeu um pano esterilizado por baixo dela, pegou a lanterna e olhou por entre as coxas. Para seu alívio, não viu a cabeça do bebê. Ela tinha aguentado. Como, ele não sabia.

— Maggie?

A resposta dela foi um gemido de dor.

Felix retirou o estetoscópio fetal e ouviu, procurando por todo lado, na barriga dela, a batida de coração que não ouvia.

Passou a lanterna pelo monitor do medidor da pressão sanguínea e ficou inquieto. Estava dezesseis por onze.

— Maggie, não consigo ouvir o bebê!

Quando ela abriu os olhos, ele viu círculos profundos em volta deles.

— Eu estou cansada agora. Ele também está. Venha e tire-o de mim, Felix. Eu já não posso ajudá-lo mais.

Imediatamente, Sam estava ali.

— Não vamos fazer nada disso, Maggie. Tem que tentar pela Frances, tentar por mim! Por favor, querida. — Ele ergueu a parte de cima do corpo dela para que ela pudesse abraçá-lo. — Respire fundo, Maggie, e empurre!

— Não consigo, Sam.

Ele a beijou.

— Consegue, sim. Agora faça força!

— Não faz mal tentar — disse Felix, sabendo que devia fazer uma cesariana. — Se não funcionar, eu o tiro. Prometo.

Sam comprimiu os lábios, mas não disse uma palavra.

Eles esperaram por ela; Felix também ficou em silêncio para rezar pela criança. Em algum momento, naqueles longos meses, o embrião tinha se transformado no bebê de Maggie, não apenas num clone de Jesus. Ele observou Maggie respirar, aguentar, ranger os dentes e aguentar, tremendo. Ela inspirou e empurrou novamente, depois Felix viu a cabeça aparecer ligeiramente.

— Ele está saindo, Maggie! — sussurrou Felix. A sua tristeza transformou-se em excitação, alegria exuberante. — Ele está saindo!

Maggie gemeu de dor e Sam ajoelhou-se ao seu lado, tentando abraçá-la e ajudá-la ao mesmo tempo.

— Empurre, Maggie, empurre!

— Não! Não ouça o Sam! Faça uma pausa, Maggie — disse Felix, e eles riram de si mesmos. Maggie estava ofegante. Lembrou a Felix que o nascimento era ao mesmo tempo um maravilhoso milagre e uma terrível, dolorosa e sanguinolenta montanha-russa que nem mesmo o médico podia controlar. Quando a vida se renova, a natureza assume o controle.

— Respire fundo mais uma vez — começou Felix, mas outros sons o interromperam.

Vozes por cima da cascata.

Sam e Felix trocaram olhares. Depois Sam pousou Maggie sobre os seus cotovelos. Ele segurou o rosto dela com ambas as mãos e disse:

— Lembre-se de que amo você. — Beijou-a e saiu.

Maggie pareceu assustada enquanto Sam se afastava silenciosamente; ainda assim, ela foi implacável. Fez força porque seu bebê estava em perigo, apesar de o seu primeiro choro poder significar a morte deles.

Felix espalhou um segundo pano esterilizado por baixo dela e observou, estupefato, quando uma mancha de sangue se espalhou nele. Maggie estava sangrando. Era por isso que ela estava com hipertonia. Ele ajeitou os cobertores e apontou a lanterna, vendo que o sangue os tinha encharcado. Tocou-os com pavor, sem acreditar no que via. Depois Felix percebeu qual era a vida que tinha arriscado naquela noite. Era a de seu pai. O sangue de Maggie era o sangue de sua mãe. A perseguição no Range Rover e a vinda deles para o Central Park era a fuga desesperada de seus pais para os Alpes. A criança que morrera era aquela criança, ambas nascidas ao ar livre. Sua mãe sobrevivera.

Maggie sobreviveria?

A placenta de Maggie estava se rompendo e acabando com ela. Ele olhou para baixo, para o sangue em suas mãos, e, nesse momento, escolheu Maggie em detrimento da criança.

— Não, Maggie, pare!

Ela empurrou novamente, com o queixo contra o peito. Maggie estava trazendo aquela criança ao mundo, encontrando forças onde já não havia, entregando a sua vida em silêncio junto com a criança.

— Pare, Maggie, pare!

Freneticamente, Felix pressionou a gaze esterilizada contra o períneo e verificou a pressão dela. Tinha subido acentuadamente para dezessete por doze. Ele verificou os seus reflexos periféricos no tornozelo. Estavam exageradamente reativos. Estava acontecendo. Ela ia ter convulsões.

— Maggie! Meu Deus, não!

Maggie não respondeu. Ela ficou quieta e sossegada. Ele levantou a lanterna para o rosto dela e a viu olhar fixamente. Ele teria que tirar a criança, ou nem a mãe nem a criança sobreviveriam. Mas a cabeça do bebê tinha recuado.

Não havia tempo para fazer isso do modo correto.

Felix pegou as tesouras e fez uma episiotomia, cortando quase até o reto. Ele abriu a embalagem do fórceps e o inseriu em Maggie... matando a criança, a mãe, ou ambos, ele não tinha forma de saber. O fórceps tocou na cabeça e ele deu um jeito para que ficasse em posição por trás das orelhas. Sentiu o fórceps agarrar e devagar, mas firme, Felix começou a puxar. No início, o bebê não se mexeu, por isso ele usou as duas mãos e puxou com força até que a cabeça escorregou e apareceu. Depois pôs uma mão no bebê e ajudou os ombros a saírem. O resto do corpo veio rapidamente, seguido da placenta e de um enorme jorro de sangue.

— Oh, Deus, o que eu fiz?

Ele tinha que estancar o sangue ou ela morreria em minutos. Tinha que ajudar a criança a respirar. Lágrimas encheram seus olhos enquanto a deitava. Suavemente desentupiu a garganta, o nariz e cortou o cordão, gritando em desespero:

— Aguente, Maggie. Por favor, aguente!

A criança não se mexeu. Não fez qualquer som. Rezando, Felix voltou a atenção para Maggie. Enfiou o punho pelo útero, desesperadamente tentando fazê-lo contrair-se e estancar a corrente de sangue. Massageou-o, empurrou, para fazer os vasos sanguíneos se fecharem, parando apenas para pegar uma agulha e suturar com pontos o rasgão. Despejou o conteúdo de sua mala nos panos esterilizados, com intenção de usar a mala para erguer os pés dela antes de dirigir novamente a sua atenção para a criança.

Depois se ouviram tiros — tão alto que Maggie ficou agitada e a crise passou.

Um tiro. Um enorme barulho de pássaros batendo as asas enquanto levantavam voo. Um segundo tiro, um terceiro, depois silêncio.

O olhar de Maggie, aterrorizado, encontrou o dele e depois olhou para a criança. Felix tentou agarrá-la, mas ela batalhou até ele ter que a largar. Ela pegou o bebê. Ele estava desfalecido nos braços fracos dela.

— Oh, ajude-o, ajude-o — disse ela.

Felix segurou o bebê de pernas para o ar e balançou-o pelos pés, depois vigorosamente deu-lhe uma palmada. Ele chorou, queixoso, soltando um som agudo, que ecoou na gruta onde os espíritos antigos habitavam. Evitando seus olhos, ele entregou o bebê a Maggie e imediatamente pôs-se de pé, ouvindo passos e vozes se aproximarem, sem saber o que fazer se eles viessem. Pensou em Frances e nos tiros que tinham ouvido. Olhou para baixo e viu Maggie abraçar o bebê, embalá-lo, beijar suas bochechas minúsculas, tocá-lo em todos os lados, apesar de ele estar coberto de sangue dela e gritar — como qualquer humano, a morte inerente ao seu nascimento. Ela levantou a blusa e tentou amamentá-lo, balançando enquanto se sentava, e o bebê sossegou.

— Deite-se, Maggie. Deixe-me ajudar você. — Ele só tinha reduzido a hemorragia, não a tinha estancado.

Maggie sentou-se, murmurando palavras de amor ao bebê no seu peito, dizendo:

— O Sam vai ficar bem. Não se preocupe.

— Maggie, por favor! Você tem que me deixar ajudar você.

Ele empurrou ligeiramente o ombro dela, mas ela resistiu e agarrou o bebê com mais força, ignorando-o. Ela se dobrou e beijou a mão pequena, como se a vida dela já não fosse importante.

Destroçado pelo sofrimento, rezando por sua irmã e para que Sam voltasse, Felix a viu amamentar o bebê. Se ele não fosse buscar ajuda, ela não sobreviveria. A pulsação dela estava acelerada, a respiração, pouco profunda. O Monte Sinai ficava no fim daquele caminho pelos bosques e depois do gramado, mas ela nunca chegaria lá.

— Pelo amor de Deus, deixe-me ajudar você! — implorou ele.

Maggie não respondeu, só olhou para ele e sorriu. Depois, com o bebê em cima da sua barriga, ela deitou-se nos cobertores que Sam tinha estendido. Felix trabalhou como um louco, fazendo tudo o que podia.

Desesperadamente, massageou o útero dela enquanto começava a compreender a última verdade. Os pais dele não tiveram escolha. Os nazistas os forçaram a correr os riscos que correram. Ninguém tinha forçado Felix. Em vez de ser um Moisés, ele tinha sido uma praga para aqueles que confiaram nele. Ele sempre tivera a escolha de *não* fazer isso — de não abandonar a sua irmã nas mãos dos assassinos, de não usar a fé de Maggie nem a virtude dela para seu proveito, arriscando a vida dela. Não desperdiçar o grande coração de Sam numa causa egoísta, como se Deus precisasse da ajuda dele para pôr alguém no mundo. Naquela noite, Felix era o pai em todos os aspectos, menos em um. Felix tinha colocado voluntariamente em risco todos ao seu redor, incluindo aqueles que seu pai teria feito tudo para salvar.

Agora não conseguia sentir o pulso de Maggie. Isso não era nenhum milagre, não o nascimento tranquilo que tinha imaginado. Tinha sido violento, um terrível desastre. Ele desejou poder fechar os olhos. Ele não queria vê-la morrer.

Quando o monitor não registrou nenhuma pressão ou pulsação, Felix parou. Maggie o tinha deixado.

Ele não tinha o direito de pegar na criança dela, mas tinha que encontrar Frances. Ele tinha que cuidar da criança. Olhou para o sangue em suas mãos e disse a *Salve Regina*:

> Salve, Rainha, Mãe de misericórdia,
> Vida, doçura, esperança nossa, salve.
> A vós bradamos, os exilados filhos de Eva.
> Por vós suspiramos, gemendo e chorando
> Neste vale de lágrimas.

Olhando para o corpo de Maggie, Felix estremeceu e sufocou os soluços para terminar a sua oração.

— Eia, pois, graciosa defensora, os vossos olhos misericordiosos volvei para... para... — Felix mudou as palavras: — Para esta mulher que eu matei e por quem irei chorar para sempre.

Ele viu um movimento. Teria Maggie se mexido? Para sua enorme alegria, os olhos dela se abriram.

— Não se mexa, Maggie — disse ele.

— Há alguma coisa errada comigo, Felix! — sussurrou. — Eu sinto! O que é?

Felix apontou a lanterna para Maggie. Ela estava certa. Algo estava acontecendo. Algo inconcebível. Mas ainda assim ele viu. Ele viu a primeira lágrima que o bebê chorou no corpo de Maggie. Ele viu a episiotomia, que ele tinha costurado apenas há minutos, sarar. Ele viu o sangue estancar e a ferida transformar-se no que era quando ele a examinou pela primeira vez.

Felix ficou mudo pela enormidade do seu pecado, como se tivesse feito mal a uma mulher que Deus tinha escolhido para fazer um milagre. Ou talvez Deus tivesse planejado isso desde o princípio. Mas como aquilo podia estar acontecendo? Certamente no escuro ele tinha visto mal os ferimentos dela. Ela apenas parecera estar morrendo, agora apenas parecia estar miraculosamente curada.

— Onde está o Sam? — perguntou Maggie.

Felix estava atordoado demais para responder. Depois avançou, atrapalhado, e abraçou-a chorando.

— Maggie, Maggie! Você está bem! Está viva! Obrigado, Maggie, obrigado pelo que você fez.

Ela abraçou o bebê com um braço e com o outro abraçou Felix, murmurando:

— Você é um bebê chorão, Felix Rossi, sabia? Agora levante-se e diga onde está o Sam.

Felix ajoelhou-se, lembrando-se dos tiros.

— Ele ainda não voltou, Maggie. Consegue ficar de pé? Consegue andar? Eu tenho que encontrar a Frances, mas não posso deixar você sozinha.

Maggie olhou para a cascata, depois olhou para a outra saída do Glen Span Arch.

— Mas não tem mais ninguém aqui? Eu podia jurar que ouvi alguém falar com o Sam.

— Não, Maggie. Não tem ninguém.

— Eu podia jurar... — Os olhos de Maggie se abriram, levou as mãos aos ouvidos como se estivesse ouvindo. — Eu pensei que tinha ouvido alguém. Eu ouvi. Sam estava me chamando, chamando, e depois... e depois...

— O quê?

Ela olhou para a criança nos seus braços.

— Claro como o dia, eu ouvi uma voz dizer ao Sam: *"Eu sou aquele que veio em todas as épocas. Ela está bem. Não tema."*

Capítulo 61

Felix segurava a criança enquanto Maggie chorava e cantava "Amazing Grace" — para dizer aos anjos que Sam Duffy voltava, disse ela. Felix temeu que ela pudesse ser ouvida, mas as rochas do Glen Span Arch pareciam conspirar a seu favor e guardaram os sons.

Ele não podia convencê-la de que Sam poderia estar vivo. Maggie lhe disse que o sentia tão profundamente dentro de sua alma que não era possível que ele ainda estivesse no mundo. Ansioso, Felix olhou para a cascata enquanto ela chorava, depois para o bebê, cujos olhos ainda não tinham se aberto. Seria Jesus? Teria o Filho de Deus curado Maggie no seu ventre — parado a convulsão antes que ela sangrasse até quase morrer? Já não importava. Era o filho dela. Felix estava feliz por ter sobrevivido.

Ele tocou no ombro dela.

— Maggie, não estamos seguros aqui. Temos que ir. Eu tenho que encontrar a Frances. Você tem que tentar se levantar.

Ele a ajudou a levantar-se e ela apoiou-se nele, fraca do parto. Juntos, hesitaram na abertura por onde tinham entrado. Qualquer caminho que tomassem, por aquela saída da gruta, eles poderiam ser vistos. A outra saída era para a floresta. Com o braço em volta de Maggie, eles viraram e foram pela saída da floresta. Arrastaram-se pelo caminho ao longo do riacho em direção a duas pontes rústicas. Ele conseguia ouvir a voz de Maggie tremendo enquanto sussurrava:

— *"Eu em tempos estive perdida, mas agora me encontrei."*

Até na escuridão ele sabia o caminho. Eles chegaram a uma clareira e distinguiram dois velhos carvalhos vermelhos que cresciam em direção ao céu. Ele viu a cascata que corria debaixo de uma ponte de madeira e virou para a direita. Quando chegaram à segunda ponte — um pequeno afluente passava por baixo dela —, viraram outra vez à direita.

Assim, chegaram sem serem vistos ao Springbanks Arch, um dos pontos mais escondidos do parque. Os namorados andavam por ali durante o dia. Viciados em drogas, ladrões e coisa pior podiam ficar ali à noite. Momentos antes, Felix não se importava de morrer. Agora tinha que viver para encontrar Frances e levar Maggie e o bebê para um lugar seguro. Ele tinha que ser como o seu pai, tinha que ser o Sam delas, no caso de Sam ter morrido.

Reuniu sua coragem e entraram na escuridão por baixo do Springbanks Arch. Não antes de tropeçar em alguma coisa no escuro. Ele ouviu a voz de um homem queixar-se — alguém inofensivo se abrigando? Depois uma mão forte agarrou a dele e fez com que se ajoelhasse, apesar de ele tentar se soltar. Segurando o bebê, Maggie gritou.

— Podia pedir licença, companheiro — alguém falou junto do seu rosto, e o estômago de Felix contraiu-se com o hálito.

O instinto disse-lhe para não lutar.

— Sim, com licença. Agora, por favor, deixe-nos ir.

Outra voz murmurou:

— É uma família, deixe-os em paz. — E a mão soltou Felix. Ele e Maggie subiram nas rochas que se alinhavam de forma íngreme, com o coração aos saltos. Maggie ofegava de cansaço. Passaram a cerca e esconderam-se atrás de uma árvore quando uma luz brilhou e passou por eles, provavelmente um policial do parque procurando a origem dos três tiros.

Ele deu o bebê a Maggie e levantou-a por cima da cerca, depois passou também. Estavam no caminho que os levava por North Meadow até a London Plane.

— Estou tão cansada — disse Maggie. — Tenho que descansar. Deixe-me escondida nestas árvores negras enquanto você procura Frances.

— Mas...

Maggie já se dirigia para as árvores.

— Não pode perder tempo comigo e com a criança.

Ele a ajudou a sentar-se debaixo das árvores, certificando-se de que eles não podiam ser vistos, e depois voltou ao caminho. Quando crianças, ele e Frances tinham medido distâncias no parque. A pé levaria doze minutos para chegar à London Plane.

Felix correu.

Em North Meadow, depois dos campos de beisebol e de futebol, as luzes de Nova York brilhando em volta dele a distância — as torres gêmeas do San Remo à direita e o Hospital Monte Sinai à esquerda. Por um milagre que ele não podia compreender, Maggie já não precisava de um hospital. Felix sentiu que todo o resto estava em suas mãos.

Ele correu, engolindo quando não conseguia respirar, em direção ao Centro Recreativo de North Meadow, pelo gramado, pelas trilhas que o cercavam e pelo caminho que cortava o Central Park. Ele chutou pedras e os seus pés levantaram poeira onde Frances e Adeline outrora montavam seus cavalos lado a lado — o Moonless e o King, o árabe e o andaluz.

Como ele adorava vê-las montar. Como ele as adorava, sem saber que elas eram tudo para ele. Devia ter proposto casamento a Adeline, não a clonagem. Frances havia tentado fazer com que ele percebesse isso.

No caminho, uma forma negra e maciça apareceu diante dele e seu desespero transformou-se em esperança. Só podia ser a London Plane. Como um gigante com raízes, seus troncos subiam alto. Esticavam-se e estendiam-se sobre o caminho e voltavam para trás.

Onde estaria sua irmã? Se ela não estava ali, como ele iria encontrá-la?

— Frances! — chamou Felix. Ele se apoiou no tronco gigantesco. Era como uma graciosa coluna dórica, com suas concavidades suficientemente grandes para que se coubesse lá dentro.

— Frances, Frances!

Felix contornou a árvore, perturbado com o silêncio. O que ele faria se ela não viesse? Como iria encontrá-la? Ele não tinha malícia de rua como

Sam. Tudo o que sabia era como alcançar um telefone, chamar o advogado, mandá-lo contratar detetives particulares, policiais, dar ordens para varrerem Manhattan até a encontrarem.

— Frances!

Ele ouviu um arrastar de folhas e viu uma forma negra cair.

— Flix, ssshhhhh, pelo amor de Deus!

Ela tinha subido no tronco e engatinhava num galho, tal como quando eram crianças.

Felix lançou-se na direção dela no gramado, caiu de joelhos e chorou quando viu a irmã que tanto adorava.

— Flix, oh, Flix. Eu nunca vi você chorar assim em toda a sua vida. Como estão Maggie e o bebê?

— Não vai acreditar no quanto estão bem.

— Oh, que maravilha! Eu achei que tinha despistado aqueles canalhas e fui até você. Eu sabia que ia para o Glen Span Arch. Eu sabia. Sempre gostou tanto. Eles devem ter voltado e me encontraram. O Sam atirou neles para que eu pudesse fugir.

Felix abraçou-a mais forte.

— O Sam está bem? Ele está com a Maggie?

— Não. O Sam não voltou, Fran. A Maggie acha...

Ele não conseguiu terminar, mas Frances percebeu. Então foi tal como quando eram crianças, escondendo-se nas sombras da London Plane, fingindo estar em Camelot, escondendo-se de Mordred e chorando porque o rei Artur estava morto.

— Pobre Sam. Pobre e corajoso Sam — disse ela. — Vamos para casa agora, Flix.

— O quê? Em nome de Deus, o que podemos chamar de casa?

— Vamos. Levante-se agora. — Frances levantou-se e puxou o braço dele. — Pegaremos Maggie e o bebê e iremos para casa.

— Como? Maggie está coberta de sangue. Não podemos dirigir o Range Rover, portanto, nem temos carro! E eles ainda andam por aí. — Felix olhou para as luzes fracas da Quinta Avenida.

— Ssshh! Venha, Flix.

Ela o conduziu pelo caminho até a East Drive e passaram pelo parquinho infantil na Rua 96. Saíram do parque a um quarteirão de distância de onde viviam. Felix protestou o caminho todo. Mas em vez de virarem à direita, em direção à casa, ela virou à esquerda e parou junto a um velho Buick. A janela baixou quando ela se aproximou. Um jovem casal olhou para fora.

Eles pareciam apaixonados, como os seus pais tinham estado na única fotografia que tinham deles quando eram novos.

Frances aproximou-se da mulher.

— Mais alguma notícia?

— A OLIVE perseguiu um utilitário azul que saía do parque e dois S4. Temos o parque cercado, mas eles podem voltar.

— OLIVE? — disse Felix. — Mas como você soube?

— O site da internet manda procurar um utilitário e um Audi, especialmente se estiverem perseguindo alguém — disse a mulher.

Frances riu.

— Quanto pelo seu vestido e pelo carro?

Felix olhou surpreso para a sua irmã, depois abriu a sua carteira e retirou notas. Ele tinha o dinheiro todo com ele. Eles viraram as costas enquanto a mulher se despia e vestia o casaco do marido. Depois ele meteu a mão no bolso para retirar um nome que Sam lhe tinha dado em caso de emergência.

Duas horas depois, Daniel e Agnes Crawford, juntamente com a criada, Hetta Price, e uma criança ainda sem nome, embarcavam num jato Gulfstream V fretado para a fuga, pilotado por um amigo de Sam e levantavam voo do aeroporto de Teterboro, em Nova Jersey.

Capítulo 62

À velocidade de Mach 0,87, quarenta mil pés acima do oceano Atlântico, o piloto falou pelo rádio anunciando a hora prevista para a chegada. Não tinham como procurar Sam. Ele não gostaria que o fizessem. Ele queria Maggie e o bebê a salvo. Aterrisaram no Aeroporto Internacional de Turim às seis horas, duas horas antes do pôr do sol e do início do *shabbat*, o *shabbat* judeu. Mas, fiel à sua palavra, o tio Simone estava lá. Frances ligara para ele do celular que pertencia ao casal do Buick e dissera que estavam em perigo. O tio Simone tinha respondido:

— Venham para casa.

Quando o tio os viu, bateu com as mãos e exclamou:

— *Baruch Atah Adonai Eloheinu Melech ha-olam, shehecheyanu v'kiyamanu, v'higiyanu la'zman hazeh.*

Em italiano ele disse a Felix que era o *Shehecheyanu*, uma bênção recitada em louvor e agradecimento. Significava "Abençoados sejam, Senhor nosso Deus, Rei do universo, que nos protegeu e sustentou e nos trouxe até este grandioso dia."

Agora Felix sentava-se ao lado do tio enquanto ele dirigia pelas ruas de Turim — Frances e Maggie no banco de trás com a criança. Maggie estava fisicamente bem, como se nunca tivesse dado à luz uma criança, mas tinha chorado durante todo o tempo do voo. Quanto à criança, ele não se parecia com ela em nada, a não ser em uma coisa. Maggie tinha no queixo uma marca de nascença em forma de lua crescente. A criança também a tinha. De outro modo, aos olhos de Felix, podia ser a criança de qualquer mulher do Oriente Médio. Eles nunca teriam a certeza de quem ele realmente era. Ainda assim, Felix tinha uma vontade enorme de sussurrar para a criança.

Seguiram pela vasta e arqueada Piazza Vittorio, a cúpula da Igreja da Gran Madre di Dio aparecendo na colina verdejante do outro lado. Atravessaram o rio Pó e subiram por trás da igreja pela Strada Sei Ville, uma estrada particular de casas construídas na colina cor de esmeralda.

O tio Simone parou diante dos portões pretos que a carta do pai tinha descrito e inseriu um cartão na fechadura. Seguiram mais um pouco e no fim da estrada estava a grande casa de campo de três andares revestida de estuque, feita de pedra e tijolo, onde o pai deles nascera.

Felix sentiu-se transportado para um tempo em que o mundo aguardava a sua volta. Subiram a escadaria e uma mulher sorridente aproximou-se. Quando ela estendeu as mãos, Maggie deixou-a tocar a criança e ela murmurou palavras em italiano. Era Sílvia, a esposa do tio Simone. A prima Letizia e outra mulher vieram e fizeram um rebuliço em volta do bebê, e Maggie sorriu pela primeira vez desde que tinham partido.

Frances ficou no meio deles. Felix nunca tinha visto tanta felicidade no rosto dela.

— Há mais alguém por aqui, Flix — disse ela. — Eu disse a ela para vir quando os problemas começaram.

Ele viu uma silhueta familiar na porta. À primeira vista não acreditou que fosse real. Era Adeline.

— Você me perdoa? — disse Adeline para Felix. — Eu não podia suportar mais.

— Sou eu que preciso de perdão — disse Felix.

Ela pediu para ver o bebê, olhou para o seu rosto e depois abraçou Maggie. Então Felix tomou Adeline em seus braços; a pessoa que o amava tanto tinha voltado.

Os Fubini aplaudiram quando eles se beijaram, vendo o final de uma história de amor iniciada naquela mesma casa muitos anos antes.

Quando o tio Simone anunciou que deviam se preparar para o *shabbat*, eles foram tomar banho e trocar de roupa, para que, dezoito minutos antes do pôr do sol, a cerimônia pudesse começar. Adeline foi para o quarto de Felix. Desta vez, ela não teve que persuadi-lo a fazer amor.

Uma vez a família reunida na sala de jantar, o tio Simone trouxe duas embalagens envolvidas em tecidos e abriu-as. Uma tinha um *yarmulke* azul com belos detalhes nas extremidades. Tinha sido de seu pai. A outra tinha um lenço de pescoço de uma renda negra, de sua mãe.

— Felix, Frances, se quiserem — disse Simone —, podem usá-los esta noite. São seus, para guardarem como recordação.

Felix olhou para as vestimentas de sua fé perdida, para o tio que tinha parentesco com seu pai: a mesma barba de sal e pimenta, os mesmos olhos redondos e simpáticos. Ele já não queria saber se era católico ou judeu. Família era família. Deus era Deus.

— Eu vou usá-lo, tio.

Sílvia deveria ter acendido as velas, mas ficou imóvel virada para Frances. Pela primeira vez na vida, Frances acendia as velas do *shabbat* e seus olhos brilhavam.

Na manhã seguinte, no salão do subsolo da Grande Sinagoga de Turim, num deslumbrante pequeno *Tempietto* usado para adoração diária, Felix estava entre os homens usando o seu *yarmulke* e o *tallit,* um manto que os judeus colocam nos ombros quando fazem suas preces. O rabino estava num *tevah* barroco e generoso, no centro do pequeno anfiteatro. Outro homem no *tevah* segurava pergaminhos enormes e ornamentados da *Torá*, trazidos do arco dourado do templo.

Adeline, Frances e Maggie estavam na galeria das mulheres, em cima, onde podiam entrar e sair quando quisessem. Só os homens tinham o dever de rezar no templo, conforme o tio Simone lhes tinha explicado. Como poderia Deus obrigar uma mulher a vir a um templo, quando ela poderia ter que cuidar de uma criança doente? Ainda assim parecia que a maioria dos milhares de judeus de Turim estava lá.

Nenhuma parte da sala parecia proibida às crianças. Enquanto as profundas vozes masculinas entoavam os cânticos, as crianças subiam e desciam as escadas do anfiteatro entre as mães e os pais. Um menino subiu ao *tevah* e puxou a veste do rabino. Durante a cerimônia, os homens pegavam suas crianças e, sob os seus mantos, abençoavam-nas.

A cerimônia era estonteante, antiga, maravilhosa. Sempre que Felix olhava para cima, para as mulheres na galeria, o rosto de Frances estava molhado de lágrimas e Adeline parecia radiante olhando para as crianças. Ela havia ficado nos seus braços a noite inteira. Sempre que via Maggie, outra mulher estava ao lado dela segurando a criança.

Quando voltaram para casa, tudo acabou.

Assim que chegaram, tocou o telefone. Felix não deu importância até que percebeu que não parava de tocar e ninguém atendia. Simone, Sílvia e Letizia continuaram o que estavam fazendo como se não tivessem ouvido.

— Não deveriam atender? — perguntou Felix.

Simone sorriu.

— Oh, não. Não podemos quebrar o *shabbat*. Eles voltam a ligar amanhã.

Do outro lado da sala, Sílvia acrescentou num tom bem-disposto:

— Felix, provavelmente é um dos amigos cristãos dele. Ele tem amigos por todo lado. Eu acho que as pessoas o amam porque ele as ama. O seu tio conhece todo mundo!

Simone encolheu os ombros, como se gostasse daquela censura da sua mulher.

O telefone tocou novamente. Duas vezes, depois parou.

Desta vez, Simone e Sílvia pararam e olharam para o telefone.

Tocou mais uma vez e depois parou. Sílvia pousou a bandeja de pequenos sanduíches que transportava e aproximou-se do marido.

Mais uma vez o telefone tocou e desta vez Simone caminhou a passos largos em direção a ele, com Sílvia a seu lado, e atendeu.

— *Pronto* — disse ele. A sua expressão tornou-se séria enquanto escutava.

Ele desligou, foi falar com Maggie e, meigo, afagou a cabeça do bebê.

— Ontem, quando recebi o telefonema de Frances acerca de uma mãe e uma criança com necessidade de se esconder de perseguidores, não fiquei surpreso. Deve me dizer agora, por favor. É esta a criança de que falam nas notícias? O seu bebê é o clone? — Ele olhou para Felix. — E foi o meu sobrinho que o produziu?

Quando Felix traduziu, Maggie acenou com a cabeça.

O tio Simone suspirou.

— Bem, então é verdade. O nosso povo não vai acreditar no seu filho, Maggie, da mesma forma que outros poderão. Está consciente disso?

— Não importa — disse ela. — Eu sei que Deus o enviou, tal como enviou Moisés e todos os outros. O Buda. Confúcio. Outros, também. Jesus disse que havia muitas moradas na casa do Seu pai. Não seria isso que queria dizer? Há provavelmente outras pessoas especiais na Terra neste exato momento. Anjos, espíritos bons. Ou como quer que queira chamar.

Ela olhou para seu bebê.

— Ele é um deles.

O tio Simone ouviu Felix traduzir, depois sorriu.

— Como você diz, não importa. — Virou-se para Felix. — Sobrinho, desculpe. Deve pôr o seu chapéu.

Felix perguntou-se onde tinha ouvido aquela expressão antes, depois se lembrou. Era como os seus pais tinham sido avisados que os nazistas estavam perto. Alarmado, Felix perguntou:

— Quem era ao telefone?

— Um daqueles a quem pedi ajuda para vigiar. Tem que agradecer a Adeline. Ela não manteve o seu segredo. Nós estamos preparados. — Felix puxou Adeline para perto enquanto Simone continuava: — Nós vigiamos antes, quando os nazistas estavam aqui. Os italianos são bons em vigiar. Alguém soube que você tem família aqui. Alguém perguntou por você.

— Oh, meu Deus! — Maggie lamentou-se quando compreendeu o que Simone tinha dito. — Vou ter que fugir para sempre? Não terei perdido o suficiente? Por que não me deixam em paz com o meu bebê?

O tio Simone acariciou a mão de Maggie.

— Se nos deixar, vamos oferecer abrigo. Vamos esconder e proteger você. O nosso povo sabe como fazer isso. Há um lugar, se o Felix e a Frances estiverem de acordo. Um lugar perfeito.

— Claro que estamos — disse Frances.

No celeiro da casa, o tio Simone abriu uma porta secreta e levou-os por um corredor empoeirado, dizendo-lhes que era permitido quebrar o *shabbat* se vidas estivessem em perigo. Disse também que o corredor não tinha sido usado desde a ocupação nazista. No fim do corredor, Simone bateu numa parede de madeira. Abriu-se uma porta e ele apertou as mãos de um homem e de sua família que viviam noutra casa na colina. Eles entregaram a Simone um molho de chaves e depois entraram no corredor em direção à casa de Simone. Momentos mais tarde, Felix e os outros estavam na van do vizinho, percorrendo a Strada Sei Ville. Quando passaram a casa de Simone, Felix vislumbrou as velas do *shabbat* através de uma janela e a família sentada tomando a refeição do *shabbat*. Aparentemente, os Fubini ainda estavam em casa.

Às 17 horas, Maggie estava em sua nova casa, numa vila a cem quilômetros de Turim. Uma mulher da vila já estava na casa, graças a Simone, e tinham sido dadas indicações do que Maggie ia precisar. Felix deu-lhe seu dinheiro restante, guardando apenas o suficiente para voltar a Nova York. Ele combinou com o tio Simone uma forma para disfarçar as futuras transferências de dinheiro do seu banco em Nova York para um na vila.

— Ela vai ficar a salvo? — perguntou Frances.

— Conte conosco — respondeu Simone. — Conte com os italianos. Com o tempo, eles vão perceber que alguém aqui está escondendo uma criança, mas, se um estranho vier perguntar por ela, eles vão dizer: "Está enganado. Não há nenhuma mulher negra aqui." Se insistirem, eles vão dizer: "Sim, está certo. Houve há tempos uma mulher negra aqui, mas foi embora e não sabemos onde está." Nesse meio-tempo, eles já nos terão telefonado, dizendo: "Tirem o chapéu dela." Não se preocupe, sobrinha. Noventa por cento dos judeus italianos sobreviveram aos nazistas. Neste país sabemos como salvar uma vida.

O bebê estava ali perto, num cesto. Felix e Maggie passaram os momentos finais sozinhos, de mãos dadas, sendo-lhes quase impossível falar. Apesar de fisicamente conhecê-la tão bem como só um médico podia, Felix sentia-se estranho agora. Maggie estava diferente. Ela parecia fazer menos parte do mundo, talvez por causa da morte de Sam ou pelo nascimento da criança, não sabia ao certo.

— O Sam não está culpando você — disse ela. — Ele está a salvo. Está aqui mesmo no meu coração. — Ela colocou a cabeça no ombro de Felix e chorou enquanto o abraçava.

— Eu não posso acreditar que esteja deixando você e o bebê, Maggie, mas tenho mesmo que ir. Preciso voltar e convencê-los de que o clone nunca existiu. Depois, não poderei estar perto de você ou da criança. Ao menos não por enquanto. Nem a Frances.

Ele viu no rosto de Maggie as mesmas coragem e determinação que tinha visto quando ela pedira para ser a escolhida.

— Acha que consegue convencê-los? — foi tudo o que ela perguntou.

— Farei o que for preciso.

Eles já não falavam, apenas se abraçaram junto do maravilhoso lago.

Depois, Simone, Sílvia e Letizia voltaram de carro para o sul, em direção a Turim, enquanto Felix, Frances e Adeline seguiram para o norte num táxi. Tiveram sorte com o taxista. Seu nome era Piero e falava inglês. Ele sabia o caminho que tinham indicado. Dava pouca atenção aos sinais de "Pare" e conseguia alegrá-los com as suas piadas.

Piero levou-os diretamente para Domodossola e ajudou-os a encontrar a casa do padre e os bosques, onde os pais de Felix e Frances tinham se escondido dos alemães, no *Otto Settembre*, mais de cinquenta anos antes. Conduziu-os pelo lindo vale de Vigezzo, onde seus pais passaram numa carroça de feno, vendo as ladeiras se transformarem em colinas e as colinas em montanhas, com seus picos encobertos pelas nuvens. Chegaram a uma pequena vila chamada Re, a apenas alguns quilômetros da fronteira com a Suíça, e ele encontrou a estalagem onde os pais tinham dormido quando os alemães chegaram.

Depois de procurar, levou-os para o armazém dos lenhadores, exatamente pelos mesmos caminhos que seus pais tinham usado para fugir.

De volta ao carro, seguiram a linha de trem através dos montes, vales e regatos. Piero parou assim que eles pediram, a apenas uns quilômetros da fronteira suíça, onde a linha de trem atravessava o topo de uma pequena colina. De ambos os lados, pilares erguiam-se do vale e suportavam os trilhos. Eles ouviam o barulho da água correndo por cima dos rochedos irregulares.

Felix desceu pela pequena clareira enquanto Adeline e Frances o observavam da estrada. Ele encontrou a árvore mais alta e ajoelhou-se diante dela. Colocou no chão uma estrela de Davi, no lugar onde estava enterrado o corpo do seu irmão recém-nascido, e disse o *kadish* como o seu tio Simone tinha ensinado. Depois voltou para junto de Adeline e Frances e atravessaram a fronteira de carro até a cidade onde os seus pais dormiram, naquela terrível noite, com a sua criança morta e a expressão de seu pai diferente daquela que conheciam.

Almoçaram num restaurante que Piero encontrou e Felix se perguntou se seus pais teriam comido ali também, fazendo planos desesperados como eles.

Capítulo 63

12 de setembro — Nova York

O Dr. Felix Rossi, microbiólogo, médico, ex-diretor de uma equipe científica, saltou do táxi em frente do University Club, na esquina da Quinta Avenida com a Rua 54. Tal como o Harvard Club, ao qual Felix também tinha pertencido, o University Club tinha sido projetado pelos grandes arquitetos McKim, Meade & White. Nada menos que o melhor para o clube privado mais importante do mundo.

Frances saiu do táxi e pegou a mão dele. Vestia calças bastante masculinas, compridas e largas, e por cima um casaco com o colarinho virado agressivamente para cima. Ela atirou elegantemente o cabelo para trás, para parecer o mais forte possível, mas ele conseguia sentir a transpiração da mão dela.

Adeline saiu do táxi atrás dela e pegou a sua outra mão com a serenidade derivada da sua crença em Deus.

— Preparadas agora? — sussurrou ele.

— Sim — Adeline sussurrou de volta. — É perfeito, sabe. É o lugar mais inevitavelmente cheio em Nova York. As pessoas vão acreditar em você só porque está aqui.

Despercebidos, caminharam pela calçada até os degraus de granito. Sair não seria tão fácil.

Subiram passando sob um toldo azul real e foram recebidos por um homem de ar severo, vestido com um uniforme verde, que lhes abriu a porta. Ele guardava a entrada a partir de um pódio do lado de dentro da porta.

Diante deles, no átrio do primeiro andar, havia uma parede de Terrazzo, emoldurada por um conjunto de oito pilares de mármore de Connemara. Por cima da lareira, um painel de mármore esculpido com a imagem de Atena, a deusa da sabedoria, numa armadura, junto de um jovem grego segurando uma tocha — provavelmente Fidípides, o antigo mensageiro que correu cerca de quarenta quilômetros em três horas. Repetindo a corrida para contar da vitória dos atenienses na Batalha de Maratona, dizia-se que Fidípides tinha caído morto imediatamente depois de dar a notícia.

Não agradou a Felix a ideia da morte seguida pela entrega de uma mensagem, dada a tarefa que tinha pela frente.

Um homem idoso olhou para eles através de uma larga arcada de mármore numídico, e depois para o teto dourado na sala de leitura onde estava. Atrás dele, pilastras douradas apoiavam-se em paredes aveludadas e grandes janelas em arco adornadas com ouro. O clube excedia o estilo arquitetônico renascentista italiano com sua imitação.

O homem parecia perdido na suntuosa divisão. Parecia pequeno e tinha um ar livresco, como se seus olhos estivessem fixados apenas em palavras durante todo o dia. Parecia inofensivo. Seria?

Felix olhou para o homem, depois se convenceu de que estava tudo bem. Ele disse:

— Nós temos algum tempo. Querem ir tomar um chá na Sala Theodore Dwight?

— Não naquela sala velha de madeira — perguntou Frances.

Felix balançou a cabeça.

— Não, não é a sala de jantar, The Dwight Lounge, lembra-se? A sala amarela?

Frances fez uma cara de irmã insolente. Se ele tivesse ouvido sempre os avisos dela, não estariam em tanto perigo agora. Viraram à esquerda pelo átrio de mármore e entraram na sala amarela, cheia de pessoas tomando chá e comendo *scones* e coisas do tipo.

Assim que entraram, um homem inglês, de queixo comprido e cabelo de bronze, virou-se como se tivesse sentido o olhar de Felix. Perdeu o ar arrogante. Felix não viu remorsos no rosto aristocrático de Jerome Newton.

Newton avançou de braços estendidos.

— Dr. Rossi. Como poderei pedir desculpas por… quero dizer, eu desejaria que nunca…

— Você não foi convidado — disse Felix com um olhar frio.

— Flix… — começou Frances.

Felix a ignorou.

— Saia ou eu faço com que o expulsem.

Jerome pareceu resignado.

— Peço desculpas, mas você não pode. Eu sou um membro não residente do clube, apesar de não ter muitas oportunidades para usá-lo. Regras demais, um pouco enfadonho, não acha? — Ele olhou em volta. — Até os castelos com centenas de anos em Merry Ol' são um pouco mais alegres do que isto.

Felix ainda não estava preparado para perdoar Jerome.

— O que você quer?

Jerome Newton pareceu assombrado por um momento.

— Eu gostaria de saber se você poderia me levar até Sam Duffy. Eu devo a ele um pedido de desculpas também.

Frances disse calmamente:

— Leia o obituário dos jornais que ajuda a escrever.

Eles deixaram Jerome Newton na sala amarela, atirado numa cadeira, olhando para um *scone* meio comido.

No átrio, jornalistas estavam constantemente chegando e eram escoltados pelas escadas para impedir que tirassem fotografias não autorizadas do clube mais luxuoso do mundo. Os convites tinham sido pessoais, reservados para uma quantidade seleta da imprensa de elite, na condição de manterem segredo até depois do evento. Ainda assim, Jerome soubera.

Pegaram o elevador para o nono andar e entraram num salão reservado para eles, o Salão Catedral. Os repórteres já estavam lá, enchendo os pratos em duas longas mesas que transbordavam de lagosta, caviar, canapés de costeletas nobres, vinho das maravilhosas adegas do clube. Arranjos de flores com bom gosto adornavam a sala. Debaixo dos tetos de gesso, cabos de televisão percorriam o chão.

O mundo estava pronto para as notícias.

Um empregado ofereceu champanhe. Felix bebeu. Depois de acomodar Adeline e Frances, subiu ao pódio.

A elite da imprensa tomou os seus lugares e ficou num silêncio educado. Eles não eram meros *paparazzi*.

— Boa tarde — disse ele, seus olhos se ajustando ao brilho dos flashes que espocavam constantemente sobre ele. — A maior parte de vocês já me conhece. Sou o Dr. Felix Rossi, microbiólogo e médico. Fui eu quem organizou a terceira investigação científica do Sudário de Turim.

— Mais alto, por favor.

— Sim, com certeza.

Felix sentiu a garganta começar a fechar, as mãos suadas. Ele fora outrora um homem devoto e respeitado. No mínimo, aquela conferência de imprensa arruinaria sua carreira. Financeiramente não ia sofrer, porém nem a Igreja nem seus colegas confiariam nele novamente. Mas não queria mais saber.

— Vocês ouviram relatos de que eu roubei pedaços do Sudário de Turim.

A sala subitamente encheu-se com um zumbido.

Felix olhou para as câmeras.

— Os relatos são verdadeiros.

Silêncio imediato.

— Em janeiro passado, roubei dois fios com sangue e extraí o DNA. Eu peço desculpas à Igreja Católica pelo meu abuso de confiança e aceitarei qualquer censura que me imponham. — Fez uma pausa para engolir. — Dos fios roubados, obtive um bom aglomerado de neutrófilos. Leucócitos encontrados em feridas. — Nova pausa, sabendo que levaria um momento para entenderem que estas deveriam ter sido formadas nas feridas de Cristo, quando ele estava morrendo na cruz. — Destes neutrófilos, extraí o DNA de um humano do sexo masculino.

A calma terminou.

Fotógrafos precipitaram-se para cima do pódio. Em erupções de luz que o cegavam, tiraram fotos do cientista louco que confessava seu sucesso. Uma câmera de televisão pôs seu rosto em foco. Felix mal percebeu. Seus pensamentos estavam num par de olhos penetrantes que não conseguia ver, num rosto largo como o de um ídolo, emoldurado por um cabelo prateado.

Limpou a garganta.

— Usando transferência nuclear, substituí o DNA no óvulo da doadora pelo DNA do Sudário, e provoquei a multiplicação do óvulo. Depois reimplantei o óvulo na mulher que o doou... — Felix olhou para baixo, sussurrando uma oração para ela, e depois voltou a olhar para a câmera e para os olhos que não via. — Maggie Johnson, uma mulher negra de 35 anos, que vivia no Harlem e tinha sido minha empregada nos últimos cinco anos. Aproximadamente à meia-noite do dia seis de setembro, ela deu à luz uma criança... do sexo masculino.

Todos os que ainda estavam sentados levantaram-se numa desordem total. A sala explodiu com perguntas. Felix ergueu a sua voz:

— Ele nasceu prematuro! Prematuro!

No pandemônio, os poucos que o ouviram gritaram aos seus colegas para que fizessem silêncio. Finalmente, voltou o silêncio.

Felix olhou para a câmera, para os olhos intimidadores que não conseguia ver.

— Não pude salvá-lo. Eu tentei. Ele era prematuro em cerca de dois meses. Nunca chegamos ao hospital. A mãe sangrou até à morte durante o parto.

Da segunda fila, Jerome Newton perguntou:

— Está dizendo que depois de tudo isso...

Jerome hesitou e Felix sabia que ele estava pensando em Sam.

— O clone de Jesus está morto — disse Felix.

No Salão Catedral, do nono andar, no mais luxuoso clube privado do mundo, os que estavam de pé sentaram-se, ou baixaram a cabeça, ou tristemente apoiaram-se nas paredes aveludadas.

Quinta Avenida

Felix Rossi, Frances Rossi e Adeline Hamilton estavam de pé no tapete vermelho, em frente ao edifício da Quinta Avenida, onde os Rossi viviam e aonde pensaram nunca mais voltar.

Consciente de que sem dúvida estaria sendo observado, Felix Rossi olhou pela calçada. A porta envidraçada da frente do edifício, com a maçaneta de bronze, parecia estar a quilômetros de distância. Ouviu o relinchar de um cavalo montado no Central Park e o ruído do tráfego de Nova York.

— Flix — disse Frances —, eu sinto como se estivéssemos parados às portas do inferno.

Ele largou a mão dela e colocou os braços em volta dos seus ombros e dos de Adeline, resistindo ao impulso de olhar para cima em direção à cobertura.

— E estamos.

Um homem estranho apareceu por trás da porta de vidro e abriu-a lentamente. Vestia um longo casaco verde e um chapéu de abas pretas. Felix sabia que ele era mais que um porteiro, tal como Sam, a quem este tinha vindo substituir. Secretamente, trabalharia para o ocupante da cobertura.

— Não é exatamente Sam Duffy, o seu amigável porteiro irlandês — sussurrou Frances quando começaram a andar.

— Ssshh... — disse Felix, apesar de saber que ela estava certa. Aquele porteiro não era nada como o bem-intencionado, leal Sam... leal até a morte. Aquele homem era carrancudo, duro, dissimulado... tinha olhos de cachorro sentimental num rosto assombroso e assombrado, um olhar de recém-nascido, por cima de bochechas de esqueleto.

O homem saiu e ficou diante da porta, bloqueando a entrada. Levou a mão ao chapéu.

— Bom dia, senhor, senhoras. — Acenou para cada um deles. — Quem vêm visitar?

Felix tirou o cabelo preto da frente do rosto e estendeu a mão, fazendo um charme deliberado como nunca tinha feito.

— Deve ser novo aqui. Eu sou o Dr. Rossi. Moro no oitavo andar.

Enquanto o porteiro apertava a mão, não mostrou qualquer surpresa.

— Desculpe-me, Dr. Rossi. Eu só comecei a trabalhar aqui depois de o senhor sair. O meu nome é Rave.

— Olá, Rave. Deixe-me apresentar a minha irmã, Frances Rossi.

— Olá, Senhorita Rossi.

Frances apenas acenou, mas Adeline esticou a mão firmemente e disse casualmente:

— Olá, Rave. Estivemos viajando.

Os olhos de cachorro sorriram e Rave abriu a porta.

Felix olhou de relance para a sua esquerda e viu outra porta menor — a entrada para o antigo apartamento de Sam. Sam contara o que estava num quarto escondido por trás da despensa da cozinha: monitores para câmeras de vigilância, receptores de microfones.

Agora, o novo porteiro vivia lá e tinha acesso ao quarto secreto que Sam nunca havia realmente usado. Rave adiantou-se a eles pelo átrio da entrada, com um candelabro em forma de cúpula por cima das suas cabeças. Frances estivera na reunião de condôminos em que aquele candelabro havia sido escolhido.

Enquanto Rave abria a porta do elevador, Felix olhou para as suas costas, sentindo-se odiado.

— Têm bagagem? — perguntou o porteiro, virando-se.

— Em breve — disse Felix. — Foi despachada.

Felix sentiu interesse nos olhos de Rave, no sentido de saber de onde a bagagem vinha. Noruega, no caso. Tinham voado de Turim para Oslo e depois para Londres, cobrindo as pistas com os seus passaportes falsos no voo de Oslo para Londres. Felix tinha mandado sua bagagem de Cliffs Landing para a Noruega. Agora seriam enviadas num iate atracado num fiorde de Oslo para a Quinta Avenida.

O elevador chegou. Quando entraram, as portas fecharam, e Felix sabia que em breve não estariam a sós. Ele sabia que Rave tinha se apressado para os monitores no quarto secreto, para espiá-los, a mando do Sr. Brown.

Felix comprimiu a mão trêmula da sua irmã e abraçou Adeline, orgulhoso de suas expressões de despreocupação. Ninguém imaginava que eles sabiam que estavam sendo vigiados.

Saíram do elevador para o hall privativo do oitavo andar. Nas reentrâncias de cada lado da porta dupla estavam dois vasos azuis e amarelos combinando com o estilo renascentista. Tal como os tinham deixado oito meses antes.

Felix abriu a porta e ligou o interruptor da luz suave do hall, depois deu um passo atrás para deixar Frances e Adeline passarem. Andaram pelo longo tapete do corredor e pararam, como planejado, perante o crucifixo de prata do século XVII, que pendia por cima do *prie dieu* de ébano.

Felix ajoelhou-se na almofada e entrelaçou as mãos, a agitação em que tinha produzido o clone derretendo-se na agonia daquela noite no Central Park. Nunca mais ia se preocupar se adorava numa sinagoga ou numa igreja, desde que as pessoas que amava estivessem seguras e felizes.

Atrás dele, Adeline e Frances fizeram o sinal da cruz acima das sobrancelhas, sobre o coração, sobre os ombros. Não podiam acender velas do *shabbat* ali.

Felix rezou em voz alta.

— Pai, perdoe-me por não ouvir a minha irmã, que previu a calamidade que ocorreu.

Ele sentiu Frances tocar seu ombro.

— Perdoe-me por não ouvir Adeline, que com seu amor tentou nos salvar.

Felix inclinou a cabeça e chorou lágrimas verdadeiras.

— Perdoe-me, se puder, pelas mortes de Sam Duffy e Maggie Johnson.

Ele ouviu Adeline suspirar tristemente e Frances começar a chorar.

— Acima de tudo, perdoe-me, perdoe-me... — Felix lembrou-se de Sam morrendo para salvar Frances, Maggie e a criança. Ele precisava chorar para poder dizer aquelas mentiras numa oração a Deus. — Perdoe a minha incompetência. Em minhas mãos, o Seu Filho morreu uma segunda vez.

Lembrou-se das perguntas feitas na conferência de imprensa. *"Onde os corpos estão enterrados?"* Felix dissera que tinha mandado cremá-los, para evitar a profanação de seus túmulos. Tinha gasto uma verdadeira fortuna para tornar verossímeis aquelas mentiras, caso as investigassem. Maggie não tinha família, apenas a sua amiga Sharmina. Quando Maggie lhe telefonou, Sharmina jurara, pelo Sagrado Coração de Jesus, que nunca diria uma palavra. Ele sabia que a imprensa iria procurá-lo ali, no edifício, mas Brown iria se certificar de que os Rossi não fossem expulsos, pelo menos até descobrir o que queria saber.

Atrás dele, Adeline soluçou.

Frances ajoelhou-se e o abraçou.

— O Sam e a Maggie perdoam você, Flix, eu sei que eles perdoam.

Rezaram juntos o Pai-Nosso, depois Felix levantou-se.

Como planejado, Frances foi à frente deles para o quarto. Puxou o colarinho para cima, ao passo que Adeline se deteve com a cabeça enterrada no pescoço de Felix.

Ela permaneceu agarrada a Felix — o coroinha que um dia quis ser padre.

Juntos dirigiram-se para o quarto de hóspedes, onde muitas vezes ficavam. Ele a beijou, abraçou-a e com os lábios junto do seu ouvido sussurrou:

— Coragem, querida. — Depois se sentou, afrouxando a gravata e desabotoando os punhos. Ele viu a mulher que amava tirar o casaco cinzento, tirar os sapatos, desabotoar a saia justa cor-de-rosa, que envolvia sua cintura esbelta, sabendo que sua irmã no seu quarto se despia também.

Desejou que Rave, o porteiro, tomasse por paixão a raiva que o fazia tremer, sabendo que estavam sendo vigiados e que estariam, noite e dia, enquanto tomavam banho, enquanto dormiam. Deixariam que assim fosse. Deixariam que Rave devorasse os corpos despidos de Frances e Adeline até que se convencesse de três mentiras. Primeiro, que os Rossi não sabiam do quarto secreto. Segundo, que não sabiam realmente para quem Sam trabalhava. Mais do que tudo, tinham que convencer Rave de que não sabiam que seu vizinho, o Sr. Brown, que vivia na cobertura no andar acima de suas cabeças, era um dos que tinha tentado matá-los e ao clone.

Com o seu coração aos saltos, Felix rezou a Oração Universal na sua mente:

> Senhor, eu acredito, dá-me fé.
> Eu confio em Ti; fortalece-me a confiança.
> Eu Te amo: permite-me amar-Te cada vez mais.
> Eu me arrependo dos meus pecados: aprofunda o meu arrependimento...

Tremendo, recebeu Adeline em seus braços.

Arona, Itália

— *No, Signora, resti, resti!*[11]

A mulher permaneceu na porta da pequena moradia amarela, a dois quilômetros de Arona, na vasta e maravilhosa margem do lago Maggiore.

[11] "Senhora, descanse, descanse!" em italiano. (N. do E.)

A moradia tinha paredes de tijolo e estuque, janelas em abóbada, um telhado saliente e uma pequena varanda frontal apoiada por colunas em espiral. Por cima do muro do jardim, cresciam rosas. Ali, um jovem casal judeu, que mal parecia ter idade para casar, tinha sido fotografado, ignorando a luz do sol, os pássaros e o glorioso lago atrás. Só tinham olhos um para o outro.

Maggie permaneceu entre as colunas da varanda de sua nova casa e olhou para a mulher, que conhecia há menos de quarenta e oito horas e que tentava a todo custo mantê-la em casa. O nome dela era Antonella. Ela vivia na aldeia. Era de confiança. Foi tudo o que disseram a Maggie.

Os braços finos de Antonella esticaram-se para aninhar o bebê de Maggie.

Firmemente, Maggie disse:

— Antonella! *Grazie!* Não, está bem?

Do bolso de seu vestido estampado, Antonella puxou o dicionário que consultava a toda hora e depois olhou para cima e disse:

— Amamentar *bambino*, amamentar!

Os olhos de Maggie encheram-se de lágrimas. Era isso que ela estava tentando fazer, mas ele não aceitava o peito dela e o leite de Maggie parecia estar secando. Ela sabia que era apenas ansiedade, devido aos carregadores da mudança estarem entrando e saindo constantemente, trazendo sabia Deus o quê que Felix tinha encomendado, e todos falando uma língua que ela não entendia. Era uma pilha de caixas que Antonella tinha desempacotado, como uma fêmea de olhos de águia procurando penas para fazer um novo ninho. Era a estátua da Madona Negra, que tinha chegado misteriosamente, uma mulher elegante, de cintura larga, sentada com uma criança no seu colo. Uma obra de arte de tirar o fôlego, feita em nogueira, exceto o colar da virgem e as coroas com joias incrustadas nas suas cabeças. Tinham narizes largos como o de Maggie. Uma nota dizia que era uma imitação da Notre Dame de Rocamadour do século XII, da França. Mas não tinha nenhuma assinatura dizendo quem a tinha enviado.

Maggie não conseguia se comunicar. Queria dizer a Antonella e aos carregadores da mudança para pararem com aquela confusão, verificar se as portas dos fundos estavam trancadas, pegar o telefone e certificar-se de que ainda funcionava, testar a força das barras de ferro das janelas da frente, ainda fechadas, porque a casa tinha estado vazia antes de ela chegar. Tinham-na obrigado a deitar, mas o que ela realmente queria era explorar a casa, para encontrar as melhores saídas, pegar uma faca, uma pistola, ficar de vigia, porque os que tinham matado Sam matariam tanto a ela quanto a criança se os encontrassem.

Perguntando-se como poderia se sentir em segurança num lugar que lhe parecia tão alheio, Maggie percebeu aonde queria chegar.

— Eu já volto, Antonella — disse Maggie, apressadamente descendo as escadas com a criança que iria chamar de Jess em seus braços. Passou por baixo das rosas, atravessou a entrada e o pequeno gramado. Chegou aos degraus de pedra que desciam para a direita e para a esquerda. Estavam quase cobertos de hortênsias cor-de-rosa e púrpura. Descendo, chegou à extremidade da propriedade. A casa do lago era à esquerda, pequena e debaixo dos troncos das árvores. O *porticiollo* de concreto com o corrimão branco estendia-se até o lago, no centro. Duas lanternas guardavam cada uma das extremidades da sua entrada. Um barco devia ter navegado entre eles outrora, entrando e saindo. À direita do *porticiollo*, um salgueiro estendia seus tentáculos para dentro do lago como se chorasse há muito tempo.

Maggie foi até a casa do lago e a varanda sobre as águas onde tinha se despedido de Felix. Ninguém iria procurá-la ali. Eles primeiro iriam à moradia, dando-lhe tempo de se esconder nas pedras debaixo da varanda na margem.

Sentindo-se segura agora, ajoelhou-se com Jess nas tábuas de madeira e sussurrou as palavras de Jesus no Getsêmani:

— "Abba, Pai. *Tudo te é possível!* Aceita este meu cálice!"

Aguardou uma resposta de Deus à sua oração, colocando um sentimento em seu coração, como sempre, mas tudo o que sentiu foi o vento soprando das colinas por trás dela. Tudo o que viu foram reflexos brancos de luz ondulando no lago. O ar, denso com o cheiro das águas do lago, da terra fértil e das flores, encheu seus pulmões e ela deixou o vento secar suas lágrimas.

— Eu sei que devo agradecer, Senhor — disse Maggie em voz alta —, e eu agradeço. Obrigada por restaurar o meu corpo. Obrigada por me dar este lugar onde posso criar Jess. Ajude-me a mantê-lo em segurança. Obrigada pelo tio Simone e pelas pessoas da sinagoga em Turim, que têm nos escondido e que vão ensiná-lo à medida que crescer. Ajude-me a mostrar a minha gratidão a eles.

Ela dobrou-se de dor. Era uma dor física. Era a memória de um beijo, de um corpo cujo peso ela nunca sentiria em cima do seu.

— Sam Duffy me amava — murmurou ela para o lago.

Maggie olhou para o norte, para a *gola*. Felix dissera que era a palavra italiana para "garganta". Ali, o lago Maggiore se estreitava e as suas ladeiras erguiam-se de ambos os lados, definindo a bacia do sul. Para aqueles lados ficavam os distantes Alpes, encobertos na bruma. Do outro lado do lago, as densas colinas de Angera pareciam primitivas sobre os rochedos calcários e um céu impressionante.

— Jess, olhe — disse ela. — Esta é a sua casa, querido. — Ela descobriu um pouco o rosto dele, mas ele ainda estava dormindo, como um lindo querubim escurecido que tivesse tropeçado na Terra e perdido as asas.

Maggie enfiou o dedo mindinho em sua mão, mas ele mal o agarrou. Por que ele não acordava? Será que ela e Felix tinham feito bem em trazê-lo ao mundo?

— Acorde, meu querido, acorde! — insistiu ela, tocando sua bochecha. — É a sua mamãe que está chamando. Tem que acordar. Um mundo inteiro está aqui, à sua espera, especialmente eu. Sabe quanto desejei você? Quis um bebê toda a minha vida, mas nunca tive um homem, ninguém me olhou duas vezes, então pensei que Deus me guardava para alguma coisa. Afinal, foi para você.

Maggie desabotoou o vestido e acariciou a bochecha dele, tirou o peito e colocou-o na boca dele, tentando iniciar o reflexo que, de acordo com os livros sobre bebês, deveria despertá-lo e fazê-lo agarrar o peito.

Quando ele não o fez, ela ergueu os olhos para o céu.

— Oh, Deus, por que o fez vir se planeja levá-lo? Não faça isso, não! Por favor, por favor. Já levou o Sam, não me leve o Jess.

Ela chorou, embalando-o nos braços, e, através das lágrimas, viu cisnes no canto do *porticiollo*. Com os pescoços enrolados para baixo, dois adultos cercavam um pequeno bebê que era obviamente deformado. Uma pata negra crescia nas suas costas. Ela aproximou-se das belas criaturas, dando graças pelo corpo perfeito de Jess, como se Deus lhe tivesse dado a bênção e depois enrolado os braços em volta dela, pedindo que fosse forte.

— Eu vou tentar. Eu acredito, aconteça o que acontecer. Mesmo que o leve — murmurou ela —, não se faça a minha vontade, mas a Sua.

Maggie fechou os olhos, levantou o rosto ao vento e cantou a música que Sam Duffy assobiava sempre: Too-ra-loo-ra-loo-ral, Too-ra-loo-ra-li. Cantou num rico contralto, como cantava os hinos antes na igreja batista da Rua 131, com sua cruz de neon, um talismã contra o pecado das noites do Harlem. A distância um trovão soou, como se os tambores do céu acompanhassem a canção.

Ainda cantando, Maggie abriu os olhos e lentamente notou que alguns dos ramos que se estendiam sobre a sua cabeça eram de um corniso. De acordo com a lenda, a cruz de Jesus veio de um arbustro de corniso. Iam deixar cair as suas flores brancas para o convés na primavera, com coroas espinhadas no centro, as pontas manchadas de castanho-avermelhado como o sangue. Ela inspirou, baixou o olhar e rezou.

No silêncio, ouviu Jess começar a chorar. Sentiu o seu leite vir em resposta. Ansiosamente, tremendo, colocou-o junto do peito e, desta vez, sentiu-o sugar. Maggie sentou-se nas tábuas de madeira da varanda e amamentou o bebê, sentindo seu leite passar para ele, sentindo como se a própria vida viesse de todo o seu corpo e entrasse no dele. Ela chorou de alegria, mas silenciosamente, seus olhos observando a criança adorada — admirada por ser a mulher que tinha trazido ao mundo o Cordeiro de Deus.

AGRADECIMENTOS

A minha pesquisa para este livro teve uma grande ajuda da excepcional página www.shroud.com de Barrie M. Schwortz, fotógrafo do projeto de pesquisa do Sudário de Turim em 1978. Barrie simpaticamente respondeu a várias questões referentes ao Sudário, pelo que lhe agradeço.

Este livro também se beneficiou das contribuições dos peritos: Lynn Hoffman, que deu informações sobre o judaísmo e cuja tese de doutoramento em antropologia, O mito da cultura marítima, *inspirou-me nos detalhes do passado de Sam; professor Levi Raffaello, que sugeriu Arona e Domodossola como locais para o livro; Piero Giachino, o excelente motorista e tradutor durante a viagem na qual me apaixonei pelo norte da Itália; Raffaello Lampronti e a equipe da Grande Sinagoga de Turim pela sua ajuda; Dr. Bernard Glick, que me explicou alguns conceitos fundamentais da microbiologia; Scott Kimbrell, médico, que corrigiu vários dos meus erros de emergência médica, assim como Sue Asher e a médica Mildred Crosby, R.N. BSN, RDMS, que me forneceram informações sobre obstetrícia; Alan Carter, que comentou os aspectos da marinha mercante da história; Garth Stein, que fez várias sugestões; Nancy Klistner, cuja visita guiada ao Central Park me levou ao Glen Span Arch; o meu irmão John Rhines, que me falou de "One if by land, two if by sea" e partilhou o seu conhecimento sobre o catolicismo; e o meu irmão Dr. Jesse Rhines, que me mostrou a sua Nova York e me sugeriu alguns detalhes sobre o passado de Maggie.*

Quaisquer erros específicos são devidos à imaginação da autora no traba-

lho sobre os seus conselhos. Nenhum deles é culpado do uso que eu dei às suas informações. Estou em dívida para com cada um.

Agradeço a minha irmã Julie Lee, que discutiu comigo o livro, leu e comentou cada um dos capítulos à medida que fui escrevendo. Sua crença em mim e neste livro foi muito importante. Agradeço à minha irmã Jennifer Barbour, cuja ajuda em Turim foi um trunfo e uma alegria.

Agradeço à NovelDoc, a lista on-line *que criei, pelo suporte de seus membros, e especialmente àqueles que leram o manuscrito no todo ou em parte e o comentaram.*

Agradeço a minha mãe, a poeta Julia Watson Barbour, por encher a nossa casa com livros e por me amar.

Eu serei para sempre devota e grata ao meu marido, Frank Lankford, que por vários anos leu em voz alta ou ouviu cada palavra que escrevi, disponibilizou os computadores e equipamentos, comprou os materiais de referência de que necessitei e financiou as minhas pesquisas domésticas e intercontinentais — tudo antes de eu publicar sequer uma única linha.

Obrigada, querido.

COLEÇÃO

BANG!

A MELHOR FANTASIA, FICÇÃO CIENTÍFICA E HORROR

Este é o nosso compromisso com você:
Queremos ser a melhor coleção de literatura fantástica do Brasil.
Vamos publicar apenas os grandes livros dos grandes autores.
Todas as obras são válidas, desde que ignorem as limitações do realismo.
Queremos mexer com a sua cabeça.
Mas um click não basta.
É preciso um Bang!

1. Mago Aprendiz
   Raymond E. Feist
2. A Corte do Ar
   Stephen Hunt
3. Tigana – A Lâmina na Alma
   Guy Gavriel Kay
4. Mago Mestre
   Raymond E. Feist

Próximo título

A Espada de Shannara – Livro um
Terry Brooks

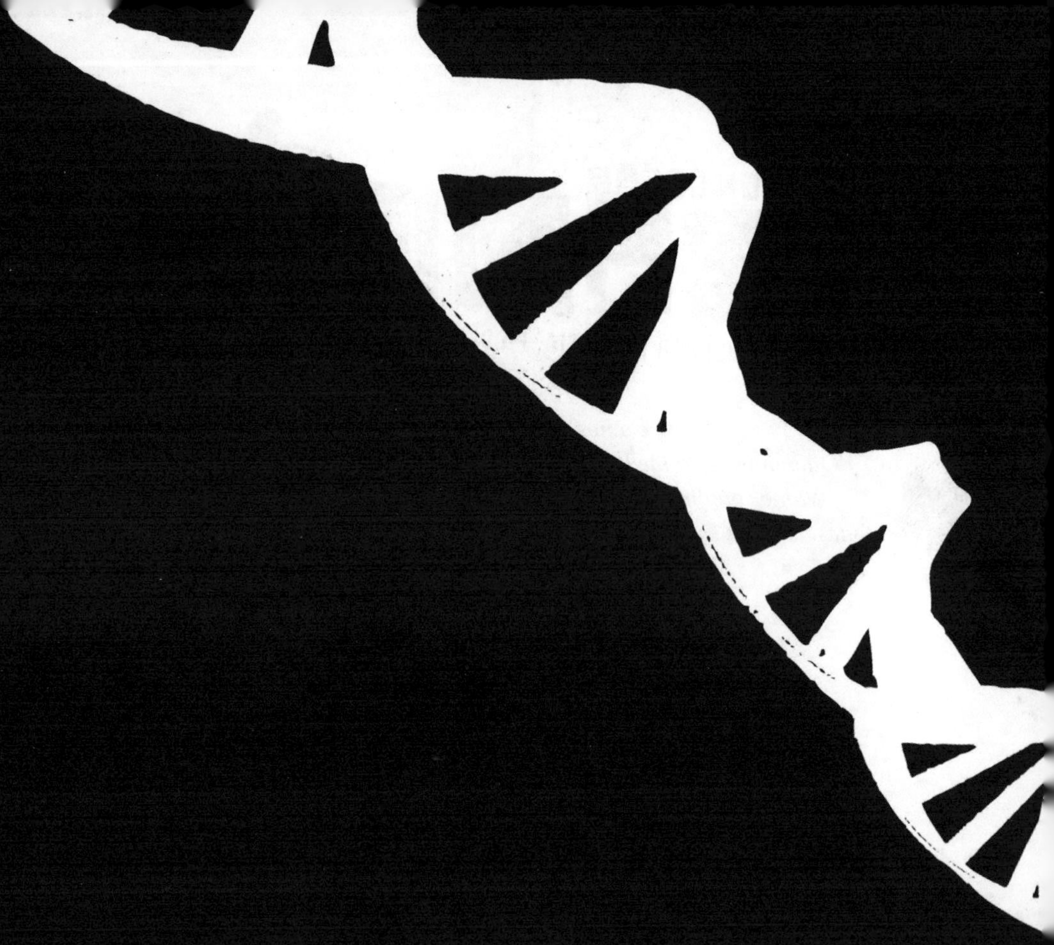